Enquête sous couverture

Deux face au danger

Protection privée

HEATHER GRAHAM

Enquête sous couverture

Traduction française de
LUCIE DELPLANQUE

BLACK ROSE

HARLEQUIN

Collection : BLACK ROSE

Titre original :
UNDERCOVER CONNECTION

HARPERCOLLINS FRANCE
83-85, boulevard Vincent-Auriol, 75646 PARIS CEDEX 13
Service Lectrices – Tél. : 01 45 82 47 47

www.harlequin.fr

ISBN 978-2-2804-1524-8 – ISSN 1950-2753

1

La jeune femme qui s'avançait sur le podium était l'une des créatures les plus sublimes que Jacob Wolff ait jamais vues. Sa peau, semblable à du bronze liquide, avait le velouté d'un rayon de soleil couchant.

Lorsqu'elle pivota dans sa direction, il vit – bien qu'il soit installé un peu plus loin, près du bar – qu'elle avait les yeux clairs. Verts, pensa-t-il, un contraste saisissant avec la couleur de sa peau. Sa chevelure somptueuse, longue et brillante, était d'un noir presque absolu, si sombre qu'on croyait y apercevoir des reflets violets. Elle avait des jambes fuselées et sa mince silhouette, aux formes pourtant exquises, mettait parfaitement en valeur la création qu'elle portait – une longue robe sans manches, avec un décolleté plongeant et un dos nu, dans des tons pastel qui répondaient à merveille à son teint.

Elle évoluait avec la grâce d'une femme rompue à ce genre d'exercice : fière, confiante, arrogante et peut-être même légèrement amusée par l'ébahissement qu'elle provoquait parmi ceux qui assistaient au défilé.

— Cette fille…, fit une voix derrière lui. Un jour, elle sera la reine, ici.

Jacob se retourna. De l'autre côté du comptoir, presque en face de lui, était accoudé Ivan Petrov, le barman. D'après ce qu'il avait pu apprendre, c'était Ivan qui dirigeait à peu près toutes les activités légales du Gold Sun Club, une discothèque dont le grand gala d'ouverture se déroulait ce soir-là. L'endroit faisait déjà fureur à Miami Beach.

— J'imagine…, répondit Jacob.

Il se pencha par-dessus le comptoir et ajouta avec un sourire entendu :

— J'imagine également qu'elle est peut-être… disponible ?

Ivan sourit à son tour, visiblement ravi que Jacob lui ait posé la question. Ivan était un homme fier ; que Jacob ait noté son importance au sein du Club le flattait.

— Pas dans l'immédiat, répondit-il. Elle est toute nouvelle. Mais tout vient à point à qui sait attendre, n'est-ce pas ?

Il servit un petit verre de vodka à Jacob.

— Vous aussi, vous êtes nouveau à Miami Beach, reprit-il. Vous ne connaissez pas encore bien nos coutumes. Nous avons une certaine… étiquette, voyez-vous ?

Jacob était parfaitement au courant. Il savait aussi ce qui arrivait à ceux qui ne respectaient pas ces règles – ou qui tentaient d'imposer les leurs.

Ce matin-là, il s'était rendu au sud de la I-75, aux abords de la portion d'autoroute qu'on appelle encore « Alligator Alley », dans le parc naturel des Everglades. Avec une bonne raison. Un garde forestier séminole, Indien autochtone de cette partie de la Floride, y avait récemment découvert une étrange collection de barils de pétrole. À l'intérieur, plusieurs cadavre dans divers états de décomposition.

— J'ai ma réputation, répondit doucement Jacob en regardant le fond de son verre.

Ivan comprit le sous-entendu. Oui, Jacob suivrait les règles. Mais c'était un homme indépendant. Un pur produit des bas-fonds de New York. Il venait d'acheter une galerie d'art dans South Beach, tout en exerçant depuis des années un autre métier, plus officieux. C'était du moins les informations qui avaient été transmises à ce qu'on appelait le « gang Déco » – ainsi nommé d'après le magnifique style architectural de South Beach.

Aux yeux de tous, Jacob était un nouvel acteur-clé dans l'échiquier de la pègre locale. Il était donc important qu'il donne l'impression de jouer le jeu : un homme puissant mais soucieux de respecter le territoire des autres, tout en veillant farouchement sur le sien.

— Une réputation, ça se maintient, approuva Ivan.

— Sans empiéter sur le terrain d'autrui, bien sûr, ajouta Jacob.

Un fracas de batterie attira un instant l'attention de Jacob. Ce soir-là, les Dissidents, l'un des groupes les plus prometteurs de l'État mais aussi du pays, donnaient un concert exceptionnel. La jet-set locale et internationale s'était rassemblée pour les écouter et assister à un défilé de mode. L'entrée au gala d'ouverture se faisait strictement sur invitation. Le lendemain, le reste du monde affluerait grâce à la publicité générée par cette soirée VIP.

Jacob essaya d'avoir une vision d'ensemble des lieux. La discothèque comprenait deux niveaux : au rez-de-chaussée se trouvait la salle principale, avec un bar et une grande scène pour les concerts occasionnels. On accédait à l'étage par deux escaliers, l'un à droite, l'autre à gauche.

En haut se trouvait un deuxième espace, une sorte de loggia avec son propre bar. Une longue balustrade en métal forgé permettait d'observer tout ce qui passait en bas et d'assister aux spectacles sans se mêler à la foule. Au fond, une porte communiquait vers les bureaux, les loges et l'entrée de service qui donnait sur l'arrière du bâtiment. Ce soir-là, cependant, les invités étaient cantonnés à la grande salle et c'était Ivan Petrov en personne qui servait à boire.

Sur le podium, l'élégante top-modèle virevolta en rythme pour effectuer un deuxième passage, s'arrêtant un instant pour dérober une pomme brillante à un bel adonis – un jeune mannequin masculin qui se tenait, aussi immobile qu'une statue, près des marches menant aux loges.

Jacob se tourna vers Ivan et reprit, une expression grave sur le visage :

— J'ai comme l'impression que mes affaires seront un atout pour les vôtres et que nous allons travailler en parfaite harmonie.

— Oui. C'est M. Smirnoff qui vous a invité, non ?

Jacob acquiesça.

— Oui, Josef m'a fait entrer.

— Un homme important.

— Je sais.

Ivan n'avait cependant aucune idée de la façon dont Jacob avait obtenu ces informations.

Jasmine Adair – connue sous le nom de Jasmine Alamein au Gold Sun Club – se félicitait d'être capable de défiler sur un podium sans trébucher, tout en observant ce qui se passait autour d'elle. Elle n'avait pourtant reçu ni formation ni leçons de maintien – cela existait-il seulement encore ? Simplement, elle avait la chance d'avoir eu les meilleurs parents au monde.

Sa mère, Liliana, était volontaire au Corps de la Paix, un organisme américain dont le but était de favoriser l'amitié et l'entraide entre les peuples. Sans doute un chemin naturel, étant donné ses racines internationales. Les grands-parents de Jasmine, originaires de Jordanie et du Kenya, s'étaient rencontrés et mariés au Maroc, avant d'émigrer aux États-Unis. Si Liliana avait passé son enfance à Miami, elle avait voyagé dans le monde entier dans le cadre de son travail.

Elle avait été une excellente mère, qui prônait toujours la bienveillance et la compassion envers autrui. Elle croyait fermement que des paroles pouvaient illuminer ou détruire la journée d'une personne, et était persuadée que l'un des plus grands atouts dans la vie était de savoir cerner les gens.

Declan Adair, le père de Jasmine, était un Américain d'origine irlandaise. Ancien policier, il avait transmis à sa fille le respect du service public.

Tous deux avaient aussi inculqué à Jasmine la stricte égalité entre les couleurs, les religions, les sexes et les orientations sexuelles, et lui avaient enseigné que partout dans le monde existaient des gens de bien qui aspiraient à la même chose : la vie, la liberté et le bonheur.

Ils n'avaient pourtant rien de hippies. Son père lui avait appris que les gens les plus sympathiques en apparence ne l'étaient souvent pas, et que les paroles ne signifiaient pas grand-chose et cachaient la plupart du temps un océan de mensonges et de mauvaises actions.

— Savoir cerner les autres… c'est ce qu'il y a de plus dur au monde, lui avait-il expliqué une fois. Surtout quand tu n'as que quelques secondes pour le faire.

Il hochait souvent la tête avec dégoût, à l'issue d'un procès, et la mère de Jasmine lui rappelait qu'un jury ne pouvait pas tout faire. Il répondait alors : « Pas de problème. La prochaine fois, on les aura ».

Jasmine parcourut du regard la foule des invités. Aucun membre de cette organisation, le gang Déco, n'avait encore été arrêté, mais cela finirait bien par arriver, un jour ou l'autre. Personne ne connaissait l'étendue réelle de leurs activités criminelles, car ils étaient très doués pour déjouer le système judiciaire. Trop doués.

Dans le monde, il existait des fanatiques de toutes sortes, mais tous étaient également dangereux. De même, il existait des malfrats de toutes sortes, et tous pourrissaient la vie de ceux qui voulaient vivre en paix, élever leurs enfants, profiter de leur liberté et trouver le bonheur.

C'était pour cela que la police était importante. Elle avait fini par le comprendre, même si son inspecteur de père était rarement présent aux goûters d'anniversaire. C'est lui qui lui avait donné envie d'entrer dans les forces de l'ordre. Et elle était une professionnelle plutôt douée.

À cet instant, en revanche, c'était ce qu'elle avait appris de sa mère qui lui servait. Quand elle était enfant, Jasmine l'avait accompagnée à toutes sortes d'événements mondains et de galas de charité. À l'adolescence, elle avait commencé à travailler comme mannequin dans des réceptions caritatives, organisées afin d'attirer de grosses donations pour les associations de sa mère. Elle avait défilé pour quelques grands noms de la haute couture qui se souciaient du sort des enfants ou des populations victimes de catastrophes naturelles, dans le monde entier.

Tout cela expliquait pourquoi elle était à présent capable d'arpenter un podium avec une grâce toute professionnelle, sans perdre une miette de ce qui se passait dans l'assistance.

La soirée avait attiré le tout-Miami Beach. Elle aperçut deux stars d'une série télé à succès : Alphonse Mangiulli, un artiste italien de renom, en pleine discussion avec Cam Li, homme d'affaires chinois qui venait de construire deux des plus grands hôtels du monde, l'un à Dubaï, l'autre à Miami Beach. Mathilda Glen, de la très haute et très ancienne bourgeoisie locale, ainsi qu'un réalisateur anglais, Eric Summer.

Parmi cette faune plus ou moins riche et célèbre évoluaient donc les membres d'une organisation criminelle de South Beach que la police de Miami avait baptisé « le gang Déco ». Ils étaient réunis sous le contrôle d'un homme d'origine russe, Josef Smirnoff, véritable pivot de ce groupe très dangereux.

Sans aucun lien avec la mafia italienne, la Cosa Nostra, la pègre asiatique ou les cartels sud-américains, ils étaient difficiles à repérer et possédaient des sociétés écrans tout à fait légales pour blanchir l'argent de leur trafic de drogues et de leurs réseaux de prostitution.

Récemment, des crimes avaient été commis et des corps avaient été retrouvés. La plupart du temps, cependant, quiconque se mettait en travers du chemin de ce groupe disparaissait tout simplement. Grâce à leur interconnexion, ces malfrats ne manquaient jamais d'alibis, les preuves s'évaporaient comme par magie, et la police n'avait jamais réussi à procéder à la moindre arrestation. C'était peine perdue.

Jasmine avait fait des pieds et des mains pour qu'on la mette sur cette affaire. Son apparence physique avait pesé dans la balance, car elle lui assurait une bonne couverture pour l'infiltration. Son capitaine, Mac Lorenzo, soupçonnait sans doute qu'elle avait d'autres raisons d'être là – des raisons plus personnelles –, mais il n'avait pas posé de questions.

Il ne se doutait pas que la détermination de Jasmine à

faire tomber le gang Déco avait commencé par la disparition de Mary Ahearn, une amie de longue date. Cette dernière s'était évanouie dans la nature, après avoir travaillé dans une discothèque qui servait fort probablement de couverture à un réseau de prostitution de très grande ampleur.

Jasmine aperçut Josef Smirnoff, au premier rang, qui la regardait en souriant. Le spectacle semblait lui plaire. Tant mieux. C'était lui le patron et elle voulait trouver un moyen d'entrer en contact avec lui. Elle devait connaître ses gardes du corps et ses lieutenants.

Elle ne travaillait pas seule : son collègue, Jorge Fuentes était un type incroyable. En plus d'être un policier hors pair, Jorge était doté d'un physique particulièrement avantageux, qui lui avait permis de se présenter au Gold Sun Club en prétendant chercher du travail. Jasmine avait glissé à Natasha Volkov, qui s'occupait de recruter les mannequins pour ce genre d'événements, qu'elle avait déjà défilé avec lui et que c'était un type formidable et facile à vivre.

Ce soir-là, Jorge avait été embauché pour remplacer un employé subitement tombé malade. C'était lui, l'adonis à la pomme, dans un costume très… minimaliste.

Jorge avait tenté de se retrouver seul avec elle un instant, dans les loges. Cela faisait plusieurs semaines que Jasmine était infiltrée, et leur communication avait été sporadique et brève. Malheureusement l'occasion ne s'était pas présentée, mais elle espérait qu'ils pourraient se parler, une fois le défilé terminé. Elle avait hâte de connaître les dernières informations. Il fallait cependant se montrer patient car, si leur véritable identité venait à être dévoilée, c'était un arrêt de mort certain.

La couverture de Jasmine était parfaite. Elle avait loué un appartement à Miami Beach une semaine avant de commencer à répondre à des annonces de castings. Elle avait présenté un CV crédible, justifiant d'emplois similaires, mais jamais rien de trop clinquant. Juste de quoi suggérer qu'elle rêvait sans doute de célébrité.

Après s'être changée à la vitesse de l'éclair dans les

loges, elle fit un second passage sur le podium. Elle en profita pour repérer quelques autres personnes connues dans l'assistance. Les discothèques ne manquaient pas à South Beach et les clients les fréquentaient un temps, avant de passer à autre chose. Tel lieu à la mode risquait toujours de se retrouver vide le mois suivant. Cela n'avait sans doute pas une grande importance pour cet établissement, qui ne représentait qu'un moyen de dissimuler d'autres activités illégales et bien plus lucratives.

Elle s'intéressa à ceux qui évoluaient autour du « patron ». Josef Smirnoff était un homme d'un mètre quatre-vingt-dix, large d'épaules et solidement musclé. Il avait le crâne entièrement rasé, ce qui faisait ressortir sa mâchoire proéminente et ses yeux sombres. À son bras, une jeune starlette pleine d'avenir, une adorable blonde aux yeux bleus, originaire de Californie, attendait visiblement que Smirnoff la mette en contact avec des gens du show-biz.

Jasmine espérait pour elle que ce rêve se réaliserait et qu'elle ne finirait pas par fréquenter une faune… peu fréquentable.

Elle aperçut également Natasha. La cinquantaine, environ un mètre soixante-quinze, cette dernière avait travaillé comme mannequin en Europe, dans sa jeunesse. Elle avait réussi à tirer son épingle du jeu. Une des filles qui défilait régulièrement pour le Club avait un jour confié à Jasmine que Natasha avait toujours eu du flair pour coucher avec les bonnes personnes. C'était une femme séduisante, avec ses cheveux mi-longs d'un blanc argenté qui soulignaient sa silhouette fine. Elle dirigeait les défilés et les autres grands événements d'une main de fer, et rien n'échappait à son regard perçant.

Selon les rumeurs, elle couchait avec le patron, même si elle n'avait jamais confirmé ou infirmé quoi que ce soit. Quelques signes les trahissaient cependant. Jasmine se demandait toutefois si Natasha était réellement attachée à Josef, ou si ce n'était qu'un jeu de pouvoir.

Elle se demandait également ce que Natasha pensait de

toutes ces belles jeunes femmes qui tournoyaient toujours autour de Josef. La vie n'avait pas été tendre, avec elle, et sa soif de pouvoir faisait sans doute taire ses émotions.

Les hommes à côté de Smirnoff constituaient sa garde rapprochée, ses gorilles personnels. Jasmine les surnommait « Riri, Fifi et Loulou », mais il s'agissait d'Alejandro Suarez, Antonio Garibaldi et Sasha Antonovitch. Tous trois étaient grands et forts, les épaules carrées, et passaient de longues heures dans la salle de sport. L'un d'eux accompagnait toujours Smirnoff mais, pour une soirée comme celle-ci, ils étaient présents tous les trois.

Il y avait également Victor Kozak, l'héritier probable du royaume Smirnoff. C'était un homme grand et mince, avec des yeux d'un bleu étincelant et une barbe poivre et sel parfaitement entretenue. Il se montrait extrêmement agréable avec Jasmine, au point de la mettre parfois mal à l'aise.

Elle les connaissait tous avant même d'être embauchée au Club, grâce à Mary, qui avait averti son amie des soupçons pesant sur la bande de South Beach. On parlait d'événements organisés avec des mannequins et de somptueuses créatures, recrutées juste pour l'affiche. De somptueuses créatures qui, selon les rumeurs, pouvaient être engagées de façon plus… privée. C'était Mary qui lui avait décrit la plupart des acteurs de cette scène.

Avant de disparaître.

Ivan, le manager du Club se tenait derrière le bar. Cela ne lui arrivait pas souvent de s'abaisser à de telles tâches subalternes. En général, il se contentait de superviser. Il était comme les gardes du corps : solide, vigilant et à l'affût de la moindre occasion de grimper un échelon dans la hiérarchie.

Sans cesser sa surveillance, Jasmine se lança dans un petit jeu avec Jorge. D'un geste, elle désigna Kari Anderson, le mannequin qui s'avançait à présent sur le podium, vêtue d'un long caftan noir qui accentuait la blancheur de sa peau et le blond platine de ses cheveux. Jorge restait parfaitement immobile, roulant simplement des yeux sur le passage de la jeune femme, ce qui fit rire la foule.

Tandis que Jasmine terminait son tour, elle laissa son regard s'attarder sur un homme debout près du bar. Elle ne savait pas grand-chose de lui. C'était un nouveau venu, d'après ce que Kari lui avait confié. Un gros bonnet, originaire de New York. Il était plus grand et plus mince que la plupart des membres de la bande, pourtant Jasmine soupçonnait une musculature d'acier sous le costume griffé qu'il portait. Il n'arborait pas non plus la coupe militaire des autres, et ses cheveux châtain foncé étaient un peu longs et ébouriffés.

C'était de toute évidence le plus séduisant du lot, avec ses traits nets et ciselés, ses pommettes saillantes, un agréable menton carré et des yeux bleu clair. Il aurait tout à fait pu tenir compagnie à Jorge sur le podium. Malheureusement, tout nouveau qu'il soit, il se trouvait dans le mauvais camp. Récemment arrivé à South Beach, il se prétendait artiste et tenait une galerie. Peut-être croyait-il que sa coupe de cheveux suffirait à lui donner un petit air bohème… plus qu'assassin et criminel.

Quand elle entama son second tour, après une pirouette synchronisée avec Kari, elle se rendit compte que l'homme avait quitté le bar en compagnie d'Ivan. Tous deux se trouvaient à présent à côté de Josef Smirnoff. Il avait donc le droit de s'approcher du patron. Intéressant.

À cet instant précis, un claquement sec retentit, presque masqué par la musique.

Personne ne réagit.

L'instinct et l'expérience de Jasmine lui permirent de reconnaître aussitôt qu'il s'agissait d'un coup de feu. Elle saisit Kari par le bras et la força à descendre du podium. Un autre coup de feu résonna et un projecteur explosa dans une gerbe d'étincelles. Puis une série de crépitements plus mats éclata dans la salle. La foule commença à se disperser en hurlant, dans la panique la plus totale.

— Reste couchée ! ordonna Jasmine à Kari, en se redressant avec précaution.

Jorge était déjà debout et tentait d'aider une femme qui risquait de se faire piétiner. Les vigiles et les policiers embauchés pour la soirée s'efforçaient de ramener l'ordre. Jasmine se jeta dans la mêlée pour essayer de déterminer d'où étaient partis les tirs. C'était un des projecteurs au bout du podium qui avait explosé ; difficile de savoir d'où venaient les autres coups. Le groupe aussi avait paniqué, et une guitare éventrée pendait de la scène.

Près du bar, Josef Smirnoff gisait sur le sol, entouré par ses gardes du corps, lesquels tentaient de tenir à distance la foule qui menaçait de l'écraser.

Le chaos était indescriptible.

Jasmine aida un jeune homme blanc comme un linge, star montante d'une série télévisée, qui la remercia en balbutiant.

— Sortez, l'interrompit Jasmine. Faites vite !

Les coups de feu avaient cessé, mais qui sait si cela ne recommencerait pas ? Elle s'approcha de Josef Smirnoff, esquivant les gardes du corps distraits, et s'agenouilla près de lui.

— Josef ? appela-t-elle en le prenant par l'épaule pour le retourner.

Il avait la poitrine en sang. Plus aucun espoir pour lui. Il était déjà mort, les yeux écarquillés de stupéfaction. Jasmine contempla une seconde le sang qui maculait à présent le devant de la robe haute couture qu'elle portait.

Elle leva les yeux, cherchant Jorge du regard, mais aperçut un homme qui s'approchait d'elle, une main tendue de façon menaçante. C'était l'inconnu de New York. Elle roula rapidement sur le côté, l'esquiva une fois et s'apprêtait à riposter, quand elle eut l'impression de se faire charger par un quarante-cinq tonnes. Elle croisa le regard de l'inconnu aux cheveux longs. Des yeux d'un bleu surprenant, dans cette chevelure sombre. Elle sentit sa main sur elle, perçut la puissance de sa poigne.

Non. Elle pouvait reprendre l'avantage.

Elle se plia brusquement en deux, se servant du poids de son adversaire contre lui, et l'homme s'écrasa sur le sol, de toute évidence surpris. Il ne lui fallut cependant qu'une seconde pour se remettre debout, en appui sur la pointe des pieds, prêt à bondir.

Bon sang, mais où était Jorge ?

Jasmine feignit de plonger vers la gauche et se lança à droite au dernier instant, surprenant son adversaire par un brutal coup de poing dans l'abdomen qui aurait dû lui couper le souffle. Il ne broncha pas et, bientôt, chargea de nouveau, la plaquant au sol. Elle croisa encore l'éclat glacial de ses yeux bleus.

La foule s'était dispersée. Elle entendait du vacarme à l'entrée, la police qui arrivait sur les lieux. Josef Smirnoff gisait dans une monstrueuse mare de sang. Du sang dont elle était elle-même maculée.

Il n'y avait plus que cet homme.

Et elle.

— Hé !

Au grand soulagement de Jasmine, Jorge se précipita vers elle. Pourtant, il ne vint pas à son secours et ne fit rien pour retenir l'homme.

— Arrêtez ! chuchota-t-il d'une voix pressante.

Puis s'adressant à l'inconnu, il ajouta :

— Jasmine est de la maison, Jacob. C'est ma partenaire.

Se tournant vers Jasmine, il murmura :

— Jacob est du FBI.

Ce dernier les regarda, l'air complètement ahuri. Puis, il décocha un faux coup de poing à Jorge, qui fit mine de s'effondrer.

Jacob se releva alors et attira Jasmine vers lui. Il l'observa longuement, l'air indécis, puis il lui fit une clé et lui coinça le bras derrière le dos.

— Jouez le jeu, chuchota-t-il. C'est la seule solution.

— OK.

Tandis qu'il la conduisait dehors, Jasmine parvint à se libérer pour lui envoyer un méchant crochet au visage. Il se frotta la mâchoire, l'air perplexe. Victor Kozak s'approcha d'eux.

— Allez-y, jouez le jeu, vous aussi, souffla-t-elle en regardant Jacob d'un air de défi.

Les Fédéraux pensaient toujours en savoir plus que la police locale. Ce type devait être furieux ; il préférait mener la danse. Au moins, sa présence signifiait que le FBI était au courant de la situation. Ils avaient écouté la police et fini par envoyer quelqu'un. C'était sans doute ça que Jorge avait tenté de lui dire.

Jacob la dévisageait toujours. À sa grande surprise, elle le vit presque sourire.

— Joueuse, hein ? marmonna-t-il.

2

— Quelqu'un était au courant, s'exclama Jorge. Quelqu'un savait que Smirnoff avait tourné sa veste. Qu'il les avait tous lâchés.

— Peut-être…, répondit Jacob Wolff.

Il s'était installé sur le canapé, dans l'appartement de Jasmine à South Beach. Tout à fait à l'aise. Très prévenant. Sans qu'elle comprenne trop pourquoi, sa présence la perturbait.

La situation était plus claire, à présent.

Deux semaines plus tôt, Josef Smirnoff avait pris contact avec Dean Jenkins, agent spécial attaché au Bureau de Miami. Jenkins avait ensuite informé ses supérieurs, qui avaient dépêché Jacob Wolff sur place. Entre autres talents, ce dernier parlait russe, ukrainien, espagnol, portugais et français, ainsi que le créole haïtien et le cajun. Il avait également des notions de tchèque et de polonais, et son allemand n'était pas mauvais.

C'était peut-être d'ailleurs pour cela que Jasmine lui en voulait. Ce n'était pas moral d'être aussi cultivé.

Non, inutile de se voiler la face : elle détestait qu'il l'ait eue par surprise.

— Peut-être un nouveau, suggéra Wolff. Ou pas.

— Et sinon ? Est-ce qu'on sait pourquoi… ? demanda Jorge.

— Nous l'ignorons, répondit Wolff doucement. Je pense que c'est Kozak qui a commandité le coup. Non pas qu'il ait eu des soupçons quant à l'intégrité de Smirnoff, mais parce qu'il espère prendre le pouvoir. Sans doute depuis longtemps.

Il se cala sur le canapé et reprit :

— Smirnoff est venu nous trouver parce qu'il avait peur. Il était le boss depuis le début, mais il savait comment tout cela pouvait terminer si une lutte de pouvoir éclatait. Il avait vraiment peur. Il cherchait une porte de sortie. Kozak, lui, cherchait à se débarrasser de Smirnoff. Il a trouvé le bon moyen. Surtout pour paraître blanc comme neige dans l'affaire. Des dizaines de personnes l'ont vu pendant que Smirnoff se faisait tuer. Il a bien joué ses cartes. C'était plein de flics, ce soir. L'occasion rêvée pour planifier une exécution sans éveiller le moindre soupçon. Dans cette organisation, c'était vraiment lui le numéro deux. L'équivalent du vice-président, si vous voulez.

— Le problème, c'est que, si Kozak se rend compte de quelque chose, on court tous un grave danger, fit remarquer Jorge. Notre couverture est peut-être fichue.

— Jorge, l'infiltration est le seul moyen de les faire tomber, rappela Jasmine.

Elle était adossée à l'arche qui séparait la cuisine du salon. Il était tard. Elle était fatiguée. Mais c'était une des rares occasions qu'ils avaient de se parler. Après le chaos de l'assassinat, tout le monde avait été interrogé par la police. Les *people* – et surtout ceux qui gravitaient autour d'eux – avaient accordé des interviews interminables à la presse.

Une chance.

Jasmine, Jorge et Jacob Wolff avaient ainsi pu éviter d'apparaître à la télévision. Malgré tout, ils avaient dû attendre au commissariat pendant des heures, car ils devaient absolument protéger leur couverture.

Jasmine mourait d'envie de prendre une douche et de se changer. Sa robe maculée de sang avait été placée sous scellés afin d'être examinée comme preuve. Après de longues heures, on les avait vus repartir ensemble. Cela resterait sans conséquence : tout le monde savait que Jorge et elle étaient amis.

Quant à Jacob Wolff…

— Tu n'aurais pas dû t'afficher avec nous, lui reprocha-t-elle soudain.

Elle avait parlé d'un ton dur.

Trop dur.

Bien qu'elle soit chez elle – ou du moins, dans l'appartement de celle qu'elle prétendait être –, elle avait l'impression de marcher sur des œufs, alors que Wolff était assis tranquillement.

Elle devait se calmer et repartir de zéro avec cet agent.

— J'ai laissé entendre à Ivan Petrov, le barman, que j'avais envie de te connaître, répondit Jacob, sans même lui accorder un regard. Ils croient que je suis un élément majeur de la pègre de New York. Pour l'instant, ils m'observent et pensent que, s'ils me respectent, je les respecterai à mon tour et jouerai le jeu.

Il ne la regardait toujours pas.

— Je suis censé leur proposer une solution de blanchiment d'argent. Je ne trempe dans aucune de leurs activités criminelles, que ce soit la prostitution ou toute autre forme d'esclavage moderne. Ma couverture, c'est cette galerie d'art, avec des contacts dans des dizaines de pays. Avant que la fusillade éclate, j'essayais de me lier d'amitié avec Ivan Petrov, qui est visiblement chargé de gérer la boîte de nuit et les filles. Je tente de comprendre comment les mannequins sont mêlés à leur réseau. Elles servent très certainement de mule en transportant de la drogue et permettent également de faciliter les échanges avec les fournisseurs.

Il jeta un coup d'œil à Jorge et poursuivit :

— Avant ce soir, je m'étais déjà renseigné sur Jasmine, comme si je cherchais à tirer profit de cette « amitié » qu'ils peuvent m'accorder. Ivan m'a affirmé qu'elle n'était pas encore « disponible », mais que tout venait à point à qui savait attendre. Ou quelque chose dans ce goût-là. Il pensera que j'ai profité de la situation et que je lui ai apporté tout le réconfort qu'un homme dans ma position peut proposer à une jeune femme.

— Vraiment ? s'enquit Jasmine. Pourtant, j'étais avec Jorge.

Wolff la regarda enfin.

— Tout le monde sait que vous êtes amis. C'est donc normal que vous quittiez le commissariat avec lui. Mais… Jorge est gay.

— C'est ce que tu leur as dit ? demanda Jasmine, offusquée. Qu'est-ce que… ?

— C'est la vérité, intervint Jorge, avec un haussement d'épaules.

Jasmine se tourna vers lui, stupéfaite.

— Ah bon ? Tu ne me l'as jamais dit.

— Tu ne me l'as jamais demandé, répondit-il avec un mince sourire. Hé, on fonctionne bien, en binôme. Je ne te demande pas avec qui tu sors. Oh attends… Tu ne sors jamais avec personne !

Il eut un petit rire. Jasmine eut envie de lui botter les fesses. À présent, elle passait pour une idiote. Jorge et elle étaient proches, mais son collègue avait raison. Ils travaillaient ensemble depuis un moment, ils s'entendaient bien mais… C'était tout. Et c'est pour cela qu'elle n'avait jamais pensé à lui poser la question…

Peu importait.

Il avait toujours été très clair que rien ne pouvait se passer entre eux, parce qu'ils étaient dans la même équipe. On ne mélange pas l'amour et le travail. Aucun des deux n'avait cependant pensé à interroger l'autre sur sa vie sentimentale ou personnelle.

— Au moins, on s'est comportés de façon prévisible, reprit-elle, avec entêtement. Car je peux vous garantir qu'on était surveillés. D'ailleurs, si Ivan Petrov dirige la discothèque, c'est Natasha qui s'occupe réellement des mannequins. C'est elle qui décide du planning et qui verse les cachets.

— Tu vas devoir te montrer très prudente, dit Wolff en la fixant de ses yeux bleus. D'après ce qu'on m'a dit, Natasha trempe dans cette affaire depuis le début. Elle est peut-être aussi puissante que Kozak lui-même. Jamais personne n'a réussi à la faire entrer dans le réseau de prostitution classique. Elle considère le sexe comme un investissement. Elle aussi a commencé en tant que mannequin. Et elle a couché avec des gens importants. C'est ce qui lui a permis d'atteindre Kozak. Elle sait ce qu'elle fait et c'est une femme sans scrupule.

— Je suis prudente, affirma Jasmine. Je suis un bon flic. Déterminée, mais pas suicidaire.

— Ravi de l'entendre, répondit-il avec gravité. Donc, tout est pour le mieux. Le plus embêtant, concernant ce soir, c'est que nous avons perdu notre seul informateur. Josef Smirnoff. Malgré ça, il va quand même falloir aller au fond de cette affaire. Il faut faire tomber Victor Kozak et tous ses petits lieutenants. Ma position au sein du groupe est assez solide. Le Bureau est capable de faire des merveilles quand il s'agit d'inventer une histoire. Mais le défilé est terminé. La fête est finie. Le Club va sans doute rester fermé pendant quelques jours.

— J'ai mes entrées, ne vous inquiétez pas, assura Jasmine. La dernière chose que Natasha a demandée aux mannequins, c'est de se présenter dès demain dans les bureaux. D'abord, pour rendre les habits. Ensuite, pour décider de ce qu'on allait faire.

Elle hésita.

— Ils ne t'ont pas encore demandé de t'occuper de quelqu'un ? s'enquit Wolff.

— On laisse aux nouvelles l'illusion qu'elles sont là uniquement pour défiler. Par la suite, on leur propose des missions d'escorte. Et puis, de fil en aiguille…

— On aura fini avant, assura Jorge.

— Sinon, tu n'auras qu'à partir, termina Wolff.

— Pas besoin d'être aussi protecteurs, vous deux. Je travaille avec la Division spéciale depuis trois ans. J'ai déjà vu pire.

— Moi aussi, répondit tranquillement Wolff. Et j'ai passé l'après-midi dans une parcelle de marécage paumée en plein milieu des Everglades, en compagnie de barils de pétrole farcis de cadavres. J'ai beau être au FBI depuis près de dix ans, je n'ai pas trouvé cela particulièrement agréable.

— Je ne dis pas que ce sera une partie de plaisir, maugréa Jasmine, agacée. Juste que je suis assez grande pour me protéger moi-même.

Elle n'avait pas voulu se montrer aussi vindicative. Elle savait effectivement ce qu'elle faisait. Elle avait également appris au cours de sa carrière que ceux qui se vantaient sans cesse de leurs compétences avaient souvent des comptes personnels à régler.

Elle avait confiance en ses propres capacités. Elle faisait bien son boulot de flic. Du moins, elle le pensait… En présence de ce policier fédéral, elle était soudain sur la défensive et cela ne lui plaisait pas du tout.

— Oh ! on se calme, tous les deux ! lança Jorge.

Wolff se leva brusquement, comme pour mettre un terme à un entretien.

— Je rentre chez moi, annonça-t-il. La plupart du temps, je traîne dans une véritable galerie qui est censée m'appartenir. Le Dauphin.

Il tendit une carte à Jorge, puis se tourna vers Jasmine.

— N'hésitez pas à assurer mes arrières, l'un comme l'autre. À mes yeux, aucun flic ne peut s'en sortir seul. On a tous besoin des collègues. Je suis ravi d'apprendre que j'ai le MDPD infiltré avec moi.

Ses paroles n'arrangèrent rien.

Jasmine se sentit comme une gamine qu'on vient de gronder. Le pire, c'est qu'il avait raison. Ils avaient tous besoin de veiller les uns sur les autres.

Elle aurait voulu s'excuser. Repartir sur de bonnes bases. Leur rencontre avait été étrange. Elle-même n'était ni arrogante ni idiote. Elle avait l'esprit d'équipe. Pourtant, malgré les dernières paroles qu'il avait prononcées, elle percevait que Jacob Wolff se méfiait déjà d'elle.

— Je resterai aussi près que possible, reprit-il. La femme qui gère la galerie, Katrina Partridge, est avec nous. Si vous avez besoin de moi et que je ne suis pas là, adressez-vous à elle. Je lui fais une confiance aveugle.

Il ne se retourna pas.

S'il l'avait fait, Jasmine était certaine qu'il aurait lancé à Jorge un regard plein de compassion pour avoir la malchance de travailler avec une partenaire pareille. Lorsqu'il fut sorti, elle tira les trois verrous d'un geste rageur.

— Crétin ! marmonna-t-elle en se laissant tomber sur le canapé.

— Pas vraiment, répondit Jorge. Un simple mauvais concours de circonstances. En général, c'est un type plutôt sympa.

— Je ne le connais pas vraiment. Je n'ai pas dit que je ne l'appréciais pas.

— On n'aurait pas cru.

Elle ignora sa remarque.

— Jorge, tu peux m'expliquer ce qui s'est passé ? On était tous là. L'endroit grouillait de flics. Et quelqu'un a réussi à abattre Smirnoff, sous nos yeux, sans qu'on sache qui ni comment.

— Ils comptaient visiblement sur le fait que la discothèque était pleine de policiers, Jasmine. Des inspecteurs vont être mis sur l'affaire et nos équipes techniques vont découvrir la trajectoire de la balle qui l'a tué. On fait notre boulot, ils font le leur. Le problème, c'est que le tireur n'était qu'un rouage d'une machinerie plus grande. On doit retrouver les acteurs principaux. Kozak et les autres. Cela ne veut pas dire que celui ou celle qui a appuyé sur la gâchette ne devrait pas être condamné, mais… cela ne nous avancerait pas à grand-chose.

— Tu as raison.

Il fallait surtout retrouver Mary. Elle soupira. Jorge s'assit à côté d'elle et lui prit la main.

— Tu es déçue, c'est tout. Mais on n'espérait pas les attraper tous ce soir.

— On n'espérait pas non plus que Smirnoff se fasse

descendre. Je… Je n'étais même pas au courant qu'il avait contacté le FBI !

— Moi, je le savais, mais je ne pouvais rien te dire. Et j'ignorais que Smirnoff se ferait descendre avant que j'aie une chance de te mettre au courant. Je suis désolé. Je vous ai mis dans une sale situation, Jacob et toi. Au moins, vous ne vous êtes pas entre-tués. Je sais que tu lui en veux parce qu'il a eu le dessus.

— Il n'a pas eu le dessus !

— Presque.

— C'est moi qui ai presque eu le dessus.

— Ça va aller. Respire.

Elle inspira profondément et secoua la tête.

— J'ai bossé avec un Fédéral, une fois.

— Et ça s'est bien passé, non ? On est tous dans le même camp, tu sais.

— C'était un type super. Plus vieux. Il n'arrêtait pas de me parler de sa petite-fille, qui avait à peu près mon âge. Je m'attendais toujours à ce qu'il m'envoie me coucher à 22 heures.

Jasmine sourit à ce souvenir. Jorge la regarda, surpris.

— D'accord, d'accord, reprit-elle. Je lui en veux d'avoir presque eu le dessus. Mais, franchement, j'ai failli le mettre au tapis, moi aussi.

Elle serra la main de son coéquipier.

— Comment ça se fait qu'on n'ait jamais évoqué nos vies sentimentales et que cet inconnu en sache plus long sur toi que moi ?

— Parce qu'on se fiche tous les deux des préférences de l'autre et qu'on fonctionne bien ensemble. Et aussi qu'on aime ce qu'on fait. J'imagine que Wolff a dû se renseigner à fond à notre sujet avant d'accepter de travailler avec nous. Il devait connaître notre passé et s'assurer qu'on était *clean*. Et puis…

Il eut un petit sourire moqueur.

— … il faut avouer que tu es un bourreau de travail.

Même quand on mange un morceau ensemble, c'est souvent pour le boulot.

— C'est faux ! En tout cas, pas jusqu'à cette affaire.

Il hocha la tête.

— Tu te demandes ce qui est arrivé à Mary ? demanda-t-il d'une voix douce.

— Jorge, j'ai peur qu'elle soit morte… Encore plus maintenant.

Elle poussa un soupir angoissé.

— Tu as des détails sur ces barils de pétrole qu'ils ont trouvés aujourd'hui ? Je ne sais que ce qu'ils ont annoncé aux infos. Le capitaine Lorenzo était présent avec les collègues qui prenaient les dépositions des invités au défilé, ce soir, mais je n'ai pas eu l'occasion de lui poser la question. Il fallait bien que je joue mon rôle de mannequin au bord de la crise de nerfs.

— Tu as été magnifique, d'ailleurs, plaisanta-t-il, avec une grimace.

Elle rit.

— Tu n'étais pas mal non plus, répondit-elle, sans le quitter des yeux.

— Mary ne se trouvait pas dans l'un des barils, si c'est ce que tu veux savoir.

— Tu es sûr ?

— Affirmatif. Les corps découverts étaient tous des hommes.

— Ouf ! Enfin, je veux dire… Je ne me réjouis de la mort de personne, mais…

— Ce n'est rien, lui assura Jorge. Je comprends, tu sais. Bon, demain, ça va être tendu. Je vais te laisser dormir un peu.

Il fit mine de se lever, puis se ravisa.

— Finalement, non.

— Quoi ?

— Je vais rester.

— Je n'ai pas besoin de protection, protesta-t-elle. La porte est bardée de verrous et je dors avec mon arme près de l'oreiller.

— Tu n'as pas besoin d'être protégée, mais moi, oui ! L'union fait la force. Au lit.

Elle se leva, l'air boudeur.

— Bon, d'accord, tu as raison, finit-elle par admettre, de mauvaise grâce. N'importe qui peut se faire prendre par surprise. Je me suis comportée comme une imbécile et je ne sais même pas pourquoi.

— Moi, je le sais, répondit doucement Jorge. Tu ne devrais pas enquêter dans cette affaire. Tu es impliquée personnellement. Moi aussi, d'une certaine façon. J'ai déjà rencontré Mary.

Jasmine acquiesça.

— Je ne suis pas sûre d'avoir bien tout compris, malgré ce que nous a appris Wolff. Je vais aller te chercher un oreiller et une couette.

— À quelle heure a-t-on rendez-vous, demain ? Et où ? demanda-t-il, tandis qu'elle dépliait le canapé du salon.

— 10 heures, porte de service du Club.

— Je suis prêt à parier que la moitié du bâtiment sera encore fermée.

— Il faut juste qu'on récupère notre chèque à l'administration, en passant par l'entrée de service.

— Tu es sûre qu'on nous laissera entrer ?

Jasmine acquiesça.

— Je me suis retrouvée avec Natasha et un petit groupe de filles quand la police prenait les dépositions. Natasha s'est renseignée auprès de l'inspecteur chargé de l'enquête – Greenberg, de la municipale de Miami Beach. Il lui a expliqué qu'ils allaient boucler la salle principale jusqu'à la fin de l'enquête, mais que les propriétaires et les employés étaient libres d'utiliser le reste du bâtiment.

— Alors, au lit. On recommence demain.

Jorge s'apprêtait visiblement à ajouter quelque chose mais se ravisa.

— Quoi ? insista-t-elle.

— J'ai appris seulement aujourd'hui que le FBI était sur l'affaire. C'est pour ça que j'étais en retard – une réunion de concertation. Tout le monde soupçonne le gang Déco, mais il n'y a aucune preuve tangible contre eux et personne ne peut rien faire. Ça fait des mois qu'on piétine. Je sais que tu en discutes avec le capitaine Lorenzo depuis un moment, mais… On vient juste de découvrir que Smirnoff était sur le point de témoigner contre toute l'organisation. Je suis simplement…

— Simplement quoi ?

Il fit la grimace.

— J'aime bien les Fédéraux. Ils ont plus de moyens que nous. Ils ont plus d'influence d'un État à un autre. Et à l'international aussi. Je ne sais pas combien de temps je vais pouvoir rester comme mannequin. Vu comment le défilé s'est terminé, je pourrais dégager rapidement et je ne serais alors plus là pour t'aider.

— Je suis prête à parier que le gang Déco va continuer ses affaires. Kozak annoncera que toutes les personnes embauchées au Club ont besoin de bosser. Il va prendre les commandes sans hésiter, en invoquant le fait que Smirnoff ne se serait pas laissé impressionner. Du coup, on sera déjà dans la place.

— Toi, oui. Moi, c'est moins sûr. Alors, je suis content que… Oui, je suis content qu'il y ait un autre agent infiltré sur cette affaire. Maintenant, je crois que je vais m'infiltrer sous la couette, si tu veux bien…

Jorge se coucha sur le canapé-lit, lui tourna le dos avec un soupir de satisfaction et fit mine de fermer les yeux.

Jasmine s'apprêtait à répondre, mais elle haussa les épaules et se dirigea vers la chambre. Une fois dans son lit, roulée en boule sous sa couverture, elle reconnut secrètement qu'elle aussi était un tout petit peu soulagée de la présence de Jacob Wolff.

Elle avait pensé que le gang trempait dans des affaires de prostitution, transformant les mannequins en junkies avant de les faire circuler comme une marchandise.

Elle ne savait pas à ce moment-là que des corps avaient été retrouvés dans des barils. Et elle ne soupçonnait pas que

Smirnoff allait être tué. Elle était donc rassurée d'avoir des renforts si elle devait continuer à se rapprocher des acteurs les plus dangereux. Dans le cas contraire, il vaudrait sans doute mieux qu'elle se retire de l'enquête.

Sauf qu'elle ne le pouvait pas.

Ils avaient Mary. Mary était là, quelque part. Elle espérait seulement que son amie était encore en vie.

3

Quand il était enfant, Jacob venait souvent à South Beach avec ses parents. À l'époque, le quartier avait déjà commencé à s'embourgeoiser. Sa mère aimait lui raconter comment c'était, du temps de sa jeunesse à elle, avant que le monde ne se rende compte de la beauté et de la valeur architecturale des hôtels Art déco. Il existait alors plein de petits commerces, et les adolescents traînaient sur la plage avec leur planche de surf – même s'il n'y avait aucune vague digne de ce nom.

C'est là que ses parents s'étaient rencontrés. Son père lui avait un jour expliqué, non sans une certaine dose d'humour, qu'il était tombé amoureux à cause d'un bagel à vingt-cinq cents.

La plage était magnifique. Jacob avait choisi un petit hôtel pittoresque sur le front de mer, le Fisher House, construit au début des années 1920. L'établissement avait été totalement rénové, une dizaine d'années plus tôt, et c'était à présent un endroit charmant et intime. L'arrière donnait sur une large véranda où les clients pouvaient dîner et déjeuner, et un sentier dallé conduisait jusqu'à une piscine, puis au rivage.

Jacob s'était levé tôt. Debout sur la plage, il contemplait le lever du soleil et profitait de la brise marine en écoutant les mouettes crier. Les premiers rayons scintillaient sur l'eau, comme un millier de diamants.

C'était un petit coin de paradis. Les orteils dans le sable, puis un petit plongeon dans l'océan – d'une fraîcheur agréable au petit matin. Il adorait ça. Depuis quelques années, il vivait surtout à Washington, DC, ou à New York. Il y avait bien des plages, là-bas, mais rien de comparable. Pour démarrer sa journée, il s'autorisait donc à profiter de l'air marin et du bruissement des vagues, le regard perdu sur cette étendue infinie. Il n'existe pas de plus beau paysage que celui qu'on voit à travers les yeux de l'enfance.

Vers 9 heures, il se dirigea vers Ocean Drive. La ville commençait à s'animer. Des gens en rollers le dépassaient à toute allure et la circulation s'intensifiait. Les premières boutiques levaient leur rideau et les touristes se déversaient des hôtels par vagues, dans des tenues diverses, plus ou moins habillées.

Un homme, dont la bedaine devait l'empêcher d'apercevoir ses orteils, lui lança un salut guilleret, avec un fort accent étranger. Il semblait content d'être là et c'était tout ce qui comptait. Jacob s'arrêta au News Café, rendez-vous des touristes et des locaux. L'endroit parfait pour voir… et être vu. Il s'acheta un journal, commanda des œufs brouillés et s'installa à une table pour observer et écouter. Tout le monde ne parlait que de la fusillade et de la mort de Josef Smirnoff, venue gâcher une soirée qui aurait dû être mémorable.

— On peut inviter toutes les stars qu'on veut, mais avec cette faune-là…

— J'ai entendu dire que c'était la mafia qui avait fait le coup !

— Tu savais que trois corps avaient été découverts dans des barils de pétrole, dans les Everglades ?

— Oui et aucune disparition n'avait été signalée. Aucune victime identifiée pour l'instant, mais bon… Ce n'est pas comme si on n'avait pas assez de problèmes comme ça.

Les gens parlaient. Naturellement.

— Je t'avais dit qu'on n'aurait pas dû venir à Miami.

— Bof, des mafieux qui s'entre-tuent… Personne d'autre n'a été blessé. Il y a eu plusieurs coups de feu, d'après ce que j'ai lu.

— Franchement, ce n'est pas pire qu'ailleurs. D'après mon père, la plupart des crimes dans cette ville sont commis par des gens qui ne sont pas du coin.

Les crimes… Évidemment, comme partout, les habitants de Miami rêvaient tous simplement de tomber amoureux, d'acheter une maison, d'élever leurs enfants et de vivre la meilleure vie possible.

Il est vrai que la Floride du Sud était un creuset ethnique impressionnant, peut-être aussi multiculturel que New York. Des hommes et des femmes débarquaient de toutes les Antilles, d'Amérique centrale et du Sud, des pays de l'ex-URSS et du reste du monde, espérant une vie nouvelle et plus de libertés. D'autres, en revanche, savaient que ce genre d'endroit était parfait pour des activités criminelles.

Tout en observant les gens autour de lui, Jacob se repassait les événements de la veille. Les témoins directs n'avaient pas exagéré en racontant que les coups de feu semblaient venir de partout à la fois. Depuis le bar, Jacob avait une vue dégagée sur la salle entière. Le tireur ne se trouvait pas dans l'entourage immédiat de Josef Smirnoff – Jacob l'aurait remarqué, car il se trouvait alors juste à côté de ce dernier.

Il était quasi certain que le coupable se tenait dans l'une des alcôves de l'étage. Lorsqu'il avait levé les yeux vers la galerie, quelques minutes avant la fusillade, il n'avait pourtant aperçu personne. Peut-être les escaliers avaient-ils été condamnés. Jasmine était-elle au courant de ce détail ?

Il ne faisait aucun doute qu'elle avait attiré l'attention, la veille au soir. Elle était d'une beauté captivante, et sa prestation sur le podium avait été parfaite. Austère, mais avec une pointe d'humour. Elle était idéale pour le rôle qu'elle jouait.

Le groupe, les mannequins, l'excitation… L'atmosphère rêvée pour un crime. C'était un miracle que personne d'autre n'ait été blessé.

En voyant Jasmine se jeter sur Josef Smirnoff, il avait pensé qu'elle lui en voulait et entendait vérifier que son compte était bon, quitte à l'achever si jamais les balles n'avaient pas fait leur office. Il ignorait encore tout de son identité réelle. Il n'oublierait jamais son expression de stupeur lorsqu'il l'avait plaquée au sol. Ni son propre étonnement quand elle l'avait repoussé sans ménagement.

Il ne put retenir un sourire. Il ne se laissait pas souvent prendre par surprise. Même s'il savait que le MDPD avait des agents infiltrés, il ignorait que l'un d'eux se trouvait sur le podium.

Un endroit dangereux.

Mais Jasmine se débrouillait bien et bénéficiait de contacts qu'il ne pourrait jamais avoir.

Il se remémora encore la scène. Il y avait plusieurs tireurs, mais une seule cible : Josef Smirnoff. En créant un mouvement de panique, on pouvait facilement faire croire que ce dernier avait été tué dans une fusillade aveugle.

Jacob régla l'addition et prit la direction de la galerie des Dauphins.

En chemin, son second téléphone vibra dans sa poche. C'était sur cet appareil qu'il restait en contact avec le monde réel. Le numéro de Dean Jenkins, son homologue au Bureau de Miami, apparut sur l'écran.

— Tu es seul ?

La rue était bondée, mais Jacob savait que son collègue s'inquiétait surtout de la présence de membres du gang Déco.

— Oui.

— L'autopsie est en cours. Apparemment, quelqu'un a réussi à lui coller une balle en plein cœur. C'est hallucinant que personne d'autre n'ait été blessé. À part quelques bosses, je veux dire. Des bousculades. Mais les balles qui n'ont pas touché Smirnoff ont fini dans les murs.

— Ils ne visaient que Smirnoff. La police ne tique pas trop pour un mafieux mort. Une belle ingénue, une star de la pop ou une icône du cinéma, par contre, ce sont des ennuis sans fin.

— Je suis sur place avec l'inspecteur de Miami Beach et un type du MDPD. Si jamais on est amenés à se croiser, tu n'auras qu'à jouer les agacés, comme si la police te harcelait.

— D'accord.

— Tu as rencontré les agents infiltrés du MDPD ? demanda Dean.

— Oui. On a parlé.

— Bien. La hiérarchie insiste pour qu'on communique. Ils ne veulent pas que l'un d'entre vous finisse dans les marécages.

— Me voilà rassuré. Parce que je ne suis pas sûr de pouvoir tenir entier dans un baril de pétrole. Ne t'inquiète pas. On se protège mutuellement.

— Le gang t'a déjà demandé de blanchir de l'argent ?

— Je suis en route pour la galerie, répondit Jacob. Je pense que je vais bientôt avoir de leurs nouvelles.

— Ça pourrait prendre du temps, avec le meurtre au Club.

— Un meurtre commandité en interne, n'oublie pas. Je parie qu'ils vont me contacter aujourd'hui.

— Pari tenu. Reste en contact avec le MDPD, d'accord ? Ordre du patron. Les flics et nos agents ont l'habitude des opérations de ce genre mais, là, c'est une affaire particulièrement délicate.

— Au moins, j'ai le temps de faire trempette dans l'océan, répondit Jacob.

— Il faut bien qu'il y ait des avantages à notre métier de temps en temps, hein ?

— Tu m'étonnes…

Jacob raccrocha, rangea le téléphone dans sa poche et reprit le chemin de la galerie. Le soleil brillait. Les gens profitaient de la plage et de la chaleur. Le meurtre de la veille ne suffisait pas à démoraliser les touristes qui avaient prévu leur séjour depuis un an. Et puis, la victime n'était qu'un mafieux plein aux as, un type peu fréquentable…

Quand Jacob tourna au coin de la rue, il aperçut Ivan Petrov, debout près la devanture de sa galerie, en train d'admirer une œuvre d'art moderne.

***

Riri, Fifi et Loulou se trouvaient déjà au Club, quand Jasmine et Jorge s'y présentèrent à 10 heures précises, le lendemain du meurtre.

Alejandro Suarez montait la garde au sommet des escaliers. Sasha Antonovitch était près du bureau de feu Josef Smirnoff. Jasmine les salua poliment. Antonio Garibaldi, le troisième larron devait être à l'intérieur, avec Victor. Soudain, la porte du bureau s'ouvrit, et Natasha Volkov en sortit. Jasmine eut juste le temps d'apercevoir Antonio, ainsi que Victor Kozak, installé dans un gros fauteuil. Il n'avait pas tardé à prendre possession des lieux.

Le roi est mort. Vive le roi, pensa Jasmine.

Cela avait un petit goût de tragédie shakespearienne. Apparemment, Smirnoff soupçonnait qu'on cherchait à le tuer. Mais qui ? Peut-être Kozak ?

Certes, Smirnoff n'avait rien d'un enfant de chœur. Jasmine avait cependant entendu dire qu'il n'avait pas complètement basculé du côté obscur de la force, préférant les tactiques coercitives musclées au meurtre. De plus, il payait toujours ses dettes.

Mais comment un mort pouvait-il payer ses dettes ?

Si Smirnoff était indéfendable, Jasmine voyait Kozak comme un être franchement mauvais. Elle en avait la chair de poule, rien que d'y penser. Elle pressentait que cet homme aurait été capable de tuer sa propre mère si cela lui avait permis de donner un coup de pouce à sa carrière.

— Ah, te voilà ! C'est bien ! lança Natasha en la prenant par le bras pour s'éloigner avec elle dans le couloir.

Elle se tourna vers Jorge.

— Toi aussi, mon joli. Viens avec nous.

Jorge sourit. Natasha ouvrit la porte d'un immense vestiaire dressing, encombré de portants croulant sous les vêtements. Le long du mur, de chaque côté, étaient alignées des tables ornées de miroirs et de lampes. La veille, l'endroit grouillait de coiffeurs, de stylistes et de maquilleuses.

— Quelle tristesse. Pauvre Josef, soupira Natasha en refermant derrière eux.

Elle fit mine de s'essuyer les yeux, mais ceux-ci étaient secs.

— Nous sommes tous sous le choc, poursuivit-elle. En deuil. Je vais commencer par vous payer pour hier soir. Ensuite, on parlera une minute. Oui ? Peut-être pourrez-vous nous aider.

— Pas de problème, dit Jasmine. C'est important de parler, dans de telles circonstances. M. Smirnoff était si gentil avec nous. C'est horrible, ce qui s'est passé.

— Affreux, renchérit Jorge.

— Alors...

Natasha s'empara d'une large enveloppe kraft posée sur l'une des coiffeuses et en sortit une liasse de billets de taille appréciable. Elle compta rapidement leur paie, puis leur tendit l'argent comme si de rien n'était. Il ne s'agissait que de grosses coupures. Une belle somme qui traînait là... Natasha indiqua ensuite un canapé en cuir et des fauteuils, où les mannequins attendaient leur passage, une fois le maquillage terminé.

Jorge et Jasmine prirent place.

— Toi..., commença Natasha en regardant Jasmine. Tu as été très courageuse. J'étais derrière le rideau, mais j'ai vu comment tu as protégé Kari et essayé d'aider ce pauvre Josef.

— Oh, ce n'est rien, protesta Jasmine. Quand j'étais enfant... J'ai grandi au Moyen-Orient. Mon père m'a appris à me coucher par terre et à aider tout le monde à faire de même dès que j'entendais des coups de feu. C'était une réaction instinctive.

— J'ai essayé de la rejoindre, intervint Jorge, parce que Jasmine est mon amie.

— Bien sûr, bien sûr, approuva Natasha. Mais vous deux et Kari étiez sur le podium quand c'est arrivé. Qu'avez-vous vu ? Je sais, la police a interrogé tous les convives hier soir, mais... Nous étions tous si bouleversés par la mort de Josef ! Peut-être vous souvenez-vous de quelque chose, ce matin... Quelque chose que vous auriez vu ?

Jasmine baissa la tête.

— Oh ! Natasha. C'est affreux, mais je ne pensais qu'à sauver ma peau. Je n'ai rien vu du tout.

Sa déception était sincère. Elle aurait tant voulu remarquer quelque chose. N'importe quoi. Mais elle avait simplement entendu siffler des balles, avant de voir Josef Smirnoff s'effondrer.

— Je suis vraiment désolée, reprit-elle. J'imagine que ça veut dire que… Enfin… Si vous avez besoin de moi à l'avenir, je serai ravie de retravailler avec vous.

Natasha sourit.

— Ne t'inquiète pas, Jasmine. Nous aurons toujours besoin de toi. Nous formons une famille loyale ! Et Jorge aussi, bien sûr !

— Merci, répondit Jorge, l'air sérieux.

— Mais… Rien ? Vraiment rien ? insista Natasha. Racontez-moi votre soirée, depuis le moment où vous avez mis le pied sur le podium.

— C'était merveilleux ! s'écria Jasmine. Au début, j'entendais la foule. Ça se passait super bien et les gens s'amusaient et riaient… Et puis, ce bruit ! D'abord, je n'ai pas compris qu'il s'agissait de balles. Et puis… Tout à coup…

Elle fit mine de frissonner.

— Mon histoire personnelle, peut-être, ajouta-t-elle dans un chuchotement. Ensuite, j'ai plongé vers Kari et, quand j'ai vu Josef couché par terre, j'ai voulu l'aider… Il a été tellement gentil avec moi, vous savez ? Et puis, cet homme… Un ami de Josef, je pense… Il a cru que j'essayais de lui faire du mal, alors il m'a plaquée au sol.

— Tu étais furieuse, j'imagine, murmura Natasha.

— Oui, au début. Mais après, ça s'est arrangé. Il s'est excusé. Il a pensé que j'en avais après Josef. Il était sincère.

— Il a veillé à ce qu'on rentre sans encombre chez Jasmine, intervint Jorge. Il était sympa.

— Et toi, Jasmine ? Tu l'as trouvé sympa ? demanda Natasha.

— Après avoir discuté, oui. Il était vraiment désolé. Il m'a raconté qu'il était nouveau dans le coin. Il travaillait dans le Nord, mais il en a eu marre de la neige et du gel. Comme il avait des contacts dans le Sud, il a monté une affaire… Il était dépité que sa première véritable sortie se termine de façon si tragique.

— Donc, il a tenté sa chance avec toi, murmura Natasha.

Elle ne semblait pas ravie. Jasmine était à présent une marchandise – une marchandise contrôlée par Natasha –, même si elle n'était pas censée être au courant. Ce nouveau venu aurait dû passer par Natasha s'il espérait louer Jasmine comme escorte personnelle.

— Oh non. Il n'a rien tenté du tout, protesta Jasmine.

— Il s'est comporté en parfait gentleman, précisa Jorge. Presque comme un de vos gars de la sécurité. Il voulait simplement s'assurer qu'on rentrait bien tranquillement chez nous.

Il ajouta, avec un regard en coin à l'adresse de Jasmine :

— J'ai même pensé que c'était moi qui lui plaisais.

— Oh ? s'étonna Natasha. Intéressant…

— Non, non, Jorge ! Ce n'est pas toi !

Jasmine savait que Jorge souriait intérieurement, mais il jouait bien son jeu.

Tous deux racontaient exactement ce qu'il fallait pour rester aussi proches de Jacob que possible tout en s'infiltrant davantage dans l'univers du gang Déco. Ils avaient besoin de tout le monde sur cette affaire. Les locaux et les Fédéraux. Jorge avait raison.

— Donc, cet homme… Il est sympathique ? demanda Natasha.

— Très sympathique, assura Jorge, avant que Jasmine puisse répondre.

— Je suis désolée, mon petit Jorge, mais je ne crois pas que tu sois son genre, plaisanta Natasha. Il a cependant exprimé de l'intérêt pour Jasmine. Mais nous verrons. Soyez gentil avec lui si jamais il vous croise ou tente de prendre contact avec vous. Mais il faudra me tenir au courant tout de suite.

— Bien sûr, affirma Jasmine, avec de grands yeux sincères. Je sais que vous veillez sur moi.

— Oui, ma jolie. Nous veillerons sur toi.

Natasha sourit.

— Nous formons une famille, ici. Allez, venez avec moi maintenant. Il y aura une autre soirée, bientôt. Nous allons d'abord faire le deuil de Josef, bien sûr. Mais tant de gens dépendent de nous pour vivre que nous ne pouvons pas nous arrêter trop longtemps. Nous organiserons une cérémonie ou quelque chose, ce week-end. Vous viendrez. Nous sommes une famille, oui ? Nous ne laissons pas tomber nos proches. À présent, allez voir Victor Kozak pour lui présenter vos… condoléances.

Présenter leurs condoléances. Quelques années plus tôt, on leur aurait demandé de s'agenouiller devant Kozak et de baiser sa bague. Jasmine et Jorge sourirent avec naïveté.

— Oui, Natasha.

Ils se levèrent et retournèrent dans le couloir. Antonio et Alejandro se tenaient toujours près de la porte du bureau. Sasha devait encore se trouver à l'intérieur. Jasmine frappa trois coups.

— Entrez ! répondit la voix de Kozak.

Ils obéirent. Victor était seul, penché sur des papiers posés devant lui sur la table.

— Toutes nos condoléances…, commença timidement Jasmine.

— La police est toujours dans la grande salle en bas, interrompit Kozak, sans même lever la tête. Ils veulent savoir pour le balcon. Je veux les aider. Je veux démasquer celui qui a fait ça. Mais l'étage était fermé. Simplement avec des cordons de velours, bien sûr, pourtant…

Il leva enfin les yeux vers eux.

— Ah, Jasmine ! Nous avons tous été enchantés par votre prestation. Et vous aussi, Jorge. Vous étiez le faire-valoir parfait pour les filles.

— Merci, murmura Jorge.

— J'ignore qui se trouvait au balcon, poursuivit Victor. Personne ne devait y avoir accès, c'est ce qui avait été convenu.

— Peut-être la police a-t-elle les moyens de le savoir, suggéra Jorge d'un ton plein d'espoir.

Victor Kozak balaya l'air de sa main.

— Peut-être. Peut-être pas. Nous allons mener notre propre enquête. Bref…

Il sembla soudain hésiter et les regarda avec attention.

— S'il vous plaît, je sais que vous avez été embauchés par Josef, mais… j'espère sincèrement que vous resterez avec nous. Nous versons une sorte de fixe à nos mannequins réguliers, et vous recevrez cette somme en attendant que cette… situation douloureuse soit derrière nous. Si vous désirez rester avec nous, cela va sans dire.

— Évidemment ! s'écria Jasmine.

— Un salaire fixe ? répéta Jorge, plein d'espoir. Moi aussi ?

Kozak jeta un regard en direction de Natasha, qui dut lui adresser un signe discret.

— Oui. Vous étiez parfait avec nos mannequins. Nos discothèques ont la réputation d'accueillir toujours de beaux jeunes gens. Vous n'aurez qu'à rester dans les parages, à disposition, et peut-être rencontrer quelques personnes que nous vous présenterons. Nous vous recontacterons. Repassez demain pour votre paie.

Ils le remercièrent tous les deux profusément, puis Natasha les raccompagna dehors.

Sur le pas de la porte, ils croisèrent Kari Anderson. Elle se jeta au cou de Jasmine, tremblante.

— Je n'ai pas encore eu l'occasion de te remercier ! sanglota-t-elle. Tu m'as sauvé la vie.

— Kari, voyons… Je t'ai juste conseillé de te baisser, protesta Jasmine qui se sentit rougir sous le regard de Natasha et de Sasha. J'ai de bons réflexes, c'est tout. Nous avons tous eu de la chance. Sauf ce pauvre Josef.

— Je sais. C'est horrible, vraiment, soupira la jeune femme blonde avec une empathie réelle.

Jasmine appréciait Kari. C'était une fille honnête et droite, qui semblait parfaitement inconsciente de sa propre beauté.

— Josef a toujours été si gentil avec moi. C'est tellement triste. C'est affreux ce dont les gens sont capables, de nos jours.

Naïve. Tout comme Mary, pensa Jasmine. *Non pas qu'elles manquent de confiance en elles, mais simplement parce qu'elles ne se rendent pas compte de leurs propres qualités.*

— Suis-nous, Kari, proposa Natasha. On va tout régler. Ça va aller. Victor y veillera. Ne t'inquiète pas, nous aurons du travail pour toi. Vous deux, ajouta-t-elle à l'adresse de Jasmine et Jorge, rentrez chez vous et essayez de vous reposer un peu.

— À bientôt, Kari ! lança Jorge avec un petit salut.

Jasmine et lui se retrouvèrent dans la rue, devant l'entrée de service de la discothèque.

— Je me fais du souci pour elle, murmura Jasmine.

— Je me fais du souci pour nous tous, répondit Jorge. On a pris un risque énorme pendant le défilé.

— On savait qu'il y aurait des collègues partout.

— Exact. Pourtant, Josef Smirnoff est mort sous une rafale de balles.

Impossible de le nier.

— Bon. Demain, on revient récupérer nos chèques, marmonna-t-elle. Notre fixe.

— Tu as conscience qu'on va nous demander de faire quelque chose en échange.

— Au moins, ils ne nous soupçonnent pas.

— Pas encore. On est nouveaux.

— Kari est arrivée juste avant moi, dit Jasmine. Je... Je crois qu'elle remplaçait Mary.

— Le problème, c'est... Qu'est-ce qu'on fait s'ils nous demandent de faire quelque chose que nous n'avons pas envie de faire ? interrogea Jorge. Nous n'avons pas la moindre preuve d'activité illégale. S'ils te proposent de jouer les escortes, c'est encore légal. Donc, tu pars pour un rendez-vous arrangé avec un type... qui veut du sexe. Qu'est-ce que tu fais ? Tu l'arrêtes ? Ça ne nous mènera pas bien loin. Et il est hors de question que tu te compromettes.

— C'est peut-être à toi qu'ils vont s'adresser en premier.

— J'ai une belle gueule… mais pas autant que toi.

Jasmine rit.

— La beauté est une notion très subjective, tu sais.

— Fais-moi confiance. Tu seras la première. Ils seront un peu plus prudents avec moi.

Jasmine réfléchit un instant.

— Il faut qu'on plonge davantage pour apprendre quelque chose sur eux. Tu as raison. Ils refuseront d'admettre le moindre lien avec de la prostitution illégale. Je suis certaine qu'ils ont déjà tout prévu.

Elle soupira.

— J'imagine que notre collègue du FBI aura plus de chance. Il découvrira ce qu'ils font avec l'argent.

— Mais comment prouver le meurtre ? demanda Jorge.

Jasmine baissa la tête. Jorge la prit par les épaules et la força à se retourner pour le regarder.

— Nous n'avons aucune certitude que Mary est morte.

— Je sais, chuchota-t-elle.

La sonnerie de son téléphone portable la fit sursauter. C'était un appareil jetable qu'elle avait acheté sous son nom d'emprunt, Jasmine Alamein.

— C'est Natasha.

— Réponds !

Jasmine décrocha.

— Ah, Jasmine, ma chérie ! Je suis contente de pouvoir te joindre aussi rapidement.

— Pas de souci.

— Nous avons quelque chose à te proposer. Cela comprend un bonus, naturellement.

— De quoi s'agit-il ? demanda Jasmine.

Jorge la regardait d'un air méfiant.

— Un ami de Josef… M. Marensky. Ce type qui est nouveau dans le secteur. Il a demandé si tu aurais la gentillesse de lui faire visiter la ville. Cela nous dépannerait beaucoup. Il est venu nous voir directement, au lieu d'essayer d'extorquer ton numéro à je-ne-sais-qui. Tu veux bien ? Il t'emmènera dîner, bien sûr, puis tu pourrais faire une promenade sur la plage avec lui. Et tu me raconteras tout ensuite, évidemment.

— Oui, évidemment. Où dois-je le retrouver ?

— Il passe te chercher chez toi. Assure-toi que ton ami n'est pas là à son arrivée.

— À quelle heure ?

— 20 heures.

— Merci, Natasha. Je serais prête.

— Mets une jolie robe.

Natasha sous-entendait « sexy ».

— Pas de problème. Merci !

— Avec plaisir. Demain matin, tu viendras au bureau.

— Oui, Natasha.

Jasmine raccrocha. Jorge la regardait sans rien dire.

— Mon premier rendez-vous, annonça-t-elle.

— C'est bien ce que je craignais.

— Elle ne veut pas que tu traînes dans les parages quand le type viendra me chercher.

— Ben voyons…

— Le type, c'est Jacob… Marensky.

— Oh…

Jorge poussa un soupir de soulagement.

— Je suis un peu inquiète, cela dit.

— À cause de Jacob ?

— Non, pas pour ça ! s'esclaffa Jasmine. Je ne suis pas certaine qu'il m'apprécie beaucoup.

— Tu t'es mal comportée, il faut dire.

— C'est faux !

— C'est vrai.

— Peu importe. Je me demande juste à quoi ça va rimer, comme rendez-vous, si on se retrouve à se regarder dans le blanc des yeux.

— Fais-moi confiance. Ce type a une idée derrière la tête.

— J'espère que tu as raison.

— Jasmine, on est infiltrés depuis peu. Tu sais aussi bien que moi que les agents doivent souvent mener une double vie pendant des mois avant de trouver ce qu'ils cherchent. Des années, parfois.

— Nous n'avons pas le temps, dit-elle simplement.

Elle ne précisa pas le reste de sa pensée. Une mission trop longue pourrait également signifier la mort pour eux.

4

Quand Jacob arriva à l'appartement, à 20 heures précises, Jasmine était prête. Elle avait enfilé une robe noire à dos nu et des talons vertigineux. Jacob la passa en revue des pieds à la tête, le visage parfaitement impassible, et la gratifia d'un commentaire laconique :

— Le moins qu'on puisse dire, c'est que tu sais te mettre dans la peau du personnage.

— Hé… Je suis un jeune mannequin naïf qui rêve qu'un type friqué l'emmène dîner dans un grand restaurant.

— Jorge ? s'enquit Jacob.

— Ils lui ont demandé de ne pas traîner dans les parages, ce soir.

— Où est-il ?

— Il regarde son émission préférée. Il fait profil bas.

— Chez lui ?

Jasmine acquiesça en détournant les yeux. Son capitaine l'avait peut-être crue sur parole, mais le FBI semblait en savoir bien plus long. Elle était certaine que Jacob Wolff connaissait sur le bout des doigts son dossier factice, ainsi que celui de Jorge. Elle avait la pénible impression d'avoir un train de retard.

— Hé…, murmura Jacob en la prenant doucement par l'épaule. Ce n'est pas une lutte de territoire. Le FBI a ébauché un plan dès qu'il a eu vent de Smirnoff. Si le MDPD n'en savait rien, c'est parce que nous ne l'avons informé de notre présence que lorsque c'est devenu vraiment nécessaire. Nous n'avions pas idée que vous étiez en pleine infiltration. Cela faisait un moment qu'on avait ces types à l'œil. Le rapprochement de Smirnoff, c'était l'ouverture qu'on attendait.

Il avait raison.

Ils faisaient tous deux partie d'opérations différentes. Elle s'était portée volontaire et avait convaincu son capitaine de l'importance de cette affaire. Les corps retrouvés dans les barils de pétrole avaient prouvé qu'elle avait vu juste…

À condition qu'ils parviennent à établir un lien avec le gang Déco.

— Je suis désolée, murmura-t-elle.

— J'ai connu une enquête semblable à New York, il n'y a pas si longtemps. L'équipe du Bureau avec laquelle je me suis retrouvé n'avait pas été mise au parfum. C'est toujours comme ça. Le minimum vital. Moins il y a de personnes au courant, moins il y a de risques de fuites. Et toute fuite peut être mortelle.

— Oui, mais maintenant…

— Maintenant, on est dans la même barque. Et il faut y aller. Où aimerais-tu dîner ?

— Peu importe.

Il sourit.

— Je suis censé être plein aux as, tu sais. J'ai mes entrées dans n'importe quel restaurant.

— Quel mufle !

— Absolument. Tant qu'à jouer un rôle, autant le faire bien.

— Comment se peut-il que vous ayez des hommes dans autant d'établissements ? demanda Jasmine.

— Ce n'est pas le cas. Personne n'est prêt à l'admettre publiquement, mais tout le monde a une peur bleue du gang Déco.

— Je vois. Dans ce cas, puisque c'est la pleine saison du crabe caillou, on n'a qu'à viser une adresse très en vue.

— D'accord.

Lorsqu'ils quittèrent l'appartement, Jacob glissa son bras sous le sien. Jasmine se raidit.

— Joue le jeu, murmura-t-il.

— Tu penses qu'on nous observe ?

— Je pense que c'est possible à tout instant.

Elle ne répondit rien.

— Je suis venu sans voiture, reprit-il. Un taxi ou un Uber ?

— Ça ne me dérange pas de marcher.

— Avec ces escarpins ?

Elle haussa les épaules.

— Ce ne sont pas mes chaussures préférées, mais il n'y a que quelques centaines de mètres à faire. Au-delà d'un kilomètre, j'aurais exigé un taxi.

Ils passèrent devant des boutiques pour touristes et d'autres restaurants dont les terrasses s'étalaient jusque sur le trottoir. C'était une soirée magnifique et douce. Jasmine sentait la saveur salée du vent et, derrière la musique qui s'échappait des certains établissements, elle entendait le bruit des vagues qui venaient mourir sur le rivage.

Il y avait de nombreux promeneurs, certains sur leur trente et un pour aller en discothèque ou au théâtre ; d'autres, plus détendus, cherchaient juste un endroit agréable pour dîner.

Arrivés devant une très ancienne brasserie, réputée pour ses fruits de mer, ils furent accueillis par une hôtesse. Malgré la longue queue à l'entrée, l'employée les conduisit avec empressement – bien trop d'empressement – jusqu'à une table à l'écart dans une alcôve.

Jacob fit mine d'examiner la carte des vins, mais Jasmine était certaine que son choix était fixé avant même d'arriver. Effectivement, il commanda du champagne et une bouteille d'eau pétillante. La seconde devant servir à diluer discrètement le premier, ce qui permettrait de sauver les apparences sans prendre le risque de s'enivrer en mission. Ils prirent également des pinces de crabe.

Quand la serveuse repartit avec leur commande, Jacob se pencha vers Jasmine, lui prit la main par-dessus la table et la caressa doucement de son pouce.

— Tu as parlé aux gens de ton équipe ? demanda-t-il à voix basse.

Elle hocha la tête.

— Cet après-midi. Les trois hommes dans les barils… L'un d'eux était là depuis environ trois ans, selon les estimations. Un autre, depuis plusieurs mois… Le troisième, peut-être une semaine ou deux.

Jacob eut un sourire charmeur, à l'opposé du sérieux de leur conversation.

— Sait-on de qui il peut s'agir ? Je sais qu'il y aura des examens, qu'on vérifiera les radios dentaires mais, pour l'instant, rien ne recoupe le fichier des personnes disparues ici.

Il hésita.

— Nous sommes une terre de promesses, mais… certains en profitent. La moitié des problèmes de ce monde proviennent du fait que ceux qui n'ont rien du tout n'ont surtout plus rien à perdre. Dans les pays déchirés par la guerre, les gens sont désespérés. Il devient alors facile de les convaincre ou de les forcer à faire n'importe quoi.

Il resta silencieux un instant, puis ajouta :

— Certains finissent dans un baril de pétrole.

— Et d'autres, marmonna Jasmine, en veulent toujours plus. Comme Victor Kozak.

— Pas si simple.

— Comment ça ?

— Kozak est devenu le pilier de l'organisation. Mais quand Josef Smirnoff est venu trouver le Bureau, il ne savait pas qui cherchait à le tuer. Il avait peur, c'est tout. Il contrôlait tant de choses… Il devait se sentir comme un vieux roi dont le trône est convoité.

— Un vieux roi… Qui aurait pu vouloir le renverser sans avoir un droit de succession clair ?

— Je l'ignore. Mais… Cette robe te va à ravir, annonça-t-il soudain. Tu es splendide.

Jasmine aperçut le sommelier qui s'approchait avec un large seau à champagne rempli de glace.

— Tu n'es pas trop mal non plus, répondit-elle d'une voix amusée.

C'était vrai. Il portait une veste en lin taupe, plutôt décontractée, sur une chemise blanche impeccablement coupée. C'était un bel homme… Avec un petit air de poète Renaissance. Malgré son apparence svelte, elle savait qu'il était très musclé.

Avec cérémonie, le sommelier versa le champagne, tandis qu'ils jouaient leur rôle de jeune couple en plein premier rendez-vous. Lorsque l'homme s'éloigna, Jacob se pencha de nouveau vers elle et leva son verre en souriant.

— Josef Smirnoff a avoué le trafic de drogues, d'armes, les réseaux de prostitution et le blanchiment d'argent. Mais il a juré sur ses grands dieux qu'il ne faisait pas dans l'assassinat.

Jasmine fit doucement tinter son verre contre le sien, avec un sourire étincelant.

— Pourtant, l'un des corps découverts était là depuis très longtemps.

— Peut-être que quelqu'un se débarrassait des cadavres sans que Josef Smirnoff n'en sache rien.

— Comment cela serait-il possible ?

— Je l'ignore. Nous n'avons pas eu l'occasion d'interroger de nouveau Smirnoff avant qu'il se fasse tuer. Nous n'en étions qu'au tout début. C'est une affaire complexe pour nous. Smirnoff avait réussi à contacter le Bureau de Miami, mais tous nos agents ici risquaient d'être compromis. C'était trop incertain ; il fallait trouver quelqu'un qui était inconnu de tous. Un nouveau visage. C'est pour cela qu'on a fait appel à moi. J'ai passé une semaine à me plonger dans le dossier du gang Déco, et nous avons eu la chance de pouvoir falsifier des documents pour que je devienne Jacob Marensky, heureux propriétaire de la galerie d'art des Dauphins.

— Donc, tu n'as jamais rencontré Josef Smirnoff ?

— Pas en personne. Mais je sais ce qu'il a raconté. Il avait été mis en contact avec des gens haut placés. Il aurait bénéficié du programme de protection des témoins et aurait disparu sans laisser de traces dès que nous aurions eu fini notre enquête.

Leur dîner fut servi.

— Tu aimes vraiment le crabe caillou ? demanda-t-elle, avec ce qu'elle espérait être un sourire séducteur. C'est une spécialité d'ici. Le truc magique, c'est que le crabe reste vivant ! Ils prennent la pince et relâchent la bête. La pince repousse. C'est pour ça qu'on n'en mange qu'à cette saison.

Il baissa la tête en souriant.

— Oui, j'en ai déjà mangé. Et j'aime beaucoup ça.

— Madame, monsieur, désirez-vous autre chose ? demanda le serveur en déposant près d'eux un plateau garni de pain frais, de mayonnaise et d'un petit beurrier.

— Je crois que ça ira, répondit Jacob.

— Tout me semble parfait, renchérit Jasmine.

Le serveur se retira.

— Donc, tu crois que quelqu'un d'autre que Victor Kozak a commandité le meurtre ? demanda Jasmine. Tu sais que la presse – et la moitié des gens de ce pays – pense qu'il a été victime d'un nouvel acte de violence aveugle.

Jacob hocha la tête.

— Et nous n'avons rien à leur répondre.

Lorsque Jasmine s'attaqua à son crabe avec une pince à crustacés, un éclat de carapace vola à travers la table et vint heurter la joue gauche de Jacob.

— Oh ! pardon ! s'écria-t-elle, confuse.

— Pas de problème, répondit-il en riant.

— Ce n'est pas le plat idéal pour un premier rendez-vous, en fait…

Avec un air contrit, elle prit grand soin de lui essuyer doucement la joue.

— Donc, si ce n'est pas Victor Kozak… Qui aurait eu assez de pouvoir pour commanditer quelque chose d'aussi énorme que le meurtre de Josef Smirnoff ?

— Je n'ai pas dit que ce n'était pas Kozak. Sinon, Ivan Petrov, le barman et manager ?

— Tu crois qu'il est assez haut placé ?

— Ça dépend de qui est dans le coup.

— Les seuls à fréquenter la direction d'aussi près sont les trois gardes du corps. Je les ai surnommés Riri, Fifi et Loulou.

— Riri, Fifi et Loulou dopés aux stéroïdes alors…

— Oui, une version plus mortelle.

— Nous disons donc : Victor Kozak, Ivan Petrov, Natasha Volkov… et Riri, Fifi et Loulou.

— Je m'interroge sur les gardes du corps. Tous les autres sont russes ou ukrainiens, mais Alejandro est colombien et Antonio, italien.

— À moitié, seulement, corrigea Jacob. Sa mère est anglaise.

— Tu en sais vraiment plus que moi.

— C'est une bande sans préjugés, reprit Jacob. Ils vont là où ils peuvent faire la loi et où les affaires sont bonnes. Peu importe l'État ou le pays.

— Leur comptable est d'Atlanta, murmura Jasmine.

— Un brave gars du Sud.

— Une fille.

— Pardon ?

— Une brave fille du Sud. Et pourtant…

— Oui ?

— Je ne suis pas certaine qu'elle soit au courant de leurs activités criminelles. Elle voit passer de l'argent quand il a déjà été blanchi. Sur le papier, ces gars-là sont de simples entrepreneurs, de bons et riches citoyens qui paient leurs impôts.

— En tout cas, Ivan est impliqué jusqu'au cou. Il m'attendait à la galerie, ce matin. Nous avons arrangé la vente d'une des peintures exposées.

— Comme moyen de blanchir de l'argent ?

— Oui. Il a payé la toile bien plus que sa valeur réelle. Les fonds iront sur un compte off-shore. Tout est prévu.

— Donc, ils te font confiance.

— Pour l'instant.

La pince de crabe qu'il était consciencieusement en train d'ouvrir céda brusquement et un éclat de carapace vola de nouveau à travers la table, pour atterrir dans le décolleté de Jasmine.

— Pardon !

En bon gentleman, Jacob fit mine de se lever pour l'aider, mais Jasmine récupéra l'éclat et essuya sa robe d'un geste rapide. Ils se regardèrent un instant, puis s'esclaffèrent. Un rire honnête et agréable.

— Pas l'idéal pour un premier rendez-vous, en effet. À moins que j'améliore sérieusement ma technique.

— Je ne vois pas vraiment dans quel domaine tu pourrais t'améliorer, marmonna Jasmine.

Elle craignit soudain qu'une pointe d'envie et peut-être même d'amertume n'ait transpiré dans sa voix. Jacob la regarda en coin.

— Tu parles quand même une demi-douzaine de langues, reprit-elle doucement.

Il haussa les épaules.

— J'ai eu de la chance. Ma famille… tout comme la tienne, si j'ai bien compris… forment un siège de l'ONU en miniature. Nous sommes de nulle part et de partout à la fois. De plus, j'adore les langues. C'est un peu plus facile à chaque fois, surtout pour les langues romanes, avec une bonne base de latin. Bon, cela demande quand même un effort, mais les langues obéissent à des règles. Sauf l'anglais ! C'est la plus difficile de toutes. Heureusement, c'est ma langue maternelle.

— Quand même… C'est impressionnant.

— Tu parles toi-même espagnol.

— Oui. Je l'ai appris quand j'étais en Floride. La moitié de mes amis sont cubains, colombiens, antillais ou originaires d'autres pays d'Amérique du Sud.

— Comme le Brésil.

— C'est vrai. Je parle un peu portugais aussi.

Ils se sourirent de nouveau.

— Donc nous sommes des flics sans préjugés qui traquent

des criminels sans préjugés, plaisanta Jasmine. De vrais citoyens du monde…

— En effet. Allons nous promener sur Washington Street. On s'arrêtera pour prendre le dessert et le café ailleurs.

— Tu penses qu'on nous suit ?

— Je crois qu'ils nous surveillent d'une façon ou d'une autre.

Il régla la note, et ils sortirent.

— Tu es originaire d'ici, non ? demanda-t-il.

— Tu sais tout de moi, c'est ça ? répliqua-t-elle en levant les yeux vers lui.

— Maintenant, oui. Mais je te jure que j'ignorais… quand je t'ai plaquée au sol.

— Tu savais que des policiers se trouvaient dans l'assistance.

— On ne m'avait pas dit que l'un d'eux serait une femme… en train d'arpenter le podium comme si c'était la chose la plus naturelle du monde.

— Tu as reçu un dossier complet sur moi, c'est ça ? J'aurais aimé que ma hiérarchie en fasse autant.

— Je suis un livre ouvert.

— Ben voyons…

— J'ai su très jeune que je voulais entrer au FBI, commença Jacob. J'ai un grand-oncle qui a été abattu parce qu'il portait le même nom qu'un malfrat. On l'a tué par erreur. En grandissant, j'ai fait une école militaire, puis me suis enrôlé dans l'armée avant d'intégrer directement le FBI. J'ai effectué pas mal d'opérations d'infiltration. Apparemment, je me fonds bien dans la masse et j'ai un petit air ambigu de criminel exotique.

— Ou de hippie…

Il lui adressa un grand sourire.

— Si tu as envie de visiter la Floride du Sud, je peux t'accompagner, proposa-t-elle.

Il baissa la tête en souriant.

— C'est super. J'ai grandi ici, mais tu connais sans doute le coin mieux que moi.

— Je suis née ici.

Il parut surpris.

— Ma famille et moi, expliqua-t-elle. On voyageait beaucoup, mais on a toujours habité ici. Enfin, pas ici, précisément. À Miami, Coconut Grove.

— Il y a tant de quartiers… C'est une ville étonnante, vraiment. Je crois qu'il y a quarante ans la population de l'agglomération dépassait à peine les trois cent mille habitants. Aujourd'hui, on en compte plusieurs millions. Une telle densité appelle toujours le crime, ajouta-t-il avec une grimace.

Son humeur pouvait changer très vite. Il glissa un bras autour des épaules de Jasmine et désigna un café un peu plus loin.

— Leur crème brûlée est censée y être fameuse. Ça te tente ?

— Va pour la crème brûlée.

Il approcha sa tête de la sienne.

— On nous suit, chuchota-t-il en feignant un geste tendre. À dix heures, un peu plus loin dans la rue. Notre cher ami Alejandro Suarez.

Elle prit soin de ne pas regarder tout de suite et laissa échapper un rire ravi, avant de déposer un baiser sonore sur sa joue.

— Allons prendre le dessert ! annonça-t-elle d'une voix claire.

Il lui prit le bras et la conduisit jusqu'au café.

— Eh bien, soupira-t-elle quelques minutes plus tard, tandis qu'ils étaient installés côte à côte devant leur dessert. Je ne sais pas si on a beaucoup avancé, mais le crabe caillou était tout à fait délicieux et je dois avouer que cette crème brûlée se défend très bien.

— C'est sans conteste bien mieux que certaines de mes précédentes missions, décréta-t-il, avec une grimace malheureuse. J'ai déjà été infiltré comme SDF. Je dormais dans des cartons et je mangeais des frites jetées à la poubelle en guise de dîner.

— Beurk…

— Il faut ce qu'il faut.

— Je serais prête à le faire… cette fois-ci, murmura-t-elle, malgré elle.

— Parle-moi de Mary. Raconte-moi pourquoi tu es sur cette affaire.

Elle leva brusquement les yeux vers lui, surprise. Il semblait tout savoir. Elle hésita un instant, puis haussa les épaules.

— Notre chien de garde est resté dehors, précisa-t-il doucement.

Elle acquiesça, faisant confiance à ses qualités d'observateur.

— Mary…, commença-t-elle dans un soupir. Cela fait quelque temps déjà que le gang Déco est sur nos radars. Il gère des restaurants, des bars et même des pressings, et il évolue en permanence. L'agglomération est grande et plusieurs forces de police se répartissent la tâche. South Beach possède bien une unité criminelle, mais la hiérarchie a estimé qu'un agent local avait plus de risques d'être reconnu et a donc autorisé l'implication du MDPD dans l'affaire. Ce n'est pas qu'ils ont cherché à se débarrasser du dossier. C'était juste un choix plus logique. Et, honnêtement, jusqu'à ce qu'on tombe sur ces corps…

Elle hésita une seconde, puis reprit :

— Je crois que j'étais l'inspectrice qui prenait l'enquête le plus au sérieux. La juridiction est compliquée par ici. Les barils de pétrole dont tu m'as parlé ont été découverts par un ranger séminole qui dépend du commissariat du comté de Broward.

— La police locale aurait pu s'en charger.

— Ces collègues font un boulot formidable, mais l'affaire nous est revenue. On était déjà en train d'enquêter sur une disparition et on soupçonnait le gang Déco. Quand il a fallu trouver un moyen de s'infiltrer, on a pensé que les mannequins embauchés régulièrement par les clubs fourniraient une bonne couverture. J'en ai touché deux mots à mon capitaine.

— Et tu as eu le feu vert.

— Franchement, j'ai craint que, si j'évoquais cette amie, disparue alors qu'elle travaillait comme mannequin pour le gang, cela ne joue pas en ma faveur et qu'on ne rejette ma demande. Au final, cela m'a plutôt servi. Comme je la connaissais vraiment, je pouvais parler d'elle et essayer de soutirer des infos aux autres filles. Mary…

Sa voix trembla légèrement.

— C'est une fille super. Elle voit toujours ce qu'il y a de bien chez les autres. Elle me trouve blasée, à cause de mon métier. Même si je pense être sympa quand même. Tous les flics ne sont pas forcément des brutes épaisses.

— C'est vrai, approuva Jacob, visiblement amusé.

— Le problème de Mary, c'est qu'elle cherche toujours le bon côté des choses. Il faut que le mal l'atteigne en pleine figure pour qu'elle admette son existence.

— C'est sans aucun doute quelqu'un de bien.

— Kari Anderson… C'est la fille qui était avec moi sur le podium quand Josef a été tué… Elle me fait penser à Mary. Elles sont toutes les deux blondes avec de grands yeux bleus et une forme de confiance absolue. Mary travaillait dans des cafés-concerts, mais cela ne lui rapportait pas grand-chose. Un jour, elle a vu une annonce pour du mannequinat et a effectué quelques défilés pour le groupe. La bande de Smirnoff est derrière la plupart des offres d'emploi, dans ce domaine. Ils ont aussi quelques activités légales comme les discothèques. Bref… Mary s'est retrouvée embarquée avec Natasha et Josef. Elle adorait ça et ne voyait pas où était le mal. En plus, ça payait très bien. Elle était ravie.

Elle ne put réprimer un sourire.

— Une fois, elle a même versé deux mois de loyer d'avance avec ce qu'elle avait gagné en un seul défilé. Et puis, il y avait le fixe qu'elle touchait en venant simplement au club pour faire de la figuration… Au début, c'était de l'argent facile.

— A-t-elle jamais exprimé la moindre inquiétude ?

— Jamais.

Elle hésita, puis poursuivit :

— La dernière fois que j'ai parlé à Mary, elle était excitée parce qu'elle allait être la star du défilé suivant. Ce devait être la grande soirée d'ouverture.

— C'est toi qui as fini par tenir ce rôle.

— Oui. Écoute, Mary ne m'a jamais rien dit. Elle a simplement disparu. Il y a quelques semaines, elle était censée me retrouver pour déjeuner et n'est jamais venue au rendez-vous. Ses parents sont décédés quand elle avait dix-huit ans. Elle et moi, on est amies depuis toujours… Depuis la primaire. Personne parmi nos connaissances n'a la moindre information. Je ne sais même pas la date exacte de sa disparition. Après ce rendez-vous manqué, je l'ai appelée plusieurs fois et un inspecteur des personnes disparues est allé parler à Josef et à Natasha. Tous deux semblaient être les premiers surpris, selon le collègue.

— Ils ont découvert quelque chose ?

— Rien. De mon côté, ça n'avance pas beaucoup. Les filles ne me connaissent pas bien et personne ne s'attendait à ce qui est arrivé à Josef. Apparemment, on a tous un salaire fixe, même Jorge.

— Un fixe…, murmura Jacob.

— Je ne sais pas trop ce qui va se passer ensuite. Jorge et moi devons y retourner pour notre chèque demain.

— Bien. Je viendrai aussi au Club à un moment ou à un autre.

Jacob s'étira dans son fauteuil.

— Bon, j'imagine que je suis censé te raccompagner chez toi, à présent.

Elle acquiesça. Étrangement, elle regrettait que la soirée touche déjà à sa fin. C'était stupide. Elle était là pour le travail. Un travail dangereux. Elle devait retrouver Mary.

— Tu penses qu'on nous surveille toujours ? demanda-t-elle.

— Oui.

Il régla l'addition, se leva, puis lui tint galamment la

porte quand ils sortirent. Dehors, il passa un bras autour de ses épaules.

— Alejandro est toujours dans le coin ? s'enquit Jasmine.

— Je crois l'avoir vu assis à la terrasse… Il est de dos. Tiens, non, il se lève. Il veut sans doute s'assurer que je te raccompagne bien chez toi… et que je ne m'attarde pas ensuite. Que je n'abuse pas de mes privilèges, en quelque sorte.

Ils marchèrent tranquillement. Jacob avait toujours un bras autour des épaules de Jasmine, mais de façon tout à fait chaste.

— Intéressant, murmura-t-elle soudain.

— Quoi ?

— Je vais bientôt découvrir le revers de la médaille. Pour eux, je ne suis qu'une fille qui essaie de percer dans la mode. Je ne suis pas censée être au courant pour les escortes. Et si tu me plaisais et que j'aie tout simplement envie d'être avec toi ?

— Je ne sais pas. Je crois que si je ne jouais pas le jeu…

— Je me demande si on finirait tous les deux dans un baril de pétrole. Je peux comprendre qu'ils t'en veuillent. Toi, tu es officiellement dans le circuit. Mais…

— Tu n'es qu'une fille innocente. À leurs yeux, du moins.

Ils étaient arrivés à son immeuble.

Elle habitait un appartement charmant en rez-de-jardin.

Devant sa porte, Jasmine se retourna, dos au mur. Déjà, Jacob appuyait un bras près de sa tête et se penchait vers elle. Il l'embrassa avec une lenteur pleine de respect. Elle s'autorisa à poser une main sur son torse, regrettant presque que tout cela soit aussi agréable. Son parfum, frais et masculin, qui se mêlait à l'air marin. Son torse chaud, et vivant, solide comme un roc. Ses lèvres…

Il s'écarta.

— Je crois que ça devrait suffire, chuchota Jacob. Maintenant, tu me souris et tu rentres simplement chez toi.

— Alejandro nous surveille ?

— Il est juste au coin de la rue.

— C'était une soirée vraiment très agréable, lança-t-elle d'une voix plus forte.

— Je suis sûr qu'on se reverra, répondit Jacob. Si tu en as envie…

— Il faudra que je vérifie mon agenda.

— Bien sûr.

Il recula, et Jasmine rentra dans son appartement. Elle tourna les verrous, puis resta adossée à la porte pendant un long moment, une main posée sur la bouche. Elle avait l'impression d'avoir les lèvres en feu.

5

— Vous verserez vingt-cinq mille dollars à M. Chavez pour le tableau, annonça Victor Kozak.

Jacob acquiesça. Les politesses étaient terminées. Après avoir visité la galerie et siroté un expresso bien serré, les deux hommes étaient à présent assis dans le bureau situé au fond de la boutique. Jacob avait déjà exprimé sa gratitude à Kozak pour son soutien.

— Je ne connais pas cet artiste, fit-il remarquer.

— Faites-moi confiance, assura Kozak, avec un sourire. Il est excellent.

— Et ma commission ?

— Quinze pour cent.

Jacob resta un instant silencieux, puis répondit :

— Sauf votre respect, Victor… Vingt pour cent.

Il était certain que, dans tout ce marchandage – le légal et l'illégal –, Kozak avait une plus grande marge de manœuvre qu'il le prétendait.

— Dix-huit.

— Je me réjouis de notre collaboration future, reprit Jacob, d'humeur toujours égale. De toutes ces œuvres magnifiques qui vont arriver dans notre pays. Mais si nous devons nous entendre, il faut décider d'un taux fixe dès à présent. Je tiens la galerie parfaite pour accueillir tous ces artistes, mais je dois survivre. J'ai des frais exorbitants.

Kozak resta songeur.

— D'accord, finit-il par concéder. C'est entendu pour vingt pour cent.

Il se leva. L'affaire était conclue. Les deux hommes se serrèrent la main.

— La police a-t-elle découvert quelque chose concernant le tireur ? Ou les tireurs ? s'enquit alors Jacob.

— Non. Pas que nous sachions, en tout cas. Les tireurs, dites-vous ? Qu'est-ce qui vous fait croire qu'ils étaient plusieurs ?

— Nous connaissons tous les deux les armes à feu. Les balles provenaient d'au moins deux directions. Peut-être trois.

— Des complices, soupira Kozak, l'air sincèrement navré. Tant de violence en ce bas monde. Josef était quelqu'un de bien, ajouta-t-il avec un pauvre sourire. Malgré tout. Un simple homme d'affaires. Il faisait preuve d'intégrité.

Drogues, prostitution, meurtres peut-être. Même les criminels possédaient leur éthique propre.

— Toute cette sécurité, fit remarquer Jacob. Et malgré ça…

— Ne vous inquiétez pas. Nous découvrirons ce que la police ignore.

— Naturellement.

— Cet assassinat me révolte. Josef était… votre ami ? demanda Kozak.

— Nous avons fait affaire, par le passé, répondit Jacob. L'art, vous savez, c'est une question de point de vue. Il avait acheté quelques œuvres en passant par ma galerie. Quand j'ai voulu me délocaliser dans le Sud… Pour ne plus avoir de givre sur mes vitres le matin, vous voyez ? J'ai appris que Josef ouvrait une discothèque. Il est toujours prudent d'établir des contacts solides avant de s'installer quelque part.

— Josef m'avait parlé de vous, approuva Kozak en souriant. Et nous n'agissons jamais sans tout vérifier. Je sais qu'il vous faisait confiance. Mais à présent… La police nous rendra son corps vendredi, apparemment.

— Il y aura une cérémonie ?

— Oui. Dans une petite église orthodoxe russe de la ville. Quelque chose de très intime. Vous serez invité.

— J'apprécie l'honneur et le privilège de pouvoir faire mes adieux à un vieil ami, répondit Jacob. Avec votre permission, je passerai vous voir cet après-midi avec un petit cadeau, en gage de sympathie.

— Très bien. Le Club rouvrira vendredi soir, mais seulement sur invitation. Un tout petit groupe, pour commencer. Nous devons montrer au monde que l'endroit est de nouveau sûr.

— Une telle violence peut survenir n'importe où. Toutefois, la foudre s'abat rarement deux fois au même endroit. Je pense que la discothèque ne risque rien.

Kozak eut un sourire contrit.

— Parfois, ce genre d'événements attire les curieux. Les gens raffolent du sordide.

— Vous ne redoutez pas une baisse dans vos activités ? s'étonna Jacob.

— Aucune inquiétude. Josef a créé un puissant groupe d'associés. Nous sommes sereins.

Ils quittèrent le bureau et gagnèrent la sortie. Près de la porte, Victor adressa un signe à l'assistante de Jacob, qui s'affairait derrière le meuble Art nouveau servant de comptoir et de caisse. Elle lui rendit son salut en souriant.

Katrina Partridge était parfaite dans son rôle. Elle travaillait pour le Bureau depuis bientôt vingt ans. La quarantaine séduisante, elle affichait un charme et un professionnalisme impeccables et connaissait le monde de l'art comme sa poche.

Lorsque Kozak fut sorti, elle désigna le bureau du menton. Mieux valait rester prudent.

— Il a fait plusieurs fois le tour de la galerie, raconta-t-elle, une fois la porte close. Je crois qu'il a touché deux ou trois cadres. Je me trompe peut-être, mais il est possible qu'il ait planqué des micros.

— Bien observé, merci. Bon, on va recevoir notre première commission.

— Cela ne suffit pas.

— Pour une convocation, si. Mais il y aura cette toile. Qui peut dire la valeur d'une œuvre d'art ?

— Quelqu'un qui s'y connaît, répondit-elle un peu sèchement.

— L'art est subjectif.

— Oui, tu as raison.

— On cherche à faire tomber des tueurs, rappela-t-il doucement. Le blanchiment d'argent ne suffira pas.

— Je sais, soupira Katrina. Et puis, franchement... Cette mission est géniale, non ? Je ne fais pas grand-chose de mes journées et j'ai le temps d'aller me balader sur la plage et de me baigner. Et ce soleil !

— Reste prudente. Les choses peuvent déraper à tout moment. Ils ont tué un type dans une salle pleine de flics et de vigiles.

— Je suis toujours prudente, répondit-elle en écartant le pan de sa veste.

Elle était vêtue d'un tailleur pied-de-poule très chic, fait sur mesure, mais Jacob savait que, sous son apparence très soignée, elle ne sortait jamais sans son Glock, dissimulé dans un baudrier sous son aisselle.

C'était surtout pour Jasmine Adair qu'il s'inquiétait. Aucun moyen de cacher une arme dans une robe haute couture. Ni dans les loges, avec toutes ces habilleuses qui bourdonnaient autour des mannequins. De plus, elle était impliquée de façon personnelle – une situation dangereuse en soi.

Il n'avait jamais eu de mal à travailler avec ses collègues de la police. Le seul problème... c'était son attirance pour elle. Impossible de faire autrement. Elle était unique. Élégante, un peu réservée, mais quand elle souriait ou riait, elle vibrait d'une chaleur et d'une humanité sensuelle.

Il s'arracha à ces pensées.

— J'irai leur porter le caviar d'ici une heure, annonça-t-il à Katrina.

— Il est prêt dans une glacière, dans la pièce du fond. J'ai tout bien arrangé.

— Je n'en doute pas une seconde.

Ils repassèrent dans la salle d'exposition, où Jacob prit

bien soin de l'informer d'une voix claire qu'ils allaient recevoir une œuvre ayant déjà trouvé un acquéreur – un mécène qui appréciait grandement l'artiste en question.

Katrina évoquait le nom d'un jeune peintre local très prometteur quand un client entra dans la galerie. Jacob retourna dans son bureau, mais se retrouva sans rien à faire, seul avec ses pensées. Il devait trouver un moyen de se rapprocher davantage du gang. Pour rester près de Jasmine.

Il se méfiait encore un peu, cependant. Elle ne lui avait pas complètement tourné la tête. À moins que… Il n'avait pas ressenti une attirance aussi fulgurante, presque comme un manque, depuis des années.

Depuis Sabrina, en fait.

— Ah, Jasmine ! Toujours aussi belle, même en tenue de deuil, s'exclama Natasha en découvrant le drapé de la robe noire qui tombait presque jusqu'au sol.

Elle se tourna ensuite vers Jorge, impeccable dans son costume noir.

— N'oubliez pas : lors de cet événement, vous êtes muets. Vous veillez à ce que nos invités aient bien à boire et à manger, mais vous gardez vos distances. Victor veut de la solennité. Vous comprenez ?

— Oui, Natasha, assura Jasmine.

— Vous deux, ça ira, j'en suis sûr.

Elle interpella une couturière qui se précipita vers elle.

— Je crois que l'ourlet est assez haut, mais la taille, en revanche… Un centimètre, peut-être ?

— Oui, madame, répondit la femme, avant de se mettre aussitôt au travail, pliant et pinçant le tissu.

Lorsqu'elle eut terminé de placer ses épingles, elle aida Jasmine à retirer la robe et disparut pour les retouches. Jasmine eut à peine le temps de la remercier.

Tandis qu'elle récupérait son jean et son T-shirt, elle sentit que Natasha l'observait encore – comme on évalue une vache à la foire.

— Alors, hier soir ? Tu as été charmante ?

— Oui. M. Marensky m'a emmenée dîner dans un bon restaurant, puis nous avons fait une promenade sur le front de mer.

— Très bien. Tu lui plais.

— Je crois.

Natasha se détourna et ajouta, presque comme pour elle-même :

— Tu aurais pu tomber pire. Hum… Jean et T-shirt ? Tu dois t'habiller plus… Ah, comment dit-on déjà ?

— Plus professionnel ?

— Non, le dos nu d'hier soir. Très bien. Et des talons. Pas de baskets.

— Comme vous voudrez.

— Victor demande à te voir. Si on avait plus de temps… tu aurais pu repasser chez toi. Mais où ai-je la tête ? J'ai toujours les vêtements du défilé. Non, non ! Ne remets pas ton jean.

— D'accord.

Natasha lui fit signe de remonter sur la petite estrade où les mannequins essayaient les robes et se dirigea vers le portant dans l'immense dressing.

Elle fouilla un instant parmi les cintres et revint avec une blouse en soie sans manches et une jupe rouge.

— Ça devrait aller.

La jupe était courte. Très courte. Jasmine enfila la tenue avec un sourire qu'elle espérait naturel.

— Je crois que les baskets ne sont pas du meilleur effet avec ça, fit-elle remarquer en désignant ses chaussures, dans un coin.

— Bien sûr ! Du 39, je dirais ?

— 40, corrigea Jasmine.

Apparemment, c'était une pointure de géante, aux yeux de Natasha.

— Hum. C'est vrai que tu es grande…

Jasmine mesurait un mètre soixante-dix-huit. Natasha

aurait sans doute été horrifiée par sa mère, qui chaussait du 42.

— Voilà qui ira à merveille, annonça Natasha en rapportant des talons aiguilles de dix centimètres.

Jasmine enfila les escarpins. Elle atteignait presque un mètre quatre-vingt-dix, à présent.

— Allons, viens. Victor sera content. Toi, Jorge, je veux que tu reviennes vendredi. La cérémonie a lieu à 14 heures. Josef sera enterré après, puis les invités commenceront à arriver au Club.

— Entendu, répondit Jorge.

Natasha le regarda un instant, puis reprit avec un sourire :

— Nous aurons peut-être du travail pour toi aussi, bientôt. Pour faire découvrir Miami Beach à un client. Miami Beach… Et tous ses plaisirs.

— Merci, répondit-il sans ciller.

— Allons, Jasmine. Victor t'attend.

— J'arrive.

— Je t'attends ici ? suggéra Jorge, d'un ton léger.

— Non, Jorge, coupa aussitôt Natasha. Je n'ai plus besoin de toi aujourd'hui. Antonio va te raccompagner en bas.

— Je t'appelle plus tard, Jorge ! lança Jasmine avec bonne humeur.

Son enthousiasme était factice. Elle se retrouvait seule, sans renfort… juste avant de se rendre dans le bureau de Victor. Elle ne craignait cependant pas pour sa vie. S'ils avaient eu le moindre soupçon, ils se seraient aussi méfiés de Jorge et lui auraient proposé de rester.

Avait-elle trop bien joué son rôle avec Jacob « Marensky » ? Allait-on lui demander de tenir compagnie à un nouvel associé ?

Elle n'avait pas le choix, mais elle ne put s'empêcher de se demander si Mary s'était trouvée dans la même situation, avant de disparaître. Sans cesser de sourire, elle suivit Natasha jusqu'au bureau de Victor Kozak.

Ce dernier était assis à sa table, mais il n'était pas seul. En face de lui, installé dans un fauteuil club, se trouvait un inconnu de grande taille, vêtu d'un luxueux complet anthracite et âgé d'une cinquantaine d'années. Il avait des yeux bleus un peu larmoyants, les cheveux grisonnants et une moustache poivre et sel.

Quand Jasmine entra dans la pièce, les deux hommes se levèrent.

— Ah, Jasmine ! Je te présente M. Connor. Il arrive d'Angleterre et c'est son premier séjour à Miami Beach. Il souhaiterait que tu lui fasses visiter la ville et lui conseilles un très bon hôtel.

Jacob était déjà en route pour le Club quand son téléphone sonna. Il jeta un coup d'œil au numéro. Par sécurité, il n'enregistrait aucun contact, préférant mémoriser les coordonnées de tous ceux susceptibles de l'appeler. C'était Jorge Fuentes.

— Où es-tu ? lui demanda Jorge, dès qu'il eut décroché.

— En route pour le Club. Pourquoi ?

— Magne-toi. Je pense qu'ils vont proposer une mission d'escorte à Jasmine pour un nouveau client. Elle sait se défendre, mais tout va un peu trop vite à mon goût.

— Je me dépêche. Je te rappelle dès que possible.

Il se retint de ne pas se mettre à courir, au cas où quelqu'un le surveillerait, mais il pressa le pas. Arrivé au coin de Washington Street, il se dirigea tout droit vers l'entrée de service du Club, où Antonio montait la garde, une cigarette à la main.

— C'est mauvais pour la santé, fit remarquer Jacob en s'approchant.

— Monsieur Marensky, dit Antonio. Nous ne vous attendions pas…

— Je ne fais que passer. J'ai quelque chose pour M. Kozak. Je monte juste à son bureau.

Sans attendre de réponse, il entra. La seule réaction possible du vigile aurait été de lui barrer physiquement la route, mais Antonio hésitait, n'étant pas sûr de l'importance de ce nouveau personnage.

À l'intérieur, Jacob croisa Jorge Suarez. Sans s'arrêter, il lui lança simplement, avec un grand sourire :

— Cadeau pour Victor !

Il désigna la glacière contenant le caviar que Katrina avait joliment décorée de rubans. Arrivé à l'étage, il ouvrit la porte du bureau avant que quiconque puisse l'en empêcher. Kozak se leva aussitôt et porta une main à sa veste – et à l'arme qu'il cachait certainement. En découvrant l'identité de l'intrus, en revanche, il sembla rassuré.

Bien, pensa Jacob. Il lui faisait confiance.

Jasmine était présente, apprêtée comme la call-girl de luxe qu'elle était censée être devenue. Un inconnu était penché sur elle, espérant sans doute une meilleure vue sur son décolleté. C'était un homme grand et bien bâti, avec un visage marqué. Ses yeux étaient d'un bleu étrange. Glacial.

— Victor ! lança Jacob. Votre cadeau. Pardonnez mon intrusion. On m'a livré ce matin, juste après votre départ et je…

Il s'interrompit soudain et se tourna vers l'inconnu au regard bleu.

— Je vous prie de m'excuser, monsieur. Je ne voulais pas vous interrompre. J'étais pressé et… Jasmine ! Bonjour ! Merci encore pour cette charmante soirée, hier. Tu as été une guide merveilleuse.

— Monsieur Marensky, je parlais affaires avec M. Connor…, commença Kozak.

Jacob fronça soudain les sourcils.

— Certainement pas, monsieur, lança-t-il enfin d'un ton ferme, à l'adresse de Connor.

Ce dernier se raidit et regarda Kozak :

— Kozak, qu'est-ce…

— Je crains d'être déjà sur l'affaire, interrompit Jacob d'une voix calme.

— Bon sang, ce n'est qu'une fille, marmonna Kozak entre ses dents.

Jasmine fit mine de ne pas avoir entendu.

— Pardonnez-moi, Victor, reprit Jacob. Vous êtes un homme très occupé. Cette affaire a été conclue. Hier. Et lors du défilé, avant qu'il ne soit tué, Josef Smirnoff m'a fait une promesse.

— Smirnoff est mort, rappela Connor.

— Mais pas encore oublié, rétorqua Jacob.

Kozak se retrouvait à présent dans une situation très délicate.

Si ce n'était pas lui qui avait assassiné Josef Smirnoff et si la succession lui revenait de façon naturelle, alors il devait honorer les promesses faites par son prédécesseur.

— Non, pas oublié, murmura-t-il. Et sa mémoire sera respectée.

Jacob fut heureux de le voir accepter la porte de sortie qu'il lui offrait. Leurs « affaires » étaient donc importantes. Il se tourna vers Connor :

— Je vous comprends, cela dit. Mlle Alamein et moi avons dîné ensemble hier et il est prévu que nous fassions un tour en ville, ce soir. Pour visiter un peu. J'ai oublié d'en informer M. Kozak, mais j'avais spécifiquement demandé la présence de cette… charmante jeune femme.

— Je peux vous proposer quelque chose qui vous conviendra mieux, monsieur Connor, s'empressa d'ajouter Kozak. Vous devez comprendre que nous sommes tous en deuil. Pour honorer la mémoire de Josef, je dois respecter les engagements qu'il a pris avant sa mort.

— Très bien. Appelez-moi quand vous m'aurez trouvé une compagne adéquate, répondit froidement Connor, sans quitter Jacob des yeux.

Apparemment, il estimait que cela ne valait pas la peine de se battre pour une femme. Sans un mot de plus, il tourna les talons et quitta le bureau.

— Ainsi…, reprit Kozak quand ils furent seuls, Josef vous avait promis cette fille ?

Jacob s'efforçait de ne pas regarder Jasmine. D'après

ce qu'il commençait à savoir d'elle, il était étonné qu'elle parvienne à garder ce calme olympien.

— Je pense que cela a dû être sa dernière promesse, répondit-il d'une voix un peu rauque.

— Dans ce cas, je n'organiserai rien d'autre pour elle. Mais vous devez vous souvenir que Mlle Alamein est à mon service. Et qu'elle devra être présente quand on aura besoin d'elle.

— Entendu.

Kozak s'approcha de Jasmine.

— Tu acceptes d'honorer cet engagement ? lui demanda-t-il.

Jasmine se leva. Avec ses talons, elle faisait presque la même taille que Kozak.

— Comme vous voudrez, monsieur Kozak, répondit-elle avec un sourire charmant.

— Très bien. Simplement, n'oublie pas que tu travailles pour moi.

— Bien sûr, répondit-elle avec sérieux, avant de sourire de nouveau. Et merci. M. Marensky et moi avons passé une soirée délicieuse, hier. C'était bien plus simple que je ne l'aurais imaginé !

Même Kozak semblait sous le charme.

— Tant mieux. Bon, j'imagine que Natasha va vouloir te parler encore et…

Il se tourna vers Jacob :

— Mlle Alamein vous retrouvera ce soir.

— Je vais la raccompagner chez elle, proposa Jacob. Mais si vous avez une minute, Victor… J'ai apporté quelque chose qui, je crois, vous fera grand plaisir. Du caviar d'Iran, censé être l'un des meilleurs du monde. J'avoue ne pas être expert en la matière, mais des connaisseurs m'ont assuré que c'est délicieux.

— Dans ce cas, vous devez rester le partager avec moi, dit Kozak, en congédiant Jasmine d'un geste. Va voir ce que veut Natasha.

Quand Jasmine eut quitté la pièce, Jacob se tourna vers Smirnoff :

— Je vous remercie d'avoir respecté la mémoire de Josef en respectant les engagements que nous avions pris. D'ailleurs… Je voudrais en faire plus.

— Ah ?

— Je ne suis pas sans certains talents, voyez-vous. J'aimerais votre permission pour enquêter moi-même sur la mort de Josef.

Jasmine avait du mal à respirer. Son cœur battait à tout rompre. Elle s'était sentie si sûre d'elle dans le bureau de Kozak, face à cet inconnu qui la palpait presque comme du bétail, qu'elle avait commencé à envisager toutes les façons de se sortir par elle-même de cette situation.

Une fois seule avec cet homme, elle aurait trouvé quelque chose, c'était certain…

Et elle aurait tout fichu en l'air.

Elle aurait « grillé » sa couverture, et tout espoir de découvrir ce qui était arrivé à Mary aurait été perdu.

Elle se dépêcha de rejoindre le vestiaire – souriant au passage à Sasha, qui montait à présent la garde devant les loges. Assise devant l'un des miroirs, Natasha contemplait son reflet. Elle leva aussitôt les yeux vers Jasmine, qui comprit que cette femme avait des oreilles et des yeux partout. Elle était déjà au courant de la scène qui venait de se dérouler.

— Ce n'est pas bon, commença-t-elle. Pas bon du tout. Un homme ne devrait pas se montrer aussi possessif.

— Quelle importance ? répondit Jasmine avec un haussement d'épaules. Surtout si ça rapporte…

— Ah, ma petite… Tu es nouvelle dans ce domaine.

— C'est vrai. Je n'y connais rien, mais j'ai envie d'apprendre.

Natasha sembla ravie de sa réponse.

— Il va commencer à croire que tu lui appartiens et qu'il ferait mieux de simplement te faire disparaître. Tu dois être prudente et afficher ta loyauté envers nous en permanence, tu comprends ?

— Oui, Natasha. Je suis loyale, je vous le jure.

— Est-ce qu'il te plaît, ce Jacob Marensky ? demanda encore Natasha.

— Il est propre sur lui et il sent bon. En plus, il n'est pas trop vieux.

— Oui, il est jeune, il est propre et il sent bon, répéta Natasha en balayant l'air de sa main. Jeune, c'est bien. Les vieux, avec leurs espoirs, leurs prières et leurs médicaments… Ils ne se doutent pas une seconde que ceux qu'ils pensent contrôler ne font que se moquer de leurs efforts pitoyables.

Elle soupira. Jasmine eut l'impression qu'elle avait connu le pire et s'était battue pour s'en sortir.

— Bon, finalement, tu peux remettre ton jean et ton haut, reprit Natasha. Apparemment, M. Marensky est moins guindé et vous allez faire un peu de tourisme.

Elle frissonna avec dégoût, comme si cela se rapprochait de la torture.

— Merci, murmura Jasmine. Je dois avouer que ces chaussures… Les talons sont un peu hauts.

— M. Marensky est très grand. Josef l'admirait beaucoup. Victor le trouve également formidable. Il pense que c'est un homme qui comprend nos affaires mais demande que nous respections les siennes en retour. Évidemment, c'est à moi que tu viendras faire ton rapport.

— Entendu.

Des voix retentirent soudain dans le couloir et, quelques secondes plus tard, Kari Anderson entra dans les loges, les bras chargés de vêtements. Derrière elle, Jen Talbot, Renée Dumas et Helen Lee.

Une parfaite palette de beautés : Kari, blonde et pâle, Jen et sa peau mate, Renée, presque d'un noir d'ébène et Helen avec ses traits eurasiens et sa chevelure sombre. Sur un podium, l'effet était saisissant. Elles avaient été embauchées pour satisfaire tous les goûts.

Pour l'instant, aucune des filles ne semblait avoir été forcée à faire quoi que ce soit. C'était juste une bande de jolies jeunes femmes qui comprenaient qu'on pouvait payer cher pour leur compagnie. Jasmine elle-même était restée de marbre quand Victor Kozak l'avait présentée à M. Connor, en expliquant que ce dernier cherchait une escorte pour la soirée. Mais si elle avait protesté ?

Mary avait-elle protesté ?

— Je vais chercher mes affaires, me changer et sortir, annonça Jasmine.

Elle avait quitté ses escarpins et dégrafait sa jupe quand Kari s'approcha :

— On m'a dit que j'allais avoir besoin de cette jupe, annonça-t-elle.

— Ah bon ?

Jasmine la lui tendit et commença à retirer sa blouse.

— Je dois aller voir ce M. Connor, reprit Kari, un peu tendue.

— Tu as peur de lui ? demanda Jasmine dans un murmure. Parce que tu…

— Non, non. Il paraît qu'il est très sympa.

— Je croyais qu'il était nouveau.

— Non. Mary est déjà sortie avec lui. Un simple dîner. Elle a dit qu'il était gentil. Ah mais pardon, tu ne connais pas Mary. C'était une fille super, mais… J'imagine que ça ne lui convenait pas. Moi, c'est le podium que je vise. Et si ça veut dire sortir avec quelques ratés…

Elle s'éclaircit la gorge.

— Bon, d'accord, reprit-elle d'une voix atone. Je sais qu'on peut nous demander d'aller plus loin. De toute façon, je n'ai jamais eu besoin d'aide pour coucher avec des losers ! Autant être payée pour le faire et que ça serve à quelque chose au final, non ?

— Kari ? appela Natasha.

— Désolée, chuchota Kari. Il faut que je file !

Jasmine la retint par la main.

— Kari, s'il te plaît… Tu voudrais bien m'appeler demain, pour que je sache que tout va bien ?

Kari sembla surprise.

— Évidemment que tout ira bien. Je t'appelle. On pourrait [illegible]uner toutes les deux ?

— Ce serait super. Mais… On a le droit ?

— Oh oui. Ils aiment bien qu'on soit copines. Parfois…

— Parfois ?

— Kari ! appela de nouveau Natasha, avec impatience.

— Je file ! lança Kari en disparaissant dans un tourbillon de cheveux blonds.

Kozak avait ouvert une des bouteilles de vodka de sa réserve personnelle pour accompagner le caviar. Jacob fit semblant de boire autant que le tsar de la pègre, mais ingéra le moins d'alcool possible. Leur entretien s'avérait des plus intéressants. Kozak évoqua son enfance en Russie, notamment le KGB qui était venu arrêter son père, en pleine nuit.

— Ça a dû être terrible, pour un enfant, dit Jacob.

Kozak haussa les épaules.

— Mon père était un tueur. Quand c'est arrivé… Tout le monde s'est sauvé. Ce genre d'intervention est plutôt brutale. Heureusement, ma mère… louée soit-elle… nous a fait sortir. Je n'ai jamais compris ce qui s'était vraiment passé. Les affaires sont les affaires, mais…

Il s'interrompit et regarda soudain Jacob d'un air grave, très sobre malgré l'alcool qu'il venait d'ingérer.

— Vous pensez vraiment pouvoir retrouver l'assassin de Josef ?

Jacob pesa ses mots avec soin.

— Certains événements dans mon passé m'ont amené à… me poser davantage de questions. Je suis assez doué pour découvrir des choses… Vous-même n'avez aucune idée de qui a pu le tuer ?

Kozak se renfrogna.

— Je ne voulais pas vous vexer, ajouta rapidement Jacob. J'appréciais beaucoup Josef. Nous avons conclu de bonnes affaires ensemble. Mais peut-être se passait-il au sein du groupe des choses dangereuses pour tous.

— Vous pensez aux corps retrouvés dans les Everglades, murmura Kozak. On ne parle que de ça et de la fusillade, aux informations. La politique n'intéresse même plus personne, hein ? Quand les gens ont peur…

Il s'interrompit de nouveau et haussa les épaules.

— Nous n'avons rien à voir avec ces corps. Ni Josef ni moi. Et je ne sais pas qui l'a tué. Moi, j'ai tenu la bride à mes hommes – Sasha, Antonio et Alejandro. J'ai joué le jeu et je suis devenu roi. Vous, vous êtes nouveau. Enfin, ici du moins. Josef vous faisait confiance. Vous savez comment vous faire respecter. Alors, à vous de me dire : qui a tué Josef ?

— Je l'ignore. Mais comme je vous l'ai dit : avec votre permission, j'aimerais le découvrir.

— Vous avez ma permission. Et ma bénédiction. Que vous faut-il d'autre ?

— L'autorisation de parler à vos hommes. Et à Ivan et Natasha. Sciemment ou non, Victor, l'un d'eux a forcément aidé les tueurs.

On frappa à la porte.

— C'est moi, monsieur Kozak, appela Jasmine d'une petite voix.

— Je dois la raccompagner, annonça Jacob en se levant pour ouvrir la porte. Je commencerai demain. Je retrouverai le tueur, je vous en fais la promesse.

— Alors, plus que jamais, la fille est à vous, conclut Kozak. Ainsi que ma gratitude.

Avec un hochement de tête, Jacob ouvrit la porte. Puis, prenant Jasmine par la main, il descendit rapidement les escaliers en direction de la sortie.

6

— J'aurais dû aller avec lui, marmonna Jasmine.

Le regard que Jacob lui lança aurait pu la changer en statue de pierre. Il pensait sans doute qu'il l'avait sauvée d'une mort certaine – voire pire –, mais aussi qu'il avait protégé leur couverture.

— Tu as été super, s'empressa-t-elle d'ajouter. Magnifique et tout. Quand même, tu as réussi à…

— Stop, coupa-t-il. Attends qu'on soit à ton appartement. Au point où on en est, je suis sûr que ça passera si j'entre avec toi.

— On nous suit ?

— Peut-être. On ne sait jamais.

La sonnerie de son téléphone retentit, et il fouilla dans sa poche pour sortir l'appareil. Il la tenait si serrée contre lui qu'elle entendit parfaitement l'interlocuteur.

— Elle est avec toi ? demanda aussitôt une voix d'homme.

C'était Jorge.

— Oui, répondit Jacob en se tournant vers Jasmine. J'ai besoin de tickets, vite. N'importe quelle attraction en ville. La première visite disponible.

— Je te rappelle tout de suite.

— Des billets ? s'étonna Jasmine.

— Des billets, oui, grommela Jacob.

Ils étaient presque arrivés à son appartement quand le smartphone sonna de nouveau. Cette fois, elle n'entendit pas ce que disait Jorge.

— Lincoln Road Mall ? répéta Jacob en la consultant du regard.

— On peut y aller à pied, répondit-elle aussitôt.

— En route, alors.

Il était contrarié. Elle aurait voulu prendre le temps de lui expliquer pourquoi elle aurait préféré servir d'escorte à Connor, mais Jacob souhaitait visiblement qu'ils restent discrets.

Il avançait à une telle allure que, malgré ses longues jambes, Jasmine peinait à suivre la cadence. Lorsqu'ils se furent un peu éloignés du Club sur Washington Street, il ralentit enfin. Peut-être avait-il lâché un peu sa pression. Elle parvint à se libérer de son emprise et glissa un bras sous le sien, se blottissant contre lui, comme si elle lui murmurait des mots doux.

— J'ai peut-être découvert comment Mary a disparu. Et avec qui.

Il se tourna vers elle, l'air soucieux.

— J'ai pu avoir une seconde avec Kari, poursuivit-elle. Elle va certainement devoir accompagner ce type à ma place. Connor. Mary aussi est sortie avec lui… avant de disparaître.

— Et tu étais prête à prendre un tel risque ?

Jasmine déglutit avec peine et posa la tête sur son épaule.

— C'est le boulot… Mais je n'ai découvert ces informations qu'après ton arrivée. J'ai croisé Kari en retournant au vestiaire chercher mes vêtements. C'est là qu'elle a dit… Ils vont lui proposer une mission d'escorte. Jacob, il faut faire suivre cet homme. Peut-être que Jorge…

— Non, Jorge est toujours impliqué. Et ils vont se demander où il était. Laisse-moi appeler le Bureau. Ils vont mettre quelqu'un sur l'affaire.

Il sortit de nouveau son smartphone. Ils avaient atteint le Lincoln Road Mall, une galerie commerciale piétonne.

— C'est une agence de tourisme privée, annonça Jacob en désignant l'entrée du cinéma sur Alton Road. Ils passent nous chercher ici.

Il composa rapidement un numéro, puis s'entretint un moment à voix basse au téléphone, répétant à son interlocuteur ce qu'il venait d'apprendre sur Connor. Sa description était très précise, même si Jasmine savait qu'ils n'avaient pas grand-chose. Elle l'entendit ensuite répondre avec assurance à une série de questions.

— Je crois que c'est pour nous, annonça-t-il soudain en indiquant une limousine avec un toit panoramique qui approchait.

Le véhicule se gara le long du trottoir. Un jeune homme en uniforme en sortit avec entrain et s'avança vers eux, un large sourire professionnel aux lèvres.

— Marensky ? demanda-t-il.

— Oui, merci, répondit Jacob en rangeant son téléphone. Jasmine et Jacob.

— Je m'appelle David Hernandez et je suis votre guide pour la journée ! lança joyeusement le chauffeur. Je suis à votre disposition. Si j'ai bien compris, vous venez d'arriver dans le coin, alors je vais me permettre quelques suggestions. Que diriez-vous de commencer par l'ancien monastère espagnol ? C'est au nord de…

— C'est très bien, l'interrompit rapidement Jacob. Ça te va, ma chérie ? Jasmine connaît déjà la ville. Moi, je suis nouveau.

— J'adore ce monument ! s'écria Jasmine. Mais je serais bien incapable de t'expliquer quoi que ce soit sur le bâtiment…

David consulta sa montre.

— Écoutez, si on se met en route maintenant, vous pouvez passer une heure ou deux sur place. Votre assistante a réservé un chauffeur et un guide jusqu'à minuit, donc…

— Va pour le monastère espagnol.

Ils montèrent à bord de la limousine. Avec la circulation, il leur faudrait plusieurs minutes pour atteindre ce que Jasmine considérait comme l'un des sites touristiques les plus insolites de l'agglomération.

— J'ai grandi ici, mais plus dans les terres, expliqua-t-elle à David. Je connais mal la côte.

— Je comprends. Les gens disent que Miami est une ville nouvelle, sans histoire. Mais ils se trompent complètement. Je pourrais vous en parler pendant des heures, cependant...

— Je vous en prie, l'encouragea Jacob.

Il se cala contre les confortables fauteuils de la limousine, ferma les yeux et poussa un long soupir. C'était la première fois que Jasmine le voyait trahir la moindre tension. Il avait débarqué dans le bureau, prêt à en découdre, et tout ça pour elle.

Elle soupira à son tour. Elle devait vraiment contacter son capitaine pour faire son rapport. Lorenzo pourrait mettre des collègues sur la piste de Connor et Kari.

— Bien sûr, South Beach est déjà une attraction en soi, racontait David. Saviez-vous que c'est la première zone à avoir été peuplée ? Croyez-le ou non, le front de mer actuel était couvert de terres agricoles. La ville de Miami a été fondée en 1896. Julia Tuttle, celle qu'on appelle la « Mère de Miami », a envoyé une fleur d'oranger à Henry Flagler, entrepreneur des chemins de fer, pour le convaincre de construire une ligne jusqu'ici. Il ne gelait presque jamais dans la région !

David était effectivement intarissable.

— Miami Beach a été fondé plus tard, en 1915. Aujourd'hui, la ville se compose de plusieurs îles barrières, naturelles ou artificielles. En 1870, Henry et Charles Lum – le père et le fils – ont acheté une bonne partie de ces friches sableuses qui valent maintenant des milliards. Ils ont démarré une plantation de noix de coco, mais ça n'a pas donné grand-chose. Puis sont arrivés de riches Yankees, et le littoral a commencé à se développer.

David parlait d'une voix agréable. Jasmine ferma les yeux, presque malgré elle, tandis qu'il poursuivait :

— Collins Avenue a été baptisée en l'honneur d'un homme d'affaires qui a tenté la polyculture et a lancé la machine. Par la suite, tandis que Miami prospérait, grâce au chemin de fer et à l'ouverture du chenal de Fisher Island, les gens ont pensé que ce serait un chouette endroit pour passer des vacances. Au début du xxe siècle, Miami Beach est en plein essor…

Quand elle rouvrit les yeux, Jacob la regardait.

— On est sur le coup, annonça-t-il avec douceur. Le Bureau de Miami va contacter ton capitaine pour que le MDPD prenne en compte ce nouveau pion sur l'échiquier.

— Je voulais…, commença Jasmine, avant de jeter un œil au chauffeur.

David continuait son explication sur la transformation des terres agricoles en zones touristiques. Tout avait démarré avec des champs et des plantations, puis les habitants avaient organisé des visites guidées. Ensuite étaient arrivés les échoppes pour se restaurer et, enfin, le Browns Hotel, qui existait toujours.

— Cet homme, Connor… Et si c'était un tueur ? demanda Jasmine à voix basse. Un type que ça excite d'étrangler ou de poignarder une femme. Et si… ?

— Il va être mis sous surveillance, Jasmine. On ne va pas le lâcher d'une semelle. Et puis, ce sera comme pour moi : il aura le droit à un premier rendez-vous tout simple. On va enquêter sur lui et Kari ne risquera rien. On m'a déjà indiqué qu'elle était bien rentrée chez elle.

Kari ne risquerait rien. C'était beaucoup.

Mais Mary ?

Un vrombissement retentit et Jacob fouilla dans sa poche pour sortir son téléphone.

Il répondit à voix basse, tandis que David continuait ses explications :

— Collins avait besoin d'argent pour la construction d'un pont en bois, et ce sont les Lummus qui le lui ont prêté. Les quartiers de la plage ont été rebaptisés plusieurs fois, mais on retrouve la trace des pères fondateurs dans le nom des rues. Et puis, il y a bien évidemment Fisher Island, le paradis des nantis. Vous devriez aussi visiter le cimetière du Vieux Miami, en face, sur le continent. En 1887, il se trouvait encore en dehors des limites de la ville, au nord. C'est là qu'est enterrée Julia Tuttle…

Jasmine regarda Jacob, qui lui adressa un petit sourire.

— Deux gars sont sur l'affaire. Ils essaient de récolter des infos sur Connor, mais nous ne connaissons même pas son prénom.

— Il est britannique, d'après son accent.

— C'est ce que je leur ai dit. Jasmine, ils veillent sur Kari. Ne t'inquiète pas.

— Elle est innocente… Comme Mary. Elle ne s'inquiète pas de… de tout ce qu'il pourrait lui demander de faire. Elle pense que, tant qu'à sortir avec de pauvres types, autant que ça serve à faire avancer sa carrière. Je ne me le pardonnerais jamais s'il lui arrivait quelque chose. Ça aurait pu être moi, à sa place.

— Tout ira bien.

Jasmine soupira. David continuait à leur raconter l'histoire de la ville et la fabuleuse valeur artistique des bâtiments. Ils étaient presque arrivés à destination.

— L'ancien monastère espagnol est officiellement connu sous le nom de monastère Saint-Bernard de Clairvaux. Sa construction a commencé dans le nord de l'Espagne en 1133, dans un petit village près de Ségovie. Le bâtiment est resté occupé par des moines pendant environ sept cents ans, avant qu'une révolution éclate. Il a alors été vendu et est devenu un entrepôt à grain. Il est arrivé aux États-Unis en 1925, après avoir été racheté par un riche homme d'affaires américain, William Randolph Hearst. Pendant longtemps, c'est demeuré le plus grand puzzle du monde, car la totalité de l'édifice a été expédiée par bateau, pierre par pierre…

Ils étaient arrivés. Après avoir admiré l'ancien cloître et les reliques, Jasmine et Jacob sortirent dans les jardins, bras dessus, bras dessous.

— J'ai reçu les détails de l'autopsie de Smirnoff, annonça Jacob, après avoir consulté son smartphone.

— Je suis à peu près sûre de savoir que Josef Smirnoff est mort par balle, ironisa Jasmine.

— Certes. Mais je pense qu'il ne se savait pas atteint d'un cancer du côlon. Selon le légiste, il devait être malade depuis un moment. Il n'en aurait pas eu pour longtemps, même avec un traitement.

— En gros, quelqu'un l'a assassiné pour rien. Kozak était de toute façon appelé à prendre la suite.

Jacob resta silencieux.

— Tu penses que Kozak n'est pas coupable, c'est ça ? demanda Jasmine.

— Ce serait trop évident. Et il a nié toute implication avec les corps retrouvés dans les barils.

— Ils ont terminé ces autopsies-là ?

Jacob acquiesça.

— Ils attendent encore quelques résultats. Ils ont déjà des empreintes pour le cadavre le plus récent, mais les deux autres étaient dans un état de décomposition trop avancé. Ils estiment que l'un d'eux était peut-être là depuis plusieurs années.

— J'imagine qu'ils essaient également d'analyser les barils et les restes de vêtements ?

Jacob hocha de nouveau la tête.

— Les barils ne donneront pas grand-chose. Apparemment, ils ont été mis au rebut par une grande compagnie pétrolière, voilà plusieurs années. Ils auraient dû finir dans la décharge la plus proche. Sympa, hein ? N'importe qui aurait pu tomber dessus.

— Tu disais que des empreintes avaient été relevées sur le cadavre le plus frais ?

— Je te tiendrai au courant dès que j'en saurai plus, assura-t-il avec un sourire. Ce sera plus simple, maintenant que tu as été officiellement « mise à ma disposition ».

— C'est vrai que cela rend la communication plus facile entre nous, murmura Jasmine.

— Avec un peu de chance, cela empêchera surtout les prédateurs de tout poil de venir grogner à ta porte. Je peux me montrer très possessif, quand je veux.

Jasmine eut un petit sourire crispé, craignant que le

trouble réel qu'elle ressentait ne se lise sur son visage. Par chance, le téléphone de Jacob sonna.

Il décrocha et écouta avec attention.

— Compris dit-il simplement, avant de raccrocher et de s'adresser à elle : apparemment, M. Connor est du genre ponctuel. Il est déjà à l'appartement de Kari.

— Donc, ils vont sortir dîner. On devrait y retourner…

— Jasmine, on a des agents sur le coup.

— Je sais, mais…

Elle entendit son propre téléphone sonner. C'était le numéro que Mac Lorenzo utilisait pour cette opération.

— Je viens aux nouvelles, annonça son capitaine.

— Ça va, assura-t-elle. Je visite l'ancien monastère espagnol.

— J'ai parlé à Jorge. On ne vous extrait pas encore. Mais j'ai reçu des ordres très stricts d'en haut pour ne pas entraver l'opération du FBI.

— Nous n'entravons rien du tout.

— Et vous ne devez pas non plus vous mettre en danger, lui rappela son supérieur.

— Jamais, monsieur.

— N'oubliez pas que c'est le FBI qui a la main sur cette affaire.

— Je comprends, répondit-elle en prenant bien soin de ne pas trahir le moindre sentiment personnel.

— Comment ça se passe, niveau communication inter-agence ?

Jasmine leva les yeux vers Jacob.

— Très bien, monsieur.

Jacob avait dû entendre, car il tendit la main vers le téléphone.

— Capitaine Lorenzo, comment allez-vous ? Ici, Jacob Wolff. Notre collaboration se passe très bien. Je crois que nous n'aurions pas fait mieux en la planifiant.

Ils échangèrent encore quelques paroles, puis Jacob raccrocha et rendit son téléphone à Jasmine.

— Merci, dit-elle.

— Je pense sincèrement que nous travaillons bien ensemble.

— Oui, moi aussi.

— D'ailleurs, je suis certain que je t'aurais appréciée d'une façon ou d'une autre. Et puis, j'ai un faible pour ton crochet du droit. C'est un sacré coup de poing que tu m'as filé, l'autre jour.

— Je ne savais pas…

— C'est peut-être mieux ainsi. C'est le truc, quand on est infiltré. On n'a de contact avec le commandement que lorsque c'est absolument nécessaire.

Elle fut tentée d'ajouter qu'elle l'appréciait, elle aussi, mais cela lui sembla soudain l'aspect le plus dangereux de toute cette opération.

Jacob lui plaisait beaucoup trop.

Elle aimait son regard intense, le son de sa voix… La façon dont il la touchait. Le contact fugace de ses lèvres sur les siennes la hantait encore.

— Je pense quand même qu'on devrait rentrer, dit-elle.

Il regarda autour de lui.

— C'est magnifique, ici. Pas simplement le monastère. La Floride du Sud.

— Oui. Tu viens souvent dans la région ?

— Je vais là où on me dit d'aller.

Elle hocha la tête. Malgré l'opération d'infiltration, elle était troublée par l'attraction naissante qu'elle ressentait pour lui. C'était presque humiliant. Avec lui, elle aurait volontiers entretenu une relation feinte n'importe où dans le monde.

Elle le trouvait séduisant. Plus même. Fascinant, sensuel… Un homme d'une virilité dépassant la raison et la logique qui l'atteignait au plus profond de son être. Le seul problème, c'était que tout cela n'avait rien de très professionnel.

— Bon, reprit-elle. On a appelé, Jorge sait que je vais bien et Connor va bientôt emmener Kari dîner sur le front de mer. J'aimerais retourner à South Beach.

— Pas de problème, dit-il.

Il lui prit le bras, et ils regagnèrent la sortie. David Hernandez les attendait près de la limousine. Jacob le complimenta et lui assura qu'ils feraient de nouveau appel à ses services par la suite, mais l'informa qu'ils avaient décidé de rentrer. Ils voulaient faire une promenade sur la plage, au crépuscule. Hernandez sembla ravi. Évidemment : il avait le reste de la soirée libre, tout en étant payé.

Le trajet du retour se fit en silence. Lorsqu'ils arrivèrent devant le charmant petit hôtel de Jacob, Jasmine ne put s'empêcher d'admirer le bâtiment ancien.

— Tu n'es jamais entrée ? demanda-t-il.

Elle sourit.

— Quand j'étais au lycée, on sortait souvent en boîte sur la promenade ou on allait boire un verre. Je connais moins les hôtels en revanche…

— Celui-ci est bien. Familial, dans une atmosphère Art déco magnifique. Je peux prendre mon café sur le balcon, le matin, avec le bruit des vagues et les palmiers qui dansent dans le vent. Avant que le reste du monde se réveille et que la plage soit envahie de corps… plus ou moins vêtus et plaisants à contempler.

— C'est pourtant ici que tu verras certains des spécimens les plus séduisants au monde, rappela-t-elle, avec humour.

Il resta silencieux.

— Tu n'es pas d'accord ?

Il eut un sourire maladroit, haussa les épaules, puis la regarda enfin. Ses yeux bleus semblèrent la caresser des pieds à la tête. Jasmine sentit son cœur, son âme, son désir même sursauter violemment en elle. Cependant, Jacob brisa rapidement l'instant :

— Dans certains cas, on est loin du compte, quand même.

— Tu parles des vieux tout ridés ? On y passe tous un jour. J'espère que, quand je serai vieille et ridée, j'aimerai encore aller à la plage.

Il éclata de rire.

— Oh oui ! Et j'espère que, quand je serai vieux et tout relâché de partout, je viendrai encore m'asseoir sur le sable pour voir les palmiers se balancer, sans m'inquiéter du regard des autres. Je crois que les gens doivent faire ce qui leur convient. C'est ça qui me plaît.

Il rit doucement et reprit :

— Il y a de la beauté et du ridicule en toute chose. Moi, j'aime ces instants de calme, quand le soleil se lève et qu'on a l'impression d'être seul dans un petit paradis. Seul avec les vagues, la mer, le ciel et l'air salé. Pourtant, il suffit de se retourner pour retrouver les néons des hôtels et la course folle du monde. Cet endroit n'est jamais le même. Souvent artificiel, et cependant tellement réel.

— C'est vrai, chuchota-t-elle.

— Allons marcher, proposa-t-il.

Ils se dirigèrent vers la plage. Arrivée sur le sable, Jasmine retira ses baskets, et Jacob l'imita rapidement. Ils déposaient leurs chaussures et chaussettes près d'un palmier quand le téléphone de Jacob sonna de nouveau. Il décrocha, écouta quelques secondes, puis annonça à Jasmine :

— Connor a emmené Kari dîner en ville. Chez Joe's Stone Crab. Tout va bien.

— C'est plus pour après que je m'inquiète. Qu'est-ce qu'on fait ?

— On attend.

— C'est tellement dur !

Il rit.

— Ça m'arrive de rester infiltré pendant des mois. À observer et attendre. Je peux te dire que cette mission est beaucoup plus facile !

Il se tut un instant.

— J'ai récemment travaillé sur une affaire où des migrants étaient exploités de façon atroce. Ma mission a été laborieuse mais, quand on a pu agir, les choses sont allées vite. Ce sera peut-être pareil. Pour l'instant, on pourrait les inculper pour blanchiment. Ivan, du moins. Mais ils risquent de faire appel aux meilleurs avocats. Du coup, il faut les faire tomber pour de bon. Avec des preuves qui tiennent la route devant un juge.

— Donc… on attend, marmonna Jasmine.

— Et on joue le jeu.

La nuit tombait rapidement. Le ciel combattait l'obscurité grandissante et le soleil envoyait ses derniers rayons d'or liquide.

Sur un coup de tête, Jasmine se mit à courir sur le sable. Au bout de quelques mètres, elle se retourna et donna un coup de pied dans les vagues, projetant une grande gerbe d'eau dans la direction de Jacob. Celui-ci poussa un cri de surprise, avant de se lancer à sa poursuite en riant.

Avec un glapissement joyeux, Jasmine bondit hors de sa portée, mais il la rattrapa et la plaqua sans effort sur le sable humide. Penché sur elle, il murmura :

— Bien joué. Je viens d'apercevoir Sasha sur la passerelle. On nous surveille.

Il se rapprocha un peu.

— Puis-je t'embrasser ?

Jeu de rôle…

Elle glissa les doigts dans sa chevelure épaisse et l'attira vers elle. Il l'embrassa. Puis, il se releva d'un bond en riant et l'aida à se mettre debout.

— Je crois que Sasha en a eu pour son argent, non ? demanda-t-il à voix basse.

— Oh oui, chuchota-t-elle.

Une fois encore, ses lèvres brûlaient.

Ils retournèrent chercher leurs chaussures en se chamaillant quant au restaurant qu'ils allaient choisir. Jasmine aurait presque souhaité que le FBI ait envoyé un agent moins séduisant pour cette mission.

7

— Il s'appelle Donald McPherson Connor, annonça Jacob à Jasmine. Il loge dans un hôtel sur Washington Street. Cette grande bâtisse ancienne, un peu plus bas que le Gold Sun Club. Une rue calme et discrète. Sa suite occupe tout le sixième étage.

Dès qu'ils étaient arrivés chez Jasmine, Jacob avait passé l'appartement au peigne fin, à la recherche d'éventuels micros, sans rien trouver. Sans doute les membres du gang ne se méfiaient-ils pas d'elle. Selon les propres termes de Kozak, Jasmine n'était qu'« une fille ». Il risquait d'avoir des surprises…

Autant profiter du fait que leurs adversaires vivaient encore dans un monde archaïque de machisme.

— Quoi d'autre ? interrogea Jasmine.

— Né dans le Yorkshire, en Angleterre. Il a la double nationalité.

— Comment gagne-t-il sa vie ?

— Il a hérité d'une coquette somme et sait comment investir en Bourse.

— Donc, un riche Anglo-Américain oisif. Marié ? Des enfants ?

Jasmine avait quitté ses vêtements pleins de sable pour enfiler une longue robe noire confortable. Elle vint s'installer sur le canapé à côté de lui et remonta ses genoux sous elle.

— Sa femme est morte voilà dix ans. Ils ont eu une fille, mais on ne trouve pas grand-chose sur elle.

— Un casier judiciaire ?

— Non.

— Des gens qui ont tendance à disparaître quand il est dans les parages ?

— Il vivait à Savannah, en Géorgie. Il a déménagé ici il y a deux mois. On se renseigne encore sur lui.

— Et ton collègue l'a vu déposer Kari chez elle, puis repartir ?

— Oui.

Il fit mine de consulter son téléphone pour vérifier les informations qu'il connaissait pourtant par cœur. Il avait toujours eu une mémoire exceptionnelle, ce qui expliquait aussi ses talents de polyglotte. Il espérait simplement échapper quelques instants au regard de Jasmine.

Il avait vu juste, le premier jour : elle avait les yeux verts. Une belle nuance de vert, très lumineuse, comme deux émeraudes serties dans de l'or liquide. Son visage était si parfaitement ciselé qu'il était tenté de le toucher du bout des doigts, comme on effleure une statue. Ses cheveux fraîchement lavés flottaient librement sur ses épaules, en mèches encore humides. Elle était exceptionnellement séduisante dans cette robe ample, sans doute enfilée en réaction à la jupe minuscule qu'elle avait été obligée de porter pour son « rendez-vous » avec Connor.

— Selon Kari, Mary a bel et bien accompagné Connor avant de disparaître, rappela-t-elle.

— Il va falloir te rapprocher d'elle.

— On est censées aller voir Natasha toutes les deux, demain.

— J'ai aussi une excuse pour retourner au Club. J'ai obtenu de Victor Kozak la permission d'enquêter sur la mort de Smirnoff.

— Tu as reçu des nouvelles de mes collègues ?

— Ils n'ont pas découvert grand-chose, répondit Jacob. La trajectoire des balles indique que les coups de feu ont été tirés depuis le balcon. Mais tous ceux qui travaillaient ce soir-là ont juré que l'étage était fermé. Quelqu'un ment, évidemment. Mais personne ne sait qui.

— On n'a trouvé aucune arme, aucune douille… Vraiment rien ?

— Non. Et les tireurs – deux ou trois, selon les estimations – se sont volatilisés.

Jasmine appuya son menton sur ses genoux, l'air songeur.

— On avait tous les acteurs principaux à l'œil quand c'est arrivé. Tu étais avec Kozak, Ivan Petrov et les gorilles, Sasha, Antonio et Alejandro. Quant à Natasha, elle était en coulisses.

— Ça ressemble à un meurtre commandité. Quelqu'un avait assuré une sortie de secours aux tueurs. On a trouvé des centaines d'empreintes digitales sur la rambarde. Évidemment, il y a eu pas mal de passage avant la grande soirée. Des ouvriers, notamment. Même un simple livreur de pizza aurait laissé des traces. D'après ce que j'ai pu comprendre, Smirnoff adorait faire visiter l'endroit et emmenait tout le monde à l'étage pour admirer la vue sur la salle.

Jasmine secoua la tête.

— Donc… on n'a rien.

— Non. Mais on progresse. Tu es juste impatiente.

— J'imagine. Ce n'est pas ma première infiltration, mais ce n'était souvent que pour un jour ou deux. J'avoue que c'est la première fois que je me retrouve dans une mission aussi longue.

— Ça avance, ne t'inquiète pas.

Elle resta songeuse.

— J'ai besoin de dormir, annonça-t-elle enfin.

— Vas-y.

— Tu restes ici ?

— Je crois que c'est sans risque, maintenant. Et je ne voudrais décevoir personne en ne prenant pas ce qui m'est dû.

Elle se leva avec empressement, comme si elle cherchait à s'éloigner de lui.

— Alors, un oreiller et une couverture ! lança-t-elle, d'une voix un peu trop forte. Si j'avais su que j'aurais des invités aussi souvent, j'aurais demandé une pièce supplémentaire.

Elle lui adressa un sourire gêné et se précipita vers sa chambre. Elle en ressortit quelques minutes plus tard avec deux oreillers, des draps et une couverture.

— Je ne sais pas si tu auras besoin de la couverture, mais… Enfin, bref. À demain matin. Prépare du café si tu te réveilles le premier !

Elle parlait rapidement, d'une voix nerveuse. Cela ne lui ressemblait pas.

— Bonne nuit, répondit-il simplement.

Elle se réfugia dans sa chambre.

Si seulement il ne s'était pas agi d'un jeu de rôle mais d'une mission pour le travail ! Il voyait encore sa silhouette devant lui. Il entendait encore son rire, quand elle l'avait aspergé sur la plage. Il sentait encore son corps sous le sien, lorsqu'il l'avait plaquée sur le sable. Il revoyait la lueur dans ses yeux émeraude, juste avant qu'elle l'attire à elle pour ce baiser brûlant.

Et il ne pouvait s'empêcher de se demander s'il était possible… simplement possible… qu'elle aussi regrette qu'ils ne se soient pas rencontrés dans d'autres circonstances.

Il passa l'heure suivante à se rappeler à l'ordre : il était agent du FBI, il aimait ce boulot pour lequel il était doué. Tous deux étaient des professionnels. Ils jouaient leur rôle. Ils pourchassaient les méchants.

Jamais il n'arriverait à trouver le sommeil. Qu'est-ce qui lui avait pris de rester ? Elle était capable de se défendre toute seule. Elle avait reçu l'entraînement pour ça. Il aurait pu retourner à son hôtel. Sa présence chez elle dépassait le strict cadre du travail.

Malgré tous ces raisonnements, il avait peur pour elle. Il savait qu'il était prêt à tout pour la protéger si un danger se présentait. Pourquoi ? Il avait participé à des missions avec d'autres femmes aussi belles, mais jamais il n'avait fait plus que ce qu'on attendait de lui. Avec Jasmine, c'était différent. Elle avait touché quelque chose en lui. C'était plus qu'une attirance. Plus même que du désir. Elle était… tout.

Il n'avait rien ressenti de pareil depuis plus de dix ans.

Depuis la mort de sa femme.

Le lendemain matin, lorsque Jasmine entra dans la cuisine, Jacob était déjà levé. Adossé au réfrigérateur, il buvait tranquillement une tasse de café, l'air songeur. Jasmine avait passé la nuit… à attendre, espérant vaguement que la porte de sa chambre s'ouvrirait, sans parvenir à savoir si c'était ce dont elle avait vraiment envie.

Il posa sur elle un regard insondable.

— Trois cadavres supplémentaires cette nuit, annonça-t-il calmement.

— Quoi ? Où ça ?

Trois corps. Celui de Mary en faisait-il partie ?

Jacob dut lire l'angoisse sur son visage, car il s'empressa d'ajouter :

— Trois hommes, encore. Et pas dans des barils de brut. Cette fois, ils ont été retrouvés au sud de la Tamiami Trail. Dans le comté de Miami-Dade, sur des terres de la tribu Miccosukee.

— Trois nouveaux cadavres… Peut-être des tueurs à gages ? S'ils ne se trouvaient pas dans des barils… C'est possible qu'il n'y ait aucun lien. Quand connaîtra-t-on leur identité ?

Il hésita.

— Pas tout de suite… Les corps n'avaient plus ni mains ni tête.

— Oh… Et la cause du décès ?

— On l'ignore encore. La logique voudrait qu'ils aient été abattus d'une balle dans la tête.

— La logique ?

— Une exécution. Ensuite, les têtes ont été coupées. Larguées dans les Everglades.

Il hésita de nouveau, puis ajouta :

— D'après ce qu'on m'a dit, les corps ont été abîmés par des bêtes sauvages. Des vautours, entre autres, qui se sont bien régalés.

— Les Everglades sont l'endroit rêvé pour se débarrasser d'un cadavre. Est-on sûr qu'il s'agissait de victimes masculines ?

— Oui, c'est certain.

Elle se servit une tasse de café. Elle devait bien admettre que la nouvelle l'avait ébranlée. Elle aurait pourtant dû faire preuve de plus de sang-froid, mais cette enquête avait quelque chose de personnel. Peut-être n'aurait-elle d'ailleurs pas dû y prendre part, même si elle était la mieux placée pour infiltrer le gang Déco.

Jacob s'approcha derrière elle et posa une main sur son épaule.

— Jasmine… Je pense que ces cadavres sont peut-être ceux des tireurs. Quiconque a commandité le meurtre de Josef Smirnoff devait s'assurer que personne ne parle. Il a donc fallu se débarrasser des coupables directs.

— Oui, c'est ce que mon instinct me dicte aussi, répondit-elle.

La main qui tenait sa tasse tremblait légèrement. Elle avait une conscience aiguë, presque ridicule, de la présence de Jacob derrière elle. La chaleur qui émanait de son corps, son parfum. Elle se retourna rapidement, s'efforçant d'afficher un air composé et déterminé.

— C'est aujourd'hui que vous commencez à interroger tout le monde, au Bureau ?

— Oui.

Il n'eut pas le temps d'en dire plus, car on frappa à la porte.

— Excuse-moi, marmonna-t-elle en se dirigeant vers l'entrée.

Elle prit soudain conscience que Jacob était déjà douché et habillé. Du coin de l'œil, elle le vit glisser une main dans sa veste, prêt à dégainer son arme au moindre danger. Un coup d'œil par le judas suffit à la rassurer. C'était Jorge. Elle ouvrit rapidement.

— Salut !

Jorge ne sembla pas étonné de voir Jacob. Apparemment, il trouvait sa présence chez elle tout à fait normale.

— Je venais vous donner les dernières nouvelles. Le capitaine a demandé que vous n'appeliez pas, même sur les téléphones jetables. C'est trop facile de mettre la main dessus pour vérifier les numéros. Sinon, j'imagine que vous êtes au courant ?

— Les cadavres dans les Everglades ? demanda Jasmine en soupirant.

Jorge hocha la tête et regarda Jacob.

— Qui a fait ça à votre avis ? Kozak ? Natasha ? Ivan ?

— Je ne sais pas trop, marmonna Jacob. Mais j'ai bien l'intention de le découvrir.

Il se tourna vers Jasmine en souriant :

— Mais d'abord… Allons déjeuner. Dans un endroit bien en vue, où on pourra nous voir tous les trois. Le riche mécène, sa charmante escorte, et le meilleur ami de la belle. Sortons prendre l'air, ça nous mettra en appétit.

— D'accord…, répondit Jorge d'un ton hésitant.

— Ensuite, Jasmine devra aller voir Natasha pour lui assurer que je suis très satisfait et qu'elle est elle-même ravie de notre petit arrangement. Moi, j'irai interroger les gorilles de Kozak.

— Et moi ? demanda Jorge.

— Je pense que tu peux accompagner Jasmine au Club, aujourd'hui. Comme un bon copain.

— Entendu, conclut Jorge.

Jacob n'eut aucun mal à faire semblant d'être en présence d'amis. Il appréciait beaucoup Jorge. C'était un excellent policier, capable de s'adapter à toutes les situations sans se sentir obligé de prendre la tête des opérations. La veille, il ne lui avait fallu que quelques minutes pour organiser leur visite guidée au monastère et, le soir de la fusillade, il avait réussi à faire les présentations entre Jasmine et lui de façon discrète, sans compromettre leur couverture.

Et puis, Jacob devait bien admettre qu'il le trouvait tout simplement sympathique.

Quant à Jasmine… Il devait se montrer prudent.

Lorsqu'ils furent installés dans un café, Jasmine et Jorge se mirent à parler de Miami, et Jasmine raconta leur visite au monastère. Au bout de quelques minutes, Jacob remarqua un homme assis à une table éloignée. Il lisait son journal en les observant à la dérobée.

— Antonio Garibaldi, au fond du restaurant, annonça-t-il d'une voix tranquille en buvant une gorgée de café.

— On nous a donc suivis jusqu'ici, répondit Jorge, sur le même ton.

— Le problème, ajouta Jasmine en caressant doucement le bras de Jacob avec un sourire sensuel, c'est qu'on ignore qui travaille pour le nouveau patron, que ce soit Kozak ou un autre.

Jacob se pencha vers elle.

— Il faut découvrir qui tire les ficelles.

Il l'embrassa furtivement sur la bouche et la regarda avec adoration.

Puis, il se leva :

— Je reviens tout de suite.

Il se dirigea vers les toilettes, au fond du restaurant. En passant près de Garibaldi, il feignit la surprise.

— Oh bonjour ! Je dois avoir choisi le bon endroit, si vous venez ici, vous aussi.

Il tira une chaise et s'assit en face du garde du corps.

— Oui, la formule petit déjeuner est très bien, répondit Garibaldi avec un sourire crispé.

C'était homme grand et carré, avec des cheveux bruns et des yeux noirs très vifs. Exactement le physique de l'emploi.

— Je crois que je vais beaucoup me plaire en Floride, reprit Jacob. Et je suis ravi de pouvoir travailler avec Kozak. Évidemment, c'est terrible, pour Smirnoff. C'était un type bien. Que pensez-vous qu'il lui soit arrivé ? Pardon, je ne voulais pas sous-entendre que… Je sais que vous et vos collègues faites du bon boulot, mais… Comment les tireurs ont-ils fait pour monter au premier ?

Garibaldi semblait mal à l'aise ; il n'aimait visiblement pas qu'on le cuisine.

Il se pencha en avant et marmonna :

— Pas la moindre idée. Sérieusement. Depuis le début, il était prévu que l'accès à l'étage soit interdit. Par sécurité. Et, ce jour-là, Smirnoff nous a donné une mission à chacun. Je devais surveiller l'entrée, Suarez, le podium, et Antonovitch devait se mêler à la foule. Il y avait des flics partout, embauchés pour l'occasion. J'ai beau me creuser la tête, impossible de comprendre ce qui a pu se produire. On m'a donné des ordres. Les autres aussi. Personne n'a vu qui que ce soit monter.

— Il doit bien y avoir une entrée par les bureaux, fit remarquer Jacob.

— Oui. Une porte en face du bureau de Smirnoff. Les flics ont déjà suivi cette piste. Le truc, c'est que cette issue est fermée à clé. Et elle l'était toujours après la fusillade. C'était Smirnoff qui avait la clé.

— Ce n'est pas difficile de faire un double, fit remarquer Jacob. Je suis sûr que la police a vérifié.

— Si c'est le cas, je ne sais pas qui pourrait être en possession d'une seconde clé.

— De toute évidence, le coup a été bien monté.

Garibaldi sembla sincèrement surpris.

— Hum, un coup monté… Personnellement, je trouve que ça ressemble plus à un méchant concours de circonstances. Un type un peu dérangé qui décide de tirer dans le tas. Et ça tombe sur Smirnoff.

— Vous y croyez vraiment ? demanda Jacob.

— J'ai envie d'y croire, répondit Garibaldi à voix basse.

— Mais c'est difficile.

— Kozak nous a dit hier soir qu'il vous avait donné la permission de nous interroger, pour voir si vous pouviez découvrir quelque chose. J'aimerais vous aider. Mais que sais-je ? J'étais à ma place. Et la fusillade a commencé.

J'ai… C'est dur à admettre, mais j'ai eu peur. Je crois que j'ai aidé quelques personnes à sortir ou à se réfugier sous une table. Mais, ensuite, j'ai décampé aussi vite que possible.

— Vous étiez armé ?

— Oui. Mais le meilleur flingue du monde ne sert pas à grand-chose quand on ne sait pas ce qu'on est censé viser.

Il semblait sincère. Jacob se montrait toujours méfiant, mais il savait lire les visages et les postures.

Le garde du corps le regarda, comme pour le jauger à son tour.

— Je ne fais pas ce métier par amour de la violence, vous savez, dit-il doucement. Ça paie bien, c'est tout…

Il haussa les épaules.

— Je fais ce que j'ai à faire et je ne pose pas de questions. Peu importe d'où vient l'argent. La drogue… Les gens en achèteraient de toute façon. Alors, là ou ailleurs… Quant aux filles… Elles font ce qu'elles veulent. Natasha a parlé à Jasmine et vous avez passé une sorte d'accord. Très bien. Elle semble vous apprécier vraiment. Où est le mal ? Pour ma part, je fais ce qu'on me dit et je ne me mêle pas du reste. Mon boulot, c'est la sécurité.

— Vous êtes donc simplement censé rapporter ce que nous avons fait, aujourd'hui ? demanda Jacob.

— Oui. Et c'est très bien comme ça. Ça saute aux yeux qu'il y a plus qu'une simple entente professionnelle, entre vous deux. Mais c'était toujours comme ça, avec Josef Smirnoff. Kozak affirme que rien ne va changer, mais il a peur. Celui qui a tué Smirnoff va peut-être s'en prendre à lui. C'est sans doute pour ça qu'il vous a autorisé à poser des questions, à droite, à gauche. Cela dit, j'ai déjà raconté à la police ce que je viens de vous dire. C'est la vérité.

— D'accord. Au fait, la prochaine fois qu'on vous enverra nous surveiller, joignez-vous plutôt à nous. C'est une chouette fille et Jorge est sympa aussi.

— Ce n'est pas si simple, soupira Garibaldi.

— Sans doute que non. Vous avez la carrure et la tête de l'emploi et ce ne sont pas les établissements qui manquent, le long du front de mer. Vous pouvez toujours chercher du boulot ailleurs. Je veux dire, si ce milieu ne vous convient pas…

Garibaldi haussa les épaules.

— J'ai eu un problème, une fois. J'ai oublié de vérifier une carte d'identité. Les parents de la fille ont fait un scandale. Josef m'a proposé du travail, en m'assurant que je n'aurais jamais à demander de cartes d'identité.

Soudain, il laissa échapper un rire amusé.

— Garibaldi. Un nom bien italien. Je suis né ici, mes parents aussi, mais mon grand-père a débarqué de Naples pour ouvrir une boutique de tailleur. Aucun lien avec la mafia. Jamais. Il travaillait à Worcester, dans le Massachusetts. Il n'a jamais dû payer qui que ce soit pour gagner sa vie en paix.

Il regarda un instant Jacob, puis poursuivit :

— Alejandro Suarez, sa famille est arrivée dans les années 1880. C'était des fabricants de cigares dans Ybor City, le quartier au nord-est de la ville de Tampa, en Floride. Quant à Antonovitch, c'est lui aussi une troisième génération. On n'a rien à voir avec la mafia. Même de loin. Je suis ici pour mon boulot. Les journées sont longues mais, pour l'instant, on ne m'a pas demandé de faire autre chose que de protéger les gens, de les surveiller et d'interrompre toute altercation dans la discothèque.

— Et s'il fallait faire quelque chose d'illégal ?

— Ça dépend…

Il hésita un moment, puis reprit d'une voix calme :

— Vous achetez bien des œuvres sans jamais les avoir examinées. Et on sait tout de votre passé.

Jacob acquiesça.

— C'est vrai. Mais je suis comme Smirnoff. Je ne fais pas dans le meurtre. C'est trop compliqué et on a tout de suite les flics sur le dos.

— Oui, approuva Garibaldi.

— Vous êtes un type bien. Du genre que j'aimerais avoir de mon côté.

— Merci.

Jacob le laissa et revint vers sa table, où Jasmine et Jorge discutaient des mérites des différents spas de la ville. Lorsqu'il se rassit, Jasmine joua son rôle à merveille en le prenant doucement par le bras. Il aurait préféré que ce simple contact ne réveille pas un désir si douloureux dans chacune de ses cellules.

Au Gold Sun Club, Jacob fut admis dans le bureau de Kozak, où se trouvait déjà Natasha. Jasmine et Jorge, eux, furent envoyés vers les loges. Lorsqu'ils furent seuls dans la pièce, Jorge alluma la chaîne hi-fi dans un coin et mit de la musique.

— Natasha couche avec Kozak, annonça-t-il à voix basse. Elle couchait peut-être aussi avec Smirnoff. En tout cas, elle bossait pour lui depuis de nombreuses années. Une femme de confiance. Elle aurait pu avoir accès à la clé et en faire un double.

À cet instant, Natasha entra en trombe dans le vestiaire. En voyant Jorge, elle sembla hésiter.

— J'imagine que tu ne caches rien à Jorge, dit-elle finalement. Oh ! mais j'y pense, Jorge ! Un monsieur a pris contact avec nous et il aurait peut-être besoin d'une escorte…

— Je suis prêt, affirma Jorge.

— Bien. Jasmine, en ce qui concerne M. Marensky…

Jasmine sourit et décida de prendre un risque. Elle s'avança vers Natasha et la serra dans ses bras. Sa patronne n'était visiblement pas habituée à ce genre d'effusions, car elle se figea un instant, avant de tapoter maladroitement l'épaule de Jasmine.

— Tout s'est bien passé, j'imagine ? demanda-t-elle.

— Il est charmant, répondit Jasmine. C'est le meilleur boulot que j'aie jamais eu !

— Je veux bien te croire. Tu as vraiment de la chance qu'un tel gentleman s'intéresse à toi. Ce n'est pas toujours le cas. Je suis contente pour toi qu'un notable t'ait remarquée. Un homme que Josef appréciait et que Victor lui-même semble admirer. Mais tu dois comprendre qu'il pourrait très bien se lasser de toi et passer à autre chose.

— Je le sais, répondit Jasmine. Mais pour l'instant… On s'amuse bien. Il veut me faire plaisir.

— J'imagine aussi qu'il est loin d'être répugnant au lit ?

— C'est le moins qu'on puisse dire, plaisanta Jasmine en souriant de plus belle.

— Quelle veinarde…, soupira Jorge.

— Bien, reprit Natasha. Tu vas continuer comme ça. Mais n'oublie pas : vendredi, c'est l'enterrement de Josef et tu travailles ici. Il y a un buffet prévu, après la cérémonie. Tu ne devras pas coller M. Marensky. Après-demain soir, le Club va rouvrir ses portes. Tout aura été nettoyé. Tu as bien compris ce que je t'ai dit à propos de M. Marensky, Jasmine ? Premièrement, nous avons besoin de toi. Deuxièmement, il est important qu'il se souvienne que c'est grâce à nous qu'il peut profiter de ta compagnie.

— Absolument. J'ai compris.

— Dans ce cas, c'est tout pour aujourd'hui. Tu peux rentrer. Toi aussi, Jorge.

Elle leur tendit à tous les deux une enveloppe. Leur salaire. Ils la remercièrent et partirent. Dans la rue, il ne leur fallut pas longtemps pour se rendre compte qu'ils étaient de nouveau suivis. Par Alejandro Suarez, cette fois.

— Bon, on rentre directement chez moi, j'imagine, murmura Jasmine.

— Ce n'est pas moi qu'ils suivent.

— Et les téléphones ?

— J'en ai un nouveau.

— Je dois savoir pour Connor… Et Kari.

Jorge soupira.

— Jasmine, il faut faire confiance à nos collègues. Ils ont vu Connor raccompagner Kari à son appartement, hier soir, puis partir. Ils n'ont pas couché ensemble. Il ne s'est rien passé. Elle va bien.

Consciente qu'on les suivait, Jasmine fit mine de rire comme si Jorge venait de dire quelque chose de drôle et glissa son bras sous le sien. En revanche, elle lui murmura avec empressement :

— Mais qu'est-ce qu'ils font, pour lui ?

— Ils le surveillent. Et attendent. Jasmine… Tu savais que ce ne serait pas aussi simple, qu'on nous laisserait dans le noir la plupart du temps. Et…

Ils avaient parcouru quelques centaines de mètres quand ils aperçurent Kari qui s'avançait vers eux. Avec un cri de joie, Jasmine courut à sa rencontre.

— Kari ! s'écria-t-elle en la prenant dans et bras. Tout va bien ?

— Très bien. M. Connor est un parfait gentleman. Je le revois ce soir.

Elle ajouta avec un sourire entendu :

— Oh ! je sais… Il n'est pas aussi jeune et sexy que ton Marensky, mais il est gentil. Poli et courtois comme on n'en fait plus. Il est content d'avoir une belle jeune fille à son bras pendant son séjour en Floride.

— Tant mieux. Mais j'imagine que tu t'y attendais, après ce que Mary avait dit de lui.

— Oui. Oh ! Mary me manque. Elle était tellement gentille !

— Est-ce qu'elle t'avait parlé ? Est-ce qu'elle a évoqué son départ ? Avait-elle peur de quelque chose ?

— Non. Un jour, on ne l'a plus revue, c'est tout. Natasha était furieuse. Elle aussi appréciait beaucoup Mary. D'ailleurs, à propos de Natasha, il faut que j'y aille. Elle m'attend.

Elle prit la main de Jasmine et répéta en soupirant :

— Tu sais, M. Connor est super gentil avec moi. Il veut connaître mes rêves et tout ça.

Jasmine se dit que c'était justement cette gentillesse qui l'inquiétait. Un homme si courtois… Que se passerait-il quand il cesserait de l'être ? Qu'exigerait-il alors vraiment ?

— C'est super, Kari, répondit Jasmine, encore plus déterminée. Jorge et moi, on se fait un marathon *Desperate Housewives*.

— Sympa !

— Tu es la bienvenue.

Kari s'éloigna en riant. Jasmine saisit Jorge par le bras et murmura :

— Il faut faire quelque chose. Avant ce soir !

8

— J'ai fait changer la serrure, annonça Kozak quand Jacob entra dans son bureau. La police m'a posé la question : la porte était fermée. Aucun signe d'effraction. Mais alors… Comment ? Comment quelqu'un a-t-il pu monter sans être vu ? Il y avait les habilleuses, les maquilleuses, les mannequins… Quand le défilé a commencé, tout le monde est descendu. Natasha se trouvait avec les filles, dans les loges. Les musiciens étaient tous en bas. Personne n'avait la clé. Même pas moi ! Seulement Josef Smirnoff.

— De toute évidence, quelqu'un a fait un double, constata Jacob.

— Je suis en possession de l'unique exemplaire, à présent. Personne d'autre ne sait où je le cache. Et je n'ai pas l'intention d'en parler à qui que ce soit. Pas même à vous… Sans vouloir vous offenser.

— Aucun souci, répondit Jacob.

— Bon, il faut que j'y aille, mais vous pouvez traîner dans les locaux pour jeter un œil. Le corps de Josef est à la maison funéraire. Je veux faire en sorte que la cérémonie soit digne d'un homme tel que lui.

— Où auront lieu les obsèques ?

— Dans une petite église orthodoxe, au nord de la ville. Ensuite, tout le monde se retrouvera ici.

Il hésita.

— Accepteriez-vous de m'accompagner pour régler les détails de la cérémonie ?

— Il vaut mieux que je reste. Nous cherchons à découvrir ce qui est arrivé à Josef, n'oubliez pas.

— C'est vrai, soupira Kozak. Oui, vous devez interroger Antonio, Alejandro et Sasha. Le problème, c'est…

— Oui ?

— Chacun a sa place, chez nous. Nous restons prudents. Bien sûr, ils ont conscience que… Mais nous ne leur donnons jamais de détails. Nous restons toujours vagues, par sécurité. Ils connaissent les différentes personnes, ils savent qui est important, mais c'est à peu près tout.

— Peut-être ont-ils vu quelque chose, suggéra Jacob. Sans même s'en rendre compte. Je me suis déjà entretenu avec Antonio. Vous ne m'aviez pas parlé de la porte et de la clé, Victor…

— Je devais me montrer prudent. C'est Josef qui vous a fait entrer et il m'avait affirmé que vous étiez solide, un homme puissant qu'il connaissait depuis longtemps. Mais je devais m'en assurer par moi-même. Quoi qu'il en soit, la police a vérifié la porte. Ils n'ont toujours rien.

— Vous comprenez pourtant que quelqu'un parmi vos employés est forcément impliqué.

Kozak prit une mine chagrinée.

— Oui… Mais ceux qui ont fait ça sont des malins. Ils ont fait appel à des gens de l'extérieur. Impossible de savoir d'où venait le danger.

Jacob hocha la tête, s'efforçant de lire l'expression de Kozak.

— Faites ce que vous avez à faire, reprit ce dernier. Je n'ai rien caché à la police et je ne vous cacherai rien. Pour l'heure, je dois aller organiser les funérailles d'un vieil et cher ami.

De toute évidence, Kozak n'avait pas très envie de se rendre seul à la maison funéraire. Peut-être était-ce important que Jacob l'accompagne.

— Je viens avec vous, annonça-t-il.

Kozak ne fit même pas appel à un chauffeur. Arrivé

devant une énorme Cadillac noire, il demanda à Jacob s'il acceptait de conduire.

— Vous ne préférez pas un de vos hommes ?

— Un garde du corps ? Je pense que vous ferez l'affaire.

À la maison funéraire, ils furent accueillis par M. Derby, un employé solennel vêtu d'un costume sombre. Il leur présenta ses condoléances, leur offrit un café, puis, avec un tact tout professionnel, leur proposa de consulter le catalogue des cercueils.

Jacob fut surpris de voir des larmes dans les yeux de Victor Kozak. Soit la mort de son ami l'attristait vraiment, soit il était aussi doué qu'un acteur de Hollywood. Il était toutefois possible qu'il ait sincèrement apprécié Josef, tout en organisant son assassinat.

Les affaires sont les affaires.

— Qu'en pensez-vous, mon cher ? demanda Kozak.

— Personnellement ? Je crois en l'existence d'un pouvoir supérieur, mais je reste persuadé que le corps n'est qu'une coquille. Peu importe qu'on soit couché dans l'acajou le plus fin ou dans du pin premier prix. Ou même qu'on soit incinéré, et nos cendres, dispersées aux quatre vents. Cela dit, si c'est la cérémonie qui vous inquiète et que vous voulez exprimer votre respect… Optez pour celui-ci.

L'employé des pompes funèbres, qui ne voyait pas Jacob d'un œil très bienveillant depuis le début, sembla soudain dresser l'oreille. Jacob, en effet, venait de désigner un cercueil assez onéreux, à la fois élégant et discret, sans trop d'ornementations.

— C'est parfait, approuva Kozak dans un murmure. Je prends celui-ci, monsieur.

— Excellent choix, répondit M. Derby. En ce qui concerne la veillée…

— Pas de veillée, coupa Kozak. Vous conduirez le corps à l'église. Cercueil fermé.

— Monsieur, si je peux me permettre… Mes employés

ont fait un travail tout à fait remarquable. Vous pouvez parfaitement envisager une veillée et un cercueil ouvert. Le visage de M. Smirnoff n'a pas été touché et son costume couvrira…

— Non. Cercueil fermé. Josef sera honoré et enterré.

— Comme vous le souhaitez, monsieur. C'est un moment difficile pour vous, qui étiez son ami. Mais je me permets de vous conseiller une veillée mortuaire, afin que d'autres amis puissent…

— Non, trancha Kozak, avec fermeté. Nous en avons terminé. Nous utiliserons nos propres véhicules pour nous rendre au service religieux. Vous amènerez Josef comme convenu à l'église, puis vous assurerez le transport jusqu'au cimetière.

— Oui, monsieur Kozak. Tout est prévu. En revanche, le cimetière se trouve sur le secteur de Miami. Il vous faudra donc l'accord de la police pour le transport du défunt après les derniers rites. Évidemment, nous pouvons nous en occuper pour vous.

— Faites le nécessaire, répondit Victor, qui avait visiblement hâte de partir.

De retour à la voiture, Jacob remarqua que Kozak tremblait. Les deux hommes montèrent dans la limousine, et Jacob n'eut pas à insister longtemps : Kozak avait besoin de parler.

— J'étais là. J'ai entendu les coups de feu. J'ai vu mon ami tomber. J'ai vu le sang. Et pourtant, tout ça me paraît irréel. Oui, c'est difficile. Vous le savez. Vous avez enterré votre épouse.

Jacob resta silencieux un moment.

Son dossier factice indiquait bel et bien qu'il était veuf. Il était toujours préférable, quand on fabriquait un faux profil, d'incorporer le maximum de détails réels. Cela permettait à l'agent de mieux mentir.

— C'était il y a longtemps ? demanda Victor Kozak.

Cela semblait une éternité à Jacob. Comme dans une autre vie.

La première fois qu'il avait aperçu Sabrina Marshall, à son entrée en seconde, cela avait été le coup de foudre. Ils avaient rapidement commencé à sortir ensemble. Le sportif et la bonne élève. Presque une caricature. Après le lycée, ils s'étaient mariés et étaient partis à la même université. Une fois leur diplôme en poche, ils avaient envisagé de fonder une famille…

Le cancer était venu mettre un terme à tout ça. Le cancer se fiche bien des rêves de jeunesse.

— Oui, c'était il y a longtemps, répondit Jacob d'une voix calme.

Il y avait eu de très nombreuses femmes depuis. Toutes brillantes et intelligentes, certaines dans le milieu des affaires, d'autres dans celui de la politique, mais jamais dans les forces de l'ordre. Aucune ne ressemblait à Jasmine. Aucune n'avait réussi à pénétrer dans son âme comme elle l'avait fait, alors même qu'il la connaissait à peine.

Peut-être, quand tout cela serait terminé…

Quand tout cela serait terminé, il n'y aurait plus de rôle à jouer. Jasmine retournerait à ce travail qu'elle aimait par-dessus tout, à la brigade criminelle. Quant à lui, il irait là où le Bureau l'enverrait, parce qu'il était doué pour ce métier et que, malgré tout, il avait la conviction de servir à quelque chose. C'était les hommes de son genre qui rendaient le monde meilleur.

Sabrina était de cet avis, autrefois.

— Je suis désolé, dit Kozak.

— Et moi donc, soupira Jacob.

— Et cette jeune femme ? Jasmine ? Elle compte pour vous ?

— Oui, répondit simplement Jacob.

— Quand Natasha l'a embauchée, j'ai moi aussi trouvé qu'elle avait quelque chose. Les femmes… La plupart du temps, elles ne sont qu'un rouage dans les affaires et c'est très bien comme ça. Rares sont celles qui possèdent cette étincelle. De temps en temps, pourtant… On en croise une qui vous enchante l'esprit.

— Oui, approuva Jacob. Celle-là en particulier… Il y a quelque chose chez elle qui me parle, à bien des niveaux.

— Elle est à vous, affirma Kozak.

Jacob baissa la tête. Il se doutait bien que Jasmine ne serait guère ravie d'être traitée comme une marchandise.

Il démarra le moteur et reprit la direction de Washington Street. Au bout de quelques minutes, cependant, Kozak lui demanda de s'arrêter.

— Vous voulez marcher ? s'étonna Jacob.

— Non, juste admirer le monument.

Ils étaient arrivés devant le Mémorial de l'Holocauste, sur Meridian Avenue. Jacob gara la voiture, et ils demeurèrent assis quelques minutes en silence.

— La Seconde Guerre mondiale..., soupira enfin Kozak. Que d'atrocités. L'histoire de ma famille suit de près celle du siècle dernier. Mon grand-père était un soldat russe, mais il était juif. Ma grand-mère aussi était juive. Tant de morts parmi les Juifs et tant de morts parmi les Russes. Ils se sont rencontrés pendant la guerre et sont restés mariés plus de quarante ans. Ils sont morts la même année. Ma grand-mère, d'abord, puis mon grand-père, qui n'a pas supporté de vivre sans elle.

— Une belle histoire, malgré tout, murmura Jacob.

Kozak se tourna vers lui.

— Si je vous ai raconté ça, c'est peut-être pour vous convaincre de me croire. Je connais la valeur d'une vie humaine et la facilité avec laquelle on peut y mettre fin. Je ne tue pas les gens. Je ne torture pas et je ne tue pas.

— Je ne suis pas du même avis, ne put s'empêcher de répondre Jacob. Pas tout à fait. La drogue tue.

Kozak balaya l'air de sa main.

— La drogue tue, mais les gens ont le choix. Ils peuvent choisir la vie. La drogue existe avec ou sans mon intervention. Autant en profiter au passage. Suis-je un homme bon ? Non. Suis-je un tueur implacable et froid ? Non plus. Faites-en ce que vous voulez. Mais je n'ai pas assassiné mon ami Josef.

Jacob acquiesça lentement. Ils restèrent silencieux un moment, puis Jacob remit la voiture en marche et reprit la direction du Club.

— Alors, vous allez découvrir ce qui est arrivé à Josef ? demanda Kozak.

— Je vais faire tout ce qui est en mon pouvoir, lui assura Jacob.

Jorge avait effectivement lancé un marathon de *Desperate Housewives* sur Netflix. Jasmine, elle, faisait les cent pas dans le salon, incapable de se concentrer sur autre chose que l'enquête.

— On devrait faire quelque chose, répétait-elle.

— Jasmine... On fait déjà quelque chose, répondit Jorge. Tu préfères une autre série ?

— Je ne peux pas. Je ne tiens pas en place.

— Tu n'es vraiment pas douée.

— Désolée !

— Bon. Tu veux que j'appelle le capitaine Lorenzo ? Est-ce que ça t'aiderait à te sentir mieux ?

— Peut-être.

Il sortit son téléphone, l'air résigné. Jasmine l'entendit s'entretenir avec leur chef : il lui assura que tout allait bien, que leur mission suivait son cours et que la relation avec le FBI était harmonieuse. Il demanda ensuite s'il y avait du neuf. Il écouta un moment la réponse, puis remercia son supérieur et promit de le contacter de nouveau prochainement.

— Alors ? s'enquit Jasmine dès qu'il eut raccroché.

— Il y a un village miccosukee où les Indiens vendent des vêtements et des objets artisanaux. Ils ont aussi un spectacle avec des alligators...

— Je connais. C'est sur le Tamiami Trail, à l'ouest de Shark Valley.

— Il y a ce type qui ne vit pas très loin du village. Il élève des alligators et les vend pour des combats. Il s'en occupe dès qu'ils sortent de l'œuf.

— Et ?

— Un de ses jeunes alligators est mort sans qu'il ne sache pourquoi. Du coup, il y a eu une nécropsie.

— Et ?

— Il a trouvé une main. Le propriétaire l'a signalé à la police. La main a été confiée à un légiste et on pense qu'elle appartenait à un des cadavres découverts par ici. Ils attendent encore une identification. Je ne m'y connais pas beaucoup en acides gastriques d'alligators, mais… Ils espèrent quand même obtenir quelque chose.

— Ils ne vont rien trouver du tout, c'est certain, répondit Jasmine. Aucun profil correspondant. Je suis prête à parier que celui qui est derrière tout ça est assez malin pour avoir embauché des petits nouveaux pas encore fichés.

— Peut-être. Des types dans le besoin et ravis de trouver un boulot au noir.

Jasmine acquiesça.

— Qu'est-ce que tu penses de Natasha ? demanda-t-elle enfin.

— C'est une femme d'affaires.

— Oui. On soupçonne tous qu'elle couche avec Victor Kozak, mais…

— Peut-être qu'elle couchait aussi avec Josef. Et peut-être qu'elle couche avec Victor parce que Josef s'est lassé d'elle. Et peut-être…

— Peut-être, peut-être ! lança Jasmine. Si seulement on avait quelque chose de concret !

Elle se remit à faire les cent pas en s'efforçant de se souvenir de tous les déplacements de Natasha, le soir du meurtre. Avec un grognement impuissant, Jorge retourna à ses épisodes de *Desperate Housewives.*

— Bonjour, lança Jacob à Alejandro Suarez, qui montait la garde en bas.

— Bonjour, répondit ce dernier.

Il observait Jacob, adossé au mur, une cigarette à la main. Soudain, il demanda en souriant :

— Vous avez rejoint la police ?

— Non, je suis un simple marchand d'art.

— Bien sûr. Mais Kozak a dit que vous alliez venir nous parler. Moi, je travaille juste ici, vous savez…

— Vous souvenez-vous avoir vu quelqu'un que vous ne connaissiez pas, le soir de l'ouverture ?

Suarez laissa échapper un rire franc.

— Quelqu'un que je ne connaissais pas ? J'ai l'air de faire partie de la jet-set de Miami ?

Il dut lire quelque chose de menaçant dans le regard de Jacob, car il reprit aussitôt son sérieux.

— Avez-vous vu quelqu'un à l'étage ? insista Jacob. Nous savons que les tireurs se tenaient sur le balcon.

— Oui, c'est ce que les flics ont dit, soupira Suarez en fouillant dans sa poche à la recherche de son paquet de cigarettes.

Il en sortit une, qu'il alluma avec la fin de la précédente. Il était un peu plus jeune que Garibaldi et un peu plus grand, aussi.

— Je suis arrivé par là-haut. L'entrée de service. On est tous allés voir Josef, qui nous a expliqué que le balcon serait fermé. On devait donc rester en bas, avec les flics embauchés pour la soirée. Ici, impossible d'organiser un événement aussi important sans recruter quelques policiers.

— Je comprends.

— Quand je suis entré, les filles étaient en train de s'habiller. Les musiciens du groupe se trouvaient dans la pièce verte. Je crois qu'ils envisageaient d'inviter les mannequins à faire la fête, plus tard. Je les ai entendus dire quelque chose à ce sujet.

— Vous avez vu le groupe, Josef Smirnoff, Natasha et les filles. Qui d'autre ?

— Ivan était déjà au bar. Personne de l'équipe des traiteurs n'est jamais monté. Oh ! et Victor Kozak était en bas ; il passait une dernière fois la salle en revue. C'est lui qui m'a signalé que les escaliers de chaque côté de l'entrée avaient été fermés par des cordons. Il ne devait y avoir personne en haut. Il n'y a qu'une seule porte qui mène au palier de l'étage, mais elle débouche presque directement sur les bureaux et ils ne voulaient personne dans ce secteur. Et Josef n'avait pas envie qu'un gugusse essaye de faire un selfie avec les filles ou les musiciens. Si quelqu'un tentait de s'approcher des escaliers, on devait lui demander de faire demi-tour. S'il insistait, il fallait le raccompagner poliment vers la sortie.

— Personne n'a cherché à monter ?

— Il y avait de gros panneaux, accrochés aux cordons, qui interdisaient l'entrée. La plupart des gens respectent ce genre d'instructions. Et puis, ce n'était pas censé être… Je veux dire, ce devait être une soirée sympa. Personne ne s'attendait à la moindre violence. Au pire, on pensait devoir virer un ivrogne ou deux.

— Vous n'avez vu personne. Rien du tout ?

— Non. J'aurais pu vous dire avant l'enquête de la police que les tireurs se cachaient sur le balcon. Mais il y a eu la bousculade. Je dois avouer que j'ai paniqué une seconde. Puis j'ai commencé à faire sortir les gens.

— Y avait-il quelqu'un près de la porte de derrière ? Cette porte-ci ?

— Je pense qu'elle était fermée à clé. On était tous dans la salle, mais…

— Mais ?

— Je ne sais pas quelles armes ont été utilisées. Je me dis que ceux qui se trouvaient là-haut… S'ils ont rangé leurs flingues dans leurs poches, ils ont peut-être pu redescendre par l'escalier et sortir en courant avec la foule. À moins que…

Suarez se tut en secouant la tête.

— Quoi ?

— Ils ont pu s'enfuir par l'arrière, par cette porte. Mais, vous voyez, je ne comprends pas comment. Les flics étaient déjà sur place. Ils auraient remarqué quelque chose, c'est certain.

Suarez semblait aussi perplexe que Garibaldi. Soit les deux hommes étaient de fantastiques menteurs, soit ils avaient répété leur histoire avec soin. Il ne restait plus que leur collègue.

Jacob remercia Suarez, puis remonta l'escalier rapidement. Il trouva Sasha Antonovitch devant la porte du bureau de Kozak. Comme Suarez, il avait l'air de s'ennuyer ferme à son poste.

— C'est mon tour, hein ? demanda Antonovitch. Kozak nous a prévenus que vous alliez essayer de faire mieux que la police. Donc… Que puis-je faire pour vous ?

— Que pouvez-vous me dire ?

Antonovitch était plus âgé que ses deux collègues. Jacob se souvint qu'il était au service de Josef Smirnoff depuis plus longtemps, aussi. Plus d'une décennie. Ses tempes commençaient à grisonner et des pattes-d'oie se formaient au coin de ses yeux noisette. Il avait l'air las.

— Je ne sais pas grand-chose, répondit-il, avec gravité. Seulement que ce n'était pas une fusillade à l'aveugle. Quelqu'un en voulait à Josef. Je suis sûr que c'est aussi votre avis. Comment ont-ils fait pour entrer ? Il fallait forcément qu'ils se trouvent sur la liste des invités. J'ignore de qui il s'agit ou à quoi ils ressemblent… Il y avait des centaines de personnes l'autre soir. Peut-être quelqu'un infiltré dans l'équipe des cuisines ou parmi les flics embauchés comme vigiles. Josef ne plaisantait pas avec la sécurité, c'est pourquoi on a recruté des flics de toute l'agglomération. J'y ai pas mal réfléchi, d'ailleurs.

— Un flic pourri ? C'est ce que vous pensez ?

— Pas forcément. Peut-être juste un type déguisé en flic. Les autres venaient de tous les commissariats du coin. Ils ne se connaissent pas obligatoirement. Mais je me dis que les gars qui mènent l'enquête doivent envisager la question sous tous les angles.

— Sans doute.

— Trois cadavres retrouvés pas loin de la Tamiami Trail. Plus de mains, plus de tête. Pour moi, ça pue le travail de professionnel.

— Je suis d'accord avec vous. La police aussi, sans aucun doute.

— En tout cas, ça ne ressemble pas à un drame conjugal,

marmonna Antonovitch, peu amusé par sa propre tentative d'humour. La porte, là-haut… J'ai été le premier à aller vérifier si elle était fermée, avec un des flics de Miami Beach. C'était bien verrouillé. Si ces gars sont entrés par là, alors ils avaient forcément une clé.

— La serrure a été changée.

— Ouais.

— Bon, merci de votre aide, conclut Jacob en s'éloignant. À bientôt.

Antonovitch le rappela :

— Hé ! Retrouvez le salaud qui a fait ça. Qui que ce soit. Josef était un type bien. Oui, il vendait de la drogue, des armes… Il y a les femmes, aussi. Mais c'était un type bien, vous savez ?

— Oui.

Il n'était pas du même avis en ce qui concernait Josef Smirnoff, mais il pensait que les assassins devaient être menés devant la justice.

— Vous allez à l'enterrement ? demanda le garde du corps.

— Oui, bien sûr.

— J'irai au cimetière. C'est ancien… et très grand. Des anges, des archanges… Des petits mausolées, des grands mausolées…

— Pleins de cachettes, c'est ça ?

Antonovitch acquiesça gravement.

— Je veux vérifier tout ça.

— Bien. C'est bon à savoir.

Jacob s'éloigna.

Il connaissait le cimetière sur la 8e Rue. C'était un endroit magnifique. Arches gothiques, parc verdoyant… et des dizaines de planques possibles pour un tireur embusqué. Si Kozak était le prochain sur la liste…

Antonovitch avait du mal à accepter la mort de Josef Smirnoff et semblait déterminé à trouver son meurtrier. Jacob ne savait pas trop quoi faire des informations qu'il avait recueillies.

Soit les trois gorilles étaient juste employés pour assurer

la sécurité… soit ils formaient un trio d'une efficacité redoutable qui attendait simplement le bon moment pour prendre le contrôle.

Auquel cas, cela signifiait que Victor Kozak aussi était dans la ligne de mire.

9

Jorge quitta l'appartement de Jasmine peu après 16 heures.

— Il vaut mieux que je ne reste pas trop longtemps chez toi. Même si on s'amuse comme des petits fous…

— Qu'est-ce que tu vas faire ? demanda Jasmine.

Il sourit.

— Me terrer dans ma chambre avec mon ordi et mes dossiers. Je préférerais me balader sur la plage pour glaner des infos, mais ce n'est pas recommandé.

— Ce n'est pas un peu risqué, l'ordinateur ?

— Non. Un type du service technique m'a aidé. Je n'ai qu'à presser une touche et seul un génie de l'informatique pourrait retrouver mon historique ou mes fichiers perso. Aucun souci. Il faut bien que je m'occupe pendant que mademoiselle sort avec un beau gosse…

Voyant que Jasmine restait de marbre, il lui prit la main avec bienveillance.

— Ne t'inquiète pas. Ça va aller pour Mary. Et pour toi et moi aussi. D'accord ? Oh… Et ça ira aussi pour le beau gosse.

Jasmine ne put s'empêcher de sourire, cette fois.

— D'accord. Bon, va bosser. Moi, je…

— Tu vas finir par creuser des ornières dans ton salon à force de tourner en rond.

— Oui, c'est ça.

Jorge prit congé. Dès que Jasmine se retrouva seule, ses pensées se dirigèrent vers Jacob. Il semblait tout connaître d'elle. Évidemment, il travaillait pour les Fédéraux. Ce n'était pas moins prestigieux que le MDPD, mais la différence en matière de privilèges et de responsabilités était quand même immense. Elle ignorait tout de son identité factice et en savait encore moins sur l'authentique Jacob Wolff. Elle avait sans doute de la chance de connaître son vrai nom.

Quand Jacob arriva à son appartement, elle avait eu le temps de ruminer sa rancœur, si bien qu'elle ne remarqua pas tout de suite à quel point il paraissait las.

— Alors ? demanda-t-elle. Quoi de neuf ? Je crois que Connor sort de nouveau avec Kari, ce soir. Et j'ai très peur de ce qui va se passer après.

— On a des agents qui le surveillent. Rien ne suggère que c'est un assassin.

— Oh ! vraiment ? Donc, dans ton métier, les méchants portent une pancarte indiquant « méchant » dessus ?

Le regard qu'il lui lança lui fit aussitôt regretter ses paroles.

— Je ne sais rien pour l'instant, soupira-t-il. J'ai juste l'intime conviction que les hommes retrouvés dans les Everglades étaient les tueurs. Je pense qu'ils travaillaient pour quelqu'un qui a fait un double de la clé du balcon. Ce n'est pourtant pas par là qu'ils sont sortis. Ils se sont sans doute simplement mêlés à la foule au moment de la bousculade. Je ne pense pas que Kozak soit derrière tout ça, mais je ne peux m'en assurer. Et toi ? Qu'as-tu appris de nouveau ?

— Qu'est-ce qui te fait croire que Kozak est innocent ? Du meurtre, je veux dire…

Jacob regardait la télévision sans la voir.

— Il serait prêt à tout pour gagner de l'argent, mais il a traversé assez de drames dans sa vie.

— Comment ça ?

Il se tourna enfin vers elle.

— Son passé ressemble beaucoup au mien, expliqua-t-il. Nous en avons discuté. Mon père est né en Israël, de parents qui avaient échappé de justesse aux nazis. Mon grand-père maternel a échappé aux purges de Staline. J'ai eu de la chance de naître aux États-Unis. Mes parents, eux, ont dû travailler dur. On joignait à peine les deux bouts. Nous sommes restés ici plusieurs années, avant de déménager à New York. Je suis allé au lycée dans Manhattan, puis à l'université de Columbia, grâce à une bourse financée par l'armée. Après mon service, je suis entré au FBI. Plus récemment, j'ai aussi travaillé avec la Sécurité nationale. J'ai vu l'envers du décor et ce n'est pas reluisant.

Il soupira.

— Tout ça pour dire que je m'accorde le droit à l'erreur et que j'écoute les gens. J'essaie de saisir ce qu'ils sous-entendent. Je ne suis pas parfait. J'ai déjà été berné plusieurs fois, mais pas souvent.

— Tu crois être le seul à avoir un passé difficile ? lança Jasmine, agressive.

Il détourna les yeux sans répondre.

— Il faut trouver un endroit pour dîner, murmura-t-il enfin. Nous sommes vraiment surveillés. Riri, Fifi et Loulou ne m'inquiètent pas trop, même s'ils sont loin d'être stupides. Cependant quelqu'un d'autre nous observe. Je meurs d'envie de me rendre au cimetière en avance, mais je sais que je dois faire confiance à mes collègues. J'ai passé quelques coups de fil. Des agents de Miami couvriront l'inhumation et vérifieront chaque statue assez grande pour dissimuler un homme. Nous, il ne nous reste qu'à…

Jasmine s'assit brusquement à côté de lui, l'air hésitant, puis finit par balbutier :

— Je suis désolée. Mon passé est un véritable conte de fées comparé au tien. Mes parents sont aussi doux et bons qu'un couple de tourtereaux. J'ai voulu entrer dans la police parce que mon père était policier et qu'il a joué un rôle crucial dans l'arrestation d'un violeur en série près de Westchester. Il a réussi le tour de force de me mettre en garde contre les maux de ce monde tout en m'apprenant à en saisir les merveilles. Il n'a jamais tiqué sur mon choix de carrière parce que j'étais une femme. Ma mère non plus. Je n'ai jamais manqué de rien. On m'a aidé à financer mes études. Je… Je suis vraiment désolée.

Il lui prit la main. Il n'était plus question de jouer un rôle, car ils étaient seuls dans la pièce.

— Je sais, murmura-t-il, avant d'ajouter avec un sourire en coin : j'ai lu ton dossier.

— Moi, je n'ai pas vu le tien, en revanche. Je ne sais même pas… Tu es marié ?

— Je l'ai été.

— Divorcé ?

— Non.

— Oh. Je… Je suis navrée.

— Ça fait longtemps.

— Mais quand même…

Il eut un pauvre sourire.

— Vous vous seriez bien entendues.

— Je n'en doute pas.

Il la regarda si longuement qu'elle finit par rougir.

— Quoi ?

— Je suis un cas d'école, marmonna-t-il. C'est ce qu'un analyste dirait, j'en suis sûr. Marié jeune, avec mon amour de lycée. Veuf avant l'heure, et qui se réfugie dans le travail. Un solitaire qui travaille trop. Beaucoup trop souvent en missions d'infiltration pour entretenir des relations sérieuses…

Elle rougit de plus belle.

— Donc, j'ai lu ton dossier, reprit-il. Mais je n'y ai rien trouvé qui explique la personne que Jorge connaît. Et dont il m'a parlé.

— Je vais le tuer.

— Ne fais pas ça, ce serait dommage. C'est ton collègue. Et il t'adore.

— Bon, d'accord, je n'ai pas un passé sombre et hanté. Je n'ai perdu aucun proche. Enfin, pas un mari ou un amant. J'ai juste…

— Tu sais, quand on ne sort pas, c'est normal de ne rencontrer personne.

— Je vais vraiment tuer Jorge…

Il eut un grand sourire.

— J'aime beaucoup Jorge. Donc ?

— D'accord, je ne suis pas souvent infiltrée. Mais je travaille sur des affaires importantes. Parfois, il faut se concentrer sur une enquête plutôt que de s'intéresser à la vie privée de ses collègues. Quand c'est sur toi que comptent les proches d'une victime ou que c'est à toi qu'un jeune témoin fait confiance…

Elle laissa sa phrase en suspens. Jacob, accoudé au dossier du canapé, la regardait avec un petit sourire.

— Beaucoup d'hommes sont impressionnés quand ils rencontrent une femme flic, poursuivit-elle. Et, parmi ceux que mon métier n'intimide pas, certains font carrément peur ! Ce n'est pas que je ne sors pas, ni même que je ne crois pas en…

— Tu n'as juste pas trouvé le bon ?

Elle se leva, brusquement nerveuse. Elle n'avait pas envisagé que la soirée finisse en grand déballage. Il lui était impossible pourtant d'avouer à Jacob les sentiments qu'elle nourrissait pour lui. Elle se dirigea vers la porte.

— On ferait mieux d'y aller, non ? Voyons voir… Où est-ce qu'on pourrait dîner ?

— Je ne sais pas, répondit-il en la rejoignant. Qu'est-ce que tu suggères ?

Ils se tenaient face à face, trop près l'un de l'autre. Soudain, un bruissement se fit entendre, juste devant l'entrée, à l'extérieur.

— Quelqu'un t'a suivi ? articula-t-elle sans émettre le moindre son.

— Peut-être, dit-il de la même façon.

Il jeta un œil par la fenêtre et sortit son arme.

Jacob ouvrit rapidement la porte, prenant Jasmine par surprise.

— Ah ! Quelle soirée magnifique ! s'écria-t-il d'une voix forte en l'entraînant à l'extérieur. Peut-être pourrions-nous… ?

Il se tourna de nouveau vers elle et, sans changer de ton, proposa soudain :

— Et si on se faisait livrer, plutôt ?

Y avait-il quelqu'un tapi dehors ? Une silhouette cachée dans l'ombre, derrière une chaise longue ? La porte était grande ouverte. Tout le monde pouvait les voir, et Jacob la fixait de ses yeux d'un bleu éclatant, si beaux et si saisissants en contraste avec son teint hâlé et ses cheveux noirs.

Il la prit dans ses bras et l'embrassa, la serrant avec force contre lui. Quand sa bouche se posa sur la sienne, il laissa ses mains glisser le long de son dos et sa langue s'immisça entre ses lèvres pour explorer. Ainsi enlacés, ils retournèrent dans l'appartement, et Jacob referma la porte du bout du pied. Sans cesser de l'embrasser, il tâtonna derrière lui pour tourner le verrou, puis relâcha enfin son emprise.

Ils se tenaient toujours très proches l'un de l'autre. Les yeux levés vers lui, elle se retenait de porter la main à ses lèvres, encore humides et brûlantes.

— Je crois…, murmura-t-elle.

Il se pencha vers elle, comme pour mieux l'entendre, ses lèvres presque sur les siennes, son corps tout contre le sien. Malgré elle, Jasmine eut un petit sourire et chuchota :

— Oh et puis zut !

Elle se blottit de nouveau dans ses bras. Bien que grande, elle dut se hisser sur la pointe des pieds pour trouver sa bouche et l'embrasser avec une audace délicieuse. Ses propres gestes la laissaient stupéfaite, mais encore plus la force du désir sourd qui grondait en elle.

Leur baiser se prolongea, toujours plus ardent. Elle se pressait contre lui, savourant le contact de ses mains qui couraient sur son corps. Lorsque enfin ils se séparèrent, elle haletait comme une adolescente.

Jacob se recula un peu. Les joues en feu, elle se mit à trembler et dut se forcer à lever les yeux vers lui. Il la regardait avec la même intensité.

Il eut alors un petit sourire et dit :

— Hum…

Il la tenait toujours contre lui.

— Oh et puis zut, chuchota-t-il à son tour.

Il la souleva dans ses bras, et sa bouche chercha de

nouveau la sienne. Sans la lâcher, il traversa l'appartement et, quelques secondes plus tard, ils étaient tous les deux allongés sur le lit. Jacob s'arrêta un instant au-dessus d'elle pour lui demander avec douceur :

— Seulement si c'est vraiment ce que tu veux.

Elle sourit.

Le fait qu'il prenne le temps de lui poser la question ne faisait qu'accroître son attirance et l'urgence de son désir. Elle mit une main sur sa nuque pour l'attirer contre elle.

— Oui, je le veux vraiment.

Ils s'embrassèrent de nouveau. Puis, il se redressa, à califourchon sur elle, pour enlever sa veste, dévoilant le Glock qu'il portait à la ceinture. Il se débarrassa de l'arme et de son baudrier, qu'il posa sur la commode voisine.

— Le mien se trouve dans le tiroir de la table de chevet, à gauche, précisa-t-elle, en voyant qu'il l'interrogeait du regard.

Ils savaient à présent où chercher en cas de danger. Cette question réglée, Jacob commença à retirer sa chemise, mais s'emmêla dans les boutons. Jasmine vint à son secours. Il portait toujours son pantalon, ses chaussettes et ses chaussures. Il roula sur le côté pour achever de se déshabiller, et elle fit glisser par-dessus sa tête la légère robe en tricot dont elle était vêtue, et se débarrassa de son soutien-gorge et de sa culotte assortie.

Elle fut surprise de l'entendre pousser un gémissement urgent, presque comme un grondement, lorsqu'il se pencha sur elle, peau contre peau.

— Je le savais…, chuchota-t-il. Dès que je t'ai vue sur le podium, j'ai su que tu étais extraordinaire. Tu n'es que grâce, rire et beauté. Je t'ai désirée tout de suite, même sans te connaître…

Lorsque sa bouche se posa de nouveau sur la sienne, Jasmine sentit la brûlure de ses lèvres se muer en un véritable brasier incontrôlable qui se répandit dans tout son être. Elle laissa ses mains voltiger librement, savourant la courbe de ses larges épaules, la musculature de son dos. Quand elle sentit son corps durcir contre le sien, elle crut ne jamais pouvoir se blottir assez contre lui. Elle aurait voulu se glisser sous sa peau.

Ils roulèrent sur le côté, puis Jasmine se mit à son tour à califourchon sur lui pour embrasser son cou, ses épaules, son ventre musclé, avant de continuer sa descente.

Il la saisit alors par les bras pour reprendre le dessus et couvrir sa bouche, sa gorge et ses seins de baisers et de caresses furtives. Il poursuivit sa descente, la faisant se cambrer et frémir contre lui. Avec une ferveur passionnée, elle lui rendit caresse pour caresse.

Elle craignit un instant de prendre feu, tant elle brûlait de vie et d'un désir qu'elle n'avait jamais connu. Elle aurait voulu que ce jeu se prolonge à l'infini, tout en attendant avec impatience un contact plus précis, plus intime.

Et soudain, il fut en elle, et la danse ondulante commença.

Ils allaient et venaient, leurs lèvres unies, et les coups de reins de Jacob étaient incroyables. La sensation de son corps enfoui en elle était presque plus qu'elle ne pouvait en supporter. Une douceur absolue, une brûlure sourde et secrète, et ce désir toujours plus pressant de se fondre en lui. La tension montait encore et encore… puis finit par la submerger comme une vague d'or liquide.

La nuit sembla l'envelopper pendant de longues secondes, tandis que de petites décharges de plaisir pur la traversaient, avant de s'estomper en un millier de répliques.

Enfin, la réalité autour d'elle reprit forme : la mince pellicule de sueur qui recouvrait leur peau, la cadence de son souffle, le battement de son cœur encore affolé. Il la serrait contre lui, s'agrippant à elle dans la pénombre, retenant un instant de plus la beauté ravageuse de ce qui venait de se produire.

Un moment d'une intense vérité, d'humanité éclatante, de souffles mêlés en un rythme harmonieux.

Pendant un long moment, ils ne parlèrent pas, se contentant de reprendre haleine. Puis, Jacob murmura :

— Je crois que j'omettrai cet élément dans mon prochain rapport.

Elle le regarda en souriant.

— J'oublie que tu es d'une minutie scrupuleuse. Pardonne-moi.

— Te pardonner ?

Il la saisit par les poignets et se pencha sur elle, une lueur taquine et tendre dans les yeux.

— Ah, ma chère inspectrice Adair. C'est à moi de me faire pardonner. Ou bien, non. Il n'y a rien à pardonner. C'était…

— Incroyable, termina-t-elle pour lui.

— Plus que ça. Je n'ai pas de mots. Inénarrable ?

Elle le serra contre lui, et le baiser qu'ils échangèrent fut très doux. Pourtant, elle sentait déjà au fond d'elle-même que le brasier couvait sous la cendre et pouvait reprendre vie d'une seconde à l'autre.

Soudain, Jacob se leva et quitta le lit. La porte de la chambre s'ouvrit, laissant entrer la lumière du salon. Jasmine put alors admirer la perfection musclée de sa silhouette qui se découpait dans l'encadrement. Sa nudité ne semblait absolument pas le mettre mal à l'aise. Jasmine se redressa sur un coude et le vit s'éloigner dans la pièce voisine. Il revint quelques secondes plus tard de sa démarche fluide et naturelle, et se rassit à côté d'elle.

— Je vérifiais la porte, expliqua-t-il.

— Il y a toujours quelqu'un dehors ?

— Assis près de la piscine. On va se faire livrer.

Quand il avança une main vers elle, elle sursauta brusquement, comme frappée de stupeur. Elle s'était tant laissée envoûter par cet homme qu'elle en avait pratiquement oublié sa mission particulière.

Elle cherchait Mary. Même si son amie semblait introuvable, il restait…

— Kari ! s'exclama-t-elle soudain. Je suis inquiète, Jacob. Que fait-on pour Kari… et M. Connor ?

— Je vais appeler.

Il ramassa sa veste et sortit son téléphone. Une minute plus tard, il avait l'information qu'il voulait.

— Kari est rentrée chez elle, annonça-t-il.

— Elle va bien ? Ils sont dans son appartement ?

— Juste Kari. Connor l'a emmenée dîner, puis ils ont fait une promenade au clair de lune sur la plage et il l'a raccompagnée chez elle. Il est reparti presque aussitôt, un large sourire aux lèvres.

— Oh… Jacob. Tu ne crois pas qu'elle va avoir des ennuis avec le gang pour… ne pas avoir couché avec lui ?

— Non, je ne pense pas.

Jasmine n'était toujours pas rassurée.

— On le surveille, Jasmine. Kari ne risque rien.

— Elle était inquiète, pourtant. Elle devait soupçonner quelque chose. Et je n'arrête pas de penser à Mary, c'est plus fort que moi…

— Nous allons retrouver Mary. Je te le promets.

Elle le crut.

Miraculeusement, elle se sentit soulagée. Pour l'instant. Et puis, ils ne pouvaient pas faire grand-chose ce soir-là. Elle s'approcha de lui et plongea son regard dans ses yeux d'un bleu éblouissant.

— Merci, chuchota-t-elle.

Il l'embrassa avec cette même tendresse. Puis, leur baiser se fit plus pressant et vagabond. Bientôt, il lui embrassa de nouveau les seins, accordant à chacun les attentions les plus douces, avant de descendre vers son ventre et ses cuisses, déclenchant des incendies de plaisir à chaque contact.

Elle laissa la nuit se saisir d'elle encore une fois, retournant chaque caresse, incapable de dompter son désir. Ils étaient blottis l'un contre l'autre, puis il fut en elle ; ils roulèrent et elle fut sur lui, riant, cette fois, entre deux murmures taquins.

Quand ils furent de nouveau allongés côte à côte, le souffle court encore, ils savourèrent la beauté de la nuit, la fraîcheur des draps sur leur peau. Puis, Jasmine se releva soudain et vint s'asseoir à califourchon sur lui. Avec un sourire, il lui saisit les mains.

— C'est bien les flics, ça, plaisanta-t-il. Ils veulent toujours prendre le dessus !

— Dit l'agent du FBI ! On croit rêver…

— L'agent du FBI en question est simplement heureux d'être avec toi.

Elle sourit. Elle aurait voulu que cette nuit ne prenne jamais fin, que cela suffise pour toujours et que le monde réel disparaisse autour d'eux.

Mais c'était impossible.

— Il faut qu'on commande à manger, annonça-t-il soudain en se redressant.

— Oui, j'ai faim, répondit-elle en le laissant se relever. Elle sortit du lit et enfila le peignoir qu'elle gardait près de son chevet. Jacob, lui, se contenta de remettre son boxer et retourna dans le salon, son téléphone à la main.

— Chinois ? Italien ? Indien ? Hamburger ? Fruits de mer ? Qu'est-ce qui te ferait plaisir ?

C'est toi, mon seul plaisir, pensa-t-elle, se retenant de justesse de prononcer cette phrase à voix haute.

— Je ne suis pas difficile. En matière de nourriture, je veux dire…, s'empressa-t-elle d'ajouter.

— Oh là ! Je viens de tomber sur une offre « pizza + champagne ». Une combinaison intéressante. Mais je ne crois pas que le champagne… Pas ce soir.

— Non, pas ce soir.

L'ivresse de leur désir suffisait largement, avec cette ombre mystérieuse qui les surveillait dehors.

— On ne risque rien, mais j'ai déjà vu des situations dégénérer rapidement, ajouta-t-il. Ah ! Thaïlandais ? Ça te convient ?

— Parfait.

Par-dessus son épaule, elle jeta un œil au menu. Ils choisirent un plat accompagné de nouilles et un autre, de riz. Quand la commande fut passée, Jasmine se sentit soudain étrangement mal à l'aise.

— Du café ! bafouilla-t-elle. Je vais faire du café.

Elle se tourna vers la cuisine, mais il la rattrapa par le bras avec douceur et la força à le regarder.

— Ne me laisse pas seul, murmura-t-il.

Elle savait qu'il n'était plus question de café.

— Je… Je sais que ça va te paraître cliché, parvint-elle à articuler, mais… Jamais je n'ai… Jamais de ma vie, je… C'est arrivé aussi vite. Je ne sais pas trop comment me comporter.

— Et moi, j'espère que tu croiras que je n'avais jamais franchi cette frontière. C'était un principe. Jusqu'à ce soir.

Elle se hissa sur la pointe des pieds et déposa un léger baiser sur ses lèvres.

— Je ne vais pas loin, assura-t-elle. Juste dans la cuisine.

Le café était prêt. Lorsque le livreur sonna, Jacob mit un point d'honneur à ouvrir la porte en sous-vêtements. Il veilla cependant à bien refermer tous les verrous et il mangea avec son arme de service posée sur la table basse, à portée de main.

— Tu sais, je suis une très fine tireuse, dit-elle, tandis qu'ils bavardaient.

— Je n'en attendais pas moins de toi, répondit-il en souriant, une nouille coincée entre deux baguettes. Oh ! pendant que j'y pense ! Pour Kozak, tu es officiellement à moi depuis aujourd'hui.

Voyant qu'elle se raidissait, il sourit de plus belle :

— Pardon… C'est le personnage qui veut ça.

Elle hésita.

— D'accord… Mais, en vérité, c'est moi qui décide à qui je me donne.

— Moi aussi.

Elle rit. Le repas prit rapidement fin quand ils se retrouvèrent par hasard à batailler pour la même nouille. De fil en aiguille, ils finirent dans les bras l'un de l'autre, et la plus grande partie de la nourriture resta intouchée.

*
* *

On frappa à la porte.

Jacob bondit du lit, instantanément réveillé. Il sauta dans son pantalon et s'empara de son arme. Presque en même temps, Jasmine enfilait une robe et récupérait son revolver dans le tiroir.

Jacob jeta un bref regard au radio-réveil sur la table de nuit. Il était 9 heures. Il sortit de la chambre, Jasmine sur les talons. Il jeta un seul coup d'œil par le judas et ouvrit la porte, rassuré. Jorge entra, puis s'arrêta un instant pour les observer tour à tour.

— C'est encore mieux que l'Actor's Studio, dites donc ! s'exclama-t-il avec un sourire. Pas mal du tout. Je me demandais justement pourquoi vous mettiez autant de temps à répondre.

10

La cérémonie religieuse fut longue. Le prêtre, plein de respect et d'attentions, dirigea le service en russe, selon le rite orthodoxe. Il avait peut-être connu Smirnoff et ses activités, mais avait visiblement décidé de ne pas juger un homme sur le point de rencontrer son Créateur. Jacob trouva l'ensemble très beau, même si, comme la plupart des gens présents, il n'avait aucune idée de ce qui se racontait.

Victor Kozak fit ensuite un éloge poignant en anglais, par égard pour la foule nombreuse venue rendre un dernier hommage. En revanche, seuls quelques proches avaient été invités à la réception prévue plus tard, dans les locaux de la discothèque. De même, le cortège funèbre jusqu'au cimetière devait se limiter à un cercle restreint.

Jacob s'était entretenu avec son homologue à Miami, Dean Jenkins, et savait que des agents montaient déjà la garde au cimetière. C'était l'occasion rêvée pour s'en prendre à Victor Kozak. Jenkins l'avait également informé du rapport de la morgue et des techniciens de la brigade médico-légale :

— Ils ont identifié l'un des corps, grâce à la main retrouvée dans le ventre de l'alligator. Ce n'est pas beau, la technologie ? Cela dit, il n'a pas été question d'empreintes digitales ou de quoi que ce soit de ce genre. Un de mes hommes a reconnu la bague. La victime s'appelait Leonardo Gonzalez. Un clandestin originaire du Venezuela. Lui et une poignée de ses compatriotes ont traversé le Mexique et, selon notre agent, ont embarqué sur un bateau à destination de Miami. Lui était déjà tueur à gages dans son pays et cherchait du travail à Little Havana. Encore un criminel sans envergure venu profiter des activités illégales dans le coin. Il avait sa propre équipe. J'ai comme l'impression que les deux autres cadavres étaient des associés.

— Et pour Donald McPherson Connor ? avait demandé Jacob.

— On ne le lâche pas d'une semelle. Il s'est comporté en parfait gentleman avec la jeune femme. Il l'a laissée sur le pas de sa porte. Un agent surveille toujours l'appartement. Il avait le choix entre continuer à filer Connor ou la fille, et il a préféré protéger celle qu'on sait être innocente.

— Merci.

— Et toi ? Quoi de neuf ?

— Pas grand-chose. On verra à l'enterrement.

Jacob rejoignit le cortège. Il s'efforçait de ne pas s'inquiéter pour Jasmine, qui n'avait pas été invitée et attendait au Club pour la réception prévue après.

Kozak avait demandé à Jacob de l'accompagner en voiture à la sépulture. Antonovitch faisait office de chauffeur. Peut-être Kozak se méfiait-il de son garde du corps et préférait-il le savoir occupé à conduire.

Ils arrivèrent sans encombre au cimetière et franchirent les hautes voûtes gothiques du portail. L'endroit était magnifique, vaste et très bien entretenu, avec de grands arbres offrant de belles zones ombragées. La limousine emprunta une allée qui serpentait entre les pelouses, jusqu'à un emplacement marqué par un dais, où Josef Smirnoff devait reposer en paix.

Jacob sortit de la voiture et scruta les environs, attendant que Kozak descende à son tour. Un angelot de marbre montait la garde devant une concession familiale. Un petit mausolée se dressait, à une vingtaine de mètres ; un autre se trouvait un peu plus loin.

La tombe avait été creusée à l'ombre d'un vieux chêne majestueux, près d'un groupement de stèles militaires et d'un énorme monument de béton. Jacob continua à observer autour de lui avec attention. Il y avait tant de cachettes possibles pour un tireur embusqué… Il avait beau savoir que les agents de Miami connaissaient les lieux, il restait sur ses gardes.

— Monsieur Kozak ? appela Antonovitch. Les chaises au premier rang, monsieur. Elles sont réservées aux proches de Josef.

Sans lâcher Kozak d'une semelle, Jacob s'avança vers les sièges. Josef Smirnoff ne tuait peut-être pas de sang-froid, mais il n'en demeurait pas moins un criminel. Il en allait de même pour Victor Kozak. Cependant, l'assemblée comptait de nombreuses personnalités et des citoyens respectables. La camionnette d'une télévision locale était stationnée dans une contre-allée. Encore une cachette idéale.

Jacob se cala sur sa chaise pour écouter le prêtre réciter les prières. Il devait faire confiance à ses collègues.

Il venait à peine de s'apaiser un peu quand un retardataire se présenta devant la tombe.

C'était l'homme qui inquiétait tant Jasmine.

Donald McPherson Connor.

Le Club bourdonnait d'activité quand Jasmine arriva. L'équipe du traiteur au grand complet se trouvait déjà sur les lieux – deux chefs, deux sommeliers et six commis de cuisine. Jorge et elle prirent aussitôt le chemin des loges, où les serveurs devaient enfiler leur uniforme pour la soirée – smokings noirs pour les hommes et tailleur minijupe pour les femmes.

— N'oubliez pas ! ordonna Natasha. Aujourd'hui, vous passez rapidement et en silence, avant de vous effacer. Nous honorons la mémoire de Josef. Vous comprenez tous ? Votre comportement doit être irréprochable.

Jorge s'arrêta un instant devant la coiffeuse où Jasmine était en train de terminer sa tresse et lui glissa :

— Cinq collègues de Miami Beach sont sur le pont. Embauchés par Kozak.

Il se pencha vers elle, faisant mine d'arranger une mèche rebelle.

— Le responsable de la première table est des nôtres. FBI. Il y a aussi une fille du MDPD parmi les invités. Inspectrice Birch. Tu as déjà bossé avec elle. Elle sera au bras d'un jeune politicien.

— Parfait, murmura Jasmine. Cela dit, combien de policiers étaient présents quand Josef Smirnoff a été tué ?

— Un collègue monte la garde près de la porte, sur le balcon, ajouta Jorge. Si une fusillade éclate, ça ne viendra pas de là-haut.

Il se pencha davantage et retira une poussière imaginaire de la veste de Jasmine.

— Le FBI ratisse le cimetière en ce moment même. Le truc, c'est que le meurtrier doit être au courant. À moins que nous ayons affaire à un type complètement dément, il ne se passera rien aujourd'hui.

Soudain, il se redressa pour la regarder en souriant.

— Tu as l'air différente, fit-il remarquer.

— Je ne m'habille pas souvent comme ça.

— Non, ce sont tes yeux. Ils brillent.

— Jorge…

— C'est agréable de te voir heureuse.

Elle baissa la tête avec un sourire.

— J'aimerais bien te voir heureux, toi aussi.

— Hé, pourquoi pas ? répondit-il. On ne me surveille pas d'aussi près que toi. Je suis allé au restaurant, hier soir. On a fait une promenade sur la plage.

— Jorge, tu dois être…

— J'ai été prudent. Fais-moi confiance.

Natasha l'interpella soudain :

— Jorge ! Viens un peu ici ! Tu as de beaux bras bien fins. Tu vas prendre le grand plateau argenté et passer parmi les convives pour leur proposer des petits fours. N'interromps pas les conversations. Laisse-les s'arrêter d'eux-mêmes. Ce soir, vous n'êtes que des robots serviles.

Jorge s'éloigna. Jasmine aperçut alors Kari à une coiffeuse voisine.

— Tu as besoin d'aide ? demanda-t-elle en s'approchant de la jeune femme.

— Non, je te remercie, répondit Kari. J'essayais de mettre des faux cils, mais Natasha a dit que c'était inutile.

— Quelle plaie, ces trucs-là.

— Je suis d'accord. Je n'arrive jamais à les positionner comme il faut.

— Comment vas-tu ? demanda doucement Jasmine.

— Bien. Très bien, même.

— Très bien ?

Kari sourit.

— Je sais qu'il est vieux mais, franchement, si j'avais quelques années de plus, je crois que… J'adore son accent. Nous avons parlé littérature et théâtre, et il m'a raconté un tas de choses que j'ignorais sur l'histoire de la ville. Il est gentil, Jasmine. Vraiment gentil.

— Ravie de l'entendre. J'avais cru comprendre qu'il te mettait un peu mal à l'aise. Ça s'est arrangé ? Quand le revois-tu ?

— Ce soir. Je lui ai expliqué que nous ne serions pas disponibles avant la fin de la réception. Il veut malgré tout me retrouver, même si c'est tard.

Kari sembla hésiter un instant, puis chuchota :

— Je ne sais pas pourquoi je me suis inquiétée, Jasmine. Le dîner d'hier s'est très bien passé. Une soirée magnifique. C'est vraiment un homme très cultivé. Je pensais qu'il voudrait plus. Qu'il exigerait de coucher avec moi, tu vois. Oh ! nous avons aussi parlé de Mary ! annonça-t-elle soudain. Il a dit que c'était une jeune femme adorable. Il est certain qu'elle est partie reprendre ses études. Ils en avaient discuté. Selon lui, elle serait en Californie.

En Californie ?

Ou dans le ventre d'un alligator, quelque part au milieu des Everglades…

— J'imagine qu'il doit connaître les gens du Club depuis longtemps, marmonna Jasmine.

— Pas tant que ça. Il les apprécie parce qu'ils savent toujours trouver des filles cultivées et intelligentes. Lui adore aller au théâtre, à l'opéra, dans des expositions… Il a besoin d'une escorte qui partage ces passions.

— C'est charmant.

— C'est un mélomane, aussi. Grand amateur de chant lyrique.

Le chant… ou le cri d'une femme qu'on égorge ?

— Jasmine, c'est un parfait gentleman. Je craignais qu'il ne soit du genre à insister pour qu'on couche ensemble tout de suite ou que…

— Quoi ?

— Qu'il exige de moi des choses bizarres.

Elle se mit à chuchoter :

— Tu sais, des fantasmes sexuels louches. Genre… l'asphyxie érotique ou des trucs dégoûtants. Mais non. Il n'a même pas cherché à entrer chez moi.

Elle se tut un instant, un peu mal à l'aise.

— On n'est pas expressément obligées de coucher avec les clients, mais il est entendu qu'ils peuvent obtenir tout ce qu'ils veulent, à condition d'y mettre le prix. Pour nous, ça signifie plus d'argent et une bonne place sur le podium. Ce n'est un secret pour personne que les filles qui sortent le plus avec des clients récupèrent les meilleurs défilés auprès de Natasha. Mais ce type… Il ne me met pas la pression.

Elle eut un sourire contrit.

— Je parle beaucoup… Je crois que je suis encore un peu nerveuse.

— Tu as mon numéro ?

Kari sortit son smartphone et entra rapidement le numéro de Jasmine.

— Garde ton téléphone à portée de main, conseilla

Jasmine. Si tu as la moindre inquiétude, appelle-moi immédiatement.

— Toi aussi, tu peux m'appeler quand tu veux ! Mais bon ! J'imagine que tu n'as pas de problème… J'aurais donné cher pour me retrouver avec ton beau brun aux yeux bleus, ajouta-t-elle en riant.

Jasmine eut un pauvre sourire.

— Ça se passe bien avec lui ? poursuivit Kari.

— Oh… Oui.

— Il est comment, ce Jacob ? Il a de ces yeux… S'il me regardait comme il te regarde… Je fondrais comme de la guimauve.

— De la guimauve, exactement, répéta Jasmine.

— Les filles ! lança Natasha. À vos postes ! Sasha a appelé. La cérémonie au cimetière vient de prendre fin. Il est temps de se mettre au travail.

Tout le monde quitta les loges pour se rendre dans la salle principale. Natasha se tenait près de la porte donnant sur le balcon, dont seul Kozak était censé avoir la clé. Or, Kozak n'était pas là. Et Ivan se trouvait déjà en bas, en train de préparer le bar principal, aboyant des ordres à droite et à gauche. Jasmine descendit les escaliers à la hâte en compagnie des autres.

Elle devait d'une façon ou d'une autre transmettre cette information à Jacob.

Certes, la foudre ne frappait jamais deux fois au même endroit.

Mais mieux valait être prudent.

Aucun coup de feu n'était venu troubler la cérémonie au cimetière. Le prêtre, dans son habit resplendissant, termina le service, et les proches défilèrent ensuite devant la sépulture pour y déposer des roses.

— Laissez-moi un instant, demanda Kozak à ses compagnons.

Il resta seul près du cercueil. Les quatre fossoyeurs

attendaient discrètement sur le côté pour refermer la tombe, et le corbillard se préparait déjà à repartir. Antonovitch, Suarez et Garibaldi observaient la foule qui se dispersait en direction des voitures.

Voyant Connor s'éloigner à pied dans l'allée, Jacob l'interpella :

— Monsieur Connor !

L'homme se retourna pour le regarder avec animosité. Il était mince, mais musclé. Sans doute d'une force incroyable, pensa Jacob. Surtout face à un jeune mannequin. Il semblait agacé d'être ainsi retenu.

Surtout par Jacob.

— Monsieur Marensky. Que me voulez-vous ?

— Je souhaitais simplement vous présenter de nouveau mes plus plates excuses. J'espère que vous ne me gardez pas rancune. Mlle Anderson s'est-elle montrée à la hauteur de vos attentes ?

— Mlle Anderson est une jeune personne adorable, dont j'apprécie beaucoup la compagnie.

— Parfait, dit Jacob, avec un sourire forcé. C'est une véritable beauté.

— Pas autant que Mlle Alamein, fit remarquer Connor, de son ton policé de parfait gentleman.

Cela dit, Jacob avait croisé plus d'une fois de parfaits gentlemen qui étaient en réalité des monstres de cruauté et de froideur.

— Dites-moi, monsieur Marensky… Quelle est la nature exacte de votre relation avec le Club ?

— Nous avons des affaires en commun, répondit Jacob, évasif. Je tiens une galerie d'art.

— C'est ce que j'ai entendu dire.

— Venez donc me rendre visite. Peut-être quelque chose vous intéressera-t-il. Et vous, monsieur ? Dans quel secteur êtes-vous ?

L'autre se crispa.

— Aucun. À part la Bourse. Tout à fait criminel, mais parfaitement légal.

— Ah ? Je pensais que vous travailliez avec Josef Smirnoff. Enfin… Avec Victor, à présent.

— Je suis simplement à la recherche d'un certain type de compagnie.

— Je vois.

Quel type, spécifiquement ? se demanda-t-il.

— Eh bien, monsieur, reprit-il. Je vous retrouve au Club, j'imagine. Je voulais m'assurer qu'il n'y avait pas de malentendu entre nous. J'avais déjà un arrangement avant votre arrivée.

— Oh ! je comprends parfaitement, monsieur Marensky, répondit Connor, qui le fusillait toujours du regard.

— Jacob ? appela alors Victor.

— Je vous prie de m'excuser, marmonna Jacob, en faisant demi-tour.

Il rejoignit Victor près de la tombe.

— Nous partons, annonça ce dernier.

— Bien sûr.

— Comment ça se passe avec Connor ? demanda Kozak à voix basse. C'est réglé ?

— Autant que possible, Victor.

— Alors, en route, répondit Kozak en désignant leur voiture dans l'allée. Sasha, c'est toi qui conduis.

— Oui, monsieur, dit Antonovitch, qui se glissa derrière le volant.

Garibaldi s'installa à l'avant avec lui, tandis que Kozak s'asseyait à l'arrière, entre Suarez et Jacob. La limousine sortit du cimetière et reprit la direction du Club.

Les obsèques s'étaient déroulées sans le moindre accroc. Il ne leur restait plus que la réception – une célébration de vie où les intimes du défunt devaient se retrouver pour un dernier hommage.

Smirnoff, Kozak et consorts étaient réellement des criminels. Jacob avait vu plus d'une fois d'honnêtes gens se laisser séduire par une drogue ou une autre, avant de devenir complètement dépendants. Et abuser de la confiance de jeunes femmes pleines d'espoir était répréhensible. Toutefois,

Jacob voulait que Kozak soit jugé et emprisonné. Pas qu'il finisse sur une table à la morgue, une balle dans la tête.

Lorsque la limousine se gara sur le parking privé de la discothèque, à l'arrière du bâtiment, Jacob sentit que Kozak lui serrait le bras avec une force sidérante. Quand il le regarda, il entraperçut dans ses yeux une lueur de peur intense, rapidement masquée quand Garibaldi vint leur ouvrir la portière.

Jacob sortit le premier, puis Kozak le prit de nouveau par le bras et désigna la rue.

— La police…, chuchota-t-il. Là-bas, au carrefour. Vous voyez ce type aux cheveux longs qui fait la manche ? C'est un flic.

Il se tourna vers Jacob et ajouta dans un souffle :

— C'est ici qu'ils vont essayer de me tuer. Quelque part dans le Club.

11

Jasmine était toujours surprise par la faune qui évoluait dans ce genre d'événements – le dernier hommage à un criminel notoire. Elle avait d'ailleurs la certitude que la plupart des invités n'avaient pas pris la peine d'assister à la longue cérémonie religieuse ni à l'inhumation.

Quelques minutes après l'ouverture des portes, le Gold Sun Club était plein à craquer. Ivan, vêtu de son plus beau costume, se tenait près de l'entrée principale pour accueillir les convives. À ses côtés, Natasha jouait à merveille son rôle d'hôtesse, après avoir tout orchestré en coulisses.

Jasmine avait hérité d'un plateau de petits fours, qu'elle devait proposer avec grâce et discrétion en circulant parmi la foule. Elle peinait toutefois à adopter l'attitude détachée qu'on avait exigée d'eux : Kozak, les gardes du corps et Jacob n'étaient pas encore revenus. Quand ils arrivèrent enfin, elle poussa un soupir de soulagement. Aussi naturellement que possible, elle s'arrangea pour que ses pas la conduisent à proximité de Jacob.

— Messieurs, murmura-t-elle d'une voix posée, en leur présentant le plateau.

Les deux gardes du corps ne se firent pas prier et Jacob se servit également, avec un petit hochement de tête à son adresse.

— Il me faudrait quelque chose de plus fort, annonça Victor Kozak. Tu veux bien aller me chercher de la vodka,

Jasmine ? Je suis certain que Natasha aura demandé au barman de prévoir une bouteille de ma réserve personnelle.

— Bien sûr, répondit Jasmine.

À cet instant, Natasha passa près d'eux.

— Jasmine, tu es censée circuler parmi les invités, reprocha-t-elle, l'air mécontent.

— Oui, Natasha.

— Ce ne sont pas les serveurs qui manquent ce soir, Natasha, intervint Kozak d'une voix calme. C'est moi qui ai demandé à Jasmine d'aller me chercher à boire.

— Je m'en occupe, proposa aussitôt Natasha.

— Non, tu es l'hôtesse. Laisse Jasmine s'en charger. Il va être temps pour moi de… d'accueillir nos convives par un petit discours, non ? Mais, d'abord, j'ai besoin d'un remontant.

Jasmine s'éloigna en direction du bar, où le barman la reçut avec un sourire flatteur.

— Je viens pour M. Kozak, annonça-t-elle, avec un sourire tout aussi charmeur. Sa réserve personnelle. Tu es au courant, j'imagine ?

— Oui. C'est une vodka russe unique qu'on ne vend pas aux États-Unis. On m'a confié la bouteille avec des instructions très strictes. Pure, dans un petit verre, juste deux glaçons.

Il se baissa pour sortir une bouteille de sous le comptoir, s'empara d'un tumbler et le remplit.

— Ah, les riches et leurs manies ! soupira-t-il en lui tendant le verre.

— Merci.

— À ton service. Repasse quand tu veux !

Elle hocha la tête et commença à s'éloigner, mais revint brusquement sur ses pas.

— As-tu vu M. Kozak avant la réception ? demanda-t-elle. Est-ce lui qui t'a donné la bouteille ?

— Oh non… J'ai croisé la « mante religieuse ». Pardon… Toute l'équipe des cuisines a été accueillie par Natasha. C'est elle qui a transmis les instructions.

— Et la vodka ?

— Elle se trouvait à l'endroit annoncé. Désolé, hein ? J'espère que ce n'est pas une amie à toi. Je suis acteur et ce genre de boulot me permet de payer les factures, quand je n'ai pas de rôle. Je ne voulais pas être grossier.

— Tu devrais être plus prudent, c'est tout.

— Ne me fais pas virer, s'il te plaît.

— Je n'ai pas ce pouvoir… Peu importe. Merci.

Elle s'éloigna de quelques pas, mais s'arrêta de nouveau. Quelque chose la tracassait.

— Tu pourrais me rendre un petit service ? demanda-t-elle en revenant vers le barman. Sers-moi quatre verres identiques à celui-là, mais avec de la vodka classique. Quelque chose de qualité, mais pas la réserve personnelle de M. Kozak.

— Tout ce que tu voudras.

Elle sourit. Elle espérait juste que la connexion forte qui existait entre Jacob et elle fonctionnerait également pour le travail…

Kozak et Jacob, suivis des trois gorilles, Garibaldi, Suarez et Antonovitch, se dirigeaient vers la scène. Jasmine hésita un instant, le cœur battant.

Et si elle se trompait ?

Elle risquait de faire échouer l'opération et de les mettre tous en danger, y compris les invités. Cependant, elle avait de forts soupçons. De plus, elle avait vu Natasha en possession de la clé.

Cette dernière couchait avec Kozak, c'était certain. Mais couchait-elle aussi avec Josef Smirnoff quand il était encore de ce monde ? Jouait-elle un rôle dans ce jeu d'échecs, afin de ne pas perdre la place qui était la sienne ?

Jasmine s'approcha du groupe d'hommes.

— La réserve personnelle de M. Kozak ! annonça-t-elle. Et pour vous aussi, messieurs. Je crois que la journée a été rude pour tout le monde. J'espère que cela ne vous dérange pas, monsieur Kozak…

Elle regarda Jacob bien en face, puis baissa les yeux vers

le verre qu'il était censé prendre et secoua imperceptiblement la tête. Il ne devait pas boire. Il allait comprendre.

Il fallait qu'il comprenne…

Quand elle releva la tête, Jacob la fixait avec intensité.

Avant que Kozak puisse répondre, il marmonna :

— Merci de cette attention, Jasmine.

— Belle, douce et gentille, comme toujours, renchérit Antonovitch joyeusement.

Jasmine observa rapidement la foule autour d'elle, tandis que les hommes se servaient. Un jeune politicien très en vue venait d'entrer dans la pièce, avec une adorable journaliste à son bras. Natasha faisait son devoir et les accueillait d'un air affable.

— Je dois monter sur la scène, annonça Kozak.

— Allons-y, dit Jacob.

Jasmine leur adressa un grand sourire.

— Si vous voulez bien m'excuser… Je dois retourner à mes petits fours.

— Un instant ! dit alors Jacob. Victor, si vous le permettez, je souhaiterais m'entretenir avec Jasmine quelques minutes.

— Faites vite, répondit ce dernier. Ensuite, vous m'accompagnerez sur l'estrade et resterez à mes côtés.

Jacob s'éloigna. Jasmine devait saisir sa chance :

— Natasha avait la clé, ce soir, chuchota-t-elle, tout en affichant un sourire anodin. C'est peut-être important. Kozak n'était pas présent. Je ne crois pas qu'ils aient prévu une fusillade.

— Du poison dans la vodka ?

— Je peux me tromper, mais…

— Merci de m'avoir refilé le verre…

— Mais je t'ai averti !

Il lui serra doucement le bras avec un sourire et repartit.

— Allons ! annonça Kozak. En scène !

Il semblait très nerveux. À raison, pensa Jasmine. Elle le vit boire une gorgée de vodka et faire la grimace. Il connaissait le goût de sa réserve personnelle et ce n'était pas du tout ce qu'on lui avait servi.

De son côté, Jacob déposa discrètement son verre sur le plateau d'un serveur qui passait par là. Le serveur en question n'était autre que Jorge. Son regard croisa celui de Jasmine à travers la pièce, et il lui adressa un infime hochement de tête.

Jacob se tenait sur la scène, juste derrière Victor Kozak. Ce dernier, le micro à la main, commença par remercier tous les invités venus rendre hommage à Josef Smirnoff, puis il raconta quelques histoires à propos du défunt et de son amour pour la ville de Miami.

— Il était mon associé et mon ami. Cette discothèque sera rebaptisée en son honneur lors de sa réouverture au public, demain soir. Face à la violence de sa mort, nous devons rester forts. La Floride du Sud est notre pays, que nous y soyons nés ou que nous ayons eu la chance d'y trouver une terre d'asile. Nous sommes forts et, en son nom, nous ne nous laisserons pas abattre !

Jacob ne quittait pas l'assistance des yeux. Il passa en revue les policiers – en uniforme et en civil –, ainsi que les vigiles. Il savait que tous guettaient le moindre geste suspect. Un éclat de métal ou un convive portant la main à sa poche suffirait à les mettre sur le qui-vive. Il était cependant persuadé que Jasmine avait raison : il n'y aurait pas de fusillade. En ce moment, le tueur devait attendre que le poison fasse son effet.

— Abrégez, chuchota-t-il, au bout de quelques minutes, en se penchant vers Victor Kozak.

Ce dernier acquiesça discrètement et conclut rapidement. Dès qu'il eut terminé, Jacob le prit par le bras et le fit descendre de la scène.

— Dites à vos hommes que vous vous sentez mal, lui glissa-t-il. Et allez dans votre bureau.

Kozak acquiesça de nouveau.

— Je ne me sens pas très bien, annonça-t-il. Sasha, surveille les escaliers à gauche. Toi, Antonio, ceux de droite.

Alejandro, tu te places au milieu. La journée… a été trop longue. M. Marensky va m'accompagner dans mon bureau, là-haut. Dites à Ivan et à Natasha de continuer à s'occuper de nos invités.

— Bien, monsieur, répondit Garibaldi.

— Dépêchez-vous, lui chuchota Jacob. Et faites semblant de trébucher dans l'escalier.

Il l'accompagna, une main posée sur son dos. Au bout de quelques marches, Kozak fit mine de se trouver mal et de tituber.

— Parfait, murmura Jacob. Continuez à monter.

Ils franchirent le barrage des policiers postés à l'étage, et un autre agent les accueillit dans le couloir.

— M. Kozak désire se rendre dans son bureau, annonça Jacob.

Le policier acquiesça en silence et ouvrit la porte. Malgré le dispositif de sécurité impressionnant, Jacob préféra entrer en premier.

La pièce était vide. Les invités penseraient sans doute que la journée avait été trop intense pour Victor Kozak. On savait qu'il aimait boire, fumer des cigares et peut-être même consommer certaines des substances illicites qu'il commercialisait. Personne ne s'étonnerait d'apprendre que son cœur avait lâché. On ne penserait pas à pratiquer une autopsie.

Kozak se laissa tomber dans son fauteuil.

— Je boirais bien quelque chose ! soupira-t-il.

— Je crois me souvenir que vous gardez une bouteille de vodka ici, non ? demanda Jacob. Mais d'autres que vous le savent peut-être…

— En effet.

Il soupira de nouveau, résigné.

— Bon… Dans ce cas, je ne boirai pas. Qu'est-ce qu'on fait ?

— On attend. Pour voir si quelqu'un vient. On pourrait peut-être appeler une ambulance. Laisser les invités penser que vous êtes aux urgences et que votre vie ne tient qu'à un fil.

Kozak tambourina des doigts sur son bureau.

— Vous n'êtes pas un marchand d'art, n'est-ce pas, monsieur Marensky ? D'ailleurs, est-ce seulement votre véritable nom ?

La soirée sembla interminable à Jasmine.

Elle évoluait parmi les convives, comme on le lui avait ordonné, sans cesser de surveiller les escaliers. Elle vit Jorge s'approcher d'un des cuisiniers, un agent du FBI infiltré, et apprit que le verre de vodka était en route pour le labo afin d'y être analysé.

Les autres filles circulaient dans la grande salle, exactement comme on le leur avait demandé, belles, muettes et distantes comme des robots.

Enfin, les invités commencèrent à quitter les lieux. Après le discours, les petits fours et l'alcool à volonté, il n'y avait plus grand-chose à faire, et la musique diffusée en fond était trop funeste pour danser.

Jasmine effectuait sa dernière ronde, avec un plateau chargé de café et de chocolats à la liqueur, lorsqu'elle vit Donald McPherson s'approcher de Kari. Ils échangèrent quelques mots, puis Connor récupéra sa veste et quitta le Club. Kari le suivit, quelques minutes plus tard.

Jasmine retourna rapidement au bar pour se débarrasser de son plateau, bien décidé à les suivre. Elle s'apprêtait à gagner à son tour la sortie, quand un homme se pencha vers elle et murmura :

— N'y allez pas.

Il était petit, avec de grosses lunettes rondes, un sourire crispé et des cheveux en bataille. Sans ciller, il se tourna ensuite dans la direction du barman et cria :

— La même chose, s'il vous plaît !

— Pardon ? demanda Jasmine.

Jacob était là-haut avec Kozak. Le dénouement était proche. Et Kari venait de partir avec un homme qui était peut-être un assassin.

— Restez ici, on s'en occupe, insista l'inconnu, avant de reprendre, d'une voix forte : vous êtes magnifique, mam'zelle ! Une splendeur ! Et ces yeux ! On dirait des émeraudes !

Il se pencha, faisant mine d'observer ses pupilles de plus près et murmura rapidement :

— Dean Jenkins, FBI. Je bosse avec Wolff. Un de nos agents suit Connor et Mlle Anderson. Ne sortez pas de votre rôle.

— Merci pour le compliment, monsieur, répondit Jasmine, d'un ton un peu guindé. Mais je travaille pour le Club. Nous n'avons pas l'autorisation de fréquenter les clients.

Garibaldi arriva derrière elle.

— Un problème, Jasmine ? demanda-t-il en regardant le petit homme d'un air menaçant.

Dean Jenkins leva les mains en signe d'apaisement.

— Aucun problème, l'ami. Je ne faisais que complimenter cette jeune et charmante demoiselle.

— Tout va bien, ajouta rapidement Jasmine. Aucun souci.

Garibaldi s'éloigna. Jasmine reprit son plateau, se retourna vers la salle et se trouva nez à nez avec Natasha.

— Tout va bien, Jasmine ?

— Oui, bien sûr.

— As-tu vu M. Marensky ?

— Je crois qu'il est avec M. Kozak qui ne se sentait pas très bien.

— Ils sont encore là-haut ?

Jasmine n'eut pas le temps de répondre. Une sirène déchira l'air de la nuit, et une ambulance se gara en toute hâte devant le Club. Les invités se mirent à murmurer entre eux avec inquiétude.

— Oh ! mon Dieu ! s'écria Natasha. Victor !

Elle se précipita en direction des escaliers, mais fut arrêtée par Garibaldi. Une vive discussion s'engagea entre eux, car le garde du corps avait visiblement reçu des instructions très strictes de la part de Kozak en personne. Personne ne devait monter.

Les sirènes se turent. Natasha se disputait toujours avec

Garibaldi. Ivan s'approcha d'eux, une expression étrange sur le visage. Était-ce de l'inquiétude… ou bien une sombre satisfaction ?

Soudain, Jasmine entendit qu'on lui chuchotait quelque chose à l'oreille. C'était Dean Jenkins.

— Jacob est avec Kozak. Ils partent à l'hôpital. Officiellement, Kozak a fait un malaise et on craint un infarctus.

Jasmine hocha la tête, puis s'éloigna. Son téléphone vibra dans sa poche. Elle alla se cacher derrière un pilier pour plus de discrétion, pensant que c'était Jacob qui l'appelait.

C'était Kari Anderson.

— Jasmine !

— Kari ? Que se passe-t-il ?

— Jasmine, je dois t'avertir que…

— Allô ! Kari ? Quoi, Kari ?

Jasmine regarda l'écran de son appareil. La communication avait été coupée.

— Donc, j'ai le choix entre mourir ou passer le restant de mes jours en prison, soupira Kozak, confortablement installé dans l'ambulance.

Le véhicule était réel, mais les urgentistes n'étaient pas de vrais professionnels. Ils allaient cependant conduire Kozak à l'hôpital, où il serait admis.

Jacob avait craint que Natasha ou Ivan parviennent à se frayer un chemin jusqu'au bureau avant qu'il puisse faire évacuer Kozak. L'ambulance était arrivée juste à temps et était repartie rapidement dans la nuit. À peine les portières étaient-elles refermées que Jacob avait révélé à Kozak qu'il était du FBI.

— Victor, il faut en finir. Je suis sûr que si vous coopérez, le procureur se montrera clément.

— Je peux vous donner des cartels. Le nom de ceux qui livrent la drogue et prennent l'argent.

— Je ne suis pas procureur…

— Et moi, j'ai découvert que j'avais envie de vivre le plus longtemps possible, rétorqua Kozak en soupirant de plus belle. Accepteriez-vous de faire quelque chose pour moi, mon ami ?

— Ce n'est plus de mon ressort, Victor.

Kozak sourit.

— Ce n'est pas grand-chose, vraiment… Avant qu'on m'enferme, pourriez-vous faire en sorte que je puisse, une dernière fois…

— Quoi ?

— Goûter ma réserve personnelle de vodka !

— Je ferai mon possible. Vous avez certainement un avocat et… Je ne sais pas. Pour l'instant, le mieux que vous ayez à faire, c'est de nous donner les hommes qui ont abandonné ces cadavres dans des barils de pétrole et les corps sans tête dans les Everglades.

— Ils veulent ma mort.

— Raison de plus pour nous transmettre la moindre information qui nous permettra de découvrir qui tire les ficelles.

Jacob sentit son téléphone vibrer dans sa poche.

Jasmine ?

Elle leur avait sauvé la mise, en soupçonnant que la vodka avait été empoisonnée. Mais sa couverture était peut-être compromise… Il décrocha rapidement. C'était Dean Jenkins.

— Ta collègue du MDPD est partie à la recherche de Connor.

— Quoi ? Quand ? Comment ?

— L'arrivée des secours a provoqué un grand désordre. Elle en a profité pour disparaître. Elle a aperçu Kari qui sortait, juste après Connor. Un de nos hommes les suit, bien sûr, et je vais le rejoindre moi-même, mais…

Jacob bondit vers l'avant du véhicule.

— Stop ! cria-t-il au chauffeur. Laissez-moi descendre ! Vite !

— Oui, monsieur. Mais…

— Continuez comme prévu. Installez-le dans une chambre à l'hôpital, avec des gardes partout.

— Bien, monsieur, répondit le faux urgentiste.

L'ambulance s'arrêta, et Jacob sauta par la porte arrière. Les rues étaient pleines de touristes, de promeneurs, d'enfants… Il se mit à courir.

Par chance, l'hôtel de Connor n'était pas très loin. Jasmine était une bonne professionnelle. Une bonne policière. Elle s'en sortirait. Elle trouverait une solution. Mais elle était aussi très impliquée émotionnellement dans cette affaire. Elle soupçonnait Connor d'être mêlé à la disparition de Mary et de lui avoir fait des choses horribles. Elle craignait que Kari subisse le même sort…

Dans sa course, il bouscula légèrement un passant, qui protesta avec véhémence.

Il accéléra encore l'allure.

Grâce à Dean Jenkins, Jorge et tous les autres policiers et agents chargés de l'enquête, Jasmine savait où elle devait se rendre. L'hôtel de Connor. Elle connaissait l'adresse et le numéro de la suite. Le bâtiment se trouvait dans une ruelle un peu à l'écart du front de mer. Un endroit calme, où les riches pouvaient se loger, loin du bruit et du tumulte du tourisme de masse.

Elle s'arrêta devant le vieil édifice Art déco rénové. Dans le hall, derrière les portes vitrées, un homme était assis, en train de lire le journal. Un des agents du FBI chargés de surveiller Connor ? Comment espérait-il pouvoir intervenir rapidement si quelque chose arrivait à Kari ?

Jasmine hésita.

Elle devait essayer encore une fois. Elle sortit son téléphone et composa le numéro de Kari. La sonnerie retentit plusieurs fois, puis l'appel fut basculé vers la messagerie. Elle rangea son appareil avec un soupir et attendit que l'employé de la réception regagne son poste.

Quand il revint, elle se redressa, prit une allure nonchalante et entra d'un pas assuré, comme si elle logeait dans l'hôtel malgré son uniforme de serveuse. L'homme du FBI ne la connaissait pas. Elle lui adressa un éclatant sourire en passant et se dirigea sans hésiter vers l'ascenseur.

Connor avait loué le penthouse ; un étage entier pour lui tout seul. Étrangement, il n'existait aucun dispositif de sécurité supplémentaire pour s'y rendre. Les portes de l'ascenseur s'ouvrirent sur un charmant vestibule. Devant elle, une double porte massive donnait sur la suite elle-même.

Elle frappa trois coups, le cœur battant.

Elle n'avait pas le droit de faire irruption chez quelqu'un comme ça. Et elle ne voulait pas non plus entrer par effraction. Elle tendit l'oreille… Rien.

Peut-être que la porte n'était pas fermée à clé… Et si elle expliquait qu'elle avait ouvert parce qu'elle avait entendu quelqu'un crier ?

Elle allait abaisser la poignée quand la porte s'ouvrit. Connor apparut, une arme à la main.

— Ah, c'est vous, Jasmine. Nous vous attendions.

Tout en courant, Jacob imaginait déjà le pire.

Il commençait à s'essouffler, et les muscles de ses jambes le brûlaient. Il avait bien fait de partir à pied. C'était le week-end et le front de mer était bondé. Il était plus rapide que les voitures, coincées dans des embouteillages monstres.

Et pourtant…

Il imaginait Jasmine en train de faire irruption chez Connor… Celui-ci l'attendait de pied ferme. Des coups de feu claquaient, avant même que Jasmine ait eu le temps de pénétrer dans la pièce. Elle répliquait, touchait peut-être son adversaire, le blessant ou le tuant. Avant de tomber à son tour et de rester là, dans une mare de sang. Contraste flagrant entre ses cheveux d'un noir de jais et le vermillon liquide.

Ses yeux comme deux émeraudes soudain aveugles.

Il devait arrêter de penser à tout ça. Il n'était pas du genre à paniquer. Sinon, il n'aurait jamais pu survivre à son passé.

Son téléphone vibra et il décrocha, sans cesser de courir. C'était de nouveau Dean Jenkins.

— Natasha, Ivan et le trio sont en route pour l'hôpital. Tout le monde a été prié de quitter le Club, et le bâtiment est bouclé. Ils sont partis en limousine.

— Merci. Personne ne doit voir Kozak. Visites interdites. Ils doivent tous être dirigés vers la salle d'attente. Il ne faut surtout pas qu'ils découvrent qu'il n'a pas réellement été empoisonné.

— On a un « médecin » prêt à l'accueillir. La version officielle, c'est que Kozak est sur le point d'être transféré en hélico vers un centre de traumatologie.

— Merci, Jenkins.

— Et de ton côté ?

Encore un carrefour…

— J'y suis presque.

L'hôtel de Connor apparut enfin.

Jacob passa rapidement en revue le protocole habituel. Il n'avait aucune raison légale de faire irruption chez cet homme, qui ne jouait peut-être aucun rôle dans l'affaire en cours. Ce n'était qu'un à côté dans l'enquête. Ils ignoraient qui avait tué Josef et qui avait tenté d'empoisonner Kozak. Toute l'opération était en péril, à cet instant. Il ne pouvait courir le risque de se démasquer.

Arrivé devant le bâtiment, il s'arrêta pour reprendre son souffle et aperçut un homme avec un journal. Accrochée à sa cravate, une petite épingle en forme de dauphin permettait de l'identifier. C'était un agent du FBI. À la réception, un employé vêtu d'un costume impeccable pianotait sur son ordinateur.

Pas de temps à perdre. Jacob poussa la porte, entra dans le hall et se dirigea droit vers ce collègue qu'il n'avait encore jamais rencontré.

— Henry ! s'exclama-t-il, une main tendue. Comment ça va, aujourd'hui ?

— Super, répondit l'homme, après à peine une seconde d'hésitation. Les gosses arrivent demain. On va les emmener voir le phare, puis l'aquarium. Ils pourront nager avec les dauphins.

— Sympa, les dauphins. Ça va leur plaire. On l'a fait la semaine dernière, c'était super.

Jacob coula un regard en direction de l'employé, qui se leva pour chercher quelque chose dans l'arrière-salle.

— Combien de temps ? demanda-t-il rapidement, à voix basse.

— Connor, vingt minutes. Kari Anderson, quinze minutes. Et une troisième femme, il y a quelques minutes à peine.

Quelques minutes…

Sans perdre plus de temps, Jacob se dirigea vers l'ascenseur. Il ne fallait que quelques secondes à une balle pour atteindre sa cible.

— C'est bon, je m'en occupe. Si j'ai besoin de renforts, je te le dirai. Si je ne suis pas redescendu dans…

— Attends, l'interrompit l'autre homme. Il y a quelque chose que tu dois savoir avant de monter.

Connor n'eut même pas l'occasion de se servir de son arme. Jasmine évalua rapidement la distance et la gaucherie avec laquelle son adversaire tenait son revolver, et se jeta en sur lui.

Elle avait vu juste : Connor n'était pas un habitué. Avec un glapissement de chaton blessé, il lâcha son arme, qui vola à travers le vestibule.

Jasmine le plaqua au sol.

— Où est Kari ? cria-t-elle en s'installant à califourchon sur lui. Qu'est-ce que vous lui avez fait ?

— Qu'est-ce que je lui… ? répéta-t-il, visiblement sous le choc.

— Fumier ! Qu'est-ce que vous avez fait d'elle ?

Elle savait que ce n'était pas très éthique, mais… Elle jouait toujours son rôle, après tout. Elle l'avait maîtrisé et était prête à tout pour connaître la vérité. Elle trouverait une excuse : une escorte de luxe inquiète pour sa collègue qui attaquait un client… Elle était sur le point de lui asséner un bon direct du droit à la mâchoire quand elle entendit qu'on appelait son nom.

Elle leva les yeux.

Kari se tenait à l'entrée de la pièce voisine.

Au même instant, Jasmine sentit deux bras puissants la saisir par la taille et la soulever. Elle se débattit, se retourna et…

Jacob !

Pourquoi intervenait-il pour l'empêcher de maîtriser cet homme ?

— Lâche-moi ! s'emporta-t-elle, furieuse.

— Jasmine ! Jasmine ! Tout va bien, calme-toi ! répétait Kari. Tu ne comprends pas.

Elle se précipita vers Connor pour l'aider à se relever. Stupéfaite, Jasmine se tourna de nouveau vers Jacob.

— Qu'est-ce que c'est que ce cirque ? demanda-t-elle en se dégageant. Tout le monde est devenu fou ou quoi ?

Sans un mot, Jacob retourna fermer la porte, puis la regarda. L'espace d'une seconde, Jasmine sentit la panique l'envahir. Étaient-ils tous complices ? Jacob était-il un pourri ? Avait-il réussi à tromper le FBI ?

Non ! Elle avait confiance en lui. Elle le connaissait. C'était impossible.

— Je ne comprends pas tout moi-même, soupira Jacob. Mais nous devons laisser une chance à M. Connor de s'expliquer.

Ce dernier se releva péniblement, avec l'aide de Kari.

— Mais enfin, que se passe-t-il ? demanda-t-il.

— Vous d'abord, répondit Jacob.

— Je ne suis qu'un citoyen comme un autre, reprit Connor. Un citoyen… qui essaie de faire ce qui est juste.

Kari prit alors la parole :

— La fille de Donald est venue à Miami Beach, raconta-t-elle avec ferveur. Elle a été embauchée comme mannequin par le gang… Elle a fait quelques défilés, puis on l'a retrouvée morte sur la plage. Overdose.

— Je contacte ces jeunes femmes pour les aider à s'en sortir, lâcha Connor avec un soupir.

— Mais… Mais…, balbutia Jasmine, qui n'y comprenait plus rien.

— Nan, ma fille, s'était confiée à moi, reprit Connor. Elle avait peur. Elle ne pouvait pas oublier ce dont elle avait été témoin et craignait qu'on apprenne qu'elle était au courant pour la cocaïne. Ensuite… On l'a retrouvée morte.

Il marqua un temps d'arrêt.

— Elle ne se droguait pas. Jamais. J'ai contacté la police. Il y a eu une enquête, mais elle a été classée sans suite. Les inspecteurs ont fait de leur mieux, mais Nan n'avait pas été retrouvée près du Club. Elle était sortie avec des amies, elle avait annoncé qu'elle partait et… ils l'ont tuée. Je sais qu'ils l'ont tuée. Comme je ne pouvais obtenir justice, je…

— Donald a tout prévu pour que je puisse m'enfuir, expliqua Kari d'une voix douce. Partir loin. Me cacher, avant de tout recommencer de zéro. Je voulais tellement réussir, devenir riche et célèbre… J'ai fait des choses dont je ne suis pas fière. Mais je ne voyais aucune issue. Donald… C'est mon sauveur !

— Il va me falloir quelques preuves, répondit Jacob. Si cela est vrai, monsieur Connor, je vous devrai des excuses. Et vous aurez ma reconnaissance, bien sûr. Vous avez tout de même pris des risques insensés.

— Ma vie n'a plus d'importance, marmonna Connor d'une voix éteinte. Des preuves, j'en ai. Nos billets d'avion. Je devais emmener Kari à Londres ce soir, puis dans le Yorkshire, pour qu'elle reste quelque temps dans ma famille.

Jasmine les regardait tous, incrédule. Et soudain, elle comprit. La fille de Connor… morte.

— Mary…, murmura-t-elle.

— Mary ? répéta Connor. Vous connaissez Mary Ahearn ?

Il sourit.

— Une jeune femme charmante. Elle a essayé de m'aider à découvrir lequel de ces affreux était responsable de la mort de Nan. Elle a tenté de comprendre ce qui se passait.

— Et ça lui a coûté la vie, chuchota Jasmine, soudain abattue.

— Non, non, Mary est vivante ! Elle se trouve chez moi, dans le Yorkshire. Elle travaille d'arrache-pied à la pièce qu'elle rêvait d'écrire depuis longtemps. Elle adore le théâtre anglais et va peut-être s'installer pour de bon dans le pays. Je lui ai demandé de ne contacter personne de son ancienne vie jusqu'à ce que nous soyons sûrs qu'elle ne risque rien.

Jasmine crut un instant qu'elle allait défaillir, mais les bras puissants de Jacob la soutinrent. Il ne quittait pas Connor des yeux.

— Nous allons devoir vérifier ces informations, monsieur Connor. J'espère que vous dites la vérité. Si c'est le cas, je vous promets que justice sera faite pour votre fille. Je vais vous mettre en relation avec un collègue, afin que vous puissiez sortir du pays en toute sécurité. Vous ne craignez rien ce soir. Il se passe trop de choses.

— Pourquoi m'as-tu appelée ? demanda Jasmine à Kari. Pourquoi as-tu raccroché brusquement ?

— Ma batterie était à plat ! J'ai voulu te prévenir de mon départ dès que j'ai su. Pendant qu'on récupérait mes affaires, Donald m'a juré qu'il reviendrait pour toi, même s'il pensait que tu ne risquais rien pour l'instant. Il devait veiller sur toi et trouver un moyen de te faire sortir de là. Je suis désolée, Jasmine !

— Je n'ai qu'une seule question, intervint soudain Connor.

— Quoi ? demanda Jacob.

— Vous êtes qui, bon sang ?

12

Il était étrange de penser que Josef Smirnoff avait été enterré quelques heures plus tôt.

Tandis que Jacob et Jasmine se trouvaient dans la suite de Connor, Kozak fut conduit à l'hôpital, car ses jours étaient censés être en danger. À peine arrivé aux urgences, il ressortit cependant par une autre porte et fut escorté jusqu'à une des planques du FBI, dans la périphérie de Miami.

Des agents surveillaient les deux hôpitaux – les urgences et le centre de traumatologie où Kozak était supposé partir. Tous les services de police, MDPD, FBI et les autres, étaient en état d'alerte maximale pour éviter que quiconque essaie de s'en prendre de nouveau à leur seul informateur.

Lorsque les membres du gang se présentèrent à l'hôpital, on leur assura que les médecins faisaient tout leur possible, mais que les visites n'étaient pas autorisées pour l'instant. Ils repartirent. Ivan et Natasha retournèrent au Club, accompagnés seulement par Antonovitch. Les autres rentrèrent chez eux.

D'après ce que Jasmine et Jacob purent apprendre, Natasha était dans tous ses états et on avait dû lui administrer un sédatif. Jacob avait reçu de nombreux appels d'elle et d'Ivan, mais il leur avait expliqué qu'il n'en savait pas plus. On avait fini par lui interdire l'accès au service, tant il avait harcelé les médecins et les infirmières pour voir Victor Kozak.

Il était plus de minuit quand Donald McPherson Connor et Kari Anderson furent escortés jusqu'à l'aéroport, où ils embarquèrent sans encombre à bord d'un avion pour Londres.

Après avoir longuement discuté avec Connor, Jasmine avait oublié toute son animosité passée. Il s'était confié à elle, évoquant son propre chagrin et les moyens concrets et constructifs qu'il avait imaginés pour accepter la mort de sa fille et entamer son deuil.

— Vous avez vraiment pris de gros risques, lui avait fait remarquer Jacob.

— Pas tant que ça. Je n'étais pas mêlé à leurs affaires. J'étais un simple client. Je ne cherchais pas à gagner de l'argent. Au contraire, je leur en faisais gagner… L'argent n'est pas un problème pour moi, mais la richesse est vaine quand ceux que l'on aime ne sont plus là pour en profiter avec vous.

Jacob dut bien admettre qu'il était impressionné. Le chagrin et le deuil détruisent souvent ceux qui restent, mais Connor avait réussi à canaliser sa peine pour aider son prochain.

La méfiance première de Jacob avait rapidement disparu quand le FBI avait confirmé son histoire. Connor était bel et bien propriétaire d'un immense domaine dans le Yorkshire. Il avait même un titre de noblesse. Il possédait la double nationalité et partageait son temps entre les États-Unis et la Grande-Bretagne.

Il était presque 2 heures du matin quand Jasmine rentra enfin à son appartement, accompagnée de Jacob. Elle ne ressentait aucune fatigue. Au contraire, elle ne tenait pas en place.

— Elle n'a rien, Jacob ! Mary est en vie. Elle va bien. Elle est en Angleterre… Dire que j'étais tellement inquiète pour elle !

Jacob s'assit sur le canapé, abattu, tandis qu'elle papillonnait dans la pièce en bavardant gaiement. Elle finit par se poser sur ses genoux, légère comme une plume, et lui passa les bras autour du cou. Son sourire était lumineux et le vert de ses yeux, plus profond que jamais.

À ce contact, Jacob sentit une bonne partie de son épuisement s'envoler.

— Elle est vivante, répéta Jasmine. Il faudra absolument

que tu la rencontres. Pauvre Connor. Quand je pense que j'étais prête à l'écorcher vif ! Je croyais qu'il trempait dans des…

Elle s'interrompit soudain, l'air soucieux.

— Quoi ? demanda-t-il, en recoiffant une boucle de ses cheveux.

— Finalement, on n'a pas beaucoup avancé. Nan Connor avait peur parce qu'elle avait été témoin d'une importante transaction de cocaïne. Mais on ignore qui l'a vue et je ne vois pas comment on pourrait le découvrir. On fait comme si Kozak était à l'agonie, mais aucun des autres membres du gang n'a fait mine de vouloir prendre sa place.

— Personne n'oserait faire une chose pareille aussi tôt. Tant que la mort de Kozak ne sera pas avérée, ils ne courront pas le risque.

— Alors, on fait quoi ?

— Il faut attendre. Je ne tire même plus les ficelles. J'irai demain interroger Kozak, mais l'enquête est maintenant entre les mains d'agents beaucoup plus haut placés que moi. Ce sont eux qui détermineront la marche à suivre. Kozak, lui, est déjà heureux d'être encore en vie.

Il la regarda un instant, puis ajouta :

— Tu as vraiment assuré, avec le poison dans la vodka. Comment as-tu su ?

— Lorsque Kozak a parlé de sa réserve personnelle, j'ai compris qu'il n'y avait que lui qui en buvait. J'ai essayé de savoir qui avait apporté la bouteille en question au barman, mais celui-ci m'a informée que tout était déjà prêt quand il avait pris son service. On lui a indiqué que cette vodka était réservée à Kozak exclusivement.

— Impressionnant, murmura Jacob en souriant. Tu sais que tu es une bête furieuse ? J'ai cru que tu allais arracher la tête de ce pauvre Connor. Heureusement que tu n'as pas tiré. Il était armé, non ? Tu aurais pu te faire tuer.

— J'ai tout de suite compris qu'il ne savait pas ce qu'il faisait. Mais toi ? Comment as-tu su qu'il n'était pas dangereux ?

— L'agent qui le surveillait. Il avait surpris une conversation entre Connor et Kari. Et il les a observés. Il a eu du flair.

— Tant mieux.

— Donc… On attend. Demain, j'irai voir Kozak. Toi, Jorge et les autres, vous resterez dans le secteur de la plage, prêts à agir si nécessaire. À reprendre votre rôle. Mais ne vous approchez pas du Club.

— J'ai encore mon uniforme de serveuse.

— S'ils t'appellent, préviens-moi tout de suite. Bon, maintenant…

— Oui ?

— On ferait mieux de dormir un peu.

— Ah. Oui. Dormir.

— Avec peut-être un peu d'exercice avant, pour favoriser le sommeil ? proposa-t-il.

— Oui. N'oublions pas que nous avons toujours un rôle à jouer, approuva-t-elle dans un souffle.

— Jorge a affirmé que nous étions très doués, comme acteurs.

— C'est une vraie discipline de vie. Il ne faut jamais se relâcher.

Jacob se demanda brièvement comment le moindre murmure de cette femme, la plus infime nuance dans ses propos, son contact le plus léger parvenaient à éveiller chacune de ses terminaisons nerveuses. Jamais il n'avait croisé la route d'une femme pareille.

Elle se leva en lui tendant la main et il l'imita avec un sourire. Dans la chambre, ils commencèrent tous les deux par déposer leur arme de service puis, se touchant à peine, ils se déshabillèrent en silence. Jacob s'allongea sur le lit et l'invita à le rejoindre. Un instant, elle se tint devant lui, mince et éblouissante silhouette se découpant dans la lumière du couloir. Elle s'approcha de lui avec grâce et se coucha à ses côtés.

Cette nuit-là, les caresses et les baisers qu'ils échangèrent furent encore plus fervents.

*
* *

Après avoir fait l'amour, au lieu de se laisser emporter par le sommeil, Jasmine se redressa sur un coude, une lueur de compassion dans les yeux.

— Pardonne-moi, mais…

Il savait ce qu'elle allait lui demander.

Il se mit alors à raconter son enfance à Miami, puis son déménagement à New York. Sa rencontre avec Sabrina, au lycée, leur amour naissant, le service militaire…

— Quand mon unité a été déployée au Moyen-Orient, elle était toujours inquiète. C'était une femme pétillante. Pleine de vie. On était heureux. Après l'armée, je savais que je voulais tenter l'académie du FBI. J'étais certain de réussir. Jamais nous n'avons imaginé…

Il se tut un instant, perdu dans ses pensées.

— Bref, le diagnostic est tombé et, trois mois plus tard, elle était partie.

— C'est vraiment affreux.

— Cela fait plus de dix ans, répondit-il en se tournant pour mieux la voir et lui caresser la joue. Mais toi… Hum. Je ne comprends toujours pas comment tu as fait pour rester célibataire. Jorge m'a bien expliqué que tu avais une fâcheuse tendance à rembarrer les types avant qu'ils puissent t'inviter, mais quand même…

— Jorge est une pipelette de première.

Il l'attira contre lui en riant.

— Ce n'est pas grave. Je ne suis pas du genre à me laisser impressionner aussi facilement.

— Je n'ai pas vraiment résisté non plus, précisa-t-elle en désignant le lit où ils étaient couchés.

En riant encore, il la prit dans ses bras et se pencha sur elle.

La patience n'était pas son fort. Jamais elle n'aurait pu tenir dans une mission d'infiltration longue. Toute cette attente…

Le téléphone de Jacob avait sonné très tôt, le lendemain matin : une voiture devait venir le chercher pour le conduire à la planque où Kozak logeait, sous bonne garde. Après son départ, Jasmine essaya bien de se rendormir, mais le sommeil la fuyait.

Elle finit par se lever, se fit du café, se lava les cheveux et envisagea un instant de se faire les ongles, puisqu'elle avait un rare moment de temps libre. Elle se sentait légère. Mary était saine et sauve. Kari aussi. Elles avaient croisé la route d'un homme qui s'efforçait de faire le bien autour de lui.

Toutefois, un assassin sans scrupule œuvrait toujours au sein du gang. Au moins huit personnes étaient mortes à cause de cet individu qui n'hésitait pas à tuer pour accéder au pouvoir. Elle aurait voulu que Jacob soit à ses côtés pour discuter de tout cela avec elle. Ils travaillaient bien ensemble. Même lorsqu'ils ne faisaient que jouer un rôle. Ils avaient cependant largement dépassé le cadre professionnel. Elle avait trouvé quelqu'un qui semblait l'aimer sincèrement et qui l'acceptait telle qu'elle était. Tout entière.

Ce jeu allait prendre fin, mais cela ne signifiait pas qu'ils devaient arrêter de se voir. Toutefois, elle avait sa vie ici. Son travail. Pour lui, tout se passait à New York. Il était stupide de penser à l'avenir. D'ailleurs, elle n'était même pas certaine qu'ils aient un avenir. Elle avait confiance en elle-même et en lui, ainsi qu'en tous leurs collègues…

Mais personne n'entrait dans les forces de l'ordre sans accepter les dangers que cela représentait.

Elle ne parvenait pas à apaiser son inquiétude. Et impossible d'appeler une amie pour se changer les idées. Elle était toujours en mission, et Jacob lui avait demandé de se tenir à distance du Club.

Elle en était à sa troisième tasse de café quand elle se souvint qu'elle pouvait téléphoner à Jorge. À cet instant précis, son smartphone vibra.

— Jorge !

— Salut, ma belle ! Qu'est-ce que tu fais ?

— J'étais sur le point de t'appeler. J'attends, comme

on me l'a ordonné. Je deviens dingue. Je crois que je suis presque prête à me faire une orgie de *Desperate Housewives* avec toi…

— J'ai une bonne nouvelle : je me dirige vers chez toi. Avec autorisation et tout. Rejoins-moi au coin de ta rue, je ne devrais pas tarder.

— Parfait. Je suis en jean, ça va ?

— C'est parfait. À tout de suite.

— Tu as vérifié avec le capitaine Lorenzo… et le FBI ?

— Oui. On est censés se rendre à une salle de concert tenue par le gang. Des groupes super. On doit se mêler à la foule. On attend comme les autres pour savoir si Kozak va s'en sortir. On guette leur réaction.

Jasmine raccrocha, fourra son téléphone dans son sac et quitta l'appartement. Après avoir soigneusement fermé la porte à clé, elle longea la piscine d'un pas presque sautillant. Le soleil jouait entre les feuilles des palmiers.

Dans la rue, une voiture se gara bientôt le long du trottoir. Un imposant SUV qu'elle n'avait jamais vu. Un véhicule du FBI ? La fenêtre côté passager se baissa.

— Monte ! lança Jorge d'une voix guillerette.

— C'est quoi, cette voiture ?

— Municipalité de Miami Beach, expliqua-t-il, toujours avec un grand sourire.

Jasmine hésita.

Quelque chose clochait dans l'attitude de son collègue.

Ce ne fut qu'en s'approchant de la portière qu'elle se rendit compte que Jorge n'était pas seul. Un homme était assis à l'arrière, mais Jasmine remarqua surtout le large poignard qu'il tenait contre la gorge d'une femme, installée à ses côtés. Cette dernière s'efforçait tant bien que mal de ne pas faire le moindre bruit.

C'était Helen Lee, une des jeunes mannequins avec qui Kari et Jasmine avaient défilé.

Elle était terrifiée.

L'homme au couteau sourit. Jasmine ne fut pas trop surprise de reconnaître Ivan Petrov.

— Bienvenue, Jasmine. Et toi, Jorge, en route. Pas de blagues, pas d'embardées. Tu ne voudrais pas que ma main dérape et que cette lame tranche la gorge d'Helen, quand même ? Allez, roule. Et Jasmine, fais-nous ton plus joli sourire. Cela m'aidera à ne pas trembler.

Jasmine avait son arme dans son sac, tout comme son téléphone, mais elle ne pouvait pas le sortir à ce moment. C'était trop risqué pour Helen.

Elle monta dans la voiture.

De l'extérieur, cela ressemblait à une maison ordinaire. Les fenêtres, comme la plupart des habitations du quartier, étaient protégées par des barreaux afin de décourager d'éventuels cambrioleurs. Un panneau accroché à la barrière annonçait « Attention au chien » et plusieurs autocollants signalaient que la propriété était surveillée par une entreprise locale.

Le salon était meublé d'un canapé et de deux fauteuils ; une chaîne hi-fi et un large écran plat occupaient tout un pan de mur. La cuisine était en général bien approvisionnée et il y avait une salle de gym au sous-sol. À l'étage, quatre chambres, dont l'une ne contenait pas de lit, mais une table et des chaises. C'était là qu'avaient lieu les « entretiens » avec les locataires.

Kozak était assis sur une de ces chaises, en face de Jacob. Il y avait également Dean Jenkins, l'agent que Josef Smirnoff avait contacté quand il craignait pour sa vie. Un troisième les avait rejoints : Carl Merrill, juge d'instruction auprès du procureur.

— Comme je l'ai expliqué à Jacob, avant de comprendre la détermination de ceux qui en veulent à ma vie, je n'ai jamais tué personne, affirma Kozak.

— Mais vos actions ont provoqué la mort d'un certain nombre de personnes, répliqua Merrill.

— J'accepte de me mettre à table, mais je veux que nous passions un accord. Il le faut.

— Que pensez-vous pouvoir me donner ? Vous êtes le

chef d'un gang du crime organisé et nous avons suffisamment de preuves pour une mise en examen.

— Des noms, répondit Kozak. Des gens qui ont l'air propres sur eux, mais qui trafiquent avec des cartels sud-américains. Il y a de plus gros poissons que moi à Miami.

— Victor…, interrompit Jacob. Vous ne connaissez même pas l'identité de celui qui cherche à vous tuer pour prendre la tête du gang Déco.

Il regarda Victor, qui ne répondit rien.

— Bon, voici ce qu'on sait pour l'instant…, reprit-il. Il travaille pour vous. Il a injecté de force une dose létale de cocaïne à une jeune femme qui défilait pour vous. Il est probablement responsable des trois cadavres retrouvés dans des barils et des trois autres décapités dans les Everglades. Il y en a sans doute d'autres.

Kozak leva vivement les yeux vers lui.

— Je ne tue pas. Et je n'ordonne pas d'exécutions ! s'écria-t-il avec colère. Si je connaissais son identité, aurait-il pu s'approcher autant ? Aurais-je été à deux doigts de boire du poison ?

— Aucun accord n'a été passé, Victor. C'est maintenant que nous avons besoin d'informations. Qui a fermé la porte donnant sur le balcon, le jour de la mort de Josef Smirnoff ? demanda Jacob.

— Josef lui-même, répondit Kozak en soupirant. Je ne peux pas aller dans une prison fédérale… Nous avons notre réputation à soigner. C'est primordial. Si on me croit coupable de crimes violents que je n'ai pas commis, tant mieux ! Je laisse courir les rumeurs et ma réputation peut bien prendre les proportions qu'elle veut.

Jenkins se pencha vers lui :

— Victor, on va procéder par étapes. Saviez-vous que Smirnoff m'avait contacté ?

— Non, je l'ignorais.

— Vous avait-il semblé nerveux ?

Kozak réfléchit un instant, puis secoua la tête.

— Même s'il avait eu peur, il ne l'aurait pas montré, de toute façon, répondit-il d'une voix sourde.

— Croyez-vous qu'il vous ait soupçonné ? demanda alors Jacob.

— Si c'est le cas, il avait tort.

— Couchait-il avec Natasha ? Formaient-il un véritable couple ?

Kozak hésita.

— Oui. Elle était… forte. Et efficace.

— Vous avez donc hérité d'elle, en plus du reste. Elle avait la clé de l'étage, hier.

— Il n'y a qu'une seule clé. Elle l'avait en sa possession parce que je n'étais pas là.

— Pensez-vous que ce soit Natasha qui cherche à vous assassiner ? Serait-elle assez… « forte » pour éliminer une de ses top-modèles ? Ou ordonner la mise à mort de ces hommes ?

Kozak sourit.

— Dans cette organisation, les femmes n'ont pas ce genre de pouvoir. Natasha exécute les ordres.

Jacob resta songeur.

— Je n'en sais rien, reprit Kozak. Vraiment rien. Vous connaissez le dicton : veillez sur vos amis, mais encore plus sur vos ennemis.

On frappa à la porte. L'agent qui était censé être le propriétaire de la maison entra.

— Agent spécial Wolff ? Je voudrais vous parler.

— Maintenant ?

— Oui, maintenant.

Jacob s'excusa poliment et sortit. Dans le couloir, il se rendit compte que son collègue était tendu.

— C'est un appel du capitaine Lorenzo, monsieur. Du MDPD. Nos hommes positionnés sur la plage ont pris en filature un SUV qui a quitté le Club, mais ils l'ont perdu sur la voie express. Je…

Il s'interrompit et tendit le téléphone à Jacob. À l'autre

bout de la ligne, une voix masculine s'identifia rapidement comme le capitaine Lorenzo.

— Je ne sais pas comment cela lui a été possible, expliqua-t-il à toute vitesse, très inquiet. Mais Jasmine a réussi à nous contacter et a laissé son smartphone allumé. Elle se trouve à bord d'une voiture. Ils se dirigent quelque part vers l'ouest. C'est Jorge qui conduit, et Jasmine est assise à la place du passager. Il y a aussi un homme derrière et, d'après ce que j'entends, il va y avoir une exécution. Nous les avons pris en chasse, mais nos agents n'arrêtent pas de les perdre. J'ai déjà demandé aux Fédéraux de s'en mêler aussi vite que possible. Comme vous étiez infiltré auprès de ce gang, j'espérais que vous sauriez où on les emmène.

Jacob se figea, comme si toute vie venait de le quitter. Cela ne dura que l'espace d'une seconde.

— Je veux l'emplacement exact de l'endroit où on a retrouvé ces corps décapités, demanda-t-il enfin. Faites vite, je me mets en route. Et ordonnez à vos hommes de ne pas trop s'approcher. Si le tueur se sent acculé, il pourrait avoir la gâchette facile. Prévoyez des renforts, mais à distance, prêts à intervenir.

Quand il raccrocha, il était déjà devant sa voiture. Il prit la direction de la Tamiami Trail, vers l'ouest.

— Accélère un peu pour que la police ne nous remarque pas. Inutile de risquer la vie d'un autre policier.

Jasmine vit Jorge lui jeter un coup d'œil. Il semblait aussi tendu qu'elle. Elle regarda rapidement derrière et aperçut un mince filet de sang le long du cou d'Helen Lee.

Jorge et elle devaient gagner du temps. Elle ne savait pas comment avertir son collègue qu'elle avait réussi à glisser la main dans son sac et à appuyer sur la touche « 1 », qui appelait directement Lorenzo.

Le capitaine comprendrait-il où ils se dirigeaient, alors qu'elle-même l'ignorait ? Elle savait simplement qu'ils roulaient vers l'ouest. Jorge conduisait aussi lentement que possible, sans éveiller les soupçons de l'homme ou s'attirer sa colère. Ils s'étaient éloignés du front de mer et semblaient prendre la route qui menait au parc naturel des Everglades. Un marécage à perte de vue, grouillant de serpents et d'alligators.

— Les Everglades, marmonna-t-elle, comme pour elle-même.

Elle se tourna ensuite vers Ivan Petrov.

— Pourquoi voulez-vous nous tuer, Jorge et moi ?

Il lui accorda un regard froid et sourit.

— Je ne crois pas que Kozak soit mort. C'est lui qui a fait appel à Marensky. Vous avez trafiqué quelque chose avec son verre. Marensky a fait venir une ambulance et maintenant… La mort de Kozak n'a toujours pas été annoncée.

— Et Helen ? Elle ne vous a rien fait.

Le sourire de Petrov s'élargit.

— Elle passait par là, répondit-il simplement. Pas de chance !

Ivan Petrov.

Ils auraient dû s'en douter. Ils avaient soupçonné Kozak, Natasha, les gardes du corps… Ils auraient bien fini par se pencher sur le cas d'Ivan. Il n'avait jamais été rayé de leur liste.

— Vous devez me garantir que rien n'arrivera à Helen, reprit Jasmine. Jorge et moi ferons alors ce que vous ordonnerez.

— Vous travaillez pour le gouvernement, c'est ça ? cracha Petrov.

— Je vous assure que ni Jorge ni moi ne sommes liés au FBI.

— Dans ce cas, c'est que vous cherchez à prendre le contrôle du gang. À amadouer Kozak. Peuh ! Une bande d'amateurs ! Cette entreprise ne connaîtra jamais le succès qu'elle mérite avec un type comme Kozak. C'est un faible. Il ne sait pas comment se débarrasser de la pourriture qui nous ronge. Allez, roule, Jorge ! Et toi, Jasmine, regarde devant toi.

Ils se dirigeaient vers Shark Valley. Shark Valley ! L'endroit était très fréquenté par les randonneurs. Ivan avait-il l'intention de tuer tout le monde sur son passage ? Toutefois, la bretelle de sortie pour Shark Valley se présenta sans qu'ils s'arrêtent.

Quelques minutes plus tard, Petrov ordonna :

— Tournez ici.

Jasmine ne connaissait aucune route à cet endroit.

— Maintenant ! aboya Petrov.

Helen étouffa un cri quand la lame mordit la chair de son cou. Jorge quitta la voie express.

Mickey Cypress, de la police de Miccosukee, était un homme d'une petite quarantaine d'années, mince, à la peau mate, l'air sérieux. Il attendait Jacob juste à la sortie pour Shark Valley.

— Inutile de se rendre à l'emplacement exact où les corps ont été retrouvés, annonça-t-il de but en blanc. Les Everglades, c'est quasiment un fleuve. Les cadavres ont dérivé sur une longue distance, avant d'être pris dans des racines aériennes de palétuviers.

Il afficha une carte sur son smartphone et désigna un point, situé non loin du canal près duquel ils se trouvaient. Jacob étudiait le document avec attention, quand un bruit d'éclaboussures le fit lever la tête : deux énormes mâles alligators étaient en train de se battre avec fureur dans l'eau saumâtre.

— Ne vous occupez pas d'eux, assura Cypress. Il y a une piste à travers le marécage que l'on peut rejoindre facilement. Je pense qu'on retrouvera facilement le lieu de l'exécution. Il n'y avait aucune route ici, mais le sol est stable. Je crois que ce sont eux qui ont ouvert ce chemin.

Des voitures arrivèrent et se garèrent à leurs côtés. Des hommes en complets en sortirent. Les renforts. C'étaient sans doute des agents très compétents, mais ils n'étaient absolument pas prêts pour une longue marche à travers des marais.

— Agent spécial Wolff ? appela l'un d'eux.

Jacob consulta Cypress du regard.

— Je vous accompagne, assura ce dernier. Par contre, si vous voulez être discrets…

Jacob hocha la tête et se dirigea vers l'agent qui l'avait appelé. Il lui demanda de maintenir leur position et de garder une ligne de communication ouverte, puis il retourna vers Cypress.

— Faites-moi confiance, reprit le policier local. Je sais comment m'y rendre. Je suis arrivé le premier quand les corps ont été trouvés. Je connais le terrain.

— Le temps presse. Je suis parti aussi vite que j'ai pu, mais ils ont de l'avance.

— Alors, en route.

Cypress se dirigea vers une petite passerelle qui enjambait le canal, à quelques mètres à peine des deux alligators qui se battaient pour leur territoire.

Ivan Petrov était bien armé. En plus du poignard, qui ne quittait pas la gorge de Helen, il avait également un revolver. Jasmine serra son sac contre elle.

— Avance ! ordonna Petrov, en appuyant légèrement sur la lame.

Helen laissa échapper un cri de douleur, et des larmes se mirent à couler sur ses joues. S'efforçant de ne pas sangloter, elle regardait Jasmine d'un air implorant. Le moindre faux mouvement de sa part risquait de lui être fatal.

— En route ! ordonna encore Petrov.

Jorge passa le premier, suivi de Jasmine. Petrov rangea son poignard et sortit son revolver.

— Je ne comprends pas, Ivan, commença Jasmine. Qui étaient ces gens dans les barils ?

— Le premier de ces messieurs s'appelait Terry Myers. Il pensait qu'il devait s'occuper du Club. Et des filles. C'est une vieille histoire. Ça date de l'époque où Smirnoff venait de s'installer en Floride du Sud. Le second… Disons qu'il n'a pas pu honorer une dette. Impossible de s'entendre avec des types qui n'assurent pas leurs livraisons ou ne paient pas à temps. C'est mauvais pour les affaires. Même chose pour le troisième type.

— Et les trois qui n'étaient pas dans les barils ? Ce sont eux qui ont tué Josef ?

— Oui. Des gars compétents. J'étais embêté de devoir m'en débarrasser. Mais ils ne pouvaient pas rester en vie. C'était trop risqué si on les arrêtait… Je les avais quand même embauchés personnellement.

— Tellement embêté que vous les avez décapités, murmura Jasmine.

Jorge lui lança un regard par-dessus son épaule. Elle avait raison de le faire parler ainsi. Ils étaient deux. Ils avaient une chance. Ils devaient d'abord mettre Helen à l'abri, puis s'occuper de Petrov. Il ne pourrait pas leur tirer dessus en même temps.

Soudain, Jorge s'arrêta avec un cri.

— Avance ! aboya Petrov.

— Il y a un alligator sur la piste, expliqua Jorge en reculant jusqu'à Jasmine.

— Pas grave, répondit Petrov en poussant Helen, son arme pointée sur l'animal. On est presque arrivés.

Il fit feu en direction du petit reptile, qui s'enfuit précipitamment parmi les herbes. Jasmine aperçut alors une sorte de cabane délabrée, sans doute un ancien repaire de chasseurs.

C'était le moment ou jamais.

Petrov venait de tirer, il ne regardait pas vers eux. Il tenait toujours Helen, mais son arme n'était plus pointée sur elle. Sans un bruit, Jasmine bondit sur l'homme et le plaqua à terre. Helen en profita pour se libérer avec un cri hystérique et s'enfuit en courant dans la direction par laquelle ils étaient arrivés.

Petrov leva son pistolet pour viser Jasmine, mais Jorge fut plus rapide. Sa semelle s'abattit sur le poignet de Petrov, et il envoya d'un coup de pied le revolver voler dans l'eau. Petrov n'avait pourtant pas l'intention de se laisser faire. Il parvint à repousser Jasmine et la plaqua au sol.

Jorge lui asséna alors un coup de pied à la tête. Sans perdre un instant, Jasmine se rua sur le poignard, accroché à la ceinture de Petrov, et le frappa à la main. Ivan laissa échapper un cri, et le sang se mit à jaillir.

Soudain, un coup de feu éclata, et tous se figèrent. Sans lâcher le poignard, Jasmine se retourna.

Debout près de la cabane en bois, Natasha les regardait d'un air las.

— Ah, les hommes…, soupira-t-elle. Des bons à rien, comme toujours. Ils croient être le chef et tout contrôler, mais ils ne connaissent rien. Ivan ! Une idiote et ces deux-là ? Tu as un revolver, tu as un couteau, mais ils réussissent quand même à t'avoir. Qu'est-ce que tu aurais fait sans moi, hein ?

Elle secoua la tête, déçue, puis se tourna vers Jasmine avec un sourire :

— Toi, tu sais comment manipuler un homme, hein ? C'est la seule façon pour arriver tout en haut. Ensuite, ils s'inclinent devant vous et deviennent des marionnettes. Quel dommage que tu doives mourir. Ça va être difficile pour moi… Ou peut-être pas. Parce que, maintenant, Ivan et moi allons devoir fouiller ce maudit marécage à la recherche de cette imbécile d'Helen. Si elle ne se tue pas avant. Je vais d'abord exécuter ton ami, comme ça, tu le regarderas mourir. Mieux vaut ça que l'inverse, non ? Qu'est-ce que tu en penses ?

— J'aurais dû me douter depuis le début que c'était vous, maugréa Jasmine, les dents serrées. Vous avez assez de glace dans les veines.

Natasha haussa les épaules.

— Moi ? Je n'ai rien d'une tueuse. Je préfère laisser les autres s'en charger.

— Ensuite, vous tuez les tueurs.

— Non, répondit Natasha en riant. C'est Ivan qui a tué les tueurs. Moi, je n'ai fait que découper leur tête et leurs mains… Il faut bien nourrir les alligators, non ? Mais assez parlé !

Elle leva son arme, mais n'eut pas le temps de tirer.

Une ombre surgit derrière elle sans crier gare et abattit son bras sur le sien avec force. Natasha poussa un cri de douleur et lâcha son revolver.

Jacob était là.

C'était incompréhensible, mais il était là.

Il s'était approché en silence et il avait à présent plaqué Natasha au sol. Il lui passait déjà les menottes en lui récitant ses droits, sans se soucier du fait qu'elle avait le visage dans la boue.

Quand il leva les yeux vers Jasmine, il se perdit un instant dans les mots qu'il était en train de prononcer. D'un hochement de tête, il désigna ensuite Petrov, qui faisait mine de vouloir s'enfuir. Jasmine s'apprêtait à s'élancer vers lui, mais un homme qu'elle n'avait jamais vu auparavant passa en trombe à ses côtés en criant :

— Pas de problème ! Je me charge de celui-là.

Jacob aida Natasha à se remettre debout d'un geste sec, tout en s'entretenant avec quelqu'un au téléphone. Jasmine et Jorge se tenaient là, n'osant pas croire qu'ils étaient encore en vie.

Quelques secondes plus tard, l'endroit se mit à grouiller d'agents du FBI, tous un peu ridicules dans leurs beaux costumes en toile et leurs mocassins de ville.

— On s'occupe d'elle, monsieur, annonça l'un d'eux à Jacob, en saisissant Natasha par le bras.

Il était jeune, plus jeune que Jasmine. Un petit nouveau du FBI, pensa-t-elle. Il était prêt à tout ce que Jacob lui demanderait, même à crapahuter dans un marécage dans son complet réglementaire.

Natasha fut emmenée sous bonne garde. Un instant plus tard, des cris retentirent un peu plus loin. Ivan aussi avait été arrêté.

— Helen ! s'écria Jasmine. Helen est quelque part dans le marécage.

— Non, madame, répondit un des agents. On l'a retrouvée. Elle va bien. Quelques égratignures, encore une pointe d'hystérie, mais elle va bien.

— Je viens avec vous, proposa Jorge. Elle me connaît. Ça la rassurera.

Jasmine et Jacob se retrouvèrent seuls. Un grand héron se posa près d'eux, attiré par les poissons que l'on voyait nager dans l'eau. Un sourire s'étira lentement sur le visage de Jasmine.

— Ton timing est impeccable…

Il poussa un petit soupir, puis sourit à son tour.

— Il paraît, oui…

Elle courut se jeter dans ses bras, et ils s'autorisèrent un long baiser, encore tremblants.

— Tu as carrément assuré, chuchota-t-il.

— Oui, mais je n'aurais pas pu m'en tirer toute seule, chuchota-t-elle. Tu nous as sauvés.

— Tu avais déjà fait la plus grosse partie du boulot, tu sais. Bon sang, je sais que c'est un peu ridicule, mais… Je crois que je t'aime.

— Dans le genre ridicule, j'ai encore pire.

— Quoi ?

— Moi, je ne crois pas. Je sais que je t'aime.

Une voix les interrompit :

— Agent spécial Wolff ? Inspectrice ?

Main dans la main, ils remontèrent le sentier.

— Bon. D'abord, la paperasse, murmura Jacob.

— Et ensuite ? demanda-t-elle.

Il essuya une trace de boue qui maculait la joue de Jasmine.

— Une bonne douche, je pense.

Elle sourit. Il s'arrêta alors un instant pour la regarder, puis l'attira contre lui.

— Ensuite, reprit-il avec ferveur. On va réfléchir à ce qu'on fait de nos vies. Si tu veux bien, évidemment.

Elle se hissa sur la pointe des pieds pour l'embrasser

doucement sur les lèvres. Elle rêvait de bien plus, à cet instant, mais on les attendait. Sans parler des alligators féroces, tapis dans les herbes. Mieux valait ne pas rester trop longtemps sur leur territoire.

Elle interrompit leur baiser et regarda les yeux d'un bleu étourdissant de Jacob.

— Ça me va très bien, murmura-t-elle.

Épilogue

La jeune femme qui courait vers lui dans les douves asséchées du château était véritablement la plus sublime créature que Jacob Wolff ait jamais vue. Il n'avait pas changé d'avis depuis leur première rencontre.

Sa peau, semblable à du bronze liquide, avait le velouté d'un rayon de soleil couchant. Lorsqu'elle lui sourit, il vit son regard s'illuminer. Elle avait les yeux clairs, d'un vert émeraude presque surprenant. Sa chevelure somptueuse, longue et brillante était d'un noir presque absolu, si sombre qu'on croyait y apercevoir des reflets violets. Elle avait des jambes fuselées et une mince silhouette aux formes exquises. Même à cet instant, alors qu'elle était vêtue d'un jean, d'un sweat, de bottines et d'une parka, elle était à couper le souffle.

Arrivée près de lui, sans ralentir l'allure, Jasmine se jeta dans ses bras, éclatant de rire quand il la fit tournoyer dans les airs. Les premiers rayons du soleil ne parvenaient pas encore à dissiper le froid du petit matin. Personne pour troubler leur intimité.

Donald McPherson Connor habitait bel et bien un château dans un coin reculé du nord de l'Angleterre. Un château de taille modeste, certes, mais on était loin de la simple « petite demeure historique » annoncée par son propriétaire.

Jacob était sorti marcher un peu, juste après le petit déjeuner. Jasmine lui avait fait signe qu'elle le rejoindrait dès que possible, préférant attendre Mary et Jorge qui s'étaient lancés dans un long débat sur le climat local.

— Ce sont les meilleures vacances du monde ! décréta Jasmine en reposant les pieds par terre.

Jacob regarda par-dessus son épaule et aperçut Mary et Jorge qui s'avançaient tranquillement vers eux. Ils n'étaient plus seuls.

Sa promenade matinale avait été sereine. La campagne alentour semblait s'étendre en une infinité de collines parsemées de chevaux, de moutons et de vaches. Ces vacances étaient bien méritées, autant pour Jasmine que pour lui.

Impossible de refuser l'invitation de Donald Connor, qui les avait installés dans une des suites du château. Pas de baie vitrée donnant sur la plage chez lui, mais une meurtrière surplombant un paysage de brumes et de verdure. Leurs journées, en compagnie de ces nouveaux amis, étaient bien remplies, et ils passaient ensemble de longues nuits d'une grande douceur.

Jorge et Mary arrivèrent à leur hauteur.

— On va au théâtre à pied ! expliqua Mary. Si ça ne fait pas trop loin pour vous…

Mary était une jeune femme agréable, comme Jasmine l'avait annoncé. Et aussi blonde que Jasmine était brune. Elle avait fondu en larmes en les accueillant à l'aéroport, tant elle s'en voulait d'avoir causé de l'inquiétude à son amie et d'avoir mis celle-ci en danger.

Plus tard, elle raconta que Natasha lui avait confié plusieurs missions d'escorte. C'était au cours de ces soirées qu'elle avait vu son client faire des allers-retours avec des valises différentes à chaque fois. Elle avait aussitôt soupçonné un trafic de drogue et avait enfin compris que les filles n'étaient pas seulement des mannequins, et qu'on les prostituait. Elle s'était alors rendu compte qu'elle ne serait pas en mesure de faire tout ce qu'on attendait d'elle.

Si quelqu'un s'était douté de ce dont elle avait été témoin, on aurait pu la retrouver morte. C'est à cette période que Donald était arrivé et lui avait proposé de l'aide. Par chance, le passeport de Mary était encore valide. Donald avait insisté pour qu'elle ne parle à personne de son départ, jusqu'à ce qu'ils soient absolument certains d'avoir échappé au gang Déco.

Il restait une note de tristesse dans ce dénouement heureux. Il était trop tard pour la fille de Donald. Elle était morte. Malgré son chagrin de père, il gardait confiance : les assassins de sa fille seraient jugés.

— Pas de problème, j'ai encore envie de marcher, répondit Jacob.

Mary et Jorge partirent en avant. Mary commença à raconter l'histoire de la région et du théâtre vers lequel ils se dirigeaient.

Jasmine regarda Jacob avec un sourire.

— C'est une pièce pour enfants qu'on va voir, tu sais…

— C'est Mary qui l'a écrite. J'ai hâte d'y assister. Donald nous rejoint là-bas ?

— Oui.

Soudain, Mary se retourna vers eux avec un grand sourire :

— Hé ! appela-t-elle. J'ai discuté avec Donald, ce matin. Il pense que vous devriez célébrer le mariage ici !

Jasmine s'arrêta.

— Mary, nous sommes ses invités. Et puis, nous n'avons pas…

Elle regarda Jacob, les joues roses.

— Nous n'avons même pas…

Il n'avait pas encore été question de mariage entre eux.

Ils avaient parlé de tout le reste. Une relation à distance leur semblait une mauvaise solution. Mais alors, que faire ? Jasmine adorait Miami et les gens avec qui elle travaillait. Jacob comprenait. Il avait donc demandé à être muté dans les environs et attendait une réponse de son administration.

Quelques semaines s'étaient écoulées depuis la tentative de meurtre dans les Everglades. Ils avaient eu le temps d'étudier tous les cas de figure… et, bien sûr, de terminer la paperasse : le procureur, la police, les preuves, les interrogatoires et tout ce qui accompagnait une affaire aussi complexe.

Kozak allait bénéficier du programme de protection des témoins. Il avait donné aux autorités assez d'informations pour l'arrestation de plusieurs trafiquants de drogue dans la région de Miami Beach, ainsi que pour la réouverture de plusieurs enquêtes classées. Ivan et Natasha seraient tous deux mis en examen pour meurtres.

Quant à Antonovitch, Garibaldi et Suarez, malgré quelques interrogatoires très intenses, ils n'avaient pas été reconnus coupables du moindre crime. C'était pour Kozak qu'ils travaillaient. Jacob espérait ce qu'ils retrouveraient par la suite des emplois plus honnêtes.

Petrov avait eu du mal à admettre que la partie était finie pour lui. Il avait tenté de tout mettre sur le dos de Natasha, qui lui avait rendu la politesse.

Il avait commis l'erreur de sous-estimer une femme, avait confié Jacob à Jasmine, un soir qu'ils étaient tous deux allongés dans leur lit. Avant d'ajouter en souriant :

— Une erreur que je ne commettrai jamais…

Sur le chemin, il lui prit la main et la força à le regarder.

— Le mariage ici ? Qu'est-ce que tu en penses ?

— Je…

Jorge poussa un soupir exaspéré.

— Oh allez ! s'écria-t-il. Tu sais bien qu'il va y avoir un mariage ! Franchement, avec qui d'autre pourriez-vous vivre pour toujours, l'un comme l'autre ? Hein ?

Il avait raison.

C'était une véritable chance de rencontrer l'être qui vous complétait aussi parfaitement. Jacob la regardait. Il était si fort, si doux, si généreux qu'elle en avait la tête qui tournait.

— Je me fiche bien de l'endroit, finit-il par murmurer. Du moment qu'on se marie.

Il lança ensuite à l'adresse de Jorge et de Mary :

— Et je dois aussi vous faire venir tous à New York. J'ai un ami, là-bas, dont la femme peut avoir des tas d'entrées sur Broadway.

— New York ! s'exclama Mary. Ce serait génial ! Mais d'abord… Un mariage dans un château. Ensuite, on vous laisse partir tranquillement en lune de miel. Mais, dès votre retour, en route pour New York ! C'est parfait !

Elle reprit sa marche aux côtés de Jorge. Jacob saisit Jasmine par la main et mit un genou à terre.

— Inspectrice Adair, voulez-vous m'épouser ? Dans un château anglais, dans un tribunal, à Miami, à New York… N'importe où ? Je ne peux imaginer ma vie sans toi. Le reste n'a pas beaucoup d'importance.

Jasmine tomba elle aussi à genoux.

— Mon très spécial agent Wolff…, commença-t-elle. Oui ! Ici, là-bas, n'importe où. Je n'imagine pas non plus ma vie sans toi.

Ils s'embrassèrent longtemps. Jorge finit par les rappeler à l'ordre de loin :

— Ho hé ! Vous ferez ça plus tard ! On va rater le lever de rideau !

En riant, Jasmine se remit debout.

— On a toute la vie devant nous, murmura-t-elle.

— Toute la vie, approuva Jacob.

RITA HERRON

Deux face au danger

Traduction française de
FLORENCE BERTRAND

BLACK ROSE

HARLEQUIN

Titre original :
HOSTAGE AT HAWK'S LANDING

1

— J'ai trouvé ton père.

Dexter Hawk se raidit, et les paroles du lieutenant Frank Lamar résonnèrent à ses oreilles tel un écho réverbéré par les montagnes.

Dix-huit ans s'étaient écoulés depuis que Steven Hawk avait quitté le ranch familial, abandonnant les siens peu après la disparition de Chrissy, la jeune sœur de Dexter.

Personne n'avait jamais plus entendu parler de lui.

Détective privé, Dex avait usé de ses compétences et de ses contacts pour le chercher. Lamar, qui était plus âgé que lui et qui l'avait pris sous son aile lors de ses débuts, avait accepté de l'aider.

— Dex ? Tu es là ?

Dexter relâcha son souffle. Il y avait très longtemps qu'il attendait ce coup de téléphone. Cependant, à en juger par le ton de Lamar, la nouvelle n'était pas celle qu'il voulait entendre.

— Oui. Où est-il ?

— À Briar Creek.

Briar Creek ? À cinquante kilomètres à peine de Hawk's Landing ? Son père avait-il vécu si près d'eux pendant tout ce temps ?

— Tu lui as parlé ?

— Il ne parle pas, Dex.

Une seconde s'écoula, et l'appréhension de Dex grimpa d'un cran.

— Je suis désolé, marmonna Lamar d'une voix bourrue.

La sueur perla sur le front de Dex. Son père était mort. Lamar n'avait pas besoin d'en dire davantage.

La poitrine comprimée par un étau, il dut se faire violence pour prendre une inspiration.

— Il faut que je le voie.

— Tu pourras le voir à la morgue. J'ai déjà appelé une ambulance.

— Non. Ne le déplace pas. J'arrive.

Il attrapa ses clés sur le coin de la table et se rua au-dehors.

— Que s'est-il passé ? demanda-t-il en montant dans son 4x4.

— Son pick-up a quitté la route.

Le lieutenant marqua une pause.

— Dex, il n'y a vraiment aucune raison de…

— Je parle sérieusement, Lamar, coupa Dex, les dents serrées. Je serai là-bas dès que possible.

Il fallait qu'il voie son père de ses propres yeux. Qu'il sache exactement ce qui était arrivé à l'homme qui le portait sur ses épaules, qui lui avait appris à pêcher et à monter à cheval lorsqu'il était tout jeune. Il fallait qu'il sache pourquoi il était parti et n'avait jamais plus donné de nouvelles. Les fêtes et les anniversaires s'étaient succédé sans lui. Des années d'angoisse, de questions et de chagrin.

Son téléphone vibra sur son support. Dex jeta un rapide coup d'œil à l'écran. C'était Harrison, son frère aîné. L'espace d'une seconde, il se demanda si Lamar l'avait appelé, mais il refoula cette pensée. Il avait fait promettre à Lamar de ne révéler à personne qu'il s'était mis en tête de retrouver son père. Il laissa la boîte vocale se déclencher : il se refusait à détruire la paix et la sérénité que sa mère et ses frères avaient retrouvées depuis peu avant d'avoir la certitude que l'homme était bel et bien son père.

Les membres de sa famille ne se doutaient pas le moins du monde de la mission qu'il s'était fixée. Non qu'il s'imagine pouvoir être l'instigateur de retrouvailles émouvantes. Au contraire, la colère bouillonnait en lui depuis des années. Il avait répété tant de fois les mots qu'il aurait voulu dire à son père, et voilà qu'il n'aurait même pas le plaisir de le faire.

Une bouffée de déception l'envahit.

En même temps, des images de son enfance vinrent l'assaillir. Il revoyait son père jouer avec ses frères et lui dans la cour, leur apprendre à faire des nœuds et à attraper le bétail au lasso. Il se rappelait la fois où ils étaient partis faire du camping et qu'ils s'étaient raconté des histoires à faire peur sous la tente pendant qu'il pleuvait des cordes au-dehors.

Enfin, il quitta la route principale pour s'engager dans une voie secondaire qui traversait les prés en direction de la petite ville de Briarwood. La rivière de Briar Creek était connue pour ses crues, mais il n'avait guère plu ces derniers temps et elle était presque à sec.

Il repéra la voiture banalisée de Lamar garée sur le bas-côté, à hauteur d'un virage, une ambulance derrière elle. Dexter se gara non loin de celle-ci et descendit dans la chaleur suffocante de la fin d'après-midi. Le jour déclinait, le soleil s'était voilé et d'épais nuages gris ajoutaient à l'atmosphère désolée des lieux.

Une pente menait du bas-côté de la route à la rivière où gisait un vieux pick-up noir mangé par la rouille.

Dex descendit le chemin gravillonné et s'approcha. Lamar s'entretenait avec les ambulanciers, son visage anguleux moite de sueur. Il le regarda d'un air sombre.

— Nous sommes prêts à l'emmener.

Dex leva la main.

— Donnez-moi une minute.

Il déglutit avec peine.

— S'il vous plaît.

Une demi-seconde passa avant que Lamar réponde.

— Bon, d'accord. Mais ne touche à rien.

Dex se dirigea vers le pick-up, le policier sur les talons. Le capot du véhicule était submergé, la portière passager entrouverte laissait voir le conducteur affaissé sur le volant. Une forte odeur de whisky assaillit les narines de Dex, provenant manifestement de la bouteille vide abandonnée sur le siège vacant.

Une bouffée de dégoût envahit Dex. Son père était-il devenu un ivrogne ?

De ses mains gantées, Lamar souleva la tête de l'homme. Son visage et ses bras étaient maculés de sang, il avait le nez écrasé, et une cicatrice irrégulière zébrait sa tempe droite. Ses cheveux et sa barbe hirsutes étaient striés de fils gris.

Dex prit une profonde inspiration. Il n'avait pas vu son père depuis dix-huit ans. La colère et le ressentiment avaient effacé ses souvenirs à tel point qu'il avait du mal à se remémorer ses traits.

Il se rappelait qu'il était bien bâti, à l'instar de cet homme-ci. Était-ce son père qu'il regardait ?

Il s'éclaircit la gorge, refoulant les émotions. Il était détective privé : il voulait des réponses à ses questions.

— Qu'est-ce qui te fait dire que c'est mon père ?

Lamar passa une main sur son visage en sueur, puis exhiba un sac plastique contenant un permis de conduire. Le nom qui figurait sur le document était celui de Steven Hawk.

— J'ai trouvé ça aussi, ajouta le policier en lui tendant un autre sac.

La poitrine de Dex se comprima. Des photos. Une de ses frères et sœur et lui quand ils étaient petits, une autre de son père et de sa mère le jour de leur mariage. Ava, sa mère avait toujours une photographie identique encadrée sur la commode de sa chambre.

— Je suis désolé, Dex.

Ce dernier cilla avec vigueur, résolu à ne pas pleurer, pas devant Lamar. Et pas pour l'homme qui les avait abandonné sans un regard en arrière.

Cependant, un doute subsistait en lui.

— Je veux une analyse ADN.

— Naturellement.

Dex étudia les traits du mort, incapable d'assoc visage ensanglanté à l'homme qu'il avait adoré.

Il se remémora tour à tour le rire sonore de son

regard hanté lorsqu'il sillonnait les bois à la recherche de Chrissy, la colère qui s'était emparée de lui quand il avait compris que le shérif le considérait comme un suspect.

Mais c'étaient les larmes de sa mère le lendemain de la disparition de son mari qui continuaient à le hanter.

Ce nouveau coup du sort avait failli la détruire.

Comme Lamar faisait signe aux ambulanciers, Dex remarqua une carte de visite sur le plancher à côté du siège. Profitant de l'inattention du lieutenant, il l'attrapa et la glissa dans sa poche. Peut-être contenait-elle des informations qui l'aideraient à répondre aux questions qui l'empêchaient de trouver le sommeil la nuit. Comme celle de savoir où son père avait passé ces dix-huit dernières années.

Avait-il oublié sa famille ? Trouvé le bonheur auprès d'une autre femme ?

Avait-il pensé à eux ?

Luttant contre l'émotion, il pivota sur ses talons et remonta la pente. Lamar le tiendrait au courant des résultats de l'analyse ADN. Ensuite, il devrait annoncer la nouvelle aux siens.

Pas ce soir, cependant. Ce soir, il affronterait seul son chagrin.

Il effleura du bout des doigts la carte de visite, et sortit de sa poche la pièce en bois dont il ne se séparait jamais.

La voix de son père résonna dans sa tête.

« N'accepte pas de pièces en bois, fiston. »

Dex avait pris ces paroles au sérieux. Jamais il n'avait accepté la vérité pour argent comptant. Il avait toujours cherché à la vérifier par lui-même.

Le nom d'un refuge pour sans-abri était griffonné sur la carte.

Quelqu'un là-bas aurait peut-être des réponses à lui apporter.

*
* *

Six semaines plus tard

Une tasse de thé à la main, Melissa Gentry entra dans le petit bureau du foyer. Le repas du soir était terminé, les bénévoles avaient distribué bouteilles d'eau et produits de toilette à tous ceux qui s'étaient présentés. Il faisait une chaleur suffocante, et le risque d'insolation et de déshydratation était accru durant les mois d'été.

Pendant que le personnel achevait de ranger la cuisine, quelques résidents s'étaient rassemblés dans la salle commune pour disputer une partie de cartes.

Elle jeta un coup d'œil au journal, et son cœur se serra. La famille Hawk était de retour dans les médias. L'année précédente, on avait retrouvé le corps de Chrissy, et le mystère de sa disparition près de deux décennies plus tôt avait enfin été éclairci.

Cependant, son attention était captivée par le cliché et le titre qui s'étalaient à la une. Dexter Hawk, l'homme qui avait volé son cœur durant sa première année d'université, se tenait devant une tombe, entouré de sa famille réunie pour dire un dernier adieu à Steven Hawk, disparu peu après sa fille.

Certains avaient prétendu qu'il s'était enfui parce qu'il était coupable d'avoir fait du mal à Chrissy, une hypothèse qui avait été définitivement écartée lorsqu'on avait découvert que l'enfant avait été tuée par un malade mental. On en avait conclu que le chagrin et le sentiment de culpabilité avaient fini par avoir raison de lui. Après tout, les couples survivaient rarement à la disparition d'un enfant.

Un élan de compassion gonfla le cœur de Melissa. Les Hawk avaient tant souffert, et pourtant, ils étaient tous là, témoignant d'un amour et d'un soutien sans faille au défunt.

Toute sa vie, elle avait rêvé d'une famille aussi soudée. Cependant, son travail au foyer lui avait appris qu'on devait se débrouiller avec les cartes que la vie vous avait distribuées.

Sa famille à elle, c'étaient les bénévoles et les malheureux qui venaient quêter un peu de nourriture et de réconfort.

Des éclats de voix s'élevèrent dans l'entrée, forçant Melissa à quitter la tranquillité de son bureau. Elle enfila le couloir, puis passa la tête dans la salle commune pour jauger la situation.

Malgré son empathie innée pour les laissés-pour-compte, son instinct lui soufflait de rester vigilante. Certains de ceux qui se retrouvaient à la rue souffraient de problèmes mentaux, de dépendance à la drogue ou de syndrome post-traumatique. D'autres étaient des délinquants qui se réfugiaient dans les foyers pour échapper à la justice.

Elle jeta un coup d'œil à la dérobée à un homme qui était arrivé quelques jours plus tôt. Jim Smith. Solitaire et taciturne, il se tenait à l'écart. L'intensité de son regard suggérait à Melissa qu'il fuyait quelqu'un… ou quelque chose.

Melissa et la directrice du refuge, April Stewart, avaient évoqué la possibilité de parler de lui à la police locale, mais Smith ne leur avait donné aucune raison de le faire. Si elles alertaient la police à chaque fois qu'un résident les rendait nerveuses, autant mettre la clé sous la porte.

Smith avait l'apparence d'un dur à cuire. Une longue cicatrice s'étendait sur le côté de son visage, il marchait en boitant, et la troisième phalange de son auriculaire droit était manquante. April et Melissa avaient eu beau l'encourager à se livrer, il ne leur avait rien confié jusqu'alors.

Il ne paraissait pas souffrir de troubles mentaux ni d'addiction à la drogue. Peut-être avait-il récemment perdu un proche. Le chagrin pouvait parfois faire sombrer les gens dans la dépression au point qu'ils finissaient par perdre leur logement.

Deux des joueurs de cartes se chamaillaient, l'un accusant l'autre de lui avoir volé son roi de cœur. Smith intervint, expliqua que la carte était tombée sur le sol et les apaisa tous les deux.

Melissa sourit. Quelquefois, Jim la surprenait par sa

gentillesse. Elle n'en était que plus curieuse d'en savoir davantage sur son passé et ce qui l'avait amené au foyer.

Sa tasse de thé à la main, elle entra dans la salle.

La partie de cartes s'acheva. Certains hommes gagnèrent le dortoir pendant que les bénévoles prenaient congé de Melissa et s'en allaient. Smith se servit un café, s'assit à l'une des tables et, comme souvent, se mit à griffonner dans un petit calepin.

Alors qu'elle verrouillait l'entrée principale, un bruit dans son dos la fit tressaillir. Elle se hâta vers la cuisine, songeant qu'un des bénévoles avait dû oublier quelque chose. Ou que Samuel arrivait pour prendre la garde de nuit.

Au moment où elle atteignait le couloir, la porte de service s'ouvrit à la volée. Melissa se figea, trop tard. Un homme vêtu de noir, le visage dissimulé par un masque, l'avait déjà empoignée et pressait le canon d'un pistolet sur sa tempe.

— Nous n'avons ni argent ni drogues, parvint-elle à articuler d'une voix étranglée.

— Boucle-la.

Il la poussa en avant. Déséquilibrée, elle trébucha et heurta le coin du mur.

— Où est-il ? rugit l'homme à son oreille.

— Qui ? demanda Melissa, terrifiée.

— Smith.

— Je suis là.

Smith se tenait dans l'embrasure de la porte, les mains en l'air. Ses yeux inquiets croisèrent ceux de Melissa interloquée, puis il décocha à l'intrus un regard furieux.

— Lâchez-la et je ferai ce que vous voudrez.

2

Melissa serra les dents. Elle ne savait pas ce que cet homme voulait à Jim, mais son farouche instinct protecteur pour les plus démunis se réveilla. Ses cours d'autodéfense lui revinrent en mémoire, et elle fut tentée d'enfoncer son coude dans l'estomac de l'inconnu, puis de lui secouer le bras si violemment qu'il lâcherait son arme. Cependant, le bon sens l'en empêcha. Si elle ratait son coup, elle serait abattue et Jim Smith aussi, sans doute. Et, de toute façon, elle ne pourrait pas vivre avec sa mort sur la conscience.

La brute resserra sa prise autour d'elle, et le canon du pistolet s'enfonça dans sa tempe.

— Recule, Smith, sinon, c'est elle qui va trinquer.

Jim s'immobilisa, la tension irradiant de son corps.

— C'est moi que vous voulez. Lâchez-la et sortons.

L'homme secoua la tête et poussa Melissa vers une chaise dans le coin.

— Ligote-la et, ensuite, on va parler.

Melissa se laissa tomber sur le siège en métal pliant, se mordant la lèvre pour refouler les larmes. Pour autant qu'elle veuille se battre, elle devait penser aux autres hommes dans la salle voisine.

L'intrus tira une corde de sa poche et la lança à Jim. Sous le regard stupéfait de Melissa, ce dernier l'attrapa au vol, puis s'en servit comme d'un lasso en direction de l'inconnu. Pris par surprise, celui-ci eut un mouvement de recul, et Jim en profita pour le charger.

Les deux hommes percutèrent le mur, luttant pour la possession du pistolet. Des pas précipités résonnèrent dans le couloir, et Gunther et Dwayne, deux résidents, surgirent sur le seuil. Melissa leur cria de reculer.

Jim tentait de maîtriser le forcené mais, soudain, un coup de feu retentit, et la balle se ficha dans le plafond. L'instant d'après, Jim lui arracha le pistolet, lequel dérapa sur le sol. Alors que Melissa se ruait en avant pour s'en emparer, le tireur lui empoigna la jambe. Elle trébucha et s'effondra lourdement sur le plancher.

Pendant ce temps, Jim avait roulé sur lui-même et rattrapé l'arme. L'intrus, qui s'était relevé, sauta sur lui. La lutte reprit de plus belle, une seconde détonation éclata. Melissa étouffa un cri à la vue de l'homme qui s'écroulait sur Jim.

Une seconde plus tard, il repoussait l'attaquant. Une tache de sang s'étalait sur la poitrine de ce dernier. Un gargouillement lui échappa, un filet de sang jaillit de sa bouche.

Jim se redressa, l'arme entre les mains, la chemise imprégnée du sang de l'inconnu. Brusquement saisi d'un spasme, celui-ci retomba, immobile, les yeux grands ouverts.

La mâchoire crispée, Jim se tourna vers elle.

— Ça va ?

Elle acquiesça, trop abasourdie pour articuler un son.

— Appelle le 911, lança-t-il à Gunther.

Ce dernier hocha la tête et se hâta vers le téléphone mis à la disposition des résidents. Melissa déglutit, les jambes en coton. Elle s'apprêtait à demander à Jim pourquoi cet homme le cherchait mais n'en eut pas le temps. Il enfonça le pistolet dans la taille de son jean et courut vers la porte.

— Je suis désolé, Melissa, dit-il avant de disparaître dans la nuit.

Au-dehors, une sirène hurlait. La police. Jim était parti juste à temps pour l'éviter. Pourquoi ? Elle aurait affirmé qu'il avait agi en situation de légitime défense.

Et qu'il lui avait sauvé la vie.

*
* *

Dex sortit du foyer pour sans-abri de Tumbleweed, monta dans son 4x4 et étouffa un juron en allumant la radio. Un vagabond avait disparu. Le troisième ces derniers mois.

Le directeur lui avait dit la même chose que ses collègues dans les autres foyers : les sans-abri qui s'y réfugiaient ne restaient jamais longtemps. Le personnel ne pouvait contrôler leurs allées et venues et était rarement informé de leur départ.

Pire, aucun des hommes ne voulait lui parler. Ils semblaient méfiants, voire soupçonneux, quant à ses intentions. Il avait tenté de leur expliquer qu'il craignait que quelqu'un ne s'en prenne aux plus vulnérables d'entre eux, mais il n'avait réussi qu'à éveiller la peur dans leurs yeux.

Il était encore sous le coup du chagrin. L'analyse ADN avait confirmé que la victime de l'accident à Briar Creek était bien son père. Ce dernier reposait désormais à côté de Chrissy.

Malgré tout, les questions continuaient à hanter Dex. Qu'avait fait son père pendant ces dix-huit années ? Que lui était-il arrivé pour qu'il échoue à la rue, alcoolique ? La disparition de sa jeune sœur avait été un calvaire pour eux tous. Mais sa mère ne les avait pas abandonnés. Elle n'avait pas cherché l'oubli dans une bouteille.

Steven Hawk avait-il appris dans les médias la découverte du corps de Chrissy ? Le chagrin avait-il eu raison de lui ?

Dex ne pouvait pas le ramener à la vie. Cependant, en cherchant les réponses à ses questions, il avait trébuché sur un autre mystère.

Même si la mort de son père n'était pas liée à la disparition des sans-abri, Dex était résolu à s'assurer que personne n'avait pris pour cible ces gens alors qu'ils touchaient le fond. S'il ne parvenait à rien d'autre, au moins découvrirait-il de quoi il retournait.

En mémoire de l'homme qui l'avait élevé.

Un bulletin vint interrompre le morceau de musique country que diffusait la radio.

« Flash infos : Un homme a été abattu ce soir au foyer Lend-A-Hand à la sortie d'Austin. Selon la directrice adjointe, Melissa Gentry, un individu armé s'est introduit sur les lieux au moment où l'établissement allait fermer ses portes pour la nuit et l'a menacée d'une arme. Un des résidents du foyer a tenté de la défendre, et un coup de feu a été tiré. L'intrus est mort sur place, et le résident a disparu. »

Le cœur de Dex cognait dans sa poitrine.

Melissa Gentry.

Un nom surgi du passé. Accompagné d'une foule de souvenirs heureux de l'époque où il s'était autorisé à savourer sa compagnie. Sauf qu'il avait rompu avec elle dès qu'il avait compris qu'il était en train de tomber amoureux. Ou, plutôt, il avait fui comme un lâche, sans lui donner d'explication.

Peut-être était-il comme son père…

Melissa était la bonté et la douceur incarnées. Il ne méritait pas quelqu'un comme elle.

Il se souvint qu'elle voulait devenir assistante sociale. Il n'était guère étonnant qu'elle s'occupe de sans-abri désormais.

À la radio, le journaliste était passé à un autre fait divers. Dex s'arrêta sur le bas-côté, entra le nom Lend-A-Hand dans son GPS, puis regagna le flot de circulation.

La pensée qu'un homme avait pu menacer Melissa d'une arme lui donnait des sueurs froides. Il voulait la voir, s'assurer par lui-même qu'elle était saine et sauve.

D'ailleurs, peut-être aurait-elle des informations à propos des sans-abri disparus.

L'incident de ce soir était-il lié à cette affaire ?

Encore tremblante, Melissa regarda les policiers délimiter la scène de crime à l'aide de ruban jaune. Le lieutenant Frank Lamar, de la police d'Austin, était à la tête de l'opération, et avait laissé à sa collègue, Nikki Whalen, le soin d'interroger les résidents. En dépit de ses protestations, ces hommes vulnérables, déjà frappés par le sort, étaient traités comme des suspects.

Elle fulminait.

Elle avait fait sa déposition. Dit la vérité. Affirmé au lieutenant qu'aucun des hommes présents n'avait été mêlé à l'incident, mais il lui avait ordonné d'un ton sec de le laisser faire son travail.

Pour sa part, Melissa se posait des questions au sujet de Jim Smith. S'il n'avait rien à craindre de la police, pourquoi s'était-il enfui ?

Un bruit à la porte d'entrée l'arracha à ses réflexions. Le lieutenant Lamar s'approcha, s'adressant à l'agent chargé de sécuriser les lieux.

— Qu'y a-t-il, Frank ?

Melissa tendit l'oreille. Une voix masculine. Furieuse ? Inquiète ?

— Je veux parler à Melissa.

Elle se raidit. Cet homme… Sa voix semblait familière. Elle ne l'avait pas entendue depuis une éternité mais… on aurait dit celle de Dexter Hawk.

— C'est une scène de crime, rétorqua Lamar. Je ne peux pas t'autoriser à entrer.

Melissa se hâta vers la porte et se posta à côté du policier. Il n'était guère plus grand qu'elle, mais sa voix et son langage corporel étaient intimidants. C'était délibéré, sans doute.

— Melissa ?

Les battements de son cœur s'accélérèrent.

— Dex ?

Le regard de Lamar alla de l'un à l'autre.

— Vous vous connaissez ? grogna-t-il, les sourcils froncés.

— Oui, répondirent-ils à l'unisson.

— Ah ! marmonna le policier en se grattant le menton.

Dex fit un pas en avant.

— Lamar, tu sais que j'enquête sur la disparition de plusieurs sans-abri depuis que nous avons retrouvé mon père. Cet incident a peut-être un rapport avec ce qui m'intéresse.

— Sûrement pas, rétorqua Lamar sur un ton brusque.

Tu as vu le rapport d'autopsie du Dr Hudson. La mort de ton père était un accident, Dex. Accepte-le et va de l'avant.

— J'aurais préféré qu'on fasse appel au Dr Weinberger, répondit Dex. Il est de Tumbleweed, je le connais et j'ai confiance en lui.

— Hudson est un bon légiste.

Melissa écoutait, les mains crispées. Apparemment, Dex et ce lieutenant se connaissaient, eux aussi. Leur relation était-elle purement professionnelle, ou étaient-ils amis ?

— Rentre chez toi, Dex, conseilla Lamar, et laisse-moi gérer ce qui se passe ici.

Melissa se décida. Elle n'avait pas vu Dex depuis près de dix ans. Elle voulait lui dire combien elle était désolée pour son père. Lui demander pourquoi il pensait que sa mort, la disparition des sans-abri et l'incident de ce soir étaient liés.

— Excusez-moi, lieutenant, dit-elle en le poussant légèrement pour s'approcher de la porte. J'ai besoin de prendre l'air.

Il fit mine de protester, mais elle lui décocha un regard glacial. Dès l'instant où il était arrivé au foyer, il s'était comporté comme si les résidents et elle avaient quelque chose à se reprocher.

— Vous ne pouvez pas m'obliger à rester à l'intérieur, déclara-t-elle simplement. Pas à moins de me mettre en état d'arrestation.

Les lèvres épaisses de l'homme formèrent un trait mince. Il lâcha un soupir qui empestait la fumée de cigarette, et fit un pas de côté.

— Ne quittez pas le comté sans me prévenir, grogna-t-il. J'aurai peut-être d'autres questions à vous poser.

Elle acquiesça d'un geste sec, passa devant lui et sortit. L'odeur de sang et de mort qui flottait dans le centre lui donnait la nausée.

Elle prit une brève inspiration, puis leva les yeux sur le visage séduisant de Dex. Le regard assombri par l'inquiétude, il la prit doucement par le bras et la guida vers un bouquet d'arbres. Elle tremblait encore tant que ses genoux faillirent se dérober sous elle.

— Ah ! Melissa.

L'instant d'après, Dex l'attira contre lui. Elle se nicha contre sa poitrine.

Le cœur battant à tout rompre, Dex entoura Melissa de ses bras. Il ne l'avait pas vue depuis des années, mais jamais il n'avait oublié combien il avait été merveilleux de la tenir contre lui. Il lui caressa le dos, inspirant son parfum à la rose, un parfum qui hantait ses nuits depuis qu'ils s'étaient séparés.

Il n'avait cessé de rêver d'elle, au point qu'il avait craint ne jamais pouvoir surmonter leur rupture.

Elle se cramponnait à lui, et sa respiration hachée le bouleversait.

Peut-être ne l'avait-il jamais vraiment oubliée. En tout cas, il n'avait eu aucune relation sérieuse après. Non… Il avait eu trop peur d'aimer et de souffrir. Il avait été témoin de la douleur de sa mère lorsque son père les avait quittés, et cela lui avait servi de leçon.

De toute façon, il ne méritait pas Melissa. Pas après avoir envoyé sa sœur sur les roses le fameux soir où elle avait disparu.

Pour toujours.

Il était temps qu'il se concentre sur son travail au lieu de se perdre dans les méandres du passé.

— Ça va, mon chou ?

Elle hocha la tête contre lui et poussa un profond soupir.

— Oui, merci.

Elle lui tapota le torse, puis se dégagea et releva le menton.

— Excuse-moi.

— Ne t'excuse pas, murmura-t-il, tandis que l'émotion le submergeait de nouveau.

Bon sang, elle avait toujours eu cet effet sur lui. La pensée qu'on ait pu vouloir lui faire du mal le rendait fou furieux.

Il déglutit avec peine, s'obligeant à détacher son regard

de son ravissant visage, réprimant la tentation insensée d'enfouir les doigts dans son épaisse chevelure auburn, comme il le faisait autrefois.

Il devait résister.

— J'ai appris que ton père était mort, murmura-t-elle. Je suis désolée.

Les dents serrées, Dex lutta contre une nouvelle bouffée de chagrin.

— Je veux des réponses, dit-il avec franchise.

— Il est décédé dans un accident de voiture ?

Il hocha la tête. Dieu merci, le journal n'avait pas révélé qu'il était ivre.

— J'ai trouvé la carte d'un foyer pour sans-abri dans son pick-up.

Elle coinça une mèche vagabonde derrière son oreille tandis qu'un pli venait troubler l'harmonie de son visage en forme de cœur.

— Il vivait là ?

— Je ne sais pas. Je suis allé me renseigner dans plusieurs d'entre eux pour savoir si quelqu'un le connaissait. Je voudrais savoir ce qu'il a fait pendant tout ce temps.

Et pourquoi il n'était jamais revenu.

La voix de Lamar s'éleva derrière eux, rappelant à Dex la raison principale de sa venue.

— Il y a eu une fusillade ici ce soir ?

Melissa pâlit et s'entoura la taille de ses bras comme pour se protéger. Sur le point de la prendre dans ses bras, Dex se ravisa.

S'il cédait à la tentation, il risquait de ne plus jamais la lâcher.

Pourtant, il le faudrait. Il l'avait quittée parce qu'elle méritait mieux que lui.

C'était toujours vrai.

3

Melissa se frictionna les bras, espérant chasser le frisson qui l'avait envahie. L'étreinte de Dex avait réveillé en elle des sentiments qui n'avaient jamais disparu tout à fait.

Il lâcha un soupir.

— Que s'est-il passé ?

— Nous allions fermer pour la nuit quand un homme a fait irruption dans la cuisine. Il a appuyé un pistolet sur ma tempe et m'a demandé où était Jim Smith.

— A-t-il dit ce qu'il lui voulait ?

— Non. Tout s'est passé très vite. Il m'a poussée vers la salle commune, et Jim est arrivé. Il a proposé de prendre ma place, mais l'homme lui a ordonné de me ligoter. Il lui a lancé une corde. Smith l'a attrapée au vol et l'a chargé.

Lamar apparut sur le seuil, un portable à la main. Sa voix leur parvint, portée par la brise.

— Je veux qu'on lance un mandat d'arrêt contre ce Jim Smith. Qu'on l'approche avec prudence. Il a déjà tué un homme ce soir, et il est armé et dangereux.

Melissa se raidit. Elle combla l'espace qui les séparait.

— Lieutenant Lamar, Jim n'est pas dangereux, protesta-t-elle. Du moins, pas de la manière dont vous le laissez entendre. C'était de la légitime défense. Il n'était pas armé quand il est arrivé ici.

Dexter l'avait suivie et écoutait, les bras croisés.

— Comment savez-vous qu'il n'avait pas d'arme ? objecta le policier. Avez-vous fouillé ses affaires ?

— Non, admit Melissa. Mais il était calme, plutôt gentil, même. Il a essayé de raisonner l'intrus, et puis il s'est battu avec lui, et le coup est parti.

Sa voix se fêla alors qu'elle évoquait la scène.

— C'est un héros, pas un criminel. Il m'a sauvé la vie.

Elle voulait le remercier, et non le voir traqué comme un animal.

Lamar étrécit les yeux.

— Vous défendez Smith bec et ongles, observa-t-il. Jusqu'à quel point le connaissez-vous, mademoiselle Gentry ?

Melissa sentit la colère l'envahir.

— Je ne sais pas ce que vous cherchez à insinuer, lieutenant. Il était le bienvenu ici, comme tous les autres hommes qui viennent chercher refuge au centre.

— Il avait de la famille ? Que savez-vous de son passé ?

Elle se mordit le coin de la lèvre, songeuse.

— Rien. Il n'était ici que depuis deux jours et ne parlait guère de lui.

— A-t-il dit quoi que ce soit ? insista le policier.

Elle fouilla sa mémoire.

— Pas vraiment. Il gardait ses distances. Mais il était poli et respectueux des autres.

— Si je comprends bien, vous défendez un homme dont vous ne savez quasiment rien, rétorqua Lamar sèchement. Son nom m'a tout l'air d'un faux. Ce pourrait être un criminel en cavale.

Elle y avait songé, bien sûr.

— Je ne crois pas que ce soit le cas.

Lamar arqua un sourcil.

— Ah non ? Et que croyez-vous donc ?

Dex s'éclaircit la voix.

— Lamar, si tu lâchais prise ? Melissa t'a dit tout ce qu'elle savait. Son travail consiste à aider les hommes qui viennent ici, pas à les questionner.

À cet instant, l'agent Whalen, qui avait interrogé les hommes, apparut sur le seuil.

— J'ai terminé.

Le lieutenant haussa les épaules.

— Tu as obtenu quelque chose d'utile ?

La jeune femme secoua la tête.

— Aucun ne semblait savoir grand-chose. De l'avis général, Smith ne voulait pas parler de lui. Un des types pense qu'il cachait quelque chose. D'après un autre, Smith avait laissé entendre qu'il n'avait pas de famille, mais sans donner aucun détail. Nous ne savons pas s'il a été marié, divorcé, s'il a eu des enfants et, si oui, ce qui leur est arrivé.

— Que faisait-il dans la vie ?

L'agent secoua la tête de nouveau.

— Il n'a pas fait allusion à ça.

Lamar se tourna vers Melissa.

— Il ne vous a rien dit à ce sujet non plus ?

Il avait lancé ce lasso comme un professionnel, songea-t-elle. Peut-être avait-il travaillé dans un ranch ? Cela dit, la plupart des hommes au Texas savaient monter à cheval et lancer un lasso.

— Je crains que non.

Elle redressa le menton.

— Au lieu de vous concentrer sur Smith, pourquoi ne vous renseignez-vous pas sur l'homme qui est mort ? C'est lui qui a fait irruption ici et qui m'a mis un pistolet sur la tempe.

Dex ne pouvait détacher son regard de Melissa, de ses magnifiques cheveux ébouriffés. Elle avait un cœur d'or. Était-elle naïve ? Smith était-il un malfaiteur, caché au foyer pour échapper à la justice ? Ou avait-il des ennuis, et l'intrus était-il un criminel à sa recherche ?

Divers scénarios défilèrent dans son esprit. Peut-être Smith avait-il des dettes, envers le tireur ou un autre. Peut-être était-il victime d'une vendetta à la suite d'une transgression quelconque.

— Écoutez-moi, mademoiselle Gentry, disait Lamar. Nous devons fermer le centre le temps que la scène de crime soit examinée par les techniciens. Les hommes qui sont ici vont devoir vider les lieux, temporairement du moins.

Melissa cilla, troublée.

— Pendant combien de temps le foyer sera-t-il fermé ?

— Je ne peux pas vous le dire avec précision. Je vous informerai dès que vous pourrez revenir. Je vais demander à l'agent Whalen de faire sortir les hommes.

Il se dirigea vers sa collègue tandis que Dex adressait à Melissa un regard compréhensif. La connaissant, il savait qu'elle s'inquiétait au sujet des sans-abri qu'elle allait devoir renvoyer.

— Si tu leur trouves un endroit pour ce soir, je les emmènerai, proposa-t-il.

La gratitude qu'il lut sur ses traits lui apprit qu'il avait vu juste.

— Merci, Dex. Je vais m'en occuper. Cela me déplaît de laisser ces gens coucher dehors par une chaleur pareille.

Elle sortit son téléphone de sa poche et s'éloigna de quelques pas pour passer un appel.

Lamar revint vers lui, le visage sombre.

— Tu ne trouves pas que tu as été un peu dur avec elle ? demanda Dex, agacé.

— Je fais mon boulot, c'est tout, grogna le policier. Tu la connais bien ?

Dex n'avait pas l'intention de lui révéler les détails de leur relation.

— Je l'ai rencontrée à la fac.

— Je pensais que tu n'avais pas fait d'études, observa Lamar.

Dex serra les dents. Il avait commencé mais n'avait pas terminé. Brayden était de loin le mieux éduqué des frères Hawk. Enfin, peu importait. Il aimait son travail.

— Je ne suis resté que quelques mois.

Lamar fit une grimace.

— Je présume que Mme Gentry et toi étiez... ensemble ?

Dex haussa les épaules.

— C'était il y a longtemps, mais je me porte garant d'elle. Melissa est la personne la plus honnête, la plus généreuse que j'aie jamais connue.

— Assez généreuse pour protéger Smith ?

— Tu l'as entendue, lui fit remarquer Dex. Tu peux la croire.

Il désigna le bâtiment.

— Le Dr Hudson est là ?

— Oui. On va transporter le corps à la morgue d'un moment à l'autre.

Dex enfonça les mains dans ses poches.

— Que sais-tu de lui ?

— Pas grand-chose. D'après ses papiers, il s'appelait Clark McTruitt.

Lamar changea de position, s'intercalant entre Dex et Melissa comme s'il ne voulait pas qu'elle entende.

— Il avait une licence de détective privé sur lui, Dex.

Celui-ci se raidit.

— C'était un privé ? Basé où ?

Si l'homme avait travaillé à Austin, il aurait reconnu son nom.

— Amarillo.

La porte s'ouvrit. Deux ambulanciers sortirent, portant une civière sur laquelle était étendue la dépouille de McTruitt, dissimulée dans un sac mortuaire.

— Il devait avoir une raison de chercher Smith. C'est lui la clé de l'histoire.

Dex était d'accord sur ce point.

— Je vais aller au bureau de McTruitt voir ce que je peux trouver.

Lamar fronça les sourcils en même temps qu'il secouait la tête.

— Écoute, Dex, il s'agit d'une enquête pour homicide. Il faut que je suive la procédure à la lettre.

Il lui lança un regard d'avertissement.

— Si j'ai besoin de toi, je te le dirai. Dans l'immédiat, rentre chez toi et ne te mêle de rien.

La mâchoire crispée, Dex suivit des yeux Melissa qui se dirigeait vers les hommes qu'on faisait sortir du centre. Elle avait failli mourir ce soir. Il sentit un frisson d'angoisse le parcourir à cette pensée.

Que Lamar soit content ou non, il allait mener l'enquête de son côté.

Melissa n'aurait su dire au juste pourquoi le policier lui déplaisait. En tout cas, elle estimait que sa défense de Jim Smith était tout à fait justifiée. Quoi que recèle son passé, il lui avait sauvé la vie et elle avait une dette envers lui.

Elle avait téléphoné à un autre centre d'hébergement situé à une soixantaine de kilomètres, et expliqué la situation. Par chance, son collègue avait assez de lits disponibles pour accueillir les hommes qui le désiraient.

Certains choisirent de se débrouiller par eux-mêmes, mais trois acceptèrent l'hébergement qu'on leur proposait.

Melissa, qui aimait bien Gunther, fut soulagée de constater qu'il figurait parmi ces derniers. Il avait eu une vie difficile. Blessé durant la guerre du Golfe, souffrant de stress post-traumatique, il avait fini par perdre son emploi. De plus, il n'avait pas de famille.

Un silence gêné régna dans l'habitacle durant le trajet. Une fois au centre, Dex se gara, descendit et contourna le véhicule pour ouvrir la portière de Melissa. Quant aux hommes, ils s'étaient regroupés à quelques pas d'eux et parlaient de l'incident à voix basse.

— Tu peux attendre ici pendant que je les présente aux bénévoles, suggéra-t-elle.

Dex hésita.

— À vrai dire, si ça ne t'ennuie pas, j'aimerais t'accompagner. Peut-être y a-t-il quelqu'un ici qui connaissait mon père.

Il tira une photo de son portefeuille. Elle s'attendait à voir le cliché qu'il lui avait montré autrefois, mais elle se trompait. C'était une photo d'un homme plus âgé, celui qui venait d'être inhumé.

— L'as-tu jamais croisé ?

La douleur qui perçait dans la voix de Dex serra le cœur de Melissa, lui rappelant brusquement combien il avait été désemparé lorsqu'ils s'étaient rencontrés. Elle avait caressé l'espoir de l'arracher à ses démons, mais elle avait compris par la suite qu'elle ne pouvait sauver personne. Elle l'avait découvert quand son propre père était mort, une bouteille dans une main et un pistolet dans l'autre.

Il ne l'avait pas assez aimée pour vouloir rester. C'était cela qui lui avait fait le plus mal.

Melissa se secoua. Il ne servait à rien de ressasser le passé. Elle devait aller de l'avant. Faire de son mieux pour aider les autres.

Elle étudia le cliché, le comparant mentalement aux visages qu'elle avait connus durant la décennie écoulée, mais en vain.

— Je suis désolée, Dex. Je ne me rappelle pas l'avoir vu.

Comme elle lui pressait la main, une onde de chaleur déferla en elle, ranimant des émotions qu'elle avait ressenties autrefois pour cet homme si fort, et pourtant si malheureux.

Dexter serra les dents.

— Très bien. J'aimerais quand même poser la question au personnel du centre.

Elle hocha la tête.

Malheureusement, elle avait souvent entendu parler de situations similaires. Quelqu'un disparaissait, laissant les autres membres de sa famille se débattre avec les questions, le chagrin, le sentiment de culpabilité. Elle en était passée par là, elle aussi.

Raison de plus de garder ses distances avec Dex. Elle avait ses propres démons à terrasser.

Il lui avait brisé le cœur une fois déjà.

Elle ne voulait pas éprouver cette douleur-là de nouveau.

Dex enfonça les mains dans ses poches. Une légère brise s'était levée, apportant l'odeur des cigarettes et les voix des hommes qui discutaient non loin.

Melissa se redressa, le visage marqué par la fatigue.

— Faisons-les entrer.

Quelques minutes plus tard, les nouveaux arrivants avaient

été conduits à l'intérieur, et Dex et elle s'entretenaient avec Edgar, le bénévole de service.

— J'ai entendu parler de ce qui s'est passé, dit-il, visiblement inquiet. Je suis désolé, Melissa. Tu vas bien ?

— Oui. Mais cela nous a rappelé combien nous devons être vigilants.

Dex montra à Edgar la photo de son père.

— Je suis désolé. Il n'est pas venu ici.

— Vous en êtes sûr ?

— Edgar a une mémoire quasi photographique, intervint Melissa.

Dex le détailla. Âgé d'une cinquantaine d'années, il avait une dent de devant manquante et portait de grosses lunettes marron sur un nez épaté. À en juger par ses ongles rongés, c'était quelqu'un d'angoissé. Sans doute sa vie n'avait-elle pas été facile non plus. Chacun avait son histoire.

Pour sa part, Dex voulait seulement connaître celle de son père.

Sur le chemin du retour, Melissa fut silencieuse. À l'approche du centre où elle travaillait, elle tira ses clés de son sac.

— Merci beaucoup de nous avoir emmenés là-bas.

— Je t'en prie.

Il remarqua un monospace en piteux état sur le parking et devina qu'il lui appartenait. Melissa n'avait jamais attaché d'importance au côté matériel de l'existence.

— Je vais te suivre jusque chez toi, proposa-t-il.

— Ce n'est pas la peine.

Sa voix était sèche.

Dex savait qu'elle était perturbée, et il n'était pas prêt à laisser seule.

— Melissa, tu aurais pu être gravement blessée ce soir.

Elle aurait pu être tuée, mais il ne pouvait s'autoriser à formuler cette horrible pensée tout haut.

— Je vais veiller à ce que tu rentres sans encombre. Ne proteste pas.

Melissa passa une main sur son front. Manifestement épuisée, elle se contenta d'acquiescer et descendit de voiture. Ainsi qu'il s'en était douté, le monospace cabossé lui appartenait.

Elle mit le contact, et le moteur fatigué crachota par trois fois avant de démarrer.

Une pointe de colère envahit Dex : elle faisait tant de sacrifices pour les autres, elle méritait infiniment mieux. Des diamants et des perles. Au minimum, une voiture qui n'avait pas l'air tout droit sortie d'une casse.

Il jeta un coup d'œil en arrière en sortant du parking. Melissa devait s'inquiéter pour les hommes qui avaient été contraints de quitter le foyer. Quant à lui, il s'inquiétait pour Melissa. Cela lui déplaisait qu'elle s'expose au danger en essayant de leur venir en aide. L'incident de ce soir prouvait que les mesures de sécurité de l'établissement étaient inadéquates.

Il la suivit dans les rues d'Austin, plus soucieux qu'il ne voulait se l'admettre. Son estomac se noua davantage lorsqu'ils pénétrèrent dans un lotissement de préfabriqués. Deux ou trois avaient été rénovés, mais la plupart semblaient délabrés. Le quartier était louche, lui aussi, connu pour des problèmes de drogues et de rivalités entre gangs.

Melissa occupait un minuscule pavillon aux volets écaillés, à côté d'un taudis à l'entrée duquel deux types coiffés de capuches discutaient, têtes penchées l'une vers l'autre, comme s'ils étaient au milieu d'un échange.

Dex se gara et remonta l'allée gravillonnée qui menait à la galerie en bois. Sa clé à la main, Melissa marqua une pause. Une couronne faite maison était accrochée à la porte et souhaitait la bienvenue aux visiteurs, ce qui, étrangement, serra davantage le cœur de Dex.

Contrairement à lui, qui avait grandi au ranch, entouré de sa famille et d'espace, Melissa n'avait jamais connu de véritable foyer.

Elle lui adressa un faible sourire.

— Merci de m'avoir suivie, Dex.

— Je vais vérifier que tout va bien.

Il tenait à s'assurer que les serrures des portes et fenêtres étaient solides. De là où il était, on aurait dit qu'un coup de vent suffirait à faire s'écrouler la maison.

Melissa secoua la tête.

— C'est inutile, mais j'apprécie que tu me l'aies proposé. Je suis exténuée, ajouta-t-elle en passant une main tremblante dans ses cheveux. Je vais me coucher.

Elle ouvrit la porte et se glissa à l'intérieur sans un mot de plus et sans se retourner.

Il brûlait de la rejoindre. De la serrer dans ses bras. De veiller à ce qu'elle soit en sécurité ce soir.

Mais ce serait trop dangereux.

Il retourna à son 4x4.

4

Melissa ferma la porte, espérant que Dex allait s'en aller immédiatement. Elle avait été à deux doigts de l'autoriser à entrer mais, si elle l'avait fait, elle lui aurait peut-être demandé de rester pour la nuit.

Et cela aurait été une erreur.

Lorsqu'il l'avait quittée, il lui avait fallu des mois pour surmonter leur rupture. Elle avait rêvé de lui pendant plus longtemps encore. Pire, elle avait comparé tous les hommes qu'elle avait rencontrés depuis à Dex, et aucun ne lui était arrivé à la cheville.

En fin de compte, elle avait cessé de sortir avec des hommes et accepté que le mariage n'était pas pour elle, que ceux qu'elle aidait seraient son unique famille. Ils avaient besoin d'elle.

Et ce soir… Le foyer auquel elle avait consacré tant d'efforts était une scène de crime.

Laissant tomber ses clés et son sac sur une petite table, elle appuya sur l'interrupteur et parcourut le salon des yeux. Le canapé d'un bleu fané et le fauteuil à bascule étaient d'origine, tout comme les quelques tableaux dénichés au marché aux puces par le propriétaire. Elle n'avait disposé aucun bibelot personnel. Rien de joli.

Elle n'avait pas besoin d'être entourée de jolis objets.

De plus, avoir peu de possessions était un avantage lorsque l'envie lui prenait de s'en aller, de changer d'air.

Justement, elle commençait à éprouver cette envie. Elle

travaillait au centre Lend-A-Hand depuis près d'un an, et il était rare qu'elle reste aussi longtemps au même endroit.

Melissa avait l'estomac noué à la pensée qu'elle avait failli perdre la vie ce soir-là. Et qu'un homme était mort sous ses yeux. Il lui était arrivé d'assister à des scènes de violence, mais c'était la première fois qu'elle voyait la mort d'aussi près.

Elle se servit un verre de vin et fit couler un bain, puis se plongea dans l'eau chaude. Elle avait hâte de se débarrasser de l'odeur de sang et de mort qui imprégnait sa peau.

Les traits séduisants de Dex s'imposèrent à son esprit. Ils avaient pris un bain ensemble une fois, s'étaient aimés comme le font les jeunes amants.

Cependant, sa jeunesse et son innocence étaient loin.

Elle ne pouvait s'autoriser à fantasmer à propos de Dex. Après tout, il avait peut-être une petite amie. Elle devait se focaliser sur son travail.

Réfléchir.

Pourquoi ce détective privé avait-il été prêt à la menacer d'une arme pour trouver Jim Smith ?

Le lendemain matin, Dex retrouva sa famille à la maison principale à l'occasion d'un copieux petit déjeuner. Honey, Harrison et le petit Steven étaient déjà là, le bébé installé dans sa chaise haute, tapant gaiement sur le plateau avec sa cuillère.

Lucas et Charlotte arrivèrent en même temps que lui, son frère guidant sa belle-sœur enceinte jusqu'aux yeux dans la salle à manger. Brayden, Mila et la petite fille de celle-ci, Izzy, bavardaient avec les adolescentes que leur mère avait recueillies après qu'elles avaient été arrachées au réseau de trafiquants démantelé par Lucas.

Entouré des rires, des conversations et de l'affection des siens, Dexter sentit la chaleur l'envahir. Durant les années qui avaient suivi la disparition de Chrissy, ils avaient été déchirés par le sentiment de culpabilité et la douleur de ne pas savoir ce qui lui était arrivé. Apprendre qu'elle était morte avait été un coup dur mais, au moins, ils avaient des réponses à leurs questions.

L'affection qu'il vouait à sa famille l'amena à songer à Melissa. À l'époque où ils sortaient ensemble, elle lui avait confié combien elle avait souffert d'avoir perdu sa mère et d'avoir erré de foyer en foyer avec son père.

Pas étonnant qu'elle se sente chez elle au centre.

Pourtant, c'était injuste. Elle méritait davantage.

— À table ! cria sa mère par-dessus le brouhaha.

Tous prirent place à l'immense table que les frères avaient fabriquée afin d'y accueillir toute la tribu, après quoi leur mère rendit grâce et les conversations recommencèrent.

Izzy se mit à côté du bébé et commença à bavarder avec lui, tandis qu'à l'autre bout de la tablée les jeunes filles parlaient avec excitation de la piscine que la mère de Dex projetait de faire construire.

Pour sa part, Charlotte raconta qu'elle était en train de mettre les dernières touches à la chambre du bébé, dont la naissance était attendue d'un jour à l'autre.

Brayden se leva, fit signe à Izzy de s'approcher et lui sourit.

— Tu veux leur dire, mon chou ?

Izzy hocha la tête avec enthousiasme.

— Je vais être une grande sœur !

Aussitôt, tous se répandirent en félicitations et exclamations de joie. Dex donna à Brayden une tape dans le dos. Il avait encore du mal à croire que son frère cadet était marié et qu'il s'apprêtait à agrandir sa petite famille.

Brayden se dégagea et sourit.

— Et toi, mon vieux, tu vas te caser un de ces jours ?

Leur mère les observait. Dex haussa les épaules.

— Je ne veux pas me laisser mettre la corde au cou.

— Tu dis ça parce que tu n'as pas trouvé chaussure à ton pied ! s'exclama Lucas en riant.

La vision de Melissa s'imposa brusquement à l'esprit de Dex. Elle était belle, douce, généreuse. Elle habitait ses rêves et ses fantasmes depuis qu'il l'avait quittée. Elle adorerait sa famille, il en était sûr. Et elle y serait à sa place.

Cependant… La perte de sa sœur et de son père avait failli le détruire. S'il donnait son cœur à Melissa, elle risquait de le briser aussi.

Par conséquent, il répondit par un rire aux taquineries de ses frères. Le petit déjeuner terminé, il leur demanda de le rejoindre dans le bureau. Sa mère n'aimait pas qu'ils parlent de leur travail à table.

Harrison fronça les sourcils.

— Que se passe-t-il, Dex ?

— Avez-vous entendu parler de l'incident au foyer pour sans-abri hier soir ?

— Oui. Quelqu'un s'est introduit dans les locaux et un des résidents l'a abattu.

Lucas se frotta le menton.

— La police recherche le tireur. On le soupçonne d'avoir utilisé un faux nom et d'être en cavale.

Brayden le dévisagea.

— Pourquoi cette question ?

— Je connais la femme qui dirige le centre, admit Dex. Je l'ai rencontrée à la fac.

— Tu es sortie avec elle ? demanda Brayden.

Dex se maudit intérieurement d'avoir dit qu'il la connaissait.

— Oui, mais la question n'est pas là. Elle affirme que Smith n'est pas dangereux et que le type qui est mort la menaçait d'une arme.

Harrison fronça les sourcils.

— Que sais-tu d'autre de ce Smith ?

— Rien, au fond, avoua Dex. En revanche, le mort était un détective privé, un certain Clark McTruitt.

— Peut-être McTruitt savait-il que Smith était en fuite et qu'il était dangereux.

— Mais pourquoi avoir mis un pistolet sur la tempe de Melissa ?

— Melissa ? répéta Brayden sur un ton taquin.

— C'est son nom, rétorqua Dex, agacé. Quoi qu'il en

soit, après que papa a été retrouvé, je suis allé dans plusieurs foyers demander si quelqu'un l'avait vu.

— Dex, intervint Lucas, une note d'avertissement dans la voix. Papa nous a abandonnés. Ce n'est pas la peine de chercher à en savoir davantage.

— Il a raison, renchérit Harrison, dont le visage s'était durci. Cesse de t'entêter.

Brayden fit une grimace.

— Tu as découvert quelque chose ?

Dex secoua la tête.

— Rien à son sujet. En revanche, j'ai appris que trois autres sans-abri avaient disparu sans laisser de traces au cours des trois derniers mois. Par conséquent, je me suis demandé…

— … si la mort de papa était réellement un accident, acheva Brayden à sa place.

Lucas émit un petit bruit dédaigneux.

— Il était ivre. Ivre mort, d'après le rapport du médecin légiste.

— Les sans-abri disparaissent régulièrement, ajouta Harrison. Il n'y a rien de suspect là-dedans, Dex. Ils vont d'un endroit à l'autre. Ces trois-là sont peut-être dans un autre foyer de la région.

— Je ne les ai trouvés nulle part. Et, maintenant, un détective privé fait irruption dans un centre et tente de tuer un des résidents. Vous ne pensez pas que ça mérite une enquête ?

Harrison poussa un soupir.

— As-tu des éléments qui suggèrent que ces faits sont liés ?

— Ou ton imagination voit-elle des problèmes là où il n'y en a pas ? ajouta Lucas.

Une bouffée de colère envahit Dex. Certes, il avait toujours été la tête brûlée du groupe, et il avait connu sa part d'ennuis. Mais son instinct l'avait rarement trompé.

Et son instinct lui soufflait que quelque chose clochait dans cette histoire.

*
* *

Melissa passa une main lasse sur ses yeux en sirotant son café matinal. Sa nuit avait été hantée par des cauchemars où elle avait revécu la scène de la veille : le pistolet pressé sur sa tempe… Le sol éclaboussé de sang… Le visage choqué de Smith, le regret et l'inquiétude dans son regard.

Lorsqu'elle avait fini par se rendormir, elle s'était réveillée une heure plus tard, certaine d'avoir entendu un bruit au-dehors, imaginant que quelqu'un s'introduisait dans la maison, tirait sur elle et la laissait pour morte.

Une lassitude se répandit en elle tel un brouillard. Elle aurait trente ans cette année. Elle était trop jeune pour mourir, seule de surcroît.

Peut-être désirait-elle autre chose dans la vie en plus de son travail et d'aider autrui. Peut-être désirait-elle vivre pour elle un peu. Simplement, elle avait peur de souffrir comme elle avait souffert quand Dex l'avait quittée.

Elle se secoua, termina son café et appela April, laquelle se porta volontaire pour informer les bénévoles de la fermeture temporaire du centre.

— Je vais téléphoner au lieutenant et lui demander la permission d'entrer dans les locaux aujourd'hui pour tout nettoyer, promit Melissa. Je te rappelle.

La communication terminée, elle composa le numéro du policier mais n'obtint que sa boîte vocale, si bien qu'elle laissa un message. On toqua à sa porte d'entrée au moment où elle raccrochait.

Était-ce justement le lieutenant qui venait la tenir au courant ? Ou la questionner de nouveau ? Elle espéra qu'il n'apportait pas de mauvaises nouvelles concernant Jim Smith.

On toqua de nouveau, et elle se dirigea vers la porte. Elle jeta un coup d'œil par le judas, redoutant toujours qu'un inconnu n'ait confondu son adresse avec celle du trafiquant de drogues qu'il cherchait. Pour autant qu'elle le sache, il y en avait au moins deux dans la rue.

Son cœur manqua un battement ; ce n'était ni le policier ni un inconnu.

C'était Dex.

L'espace d'un instant, elle s'abandonna à la contemplation de son séduisant visage. Il portait un chapeau de cow-boy, un jean et des bottes, et arborait l'expression mélancolique qui le rendait plus mystérieux et plus sexy que jamais.

Avec une profonde inspiration, elle ouvrit la porte, son cœur trébuchant alors que leurs regards se soudaient.

— Tu n'as pas dormi, je parie ? demanda-t-il d'une voix bourrue.

Il avait toujours su lire en elle. Peut-être était-ce pour cette raison qu'il avait rompu. Il avait senti qu'elle s'attachait trop à lui, qu'elle commençait à imaginer qu'elle passerait sa vie entière avec lui.

— Pas beaucoup, admit-elle en s'effaçant pour le laisser entrer.

— Je suis désolé.

Il s'immobilisa devant elle, sa haute silhouette dominant celle de Melissa. Toutes les femmes qu'il rencontrait devaient se pâmer devant ses épaules larges et ses bras musclés.

Combien y en avait-il eu depuis leur séparation ? Elle ne voulait pas y penser.

— Tu n'y es pour rien, répondit-elle doucement. Je ne pouvais pas m'empêcher de me faire du souci pour Jim. Le lieutenant avait l'air de dire qu'ils allaient tirer d'abord et poser des questions ensuite.

— Tu crois vraiment que c'est un type bien ?

Melissa se mordit la lèvre.

— Oui. Il a des secrets, c'est sûr. Mais cela ne veut pas forcément dire qu'il ait un passé criminel. Parfois, la vie a été dure pour certains, et ils font de leur mieux pour survivre.

— Comme mon père, observa-t-il, une trace d'amertume dans la voix.

— Je ne sais pas, Dex, murmura-t-elle avec compassion. Je suis vraiment désolée que tu n'aies pas eu le temps de lui parler.

— Moi aussi.

Il ferma brièvement les yeux, et elle comprit qu'il luttait encore contre la douleur et le remords.

Elle brûlait de le réconforter. Au lieu de quoi, elle se força à garder les mains le long du corps. Elle l'avait fait fuir autrefois en étant trop émotive.

Elle ne commettrait pas deux fois la même erreur.

Dex s'était promis de ne pas faire de son père l'objet principal de sa visite, mais Melissa avait toujours eu un don pour aller droit au vif du sujet.

Et droit dans son cœur.

Concentre-toi, mon vieux.

— J'aurais dû rester avec toi hier soir, dit-il.

Melissa secoua la tête.

— Ne dis pas de bêtises, Dex. Je vais bien. Pourquoi es-tu venu ? As-tu des nouvelles du lieutenant ?

Ce fut à son tour de secouer la tête.

— Malheureusement non. Je suis en route pour le bureau de McTruitt. Quelqu'un pourra peut-être m'expliquer pourquoi il cherchait Smith.

— Tu enquêtes pour le compte du lieutenant Lamar ?

— Non, mais j'aime les énigmes.

Ou plutôt, il n'avait de cesse de les résoudre. Il avait toujours été ainsi. Et cela ne changerait jamais.

Il retira une carte de visite de sa poche et la lui tendit.

— Je voulais que tu aies mon numéro au cas où tu aurais besoin de quoi que ce soit.

Melissa prit la carte, et leurs mains se frôlèrent. Elle eut un brusque mouvement de recul, comme si elle avait éprouvé le même picotement que lui.

Puis elle redressa le menton et attrapa son sac.

— Je t'accompagne.

— Ce n'est pas la peine.

Elle lui pressa le bras.

— Si. Moi aussi, je veux des réponses, Dex. Et je n'ai

pas le droit d'entrer dans le centre pour le moment. Je vais devenir folle si je reste là à me tourner les pouces.

Il hocha la tête en signe de capitulation. Inutile d'essayer de discuter avec Melissa. Elle avait un cœur d'or, mais elle était têtue comme une mule.

Ils se dirigèrent vers son 4x4 tandis que des éclats de voix résonnaient dans la demeure voisine. Dex réprima un juron. Cette rue ne lui plaisait pas. Et le fait que Melissa y vive lui plaisait encore moins.

Le trajet se déroula en silence jusqu'au bureau de McTruitt, situé dans un centre commercial délabré à la sortie d'Austin. Hormis un salon de tatouage et un magasin de fournitures agricoles, les locaux étaient à louer.

Dexter se gara devant l'immeuble et parcourut les environs du regard. Une berline noire était stationnée dans le parking arrière. Vide. Il était trop tôt pour que le salon de tatouage ou le magasin soient ouverts.

Une lueur à la fenêtre indiquait une présence. Une secrétaire ? Ou McTruitt avait-il un équipier ? Dexter se reprocha soudain de ne pas avoir effectué de recherches à son sujet.

Il avait été trop troublé par Melissa.

La main sur la poignée de la portière, il pivota vers elle.

— Attends ici.

— Non. Je peux peut-être t'aider.

Sans un mot de plus, ils s'approchèrent de l'immeuble. La porte était fermée, mais Dex vit le faisceau d'une torche électrique bouger à l'intérieur.

Ce n'était pas une secrétaire. Quelqu'un fouillait les lieux.

Il tendit le bras pour arrêter Melissa, et lui chuchota de regagner la voiture. Cependant, avant qu'elle ait pu esquisser un geste, la vitrine vola en éclats et une balle siffla à ses oreilles.

Melissa hurla.

5

Melissa se plaqua contre le mur, luttant pour reprendre son souffle.

— Reste baissée ! ordonna Dex.

Il avait tiré une arme de sa poche arrière et ripostait.

Des pas précipités se firent entendre, suivis de bruits sourds, comme si quelqu'un avait fait tomber des meubles.

D'un geste, Dex lui indiqua de ne pas bouger et hasarda un coup d'œil dans le bureau. Une voix d'homme s'éleva, une nouvelle balle fendit l'air en sifflant.

Melissa poussa un cri. Il lui couvrit la tête de ses bras alors que des fragments de verre pleuvaient sur eux.

Elle se cramponna à lui, et ils restèrent immobiles quelques secondes. Soudain, le rugissement d'un moteur brisa le silence. La berline noire contourna le bâtiment, les dépassa en trombe et s'engouffra dans la rue.

Dex s'était déjà redressé. Il se précipita en avant et visa les pneus. En vain. Le véhicule disparut, laissant dans son sillage une odeur de caoutchouc brûlé.

Melissa se releva, les jambes tremblantes, comme Dex revenait vers elle.

— Ça va ? demanda-t-il, hors d'haleine.

Elle hocha la tête, sidérée d'avoir été mêlée à deux fusillades en deux jours.

— Et toi ?

— Oui.

Il retira son Stetson, passa une main dans ses cheveux ébouriffés, puis remit le chapeau avec un grognement.

— Je n'ai pas eu le temps de noter le numéro d'immatriculation.

— Qu'est-ce qui se passe ? demanda Melissa, s'efforçant de rassembler les pièces du puzzle.

— Je ne sais pas, mais j'ai bien l'intention de le découvrir.

Il tourna la poignée de la porte, qui céda et s'ouvrit en grinçant.

Un coup d'œil suffit à Melissa pour comprendre que le local avait été mis à sac. L'endroit se composait d'une petite entrée qui devait servir d'accueil, et d'une pièce plus vaste à l'arrière, où se trouvaient un bureau métallique, un fauteuil confortable et une série de classeurs désormais béants. Des papiers étaient éparpillés sur le bureau et sur le sol, comme si on avait renversé des dossiers pêle-mêle.

— On a volé l'ordinateur, marmonna Dex.

Melissa parcourut des yeux les lieux dévastés.

— Que cherchaient-ils, à ton avis ?

Dex haussa les épaules.

— Qui sait ? Il doit y avoir un rapport avec une de ses enquêtes.

— Tu crois que c'était la personne qui l'avait engagé pour rechercher Jim Smith ?

— C'est possible. McTruitt étant mort, cette personne ne tient sans doute pas à ce que son nom soit révélé.

— Ses motifs non plus, observa Melissa. Crois-tu que McTruitt avait été envoyé pour tuer Jim ?

Le regard sombre de Dex rencontra le sien.

— Peut-être. S'il avait un dossier sur Smith, ça nous aiderait.

Il s'approcha du bureau, enfila une paire de gants et se mit à fourrager parmi les documents en vrac.

De son côté, Melissa se baissa afin d'examiner ceux qui étaient sur le sol. Dex lui lança des gants qu'elle s'empressa de mettre. Naturellement, il était fort possible que le tireur ait trouvé ces informations et les ait emportées. Cela dit, peut-être l'avaient-ils interrompu avant qu'il ait découvert quoi que ce soit. Dans ce cas, Dex et elle avaient une chance.

Dex serra les dents. Il savait qu'il devait avertir Lamar, mais il voulait jeter un coup d'œil d'abord. Il tria rapidement les papiers sur le bureau, à l'affût de signes d'activités illicites et de toute référence à Jim Smith.

D'après Melissa, Smith n'avait pas menacé McTruitt. C'était l'inverse qui s'était produit. Par conséquent, soit McTruitt pensait que Smith était dangereux, soit son commanditaire lui avait dit d'avoir recours à la force pour l'arrêter.

Ou alors… Il avait été engagé dans le but de l'éliminer.

Si oui, il devait y avoir un mobile.

Il continua à éplucher les notes. Nombre d'entre elles concernaient de vieilles affaires, surtout des histoires d'adultère, d'adolescents fugueurs, de vol de chiens et autres délits sans envergure.

— Tu vois quelque chose ? s'enquit Melissa.

— Rien sur Smith. Et toi ?

Elle fit non de la tête et se releva, puis s'approcha du mur, étudiant une photo de McTruitt entouré d'un groupe d'amis lors d'une partie de pêche. Dex y jeta un bref coup d'œil avant de se plonger dans les documents restés dans les classeurs.

Là non plus, il ne trouva rien au sujet de Smith.

À tout hasard, il vérifia la section contenue sous H, mais il n'y avait aucun dossier au nom de Hawk. Il s'apprêtait à refermer le tiroir quand une carte de visite coincée au bord retint son attention.

Il s'agissait d'une publicité pour un site de vente de bétail aux enchères géré par un certain Vance Baxter. Dex fronça les sourcils. Il avait entendu parler de Baxter. Ses affaires étaient en pleine expansion. Il avait collaboré avec un expert pour élever des animaux reproducteurs de toute première qualité.

Pourquoi McTruitt gardait-il cette carte dans son classeur ? Perplexe, Dex la fourra dans sa poche, bien qu'il ne vît aucun rapport avec Smith ou son propre père.

Le moment était venu d'appeler Lamar et de le mettre au courant de la fusillade.

— Mieux vaut qu'on sorte de là, dit-il en prenant Melissa par le bras. Il faut que je signale l'incident à la police. Je ne veux pas que Lamar sache qu'on a fureté dans le bureau.

Melissa hocha la tête.

— Le lieutenant est un de tes amis ?

Dex haussa les épaules.

— Disons qu'il m'a pris sous son aile il y a quelques années. Quand une affaire est dans une impasse et qu'il manque de main-d'œuvre, il me met sur le coup.

Melissa fronça les sourcils.

— Tu ne l'aimes pas, hein ? demanda Dex.

— Je suppose que je fais moins confiance aux policiers que certaines gens, admit-elle.

Il étrécit les yeux.

— Tu as eu de mauvaises expériences avec eux au centre ?

— Et quand j'étais petite.

Une ombre voila son regard, mais elle n'ajouta rien. Dex allait insister quand Lamar décrocha.

— Je suis au bureau de McTruitt, expliqua Dex. Quelqu'un était là et a saccagé l'endroit. Il a tiré sur nous.

Lamar lâcha une bordée de jurons.

— J'arrive. Pour l'amour du ciel, ne touche à rien, Dex.

Ce dernier réprima un sourire.

— Bien sûr que non, Lamar. On attend dehors.

Melissa l'observait avec curiosité.

— Tu n'as pas confiance en lui ? demanda-t-elle une fois la communication terminée.

— Je n'ai pas dit ça. Mais je refuse d'être tenu à l'écart de cette affaire. Si l'attaque contre Smith est liée à la disparition des autres sans-abri, je veux le découvrir.

*
* *

Quelques minutes plus tard, le lieutenant descendait de voiture. Il s'approcha d'eux à grandes enjambées, ses traits rudes crispés par la colère.

Debout sur les marches avec Dex, Melissa se força à garder un visage impassible. Au centre, elle avait appris à ne pas trahir sa peur, à rester maîtresse d'elle-même en toutes circonstances. Et elle refusait de se laisser intimider par ce policier.

— Qu'est-ce que vous fabriquez ici ? grogna Lamar.

Dex se campa sur ses jambes, les bras croisés. Lui non plus n'allait pas se laisser intimider.

— Tu le sais. Je veux savoir ce qui est arrivé à mon père...

— Ton père a conduit en état d'ivresse et a eu un accident, lui fit remarquer le lieutenant, une pointe de compassion dans la voix. Qu'est-ce qui te fait penser que sa mort est liée à Smith ou à McTruitt ?

Un muscle tressauta dans la mâchoire de Dex.

— Je ne sais pas. Peut-être n'y a-t-il pas de lien. Mais c'est curieux que j'aie trouvé la carte d'un centre pour sans-abri dans le pick-up de mon père, que d'autres sans-abri aient disparu, et qu'il y ait eu une fusillade dans un autre centre.

Il fronça les sourcils.

— Tu dois admettre qu'il y a là quelque chose de louche, Lamar.

Le policier se frotta le menton et soupira.

— Ce que je pense, c'est que tu n'as pas surmonté la disparition de ton père et que tu cherches des histoires louches là où il n'y en a pas.

Dex haussa les épaules.

— Peut-être. Mais tu me connais, je suis tenace. Je continuerai jusqu'à ce que j'aie trouvé les réponses à mes questions.

— Dans ce cas, laisse-moi faire mon travail. Si je découvre que ces différents incidents sont liés ou qu'il y a un rapport avec ton père, je te le dirai.

Lamar toisa Melissa.

— Et vous ? Que faites-vous ici ?

Elle s'obligea à répondre d'une voix posée.

— Je tiens à savoir pourquoi ce détective privé était prêt à me mettre un pistolet sur la tempe pour arrêter Jim.

— Elle a raison, intervint Dex.

Le lieutenant prit une inspiration.

— J'y travaille, mais il est hors de question que deux civils viennent se mêler de mon enquête.

Il eut un geste éloquent en direction de Dex.

— Ton amie a failli être tuée hier soir, tu l'amènes ici, et on vous prend pour cible. C'est dangereux, Dex. Ramène Mlle Gentry chez elle et garde-la à l'écart de tout ça pour qu'elle soit en sécurité.

Melissa enfonça ses ongles dans ses paumes pour maîtriser son irritation.

— J'ai demandé à l'accompagner, déclara-t-elle fermement. Maintenant, si vous essayiez de découvrir qui a tiré sur nous ?

Lamar arqua les sourcils d'un air furibond.

— C'est ce que je compte faire, mademoiselle Gentry. Mais vous me faciliteriez la tâche si je n'avais pas à m'inquiéter pour vous deux.

Comme elle s'apprêtait à rétorquer, Dex la prit par le bras.

— Melissa, si tu allais attendre dans la voiture ?

Elle ravala non sans peine une protestation, n'appréciant guère que l'un ou l'autre lui donne des ordres. Elle se débrouillait seule depuis toujours.

Elle n'allait pas arrêter à présent.

Dex pouvait essuyer une réprimande, mais pas devant quelqu'un d'autre, et surtout pas devant une femme à qui il était attaché.

Attaché ?

D'où diable cette pensée lui était-elle venue ? Il connaissait Melissa depuis longtemps, mais il n'y avait plus rien entre eux. Sauf que son instinct protecteur se réveillait quand elle était là. Et qu'il refusait d'être exclu de cette enquête.

Melissa et lui voulaient tous les deux des réponses. Des réponses qu'il trouverait.

Il lui frotta le dos doucement.

— Melissa, s'il te plaît ?

Un instant, il crut qu'elle allait refuser, mais elle jeta un nouveau coup d'œil en direction de Lamar et acquiesça. Les mâchoires serrées, il la suivit du regard tandis qu'elle regagnait la voiture.

Son ami pianotait sur son téléphone quand Dex se retourna vers lui.

— Dis-moi exactement ce qui s'est passé, ordonna le policier.

— Comme je te l'ai dit au téléphone, quelqu'un était à l'intérieur quand nous sommes arrivés.

Il désigna le parking.

— J'avais remarqué une berline noire garée derrière.

— D'autres véhicules ?

Dex secoua la tête.

— Non. La lumière était éteinte, mais on distinguait le faisceau d'une lampe de poche.

Lamar le dévisagea.

— Et ensuite ?

— Quand j'ai regardé par la fenêtre pour voir qui était là, on a commencé à tirer sur nous.

Il s'approcha de la fenêtre et montra le verre brisé.

— Melissa et moi nous sommes baissés pour esquiver les balles, mais j'ai eu le temps d'apercevoir quelqu'un à l'intérieur.

— Une personne ou deux ?

Dex mâchonna sa joue.

— Une. Du moins, je n'ai vu personne d'autre.

— Et la voiture ? Il y avait quelqu'un dedans quand vous êtes arrivés ?

— Non. Elle était vide.

Lamar griffonna quelque chose dans son carnet.

— Tu pourrais donner une description du tireur ?

— Non. Comme je te l'ai dit, il faisait sombre. Et il a filé par l'arrière.

— Le numéro minéralogique ?

— Non.

En tant que détective, Dex n'était pas fier de lui. Il aurait de loin préféré avoir plus d'éléments à fournir, mais il avait été plus occupé à éviter les balles et à protéger Melissa qu'à poursuivre le salaud qui les avait pris pour cibles.

Lamar scruta la fenêtre et le verre brisé, puis récupéra une douille sur le rebord.

— Tu as dit qu'il avait tiré sur vous ? Tu as riposté ?

Dex n'avait aucune envie de répondre, mais il n'avait pas le choix. Les agents allaient forcément trouver deux types de munitions sur les lieux.

— Dex ?

— Oui.

Il tira son arme de la poche de son jean et la tendit au policier.

— J'ai ouvert le feu deux fois. Tu peux vérifier.

Le regard de Lamar rencontra le sien.

— Tu l'as touché ?

— J'en doute. J'essayais seulement de le chasser.

Lamar s'esclaffa.

— Tu sais que je pourrais te faire questionner.

— Mais tu ne vas pas le faire, rétorqua Dex. Parce que, techniquement, c'était de la légitime défense. Et toi, mon vieux, tu ne veux pas perdre de temps pour un truc qui n'aboutira à rien.

D'ailleurs, il n'avait pas outrepassé ses droits.

Mais il le ferait si cela se révélait nécessaire pour découvrir la vérité.

Melissa observait l'échange entre les deux hommes avec curiosité. Comment s'étaient-ils rencontrés ? Comment étaient-ils devenus amis ?

La vibration de son téléphone interrompit ses réflexions.

Elle jeta un coup d'œil au numéro, s'attendant à voir celui d'April, mais c'était Candace Fuller, la directrice d'un autre centre pour sans-abri de la région. Elles avaient travaillé ensemble par le passé et se retrouvaient de temps à autre pour boire un café.

— Melissa, comment vas-tu ? J'ai entendu parler de la fusillade.

— Je vais bien, répondit-elle, avant d'expliquer brièvement ce qui s'était passé. La police recherche Jim Smith, mais je ne crois pas qu'il soit dangereux, conclut-elle. Il m'a sauvé la vie.

— Je suis soulagée que tu sois saine et sauve.

Candace marqua une pause.

— À dire vrai, j'avais une autre raison de t'appeler.

Melissa attendit, troublée par l'inquiétude qui perçait dans la voix de son amie.

— Qu'y a-t-il ?

— Un des résidents ici, Bill Small, craint qu'il ne soit arrivé malheur à un de ses amis. Il affirme que cet homme a disparu.

— L'as-tu signalé à la police ?

Candace soupira.

— Oui, mais les agents n'avaient pas l'air très intéressés.

Melissa ne fut guère surprise de l'apprendre. Une camionnette de la police scientifique venait de se garer, et Dex se dirigeait vers elle.

— Bill est toujours là ?

— Oui.

— Écoute, Candace. Je suis justement avec un ami détective privé. Nous allons venir parler à Bill.

6

Une demi-heure plus tard, Dex se garait devant le foyer en question, sa curiosité éveillée par les propos que Melissa lui avait rapportés. Les dernières paroles de Lamar résonnaient encore dans sa tête. Il lui avait dit de ne pas se mêler de l'enquête de police et de laisser Melissa en dehors de ça, au risque de la mettre en danger.

Son ami l'avait toujours mis en garde contre le danger d'ingérence mais, ce jour-là, son avertissement avait semblé différent. On aurait presque dit une menace. Comme si, à supposer qu'il n'obéisse pas à ses ordres, Lamar allait veiller à ce que sa licence de détective privé soit révoquée. Ou le faire arrêter pour entrave au bon fonctionnement de la justice.

Peu importait à Dexter. Quand il était en mission, rien ne pouvait l'arrêter.

— Ce centre est l'un des plus fréquentés de la ville à cause de sa situation, expliqua Melissa alors qu'ils se dirigeaient vers la réception. J'ai travaillé ici pendant quelque temps avant de prendre mon poste actuel.

— Pourquoi es-tu partie ?

Elle haussa les épaules.

— On avait besoin de quelqu'un.

Dexter se demanda si elle avait jamais résidé à Lend-A-Hand étant enfant, lorsque son père la traînait d'un bout à l'autre du Texas.

— Près d'une centaine de personnes sont hébergées ici,

reprit-elle. Nous travaillons en collaboration avec le système judiciaire et les services sociaux pour trouver des places aux femmes et aux enfants victimes de violences domestiques, mais il y a beaucoup d'hommes qui ont besoin d'aide aussi. Cet établissement est presque toujours complet.

Arrivée à la porte, elle appuya sur un Interphone. Pendant qu'ils patientaient, Dex jeta un regard autour de lui. Le bâtiment, en retrait de la rue, était entouré d'un rideau d'arbres et, au-delà, d'une haute clôture en métal. Pour la protection des résidents ou pour rassurer les habitants du quartier ? Sans doute les deux.

Un bénévole les fit entrer, et une jeune femme blonde vint les saluer. À peu près du même âge que Melissa, elle embrassa cette dernière avec affection.

— Candace, je te présente Dexter Hawk. C'est un ami et un détective privé.

Candace le jaugea du regard.

— Hawk, répéta-t-elle. Votre nom ne m'est pas inconnu.

Dex lui adressa un léger sourire.

— Ma famille est propriétaire d'un ranch à Tumbleweed. Vous avez peut-être entendu parler de mon frère Lucas, qui a récemment démantelé un réseau de trafic humain.

— Oui, c'est cela. Et votre autre frère est avocat.

— Nous sommes quatre, expliqua-t-il. Mon frère aîné, Harrison, est le shérif de Tumbleweed.

Melissa s'éclaircit la gorge.

— Dex cherche à se renseigner sur l'homme qui m'a sauvé la vie hier. Il enquête également sur la disparition de deux sans-abri.

— Vous soupçonnez un acte criminel ? demanda Candace.

Dex haussa les épaules.

— Il est trop tôt pour le dire. Mais si ces hommes sont visés, je veux savoir par qui et pourquoi.

— Pouvons-nous parler à Bill ? intervint Melissa.

— Bien sûr.

Candace les conduisit dans un vaste réfectoire où les hommes achevaient leur petit déjeuner.

Melissa et elle s'arrêtèrent ici et là pour parler à quelques-uns d'entre eux. Dex les imita, mais la plupart des résidents se montrèrent réservés, voire méfiants. Soupçonnaient-ils qu'ils avaient affaire à un membre des forces de l'ordre, en dépit de son jean et de son Stetson ?

La vue de tant d'hommes dans le besoin le poussa à se demander s'il ne devrait pas suggérer à ses frères d'en embaucher quelques-uns au ranch. C'était une idée à creuser. Naturellement, la sécurité de sa famille et des jeunes filles que sa mère avait accueillies passait avant tout. Néanmoins, si le ranch continuait à se développer, ils allaient devoir recruter du personnel.

Un homme âgé, vêtu d'une salopette crasseuse, était assis seul à une longue table près des cuisines. Candace échangea un regard avec Melissa, puis mit une main sur l'épaule du vieillard et se pencha pour lui parler.

Il eut un léger hochement de tête et leva les yeux vers Melissa. Un sourire hésitant adoucit les contours rudes de son visage, qui se referma dès qu'il vit Dex.

— Vous n'avez rien à craindre, assura Candace avant de s'acquitter des présentations. Melissa et Dex sont ici pour vous aider à découvrir ce qui est arrivé à votre ami. Je voudrais que vous leur répétiez ce que vous m'avez dit.

Après avoir longuement regardé son café comme pour y puiser des réponses, Bill tira la chaise à côté de lui et invita Melissa à s'asseoir. Dex prit place en face et accepta le café que Candace lui proposait.

— Vous êtes flic ? demanda Bill, méfiant.

— Détective privé. Mon père vivait dans un centre comme celui-ci et il est mort récemment. C'est pour cette raison que j'ai commencé à m'intéresser aux foyers et que j'ai appris que d'autres hommes avaient disparu.

L'expression de Bill se radoucit.

— Je suis désolé pour votre père.

Dex hocha la tête. Il ne pouvait s'empêcher d'avoir du chagrin.

— Moi aussi. Et je suis désolé pour votre ami.

Cet échange tout simple suffit à apaiser Bill. Il but une gorgée de café, s'essuya la bouche avec une serviette en papier et posa sa tasse.

— Il s'appelait Harry Willis. J'ai peur qu'il ne lui soit arrivé malheur.

— Qu'est-ce qui vous fait croire cela ? demanda Melissa.

Bill pianota de ses doigts déformés sur la table, comme s'il essayait de mettre de l'ordre dans ses pensées.

— Harry était un type solitaire, à peu près du même âge que moi, dit-il enfin. Mais il avait une fille.

— Était-il en contact avec elle ? s'enquit Dex.

— Pas vraiment. Mais il a appris récemment qu'elle venait d'avoir un bébé. Il tenait plus que tout au monde à voir cet enfant. Il économisait pour envoyer de l'argent à sa fille, en espérant qu'elle l'autoriserait à lui rendre visite.

Melissa émit un petit soupir compatissant.

— Est-il allé la voir ?

Bill passa une main dans les cheveux blancs qu'il possédait encore.

— Non, du moins, je ne crois pas. Cela dit, un soir, il est rentré ici avec une liasse de billets.

Dex fronça les sourcils.

— Où avait-il obtenu cet argent ?

— D'après lui, il avait rendu un service à quelqu'un et on l'avait grassement payé. Ça m'a inquiété. Il ne voulait pas dire qui c'était ni ce qu'il avait fait.

— Aurait-il pu s'agir de trafic de drogue ? suggéra Melissa.

Bill fit non de la tête.

— Harry ne se droguait pas et il n'aurait jamais vendu ce truc-là.

— Pas même pour envoyer de l'argent à sa fille ? insista Dex.

— Non, répondit Bill fermement. Son fils est mort d'une overdose à l'âge de dix-neuf ans. C'est à cause de ça que Harry a échoué dans la rue. Du remords.

Dex ne comprenait que trop bien.

— Que s'est-il passé ensuite ?

— Le lendemain, il m'a dit qu'il allait l'envoyer à sa fille. Il est parti pour le bureau de poste mais il n'est jamais revenu.

Un silence tendu s'étira entre eux.

— Peut-être a-t-il décidé de l'emporter directement à sa fille, suggéra Dex.

Le regard de Melissa croisa le sien.

— Ou qu'on le lui a volé.

Ou qu'on l'avait tué pour le dépouiller. Cependant, ni l'un ni l'autre ne formula cette pensée à voix haute.

Dex avait déjà un plan en tête. D'abord, il irait demander à la fille de Harry si elle avait eu des nouvelles de son père. Si la réponse était négative, il vérifierait les rapports de police et ceux de la morgue pour les dates concernées. Au cas où Harry serait en prison… ou mort.

La pensée que Harry était peut-être mort bouleversait Melissa. Les hommes comme lui se déplaçaient constamment. Certes, ils se liaient parfois d'amitié avec d'autres au hasard des foyers, mais en général ils ne restaient pas longtemps. Son père et elle avaient vécu ainsi.

Le but des centres était de les aider à réintégrer le monde du travail, à reprendre le contrôle de leur existence. Le personnel s'efforçait de faciliter les réconciliations familiales, de procurer un soutien psychologique et financier, de proposer des programmes de réinsertion.

Quand quelqu'un partait de son propre gré, c'était parce qu'il n'était pas prêt à accepter l'aide qu'on lui offrait. L'amour-propre, la dépression, l'addiction, le traumatisme émotionnel, étaient autant d'obstacles au retour à la normale.

— Avait-il des amis vers qui il aurait pu se tourner ? demanda-t-elle.

Bill se gratta le menton.

— Il ne restait jamais assez longtemps au même endroit pour se faire des amis. Il ne tenait pas en place. Plus jeune, il travaillait dans les ranchs, ici et là. Mais ensuite il a commencé à souffrir d'arthrose et il ne pouvait plus faire de travail physique.

Melissa désigna d'un geste les hommes qui quittaient la salle les uns après les autres.

— Avez-vous cherché à savoir si quelqu'un était au courant du service qu'il avait rendu ?

— Évidemment. Madame Candace a interrogé tout le monde aussi. Mais personne ne savait rien.

— Vous dites qu'il bougeait beaucoup, coupa Dex. À part cette histoire d'argent, y a-t-il autre chose qui vous fait penser qu'il n'a pas tout simplement pris peur à l'idée de revoir sa fille et fui dans une autre ville ?

Bill repoussa sa chaise et se leva, sa tasse à la main.

— Venez, je vais vous montrer.

Melissa et Dex lui emboîtèrent le pas. Après avoir déposé sa tasse dans le bac destiné au lave-vaisselle, il les guida jusqu'au dortoir et se dirigea vers le lit placé tout au fond, près du mur.

Là, il s'accroupit et tira un vieux sac en toile de dessous le lit.

— C'était tout ce que Harry possédait.

Ses yeux tristes croisèrent ceux de Melissa, puis il sortit une photo du sac et la leur montra.

— Il n'avait que cette photo de sa fille. Prise quand elle avait cinq ans. Harry ne serait jamais parti sans elle.

Le cœur de Melissa se serra. Bill avait raison. La plupart des gens gardaient de leur vie passée un souvenir auquel ils s'accrochaient, et qui les accompagnait partout. Son père avait conservé précieusement une montre qui avait appartenu à son propre père. Et, à l'insu de ce dernier, elle avait gardé une photo de sa mère qui était encore dans son portefeuille.

— Il y a autre chose, ajouta Bill en remettant avec soin le cliché à sa place.

— Quoi ? demanda Melissa.

— Le jour où il est parti, je crois que quelqu'un le surveillait. Une voiture était garée plus bas dans la rue, une berline noire. Quand Harry est parti, elle l'a suivi tout doucement.

Le regard de Melissa se souda à celui de Dex.

Une berline noire. Comme celle de l'homme qui avait tiré sur eux au bureau de McTruitt.

Pouvait-il s'agir de la même voiture ? se demanda Dex, de plus en plus soupçonneux. Tout ce que Bill venait de leur expliquer l'incitait à craindre le pire pour son ami.

— Cela vous ennuierait que je jette un coup d'œil à ses affaires ?

Bill jeta un coup d'œil en direction de Melissa, qui hocha la tête en guise de confirmation. Dex ouvrit le sac et tendit la photo au vieil homme.

— Tenez-la. Je ne voudrais pas qu'elle soit abîmée.

L'expression reconnaissante de Bill émut Dex, qui eut le sentiment d'avoir gagné sa confiance et son respect. Un sourire mélancolique sur les lèvres, Bill promena le doigt sur le cliché pendant que Dex inspectait le sac.

La section principale contenait divers vêtements. Dans une des poches extérieures, il trouva du chewing-gum, un emballage de burger et une bouteille d'eau vide. Dans une autre était rangée une petite trousse de toilette. Il glissa les doigts au fond et ses doigts ramenèrent un fragment de papier sur lequel était écrit un nom.

Sally Layton.

— Sa fille s'appelle Sally ?

— Oui.

Une carte de visite était glissée dans la feuille pliée en deux. Dex la retourna. C'était celle du Dr Bart Huckleberry, un vétérinaire spécialisé dans les soins du bétail qui travaillait en étroite collaboration avec un éleveur expert.

Pourquoi diable Harry avait-il la carte de ce vétérinaire dans son sac ?

— Harry vous a parlé de cet homme ?

Bill secoua la tête.

— Non.

— Peut-être y a-t-il un rapport avec le travail qu'il a effectué. Je vais me rendre à la clinique.

Melissa tapota doucement le dos de Bill et le regarda avec sollicitude.

— Prévenez-nous si Harry vous contacte. Nous vous tiendrons au courant.

Bill prit sa main et la serra entre les siennes.

— Merci de m'avoir écouté.

Melissa l'étreignit avec émotion.

— C'est la moindre des choses.

Bill se tourna vers Dex.

— Merci à vous aussi.

La gorge nouée, celui-ci lui serra la main avec chaleur.

— Nous ferons tout ce que nous pouvons pour retrouver votre ami.

Il ne pouvait qu'espérer que Harry soit encore en vie.

7

Ils reprirent la route en silence, Dex hanté par la pensée que Harry était probablement déjà mort. Désireux de faire le point, il s'engagea dans le parking d'un restaurant appelé le Barbecue Pit.

— Si on déjeunait ? proposa-t-il en attrapant son téléphone. Je veux essayer de localiser la fille de Harry avant d'aller voir le vétérinaire.

— J'ai un peu faim, avoua Melissa.

Il se souvenait qu'elle adorait les burgers et les barbecues. Elle n'était pas une de ces femmes qui ne grignotait que des salades, ce qui tombait bien puisque l'établissement se targuait de servir le meilleur bœuf d'Austin. La salle était décorée dans le style western, et une énorme roue de chariot trônait à l'entrée, entourée de têtes de bétail fabriquées à l'aide de métal et de fil de fer.

Quand ils furent installés dans un box, Melissa se tourna vers lui.

— Comment va ta famille ? demanda-t-elle doucement. Je sais que cela dû être difficile d'apprendre ce qui était arrivé à ta sœur et à ton père.

Dex repoussa le menu. Il savait de quoi il avait envie.

De passer du temps avec Melissa.

Cependant, c'était un luxe qu'il ne pouvait pas s'offrir. Il devait se concentrer.

— Tout le monde tient le coup, répondit-il sur un ton bourru.

La serveuse arriva, et il se tut afin qu'elle puisse prendre leur commande. Melissa demanda un sandwich et un thé glacé, tandis qu'il optait pour une assiette de grillades accompagnée de café.

— Bien sûr, nous avions gardé l'espoir de retrouver Chrissy et papa en vie mais, au bout de dix-huit ans, je suppose que nous étions tous préparés au pire. Le plus triste, c'est que la mort de Chrissy a été un accident. Le jeune qui l'a tuée était un handicapé mental. Il voulait seulement jouer avec elle et, quand elle a voulu partir, il a été brutal sans le vouloir.

La serveuse apporta leurs boissons. Dex prit une gorgée de café avant d'ajouter :

— Malheureusement, la mère de cet homme a menti pour le protéger. C'était une erreur.

— Il a recommencé avec d'autres enfants, n'est-ce pas ?

Dex acquiesça, la gorge nouée.

Melissa recouvrit sa main de la sienne. Une onde de chaleur déferla en lui, si soudaine qu'il en eut le souffle coupé. Il n'avait jamais oublié les caresses de Melissa. Ses mains étaient si douces. Pleines de tendresse et d'amour.

Un amour qu'il ne méritait pas. Chrissy ne serait pas morte s'il avait veillé sur elle cette nuit-là.

— Je sais que tu t'es blâmé, reprit-elle.

Elle avait toujours ce don pour lire dans ses pensées. Peut-être était-ce pour cette raison qu'il l'avait quittée. Il n'aimait pas que quiconque entrevoie ses points faibles.

— Mais j'espère que tu ne le fais plus, Dex. Vous n'étiez que des enfants. Les frères et sœurs se disputent, c'est normal. Ta sœur vous adorait, sinon elle ne vous aurait pas suivis. Ce qui s'est passé ce soir-là n'est qu'une série de coïncidences malheureuses.

Elle lui pressa la main, et il dut réprimer l'envie de la capturer dans la sienne, comme s'ils étaient un couple.

— C'était un accident, dit-elle avec douceur. Ta sœur n'aurait pas voulu que tu t'accables de reproches.

Elle avait raison. Sur le plan intellectuel, il le savait. Cependant, son cœur et sa conscience refusaient de l'accepter.

*
* *

Dex était toujours rongé par un sentiment de culpabilité pour la mort de sa sœur. Melissa avait une conscience aiguë de son désarroi, mais ne savait comment l'aider à aller de l'avant.

— Ta mère a recueilli certaines des victimes de ce réseau de trafiquants, n'est-ce pas ? demanda-t-elle alors qu'ils commençaient leur repas.

Dex hocha la tête.

— Oui. Leur présence a fait du bien à tout le monde. Après la disparition de Chrissy, maman a traversé des moments difficiles. Et, quand papa nous a abandonnés, je crois qu'elle s'est blâmée pour son départ. La maison a été triste et silencieuse pendant des années.

— Même avec quatre garçons ?

Dex s'esclaffa.

— D'accord, elle n'était pas toujours silencieuse. Cela dit, mes frères et moi avons tous éprouvé un sentiment de culpabilité. Pendant un certain temps, chacun de nous s'est replié sur lui-même. On essayait de ne pas causer d'ennuis à notre mère, de ne pas ajouter à son chagrin.

Melissa le regarda avec sollicitude.

— Tu veux dire que vous avez été sages ?

— Pendant un temps, répéta Dex avec un petit rire. Et puis, le naturel a repris le dessus. Pour ma part, j'étais en colère et j'en voulais au monde entier. J'ai commencé à enfreindre les règles.

Le côté espiègle, rebelle, de Dex avait attiré Melissa dès le début. Il avait tout du mauvais garçon, sauf qu'il avait des principes et qu'il défendait les plus faibles. Un mélange explosif.

Ignorant le germe de désir qui naissait en elle, Melissa termina son repas tandis qu'il allait téléphoner à son frère Lucas. Avec un peu de chance, celui-ci pourrait localiser la fille de Harry.

— Elle s'appelle Sally Layton, expliqua Dex. Son père est un sans-abri qui semble avoir disparu.

— Donne-moi un instant. Je vais voir ce que je peux trouver.

Dex marcha de long en large en attendant. Bon sang, il avait besoin de s'éloigner un peu de Melissa. Lui parler, être avec elle de nouveau, réveillait des sentiments qu'il pensait éteints depuis longtemps.

— J'ai tes infos, lâcha Lucas en reprenant la communication. Elle est infirmière dans une clinique à côté de l'hôpital principal. Je t'envoie son adresse et son numéro par texto.

Dex le remercia et raccrocha, puis attendit le texto. Lorsque l'adresse s'afficha sur l'écran, il appela la clinique, mais Sally n'y était pas. Il retourna à la table et, après avoir réglé l'addition, Melissa et lui se rendirent chez la jeune femme.

Elle vivait dans un lotissement de pavillons qui venait d'être remis au goût du jour.

— Ce sont de jolies maisons, commenta Melissa.

— Elles me rappellent celles que rénove Honey, l'épouse de Harrison. Elle a acheté plusieurs propriétés anciennes à Lower Tumbleweed et a complètement redynamisé la ville.

Melissa devrait habiter dans un tel endroit, songea-t-il à part lui, pas dans le quartier minable où elle vivait.

Un monospace était garé dans l'allée, et un parterre rempli d'impatiens multicolores égayait le jardin bien entretenu. Deux fauteuils à bascule trônaient sur la terrasse en bois, donnant au lieu un aspect accueillant et chaleureux.

Ils gravirent les marches en silence. Dex toqua à la porte. Des pas résonnèrent à l'intérieur, puis une voix. Quelques secondes plus tard, la porte s'ouvrit. Une jeune femme blonde apparut, un bébé dans les bras.

L'expression de Melissa s'adoucit à la vue de l'enfant, et Dex crut déceler un soupçon d'envie dans ses yeux. Il se demanda soudain pourquoi elle ne s'était jamais mariée. En même temps, le seul fait de l'imaginer avec un autre homme lui noua l'estomac.

— Sally ? demanda-t-elle.

Celle-ci acquiesça, son regard allant de l'un à l'autre.

— Que puis-je faire pour vous ?

Dex fit signe à Melissa de poursuivre, aussi résuma-t-elle leur rencontre avec Bill.

Sally écarquilla les yeux.

— Vous avez vu mon père ?

— Malheureusement, non, répondit Melissa doucement. Nous avons parlé avec quelqu'un qui le connaît, un certain Bill.

La douleur se lut sur le visage de la jeune femme.

— Mais mon père vivait dans un foyer pour sans-abri.

— Oui.

— Son ami Bill se fait du souci pour lui, ajouta Dex. Avez-vous été en contact avec lui ces temps-ci ?

Le bébé commençait à s'agiter. Sally le changea de position et lui tapota le dos pour l'apaiser.

— Je n'ai pas de nouvelles de lui depuis plusieurs mois. J'espérais qu'il allait m'appeler.

Elle déposa un baiser sur le front du nourrisson.

— Sari a deux mois aujourd'hui. Je voulais que mon père fasse la connaissance de sa petite-fille.

Melissa sourit.

— D'après Bill, Harry avait gagné de l'argent dernièrement et voulait vous l'envoyer. Il avait hâte de vous voir, vous et le bébé.

Une lueur d'espoir brilla dans le regard de Sally, vite remplacée par l'inquiétude. Ou la déconvenue. Dex savait ce qu'il en était de se demander où était son père et pourquoi il était parti.

— Mais je n'ai pas eu de nouvelles de lui…

Sa voix se fêla.

— Il a sans doute changé d'avis. Ce ne serait pas la première fois.

Une fraction de seconde s'écoula. Melissa pressa la main de Sally.

— Saviez-vous qu'il a toujours une photo de vous sur lui, où qu'il aille ?

Des larmes montèrent aux yeux de la jeune femme, mais elle cilla pour les refouler et secoua la tête.

— Mon père s'est toujours considéré comme responsable de la mort de mon frère, mais il n'y était pour rien. J'ai eu beau essayer de renouer avec lui, il a commencé à boire et puis il a disparu.

— Je suis vraiment désolée, murmura Melissa.

Dex tira une carte de visite de sa poche.

— Je vous en prie, appelez-moi s'il vous contacte.

Sally hocha tristement la tête.

— Et si vous le voyez, dites-lui que je l'aime et que je voudrais qu'il revienne à la maison.

La gorge nouée, Dex se contenta d'acquiescer sans répondre.

Melissa tendit la main et caressa la tête du bébé.

— Elle est superbe.

— Merci, souffla Sally. J'espère seulement que papa la verra un jour.

Une larme roula sur sa joue.

— Je l'espère aussi, murmura Melissa en l'étreignant. Nous vous tiendrons au courant.

Serrant le nourrisson contre elle, Sally referma la porte. Dex vit Melissa essuyer une larme sur sa joue alors qu'ils regagnaient la voiture.

Il pria silencieusement pour que la quête de la jeune femme se termine mieux que la sienne.

Les mains nouées sur ses genoux, les nerfs tendus à craquer, Melissa regardait le paysage défiler derrière les vitres alors qu'ils roulaient vers le cabinet du vétérinaire. Il y avait tant de familles déchirées… D'êtres victimes de circonstances tragiques, de gens qui erraient sans foyer tandis que ceux qu'ils avaient laissés derrière eux luttaient contre le chagrin, la peur et le remords. Elle aurait aimé pouvoir donner à tous une fin heureuse, mais elle avait compris bien longtemps auparavant que c'était impossible. À force, elle aurait dû devenir insensible à la douleur, mais chaque histoire l'affectait autant.

Dex conduisait, le visage crispé. Sans doute songeait-il à son propre père, que sa famille avait attendu si longtemps. Dix-huit ans durant. Tout cela pour découvrir qu'il venait de mourir dans un accident de voiture. Quel coup dur pour eux tous…

Quittant la route principale, il s'engagea dans une voie secondaire creusée d'ornières qui filait entre les champs. Quelques centaines de mètres plus loin, un panneau rustique accroché à un poteau indiquait

HUCKLEBERRY ANIMAL HOSPITAL.

Situé à une cinquantaine de kilomètres d'Austin, l'endroit était bien équipé, disposant d'écuries et d'étables pour les animaux dont le traitement devait durer quelque temps. Une unité de soins mobile munie d'une remorque était garée devant le bureau, destinée manifestement aux visites dans les ranchs et fermes de la région.

— Tu crois que Harry est mort ? demanda enfin Melissa, brisant le silence.

— Je ne sais pas. Les corps des trois hommes portés disparus n'ont pas été retrouvés, par conséquent il est possible qu'ils soient encore en vie. Lamar a peut-être raison de penser que je vois des problèmes là où il n'y en a pas.

— Et peut-être qu'il a tort. Nous devons en avoir le cœur net, Dex.

— Oui. Je peux te poser une question ?

Melissa se raidit. Elle se refuserait à admettre qu'il lui avait brisé le cœur. Peut-être ne lui avait-il pas accordé une seule pensée après l'avoir quittée. Si tel était le cas, elle préférait ne pas le savoir. Cela lui faisait trop mal d'imaginer que les sentiments qu'elle avait éprouvés à son égard n'avaient probablement jamais été réciproques.

— Tout dépend de ce que c'est.

— OK.

Il se gara à côté de l'unité mobile et coupa le moteur.

— Ton père et toi, avez-vous séjourné à Lend-A-Hand quand tu étais petite ?

Melissa détourna le regard, redoutant qu'il ne lise dans ses pensées. C'était un calvaire pour elle que de se remémorer ces années d'errance avec son père, ces nuits passées dans la voiture, dans un jardin public ou au fond d'une ruelle.

Elle avait honte.

Elle avait toujours eu tellement honte.

— Non, répondit-elle. C'est un foyer réservé aux hommes seuls.

Il hocha la tête.

— Comment as-tu fait la connaissance de Candace ? Au travail ?

— Oui et non. Nous nous sommes rencontrées à l'université parce que nous étions toutes les deux bénévoles dans un centre d'hébergement pour femmes. Nous partagions les mêmes buts et nous avons tout de suite sympathisé.

Elle caressa distraitement le charme en argent accroché à une chaîne autour de son cou.

— Nous sommes amies depuis, mais elle s'est mariée l'an dernier, par conséquent nous nous sommes vues moins souvent ces derniers temps.

— Son mari ne s'inquiète pas qu'elle travaille dans un foyer pour hommes ?

Melissa eut un léger rire.

— Si, mais il l'aime et il sait que son travail la passionne. Je crois que c'est une des raisons pour lesquelles il est tombé amoureux d'elle. Comment pourrait-il lui demander d'y renoncer ?

Une émotion indéfinissable assombrit le regard de Dex.

— Tu as raison. Il ne pourrait pas.

L'instant d'après, il ouvrait sa portière et descendait de voiture. Melissa l'imita, et ils se dirigèrent ensemble vers la réception, un bâtiment tout en longueur qui avait autrefois dû être une grange. Il était peint en rouge foncé et recouvert d'un toit en zinc. Dex parcourut les environs des yeux comme s'il s'attendait à des ennuis, et elle suivit son regard mais ne vit rien de suspect.

Au loin, deux chevaux galopaient dans un champ. Aucun

bétail n'était visible. Un petit troupeau de chèvres paissait dans un pré sur la droite, et un chat gris sommeillait sur la terrasse de la maison d'habitation en briques. L'allée était déserte.

Il régnait un calme étrange, comme si personne n'était là. Le Dr Huckleberry était-il parti effectuer une consultation ?

Non, puisque son unité mobile était dans la cour.

À moins qu'il n'en ait une seconde, ou qu'il ne s'en serve pas pour les visites de routine. Ou qu'il soit tout simplement allé faire une course.

Dex toqua à la porte, puis poussa le battant.

— Docteur Huckleberry ?

Le local était silencieux, l'air imprégné d'une forte odeur de produits chimiques. Le sol en ciment paraissait assez propre. Face à la porte, un bureau semblait prêt à accueillir les clients, mais personne n'était en vue. Huckleberry n'avait-il ni secrétaire ni assistant ?

Dex s'avança vers une porte à double battant. Melissa lui emboîta le pas, et ils traversèrent deux salles d'auscultation, une salle d'opération et une petite réserve qui faisait office de pharmacie. L'armoire vitrée qui contenait fournitures et médicaments était fermée à clé. A priori, rien d'anormal.

Un petit couloir conduisait à une pièce à l'arrière. Meublée en tout et pour tout d'un bureau et d'un classeur métalliques, elle était déserte aussi. Un calendrier punaisé au mur indiquait la date, un registre de rendez-vous était ouvert, un tiroir légèrement entrebâillé.

Dex y jeta un bref coup d'œil sans toucher à rien. Une photographie encadrée au mur montrait le vétérinaire acceptant un prix. Âgé d'une bonne quarantaine d'années, il était barbu, solidement bâti, doté de mains puissantes.

D'un geste, Dex désigna une sortie qui donnait dans l'écurie. Un aboiement résonna alors qu'il ouvrait la porte.

Un gros chien gris, croisement d'un berger allemand et d'une autre race que Melissa n'aurait su identifier, vint les accueillir. Elle s'immobilisa, donnant à l'animal le temps de la renifler et de se rendre compte qu'ils ne représentaient pas une menace.

— Tout va bien, mon vieux, murmura Dex.

Sur le point de le caresser, il se figea, puis lâcha un juron et montra à Melissa le museau du chien.

Il était couvert de sang.

Tous les sens en alerte, Dex se hâta derrière le berger allemand, prêt à faire feu si nécessaire. Ils dépassèrent une petite écurie, laquelle semblait aussi déserte que le reste. Le chien jappa et se retourna comme pour vérifier qu'ils le suivaient.

— Je suis là, lança-t-il pour le rassurer.

L'animal s'était mis à trottiner. Dex pressa l'allure, aussitôt imité par Melissa. Ils se dirigeaient vers une autre grange, le gravier crissant sous leurs pas. On entendait des vaches mugir à l'intérieur, mais un beuglement rageur fit tressaillir Dex. Il connaissait ce bruit.

Un taureau furieux s'agitait dans son box.

Il leva la main, avertissant Melissa d'attendre.

Le chien s'était remis à aboyer et décrivait des cercles devant les portes ouvertes de la grange.

— Reste là, toi aussi, murmura Dex.

Il s'avança à pas prudents entre les stalles, jetant un coup d'œil à chacune au cas où on lui aurait tendu une embuscade. Deux vaches occupaient des box séparés côté gauche. Le taureau en furie était du côté droit, tout au bout de la rangée.

Sur le sol en plancher brut, une tache sombre attira l'attention de Dex.

Du sang.

Redoublant de vigilance, il continua sa progression.

Les piétinements et reniflements du taureau devinrent plus distincts. Les lattes du box vibraient sous les coups de boutoir répétés de l'animal enragé.

Dex savait par expérience que toute bête pouvait être dangereuse. Quelques tentatives de rodéos lui avaient appris à ne pas sous-estimer la force d'un taureau.

Il s'approcha lentement et jeta un coup d'œil par-dessus le

box. Le taureau soufflait, ses sabots raclant la poussière tout près d'un homme étendu face contre terre. Ses vêtements étaient en lambeaux, dégoulinants de sang.

— Dex ?

— Appelle une ambulance !

8

Melissa laissa échapper un cri à la vue de l'homme qui gisait dans le box.

— Oh ! mon Dieu ! C'est le vétérinaire ?

— Oui. On dirait qu'il a été piétiné par le taureau.

Bouleversée, Melissa tira son téléphone de sa poche, composa le 911 et s'éloigna de quelques pas. Dès que l'opérateur décrocha, elle expliqua la situation.

— Il faut une ambulance et la police, ajouta-t-elle.

Soudain, on l'empoigna par-derrière. Lâchant un cri, elle laissa tomber son téléphone. L'instant d'après, une main froide s'abattit sur ses lèvres.

Une bouffée de panique l'envahit. Elle se débattit, donna des coups de pied et griffa le bras de son attaquant.

Une balle siffla à côté de sa tête. Suivie d'une autre.

Melissa flanqua un nouveau coup de pied à l'homme et lui mordit la main de toutes ses forces. Il éructa un juron, mais lui décocha un violent coup de poing dans la tempe. Des étoiles dansèrent devant ses yeux.

L'homme l'entraîna vers la porte et la poussa dans un box, puis se détourna et dégaina une arme.

Comprenant qu'il allait tirer sur Dex, Melissa ne lui en laissa pas le temps. Telle une furie, elle lui sauta sur le dos pour l'en empêcher.

Il tenta de se dégager, en vain. Elle lui enfonça les doigts dans les yeux. D'autres détonations claquèrent. Priant pour que Dex soit indemne, elle continua à se défendre.

L'homme essayait de retirer ses mains. Elle eut beau lutter pour rester cramponnée à son dos, il était fort et parvint à la jeter à terre. Sa tête heurta la cloison du box, le monde tourna autour d'elle, mais la vue d'un placard à pharmacie dans le coin lui donna une idée.

L'homme se ruait vers elle. Melissa attrapa une seringue hypodermique et la lui planta dans le ventre au moment où il refermait les mains autour de son cou.

Il serra néanmoins, l'étouffant. Résolue à se libérer, elle le repoussa de son mieux, mais il enfonçait ses doigts dans sa gorge. Elle ne pouvait plus respirer.

Un vertige s'empara d'elle, sa vision devint floue, puis ce fut le noir.

•

Dex s'avança, plaqué au mur. Bon sang ! Il pensait avoir touché le tireur, mais ce salaud n'avait pas abandonné la partie.

Où diable était Melissa ? Il l'avait entendue crier, puis plus rien.

Un nouveau coup de feu retentit. Furieux, Dex se précipita en avant et tira sur le box où son adversaire s'était réfugié, s'efforçant de viser les interstices entre les lattes. Un grognement indistinct lui parvint. Il combla en courant la distance pour jeter un coup d'œil à l'intérieur.

L'homme gisait sur le sol, la chemise imprégnée de sang. Dex se hâta de ramasser son arme, puis vérifia son pouls.

Il était mort.

À présent, il devait retrouver Melissa.

Après avoir rechargé son arme, il se dirigea vers le premier box. Tout était étrangement calme.

Un bruit s'éleva dans la stalle. Dex se rua en avant, prêt à ouvrir le feu.

Un homme était étendu par terre, inerte. Melissa aussi. Elle était pâle, une seringue hypodermique à côté de sa main ouverte.

Dex se précipita dans le box, se laissa tomber à côté de l'inconnu et vérifia son pouls : lent mais régulier.

Gardant l'œil sur lui, Dex s'agenouilla près de Melissa et pressa deux doigts sur son cou. De précieuses secondes s'écoulèrent. Enfin, il sentit une pulsation.

Le cœur cognant à tout rompre, il lui caressa tendrement la joue.

— Melissa, reviens-moi.

Sa poitrine se souleva et s'abaissa lentement.

Au comble de l'émotion, il lui effleura la joue de nouveau.

— Dis-moi quelque chose, ma chérie.

Un battement de cils. Elle se mit à respirer plus vite, puis lâcha un petit soupir.

Il glissa une main sous sa tête, lui murmurant des paroles de réconfort. À la vue des marques de doigts sur son cou, il dut réprimer l'envie d'achever le salaud qui l'avait agressée.

— Je suis là, tout va bien, murmura-t-il doucement.

Melissa ouvrit les yeux, les referma, tendit la main vers lui. Il passa un bras autour d'elle et la berça tandis qu'elle reprenait peu à peu conscience.

Une sirène mugit au-dehors.

Elle cilla de nouveau, chuchota son nom d'une voix rauque.

— Je suis là, ma chérie.

Il la tint blottie contre lui, le cœur serré, attendant l'arrivée de l'ambulance.

Une fois de plus, Melissa avait frôlé la mort. Qui étaient ces hommes ? Ils devaient être à la solde de quelqu'un, mais qui ?

Quelqu'un qui savait que Melissa et lui posaient des questions dérangeantes ?

Melissa revint peu à peu au présent. Son crâne la lançait après avoir heurté la cloison, sa gorge lui faisait mal.

Mais elle était dans les bras de Dex, et elle se sentait à sa place.

Elle cilla, s'efforçant d'éclaircir sa vision. Les traits séduisants de Dex se précisèrent : son menton décidé, assombri par une barbe naissante, ses yeux sombres et graves.

— Melissa ? Il t'a injecté quelque chose avec cette seringue ?

Elle secoua la tête.

— Non, c'est moi qui la lui ai enfoncée dans le ventre.

Elle déglutit avec difficulté.

— Je l'ai tué ?

Dex fit non de la tête, puis jeta un coup d'œil au placard à pharmacie.

— C'était sans doute un tranquillisant.

Il lui encadra le visage de ses mains.

— Mais, si tu l'avais tué, tu n'aurais pas de reproches à te faire. Lui a essayé de te tuer.

— Et le tireur ?

— Mort.

Le hurlement de la sirène se rapprochait. Dex poussa un soupir et aida Melissa à se relever. Elle s'agrippa à lui, les jambes tremblantes, mais l'air frais la revigora dès qu'ils sortirent de la grange. Malgré tout, elle resta cramponnée à Dex tandis qu'ils traversaient l'espace qui les séparait du bâtiment principal.

Elle s'assit sur un banc au moment où une voiture de police arrivait en trombe, ses pneus crissant sur le gravier. Une ambulance la talonnait. Le lieutenant Lamar descendit de son véhicule, tandis que deux secouristes sautaient à bas du leur. Ignorant l'expression furibonde du policier, Dex leur fit signe de s'occuper de Melissa.

— Qu'est-ce que vous fabriquez, tous les deux ? s'exclama Lamar, furieux. Partout où vous allez, les cadavres s'accumulent.

Dex marmonna une vague excuse.

— Je suis venu parler au vétérinaire, mais nous l'avons trouvé mort. Ensuite, deux types ont surgi de nulle part et nous ont attaqués.

— Où sont-ils à présent ?

Dex changea de position, retira son Stetson, passa une main dans ses cheveux puis le remit. C'était une habitude qu'il avait prise lorsqu'il essayait de gagner du temps.

— Dans la grange. Un des deux est mort. Melissa s'est

battue contre l'autre et a réussi à lui injecter un médicament. Sans doute un tranquillisant.

Il désigna le box en question.

— Occupez-vous de lui d'abord, ordonna Lamar aux ambulanciers. Je veux l'interroger dès qu'il aura repris connaissance.

Il essuya d'un geste la sueur qui perlait sur son front.

— Maintenant, je veux voir le Dr Huckleberry.

— Attends, c'est dangereux. Laisse-moi guider le taureau dans un autre box d'abord.

Une des secouristes examina Melissa pendant que son collègue suivait Dex et le policier à l'intérieur de la grange. Lorsque la jeune femme se fut assurée que Melissa respirait normalement et qu'elle n'avait pas de lésions permanentes à la gorge, elle alla se joindre aux autres afin de les aider avec le blessé.

Melissa traça du bout des doigts le contour des marques sur son cou, reconnaissante d'avoir survécu. Un léger vent s'était levé, remuant l'air chaud de l'été, et elle inspira un peu de poussière qui la fit tousser.

Soudain, son regard s'arrêta sur un objet rouge qui dépassait sous la porte. Intriguée, elle se leva pour aller voir ce que c'était et se baissa pour le dégager. C'était un bandana rouge.

En tout point identique à celui que portait Jim Smith.

Il fallut à Dex un certain temps et une bonne dose de ruse pour guider le taureau dans le box voisin de sorte que Lamar puisse examiner le vétérinaire. Pendant qu'il s'en occupait, le policier focalisa son attention sur l'homme abattu.

Quand Dex le rejoignit, il inspectait le contenu de ses poches.

— Qu'est-il arrivé au véto, d'après toi ?

Dex réfléchit un instant.

— Je crois que ces types l'ont tué et qu'ils ont maquillé leur crime en accident.

Dex résuma à Lamar les propos tenus par Bill concernant son ami.

— À mon avis, tu te trompes si tu penses que la mort de Huckleberry est liée à la disparition de ces sans-abri, commenta le lieutenant. Ce vétérinaire travaillait avec des éleveurs de tout premier ordre. Peut-être que ces types avaient l'intention de voler des médicaments ou du sperme prélevé sur ce taureau, par exemple.

C'était une possibilité, en effet.

— Tu as touché quoi que ce soit ? reprit Lamar.

Dex secoua la tête.

Lamar tressaillit et fronça les sourcils à la vue de l'homme qui baignait dans son sang, puis pénétra dans le box.

— Je ne vois pas de douilles, observa-t-il. Étant donné que ces hommes étaient armés, il serait logique d'en trouver s'ils étaient coupables.

— Tu penses que je fais fausse route ?

— Il est trop tôt pour le dire. Mais il est possible que Huckleberry se soit retrouvé acculé par le taureau et que celui-ci l'ait tué.

Dex ne croyait pas une seconde à cette théorie.

— Et ces types ?

Lamar lâcha un grognement.

— Comme je disais, ce n'étaient peut-être que des cambrioleurs.

Il promena un nouveau regard sur le box.

— Je suppose que l'un d'eux aurait pu droguer le vétérinaire et le jeter là-dedans avec le taureau. Je demanderai au légiste d'effectuer une analyse toxicologique.

Cette hypothèse, en revanche, parut plausible à Dex. S'ils n'étaient pas arrivés au mauvais moment, le plan aurait pu fonctionner.

Le policier s'accroupit à côté du mort. Ce dernier était étendu sur le côté, les vêtements lacérés, le corps éventré. Lamar examina son torse, avant de le faire rouler sur le ventre.

— Aucun impact de balle. Et il n'est pas totalement rigide. Le décès ne remonte pas à très longtemps.

La secouriste apparut derrière eux.

— Nous sommes prêts à transporter le blessé à l'hôpital.

— Comment va-t-il ?

— Son état est stationnaire, mais il est toujours sans connaissance.

Elle inclina la tête.

— Il n'a aucun papier d'identité sur lui. Savez-vous qui il est ou s'il a de la famille ?

Dex fit signe que non.

— Nous vérifierons si ses empreintes ou son ADN figurent dans nos fichiers, déclara Lamar.

Des voix résonnèrent à l'entrée de la grange. Le médecin légiste arrivait, suivi de deux membres de la police scientifique.

Dex s'adossa à la porte du box.

— Je vais voir si Melissa va bien.

Le policier s'éclaircit la gorge.

— Vous deux devez attendre quelques minutes. Il faut que je prenne sa déposition.

Dex acquiesça, puis alla rejoindre Melissa. Assise sur le banc, encore visiblement désemparée, elle regardait l'ambulance s'éloigner. À sa vue, elle redressa le menton, et un éclair résolu brilla dans ses yeux.

— Ça va ? demanda-t-il en s'approchant.

— Oui. Tu sais qui étaient ces hommes ?

— Pas encore.

Il remarqua soudain le bandana rouge qu'elle tenait à la main.

— D'où vient ce truc ?

Une expression étrange traversa le visage de Melissa, qui se hâta de fourrer le morceau de tissu dans sa poche.

— Ce n'est rien.

Dex étrécit les yeux. Pourquoi avait-il le sentiment qu'elle lui cachait quelque chose ?

Des voix s'élevèrent dans la grange, suivies d'un bruit de pas. Ils se turent tandis que Lamar se dirigeait vers eux à grandes enjambées, tout en parlant à mi-voix au médecin légiste.

— Je vous envoie les résultats de l'autopsie dès que je les ai, déclara ce dernier.

Lamar le remercia et s'arrêta devant eux.

— Mademoiselle Gentry, j'ai besoin que vous me racontiez ce qui s'est passé ici.

Melissa s'exécuta d'un air méfiant, relatant d'abord leur rencontre avec Bill.

— Il pense qu'on a pu s'en prendre à Harry à cause de l'argent qu'il avait sur lui.

— De quelle somme d'argent parlons-nous ?

— Il ne l'a pas précisé. D'ailleurs, Harry n'a pas voulu lui dire comment il l'avait gagné. Il est parti à la poste pour l'envoyer à sa fille, mais elle n'a jamais rien reçu. Et, d'après Bill, une berline noire suivait Harry quand il a quitté le foyer.

— Je ne vois pas le rapport avec le Dr Huckleberry.

— Nous avons découvert sa carte de visite dans les affaires de Harry, intervint Dex.

Lamar émit un grognement sourd.

— Partout où vous allez, les gens meurent, mademoiselle Gentry. Si vous continuez à fouiner, vous allez vous faire tuer.

Il marqua une pause, le regard sévère.

— Rentrez chez vous et laissez-moi mener cette enquête.

Dex garda le silence. Lamar savait bien que la perspective du danger ne le ferait pas reculer.

— Et les sans-abri disparus, comme Harry ? insista Melissa. Allez-vous chercher à savoir ce qui leur est arrivé ?

Lamar croisa les bras.

— Justement, je me suis penché là-dessus. Je crois que votre ami Jim Smith est coupable et que McTruitt l'avait compris. C'est pour ça que Smith l'a abattu et qu'il a pris la fuite.

9

Melissa se raidit. La découverte du bandana la troublait. Elle aurait dû le montrer au lieutenant. Sauf qu'après tout il ne signifiait rien. Peut-être n'appartenait-il même pas à Jim Smith.

Lamar semblait convaincu que Smith était un criminel. Se trompait-elle à son sujet ? Était-il en cavale ?

— Qu'est-ce qui vous fait penser que Jim tue des sans-abri alors qu'il en fait partie ?

Le policier se gratta le menton.

— Je ne suis pas à même de divulguer des informations liées à une enquête en cours. Disons simplement que j'ai trouvé des preuves réunies par McTruitt et allant dans ce sens.

— Pourquoi Smith s'en prendrait-il à ces gens ? demanda Dex, perplexe.

Lamar lui décocha un regard agacé.

— Comme je le disais, je ne peux rien révéler de plus. Mais je suis persuadée qu'il vous a trompée, mademoiselle Gentry.

Le cœur serré, Melissa se remémora la lueur farouche qu'elle avait lue dans les yeux de Jim lorsqu'il avait ordonné à McTruitt de la lâcher.

— Si McTruitt agissait conformément à la loi et qu'il pensait Smith dangereux, pourquoi m'a-t-il menacée d'une arme ?

— Je ne connais pas la réponse à cette question, admit

Lamar. Sinon qu'il voulait faire sortir Smith du foyer au plus vite et que c'était le meilleur moyen d'y parvenir.

— Je me refuse à croire que Jim est un tueur, murmura Melissa.

L'expression du policier s'adoucit.

— Je suis navré, mademoiselle Gentry, mais vous avez tort. À l'heure qu'il est, il fait l'objet d'un mandat d'arrêt. Si vous savez où il se trouve et que vous me le cachez, vous pouvez être inculpée de complicité de meurtre.

Abasourdie, Melissa écarquilla les yeux.

— Lamar, détends-toi, grommela Dex. Melissa connaît Smith mieux que nous, peut-être son intuition est-elle la bonne.

Le lieutenant arqua ses sourcils broussailleux.

— Écoute, Dex, tu sais aussi bien que moi que certains individus sont des acteurs nés. Des escrocs qui savent cibler les types de personnalités qui vont les croire.

Il inclina la tête en direction de Melissa.

— Je suis désolé, mademoiselle. Vous me paraissez être quelqu'un de gentil, de confiant. Tout à fait le genre de personne que les escrocs visent, malheureusement.

Melissa serra les poings, assaillie par le doute. Elle avait suivi plusieurs ateliers de formation afin d'apprendre à ne pas baisser sa garde. Elle savait quels signes guetter, comment se protéger et protéger les autres usagers du centre.

Avait-elle porté des œillères concernant Jim Smith ?

Ce fut dans un silence tendu que Dex et Melissa prirent le chemin du retour. Devinant qu'elle avait du mal à accepter les allégations de Lamar à propos de Jim Smith, il proposa de faire halte dans une pizzeria non loin de chez elle pour dîner.

Ils commandèrent une pizza mi-viande, mi-légumes, et deux bières fraîches.

Dex observa Melissa à la dérobée. Son mutisme l'inquiétait. Ils avaient l'un et l'autre besoin de temps pour assimiler la conversation qu'ils avaient eue avec Lamar. Plusieurs questions le taraudaient. Si Smith avait bel et bien tué les hommes disparus, pour quel motif l'avait-il fait ?

Et quel rapport y avait-il avec le vétérinaire assassiné ?

Lamar avait suggéré qu'un vol crapuleux avait pu être à l'origine de sa mort. Certes, la vente de sperme issu de taureaux primés pouvait être très lucrative. C'était un mobile plausible.

Si Smith avait tué McTruitt parce que le détective privé le soupçonnait, était-il de mèche avec les hommes qui les avaient agressés dans la grange ?

Le visage de son père s'imposa à son esprit. Il avait été hébergé dans un foyer. Sa mort pouvait-elle avoir été autre chose qu'un accident ?

Ou cherchait-il une explication tirée par les cheveux parce qu'il refusait de croire que son père avait conduit en état d'ivresse ?

Melissa repoussa son assiette.

— Dex, ça va ?

Il lui adressa un sourire ironique.

— J'allais justement te poser la même question.

Elle baissa les yeux sur sa boisson.

— J'essaie de comprendre ce qui se passe, voilà tout.

— Moi aussi, avoua-t-il. Je ne cesse d'essayer de lier la mort de mon père à tous ces événements.

Il posa son chapeau sur la chaise vacante à côté de lui et passa une main dans ses cheveux en désordre.

— J'ai vu une bouteille vide sur le siège passager. Le médecin légiste a confirmé qu'il avait une quantité impressionnante d'alcool dans le sang et qu'il avait sans doute perdu connaissance, d'où l'accident.

— Mais tu ne crois pas à cette version des faits ?

Dex haussa les épaules.

— Comment pourrais-je savoir ce qu'il en est puisque je n'ai pas la moindre idée de ce que mon père a fait pendant toutes ces années ?

— Buvait-il quand il vivait à la maison ?

L'amertume poussait depuis si longtemps Dex à bannir

tous les souvenirs de son père qu'il dut fouiller sa mémoire pour se remémorer des détails de sa vie avec lui.

— Pas vraiment. Une bière à l'occasion, jamais davantage. Même après la disparition de Chrissy, alors qu'il était anéanti, il ne s'est pas enivré. Il passait des journées au-dehors, à organiser des battues à travers la région. Il avait promis à ma mère de ne pas renoncer avant de l'avoir trouvée.

Melissa lui pressa la main.

— Je suis désolée, Dex. Cela a dû être épouvantable pour ta famille.

— Oui. Mais encore pire quand il nous a abandonnés.

— Il n'a pas laissé de lettre ni contacté ta mère par la suite ?

— Pas une seule fois.

Un silence embarrassé s'étira entre eux.

— Il est possible que le stress ait provoqué un choc psychologique, murmura Melissa. Ou que ton père ait été si submergé de chagrin, si hanté par son sentiment de culpabilité qu'il ne pouvait plus se résoudre à faire face à sa famille.

— Personne ne le tenait pour responsable, lui fit remarquer Dex.

Au contraire. Ils étaient tous trop occupés à s'accabler eux-mêmes.

Melissa lui pressa la main de nouveau.

— Peut-être pas, mais c'était lui le père, le patriarche. Il pensait probablement que c'était son devoir de vous protéger tous. Quand il n'a pas pu le faire, il a eu le sentiment d'avoir échoué.

L'amertume de Dex s'atténua un peu. Il pouvait comprendre qu'on réagisse ainsi.

— Peut-être, mais il aurait dû rester pour ma mère. Après la disparition de Chrissy et la sienne, je ne sais pas comment elle a trouvé la force de survivre et de nous élever.

Melissa lui sourit doucement.

— Ce doit être une femme remarquable.

Une myriade d'émotions nouèrent la gorge de Dex.

— Oui.

Melissa passa une main dans ses cheveux.

— J'ai toujours pensé être plutôt douée pour cerner les gens, murmura-t-elle. Maintenant, je m'interroge. N'ai-je vu que ce que je voulais voir chez Smith ?

— Il t'a sauvé la vie. Je comprends que tu veuilles voir son bon côté.

Elle lui renvoya un regard troublé, la tension entre eux devenait palpable.

— J'aurais sans doute dû parler au lieutenant de ceci, dit-elle en tirant le bandana rouge de sa poche. Je l'ai trouvé coincé sous la porte de la grange.

Dex fronça les sourcils.

— Je ne comprends pas. Tu as dit que ce n'était rien.

— Ce n'est peut-être rien, soupira-t-elle. Mais je crois qu'il appartenait à Jim Smith.

Dex se raidit.

— Si c'est le cas, cela veut dire qu'il est allé chez le vétérinaire. Et si Lamar avait raison ? Smith aurait pu tuer Huckleberry.

Melissa cilla en entendant le ton accusateur de Dex.

— Ce n'est pas lui qui a tiré sur nous, lui fit-elle remarquer.

— Il était peut-être le complice de ces types.

— J'en doute. Je me refuse à croire que Jim ait pu faire du mal à quiconque. Il doit y avoir une autre explication.

— Melissa, répondit Dex, d'une voix plus dure. Il est possible qu'il t'ait trompée. Si, comme Lamar le soupçonne, il est mêlé à cette affaire, il est peut-être responsable de la disparition de Harry.

Elle demeura silencieuse.

— Je vais vérifier le rapport d'autopsie effectué sur mon père, reprit-il. Smith a pu le tuer et puis maquiller son meurtre en accident.

Melissa leva brusquement les yeux vers lui. La douleur qu'elle lut dans son regard la bouleversa. Si elle pouvait faire quoi que ce soit pour la soulager, elle le ferait.

Cependant, accepter la théorie de Dex signifiait que Jim Smith était un assassin, un individu calculateur et impitoyable.

Elle prit une profonde inspiration.

— Si tu penses vraiment cela, donne le bandana au lieutenant Lamar.

Dex fixa le tissu un instant, visiblement indécis. Puis il le mit dans sa poche.

— Lamar m'a donné l'ordre de ne pas me mêler de son enquête. Je vais le remettre à Lucas pour qu'il essaie de relever des empreintes.

Il marqua une pause.

— As-tu un autre objet qui a appartenu à Smith et qui pourrait servir d'élément de comparaison ?

Melissa se massa la tempe d'un air songeur.

— Il écrivait toujours dans de petits carnets. Il se pourrait qu'il en ait laissé un dans sa chambre. Cela dit, le lieutenant l'a peut-être emporté. Je vérifierai quand je retournerai au centre.

La serveuse apporta l'addition. Comme Melissa tendait la main vers son portefeuille, Dex secoua la tête.

— C'est moi qui offre.

— Dex…

— Ce ne sont qu'une pizza et une bière.

Elle le remercia et prit son sac, après quoi ils regagnèrent le 4x4. La nuit était tombée pendant qu'ils étaient au restaurant, mais la chaleur demeurait suffocante. Et, ce soir encore, des hommes devraient dormir dehors.

Melissa ne put s'empêcher de penser aux nuits qu'elle avait passées dans une ruelle ou une autre, où l'air empestait l'urine et les détritus. Autant de souvenirs qu'elle s'efforçait de repousser.

— Avec un peu de chance, le lieutenant nous donnera l'autorisation de rouvrir demain, dit-elle alors que Dex la raccompagnait. Et je pourrai chercher ce carnet.

— Smith a pu noter des informations importantes dedans aussi.

— C'est vrai.

Peut-être le carnet contiendrait-il la preuve de son

innocence. Pour une raison qu'elle était incapable d'expliquer, il incarnait pour elle une figure paternelle. Elle ne voulait pas s'être méprise à son sujet.

Elle ne voulait pas qu'il soit un assassin.

Dex suivit Melissa jusqu'à sa porte.

— Je vais jeter un coup d'œil à l'intérieur pour vérifier que tout est en ordre.

— Ce n'est pas la peine, Dex.

Il serra les dents, agacé qu'elle s'entête à défendre Smith. Si ce dernier était coupable, il pourrait essayer de se servir d'elle.

— Fais-moi plaisir. On a tiré sur toi plusieurs fois en deux jours ; nous ne savons pas si tu étais simplement au mauvais endroit au mauvais moment, ou si quelqu'un te surveille, argua-t-il.

Visiblement ébranlée, elle capitula.

— Tu es propriétaire de cette maison ? demanda-t-il en la suivant dans l'entrée au parquet usé.

— Non, je la loue.

Elle laissa tomber son sac sur une petite table.

— Je ne reste jamais assez longtemps au même endroit pour acheter.

Sur une table de salon, derrière le canapé d'un bleu fané, Dex remarqua la photographie d'une enfant qu'il supposa être Melissa, debout près d'un homme maigre, vêtu d'habits élimés. La petite fille, pauvrement habillée elle aussi, tenait son père par la main, et se cramponnait de l'autre à la poignée d'une petite valise rouge cabossée. Ses grands yeux bleus étaient hantés, incroyablement tristes.

— C'est toi avec ton père ?

Elle acquiesça.

— Oui. La cuisinière d'un foyer où nous avions été hébergés a pris cette photo avant notre départ. Mon père avait coutume de dire qu'on partait vers une nouvelle aventure. Quand j'étais toute petite, je le croyais. En grandissant, j'ai compris qu'il fallait qu'on continue à bouger parce qu'on n'avait pas d'argent et qu'on n'avait pas le droit de rester plus longtemps au centre où on était.

Le regard de Dex rencontra le sien. Certaines personnes se seraient apitoyées sur leur sort, ou en auraient voulu au monde entier. Pas Melissa. Il sentit grandir encore son admiration pour elle.

Il parcourut des yeux le séjour et la cuisine, surpris de constater que des cartons, rangés dans le coin, n'avaient pas été déballés.

— Tu viens d'emménager ?

— Non. Je suis ici depuis presque un an.

Il la dévisagea.

— Mais tu n'as pas défait tes affaires ?

Elle haussa les épaules.

— Je bouge beaucoup, pourquoi tout déballer ? D'ailleurs, je ne possède pas grand-chose.

Sa vie n'aurait pas pu être plus différente de la sienne, songea Dex. Il était très proche de sa famille, il avait passé presque toute sa vie à Hawk's Landing. Il ne pouvait imaginer ne pas avoir d'endroit où accrocher son chapeau, où se sentir chez lui.

Elle embrassa la pièce d'un geste.

— Tout a l'air normal. Il n'y a personne.

— Laisse-moi jeter un coup d'œil au reste de la maison.

Les fenêtres étaient verrouillées, mais le bois était à demi pourri, et les serrures bon marché. Une des vitres était fendue, par conséquent il serait facile à un intrus potentiel de la fracasser.

À côté de la cuisine, un couloir étroit menait à une terrasse en bois qui donnait sur un jardin négligé, adjacent à une ruelle d'une apparence douteuse.

Le quartier n'était pas sûr, loin de là.

La serrure de la porte était rouillée. Il suffirait d'une épingle à cheveux pour la forcer, songea-t-il, inquiet. Ayant fait demi-tour, trouva une salle de bains et une petite chambre.

Une courtepointe bleue et blanche, qui semblait avoir été faite à la main, recouvrait le lit en fer.

— Une des bénévoles qui travaillait au centre me l'a offerte quand j'étais petite, dit Melissa derrière lui. C'est le seul objet que j'aie gardé.

La poitrine de Dex se comprima. Après une enfance difficile, Melissa s'était consacrée à aider les autres.

Et quelqu'un avait tenté de la tuer.

Il traversa la chambre et gagna la fenêtre. Même genre de serrure. Un regard rapide dans le dressing ne révéla rien qu'une série de jeans et de chemisiers. Pas de robes élégantes, pas de talons aiguilles.

Une valise était posée juste à l'entrée, comme si elle était prête à repartir.

— Tu es tranquillisé ? demanda Melissa alors qu'il la rejoignait.

— Tu as besoin de meilleures serrures et d'un verrou de sécurité sur les deux portes.

— Tout ira bien, Dex.

— As-tu une arme ?

Elle écarquilla les yeux.

— Non.

— Attends.

Il sortit de la maison et revint une minute plus tard, une carabine à la main.

— Tu sais t'en servir ?

— Oui, mais je ne suis pas sûre de pouvoir tirer sur quelqu'un.

Il captura sa main et y déposa l'arme.

— Si quelqu'un entre chez toi, tu dois te défendre.

Elle blêmit.

Dex retint un juron. Il lui déplaisait de faire peur à Melissa, mais il était malade d'inquiétude à l'idée de la laisser seule.

— Mets-la dans le dressing au cas où tu en aurais besoin. S'il te plaît.

Elle se mordit la lèvre, mais s'exécuta.

Lorsqu'elle se retourna vers lui, le regard de Dex s'arrêta sur les marques rouges qu'elle avait autour du cou. La colère jaillit en lui, accompagnée d'autres émotions auxquelles il ne voulait pas donner de nom.

Il leva la main et effleura la peau meurtrie. Elle prit une brève inspiration.

— Dex ?

Il lut l'émotion dans ses yeux, un mélange de peur et… une conscience aiguë de leur proximité. Il inspira son parfum délicat d'eau de rose.

L'air se chargea d'électricité entre eux.

Elle lâcha un soupir, et ses lèvres s'entrouvrirent. Incapable de résister, Dex lui encadra le visage de ses mains et l'embrassa.

Il avait besoin de la sentir dans ses bras, de se rappeler qu'elle avait survécu.

10

Alors même qu'elle s'ordonnait de se dégager, Melissa s'abandonna à l'étreinte de Dex. Ses bras autour d'elle étaient solides, rassurants. Son corps tiède et puissant ranimait un désir qui dormait en elle depuis la dernière nuit qu'ils avaient passée ensemble.

Les lèvres de Dex étaient tendres, et pourtant son baiser était brûlant. Elle noua les bras autour de son cou, savourant la sensation de sa bouche sur la sienne.

Il enfouit les doigts dans ses cheveux et lâcha un gémissement qui trouva un écho en Melissa. Avec un soupir, elle promena les mains dans son dos tandis qu'il l'attirait entre ses cuisses. Son sexe durci tout contre le sien lui rappela la passion qu'ils avaient partagée autrefois, les sentiments que leur relation avait fait naître en elle.

En lui donnant son corps, elle lui avait donné son cœur.

Si elle s'autorisait à céder maintenant, tout recommencerait.

La passion avait toujours été présente entre eux, aussi tangible qu'un être de chair et d'os.

Cette fois, elle ne se laisserait pas emporter.

Malgré tout, elle resta entre les bras de Dex. Elle n'avait pas la force de se dégager. Et il y avait si longtemps que personne ne l'avait tenue ainsi…

Le baiser de Dex se fit plus intime. Leurs lèvres et leurs langues entamèrent un ballet sensuel, comme s'ils étaient faits pour ce moment. Faits l'un pour l'autre.

Dex l'attira vers le canapé. Loin de résister, elle s'accrocha à ses muscles puissants, aux angles durs de son torse large. Quand il déposa une traînée de baisers sur son cou, elle inclina la tête en arrière, frémissant sous ses caresses.

Au moment où il dégrafait le premier bouton de son chemisier, la vibration d'un téléphone les prit par surprise. Ils tressaillirent ensemble, Dex appuya le front contre celui de Melissa. Leur respiration haletante résonnait dans le silence.

Elle ferma les yeux, réprimant la tentation de le supplier d'ignorer son téléphone.

Un instant s'écoula. Il semblait aussi réticent à répondre qu'elle.

Peut-être étaient-ils déjà allés trop loin.

L'appareil vibra de nouveau, comme pour lui rappeler que Dex était chez elle à cause d'une enquête.

Pas pour lui faire une déclaration d'amour.

— Je devrais répondre.

Elle hocha la tête contre lui et prit une brève inspiration alors qu'il se détachait d'elle. Désireuse de mettre un peu de distance entre eux, elle se hâta de gagner la salle de bains. La femme qui lui rendit son regard dans la glace ne lui ressemblait pas. Elle avait les joues en feu, les cheveux ébouriffés, les yeux brillants de désir.

Cependant, ce qui l'effraya, c'était la solitude qu'elle décelait dans son expression. Avant de rencontrer Dex, des années plus tôt, elle ne voyait pas combien elle aspirait à vivre en couple, à fonder une famille. Ni combien un être pouvait lui manquer.

Elle ne voulait pas éprouver ce sentiment de vide de nouveau.

Une larme roula sur sa joue. Non, elle ne pouvait pas en repasser par là, être aimée, puis abandonnée. N'était-ce pas à cela que se résumait sa vie, au fond ?

Résolue à se ressaisir, elle s'aspergea le visage d'eau froide. Une fois son enquête terminée, Dex s'en irait. Et elle reprendrait le cours de sa vie.

Le cœur intact.

Après tout, il ne pourrait pas se briser si elle ne le lui donnait pas.

Dex jura intérieurement en voyant Melissa s'esquiver. Alors qu'elle avait besoin de réconfort ce soir, il s'était laissé emporter par le désir et avait failli aller trop loin.

Il ne fallait pas que cela se reproduise.

Son téléphone vibra pour la troisième fois. Il s'approcha de la fenêtre, jeta un coup d'œil au-dehors et lut le numéro qui s'affichait. C'était celui de l'agent Whalen, qui travaillait avec Lamar.

— Dexter Hawk, annonça-t-il en prenant la communication.

— Le lieutenant Lamar m'a chargée de vous prévenir que le personnel du centre Lend-A-Hand peut retourner sur les lieux.

— Merci. Je vais transmettre l'information à la directrice adjointe.

Melissa sera contente, songea-t-il.

— Y a-t-il autre chose que vous puissiez me dire concernant les preuves rassemblées contre Jim Smith ?

La policière poussa un soupir exaspéré.

— Monsieur Hawk, je ne suis pas autorisée à divulguer des informations relatives à une enquête en cours. Vous devriez vous adresser au lieutenant Lamar lui-même.

Certes, sauf que son ami n'était pas d'humeur partageuse.

Melissa rentra dans le séjour, mais côté cuisine, comme si elle cherchait à l'éviter. Son expression était réservée, elle avait rassemblé ses cheveux en queue-de-cheval.

Pas de doute. Il était allé trop loin.

La policière raccrocha. Dex remit le téléphone dans sa poche.

— Lamar a terminé au centre.

Le soulagement se lut sur les traits de Melissa.

— Tant mieux. J'irai demain matin. Je vais informer les bénévoles.

Dex s'éclaircit la gorge.

— Melissa, je ferai venir une équipe pour nettoyer les lieux.

— Notre budget n'est pas suffisant pour payer une équipe de nettoyage. Les bénévoles et moi le ferons nous-mêmes.

— Je prendrai les frais à ma charge.

— Je ne peux pas te permettre de faire cela, répondit-elle doucement.

Dex redressa les épaules.

— Le centre n'accepte pas les dons ?

Leurs regards se rencontrèrent.

— Si, bien sûr.

— Dans ce cas, considère que c'est un don, voilà tout.

Il lui décocha un sourire.

— Et je peux donner un coup de main. J'ai extirpé quelques balles fichées dans des murs dans ma jeunesse. Et je sais tenir un marteau.

Elle lâcha un rire.

— Ça ne m'étonne pas. Mais je sais que tu as du travail.

Il haussa les épaules. La protection de Melissa passait avant tout.

Elle se massa la nuque, son geste attirant de nouveau l'attention de Dex sur les marques qu'elle avait au cou.

La colère resurgit en lui, aussitôt suivie par la tentation de la prendre dans ses bras et de la couvrir de baisers.

Il devait se maîtriser.

— Je sais que tu es fatiguée, marmonna-t-il. Je vais te laisser te reposer.

Il se dirigea vers la porte.

— Je passerai te chercher demain matin et je t'emmènerai au centre pour évaluer les dégâts.

Elle acquiesça. Sur le seuil, il hésita, encore hanté par cette photo d'elle avec son père et cette maudite petite valise rouge. Seigneur, l'idée de la laisser seule dans ce taudis lui était insupportable.

Seulement, s'il restait, il ne pourrait pas s'empêcher de la toucher.

Des nuages sombres s'amoncelaient dans le ciel,

annonciateurs d'orage. La pluie apporterait sans doute un peu de fraîcheur mais, ce soir, l'air était lourd.

Tous les sens en alerte, il scruta la propriété voisine. Deux types au visage dissimulé par des capuches traînaient à côté des poubelles.

Il se glissa au volant de son 4x4, sortit de l'allée et s'engagea dans la rue. Un voisin à la mine patibulaire s'empressa de fondre dans l'obscurité.

Incapable de se défaire de l'impression que Melissa était en danger, il se gara un peu plus bas, bien décidé à surveiller la maison.

Melissa faisait les cent pas dans son petit logement, le voyant comme Dex avait dû le voir. L'ensemble était minable : le mobilier démodé, le plancher écaillé, les rideaux qui auraient dû être changés dix ans plus tôt.

Elle n'avait pas fait le moindre effort pour y apporter une touche à elle. À l'exception de la photo encadrée de son père et elle, aucun objet personnel n'était visible. Aucun objet d'art, aucun souvenir.

Sa famille se résumait aux bénévoles, aux employés du centre et aux gens qui venaient y chercher refuge.

Les possessions n'avaient pas d'importance. Seuls les êtres humaient comptaient. Elle n'avait besoin que d'un lieu où dormir le soir.

Jamais elle n'avait rien eu de plus.

Et cela devrait lui suffire.

L'odeur masculine de Dex flottait encore dans l'air, la taquinait avec des « si ». Et si elle pouvait avoir l'amour, une famille, un enfant à elle ? Et si elle avait une maison où elle pourrait exhiber des photos de son bébé, des souvenirs qu'ils avaient partagés ?

Et si elle restait au même endroit au lieu de déménager constamment, comme si elle était en cavale, elle aussi ?

Elle s'était posé cette question à propos de Jim Smith et de tant d'autres qui étaient venus dans les centres où elle avait travaillé au cours de la décennie écoulée. Pourtant, il ne lui était jamais venu à l'esprit qu'elle leur ressemblait.

Elle déménageait souvent par peur de trop s'attacher aux gens.

Un doigt pressé sur ses lèvres, elle se remémora le baiser que Dex et elle avaient échangé. Elle aurait menti en affirmant qu'elle ne voulait pas revivre ce moment. L'espace d'une seconde, quand elle avait fermé les yeux, elle s'était imaginée faisant l'amour avec Dex, se réveillant dans ses bras le lendemain. Et le matin suivant.

Heureusement, il était parti. Le lendemain, ils se rendraient au foyer et reprendraient l'enquête. C'en était fini des baisers passionnés.

Elle entra dans la chambre et jeta un coup d'œil à la valise qu'elle gardait dans le coin, saisie par le désir soudain de faire ses bagages et de recommencer à zéro.

Cependant, elle ne pouvait partir avant d'avoir découvert ce qui était arrivé à Smith. Et à Harry. Et si d'autres sans-abri avaient été pris pour cibles.

Trop tendue pour dormir, elle attrapa son sac et ses clés de voiture. Autant se rendre au centre tout de suite. Jim Smith griffonnait constamment dans des carnets. Et il n'avait pas eu le temps de les récupérer après la fusillade.

Peut-être contenaient-ils des informations qui aideraient Dex à résoudre l'affaire.

Elle se faufila à l'extérieur par la porte latérale, la ferma à clé et se hâta vers sa camionnette. Celle-ci n'était pas en meilleur état que la maison, mais elle lui permettait de se déplacer et, le cas échéant, de transporter des meubles et objets divers pris parmi les dons stockés au dépôt central afin d'aider une famille à se reloger.

Elle jeta un coup d'œil dans l'allée d'à côté, soulagée que personne ne soit dehors. Elle n'avait pas confié à Dex ses soupçons concernant ses voisins, mais elle était presque certaine que c'étaient des trafiquants de drogue. Cela dit, elle n'avait pas de preuve et ne tenait pas à les dresser contre elle, de crainte qu'ils ne cherchent à se venger.

Elle s'engagea dans la rue et roula prudemment vers le foyer, vigilante. Après les deux jours qu'elle venait de passer, elle s'attendait à tout.

L'obscurité régnait, lui rappelant que, si sa maison avait bien besoin d'être rénovée, elle avait de la chance d'avoir un toit au-dessus de sa tête. D'autres, moins chanceux qu'elle, dormaient sur des bancs ou à même le sol.

Elle emprunta la rue étroite qui menait au centre d'hébergement, pénétra dans le parking arrière et se gara. C'était étrange de voir cet endroit dans le noir, vide et fermé.

Demain, ils pourraient rouvrir les lieux, songea-t-elle, gagnée par un regain d'optimisme. Munie d'une lampe électrique, elle descendit de la camionnette, gagna l'entrée de service et déverrouilla la porte.

Lorsqu'elle franchit le seuil, l'odeur du sang flottait encore dans l'air. À moins qu'elle ne fût gravée dans sa mémoire. Melissa marqua une pause et se raisonna : l'incident était clos. La police avait terminé ses investigations, il était temps d'aller de l'avant.

Elle referma la porte sans bruit et tendit l'oreille, mais seul un silence pesant lui parvint. S'obligeant à puiser dans des souvenirs heureux pour maîtriser sa peur, elle songea au jour de Thanksgiving, et au repas de Noël, où les résidents avaient reçu de petits cadeaux, chaussettes et produits de toilette, soigneusement emballés. Telle une famille, ils avaient travaillé ensemble pour créer une atmosphère de fête.

Elle prit soin d'éviter la salle commune, où le drame s'était déroulé, et se dirigea vers le dortoir.

Smith avait occupé un lit au fond, dans le coin gauche. Elle avança lentement, le faisceau de lumière éclairant le plancher. Une pièce de monnaie attira son regard, puis un peigne abîmé, un fragment de ticket de bus.

Melissa braqua la lampe sur le matelas de Smith. La couverture était pliée avec soin, telle qu'il l'avait laissée. Il avait toujours été ordonné. Elle inspecta le dessous du lit, puis passa la main entre le drap et la couverture.

Une lame de plancher grinça derrière elle. Terrifiée, elle

raffermit sa prise sur la torche, prête à s'en servir comme d'une arme si nécessaire.

Elle n'en eut pas le temps. Une main froide s'empara de la lampe, et une autre main se referma sur sa bouche tandis qu'on la plaquait au mur.

11

Le cœur de Melissa tambourinait dans sa poitrine. Elle avait échappé par deux fois à la mort ces derniers jours – était-ce la fin ?

Elle enfonça les ongles dans les bras de l'inconnu, luttant pour se dégager.

— Je ne vais pas vous faire de mal, grogna l'homme à son oreille. Cessez de vous débattre et je vous lâche.

Melissa se figea. La voix lui était familière. Jim Smith ?

— Vous comprenez ? insista-t-il.

Elle acquiesça. Aussitôt, il la libéra. Melissa prit une brève inspiration et pivota, cillant dans la pénombre.

C'était bien lui.

La cicatrice qui zébrait sa joue lui donnait l'air menaçant dans le noir. Les accusations du lieutenant Lamar résonnèrent dans la tête de Melissa.

— Que faites-vous ici ? Et pourquoi avez-vous pris la fuite ? J'ai dit aux policiers que vous m'aviez sauvé la vie.

— Peu importe ce que vous leur avez dit, murmura-t-il d'une voix empreinte de frustration. Ce flic veut ma peau.

Melissa étrécit les yeux.

— Qu'a-t-il contre vous ?

Au comble de l'agitation, Smith marchait de long en large devant les lits, sa claudication plus prononcée qu'à l'habitude.

— Je ne sais pas.

— Laissez-moi l'appeler. Nous lui expliquerons ensemble ce qui s'est passé. J'étais témoin.

— Vous le lui avez déjà dit et il continue à me traquer, objecta Smith. Je parle sérieusement, Melissa. Je crois que ce policier veut me tuer.

Elle secoua la tête.

— C'est impossible. Pourquoi voudrait-il faire une chose pareille ?

La mâchoire de Smith se durcit.

— Il est corrompu.

Un frisson parcourut Melissa.

— Pourquoi dites-vous ça ?

— Parce qu'il a essayé de m'abattre.

— Quoi ? Quand ? Où ?

— À la clinique du vétérinaire.

Melissa prit une brève inspiration.

— Vous étiez là-bas ?

Il hocha la tête.

— Oui, mais ce n'est pas moi qui ai tué le vétérinaire. Je vous le jure. Il était mort quand je suis arrivé. J'ai vu quelqu'un le tirer vers la grange. Je me suis caché, mais Lamar a surgi de nulle part et a tiré sur moi.

La confusion régnait dans l'esprit de Melissa.

— Le lieutenant Lamar était là avant Dex et moi ?

— Oui. Je vous dis qu'il est corrompu. Et il cherche à m'impliquer.

— C'est absurde, murmura Melissa.

Smith passa une main sur son front.

— Je sais. Je me suis creusé les méninges pour comprendre pourquoi il cherche à me faire endosser un meurtre, mais je ne vois rien.

— Dans ce cas, laissez-moi appeler mon ami Dexter. Il est détective privé…

Smith secoua la tête.

— Je l'ai vu avec le lieutenant. S'ils sont amis, vous ne pouvez pas avoir confiance en lui.

Melissa resta muette, la gorge serrée. Dex était peut-être la seule personne à qui elle avait fait entièrement confiance au cours de sa vie. Peut-être lui arrivait-il parfois d'opérer en marge de la loi, mais il se battait pour la justice.

Pourtant… Jim Smith avait-il raison ? Lamar était-il corrompu ?

Dex avait suivi Melissa jusqu'au foyer, en proie à une irritation croissante. Pourquoi diable s'était-elle rendue ici ce soir ? Ils avaient prévu de venir ensemble le lendemain matin.

Bon sang, ne savait-elle pas qu'il était dangereux d'être seule dans cet endroit à une heure aussi tardive ?

Il faisait sombre à l'intérieur, mais il distinguait le faisceau de sa torche à travers les vitres. Avait-elle simplement voulu inspecter les lieux sans qu'il soit là, à l'observer ?

Si oui, pourquoi n'avait-elle pas allumé la lumière ?

Il descendit sans bruit de son 4x4 et longea le bâtiment. Le faisceau de la lampe se déplaçait à l'arrière, du côté des dortoirs. Il s'avança en rasant le mur, puis risqua un coup d'œil par la fenêtre.

Un frisson glacé se répandit en lui. Un homme était avec elle. Dex se pencha davantage. La voix de l'inconnu lui parvint, empreinte de colère.

Un vagabond s'était-il réfugié dans le centre ? Ou connaissait-elle cet individu ?

Dex plissa les yeux. À la faveur d'un rayon de lune, il entrevit un homme grand et maigre, aux cheveux grisonnants mais encore épais. Il avait eu le nez cassé au moins deux fois, sa joue était zébrée d'une cicatrice irrégulière, ses vêtements flottaient autour lui. Il avait dû subir une blessure à la jambe gauche, car il boitait. Un petit doigt manquait à sa main gauche. Il pouvait avoir une cinquantaine ou une soixantaine d'années.

Était-ce Smith ?

Melissa était-elle venue ici dans l'intention de le retrouver ?

D'après Lamar, Smith était armé et dangereux. Dex sortit

son pistolet. Il ne pouvait pas prendre de risques, pas si la vie de Melissa était en jeu.

Il se faufila à l'intérieur sans faire de bruit et enfila le couloir, l'arme au poing. Il entendit la voix de Melissa, douce et étouffée, puis celle de l'homme, rauque et rude, mais leurs paroles étaient indistinctes. Il saisit tout de même le nom de « Jim ».

C'était bien Smith.

Les doigts crispés sur le pistolet, il se prépara à sauver la vie de Melissa.

Arrivé à la porte, il fit irruption dans la salle. Au même moment, l'homme leva la main, braquant une arme sur lui.

— Ne faites pas un pas de plus, grogna Smith.

Dex se campa sur ses jambes, indiquant par sa posture qu'il n'avait pas l'intention de battre en retraite.

— Laissez-la partir, ordonna-t-il. Si vous voulez un otage, prenez-moi à sa place.

Ils s'affrontèrent du regard.

Melissa s'interposa, les mains levées.

— Baissez vos armes, tous les deux. Nous devons parler.

— Il te menaçait d'une arme, protesta Dex. Pourquoi devrais-je l'écouter ?

— Il ne me menaçait pas. Nous étions seulement en train de discuter.

— Ce flic essaie de me faire accuser, lâcha Smith. Comment puis-je savoir que vous n'êtes pas de mèche avec lui ?

Dex serra les dents.

— Tous les criminels clament leur innocence.

— Je ne suis pas un criminel, riposta Smith.

— Vous avez pris la fuite, marmonna Dex. Vous n'auriez pas fait ça si vous aviez la conscience tranquille.

— Jim n'est pas un tueur, intervint Melissa. Il m'a sauvé la vie, Dex.

Elle se tourna vers Smith avant que Dex ait eu le temps de répondre.

— Dex ne va pas tirer sur vous. C'est quelqu'un de bien, Jim. J'ai confiance en lui. Vous pouvez faire pareil.

Les yeux de Smith allèrent de l'un à l'autre, assombris par le doute.

— Mais il est copain avec ce flic.

— Croyez-moi, Jim, Dex se bat pour la justice.

Elle les toisa, exaspérée.

— Maintenant, baissez vos armes, tous les deux !

Les deux hommes se fixèrent un instant, et la tension monta d'un cran. Melissa implora Dex du regard.

— Tu as confiance en moi, Dex, n'est-ce pas ?

Le cœur serré, il changea de position. Bien sûr qu'il avait confiance en elle. Mais pas en Smith.

Ce dernier s'éclaircit la voix.

— J'ai confiance en vous, Melissa.

Lentement, il abaissa le bras et déposa son arme sur le matelas à côté d'elle.

Dex prit une profonde inspiration et fit de même.

— Très bien, dit-il en se redressant. Nous savons que Smith n'est pas votre vrai nom. Qui êtes-vous ?

Melissa poussa un soupir de soulagement. L'espace d'un moment, elle avait redouté que les deux hommes n'en viennent aux mains.

Dex fit un pas en avant, appuya sur l'interrupteur et dévisagea Smith.

— Qui êtes-vous ? répéta-t-il.

Ce dernier pâlit.

— C'est une question à laquelle je ne peux pas répondre.

— Vous ne pouvez pas ou vous ne voulez pas ? grogna Dex.

— Je ne peux pas, rétorqua Jim sur le même ton.

Dex croisa les bras.

— Que voulez-vous dire ?

Melissa lui lança un regard d'avertissement.

— Jim, expliquez-nous ce qui se passe. Peut-être pouvons-nous vous aider.

Les yeux de ce dernier allèrent de l'un à l'autre, puis

il se laissa tomber sur une couchette et passa une main lasse sur son visage. Il avait l'air las, épuisé, même, comme s'il n'avait pas dormi depuis la fusillade. Peut-être était-ce le cas.

— Je vous en prie, parlez-nous, insista-t-elle, radoucie.

— Pourquoi ? lança-t-il en désignant Dex. Pour qu'il puisse appeler son copain et qu'il vienne m'arrêter ?

— Parce que nous voulons tous savoir la vérité, répondit-elle. Le père de Dex vient d'être retrouvé mort après avoir été porté disparu pendant presque deux décennies. Dex a appris qu'il avait été hébergé dans un foyer où d'autres sans-abri ont disparu au cours de ces derniers mois.

Jim fronça les sourcils.

— Je ne comprends pas.

— Moi non plus, déclara Dex. Mais je crois que quelqu'un prend des sans-abri pour cibles.

Il marqua une pause et ajouta froidement :

— Lamar pense que vous êtes cette personne.

— Moi ? s'écria Jim, abasourdi. Pourquoi diable penserait-il cela ?

— Je ne sais pas, répondit Melissa. Et toi, Dex ?

Celui-ci haussa les épaules.

— Peut-être devriez-vous commencer par nous dire qui vous êtes et pourquoi McTruitt vous recherchait.

Le silence s'abattit sur la pièce, lourd de méfiance.

— Je vous en prie, Jim, murmura Melissa doucement. Parlez-nous.

Il lâcha un soupir de frustration.

— J'aimerais pouvoir vous dire qui je suis. Mon vrai nom. Mais je ne le connais pas.

— Cessez de nous raconter des histoires, rétorqua Dex sur un ton sec. Soit vous nous dites la vérité soit j'appelle Lamar.

Jim leva la tête, le regard résigné.

— Je vous dis la vérité. Je souffre d'amnésie.

Melissa échangea un regard avec Dex, une foule de questions en suspens entre eux.

— Que s'est-il passé ? demanda-t-elle enfin, rompant le silence tendu. Avez-vous eu un accident ?

Jim se massa la nuque.

— Une blessure à la tête.

— Comment est-ce arrivé ? intervint Dex.

Jim fixa le sol, ses bottes, tandis que sa main traçait sur son crâne le contour d'une cicatrice.

— La dernière chose dont je me souvienne, c'est que j'étais dans un champ, près d'une formation de rochers. Quelqu'un m'a attaqué et frappé à l'arrière de la tête. J'ai perdu connaissance. Quand je suis revenu à moi, j'étais désorienté. Je ne me souvenais plus de rien, mais j'avais mal et je saignais. Je me suis mis à marcher et j'ai fini par atteindre une route.

Sa voix se brisa.

— Un routier m'a déposé dans un dispensaire où on a recousu ma plaie. De là, je suis allé dans un foyer et, depuis, j'essaie de comprendre ce qui m'est arrivé et qui je suis.

Le cœur de Melissa débordait d'émotion. Si Jim disait la vérité, il avait été la victime d'un acte brutal. Et son agresseur était peut-être toujours à sa poursuite.

Dex serra les dents. Melissa croyait Smith sur parole, c'était évident. Lui était plus sceptique. L'homme paraissait sincère, mais… Une amnésie ?

C'était possible, admit-il à regret.

Mais c'était aussi une explication bien pratique.

— Pourquoi McTruitt vous recherchait-il ? répéta-t-il.

Smith posa sur lui un regard dénué d'expression.

— Je n'en ai pas la moindre idée. Mais il n'est pas le premier qui ait essayé de me tuer au fil des années. C'est une des raisons pour lesquelles je me déplace constamment.

— Aviez-vous des papiers d'identité sur vous quand vous avez repris connaissance ?

— Non, aucun.

— Pendant combien de temps êtes-vous resté inconscient ?

Smith haussa les épaules.

— Je l'ignore.

Il effleura sa cicatrice de nouveau.

— Le sang avait séché sur la plaie, par conséquent je suppose qu'il s'était écoulé un certain temps.

— À quand remontent ces événements ? intervint Melissa.

Smith fronça les sourcils.

— Il y a des années de cela. Environ quinze ou seize ans.

Il se massa le front de nouveau.

— Peut-être davantage. Je... Parfois, j'ai des trous de mémoire. Je perds des jours, des semaines entières.

— Ça doit être affreux pour vous, commenta Melissa avec compassion.

— Où exactement avez-vous attaqué ? insista Dex.

— Dans un ranch, je crois, répondit Smith, l'air pensif. Le terrain était accidenté, j'étais loin d'une route.

Il tira de sa poche la pointe d'une flèche.

— J'ai trouvé ceci par terre à côté de moi. Il y en avait quantité d'autres.

Des souvenirs se réveillèrent dans l'esprit de Dex, taraudant sa conscience. Chrissy et lui avaient passé des heures à collectionner des pointes de flèche à Hawk's Landing. Elle voulait aller en chercher le soir où ses frères et lui étaient censés la surveiller. Il n'était pas d'humeur à y aller. Il lui avait dit de se débrouiller seule.

Sa gorge se noua.

Melissa s'éclaircit la voix.

— Jim, vous écrivez tout le temps dans vos carnets. Qu'y a-t-il dedans ?

Il émit un soupir las.

— Je note les lieux où je vais, les gens que je rencontre. Je garde l'espoir qu'un jour un nom va éveiller des souvenirs enfouis en moi.

— Qu'avez-vous découvert jusqu'ici ? demanda Dex.

— Pas grand-chose, sauf que quelqu'un veut ma mort, répondit-il.

Si c'était la vérité, il devait y avoir une raison à cela,

songea Dex. Divers scénarios se présentèrent à son esprit. Smith avait-il pu être impliqué dans un crime ? Ou bien, en avait-il été témoin ? Si oui, quelqu'un avait tout intérêt à ce qu'il ne recouvre pas la mémoire.

12

Dex étudiait le langage corporel de Smith. Il avait appris à déchiffrer l'attitude des gens. Lorsqu'ils mentaient, quelque chose les trahissait.

Jusqu'alors, il n'avait rien décelé de tel chez cet homme.

— Où était le foyer où vous vous êtes réfugié ?

— À environ une demi-heure d'ici. Le médecin m'a dit que j'avais un traumatisme et qu'il fallait que je me repose pendant quelques jours.

— Combien de temps êtes-vous resté ?

Smith haussa les épaules.

— À peu près deux semaines. Je croyais que la mémoire me reviendrait, mais non. Et puis, j'ai commencé à avoir l'impression qu'on me surveillait. C'est alors que je suis parti.

— Avez-vous vu quelqu'un, remarqué une voiture précise ?

Smith secoua la tête.

— Personne que je puisse identifier. Mais, parfois, une voiture foncée me suit.

Il se massa la nuque de nouveau.

— Peut-être suis-je paranoïaque, mais je me suis dit que, si quelqu'un m'avait laissé pour mort et qu'il avait découvert que j'avais survécu, il voudrait peut-être terminer ce qu'il avait commencé.

Il hésita, d'une voix incertaine.

— On a tiré sur moi, une fois, près de Dallas. Et à Austin, une autre fois. Et puis, ce type a débarqué au refuge Lend-A-Hand et a mis un pistolet sur la tempe de Mlle Melissa.

— Et vous l'avez défendue ?

— Il le fallait. C'était moi qu'il voulait. Je ne pouvais pas le laisser faire du mal à Mlle Melissa. C'est la personne la plus gentille que j'aie jamais rencontrée.

Dex n'aurait pu prétendre le contraire.

— Et l'homme qui vous a amené au dispensaire ? Connaissez-vous son nom ? Savez-vous où il habite ?

— Non. J'étais plutôt mal en point ce jour-là. Je ne savais pas où j'en étais.

— C'est terrible, souffla Melissa doucement.

Smith lui adressa un mince sourire.

— Vous ne pouvez pas savoir à quel point. C'est comme si j'avais un grand vide dans la tête. Pendant un certain temps, je me suis demandé si j'avais de la famille, j'espérais qu'on me cherchait. Je feuilletais les journaux, je regardais le journal télévisé dans l'espoir d'y voir ma photo, mais ça ne s'est jamais produit.

Il lâcha un sifflement sourd.

— Je me suis dit aussi que, si j'avais été un criminel recherché, ma photo aurait été publiée partout. Mais non.

— Ce qui nous ramène à la question de savoir pourquoi quelqu'un voudrait vous éliminer, commenta Dex.

— Je n'y comprends rien, avoua Smith.

— Avez-vous pu être témoin d'un crime ? suggéra Melissa.

— Je n'ai rien lu dans la presse à l'époque, répondit-il. Et ça ne me dit rien du tout.

— Écoutez, Smith, lâcha Dex, si vous voulez vraiment savoir qui vous êtes, j'ai une idée.

L'homme parut sceptique.

— Laquelle ?

— Laissez-moi faire analyser vos empreintes digitales. Si elles figurent dans une base de données en relation avec un crime ou une disparition, nous découvrirons votre nom.

Smith secoua la tête.

— Votre copain lieutenant me mettra en prison. Je vous dis qu'il est corrompu.

Dex serra les dents. Il connaissait Lamar depuis près

de vingt ans. Comment pouvait-il croire un inconnu plutôt que son ami ?

Pourtant, il avait vu Lamar abuser de son pouvoir. Par deux fois, il avait planté des preuves qui avaient contribué à faire condamner des hommes qu'il avait arrêtés. Les deux fois, il avait été certain que les intéressés étaient coupables et dangereux, et il n'avait pas voulu qu'ils échappent à la justice à cause d'un détail technique.

Quel genre de preuve Lamar avait-il contre Smith ? Il n'avait pas voulu le dire.

— Je demanderai à quelqu'un d'autre de faire le test, proposa-t-il, songeant à son frère Lucas.

Smith acquiesça à regret.

— Je suppose que, si j'ai fait quelque chose de mal, il est temps que je paie. Sinon, peut-être que ça m'aidera à comprendre qui je suis et pourquoi on veut me tuer.

— Je vais passer un coup de fil.

Quelques secondes plus tard, Dex était dans le couloir et expliquait la situation à Lucas.

— Tu caches un fugitif ? se récria ce dernier, incrédule.

Dex maîtrisa son irritation.

— Pas tout à fait. D'après Melissa, c'était un cas de légitime défense, et Smith affirme que Lamar veut le coincer.

— Pourquoi Lamar ferait-il une chose pareille ? demanda Lucas.

— C'est ce que j'essaie de comprendre. De toute façon, après avoir entendu l'histoire de Smith, je commence à m'interroger.

— C'est quoi, son histoire ?

Dex répéta le récit de l'homme et rappela à Lucas ses soupçons concernant les sans-abri disparus.

— Tu as fait un lien que personne d'autre n'a fait, lâcha son frère.

Son ton condescendant agaça Dex.

— Peut-être que je me trompe, admit-il. Mais, si j'ai raison, quelqu'un s'en prend aux sans-abri parce qu'il sait pertinemment que personne ne va remarquer leur disparition. Même si elle est signalée, la police n'y attache pas d'importance parce que…

— … parce que c'est une population qui a tendance à se déplacer, acheva Lucas sur un ton neutre.

— Précisément. Rends-moi ce service, Lucas. S'il s'avère que Smith a commis un crime, je te l'amènerai moi-même.

Lucas émit un soupir exaspéré.

— Très bien. Que veux-tu que je fasse ?

— C'est simple. Vérifie ses empreintes sans alerter la police d'Austin. Quand nous connaîtrons son identité, nous aviserons.

— Si c'est un criminel, tu le livreras à la justice.

— Oui.

Il tiendrait parole. Même s'il soupçonnait que Melissa ne serait pas d'accord.

Si Smith était innocent, il était possible qu'il soit une victime, exactement comme les autres sans-abri disparus.

Melissa avait le cœur lourd pour Jim Smith. Elle n'osait imaginer ce qu'il en était de vivre sa vie sans savoir qui on était, d'où on venait ni si on avait une famille. Encore que, s'il avait eu une famille, les siens l'auraient sans doute cherché. À moins qu'ils ne l'aient cru mort…

Cela dit, elle travaillait pour les services sociaux depuis assez longtemps pour savoir que, lorsqu'un individu était porté disparu, la police menait une enquête… mais souvent brève. Ensuite, d'autres affaires étaient jugées plus prioritaires et, si les pistes éventuelles ne menaient à rien, les policiers cessaient vite de s'y intéresser.

En fin de compte, les proches se résignaient, surtout s'ils pensaient que leur parent était parti de son propre gré. Les disparitions d'enfants, bien sûr, étaient une tout autre question. Les familles ne cessaient jamais vraiment de les chercher ni d'espérer leur retour.

— Pourquoi êtes-vous venue ici ce soir ? demanda Jim.

Saisie d'un frisson, Melissa promena un doigt sur la marque autour de son cou.

— Après ce qui s'est passé aujourd'hui à la clinique

vétérinaire, je ne pouvais pas dormir. Je me suis souvenue que vous teniez des carnets et je suis venue en chercher un, au cas où vous auriez noté quelque chose d'important.

Smith tapota la poche de sa chemise.

— Je note le nom de tous ceux à qui je parle, surtout si je crois qu'ils pourraient me donner des informations utiles.

— Connaissez-vous un homme qui s'appelle Bill Small ? Ou Harry Willis ? Ils sont hébergés au Retreat.

Il fronça les sourcils.

— Je ne suis jamais allé là-bas.

L'estomac de Melissa se noua. Lui cachait-il quelque chose ?

— Jim, je vous ai défendu devant Dex. Je vous en prie, soyez franc avec moi.

Il tira un carnet de sa poche et l'ouvrit, s'arrêtant sur une page où il avait griffonné le nom du vétérinaire.

— Un soir que j'étais dans un entrepôt désaffecté, j'ai entendu des hommes parler de ce vétérinaire qui soignait des taureaux destinés à la reproduction. Il y a des années de ça, quand j'ai repris connaissance, j'avais la carte de visite d'un éleveur dans ma poche. Je me suis dit que si le vétérinaire collaborait avec cet éleveur, il se souviendrait peut-être de moi.

— C'est pour cette raison que vous êtes allé là-bas aujourd'hui ?

Smith acquiesça.

— Que s'est-il passé quand vous êtes arrivé ?

— Des types traînaient le corps dans la grange. L'un d'eux a dit qu'il fallait s'occuper de Harry, et puis l'autre m'a vu et a tiré sur moi. Je me suis enfui. C'est à ce moment-là que j'ai dû perdre le bandana.

— Avez-vous reconnu ces hommes ou leur voix ?

— Non, malheureusement. Mais le policier a débarqué et il a ouvert le feu sur moi aussi. Il a fallu que je file en vitesse.

Dex apparut sur le seuil. À en juger par son expression sombre, il avait entendu leur conversation.

— Je croyais que vous n'aviez pas de papiers sur vous quand vous avez repris conscience.

— C'est vrai. Je n'avais que cette carte de visite, ajouta-t-il en la sortant de sa poche pour la tendre à Dex. Je suis allé voir cet éleveur.

— Que vous a-t-il dit ?

— Il a prétendu ne pas savoir qui j'étais. Il a dit qu'il déposait des cartes de visite partout où il allait. Que j'aurais pu en prendre une dans un restaurant ou lors d'un rodéo.

— Mais vous avez conservé cette carte quand même ?

Smith hocha la tête.

— Je ne sais pas pourquoi. Mais c'était tout ce que j'avais.

Melissa voyait presque les rouages tourner dans l'esprit de Dex.

— Qu'y a-t-il ?

— Le nom de cet éleveur me dit quelque chose. Je l'ai vu dans un prospectus, chez le vétérinaire.

Il pianota sur sa cuisse.

— Il n'y a peut-être aucun rapport, mais je vais aller l'interroger.

Jim se leva.

— Je vous accompagne.

Dex l'arrêta d'un geste.

— Non. Vous devez faire profil bas. Si la police apprend que Melissa vous a autorisé à rester ici, elle sera arrêtée pour avoir abrité un fugitif.

— Je ne veux pas lui causer d'ennuis, murmura Smith.

— Dans ce cas, laissez-moi mener l'enquête.

Il prit la carte.

— D'une manière ou d'une autre, je finirai par découvrir de quoi il retourne.

Dex espérait ne pas avoir commis une erreur en faisant confiance à Smith. Néanmoins, s'il y avait le moindre grain de vérité dans les propos de ce dernier et dans ses allégations concernant Lamar – ce que Dex avait du mal à croire –, il devait vérifier.

Il se promit de remettre la carte à Lucas, au cas où des

empreintes seraient utilisables. Si Smith figurait dans la base de données et que c'était un individu dangereux, il l'éloignerait de Melissa.

— Je vais laisser ma voiture ici et venir avec toi, proposa celle-ci.

Dex secoua la tête.

— La journée a été éprouvante, Melissa. Rentre chez toi et repose-toi. Je te tiendrai au courant.

Elle parut indécise, mais finit par acquiescer. Dex l'escorta jusqu'à sa camionnette.

— Merci de m'avoir fait confiance et de m'avoir écoutée, souffla-t-elle en ouvrant la portière.

Il serra les dents. La confiance ne lui venait pas aisément. Le seul homme en qui il avait eu entièrement confiance les avait abandonnés, les siens et lui. Et, à présent, un quasi-inconnu accusait Lamar, son mentor, d'être corrompu.

— Fais attention avec Smith, conseilla-t-il. Ne baisse pas ta garde, Melissa.

Elle lui pressa légèrement le bras, et l'électricité palpable entre eux leur rappela le baiser qu'ils avaient partagé un peu plus tôt.

Bon sang. Il brûlait de la prendre dans ses bras. Il avait connu plusieurs femmes après elle, mais aucune n'avait éveillé en lui les mêmes sentiments que Melissa.

Surtout, son sourire lui avait manqué. Si les anges existaient, Melissa Gentry en faisait partie.

Il ne méritait pas d'être aimé par un ange.

— Je vais te suivre jusque chez toi et m'assurer que tu es en sécurité.

Cette fois, cependant, il n'entrerait pas. Ce serait trop dangereux. Trop tentant.

— Tu n'es pas obligé de faire cela, Dex. Je me débrouille seule depuis toujours.

Sa remarque ne fit qu'ajouter à la tristesse de Dex. Elle s'occupait non seulement d'elle-même, mais aussi de tous les autres.

Il était temps que quelqu'un s'occupe d'elle un peu.

— Je vais te suivre, répéta-t-il.

Le regard de Melissa se souda au sien, brillant de désir.

Cependant, elle se contenta de grimper dans sa camionnette, ferma la portière et démarra. Il se hâta vers son véhicule. Comme il s'éloignait, il jeta un coup d'œil en arrière et vit Smith qui les observait, tapi dans l'ombre.

Quelque chose chez cet homme le troublait. Faisait se dresser ses cheveux sur sa nuque.

Il devait découvrir quoi. Si Smith avait menti et qu'il se servait d'eux, Dex y mettrait bon ordre.

Nul ne ferait de mal à Melissa tant qu'il était là.

13

Après avoir de nouveau inspecté les portes et fenêtres de Melissa, Dex s'en alla avant de succomber à la tentation et de lui demander s'il pouvait passer la nuit avec elle.

Dans l'allée, il attrapa son ordinateur portable et effectua une recherche rapide au sujet d'Emmet Wilson. Le site Internet de ce dernier était impressionnant : on y détaillait son expérience et ses techniques d'élevage, le tout accompagné de multiples photos d'animaux primés et de témoignages de ranchers qui avaient fait appel à lui.

Tous étaient positifs, ce qui incita Dex à se demander si les opinions négatives avaient été censurées…

D'après le site, Wilson était à la pointe de l'innovation : il utilisait l'insémination artificielle, le génotypage, le transfert d'embryon et l'édition génomique.

Wilson possédait un vaste ranch à environ soixante-dix kilomètres d'Austin. La nuit était tombée, et Dex roula sur des routes désertées, passant devant de petites fermes isolées de temps à autre. À un moment donné, quand il était tout jeune, son père avait évoqué la possibilité de développer son cheptel. Dex et ses frères l'avaient même accompagné à une vente aux enchères. Ils avaient été fascinés par la vitesse à laquelle les offres se succédaient. Son père avait préalablement étudié le catalogue de la vente de manière à faire les meilleurs choix possible pour son ranch.

Il commençait tout juste à se lancer dans son projet

lorsque Chrissy avait disparu. Mettant ses plans de côté, il avait sillonné la région jour et nuit à sa recherche.

Le dernier matin, lorsqu'il n'était pas revenu, la mère de Dex avait supposé qu'il poursuivait les recherches. Elle savait qu'il était résolu à la retrouver. Le lendemain, cependant, l'angoisse avait pris le dessus : elle était convaincue qu'il lui était arrivé malheur.

Elle avait averti le shérif, lequel avait lancé un bulletin de recherche pour lui et pour son pick-up, mais sans résultat. Personne ne lui avait parlé au téléphone. Il n'avait laissé aucun message. Il n'avait été vu nulle part.

L'émotion submergea Dex. Les souvenirs étaient aussi nets, aussi douloureux que si son père avait disparu la veille.

Il cilla et se frotta les yeux, puis aperçut un panneau indiquant l'élevage de Wilson. Il s'engagea dans l'étroit chemin goudronné qui menait à la propriété. Une maison de style traditionnel, construite en hauteur, dominait une série de granges et d'étables en contrebas.

Dex se gara devant la maison. Comme il descendait du pick-up, les mugissements du bétail parvinrent à ses oreilles, éveillant en lui un pincement de nostalgie. Après la disparition de son père, sa mère avait vendu le cheptel peu à peu. Seule avec quatre adolescents, elle ne se sentait pas capable de continuer, et aucun d'eux n'avait le cœur à le faire.

Dernièrement, Brayden et lui avaient constitué un troupeau de chevaux, en partie afin de proposer des cours d'équitation aux jeunes filles que sa mère hébergeait.

La porte s'ouvrit, le ramenant brusquement à la réalité. Un homme courtaud et robuste, aux cheveux grisonnants et au nez bulbeux, se tenait sur le seuil.

— Monsieur Wilson ?

— Oui. Que puis-je faire pour vous ?

Dex sortit la carte de visite de sa poche et la lui tendit.

— J'imagine que vous avez entendu parler de la fusillade qui a eu lieu dans un centre pour sans-abri ?

Wilson repoussa ses lunettes.

— Oui. J'ai entendu dire que la police recherchait un certain Smith.

— En effet, confirma Dex sans le quitter des yeux. Smith avait cette carte sur lui. Il affirme être venu vous voir voilà quelques années. Il prétend souffrir d'amnésie et il pensait que vous le connaissiez peut-être.

Wilson détourna le regard et parut réfléchir.

— Je me souviens d'un incident de ce genre, admit-il, mais c'était il y a très longtemps.

Dex hocha la tête.

— Il affirme aussi que quelqu'un essaie de le tuer.

Il montra à Wilson une photo de Smith sur son téléphone.

— Le voici. Son visage vous dit quelque chose ?

Wilson arqua les sourcils et se pencha vers l'écran.

— Non. Cela dit, je croise beaucoup de gens dans mon travail. J'aurais pu le rencontrer lors d'une vente aux enchères et ne pas m'en souvenir. Il est aussi possible qu'il ait trouvé ma carte chez le Dr Huckleberry, le vétérinaire avec lequel je collabore. Il en garde un stock chez lui pour les distribuer à d'éventuels clients.

Dex sentit la frustration l'envahir.

— Avez-vous interrogé Huckleberry ? reprit Wilson. Peut-être connaît-il ce Smith.

— À vrai dire, je suis allé le voir cet après-midi. Malheureusement, il était mort.

Wilson écarquilla les yeux.

— Mort ? Seigneur ! Comment…

Sa stupeur paraissait sincère.

— Il était dans une des stalles avec un taureau, le corps en sang. Mais deux hommes étaient là et ils ont tiré sur moi, par conséquent il est possible qu'il ait été assassiné et qu'on l'ait mis avec le taureau pour faire croire à un accident.

Wilson était devenu blême.

— Mon Dieu ! Le malheureux.

Il se gratta le menton.

— Qui peut bien avoir fait une chose pareille ?

Dex secoua la tête.

— J'espérais que vous pourriez me le dire.

Melissa avait beau être habituée à vivre seule, la maison lui semblait vide à présent. Dex lui manquait. Son odeur masculine flottait encore dans l'air, lui rappelant le baiser ardent qu'ils avaient partagé un peu plus tôt.

Elle téléphona à April afin de l'informer que le centre pourrait être rouvert le lendemain. Celle-ci proposa de relayer la nouvelle aux bénévoles et aux résidents que Dex et elle avaient transportés au centre Another Chance, une offre que Melissa accepta avec reconnaissance.

La communication terminée, elle s'étira, dénouant les muscles douloureux de ses épaules. Les marques sur son cou viraient au violet sombre à présent.

Un frisson la parcourut au souvenir de l'agression. Dans l'espoir que le jet d'eau chaude apaiserait ses nerfs tendus à craquer, elle se dévêtit et se glissa sous la douche.

Les yeux clos, elle savoura le parfum d'eau de rose du gel douche, se frictionna le corps et se lava longuement les cheveux. Enfin, elle se sécha, enfila un T-shirt et un short de pyjama et se rendit dans la cuisine afin de se préparer un thé. Elle avait besoin de dormir, d'oublier qu'elle avait failli mourir.

Son regard s'arrêta sur sa valise, mais elle réprima l'envie de faire ses bagages et de s'enfuir. Elle ne pouvait pas partir. Pas encore. Pas avant de savoir ce qui était arrivé à Harry, et qui était réellement Jim Smith.

Quant à Dex, lui aussi voulait obtenir des réponses concernant son père. Et elle tenait à l'aider.

Cela fait, elle quitterait la ville et chercherait un endroit où repartir de zéro, comme elle l'avait fait si souvent par le passé.

Un endroit où elle pourrait chasser Dexter Hawk de ses pensées pour de bon.

***

Melissa luttait contre l'insomnie depuis sa plus tendre enfance. La vie dans la rue et dans les foyers lui avait appris à toujours ouvrir l'œil et les oreilles, à rester constamment sur ses gardes. Le danger était présent partout.

Même lorsqu'il était ivre, son père la gardait près de lui pour la protéger.

C'était la seule chose honorable qu'il ait faite.

Melissa se coula entre les draps, s'efforçant de refouler les souvenirs de ces nuits-là. En vain. Ils continuèrent à la tourmenter.

Elle avait cinq ans. Elle trottinait en trébuchant derrière son père, sa poupée de chiffons étroitement serrée contre elle. Lui se cramponnait à son sac en papier brun comme à une bouée, buvant à petites gorgées à la bouteille qui y était cachée.

Il appelait cela son « courage liquide ». Disait qu'il en avait besoin pour tenir.

Elle détestait l'odeur de la boisson et l'oubli dans lequel plongeait son père parfois. Comme quand il ne savait plus où ils allaient et qu'ils n'avaient rien mangé de toute la journée. Ou qu'il s'effondrait et qu'il ne pouvait pas se relever, et qu'ils n'arrivaient pas au centre. Alors, ils dormaient dans un jardin public, ce qui la dérangeait moins que les ruelles crasseuses qui sentaient la bière, l'urine et les détritus.

Un jour, un homme aux vêtements sales avait descendu sa braguette et lui avait souri, comme s'il s'apprêtait à s'exhiber devant elle. Melissa avait détourné les yeux et s'était blottie contre son père endormi, cramponnée à lui aussi étroitement que possible.

Le lendemain matin, lorsqu'elle lui avait relaté l'incident, il s'était mis en colère. Puis, il l'avait traînée jusqu'à un foyer et l'y avait laissée. Il avait dit qu'une petite fille n'avait pas sa place dans la rue.

Elle avait sangloté, elle l'avait supplié de ne pas l'aban-

donner avec des inconnus, mais il s'était dégagé et il était parti.

Ce soir-là, étendue toute seule sur sa couchette, elle avait fixé le plafond, les yeux pleins de larmes, priant pour qu'il revienne. Elle avait entendu des voix dehors, des voix fortes. Une dispute.

Soudain, la porte s'était ouverte à la volée…

Elle se réveilla en sursaut, tremblante, tous les sens en alerte.

Un bruit.

Un coup sourd. Un grincement. Une fenêtre qui vibrait.

Une bouffée de terreur l'envahit.

Quelqu'un essayait d'entrer.

14

Les doigts crispés sur le drap, Melissa tendit l'oreille. Le vent ne soufflait pas à l'extérieur. Il n'y avait pas d'orage.

Le bruit… Il venait de la porte latérale. Quelqu'un tentait de tourner la poignée.

Elle avait du mal à respirer.

Très lentement, elle se leva, s'empara de son téléphone et composa le 911 en se dirigeant vers le dressing.

— Police Secours. Que puis-je pour vous ?

— Quelqu'un essaie de s'introduire chez moi.

Elle poursuivit, se hâtant de donner son nom et son adresse.

— Restez en ligne, je vous prie…

Melissa fourra l'appareil dans la poche de son pyjama et attrapa d'une main tremblante la carabine que Dex lui avait prêtée.

Le bruit était plus distinct. Sur la pointe des pieds, elle gagna l'entrée et fit quelques pas vers la cuisine. De là, elle voyait la porte. La poignée qui tournait.

À travers la vitre, elle distinguait une ombre.

Quasi paralysée par la peur, Melissa s'efforça de réfléchir. La police arriverait-elle à temps ?

Elle se plaqua au mur, s'obligeant à rester immobile pour que l'intrus ne la voie pas.

Soudain, la vitre vola en éclats. Melissa tressaillit et leva son arme.

Un poing ganté surgit, écarta des fragments de verre, puis l'homme tâtonna à l'intérieur afin de déverrouiller la serrure.

Elle s'approcha un peu, assez pour que l'intrus puisse la voir. Il était grand et costaud, large d'épaules.

Melissa braqua la carabine sur son torse et s'éclaircit la voix.

— Allez-vous-en ou je tire !

Elle retint son souffle, priant pour qu'il batte en retraite. Au contraire, la porte céda et l'homme se rua en avant. Elle tenta de faire feu, mais il dévia son bras et la balle se logea dans le plafond. Des morceaux de plâtre se mirent à pleuvoir sur eux. Melissa eut beau se cramponner à son arme, l'inconnu la poussa violemment contre le mur. Sa tête heurta la cloison si fort qu'elle en eut le vertige.

Se remémorant des gestes appris lorsqu'elle suivait des cours d'autodéfense, elle leva le genou et visa son entrejambe. Il esquiva, agrippa la carabine. Un nouveau coup partit et toucha le mur. Avec un cri, Melissa tenta de le repousser mais il lui décocha une gifle. Sous le choc, elle sentit l'arme glisser entre ses mains.

Il s'en empara, puis jeta Melissa à terre. Sa tempe heurta le coin du mur, et elle s'effondra, un goût de sang à la bouche.

Cependant, elle ne voulait pas renoncer. Elle se mit à genoux, cherchant à voir ses traits. Il avait une barbe. Des cheveux emmêlés. Des vêtements sombres. Une cicatrice sur la joue.

Il braquait la carabine sur elle.

Melissa vit défiler sa vie sous ses yeux. Elle avait fait de son mieux pour aider les autres, mais elle voulait davantage. Elle voulait connaître l'amour. Fonder une famille. Avoir un véritable foyer.

Il fit un pas vers elle, le visage menaçant. Un frisson parcourut l'échine de Melissa.

Elle ne voulait pas mourir…

Le téléphone de Dex sonna comme il arrivait aux abords d'Austin. La voix de Lamar s'éleva dans le haut-parleur.

— Écoute, Dex, la police vient de recevoir un appel de ton amie Melissa.

Une sirène hurla en arrière-fond.

— Je suis en route pour chez elle.

Dex avait déjà le pied au plancher.

— Je te retrouve là-bas !

Il n'aurait pas dû laisser Melissa seule. Oh ! Seigneur, pourvu qu'elle soit saine et sauve…

Melissa fixa le regard froid de l'inconnu.

— Pourquoi faites-vous ça ? souffla-t-elle. Pourquoi voulez-vous me tuer ? Je ne vous connais même pas.

L'expression de l'homme s'assombrit. Il raffermit sa prise sur la carabine. Il était plus jeune qu'elle ne l'avait cru tout d'abord. Il pouvait avoir une trentaine d'années. Cependant, il avait l'air négligé, comme s'il ne s'était pas lavé ni changé depuis des jours. Et un couteau dépassait de sa poche.

— Si vous voulez de l'argent, prenez tout ce que j'ai. Ce n'est pas grand-chose, mais il est à vous.

L'arme toujours braquée sur elle, il jeta un rapide coup d'œil dans l'entrée.

— Je travaille dans un centre pour sans-abri, ajouta-t-elle, espérant l'atteindre d'une manière ou d'une autre. Si vous avez besoin d'aide, je peux vous proposer un lit et de quoi manger. Essayer de vous trouver du travail.

Il lâcha un rire rauque.

— Taisez-vous, madame.

Le crâne de Melissa la lançait.

— Je voudrais vraiment vous aider, murmura-t-elle doucement. S'il vous plaît, posez la carabine.

Il hésita, et elle crut qu'il allait le faire. Au même moment, une sirène hurla au-dehors, et des lumières bleues clignotèrent derrière la vitre.

Un mélange de rage et de panique se lut dans le regard de l'homme. Il lui empoigna le bras alors qu'on tambourinait à la porte d'entrée.

Soudain, une douleur fulgurante se répandit dans le crâne de Melissa. Puis ce fut le noir.

15

Dex roula à tombeau ouvert sur la voie express, zigzaguant à travers le trafic. Il était près de 23 heures, et les rues d'Austin étaient animées, pleines de touristes et de résidents qui sortaient des bars et des restaurants.

Il devrait emmener Melissa dans ses endroits préférés, un de ces jours.

La sueur perlait sur son front, mais il tentait de se rassurer. Lamar était en route, et elle avait réussi à alerter la police. C'était forcément bon signe.

Forcément. La pensée qu'il avait pu lui arriver quelque chose lui transperçait l'estomac.

Enfin, il s'engagea à vive allure dans la rue de Melissa, et les cognements de son cœur redoublèrent lorsqu'il reconnut la voiture de Lamar. Son ami l'avait devancé.

Tout en s'engouffrant dans l'allée, il parcourut les environs du regard au cas où ce dernier aurait besoin de renfort. Il vérifia rapidement son arme, la remit dans sa ceinture et se dirigea vers la maison.

La porte principale était fermée, mais une lumière brillait à l'arrière. Priant pour que Melissa soit indemne, il se hâta vers l'entrée latérale. Elle était entrouverte, et laissait échapper un mince rai de clarté.

Dex prit une profonde inspiration, puis gravit les marches de la terrasse sans se départir de sa vigilance. Arrivé à la porte, il tendit l'oreille. Tout était calme à l'intérieur.

Trop calme.

Une main sur son pistolet, prêt à dégainer, il jeta un coup d'œil par l'entrebâillement. Le grincement d'une lame de plancher le fit hésiter. L'instant d'après, il sentit le canon d'un pistolet sur sa tempe.

Lamar apparut aussitôt.

— Hé, c'est moi, grogna Dex.

Le policier émit un juron, le visage à demi caché par la pénombre.

— Bon sang, Dex, tu as failli te faire descendre.

— Je me suis dit que tu avais peut-être besoin d'aide !

— Désolé.

Lamar passa une main sur son front.

— Je ne t'ai pas entendu.

— Où est-elle ? Elle va bien ?

Sans attendre la réponse, il bouscula le lieutenant pour entrer et se figea.

Une carabine gisait sur le sol. Du sang éclaboussait le mur. Celui de Melissa ?

Non !

Il s'avança. Sur sa gauche, le corps d'un homme était étendu sur le plancher. Il avait le regard opaque, une flaque de sang s'étalait sous lui.

— J'ai eu ce salopard, déclara Lamar.

Dex ne l'entendait plus. Melissa était sans connaissance, un filet de sang coulant d'une plaie sur son front.

— J'ai appelé une ambulance, ajouta le policier.

Le pouls de Dex cognait à ses tempes, assourdissant. Il s'agenouilla à côté de Melissa, captura sa main dans la sienne et retint son souffle.

Pria.

Enfin, il sentit un frémissement.

Elle était en vie.

L'espace d'une seconde, il baissa la tête et remercia le ciel. Ravalant son émotion, il caressa tendrement une mèche de cheveux rougie par le sang sur sa joue.

— Tu vas t'en tirer, ma chérie.

Il lui souleva la tête afin de la déposer sur ses genoux, puis pressa un baiser sur sa joue.

— Tiens bon. Je vais prendre soin de toi. Plus personne ne te fera de mal.

Il l'entoura de ses bras, la serrant contre lui comme si c'était une question de vie ou de mort.

Enfin, le hurlement d'une sirène déchira la nuit. L'ambulance arrivait.

Lamar l'observait avec curiosité, sans doute surpris de le voir aussi bouleversé. En règle générale, Dex maîtrisait ses émotions. Il avait appris à garder l'air impassible. Froid. Détaché.

Cependant, sa maîtrise de lui-même l'avait déserté ce soir. Il était terrifié.

Et, pour la première fois de sa vie, il se moquait éperdument qu'on s'en aperçoive.

— Que s'est-il passé ? demanda-t-il.

— Elle était sans connaissance quand je suis arrivé. Le type était debout à côté d'elle, son arme à la main. Il a tiré sur moi, mais je l'ai eu le premier.

Dex hocha la tête.

— Merci. J'ai une dette envers toi.

Le regard de Lamar, sombre et troublé, rencontra le sien.

— J'ai fait mon travail, voilà tout.

Peut-être. Mais, ce soir, il avait sauvé la vie de Melissa. Et Dex lui en serait éternellement reconnaissant.

Melissa avait l'impression de flotter dans une mer immense et noire. Quelque chose lui martelait le crâne, comme pour la forcer à renoncer. À abandonner toute résistance, à se laisser engloutir par le vide, pourvu que la douleur s'arrête.

Malgré tout, l'instinct lui soufflait de se battre. Elle avait des choses importantes à accomplir. Quelqu'un à voir. Une vie à vivre. Des rêves à réaliser.

Tout ce dont elle avait rêvé l'attendait. Elle leva la main et tenta de retenir les visions, mais elles s'échappèrent et disparurent peu à peu comme autant de poussières emportées par le vent.

Des voix résonnaient au loin. Très loin. Pourtant, de temps à autre, un mot lui parvenait. Une voix rude et familière murmurant son nom.

— Melissa, reviens-moi, ma chérie.

Ma chérie ? Qui l'appelait ainsi ?

Elle cligna des yeux, mourant d'envie de voir cet homme. Sa voix était inquiète. Tendre. Affectueuse.

Elle aspirait tant à être aimée. Sa mère ne l'avait pas aimée suffisamment pour rester auprès d'elle. Et son père non plus, en fin de compte…

Une main tiède lui effleura la joue. Des doigts masculins. Une caresse qui l'encouragea à revenir au présent, à la lumière.

— Melissa, ma chérie, tu vas t'en tirer. Les ambulanciers sont là.

Les ambulanciers ?

Elle devait être blessée. Avait-elle eu un accident ?

Des souvenirs rôdaient en marge de sa mémoire. Que s'était-il passé ? Elle était rentrée à la maison, elle dormait. Rêvait. Et puis, un bruit. Quelqu'un qui essayait de s'introduire chez elle.

Sa gorge se noua, et elle se mit à trembler.

— Tout va bien, je suis là.

Cette même voix masculine, si réconfortante. Si apaisante. Des bras solides qui la tenaient contre un torse large. Dur mais rassurant.

Elle cilla, résolue à voir son visage. À le supplier de rester. À lui dire qu'elle aimait entendre sa voix, sentir ses bras autour d'elle.

D'autres voix. Un bruit de pas. Une porte qui se refermait. Les bras de l'homme qui la lâchaient. Elle poussa un cri, elle ne voulait pas qu'il s'en aille. Elle avait peur, même si elle ne savait pas de quoi. De mourir ?

Ou de l'homme qui était entré chez elle ? Oui, un homme.

Il l'avait empoignée par le bras, jetée contre le mur. Il avait pointé la carabine sur elle.

Il était sur le point de tirer.

Elle hurla, le corps secoué de soubresauts au moment où elle ouvrait les yeux.

L'homme n'était plus là. La carabine non plus.

Dex la serrait contre lui et murmurait son nom. Une larme roula sur sa joue.

— Ne me laisse pas, souffla-t-elle.

— Je ne vais pas te laisser, assura-t-il d'une voix rauque. Je resterai à côté de toi.

Il la lâcha cependant, et deux hommes la déposèrent sur une civière. Elle ferma les yeux, et le noir revint.

Dex poussa un soupir de soulagement en apprenant que Melissa était dans un état stable. Elle souffrait peut-être d'un léger traumatisme crânien et avait besoin de quelques points de suture au front, mais elle allait se rétablir.

Quand elle avait ouvert les yeux et qu'elle l'avait regardé, il avait été si ému qu'il avait failli pleurer comme un bébé.

Il sourit intérieurement à cette pensée. Lamar se serait bien moqué de lui. Il avait toujours taquiné Dex au sujet des femmes, affirmant qu'il tomberait fou amoureux un jour.

Mais Dex avait balayé ses remarques d'un rire, certain que cela ne lui arriverait jamais.

À présent, il s'interrogeait. Lamar avait-il vu juste ? Melissa avait-elle déjà conquis son cœur ?

— Je vous suis, chuchota-t-il avant que les ambulanciers referment les portières. Je te retrouverai à l'hôpital.

Lamar était occupé à photographier la scène de crime et le corps de la victime.

— Il a des papiers sur lui ? s'enquit Dex.

Le docteur Hudson, le médecin légiste d'Austin, les rejoignit alors que Lamar inspectait les poches du mort.

— Non.

— Je n'ai pas remarqué de voiture dehors, observa Dex. Comment est-il venu ?

Lamar remua la langue dans sa bouche, l'air de réfléchir à la question.

— Il s'est sans doute garé dans une rue voisine et faufilé jusqu'ici à pied.

Possible. D'innombrables ruelles reliaient les artères principales du lotissement, offrant une multitude de cachettes propices à toutes sortes d'activités.

— Tu as trouvé un téléphone ? insista Dex en jetant un coup d'œil autour de lui.

De nouveau, Lamar tapota les poches du mort, puis le souleva légèrement pour vérifier qu'aucun appareil n'était tombé sous lui.

Il secoua la tête.

— Pas de drogues sur lui non plus. Cela dit, il est possible qu'il ait cherché du liquide ou des objets de valeur à voler, suggéra Lamar.

C'était une hypothèse raisonnable, surtout compte tenu du quartier où Melissa vivait. Pourquoi donc Dex avait-il le sentiment que l'intrusion de cet homme était liée à l'enquête qu'il menait ?

Le médecin légiste s'était agenouillé à côté du mort et parlait à voix basse dans un micro relié à un enregistreur.

— Melissa était sans connaissance quand tu es arrivé, Lamar ? reprit Dex, s'efforçant de reconstituer la scène dans son esprit.

— Oui, je te l'ai dit. Le type a pointé son arme vers moi. Je n'ai pas eu d'autre choix que de tirer.

Il prit une photo de la carabine.

— Cette arme appartient à ton amie ?

Dex secoua la tête.

— Je la lui ai prêtée pour sa protection.

— Bon sang, Dex ! Tu sais bien que les gens qui n'ont pas l'expérience des armes à feu se font souvent abattre parce qu'on a retourné leur arme contre eux.

Dex acquiesça. Il le savait. Cependant, la perspective

de laisser Melissa désarmée lui avait paru plus dangereuse encore.

— Regarde où elle habite. Elle a failli être tuée par deux fois cette semaine. Elle a besoin de protection.

Lamar continuait à secouer la tête.

— Et lui ? Il était armé ?

Le policier désigna un sachet qui contenait un couteau de chasse. Une fraction de seconde, Dex imagina la lame contre le cou de Melissa et fut saisi d'un frisson. Ce salopard aurait pu l'égorger en quelques secondes.

Le docteur Hudson fit rouler le corps sur le côté et braqua une petite torche sur son dos.

— Une balle dans la poitrine. Pas de point de sortie. Il s'est vidé de son sang.

Lamar indiqua son arme de service.

— La balle correspondra à mon pistolet. Ce sera dans mon rapport.

On toqua à la porte, et un agent entra, suivi d'un membre de la police scientifique. Lamar alla les accueillir.

— Je vais à l'hôpital, annonça Dex.

Il ne voulait pas qu'elle se réveille seule. Peut-être son agresseur lui avait-il dit quelque chose avant de l'assommer. Peut-être avait-il révélé son véritable motif. Lâché le nom de celui pour qui il travaillait ?

Melissa revenait lentement à la réalité. Le médecin urgentiste l'examina et lui fit deux points de suture, assurant que la cicatrice serait à peine visible.

Non qu'elle s'en souciât. Elle savait qu'elle avait frôlé la mort de près.

Ses doigts se crispèrent sur le drap alors que l'infirmière quittait la chambre. Une seconde plus tard, Dex apparut. La rage se lisait sur ses traits mais son expression s'adoucit à mesure qu'il s'approchait.

— Melissa ?

— Ça va, murmura-t-elle. J'ai seulement hâte de sortir d'ici.

— Le médecin dit que tu as un traumatisme crânien. Il pense que tu devrais passer la nuit en observation.

Des larmes montèrent aux yeux de Melissa. Elle détestait les hôpitaux, elle avait entendu trop d'histoires tragiques de gens qui y entraient et n'en ressortaient jamais.

— Ramène-moi à la maison, je t'en prie.

Un muscle tressauta au niveau de sa mâchoire.

— Tu ne vas pas rentrer chez toi ce soir. Si le médecin t'autorise à partir, je t'emmène à Hawk's Landing.

Dex lui avait montré des photos du ranch autrefois. C'était un lieu magnifique.

Et la mère de Dex en avait fait un lieu d'accueil pour des jeunes filles traumatisées.

Dex promena un doigt sur sa main.

— Je sais que tu n'as probablement pas envie de parler de ce qui s'est passé, reprit-il d'une voix rauque. Mais j'ai besoin que tu me racontes tout.

La poitrine de Melissa se comprima.

— Un homme est entré chez moi, chuchota-t-elle. Que lui est-il arrivé ?

— Lamar l'a abattu. Il a dit que la carabine était braquée sur toi quand il l'a trouvé.

Sa voix se brisa.

— Il t'a sauvé la vie, Melissa.

Ainsi, elle avait une dette envers le lieutenant.

Cependant, des images continuaient à défiler dans sa tête. Elle revoyait l'expression de l'homme lorsqu'elle l'avait supplié de l'épargner.

Un instant, elle avait cru qu'il allait abaisser son arme. La laisser. Prendre la fuite.

Dex se pencha vers elle, effleurant du pouce le pansement que le médecin avait placé sur son front.

— A-t-il dit quoi que ce soit avant de te frapper ? Cherchait-il de l'argent ? De la drogue ?

— Non, souffla-t-elle. Je lui ai proposé de l'argent, mais il m'a dit de me taire. J'ai essayé de le persuader que je pouvais l'aider. Mais nous avons entendu la sirène et… peut-être qu'il a paniqué. C'est à ce moment-là qu'il m'a assommée.

Le regard de Dex se souda au sien.

— Je suis désolé. J'aurais dû être avec toi.

— Ce n'est pas ta faute, Dex.

— Peut-être que si. C'est moi qui pose des questions. Si je ne t'avais pas emmenée un peu partout avec moi, tu aurais été en sécurité.

Le remords qui perçait dans sa voix bouleversa Melissa. Elle ne voulait pas qu'il s'accable de reproches. Il ne méritait pas cela.

Elle posa sa main sur la sienne, déterminée à le rassurer.

— Fais-moi sortir d'ici, je t'en prie. Ensuite, nous pourrons parler.

Elle ferait tout pour le convaincre qu'il n'avait rien à se reprocher.

Quand elle avait été au bord de l'abîme, penser à Dex lui avait donné une raison de vivre.

16

La blessure de Melissa la lançait atrocement, mais elle était si soulagée de quitter l'hôpital qu'elle n'osait pas le dire de crainte que Dex n'insiste pour qu'elle reste là. Elle ferma les yeux et s'efforça de se reposer, de ne plus penser à l'agression pourtant encore si présente à son esprit.

Quand elle rouvrit les yeux une demi-heure plus tard, Dex passait sous un panneau indiquant Hawk's Landing. Melissa contempla les prairies qui ondoyaient à perte de vue, baignées par le clair de lune.

— C'est magnifique, murmura-t-elle. Cela a dû être fantastique de grandir au milieu de tout cet espace.

— Ça l'était, admit-il. Jusqu'au jour où Chrissy a disparu.

La tragédie avait marqué leur vie à jamais.

Il désigna une vaste maison.

— C'est l'habitation principale. Ma mère habite là avec les jeunes filles qu'elle héberge.

— Elle est ravissante.

— Mes frères vivent là, ajouta-t-il en pointant le doigt vers d'autres bâtiments, dont plusieurs chalets. C'est Honey qui a conçu les plans.

— J'ai entendu parler du projet qu'elle a entrepris à Tumbleweed. J'ai l'impression que c'est quelqu'un d'extraordinaire.

Dex acquiesça.

— Elle est issue d'une famille très pauvre, tu sais. Elle a eu une enfance malheureuse. Son père était un ivrogne.

Le regard de Melissa rencontra le sien.

— Tu veux dire que nous avons un point commun ?

Il esquissa un petit sourire.

— Je crois qu'elle te plaira. Et Charlotte aussi. Elle dirige un programme d'art-thérapie destiné aux adolescentes traumatisées.

— J'ai lu un article à ce sujet quand son studio a été attaqué.

Melissa frissonna.

— As-tu aidé ton frère à démanteler ce réseau de trafic humain ?

— Tous mes frères y ont participé, soupira Dex. C'est terrible, ce que ces jeunes filles ont subi. Mais au moins, à présent, elles ont la possibilité de reconstruire leur vie.

C'était un peu ce qu'elle essayait de faire au centre, songea-t-elle : redonner de l'espoir à des hommes malmenés par le destin.

Dex se gara devant un chalet situé à l'orée d'un petit bois. Une balancelle trônait sur la terrasse et, sur le côté, on avait installé une barre d'attelage pour les chevaux.

— J'ai un petit appartement à Austin, mais j'ai pensé que tu te plairais davantage ici. C'est plus calme que la ville.

— Tu as un appartement à Austin aussi ?

— Au-dessus de mon bureau. Cela dit, il n'y a qu'une chambre et c'est plutôt sommaire.

Il coupa le moteur.

— N'importe qui pourrait trouver l'adresse. Le ranch est plus sûr. Depuis que les filles sont ici, Harrison a fait installer un portail sécurisé et des caméras de surveillance.

Melissa défit sa ceinture et descendit du 4x4, mais elle avait les jambes en coton. Dex se hâta de contourner le véhicule et lui prit le bras.

— Appuie-toi sur moi.

— Merci. Je me sens un peu étourdie.

— Le médecin m'a dit de te surveiller ce soir. Si tu as la nausée, dis-le moi.

Elle parvint à sourire en dépit du mal de tête qui lui martelait les tempes.

— Ne t'inquiète pas, Dex.

Comme ils se dirigeaient vers les marches, elle entendit hennir des chevaux dans le pré voisin. Une légère brise agitait les branches des arbres, apportant une fraîcheur bienvenue après la chaleur de la journée.

Dex ouvrit la porte, et Melissa pénétra à l'intérieur.

Son regard se posa sur le canapé en cuir foncé recouvert d'une couverture au crochet, le fauteuil assorti, les poutres apparentes, la tapisserie en patchwork accrochée au mur, et elle se sentit aussitôt chez elle, à sa place. Le salon et la cuisine étaient rassemblés en une pièce unique, chaleureuse. De grandes fenêtres entouraient la cheminée en pierre, offrant une vue panoramique du ranch.

— C'est splendide, murmura-t-elle.

— Merci. C'est mon chez-moi.

Quelque chose qu'elle n'avait jamais connu. Il avait vu ses cartons encore intacts, la valise prête dans sa chambre.

Il la précéda dans le couloir et la conduisit à une chambre sur la droite.

— J'ai promis au docteur de veiller à ce que tu te reposes. Ta salle de bains est là. Fais comme chez toi, je t'en prie.

Il montra un placard du doigt.

— Il y a des serviettes propres sur l'étagère. Je n'ai pas souvent d'invités, mais je pense qu'il y a des produits de toilette aussi.

Combien de femmes avait-il amenées ici ? Elle ne lui avait pas demandé s'il avait une petite amie.

Peut-être préférait-elle ne pas le savoir.

Elle se souvint tout à coup qu'elle portait encore sa chemise d'hôpital. Les ambulanciers avaient mis ses vêtements dans un sac pour les remettre au lieutenant : c'étaient des pièces à conviction.

— Tu aurais un T-shirt à me prêter pour la nuit ?

Le regard de Dex se posa sur elle, et Melissa éprouva des picotements un peu partout. Elle avait dormi nue avec lui dix ans plus tôt. La pensée de partager un lit avec Dex de nouveau déclencha en elle un frémissement de désir.

Son crâne douloureux la ramena brutalement à la réalité.

Elle n'était pas là pour faire l'amour avec Dex.

Il l'avait amenée ici pour la protéger.

Parce qu'on avait essayé de la tuer.

Dex s'excusa et revint une minute plus tard avec un T-shirt gris portant le logo du ranch.

— Il est sûrement dix fois trop grand pour toi, commenta-t-il en le lui tendant.

Ses doigts effleurèrent les siens.

— Il est parfait. Si cela ne t'ennuie pas, je vais prendre une douche rapide.

— Je t'en prie. Veux-tu boire quelque chose ?

— Un thé bien chaud, peut-être ?

— Je m'en occupe.

Il réprima la tentation de lui demander si elle avait besoin d'aide. Bon sang, elle avait été assommée par un homme ce soir. Elle n'avait pas besoin de subir les avances d'un second.

Il alla faire chauffer l'eau pour le thé pendant qu'elle disparaissait dans la salle de bains. Le son du jet d'eau fit jaillir dans son esprit la vision du corps nu et mouillé de Melissa, qu'il s'obligea à refouler. Mieux valait qu'il se mette au travail.

Il alluma son ordinateur et effectua une recherche sur le Dr Huckleberry. Parmi nombre de commentaires élogieux concernant son travail et sa réputation figuraient plusieurs références à un éleveur appelé Vance Baxter, lequel gérait également une salle des ventes. Dex lança une recherche à son nom et obtint là encore une pléthore de commentaires positifs. Rien de suspect. Aucune plainte.

Étrange, songea-t-il. Tout rancher était confronté à des clients mécontents de temps à autre. L'élevage et la vente de bétail brassaient des sommes énormes. Des sommes qui n'étaient pas à la portée du premier venu.

Le sperme d'un taureau primé, par exemple, valait une petite fortune.

La bouilloire siffla, et il se retourna pour éteindre le fourneau. Il posa une tasse sur le plan de travail, y glissa un sachet de thé, puis regagna son bureau. L'énigme des sans-abri disparus continuait à le tarauder. Il tenta de se renseigner sur Harry Willis, mais rien n'apparut. Harry n'avait pas de casier judiciaire, pas de permis de conduire. Il ne possédait pas de propriété.

Rien d'étonnant.

Par curiosité, il consulta le fichier des personnes disparues, notant les références à des sans-abri.

Son pouls s'accéléra soudain. Il y en avait plus qu'il ne l'avait escompté. Six au cours des douze derniers mois, à Austin, Amarillo et Fort Worth. En plus des trois qu'il avait déjà répertoriés, plus récents.

Le visage de Jim Smith s'imposa à sa mémoire. Il effectua une recherche sur le nom, et des dizaines d'entrées s'affichèrent. Il lui fallut une bonne demi-heure pour les parcourir toutes. Aucune ne correspondait au Jim Smith qu'il avait rencontré.

Celui-ci prétendait souffrir d'amnésie. Cependant, il n'avait pas dit précisément à quand remontait l'agression dont il avait été victime.

Dex passa une main sur son menton. Un total de six disparitions n'était peut-être pas si énorme, après tout. Il résolut d'élargir le champ de ses recherches. Sur les cinq dernières années, le nombre se montait à vingt-deux. La plupart des disparus venaient de la même région.

Il allait falloir du temps pour lire tous les rapports.

La porte de la chambre s'ouvrit, et il referma son ordinateur.

Melissa apparut sur le seuil. Elle avait l'air si menue, si vulnérable avec son visage tuméfié et ces maudits points de suture. Pourtant, elle était délicieusement sexy dans son T-shirt.

Il avait envie de le lui arracher et de lui faire l'amour.

Chassant ces pensées dérangeantes, il se dirigea vers le plan de travail et versa l'eau frémissante dans la tasse.

— Tu prends toujours du sucre ?

— Tu t'en es souvenu ?

Il acquiesça. Il se souvenait d'une foule de choses à son sujet. Comme de l'intonation de sa voix lorsqu'ils faisaient l'amour.

Leurs regards se rivèrent l'un à l'autre, l'électricité s'intensifia entre eux.

L'espace d'une seconde, Dex eut peur de bouger. Peur de perdre le contrôle de lui-même et de l'embrasser.

Il se racla la gorge.

— Il faut que tu ailles te coucher. Le médecin t'a ordonné du repos.

Elle pâlit.

— Je sais. Mais je ne suis pas sûre de pouvoir dormir.

Lui non plus.

— Viens, je vais te border.

Melissa rit doucement. Il captura sa main et la guida jusqu'à la chambre, posa la tasse sur la table de chevet et repoussa les couvertures.

Elle passa une main dans ses cheveux encore humides, dardant sur Dex un regard si intense qu'il sentit son corps se durcir.

Puis elle leva la main et la pressa contre sa joue. Au comble de l'émotion, il retint son souffle.

Les yeux de Melissa s'assombrirent. Elle lâcha un soupir, attira le visage de Dex vers elle et entrouvrit les lèvres.

Melissa n'aurait su dire quelle mouche l'avait piquée. C'était la première fois de sa vie qu'elle prenait l'initiative avec un homme. Elle avait vu le regard brûlant de Dex, s'était souvenue qu'elle avait failli mourir, et n'avait pu résister.

Elle ne voulait pas rester seule ce soir. Elle voulait sentir les lèvres et les mains de Dex sur sa peau, le battement de son cœur tout contre le sien, le murmure de son haleine contre son cou.

Elle accentua son baiser, et il enfouit les doigts dans ses cheveux comme autrefois. Une vague d'excitation déferla en elle tandis qu'elle promenait les mains sur son dos musclé.

Il émit un son guttural, puis prit possession de sa bouche en l'attirant contre lui. Elle tâtonna pour défaire les boutons de sa chemise, obsédée par l'envie brutale de caresser son torse nu.

Soudain, il referma les doigts autour de sa main et appuya le front contre le sien. Leur respiration haletante résonna dans le silence.

— Qu'y a-t-il ? demanda-t-elle, assaillie par le doute. Tu as quelqu'un d'autre dans ta vie ?

— Non, répondit-il dans un souffle rauque. Mais tu viens de sortir de l'hôpital, Melissa. Je ne vais pas te faire l'amour alors que tu souffres peut-être d'un traumatisme crânien.

— Je me sens bien, protesta-t-elle en dépit des élancements qui lui vrillaient les tempes.

Il s'esclaffa.

— Peut-être, mais tu as besoin de repos.

Elle voulut faire la moue, mais il paraissait si inquiet, si attentionné qu'elle dut refouler ses larmes.

Craignant que ses sentiments pour lui ne se lisent sur son visage, elle détourna les yeux et remonta les draps sur elle. Il la borda comme si elle était une enfant. Son geste était si affectueux, si protecteur, qu'elle sentit une larme rouler sur sa joue.

— Oh ! Melissa… Tu as mal ?

Elle secoua la tête et effleura son menton du bout du doigt.

— Reste un peu avec moi, Dex.

Il écarta une mèche de cheveux tombée sur sa joue, une myriade d'émotions dans le regard ; des émotions qu'elle ne comprenait pas. Et à propos desquelles elle ne voulait pas poser de questions.

Elle avait trop peur de la réponse.

Peur de l'entendre dire qu'il ne pouvait lui donner qu'une nuit d'amour. Qu'il la quitterait ensuite, comme il l'avait quittée autrefois.

Elle n'était pas prête à entendre cela.

Cependant, il garda le silence. Il s'étendit sur les couvertures et l'attira dans ses bras. Elle se blottit contre lui, une main sur son torse pour sentir la chaleur de son corps et les battements de son cœur.

Le sien lui appartenait.

Cette pensée la terrifiait. Mais elle savait à présent qu'elle n'avait jamais cessé de l'aimer.

Il avait des ennuis. De gros ennuis.

Melissa Gentry avait percé une brèche dans son cœur endurci et s'y engouffrait.

Il lui caressa tendrement les cheveux. Il avait beau s'exhorter à être fort et à ne pas la toucher, il n'y parvenait pas.

Enfin, elle s'endormit. Les marques sur son cou et sur son visage semblaient plus prononcées ce soir, bien visibles à la lueur du clair de lune qui entrait par la fenêtre.

Une bouffée de fureur le submergea alors qu'il y songeait.

Elle soupira dans son sommeil, sa respiration se fit plus régulière. Dieu merci, elle avait survécu.

Il devait la surveiller. La réveiller deux ou trois fois, s'assurer qu'elle ne souffrait pas d'une blessure sérieuse à la tête.

Elle l'avait regardé avec un désir tel qu'il en avait presque oublié son enquête et la raison pour laquelle il l'avait amenée ici.

Ce serait inexcusable. Protéger Melissa était sa priorité absolue pour le moment. Une fois l'affaire éclaircie, cependant, leurs chemins devraient se séparer. Il le faudrait.

Il ne pouvait se lier à une femme.

Trop tard, mon vieux.

Le corps tendu par l'anxiété, il refoula la petite voix qui résonnait dans son crâne et écarta la main de Melissa. Aussitôt, le tendre contact lui manqua.

Mais il ne la méritait pas.

Il se leva avec précaution pour ne pas la réveiller. Puis, s'étant assuré qu'elle était bien couverte, il sortit de la chambre sur la pointe des pieds.

Il était trop tard pour téléphoner à Lucas. D'ailleurs,

Charlotte devait accoucher d'un jour à l'autre. Elle avait besoin de son mari auprès d'elle.

Dex se contenta d'envoyer un texto à son frère, lui expliquant qu'il laisserait la carte de visite dans une enveloppe dans l'entrée à son intention. Lucas pourrait l'emporter au labo et la faire analyser.

Trop préoccupé pour dormir, il se rassit devant son ordinateur et reprit ses recherches sur les disparitions, cette fois au cours des quinze dernières années.

Le cœur battant, il vit s'afficher plusieurs noms supplémentaires. Deux individus avaient disparu près de Tumbleweed, environ à la même époque que sa sœur. Le shérif Dunar, chargé de l'enquête concernant Chrissy, avait été informé.

Dex étudia les noms, ouvrit une bière et alla s'asseoir dehors pour réfléchir. Le lendemain, il irait voir l'ancien shérif et tâcherait d'en apprendre davantage au sujet de ces hommes.

Un tueur en série prenait-il des sans-abri pour cible depuis dix-huit ans ?

Si oui, il fallait l'arrêter avant qu'il commette un meurtre de plus.

17

Après avoir vérifié plusieurs fois que Melissa allait bien, Dex grappilla lui-même quelques heures de sommeil, puis se leva et prépara du café. Au prix d'un effort, il repoussa la tentation de se glisser au lit avec elle et s'installa sur la terrasse, regardant les chevaux courir dans la prairie voisine.

Il devait se focaliser sur l'enquête. Aujourd'hui, il irait parler à Baxter, et au shérif Dunar.

Son père avait adoré cet endroit. Il avait travaillé dur pour bâtir le ranch. Il était aussi dévoué à sa famille. Il avait transmis à ses enfants le goût du travail et une certaine discipline, mais sans jamais abuser de son autorité.

Le souvenir de Chrissy s'imposa à lui de nouveau. Ces maudites pointes de flèches le taraudaient. Smith avait parlé d'une formation de rochers…

— Dex ?

La voix de Melissa l'arracha à ses pensées. Le soleil matinal pommelait son ravissant visage et parsemait ses cheveux de mèches flamboyantes.

Il mourait d'envie d'y enfouir les doigts.

Pas de doute. Il était sur la mauvaise pente.

— J'ai fait du café.

Elle sortit sur la terrasse en souriant, une tasse à la main.

— Merci. Je l'ai trouvé.

Le T-shirt qu'elle avait emprunté lui arrivait aux genoux. On aurait dit une robe. Dex se demanda vaguement si elle était nue dessous, avant de chasser aussitôt les images qui s'imposaient à lui.

Elle s'assit dans le rocking-chair à côté de lui et y imprima une poussée du bout des pieds, son regard parcourant les prés. Un étalon noir galopait sur la colline, sa crinière volant dans le vent.

Un silence paisible les enveloppa et, l'espace d'un instant, Dex imagina qu'il se réveillait chaque matin avec elle, qu'ils savouraient un café ensemble sur la terrasse après une longue nuit passée à faire l'amour. Qu'ils sellaient leurs chevaux et allaient faire une randonnée jusqu'à la rivière…

Et, un jour, il y aurait un enfant qui jouerait dans la cour. Un petit garçon. Ou une petite fille. Peu importait. Il lui apprendrait à monter à cheval et ils iraient à son endroit favori pour pêcher, emporteraient un pique-nique à partager au bord de l'étang.

Il tressaillit et se redressa d'un bond. Seigneur, quelle mouche l'avait piqué ? Il avait toujours prévu de rester célibataire. Il s'était juré de ne pas avoir de famille. Voir la sienne voler en éclats avait été trop douloureux.

— Dex ?

La voix de Melissa était inquiète.

— Je vais m'occuper du petit déjeuner, dit-il, plus sèchement qu'il n'en avait eu l'intention.

— Je peux t'aider ?

— Non.

Pour rien au monde il ne voulait que Melissa s'affaire dans sa cuisine, prépare le petit déjeuner avec lui, laisse des souvenirs qui resteraient à jamais gravés dans sa mémoire. Cela semblait plus intime encore que de partager un lit.

— Hier soir, j'ai fait des recherches après que tu t'es endormie. Il y a eu plusieurs disparitions de sans-abri au cours des dix-huit ans écoulés. Je vais aller voir l'ancien shérif pour lui en parler.

Elle se leva.

— Très bien. Si tu me ramènes chez moi, je me changerai et je viendrai avec toi.

— Non, il faut que j'y aille seul.

Il reporta son regard sur la prairie.

— D'ailleurs, l'équipe de nettoyage va se rendre au centre. Je te conduirai là-bas pour que tu puisses les accueillir.

Elle hocha la tête. Il la laissa sur la terrasse et partit faire cuire des œufs. Il avait besoin de mettre un peu de distance entre eux aujourd'hui, de s'éclaircir les idées. Elle ne serait pas en sécurité tant que cette affaire n'aurait pas été résolue.

Et il resterait à ses côtés jusqu'à ce que tout danger soit écarté.

Melissa avait savouré ce moment passé avec Dex, à boire un café ensemble sur la terrasse. Elle aurait aimé se réveiller ainsi chaque jour.

À l'évidence, il ne partageait pas ce sentiment. Il avait paru presque affolé lorsqu'elle l'avait rejoint, et s'était enfui dans la cuisine à la première occasion.

Malgré elle, les larmes lui montèrent aux yeux. Ce mal à la tête et le choc que lui avait causé l'attaque de la veille la rendaient émotive. Elle se sentait… fragile.

Elle ne pouvait pas s'autoriser à penser que sa relation avec Dex allait durer. Cela n'avait pas été le cas autrefois. Et il n'avait pas changé.

Si ?

La réponse s'imposa dans son esprit, évidente. Ravalant sa déception, elle inspira l'air frais qui sentait bon l'herbe et les fleurs sauvages, et termina son café. Aujourd'hui, elle remettrait le centre en état. Ensuite, elle pourrait reprendre son travail comme d'habitude.

Le travail était exactement ce dont elle avait besoin. Si elle se focalisait sur les autres, elle ne se laisserait plus distraire par des rêves impossibles.

Dex passa la tête à l'extérieur.

— Le petit déjeuner est prêt.

— Merci.

Elle se leva et le rejoignit à table, mais un silence embarrassé régnait entre eux, à présent. Dès le repas terminé, il se mit à débarrasser le couvert et elle s'empressa d'aller enfiler sa chemise d'hôpital, rappel douloureux des événements de la veille.

En route pour le centre, ils firent halte chez elle. À la vue des traces de sang, Melissa marqua une pause involontaire, et un frisson la secoua alors qu'elle revivait l'intrusion.

— Ça va ? demanda Dex sur un ton bourru.

Résolue à ne pas s'effondrer, elle redressa les épaules.

— Oui. Il faut que je fasse un peu de nettoyage ici aussi.

— L'équipe pourra venir ici quand elle aura fini au centre.

Melissa chérissait son indépendance, mais pas au point de refuser une solution sensée. Elle le remercia et fila dans sa chambre où elle troqua la chemise d'hôpital contre un jean et un T-shirt. Un rapide coup d'œil dans la glace lui arracha une moue : elle avait des cernes sombres sous les yeux, des marques sur le front et autour du cou.

Pas étonnant que Dex l'ait évitée ce matin-là. On aurait dit qu'elle avait été renversée par un camion.

Peu importait, de toute manière. Chassant ces pensées, elle prit son sac à main et retourna dans l'entrée. Il inspectait l'endroit où son agresseur était mort.

— Quelque chose ne va pas ?

— Je ne sais pas. Lamar l'a touché à la poitrine. Je songeais juste que, si l'homme était en face de toi, Lamar s'est trouvé derrière lui quand il s'est engouffré à l'intérieur.

Il émit un grognement de frustration.

— Il s'est sans doute identifié, le type a pivoté vers lui et Lamar a tiré.

— C'est logique, murmura Melissa.

Dex acquiesça mais resta silencieux durant le trajet jusqu'au foyer. Lorsqu'ils arrivèrent, l'équipe de nettoyage n'était pas encore là. Il se hâta vers le dortoir, espérant y trouver Smith.

Les lieux étaient déserts. L'homme était parti.

— Où penses-tu qu'il soit allé ?

— Je ne sais pas, soupira Melissa. Il a peur. Même

lorsqu'ils ne sont pas menacés, les sans-abri ont tendance à ne pas rester au même endroit. Errer devient un mode de vie. C'est plus facile que de s'attacher aux gens et de devoir les quitter.

Le regard de Dex s'assombrit.

— Est-ce ce que tu ressens, toi aussi ?

Elle haussa les épaules.

— J'ai toujours été habituée à aller d'un lieu à l'autre.

Raison de plus pour qu'il garde le contrôle de ses émotions, songea Dex. Il avait été abandonné par sa sœur et par son père, il ne voulait pas que l'histoire se répète. Et il avait vu sa valise dans le coin de la chambre.

Prête.

Il étouffa un juron. Bon sang, après ce qui s'était passé ces derniers jours, il n'aurait pas pu lui en vouloir si elle avait décidé de faire ses bagages.

L'équipe de nettoyage arriva. Il donna des instructions concernant le centre et la maison de Melissa, puis hésita. Il lui répugnait de la laisser, mais elle n'était pas seule, et il faisait grand jour.

— Ne t'inquiète pas, Dex. De toute façon, j'ai du travail qui m'attend au bureau.

— Appelle-moi en cas de besoin.

Leurs regards se soudèrent, un mélange de désir et d'émotion bouillonnant entre eux.

— Je n'en ai pas pour longtemps.

18

L'entretien de Dex avec le shérif Dunar ne lui révéla rien de nouveau. De retour dans sa voiture, il téléphona à Baxter afin d'être certain que ce dernier était chez lui avant d'entreprendre le long trajet jusqu'à son ranch.

Il s'était renseigné le matin, avant que Melissa se réveille. Vance Baxter avait hérité de son ranch à l'âge de dix-huit ans : son père avait succombé à une crise cardiaque alors qu'il conduisait son troupeau d'une prairie à une autre. Il était mort sur ses terres.

D'après les recherches effectuées par Dex, sa mère était tombée malade peu après et s'était éteinte un an plus tard. Exactement comme dans sa propre famille, le ranch avait commencé à péricliter.

Quatre ans après la mort du père de Vance, la propriété était au bord de la faillite. Cependant, le jeune homme avait suivi des cours de gestion entre-temps et cédé une partie des terres pour se constituer un capital. Ensuite, il avait fait appel à Emmet Wilson pour améliorer la qualité de son cheptel, si bien qu'un de ses étalons avait été primé et que l'affaire avait prospéré. Deux ans plus tard, il s'était lancé dans la vente de bétail aux enchères.

Devant le bâtiment, un grand panneau annonçait la date de la vente à venir. Deux camions munis de remorques étaient garés sur le côté, près d'une série d'enclos.

Dex se gara sur le parking et regarda autour de lui. L'endroit ne payait pas de mine, mais il savait que des marchés juteux y étaient conclus. Vance Baxter avait accumulé une petite fortune en peu de temps. Ses méthodes lui valaient le respect des ranchers environnants. Si son père avait vécu, il aurait été fier de lui.

Dex savait combien il était cruel de perdre son père.

Cependant, Vance avait perdu sa mère aussi. Ces deuils successifs, qui auraient pu le détruire, semblaient au contraire l'avoir galvanisé. Il s'était fait un nom dans le milieu de l'élevage et on venait de loin pour acquérir un de ses étalons.

Un homme en salopette, coiffé d'un chapeau de cow-boy, sortit du bâtiment à grandes enjambées et grimpa dans un des camions qui attendaient. Son visage mécontent intrigua Dex, qui remarqua que l'homme repartait avec sa remorque vide.

À en juger par le panneau, une vente aux enchères devait avoir lieu le soir même, à six heures.

L'homme comptait-il revenir ?

Dex descendit de son 4x4 et gravit les marches de la salle. Une femme aux cheveux blonds, lourdement maquillée, l'accueillit avec un grand sourire.

— Salut, cow-boy. Vous venez vous inscrire pour ce soir ?

— Non, répondit Dex, songeant que Melissa, qui ne portait pas de maquillage, était infiniment plus attirante que cette pin-up. J'aimerais parler à Vance Baxter.

Elle jeta un coup d'œil au calendrier.

— Vous avez rendez-vous ?

Il secoua la tête.

— Non, mais je crois qu'il sera prêt à me recevoir. Dites-lui que Dexter Hawk, de Hawk's Landing, est ici. Je serais intéressé par ses services, ajouta-t-il.

Un petit mensonge l'aiderait à mettre un pied dans la place.

La femme s'excusa, puis revint une minute plus tard, suivie de Baxter.

Âgé d'une quarantaine d'années, il était grand et mince, les tempes grisonnantes et le menton agrémenté d'une barbichette. Bien que vêtu d'un jean et d'une chemise à carreaux, à la mode de l'Ouest, il arborait aussi une montre en or à l'air coûteux, et une chevalière portant le logo de son entreprise.

— Merci de me recevoir, dit Dex, la main tendue. Dexter Hawk.

Baxter lui serra la main.

— J'ai rencontré un de vos frères voilà quelque temps. Vous êtes les propriétaires de Hawk's Landing, c'est bien ça ?

Dex hocha la tête.

— Oui. Nous avons beaucoup entendu parler de vos succès.

L'homme sourit.

— Merci. Allons dans mon bureau, voulez-vous ?

Il fit signe à Dex de le suivre. Ils franchirent une porte à double battant, puis enfilèrent un couloir étroit qui menait à un immense cabinet de travail. Le décor, à la fois sobre et élégant, combinait meubles en merisier et bibliothèques de style moderne. Des photographies exposées au mur montraient Baxter recevant divers prix et posant avec des clients ravis – autant de témoignages de son succès visant à impressionner d'éventuels acheteurs.

— Eh bien, monsieur Hawk, ma réceptionniste me dit que vous êtes intéressé par mes services. Je pensais que vos frères et vous aviez choisi de vous concentrer sur la filière équine.

Dex acquiesça, surpris que Baxter soit si bien informé.

— En ce moment, oui. Cela dit, nous envisageons d'élargir le champ de nos activités. Vous connaissez notre ranch ?

— Votre famille et vous avez souvent figuré dans les médias dernièrement.

Dex ne put réprimer une grimace.

— J'ai été navré d'apprendre le décès de votre père, reprit Vance, l'air sincère. Après tout ce temps, c'est dommage que tout se termine ainsi.

— Oui, en effet. Plus que dommage, répondit Dex avant de changer de sujet. Vous avez monté une affaire remarquable. Toutes mes félicitations pour votre succès.

— L'important, c'est d'aller avec son temps, déclara

Vance. J'essaie de me tenir informé des derniers progrès scientifiques et techniques. Jusqu'ici, cela a fonctionné.

Il tendit la main vers une pile de catalogues posée sur son bureau et en poussa un vers Dex.

— Si cela vous intéresse de constituer un cheptel bovin, j'organise une vente ce soir à six heures.

— Peut-être une autre fois. Je ne manquerai pas d'en parler à mes frères.

Baxter se cala sur son fauteuil et croisa les bras.

— Quelle est la véritable raison de votre visite, monsieur Hawk ?

Dex s'obligea à rester impassible. Il avait parcouru la pièce des yeux et remarqué une carte de visite familière sous la pile de brochures.

Celle du détective privé, McTruitt.

— Si vous regardez le journal télévisé, vous devez savoir qu'une femme a été agressée dans un centre d'accueil pour sans-abri.

Vance étrécit les yeux.

— Oui.

— L'homme qui s'est introduit sur les lieux était un détective privé, Clark McTruitt. Vous le connaissiez ?

L'éleveur détourna la tête.

— Pas du tout.

Dex arqua un sourcil.

— Vraiment ? On dirait sa carte de visite, là, sur votre bureau.

Baxter haussa les épaules.

— Il a pu venir la déposer voilà quelque temps. Pour tout vous dire, je rencontre tant de gens que je ne peux pas me souvenir de tout le monde.

Ben, voyons, songea Dex.

— Vous n'avez jamais eu recours à lui ?

— Recours à lui ? répéta Baxter. Pourquoi aurais-je besoin d'un détective privé ?

— Je l'ignore. C'est pour cela que je vous pose la question, rétorqua Dex.

Baxter se redressa.

— Pourquoi ai-je l'impression que cette conversation s'est transformée en interrogatoire ? De quoi s'agit-il réellement ?

La tension régnait dans la pièce à présent. Dex s'efforça de garder une expression neutre.

— McTruitt cherchait un sans-abri du nom de Jim Smith.

Baxter mit les mains à plat sur son bureau.

— Là encore, en quoi cela me concerne-t-il ?

— Smith affirme souffrir d'amnésie depuis qu'il a été agressé, voilà des années de cela. Il se souvient d'être venu ici, à votre salle des ventes.

Baxter parut mal à l'aise.

— Je ne connais personne de ce nom-là. Cela dit, mes ventes attirent des centaines de personnes. Je ne peux pas toutes les connaître.

Cet homme en savait plus long qu'il ne voulait l'admettre. Dex tira son téléphone de sa poche et lui montra une photo de son père mort.

— Je crois que mon père était un sans-abri avant de mourir. J'ai également découvert qu'un certain nombre d'hommes dans cette situation ont disparu au Texas au cours de ces deux dernières décennies. Deux se sont volatilisés en même temps que mon père, voilà dix-huit ans.

Baxter fronça les sourcils.

— Où voulez-vous en venir, au juste, monsieur Hawk ?

— Je pense qu'il ne peut pas s'agir d'un hasard. Et je pense que quelqu'un a engagé McTruitt pour éliminer Smith avant qu'il puisse se souvenir de ce qui lui est arrivé quand il a été attaqué.

Une rage froide se lut dans les yeux gris de Baxter.

— J'aimerais pouvoir vous aider, mais je ne sais rien. Maintenant, il est temps que vous partiez. J'ai du travail.

— Vous ne trouvez pas bizarre que le vétérinaire avec lequel vous travailliez ait été assassiné ?

Le choc se lut sur le visage de l'éleveur.

— Assassiné ? Je croyais qu'il avait été piétiné à mort par un de ses taureaux.

Dex secoua la tête.

— Celui qui l'a tué a essayé de maquiller le meurtre en accident.

Une seconde s'écoula.

— C'est affreux. J'espère sincèrement que vous découvrirez qui a fait cela. Mais je peux vous assurer que sa mort n'a rien à voir avec moi.

Le visage de Baxter se durcit.

— Je n'apprécie pas que vous ayez inventé un prétexte pour me voir, monsieur Hawk. À l'avenir, si vous avez besoin de me parler, je vous suggère de me contacter par l'intermédiaire de mon avocat.

Sa remarque ne fit que renforcer les soupçons de Dex à son égard.

— Entendu. Mais si vous savez quoi que ce soit concernant la mort du Dr Huckleberry, celle de McTruitt ou de ces sans-abri, je vous avertis que vous pourriez être accusé de complicité de meurtre.

Baxter bondit hors de son siège et désigna la porte.

— Sortez !

Dex se contenta de sourire et le remercia, puis gagna le couloir. Son téléphone vibra alors qu'il passait devant la réception. Le regard méfiant de la femme lui apprit qu'elle avait dû entendre la conversation.

Dès qu'il eut franchi le seuil, il vérifia le numéro qui s'affichait à l'écran. C'était celui du médecin légiste de Tumbleweed. Il se hâta de prendre la communication.

— Dexter Hawk.

— Ici le docteur Weinberger. Vous m'avez demandé de vérifier le rapport d'autopsie de votre père.

— Oui. Avez-vous découvert quelque chose ?

— À vrai dire, oui. L'alcootest était indéniablement positif, mais il y avait une grosse contusion sur la nuque de votre père qui ne concordait pas avec les circonstances de l'accident. Il a eu le crâne fracassé.

Dex se figea.

— La nuque ? Il a heurté le volant avec le front.

— Précisément.

— Dans ce cas, il est possible que ce coup sur la nuque ait été la cause de sa mort ?

— Oui.

Le pouls de Dex cognait à ses tempes. Si c'était le cas, son père n'avait pas succombé aux suites d'un accident.

Il avait été assassiné.

19

— Pouvez-vous me dire autre chose ? demanda Dex, étourdi.

— Oui. La quantité d'alcool présente dans le sang suggérait un individu alcoolique, mais l'autopsie ne montre aucun signe de maladie du foie. Au contraire, le foie était en parfait état.

Dex réfléchit, digérant l'information.

— Par conséquent, il est possible qu'on l'ait forcé à avaler le whisky, qu'on l'ait tué et maquillé la scène pour faire croire à un accident ?

— Je ne peux pas l'affirmer avec certitude, mais c'est une hypothèse plausible, en effet.

Le cœur de Dex battait à tout rompre. Pourquoi aurait-on tué son père ? Son meurtre était-il lié à la disparition des autres sans-abri ?

— Je suis désolé, Dex. Je sais que votre famille est passée par des moments très difficiles.

— Merci. J'apprécie votre aide, murmura Dex. Tout ce que nous voulons maintenant, c'est la vérité.

La communication terminée, il monta dans sa voiture et composa le numéro de Lucas. Ce dernier répondit aussitôt, la voix légèrement inquiète.

— Tout va bien ? demanda Dex.

— Oui. Charlotte et moi rentrons juste de l'hôpital. Elle avait des contractions mais c'était une fausse alerte. J'ai déposé ta carte pour la faire analyser.

— Merci, Lucas.

Dex marqua une pause, puis se lança.

— Écoute, j'ai demandé au Dr Weinberger de vérifier les résultats de l'autopsie pratiquée sur papa.

Lucas poussa un soupir.

— Et ?

Dex résuma brièvement les conclusions du médecin.

— Tu vas penser que c'est tiré par les cheveux, mais deux sans-abri ont disparu vers la même époque que Chrissy et papa. Je pense que tout est lié. Que papa a été assassiné parce qu'il savait quelque chose.

Un long silence accueillit ses paroles.

— Très bien, on va chercher de ce côté-là. Si tu découvres autre chose, tiens-moi au courant.

Le téléphone de Dex vibra, l'avertissant qu'il avait un appel. Melissa.

Il se hâta de mettre fin à sa communication avec Lucas. Que diable se passait-il ?

— Melissa ?

Le soupir saccadé qui s'éleva à l'autre bout du fil lui noua l'estomac.

— Melissa ? Tu vas bien ?

Une seconde s'écoula, puis un sanglot étouffé lui parvint.

— Parle-moi, ma chérie, supplia-t-il, le souffle coupé par l'angoisse. Qu'y a-t-il ?

— C'est Gunther…, murmura-t-elle d'une voix rauque. Je l'ai trouvé… mort… derrière le centre.

Dexter démarra en trombe.

— Tiens bon. J'arrive.

L'ambulance arriva, suivie d'une voiture de police. Les secouristes descendirent en hâte du véhicule et se dirigèrent vers Melissa, le lieutenant Lamar sur leurs talons.

— Que s'est-il passé ?

— Je suis sortie pour héler un taxi et j'ai entendu un bruit dans la ruelle, expliqua-t-elle d'une voix hachée. Gunther était là, couvert de sang. Il est mort dans mes bras.

Le lieutenant la toisa, les mains sur les hanches.

— Vous connaissiez la victime ?

Melissa hocha la tête.

— Il était hébergé ici. C'était… un brave homme.

Un instant plus tard, le médecin légiste arriva à son tour et s'entretint brièvement avec les secouristes, qui confirmèrent d'un signe de tête qu'ils ne pouvaient plus rien pour Gunther.

Le lieutenant Lamar enfila ses gants et s'agenouilla à côté du légiste, lequel examinait le corps. Melissa tendit l'oreille, mais ils parlaient bas et elle ne parvint pas à saisir leur conversation.

Après avoir pris quelques photos à l'aide de son téléphone, le policier se tourna vers elle.

— Je vais faire venir une équipe de techniciens. Mademoiselle Gentry, avez-vous vu quoi que ce soit quand vous êtes sortie du centre ?

— Non. J'ai entendu des voix dans la ruelle, mais je ne les ai pas reconnues. Et je n'ai pas compris ce qu'elles disaient.

— Ce quartier est assez animé, observa Lamar. Il y a quantité de bars à proximité.

Melissa garda le silence. Il disait vrai.

Un hurlement de pneus déchira l'air. Dex entra en trombe dans le parking, descendit de voiture et se rua vers elle, le front plissé par l'inquiétude.

— Ça va ?

Elle acquiesça, la gorge nouée, tandis que Lamar l'accueillait d'un grognement.

Dex jeta un regard autour de lui, puis baissa les yeux sur Gunther.

— De quoi est-il mort ?

— Il a reçu une balle en pleine poitrine, déclara Lamar. À bout portant.

— Quel calibre ?

Le policier tira un sachet de sa poche.

— 45. La balle l'a transpercé de part en part.

Le médecin légiste s'approcha.

— Je vais effectuer l'autopsie dès que possible.

Lamar se tourna vers Melissa.

— A-t-il des parents ?

Melissa refoula ses larmes. Tant de sans-abri mouraient seuls, sans personne pour les pleurer ni même leur offrir des funérailles dignes de ce nom. L'idée que Gunther allait s'ajouter à cette liste lui était insupportable.

— Personne.

— Dans ce cas, le comté se chargera des obsèques, observa Lamar.

— Non, intervint Dex. Je paierai.

Le cœur de Melissa fondit. La générosité de Dex, le respect qu'il témoignait à ceux qu'elle essayait d'aider, la bouleversait.

C'était vraiment un homme d'honneur.

Pas étonnant qu'elle soit tombée amoureuse de lui, exactement comme elle l'avait fait dix ans plus tôt.

Dex étudia la scène alors que la police scientifique commençait à passer la ruelle au peigne fin, à la recherche d'indices et de l'arme du crime.

Dieu merci, Melissa était indemne. Émue, certes, mais saine et sauve.

Ce nouveau meurtre allait-il repousser la réouverture du centre ? Personnellement, Dex l'espérait. L'idée que Melissa travaille dans cet endroit lui était insupportable.

Cela dit, il ne servait à rien qu'il lui confie ses craintes. Elle était résolue à aider les autres, fût-ce au prix de sa sécurité.

Bon sang, il fallait que quelqu'un la protège !

Un plan prit forme dans son esprit alors qu'il y réfléchissait. Il ferait installer des caméras de surveillance autour du bâtiment. Non seulement leur présence dissuaderait certains malfaiteurs, mais elle permettrait aussi de filmer les incidents éventuels.

Le médecin légiste les rejoignit et s'adressa à Lamar.

— Quand votre équipe aura terminé, vous pourrez faire transporter le corps à la morgue. J'y serai.

Le policier acquiesça.

— Cela ne devrait pas être long.

Le Dr Hudson toisa Dex.

— J'ai appris que le légiste de Tumbleweed avait lu mon rapport d'autopsie sur votre père.

Dex se mordilla la joue.

— Oui. Et il m'a dit quelque chose que vous aviez omis de mentionner.

Hudson arqua un sourcil.

— J'ai tout mis dans mon rapport.

— De quoi s'agit-il, Dex ? intervint Lamar, son regard allant de l'un à l'autre.

— D'après le Dr Weinberger, mon père avait eu le crâne fracturé à cause d'un coup à la nuque. Vous n'en aviez pas parlé.

Le médecin légiste se redressa.

— Cette blessure avait l'air ancienne. Je n'ai trouvé aucun autre indice suggérant qu'elle ait été la cause de la mort.

— Peut-être avez-vous commis une erreur, suggéra Dex calmement.

Une lueur d'irritation traversa le regard de son interlocuteur. Lamar s'interposa.

— Dex, pas d'accusations, s'il te plaît. Vu la quantité d'alcool que ton père avait dans les veines et la plaie qu'il avait au front, les conclusions du Dr Hudson me semblent tout à fait appropriées.

Au même moment, un technicien occupé à inspecter le contenu d'une poubelle se redressa et fit signe au policier d'approcher. Lamar se hâta vers lui, suivi par Dex. L'homme tenait un chiffon ensanglanté à la main.

— On dirait qu'il y a du résidu de poudre là-dessus. Le tueur s'en est peut-être servi pour envelopper son arme et étouffer le bruit de la détonation.

Lamar glissa le bout de tissu dans un sachet en plastique.

— On va le faire analyser. S'il y a des empreintes dessus, on tient notre homme.

Dex écoutait sans rien dire, songeur. Peut-être avaient-ils enfin une piste. Mais, si un tueur en série visait les sans-abri depuis des années, pourquoi aurait-il été négligent au point de jeter un chiffon portant ses empreintes à côté d'une de ses victimes ? Et pourquoi aurait-il laissé le corps en évidence alors que tant d'autres n'avaient jamais été retrouvés ?

Parce que les disparitions n'étaient pas toutes liées.

C'était la réponse logique. Cependant, certaines l'étaient, Dex aurait misé une fortune là-dessus.

D'ailleurs, si Melissa et lui avaient fait fausse route, pourquoi aurait-on tenté de les éliminer ?

Lamar inclina la tête vers lui.

— Il est évident que tu as des sentiments pour cette femme. Si tu la ramenais chez elle et que tu la tenais à l'écart de cette affaire ?

— J'ai besoin de réponses. Je me refuse à croire que mon père était devenu un ivrogne.

Lamar posa une main sur son épaule et la serra.

— Je suis désolé pour tout ce que ta famille a enduré. Crois-moi, je suis là pour toi.

Dex ne put s'empêcher d'être touché. Des années plus tôt, Lamar l'avait remis sur le droit chemin. S'il avait parfois frôlé l'illégalité, c'était uniquement par amour de la vérité, parce qu'il voulait que justice soit rendue.

Dex devait lui faire confiance. Son ami ne le décevrait pas.

— Merci. Je vais suivre ton conseil. Melissa mérite que quelqu'un prenne soin d'elle pour une fois.

Quelques instants plus tard, ils montaient dans son 4x4.

— Je t'emmène au ranch, d'accord ?

— L'équipe de nettoyage est chez moi, murmura Melissa. J'étais censée y retourner…

— La responsable va s'occuper de tout et fermer la

maison. Demain, nous parlerons de la possibilité d'installer des caméras de surveillance au centre et chez toi.

Melissa ne protesta pas. Ils rentrèrent à Hawk's Landing en silence. Une fois dans la cuisine, elle lut clairement la douleur sur ses traits. Il s'était passé quelque chose qui l'avait bouleversé.

— Dex ? Qu'y a-t-il ?

— C'est mon père, avoua-t-il. D'après le Dr Weinberger, il a subi un coup violent à la nuque.

— Je ne comprends pas, murmuré Melissa. Tu veux dire, au cours de l'accident ?

— Non.

Dex l'attira à lui.

— Je crois qu'il a été assassiné.

La souffrance qui perçait dans sa voix serra le cœur de Melissa. Incapable de réprimer ses sentiments plus longtemps, elle le serra contre elle, lui murmurant des paroles de réconfort.

Une seconde plus tard, ses lèvres se posèrent sur les siennes.

20

Melissa accentua son baiser, se pressant davantage contre lui. Calée entre les cuisses de Dex, elle sentit le désir l'envahir alors que les souvenirs de leurs étreintes passées déferlaient dans sa mémoire.

Elle voulait l'accueillir en elle de nouveau.

Il promena une main sur son dos, écartant ses cheveux afin de déposer une traînée de baisers tendres le long de sa gorge.

La journée avait été éprouvante, pleine de tension, de tristesse, de douleur.

Elle voulait que Dex efface sa douleur. Tout comme elle voulait effacer le chagrin qui le rongeait.

Il leva soudain la tête, comme s'il devinait le tumulte de ses émotions. Ses yeux fouillèrent les siens. Le désespoir était peint sur ses traits. Il venait de découvrir que son père avait été assassiné. Cette révélation le hantait, réveillait sa peine et sa colère. Elle sut qu'il ne renoncerait pas avant d'avoir trouvé le coupable.

Elle enfouit les doigts dans ses cheveux, repoussant une mèche vagabonde sur son front.

— Je sais que tu souffres, Dex. Je suis désolée pour ton père.

— Et moi, je suis désolé pour Gunther, murmura-t-il, une lueur de regret dans le regard.

De nouvelles larmes embuèrent les yeux de Melissa. Elle n'aurait su dire si elle pleurait pour Gunther ou pour Dex, ou parce qu'elle était tellement amoureuse de cet homme qu'elle était à peine capable de respirer.

Au comble de l'émotion, elle l'embrassa une fois de plus, et se mit à déboutonner sa chemise.

— Melissa…

— J'ai besoin de toi, Dex, souffla-t-elle.

Avec un gémissement rauque, il la souleva dans ses bras et l'emporta dans sa chambre. Le décor était si masculin, si semblable à Dex qu'elle s'y sentit aussitôt à l'aise, en sécurité. Il repoussa la couette et la déposa sur le lit, le regard assombri par le désir.

— Moi aussi, j'ai besoin de toi, Melissa.

S'humectant les lèvres, elle lui ouvrit les bras. Ils s'arrachèrent leurs vêtements, affamés de caresses, toutes les inhibitions de Melissa évanouies.

Dex lança son jean sur le sol et la contempla avec tant d'intensité qu'elle en eut le corps parcouru de picotements. Entièrement nue, Melissa traça du bout des doigts les contours de son torse, lui communiquant d'un regard l'excitation qu'elle éprouvait.

Un sourire espiègle se dessina sur les lèvres de Dex, qui se plaça au-dessus d'elle pour prendre possession de sa bouche. Son baiser ardent, passionné, transperça Melissa jusqu'au tréfonds de son âme.

Elle le lui rendit avec tout l'amour qu'elle portait dans son cœur.

L'instant d'après, il captura un mamelon dans sa bouche. Un frisson secoua Melissa, et il titilla son autre mamelon avec ses doigts jusqu'à ce qu'elle lui lacère le dos de ses ongles.

Elle noua une jambe autour des siennes, lui caressant langoureusement le mollet tandis qu'il bougeait au-dessus d'elle. Son membre dressé taquinait la cuisse de Melissa. Elle avait l'impression que chacune des cellules de son corps était en feu.

Il continuait à la couvrir de baisers, sur le ventre à présent. Enfin, il lui écarta les jambes et glissa la langue dans les replis de sa féminité.

— Dex... supplia-t-elle.

Il se redressa, enfila un préservatif et la pénétra. Les jambes calées autour de ses hanches, Melissa s'ouvrit à lui.

Dex aurait voulu prolonger le plaisir, mais son corps tout entier n'était plus qu'un brasier. Un mélange de désir et de passion le submergea alors qu'elle s'arquait à sa rencontre, l'invitant à la pénétrer plus profondément encore.

Ses petits soupirs et gémissements rappelaient à Dex le bonheur que leurs ébats avaient éveillé en lui autrefois. Elle était comme une lumière dans les ténèbres, un baume apaisant sur son âme meurtrie.

Elle lui caressa le dos, épousant son rythme tandis qu'il allait et venait. Emportés par un raz-de-marée de sensations, ils se cramponnèrent l'un à l'autre, secoués par les ondes du plaisir. Enfin, il roula sur le côté, Melissa étroitement serrée contre lui.

Au comble de l'émotion, il lui embrassa les cheveux tandis qu'elle se nichait contre son épaule. Ce soir, avec elle, il ne s'agissait pas uniquement de sexe.

La pensée qu'on puisse lui faire du mal lui nouait l'estomac.

Lorsqu'ils faisaient l'amour autrefois, il était trop effrayé pour laisser libre cours à ses émotions. Trop marqué par les épreuves du passé.

Ce soir, la présence de Melissa atténuait sa peine. Elle lui donnait envie de penser à l'avenir.

Elle lui donnait envie de prendre le risque d'aimer.

De miser sur eux.

La gorge serrée, il était incapable d'articuler un son. Il ne pouvait lui faire de promesses ou de déclarations avant d'avoir mis sa vie en ordre. Avant de savoir qui avait assassiné son père et ces sans-abri.

C'était la seule manière de garantir la sécurité de Melissa. Et sa protection comptait plus que tout à ses yeux.

Blottie entre les bras de Dex, Melissa dormit comme

elle n'avait pas dormi depuis longtemps. Elle se sentait en paix, en sécurité, à sa place.

Dans ses rêves, elle était vêtue d'une longue robe blanche de style ancien, Dex arborait une veste élégante et un chapeau de cow-boy, et ils célébraient leur mariage sur la pelouse du ranch. Toute la famille Hawk regardait Dex la prendre par la main et prononcer ses vœux. Après un tendre baiser, puis une grande fête, il la soulevait dans ses bras et la ramenait à la maison. Ils s'aimaient jusque tard dans la nuit, et chaque nuit qui suivait, leurs liens devenant plus forts de jour en jour.

Thanksgiving arrivait, et Dex l'aidait à servir des repas au centre d'hébergement. À Noël, ils préparaient ensemble des présents pour les résidents. Ensuite, il y avait des repas en famille avec les Hawk, et un petit garçon aux cheveux bruns et aux grands yeux qui ne quittait pas Dex d'une semelle.

Enfin, elle faisait partie d'une famille. Posait des racines. Sa valise était rangée pour de bon dans le dressing. Elle ajoutait des touches féminines au chalet, décorait la chambre de leur fils. Une carte épinglée au mur montrait les endroits où elle avait vécu, et une autre à côté, celle du ranch, lui rappelait qu'elle avait cessé de fuir.

Elle avait accroché un panneau « Home Sweet Home » au-dessus du canapé et planté des fleurs dans le parterre.

Et puis, elle tombait de nouveau enceinte, cette fois d'une petite fille. Dex la serrait dans ses bras et lui murmurait combien il l'aimait.

Rien ne pourrait jamais les séparer l'un de l'autre.

Un coup sourd l'arracha à son sommeil. Désorientée et irritée par cette interruption de sa vie si parfaite, elle garda les yeux fermés et ignora le bruit. Il venait sans doute de la maison voisine.

Cependant, la réalité s'imposa. Elle n'était pas dans son pavillon. Elle était chez Dex. Dans ses bras.

Il roula sur le côté, agacé lui aussi, puis déposa un baiser sur sa joue.

— Mieux vaut que j'aille voir qui c'est.

Le soleil matinal inondait la pièce, ramenant brutalement Melissa au présent. Gunther était mort. Le père de Dex avait été assassiné.

Et son rêve n'avait été qu'un rêve.

Encore tout ensommeillé, Dex se leva. Il lui en coûtait de laisser Melissa, toute chaude contre lui. Il se sentait si bien avec elle dans ses bras qu'il aurait voulu rester là pour toujours.

On toqua plus fort. Il enfila un jean et un T-shirt et, pieds nus, gagna l'entrée.

— C'est moi, Lamar.

Son ami avait-il du nouveau ? Dex ouvrit la porte, curieux d'entendre ce qu'il avait à dire.

— Il est tôt. Ça doit être important.

Le visage sombre du policier confirmait ses craintes. Il franchit le seuil, les épaules rigides.

— Tu veux un café ?

Lamar étrécit les yeux, détaillant sa tenue.

— S'il te plaît. Et tu vas en avoir besoin aussi.

Dex se dirigea vers le plan de travail. Sentant la présence de Melissa derrière lui, il jeta un coup d'œil de côté et la vit debout à l'entrée de la pièce. Ses cheveux étaient encore défaits, mais elle s'était habillée.

— Quelque chose ne va pas ?

Une veine battait au front de Lamar. Mauvais signe.

— Il faut que je te parle de la mort de ton père, Dex. Peut-être devrions-nous le faire en tête à tête.

Dex refusa d'un geste.

— Tu peux dire ce que tu as à dire devant Melissa.

Un éclair d'irritation traversa le regard du policier, cependant il se contenta de hausser les épaules et de déposer un dossier sur la table.

— Eh bien, qu'y a-t-il ? demanda Dex, l'estomac noué.

— Tu avais raison. Ton père a été assassiné.

Dex se raidit, s'efforçant de maîtriser son émotion.

— Pourquoi as-tu changé d'avis ?

— J'ai des preuves.

— Quel genre de preuves ?

Lamar ouvrit le dossier et en sortit un rapport médical.

— L'ADN retrouvé sur le chiffon en sang est celui de Smith.

Melissa étouffa un cri.

— Ce n'est pas possible.

— La science ne ment pas, répliqua Lamar vertement. Et les photos non plus.

Il étala trois clichés sur la table.

— J'ai demandé aux techniciens de visionner les enregistrements des caméras de surveillance en ville et voici ce qu'on a trouvé.

La série de photos montrait Smith chez le vétérinaire, puis devant le box où l'homme avait été piétiné par le taureau et enfin debout à côté de Gunther, un pistolet à la main.

Melissa secoua la tête et passa une main sur ses yeux.

Sur deux autres clichés, on voyait Smith avec Harry Willis.

— On a retrouvé le cadavre de Willis hier soir, dans un bois proche de la clinique vétérinaire. Il a été abattu, exactement comme votre ami Gunther, mademoiselle Gentry.

La douleur était gravée sur les traits de Melissa.

Enfin, Lamar sortit du dossier trois photos supplémentaires.

Celles-ci montraient Smith en compagnie du père de Dex.

Sur la première, les deux hommes étaient debout dans une ruelle. Sur la seconde, ils étaient penchés sur un feu confectionné dans une poubelle. Sur la dernière, Smith regardait le pick-up que Steven Hawk conduisait le soir de sa mort.

Il tenait une bouteille de whisky à la main.

Identique à celle que Dex avait vue sur le siège passager, à côté du corps de son père.

21

Dex réfléchissait à toute allure, essayant d'assimiler ce qu'il voyait. Le récit de Smith n'avait-il été qu'un tissu de mensonges ? Avait-il inventé cette histoire d'amnésie ?

— Je n'y crois pas, murmura Melissa. Jim n'a rien d'un tueur. C'est un solitaire, mais il s'est tout de même fait des amis au centre.

Dex ne put réprimer sa colère. Smith avait tué son père. De sang-froid.

— Cesse de le défendre, Melissa.

— Il s'est fait des amis dans le but se servir d'eux, accusa Lamar sèchement.

— Que voulez-vous dire ?

— J'ai une théorie. Smith payait les hommes pour qu'ils achètent du bétail à bas prix dans les ventes aux enchères. De cette façon, les transactions ne pouvaient pas être liées à lui. Ensuite, il faisait fabriquer au Dr Huckleberry de faux papiers montrant que les bêtes étaient des reproducteurs de toute première qualité et il les revendait pour une petite fortune.

— Après quoi, il éliminait les sans-abri pour qu'ils ne puissent pas vendre la mèche, acheva Dex.

— Exactement.

— S'il gagnait tout cet argent, pourquoi vivait-il dans un foyer ? objecta Melissa.

— Pour se cacher.

— Mais Jim affirme qu'il a été blessé et qu'il a perdu la mémoire.

— C'est une histoire fabriquée de toutes pièces pour dissimuler ses agissements.

— Tu penses que Baxter est complice ? intervint Dex.

Lamar remit les photos dans le classeur.

— Rien ne suggère qu'il est impliqué. Je crois que c'est Smith qui a monté toute l'affaire.

Dex se massa le front.

— Dans ce cas, qui a pris ces photos, et pourquoi cet individu n'a-t-il rien fait pour arrêter le meurtrier ?

— Elles ont été envoyées par courrier anonyme, expliqua Lamar. Mes hommes essaient d'identifier l'expéditeur.

— Je veux montrer ces clichés à Lucas. Peut-être pourra-t-il nous aider à déterminer si Baxter était impliqué ou qui les a pris.

Le policier hocha la tête avant de s'adresser à Melissa.

— Savez-vous comment contacter Smith ?

Melissa s'entoura de ses bras.

— Non. Il n'a pas de téléphone portable.

— Pour autant que vous le sachiez. Il se sert sans doute d'appareils prépayés pour ne pas laisser de traces.

Elle haussa les épaules.

— Je ne l'ai jamais vu utiliser un téléphone portable.

— Vous avez vu ce que vous vouliez voir, mademoiselle Gentry, observa Lamar sur un ton qui se voulait compatissant. Je suis désolé. Les types dans son genre savent embobiner les autres.

Dex serra les dents. Lamar avait raison.

— Tu peux me déposer au centre, murmura Melissa en jetant un coup d'œil vers Dex. S'il se présente là-bas, je t'appellerai.

— Ce n'est pas une mauvaise idée, déclara Lamar. Nous pourrions surveiller les lieux et le capturer dès qu'il se montrera.

— Non, rétorqua Dex, d'une voix où perçait un mélange de colère et de crainte. C'est trop dangereux.

— Si tu veux arrêter l'homme qui a assassiné ton père, c'est notre meilleure chance, riposta Lamar avec brusquerie.

— Fais-moi confiance, Dex, intervint Melissa. Il ne me fera pas de mal.

— Ce n'est pas une question de confiance, répliqua-t-il. Cet homme est un tueur, Melissa. Il est hors de question que tu serves d'appât. S'il sait que nous avons découvert son petit jeu, il risque de s'en prendre à toi.

Le regard dur de Dex avertit Melissa qu'il était inutile d'argumenter. Elle comprenait ses inquiétudes. Le policier s'était montré convaincant.

Malgré tout, son instinct lui soufflait qu'ils faisaient fausse route.

Peut-être était-elle naïve. Crédule. Mais quelque chose chez Jim l'avait touchée. La manière dont il l'avait protégée lorsque McTruitt la menaçait lui disait qu'il n'était pas homme à tuer quiconque pour de l'argent.

Elle était blessée que Dex refuse de la croire. Cela dit, cette enquête avait pris un tour si personnel qu'il devait être en proie à une foule d'émotions. Comment aurait-elle pu lui en vouloir ?

Il avait découvert que le père qu'il cherchait depuis près de vingt ans avait été assassiné. Et Lamar avait présenté des preuves suggérant que Smith était le meurtrier.

— Reste ici et repose-toi, suggéra Dex. Lamar et moi allons voir Lucas. Peut-être pourrons-nous mettre au point un plan pour arrêter Smith.

— Il faut que je rentre chez moi, protesta-t-elle.

— Je te ramènerai après que nous aurons vu Lucas.

Elle capitula et les suivit des yeux tandis qu'ils sortaient. Le soleil dardait ses rayons sur les prés verdoyants. Deux magnifiques étalons noirs galopaient sur une colline au loin. Hawk's Landing était si serein, si pittoresque, qu'on aurait dit un paysage de carte postale.

Elle contempla le salon de nouveau, son regard embrassant la couverture en crochet du canapé, les photographies encadrées sur le manteau de cheminée. Elle s'approcha et les étudia. Elle reconnut les frères Hawk, qu'elle avait vus lors des journaux télévisés au cours de l'année écoulée, ainsi que leurs épouses respectives, Honey, Charlotte et le Dr Mila Manchester.

La mère de Dex était entourée de plusieurs adolescentes, qui, grâce à son affection, paraissaient heureuses et épanouies malgré les épreuves qu'elles avaient subies.

Chacun des hommes de la famille se battait pour la justice à sa manière. Et pourtant, loin de durcir leurs attitudes, ils étaient dévoués à leur famille et prêts à aider autrui.

Elle avait toujours aspiré à avoir sa place quelque part, à fonder un foyer. Mais, en dépit de l'amour qu'elle vouait à Dex, ce dernier l'avait quittée par le passé, et la quitterait sans doute de nouveau.

Si elle pouvait l'aider à identifier l'assassin de son père, peut-être trouverait-il enfin une sorte de paix. Cela pourrait être son cadeau d'adieu avant qu'elle s'en aille. Et il était grand temps…

Elle gagna la salle de bains, se dévêtit et se glissa sous la douche. Les yeux clos, elle savoura la sensation du jet d'eau chaude sur son corps, se remémorant les doigts de Dex sur elle. Jamais elle n'avait oublié ses caresses.

Jamais elle ne les oublierait.

Enfin, elle se sécha et remit les vêtements qu'elle avait portés la veille. Elle aurait aimé pouvoir se changer, mais cela devrait attendre.

Son téléphone sonna alors qu'elle achevait de s'habiller.

— Allô ?

— Melissa, c'est Jim.

Le cœur de Melissa manqua un battement.

— Jim ! Écoutez, le lieutenant Lamar est venu. Il a des photos de vous et du père de Dex ensemble et il affirme que vous l'avez tué.

— Ce n'est pas vrai. Mais des bribes de souvenirs me sont revenues. Je crois qu'ils sont importants.

— Continuez.

— Je pense savoir à quel endroit j'ai été assommé, où j'ai perdu la mémoire.

— De quoi vous souvenez-vous ?

— C'est encore flou, admit-il. J'aimerais retourner là-bas. Je crois que ça pourrait stimuler ma mémoire.

— Où était-ce ?

Il exhala un soupir saccadé.

— Eh bien, pas très loin du ranch des Hawk, à la limite de la réserve indienne.

Melissa prit une profonde inspiration. S'il se rendait sur les lieux, peut-être pourrait-il leur dire qui était l'individu responsable de la disparition des sans-abri.

— Je suis au ranch. Je vais y aller avec vous.

— Ça pourrait être dangereux, Melissa.

— Peu importe. Je crois que vous êtes innocent et je veux savoir la vérité. Dex la mérite, lui aussi. Mais venir ici comporte des risques. Ce policier est à votre recherche.

— Je dois le faire, répondit Jim. Pour moi… Je dois prouver que je ne suis pas celui que cet homme m'accuse d'être.

— Dans ce cas, venez me chercher.

Une seconde tendue s'écoula.

— Vous êtes sûre que c'est ce que vous désirez, Melissa ?

— Oui.

— Je serai là dans cinq minutes.

— Je vous attends dehors.

Elle raccrocha, alla chercher son sac et sortit, espérant qu'il arriverait avant le retour de Dex. Sinon, il faudrait qu'elle trouve le moyen de convaincre ce dernier de l'écouter.

Les trois hommes s'installèrent dans le cabinet de travail de Lucas afin de se pencher sur les preuves que Lamar avait apportées. Le lieutenant expliqua sa théorie pendant que Lucas étudiait les clichés.

— La présence d'ADN est accablante, commenta celui-ci. Et ces photos semblent très compromettantes.

— J'ai vu Baxter, intervint Dex. Il nie être impliqué, mais il avait l'air nerveux quand je l'ai questionné.

— Il avait des raisons de l'être, observa Lucas. Si nous apportons la preuve que des bêtes ont été vendues avec de faux papiers, la rumeur se répandra et sa réputation sera ruinée. Il sera sans doute confronté à des procès, voire à une inculpation.

— N'allons pas trop vite en besogne, avertit Lamar. Dans l'immédiat, la première chose à faire est de trouver Smith et d'obtenir des aveux.

— Vous avez déjà lancé toutes les forces de l'ordre du Texas à ses trousses, rétorqua Lucas.

Dex s'approcha du tableau que son frère avait compilé et l'étudia avec attention. Lucas avait rassemblé toutes les informations disponibles sur l'affaire, notant les noms des sans-abri portés disparus au cours des vingt dernières années, ainsi que la date de leur disparition et les moindres détails qu'il avait pu glaner à leur sujet.

Il songea aux deux hommes qui s'étaient volatilisés quelques mois seulement avant que leur père les ait abandonnés. Était-il possible qu'il y ait un lien entre les deux événements ?

S'il avait découvert quelque chose les concernant, pourquoi n'avait-il pas alerté la police ?

Et pourquoi Smith ne l'avait-il pas abattu dix-huit ans auparavant au lieu d'attendre jusqu'à maintenant ?

— Avons-nous une idée de l'endroit où se trouve Smith ?

Dex secoua la tête.

— Que t'a-t-il dit, au juste ? En plus de cette histoire d'amnésie ? Où et comment est-il censé avoir perdu la mémoire ?

Dex repassa la conversation dans sa tête.

— Il prétend s'être réveillé en plein désert, près d'une formation de rochers. Il a ajouté qu'il y avait des pointes de flèches tout autour.

Lucas pianota sur son bureau, l'air songeur.

— Dex, ça me fait penser à la formation qui borde notre propriété. À côté de la réserve indienne.

— Tu as raison. Je me rappelle qu'on allait s'y promener avec papa quand on était petits. Il nous avait rapporté des pointes de flèches de là-bas. C'est ça qui a éveillé mon intérêt, et qui nous a incités à les collectionner, Chrissy et moi.

— Si c'est là que Smith a perdu la mémoire, il va peut-être retourner sur les lieux, suggéra son frère.

— Et s'il engage des hommes de main pour faire son sale boulot, c'est peut-être là qu'il leur donne rendez-vous, renchérit Lamar.

Le cœur de Dex se mit à battre plus vite.

— Vous avez raison. Je vais avertir Melissa et nous irons là-bas.

Lucas se pinça l'arête du nez.

— Charlotte commence à avoir des contractions. Je ne veux pas la laisser seule. Je vais la conduire chez maman, après quoi je vous retrouverai chez toi, Dex, et nous partirons ensemble.

— Entendu.

Le téléphone de Lamar vibra, et ce dernier sortit sur la terrasse pour répondre. Dès qu'il eut fini, il fit signe à Dex de le suivre jusqu'à son véhicule.

Un peu de poussière flottait encore dans l'air lorsqu'ils arrivèrent au chalet. Intrigué, Dex aperçut un pick-up noir qui s'éloignait. Lamar le remarqua au même moment.

— Un de tes cow-boys ?

— Je ne crois pas. Dépêche-toi.

Lamar fonça jusqu'au bout de l'allée et s'arrêta en trombe. Dex sauta à terre, grimpa les marches au pas de course et poussa la porte.

— Melissa, tu es là ?

Le cœur cognant à tout rompre, il fit le tour de la maison. La tasse de Melissa était posée sur le plan de travail, mais son sac avait disparu. Il inspecta la chambre, puis regagna la cuisine et découvrit un message à côté de la cafetière.

Cher Dex,

Je sais que tu ne fais pas confiance à Jim, mais moi si. Je vais aux rochers avec lui pour voir si cela l'aide à recouvrer la mémoire. Il veut connaître la vérité, exactement comme toi et moi.

Je t'embrasse,

Melissa.

Atterré, Dex composa son numéro. La sonnerie retentit plusieurs fois, mais elle ne répondit pas. Refoulant un juron, il ressortit en hâte. Lamar attendait à côté de la voiture, une cigarette à la main.

— Elle est partie, lança-t-il en remontant dans le véhicule. Allons-y.

Lamar écrasa son mégot par terre et le rejoignit, les sourcils froncés.

— Où ?

Dex désigna la route.

— Aux rochers. Smith était à bord de ce pick-up et Melissa est avec lui.

Le silence régnait dans l'habitacle tandis que Jim se dirigeait vers la réserve indienne. La contrée était aride et déserte, à des kilomètres de toute habitation.

Un frisson parcourut l'échine de Melissa. Si Jim était mal intentionné, ce serait l'endroit idéal pour se débarrasser d'elle. Personne ne la trouverait ici.

Cependant, un regard sur son visage troublé suffit à apaiser les craintes de Melissa. Jusqu'alors, son instinct ne l'avait jamais trompée. Elle n'allait pas l'ignorer maintenant. Cet homme n'avait nullement l'intention de lui faire du mal. Il voulait l'aider, au contraire.

Jim se gara sous quelques arbres, entre un cactus et un gros rocher qui dissimulait le pick-up de la route. Puis il se tourna vers elle, la mine grave.

— C'est ici.

Il demeura silencieux un long moment, comme s'il revivait un pan de son passé.

La respiration saccadée, il tendit la main et ouvrit la portière. Melissa l'imita sans rien dire. Elle devait être patiente, ne pas le brusquer.

Elle le suivit. Le sol jonché de pointes de flèches crissait sous leurs pas, lui rappelant la collection que Dex avait exposée dans le salon.

Soudain, Jim lâcha un gémissement sourd et prit appui sur un rocher, le visage blême.

Elle s'avança pour voir ce qu'il regardait et se figea.

Au-delà des rochers, on distinguait nettement plusieurs monticules de terre.

Des monticules qui ressemblaient à des tombes.

22

Partagé entre la peur et la colère, Dex expédia un texto à Lucas pour lui demander de les retrouver sur place. Pourquoi Melissa ne lui avait-elle pas téléphoné ?

Avait-elle été emmenée contre son gré ?

Cependant, le mot suggérait le contraire.

Sauf que… l'homme avait pu presser un pistolet sur sa tempe et lui ordonner d'écrire le message.

Il s'empara de la paire de jumelles que Lamar gardait dans sa boîte à gants et ne tarda pas à repérer le pick-up. Smith avait pris soin de se garer entre un rocher et un énorme cactus, à l'abri des regards. Bien sûr, il était en cavale. Il savait pertinemment que la police le recherchait.

Et il avait Melissa avec lui.

Lamar ralentit et se gara au pied de la colline, assez loin pour ne pas être vu. Puis il descendit, l'arme au poing.

Dex se hâta de le rattraper.

— Lamar, il faut qu'on soit prudents. S'il est armé, on risque de lui faire peur et il pourrait se retourner contre Melissa.

Son ami le toisa.

— Écoute, Dex. C'est moi qui commande. Tu me laisses faire, d'accord ?

— D'accord, mais… Je ne veux pas qu'elle soit blessée.

Les yeux de Lamar rencontrèrent les siens.

— Je sais que tu es amoureux d'elle. Je ferai tout mon possible pour la protéger.

Il désigna les rochers.

— Maintenant, allons arrêter le meurtrier de ton père.

Ils crapahutèrent parmi les buissons, l'adrénaline courant dans leurs veines. Lorsqu'ils eurent pris un peu de hauteur, Dex put enfin observer Smith et Melissa à la jumelle.

— Il n'est pas armé, marmonna-t-il.

— Ne t'emballe pas, rétorqua Lamar. Son arme est peut-être cachée.

Dex focalisa l'objectif sur le visage de Melissa. Elle paraissait pâle, nerveuse, presque effrayée.

Smith l'avait-il menacée ?

Contournant les rochers, ce dernier s'agenouilla près d'un tas de terre et plongea les doigts dans la poussière, puis ramassa la pointe d'une flèche.

Melissa restait paralysée sur place, visiblement sous le choc.

Dex s'avança un peu pour mieux voir. Il distingua un deuxième tas à côté du premier. Et encore un autre.

— Bon sang, marmonna-t-il. Ces monticules…

— … sont des tombes, acheva Lamar. Nous le tenons à présent. Smith nous a conduits droit à ses victimes.

Melissa avait compté cinq tas de terre. Cinq tombes. Jim savait-il qu'elles étaient là ?

Il mit la main dans sa poche, et elle retint son souffle. Avait-il un pistolet ? Pouvait-elle s'être méprise à son sujet ?

Elle esquissa un pas en arrière. Son téléphone était resté dans son sac, à bord du pick-up. Si elle pouvait y retourner…

Cependant, Jim n'avait pas fait un geste vers elle. Il sortit sa main de sa poche. Au lieu d'un pistolet, il tenait un petit objet au creux de sa paume. Une pièce, peut-être ? Il la frotta entre ses doigts tout en observant les tombes. Son regard était absent, lointain, sa posture rigide.

Une légère brise agitait l'air brûlant. La poussière tourbillonnait autour d'eux. Jim se baissa de nouveau et ratissa le sol près d'une tombe.

Que cherchait-il donc ?

— Je suis venu ici, dit-il d'une voix sourde. C'est ici que c'est arrivé. Que j'ai perdu mon passé.

Melissa serra les poings.

— Avez-vous d'autres souvenirs ?

Il inclina la tête vers le ciel, plissant les yeux comme s'il se concentrait. Enfin, il se remit à étudier l'objet qu'il tenait à la main.

— J'avais rendez-vous avec quelqu'un, murmura-t-il. À propos d'un contrat. C'est là que j'ai découvert les tombes. Et puis… j'ai reçu un coup à la nuque.

Elle prit une brève inspiration.

— Quelqu'un vous a assommé parce que vous aviez vu ces sépultures. Savez-vous qui c'était ?

Il secoua la tête, le visage torturé.

— Non, mais je savais que quelque chose clochait avant qu'il me frappe. Avant de trouver les tombes. C'est pour cette raison que je suis venu jusqu'ici.

Un bruit s'éleva derrière eux. Des cailloux roulèrent, attirant brusquement l'attention de Melissa sur l'espace à la droite de Jim. Dex était debout sur un rocher, un pistolet au poing.

— Vous saviez où étaient ces corps parce que c'est vous qui les avez enterrés, accusa-t-il.

Smith pivota vers lui. Ses doigts frottaient toujours la pièce. Ce n'était pas une vraie, comprit Melissa soudain. Elle était en bois.

— Non, dit Jim. Je ne crois pas que les choses se soient passées ainsi. Je… J'avais compris que quelque chose clochait…

— De quoi parlez-vous ?

Jim leva la pièce en bois. Dex écarquilla les yeux.

— Une pièce en bois. Mon père me disait toujours…

— … de ne pas accepter de pièces en bois, acheva Jim en même temps que lui.

Jim hocha la tête.

— Mais je l'ai fait. Et je m'en suis rendu compte.

Le cerveau en ébullition, Melissa s'efforçait de suivre la conversation.

— Que voulez-vous dire ? demanda-t-elle. On vous a donné cette pièce ?

Jim secoua la tête.

— Non. C'est un dicton, une façon de dire qu'il ne faut pas se laisser escroquer. Mais ça m'est arrivé.

Il marqua une pause, et son regard s'éclaira subitement, comme s'il venait de se remémorer quelque chose.

— J'ai acheté un taureau en pensant qu'il était primé, mais quand je suis allé le faire enregistrer, j'ai appris que ce n'était pas le cas. On m'avait escroqué.

— Quelqu'un vous avait escroqué ou c'est vous qui étiez l'escroc ? lança Dex.

— On m'a escroqué. Je suis allé à la salle des ventes pour m'expliquer avec le commissaire-priseur et j'ai surpris une conversation entre des hommes.

Il se pinça l'arête du nez, l'air songeur.

— Ils parlaient de la manière dont ils opéraient.

— Vous voulez dire, de la manière dont vous opériez, rectifia le policier qui venait d'apparaître à côté de Melissa, son arme braquée sur Jim. C'est vous qui avez eu l'idée d'acheter des bêtes à bas prix et de falsifier leurs papiers pour les revendre en faisant un gros profit. Vous avez payé des sans-abri pour vous aider et ensuite, acheva Lamar avec un soupir, vous les avez abattus et enterrés ici, exactement comme vous avez tué Stephen Hawk, Gunther, Harry Willis et le Dr Huckleberry pour couvrir vos traces.

Il fit un pas en avant, la main crispée sur son arme.

— Levez les mains en l'air. Vous êtes en état d'arrestation.

Jim obtempéra, le regard néanmoins empreint de défi.

— Vous pouvez m'arrêter, mais je me souviens de ce qui s'est passé maintenant. Je n'ai pas tué ces hommes. En revanche, je sais qui l'a fait.

— Vous pourrez faire une déposition au poste, lança Lamar.

Dex fit un pas en avant.

— Je veux entendre ce qu'il a à dire tout de suite.

Il braqua son arme sur Smith.

— Avez-vous tué mon père ?

— Non. Je n'ai tué personne. J'ai été attaqué.

— Racontez-nous ce qui s'est passé, pria Melissa doucement.

Dex retint son souffle, attendant que Smith s'explique. Ce dernier continuait à triturer la pièce en bois, éveillant en lui de poignants souvenirs d'enfance.

Smith prétendait avoir été agressé à cet endroit même, à la limite de la réserve indienne. Son père avait-il eu une altercation avec lui dix-huit ans plus tôt ?

Dex glissa une main dans sa poche et effleura la pièce en bois que son père lui avait donnée. Cette pièce en bois… Cette expression… C'était exactement ce que lui disait son père.

Des questions résonnaient dans sa tête. Avec des réponses absurdes, des coïncidences impossibles à croire.

Malgré tout, elles avaient pris forme dans son esprit.

Smith avait-il volé la pièce en bois à son père ?

Dex étrécit les yeux.

— Quand au juste avez-vous perdu la mémoire ?

Smith contempla la pièce, puis son regard se posa sur lui avant de s'arrêter sur Lamar.

— Demandez à votre ami. Il était là.

Sidéré, Dex eut un haut-le-corps.

— Qu'est-ce que vous racontez ?

— Posez-lui la question, répéta Smith d'un ton sec.

Dex jeta un coup d'œil vers Lamar. Un éclair voisin de la panique traversa les traits de ce dernier. Soudain, il s'élança, agrippa Melissa et lui pressa le pistolet sur la tempe.

— Désolé, Dex. Les choses n'étaient pas censées se dérouler comme ça.

Melissa hurla. L'espace d'une seconde, Dex resta muet, paralysé par le choc.

Smith avait affirmé que Lamar était corrompu. Mais Lamar était son ami, son mentor… Il se tenait à côté de lui le jour des obsèques de son père.

Seigneur… Pendant toutes ces années, il était resté en contact avec la famille. Il avait promis de ne jamais cesser de chercher leur père.

— Lamar, dis-moi que ce n'est pas vrai, supplia-t-il, la gorge nouée par l'émotion.

— Désolé, Dex, répéta le policier, les sourcils froncés. Vraiment. Je ne voulais pas que ça arrive, mais j'étais jeune, j'avais un besoin pressant d'argent. Au début, ça semblait être un moyen facile de se faire du fric. Il me suffisait de fermer les yeux sur les agissements de Baxter.

— C'est donc lui qui était derrière l'escroquerie ?

— Il essayait de sauver son ranch.

— Et l'homme qui s'est introduit chez moi ? demanda Melissa. Il était à la solde de Baxter ?

Lamar acquiesça.

— Oui. Il était supposé vous éliminer.

— Pourquoi l'as-tu abattu ? Pour protéger Baxter ?

— Cet incapable était sur le point de partir sans avoir fini le boulot.

— Alors, tu travailles pour Baxter depuis le début, murmura Dex.

Lamar haussa les épaules.

— Quand j'ai compris ce qu'il faisait, j'ai voulu l'arrêter, mais il m'a offert une grosse somme d'argent en échange de mon silence. Ce n'était qu'une histoire de bétail. Les gens qui achetaient les animaux avaient les moyens de le faire. Personne n'était censé en pâtir vraiment.

— Sauf qu'il s'est servi de sans-abri et qu'il les a tués, intervint Smith.

Lamar le foudroya du regard.

— Quand je m'en suis aperçu, j'étais trop impliqué pour reculer. Il a menacé de me faire tomber avec lui. Je ne pouvais pas laisser faire ça. Je n'avais même pas trente ans. Je ne pouvais pas passer le reste de ma vie en prison.

— Quel rôle mon père a-t-il joué dans tout cela ? As-tu essayé de le tuer, lui aussi ? Ou l'as-tu menacé de nous faire du mal s'il parlait ? Est-ce pour cela qu'il est parti ? Pour nous protéger ?

Melissa tenta de desserrer l'étau des doigts autour de son cou, mais Lamar raffermit sa prise et le canon froid de l'arme s'enfonça dans sa tempe. Une simple pression sur la gâchette, et elle serait morte.

Le regard de Dex était sombre, voilé par la douleur de la trahison. Jim se tenait immobile, l'air prêt à se battre.

— Ne faites pas ça, murmura-t-elle au lieutenant. Dex est votre ami.

— Je suis désolé, murmura Lamar. Je ne peux pas aller en prison.

Soudain, Lucas surgit de derrière les rochers et rejoignit Dex, l'arme au poing.

— C'est exactement là que vous allez.

— Non, pas question !

— J'ai su dès l'instant où j'ai vu ces photos qu'elles étaient truquées, déclara Lucas. Vous vouliez impliquer cet homme, ajouta-t-il en désignant Smith. Parce que c'est vous qui l'avez assommé autrefois. C'est à cause de vous qu'il a perdu la mémoire.

Un muscle tressauta au niveau de sa mâchoire.

— Lâchez ce pistolet, Lamar, et lâchez Melissa.

Lamar secoua la tête et se mit à la tirer en arrière, vers les rochers.

— Si l'un de vous s'approche, je la tue.

Le regard de Melissa se riva à celui de Dex.

Elle ne voulait pas mourir.

23

La rage bouillonnait dans le cœur de Dex. Lamar avait feint d'être son ami, alors qu'en réalité il lui avait menti pour dissimuler ses activités criminelles. Il avait tué plusieurs fois, et tenté d'impliquer Smith. Jusqu'où allaient ses mensonges ?

— C'est vous qui avez tué Gunther, n'est-ce pas ? s'écria Melissa. Pourquoi ? Il essayait de reconstruire sa vie.

— Il venait vous raconter ce qui se passait. Je l'ai averti de ne pas le faire, mais il a refusé de m'écouter. Ce vieux avait une conscience.

Dex s'éclaircit la voix.

— Et l'homme dans le pick-up, mon père, tu l'as tué pour la même raison ?

Lamar acquiesça.

— Tu aurais dû cesser de poser des questions à ce moment-là. Je pensais que la page serait enfin refermée.

— Je voulais la vérité, c'est tout. Mais tu m'as menti du début à la fin.

Lamar resserra sa prise sur Melissa.

— Comme je disais, tu aurais dû laisser tomber.

Une bouffée de haine submergea Dex. Cet homme avait la vie de Melissa entre ses mains. Et lui ferait tout pour la sauver.

— Tu ne vas pas la tuer devant moi et un agent du FBI, dit-il calmement. Ou alors, il faudra que tu nous élimines tous.

L'indécision se lut sur le visage de Lamar, aussitôt remplacée par la panique, et Dex comprit qu'il ferait n'importe quoi pour s'échapper. Après tout, qu'étaient quelques vies de plus ajoutées à son lourd bilan ?

— Tu ne vas pas t'en sortir comme ça, avertit Lucas. J'ai déjà appelé des renforts, et mon supérieur est au courant. Tu es fichu, Lamar. La meilleure chose que tu puisses faire, c'est de conclure un marché avec nous.

— Un marché ? ricana Lamar. Tu veux dire la prison.

— Si tu témoignes contre Baxter et que tu nous livres les noms de ses complices, tu échapperas peut-être à la peine de mort.

— Les hommes de Baxter me trouveraient, même en prison.

Lucas jeta un coup d'œil derrière son épaule.

— Relâche au moins Melissa. Les renforts vont arriver d'une minute à l'autre. À quoi bon commettre un meurtre de plus ?

Se servant de Melissa comme bouclier, Lamar recula d'un pas.

— Tu n'es pas le seul à avoir appelé des renforts. Si tu veux que ta famille – toute ta famille – sorte de cette histoire saine et sauve, arrange-toi pour qu'un hélicoptère vienne me chercher.

Le sang de Dex se glaça dans ses veines.

— Que veux-tu dire par là ?

— Baxter a des hommes au ranch en ce moment même. Personne ne sera en sécurité là-bas tant que je ne serai pas sorti d'affaire.

— Tu les as pris en otage ? se récria Dex, incrédule.

Qui donc était cet homme ?

Pas son ami. Un menteur, un escroc et un tueur.

— C'est comme ça qu'il a procédé autrefois, déclara Smith. En menaçant de s'en prendre à vous si je parlais.

Lamar pivota brusquement vers lui, le pistolet toujours pressé sur la tempe de Melissa.

— Vous n'étiez pas censé vous réveiller.

— Mais je l'ai fait. Et je me souviens de tout maintenant.

Dex et Lucas échangèrent un regard. Smith les considérait avec une émotion à peine voilée.

— Je sais qui je suis, reprit-il. Je cherchais Chrissy quand j'ai découvert les corps.

Le sang rugissait aux tempes de Dex.

— Chrissy ?

Il fut pris d'un vertige soudain. La pièce en bois, les rochers, les pointes de flèches… Était-il possible que… ? Cet homme pouvait-il être… ?

— Vous êtes notre père, murmura Lucas, prononçant à haute voix les pensées qui défilaient dans l'esprit de Dex.

Ce dernier se tourna vers Lamar, les yeux pleins de mépris.

— Tu as falsifié le rapport d'autopsie de l'occupant du pick-up pour nous faire croire qu'il était notre père. Comment as-tu fait ça ? Tu as soudoyé le médecin légiste ?

— Je n'ai pas eu besoin de le faire. J'ai réussi à mettre la main sur le dossier d'origine et j'y ai planté les données ADN correspondantes au mort. Hudson n'y a vu que du feu. Il croyait vraiment que c'était votre père.

— Par chance, j'ai fait analyser l'ADN de Jim Smith par mon équipe, déclara Lucas en sortant son téléphone de sa poche. Les résultats me sont parvenus il y a quelques minutes. L'ADN correspond à celui de Steven Hawk.

Le cœur de Dex cognait si fort qu'il était à peine capable de respirer.

Smith était son père.

Lamar avait essayé de l'assassiner des années plus tôt.

Et il avait fait une nouvelle tentative au cours de ces dernières semaines, exactement comme Smith – son père – l'avait affirmé.

Dex ne l'avait pas reconnu. Près de vingt ans avaient passé depuis la dernière fois qu'il l'avait vu. Et avec ses cheveux gris, sa cicatrice et ce doigt manquant…

Lamar l'avait peint sous les traits d'un homme dangereux, et Dex avait eu confiance en son ami.

Bien loin de se soucier de sa famille, Lamar n'avait fait que les espionner. Il avait fait semblant de continuer à chercher

Steven, alors qu'en réalité il voulait s'assurer qu'il ne serait jamais retrouvé. Ou qu'il ne puisse jamais révéler la vérité.

— Vous avez engagé McTruitt pour m'éliminer ? demanda son père.

— Vous étiez trop près de la vérité, riposta Lamar.

— C'est fini, Lamar, intervint Dex. Ces meurtres doivent cesser. Tu as fait assez de mal à notre famille.

Le lieutenant secoua la tête, mais il avait l'air vaincu. Dex s'avança discrètement vers lui, résolu à éloigner Melissa.

— Reste où tu es, grogna Lamar.

Dex se baissa lentement et déposa son arme à terre.

— Je ne suis pas armé.

Il leva les mains en l'air et fit un pas de plus.

— Relâche-la et laisse-moi prendre sa place. Lucas peut faire venir un hélicoptère et je partirai avec toi.

Il inclina la tête vers Lucas.

— Mes frères ne tireront pas tant que je suis avec toi.

— Il a raison, renchérit Lucas. Emmène-le. C'est ta seule chance de t'en tirer, Lamar.

Melissa secoua la tête, mais Dex l'ignora. La question ne se posait même pas. Il était prêt à donner sa vie pour elle.

— Laisse-la partir.

Enfin, Lamar poussa Melissa en avant, et braqua son arme sur lui.

Steven Hawk se hâta de la faire passer derrière les rochers. Lucas demeura immobile, la main sur son téléphone.

— Reste calme. Je vais téléphoner pour appeler un hélicoptère.

— Et ensuite, tu devras ordonner à tes complices de laisser notre famille en paix, ajouta Dex d'une voix empreinte de rage.

— Quand on sera à bord de l'hélico, répliqua Lamar. Pas avant.

Lucas parla à voix basse, le visage impassible.

— C'est fait, déclara-t-il en coupant la communication. L'appareil sera ici dans quelques minutes.

Lamar s'essuya le front d'un revers de main, la respiration saccadée alors qu'il gardait l'arme braquée sur Dex.

Pour sa part, ce dernier avait pris sa décision : il était hors de question qu'il laisse ce salaud embarquer à bord de l'hélicoptère.

Leur père ayant mis Melissa à l'abri, Dex adressa à Lucas un signe discret, indiquant qu'il allait passer à l'attaque. Les mâchoires serrées, son frère hocha imperceptiblement la tête.

Dex n'hésita pas. Il enfonça un violent coup de coude dans le ventre de Lamar et, d'un même mouvement, lui écrasa le pied. L'homme beugla et se pencha instinctivement sur le côté, Lucas tira.

Pivotant sur lui-même, Dex vit Lamar agripper son épaule en sang. Malgré tout, il avait toujours son pistolet à la main et s'apprêtait à viser. Il n'y avait pas une seconde à perdre. Dex se jeta sur lui, envoyant valser l'arme sur le sol.

— Va à la maison, cria-t-il à Lucas. Toi aussi, papa ! Et mettez Melissa en lieu sûr !

— On y va ! répondit Lucas en retour. Harrison et Brayden arrivent.

Dex et Lamar roulèrent ensemble sur le sol poussiéreux, échangeant coup pour coup tandis que Lucas, son père et Melissa dévalaient la colline en direction des véhicules.

24

Dans la voiture qui roulait vers Hawk's Landing, Melissa ferma les yeux, priant pour que Dex soit sain et sauf. Lorsqu'elle les rouvrit, elle jeta un coup d'œil par-dessus son épaule dans l'espoir d'apercevoir son 4x4 qui les suivait.

Il n'y avait rien.

— Ça va ? demanda Steven Hawk.

Elle hocha la tête, sachant pertinemment qu'elle n'irait pas bien tant que Dex serait exposé au danger.

— Vous vous souvenez de tout ?

Il acquiesça.

— Oui. Je sais que je suis Steven Hawk. Que j'ai perdu… ma famille.

Sa voix se brisa.

— Les miens pensent que je les ai abandonnés.

Une bouffée de compassion envahit Melissa. Elle serra la main de Steven entre les siennes.

— Ils vous aiment. Ils n'ont jamais cessé de vous chercher. Ils comprendront.

Lucas ralentit et s'arrêta à côté de l'écurie, d'où on avait une vue dégagée de la maison. Ses frères Harrison et Brayden attendaient, visiblement soucieux.

— Restez dans la voiture, ordonna Lucas à Melissa. Toi aussi, papa.

Steven secoua la tête, les larmes aux yeux.

— Pas question. J'ai perdu ma famille une fois déjà. Je ne laisserai personne faire du mal aux miens maintenant.

Un mélange d'amour et de détermination s'entendait dans sa voix. Melissa se retourna, cherchant de nouveau Dex des yeux pendant que les deux hommes descendaient.

Un homme sortit de la maison et se posta sur la terrasse. Il avait visiblement été chargé de monter la garde.

Un autre homme était-il auprès de la famille ? Et les adolescentes ? Étaient-elles à l'intérieur ?

Lucas, ses frères et son père tenaient un conciliabule à l'abri de l'écurie. Ils partagèrent un bref instant d'émotion lorsque Harrison et Brayden se rendirent compte que leur père était parmi eux. Ils s'étreignirent rapidement : le moment n'était pas encore aux retrouvailles.

Leur famille était en danger.

Enfin, un moteur rugit au loin. Melissa reconnut la voiture du lieutenant qui arrivait en trombe et une nouvelle crainte la saisit : qui était au volant ? Dex ou Lamar ?

Tandis que Dex fonçait sur la route qui menait au ranch, il sentait son pouls cogner dans ses veines. Au moins, Melissa était en sécurité. En revanche, sa mère, les filles, Charlotte et peut-être Honey et son bébé, ainsi que Mila et sa petite fille, Izzy… Tous les êtres que ses frères chérissaient se trouvaient dans cette maison.

Ayant repéré ses frères et son père à côté de l'écurie, Dex chercha Melissa des yeux et fut soulagé de voir qu'elle était dans la voiture de Lucas.

Il gara son véhicule et rejoignit ses frères. Harrison et Brayden étaient manifestement encore sous le choc d'avoir retrouvé leur père, mais Lucas avait déjà établi un plan d'action.

— Les renforts sont en route, annonça-t-il. Où est Lamar ?

— Dans le coffre de sa voiture, répondit Dex. Ligoté et sans connaissance.

Il braquait les jumelles sur la terrasse.

— Je vois un seul type dehors. Il doit y en avoir d'autres à l'intérieur.

Harrison arqua un sourcil tout en vérifiant que son pistolet était chargé.

— La question est de savoir combien ils sont.

— Nous n'allons pas tarder à le découvrir.

Lucas leur remit à tous un petit micro à attacher à leur col, et ils se préparèrent à l'assaut.

— Ne tirez pas avant qu'on sache à quoi on a affaire, ordonna Lucas.

Les autres acquiescèrent, et Lucas leur fit signe de se déployer. Courbés en deux, ils se mirent à courir de manière à encercler la maison et jauger la situation.

Harrison fila vers l'arrière, tandis que Brayden et Dex se chargeaient des côtés. Lucas et son père se postèrent derrière un arbre afin de surveiller l'homme qui montait la garde sur la terrasse.

Dex jeta un coup d'œil dans le salon. Un individu armé d'une carabine tenait toute la famille en respect. Sa mère, les jeunes filles, Honey avec son bébé, Charlotte, Mila et Izzy étaient recroquevillées toutes ensemble sur les canapés et fauteuils. Les adolescentes avaient l'air effrayé et s'étaient rassemblées autour de sa mère. Honey tapotait doucement le dos du petit Steven, tandis que le visage de Charlotte était tendu, comme si elle souffrait. Assise à côté d'elle, Mila lui caressait le dos et lui parlait tout bas.

Bon sang, Charlotte était-elle sur le point d'accoucher ?

— Personne dans la cuisine, annonça Harrison dans son micro.

— Ni dans les chambres, ajouta Brayden.

Dex ravala les craintes qui le rongeaient. Il devait rester calme. Sauver sa famille.

— Ils sont au salon. Maman, les filles, Honey et le bébé, Charlotte, Mila et Izzy. Un seul garde armé.

Lucas émit un juron.

— Pas de blessé ?

Dex hésita, ne sachant s'il devait lui parler de ses soupçons concernant Charlotte.

— Non. Tout le monde a l'air indemne.

— Je me charge de celui qui est sur la terrasse, déclara Lucas d'une voix sourde. Assurez-vous seulement qu'il n'y a pas d'autres hommes ailleurs.

— Entendu.

Dex garda les yeux rivés sur sa famille tandis que le garde faisait les cent pas. Quelques secondes plus tard, des grognements se firent entendre à l'avant de la maison. Le garde s'immobilisa puis tourna la tête vers le bruit, levant son arme. Dex réprima l'envie de fracasser la vitre et de faire irruption dans la pièce. Ce serait trop dangereux.

— Un de moins, annonça Lucas peu après. Sans connaissance et ligoté à la rambarde. Occupons-nous du deuxième maintenant.

Un cri s'éleva sur la terrasse. La voix de son père.

— Bon sang, papa a frappé à la porte ! s'écria Lucas.

Il voulait faire diversion, comprit Dex. Éloigner l'homme des siens. Mais si ce dernier tirait sur lui et qu'il mourait, cette fois ?

— Le garde se dirige vers l'entrée, lança Dex, avant de lâcher un juron. Il a maman avec lui.

Les minutes suivantes s'écoulèrent dans le flou de l'action.

— On y va tous ! ordonna Lucas.

Harrison et Brayden s'engouffrèrent dans la maison par l'arrière tandis que Dex entrait dans le salon par la porte latérale.

— Il a Ava ! cria Honey.

— Je sais, Lucas est avec eux.

Charlotte lâcha un cri de douleur.

— Elle est sur le point d'avoir son bébé, expliqua Mila en écartant les cheveux qui tombaient sur son front.

Harrison se rua vers Honey et leur fils tandis que Brayden se précipitait avers Mila.

— Ça va ?

— Oui, mais j'ai un bébé à mettre au monde !

Mila fit signe aux jeunes filles.

— Allez chercher des couvertures et des serviettes propres. Vite !

Un coup de feu éclata sur la terrasse. Tous se figèrent.

— Restez ici, ordonna Dex.

Il se dirigea vers l'entrée sans faire de bruit. La porte à moustiquaire était ouverte, et un corps gisait sur le plancher de la terrasse. Lucas et son père se tenaient à côté.

— Il est mort, annonça son frère.

Sa mère était blottie tout contre le mur, secouée de tremblements. Dex l'entoura de ses bras.

— Tout va bien, maman. C'est fini. Il n'y a plus de danger.

Elle se laissa aller contre lui, s'essuya les yeux puis se redressa.

— Lucas ! appela-t-elle. Charlotte a des contractions.

La panique se lut sur les traits de son frère. Sans un mot, il entra en courant dans la maison pour aller retrouver sa femme.

Son père avait franchi le seuil et, le visage ravagé par l'émotion, regardait sa mère, qui paraissait aussi bouleversée que lui.

— Ava ? souffla-t-il.

— Steven ?

Il acquiesça, une larme roulant sur sa joue.

Sans une seconde d'hésitation, sa mère se glissa entre ses bras, et ils s'embrassèrent en pleurant.

Dex était au comble de l'émotion. Son père était de retour. Sa famille était réunie, et saine et sauve.

Mais la femme qu'il aimait l'attendait dans la voiture, seule.

Le soulagement déferla en Melissa lorsqu'elle vit Dex descendre les marches de la terrasse pour se diriger vers elle. Au même moment, une voiture remonta l'allée à vive allure. Les portières s'ouvrirent, livrant passage à une femme et à un homme.

Dex alla les accueillir tandis que Melissa s'approchait. L'homme s'acquitta des présentations, ajoutant que sa collègue et lui étaient agents du FBI.

— L'agent Hawk a demandé des renforts.

Harrison dévala les marches à leur rencontre. Dex acquiesça.

— Nous avons sécurisé les lieux et neutralisé deux hommes armés.

— L'agent Hawk est un peu occupé, précisa Harrison. Sa femme est en train d'accoucher.

Melissa regarda Dex, bouche bée.

— Une ambulance est en route, reprit Harrison, désignant le mort et le blessé ligoté sur la terrasse. Le médecin légiste aussi.

Dex pointa le doigt vers la voiture de Lamar.

— Le lieutenant Lamar est dans le coffre. Il est menotté. Il a une blessure à l'épaule qui nécessite des soins médicaux.

— Lucas nous a mis au courant lorsqu'il a téléphoné. Des agents ont été envoyés au ranch de Baxter. Nous allons nous charger de Lamar et de ses hommes.

Brayden apparut sur le seuil.

— Le bébé est là !

— Viens, Melissa, murmura Dex en la prenant par la main. Je veux que tu fasses la connaissance de ma famille.

Melissa tenta de résister.

— Ta place est avec les tiens, Dex. Je vais rentrer chez moi.

— Pas tout de suite. Tout le monde va vouloir te remercier d'avoir ramené papa parmi nous.

Elle le suivit, l'estomac noué.

Des larmes lui picotèrent les yeux lorsqu'elle vit les parents de Dex debout l'un près de l'autre. Steven tenait dans ses bras un bébé enveloppé d'une couverture bleue, le fils de Honey et de Harrison, prénommé comme lui. Debout à côté de Charlotte, Lucas souriait jusqu'aux oreilles.

— C'est une fille.

Charlotte leva les yeux, le bébé blotti contre sa poitrine.

— Nous allons l'appeler Christine et la surnommer Chrissy.

Quand les cris de joie se furent apaisés, Dex s'éclaircit la gorge.

— Je vous présente Melissa Gentry. Sans elle, nous n'aurions pas retrouvé papa.

— Je n'ai rien fait, protesta Melissa. Il vous cherchait depuis tout ce temps, n'est-ce pas, Jim... Je veux dire Steven ?

Steven enroula un bras autour des épaules de sa femme.

— Vous avez cru en moi, Melissa. Pendant toutes ces années, je n'ai pas pu me souvenir de ce qui s'était passé ni de qui j'étais. Je commençais à me demander si j'avais quelque chose sur la conscience. Vous m'avez convaincu que non.

Melissa refoula les larmes. Pour une étrange raison, elle avait éprouvé une affection instinctive envers Steven, comme s'il avait été son père. Peut-être était-ce pour cette raison qu'elle s'était refusée à le croire capable de tuer.

Néanmoins, les effusions passées, elle se sentit étrangère au milieu de cette famille si soudée. Les Hawk avaient besoin de temps pour célébrer entre eux le retour de Steven.

Elle expliqua à Dex qu'elle devait retourner au centre. April et elle avaient prévu de s'y retrouver afin d'organiser la réouverture des locaux.

— Je vais te reconduire, dit-il aussitôt.

Elle secoua la tête.

— Non, il faut que tu restes avec ta famille. Vous avez beaucoup de temps à rattraper.

Dex posa sur elle un regard empreint d'émotion.

— Je ne sais pas comment te remercier, Melissa. Tu as sauvé notre famille et tu nous as rendu mon père.

Elle cilla, refoulant ses larmes. Elle ne voulait pas de ses remerciements mais de son amour.

Cependant, elle se mordit la langue pour ne pas le lui avouer. Au lieu de quoi, elle lui demanda si elle pouvait emprunter sa voiture. Dex lui remit les clés, et leurs doigts se frôlèrent.

Un frisson parcourut Melissa, et elle tenta de graver la

sensation dans sa mémoire. C'était sans doute la dernière fois qu'ils se touchaient.

Aveuglée par les larmes, le cœur en morceaux, elle monta dans la voiture et démarra.

Voilà pourquoi elle gardait ses distances. Pourquoi elle déménageait si souvent. Pourquoi elle n'aurait pas dû tomber amoureuse de nouveau.

La place de Dex était là, avec les Hawk. Ils avaient dix-huit années à rattraper.

Elle ne faisait pas partie de cette famille et n'en ferait jamais partie.

Il était temps qu'elle prépare sa valise et qu'elle aille de l'avant.

25

L'ambulance arriva pour emmener Charlotte et le bébé pendant que les agents fédéraux s'entretenaient avec Harrison. Tous étaient encore sous le choc d'avoir découvert que Steven Hawk était en vie.

Et parmi eux.

Au moment de partir, Lucas étreignit son père avec émotion.

— Papa, tu devrais peut-être te faire examiner aussi, suggéra Dex.

— Je vais bien, assura Steven, balayant ses inquiétudes d'un geste. J'ai retrouvé la mémoire. Et je suis chez moi.

— Je suis désolé de te quitter maintenant, murmura Lucas. Tu nous as manqué, papa. Il faut que tu nous racontes tout ce qui t'est arrivé.

— Nous avons le temps, répondit son père. Je suis fier de toi et de tes frères, fiston. Je te remercie d'avoir veillé sur votre mère pendant toutes ces années.

Il s'essuya les yeux.

— Maintenant, pars avec ta femme et ma petite-fille. Cette fois, je serai là à ton retour.

Il eut un bref regard vers la maison.

— Si votre mère veut encore de moi.

— Bien sûr que oui, affirma Dex.

Après avoir embrassé son père de nouveau, Lucas se hâta d'aller rejoindre Charlotte et le nouveau-né pendant que les ambulanciers examinaient Lamar, toujours menotté. Les agents allaient l'escorter à l'hôpital afin que la balle soit extraite de son épaule, puis il serait conduit droit à la prison.

Ainsi qu'il le méritait, songea Dex avec amertume.

Une fois l'ambulance et les agents partis, Harrison et lui se joignirent aux autres membres de la famille à l'intérieur. Sa mère avait accueilli leur père à bras ouverts, comme si leur amour n'était jamais mort.

Dex voulait ce genre d'amour. Il avait cru le trouver auprès de Melissa.

Malheureusement, elle avait paru pressée de s'en aller.

De multiples émotions faisaient rage en lui, mais sa mère débordait de questions, de sorte que son père et lui se mirent à relater la succession d'événements qui avaient maintenu ce dernier loin des siens dix-huit ans durant.

Ensuite, ses frères, sa mère et lui passèrent un long moment à expliquer à Steven tout ce qui avait changé au ranch, y compris l'arrivée des jeunes filles et les projets en cours pour développer un nouveau cheptel.

— Nous ne faisons que commencer, avoua Brayden.

Leur père regarda leur mère, le visage altéré par le chagrin.

— J'ai manqué tant de choses, tant d'années près de toi. L'enfance des garçons. Je… Je ne veux plus rien manquer.

— Hawk's Landing est ton ranch, déclara Dex. Papa, nous avons besoin de toi ici.

Leur mère déposa un baiser sur la joue de son mari.

— C'est vrai, Steven. J'ai été perdue sans toi. Dis-moi que tu es revenu pour de bon.

— Oui, si tu veux bien me pardonner…

Sa voix se brisa.

Ava l'attira dans ses bras.

— Il n'y a rien à pardonner.

Elle mit une main sur son cœur.

— Je n'ai jamais cru que tu nous avais abandonnés. Ta place est ici.

Il y eut encore des conversations, et puis des rires, et on porta des toasts aux retrouvailles. Malgré tout, Dex se sentait profondément malheureux.

Quelqu'un manquait. Melissa. Sa place était là, avec lui.

Au bout d'un moment, son père le prit à part.

— J'ai une énorme dette envers Melissa, Dex. Sans sa générosité, je n'aurais peut-être jamais recouvré la mémoire.

— Je sais. Elle compte beaucoup pour moi aussi, admit-il.

— Dans ce cas, où est-elle ? insista son père. Écoute ton vieux père, fiston. Le temps est précieux. L'amour peut t'être arraché en un éclair.

Il jeta un coup d'œil ému vers son épouse.

— Certains d'entre nous ont une deuxième chance. Si tu aimes Melissa, va la chercher. Ne perds pas une minute.

Dex l'étreignit, puis lui donna une tape dans le dos.

— Tu as raison. Sa place est à mes côtés.

Il embrassa la pièce d'un geste.

— Avec nous tous. Mais cela m'ennuie de te quitter alors que tu viens de rentrer, papa.

Il était encore tiraillé par le remords.

— Et… Je suis désolé de ne pas t'avoir fait confiance plus tôt. D'avoir cru Lamar plutôt que toi.

Son père le regarda avec affection.

— Ne perds pas de temps en regrets, conseilla-t-il. Tu me croyais mort. Et tu avais toutes les raisons de croire Lamar. Tu n'étais qu'un enfant quand Chrissy a disparu et quand j'ai disparu, moi aussi. Tu ne mérites pas de te sentir coupable.

Pourtant, c'était précisément ce sentiment de culpabilité qui l'avait empêché de nouer des relations intimes avec quiconque.

Seule Melissa avait su s'immiscer dans son cœur.

Il n'avait plus de temps à perdre. D'ailleurs, à en juger par les regards que ses parents échangeaient, ils avaient besoin d'être seuls, eux aussi.

Lorsqu'il expliqua à sa mère où il allait, elle le prit par la main et l'emmena dans sa chambre. Là, sous les yeux stupéfaits de Dex, elle sortit un écrin de son coffret à bijoux et le lui tendit.

— C'est la bague que ton père m'a offerte le jour où il m'a demandée en mariage.

Elle désigna l'alliance qu'elle n'avait jamais retirée.

— Après, il m'a offert un diamant. Tu pourras faire pareil pour Melissa si tu veux mais, dans l'immédiat, peut-être qu'elle accepterait ceci.

La gorge nouée, Dex ne sut que dire. Le seul fait que sa mère lui donne sa bague en disait bien plus long que des mots. Cela signifiait qu'elle accueillait Melissa parmi les siens.

Et pourquoi pas ? Melissa était la femme la plus affectueuse qu'il ait jamais connue. Elle avait su voir la sincérité dans le regard d'un inconnu et lui faire confiance alors que Dex, lui, était trop aveugle pour le croire. Il avait perdu la foi… Mais Melissa la lui avait rendue, au centuple.

Trop ému pour parler, il remercia sa mère d'un baiser, puis traversa la cuisine, attrapant au passage les clés d'un pick-up. L'adrénaline courant dans ses veines, il prit le chemin du centre.

À son immense déception, Melissa n'était pas là.

Peut-être avait-elle fait un crochet par chez elle d'abord. Il fit demi-tour et se dirigea vers sa maison.

Il était temps de lui avouer ses sentiments.

Il ne pouvait qu'espérer qu'elle l'aimait en retour.

Les larmes aux yeux, Melissa jetait des affaires pêle-mêle dans sa valise. C'était mieux ainsi. Mieux valait s'en aller et se reconstruire une vie ailleurs, dans un endroit où elle pourrait oublier Dex et sa famille.

Se félicitant de ne pas avoir une foule de souvenirs sentimentaux à emballer, elle fourra la photo de son père dans son sac. Ses vêtements étaient tout froissés, mais tant pis.

La perspective de quitter Lend-A-Hand la chagrinait, mais il y avait quantité d'autres centres où elle pourrait trouver un emploi. Le Texas était vaste. Peut-être s'installerait-elle dans le sud de l'État. Il ne manquait pas de gens dans le besoin.

Aider autrui l'aiderait à oublier sa douleur.

Les larmes jaillirent malgré elle. Melissa les essuya d'un revers de main irrité. Au moins avait-elle aidé la famille de Dex à se réunir. Maintenant que son père était de retour, peut-être pourrait-il enfin se pardonner pour la mort de sa sœur et trouver la paix.

Elle s'engouffra dans la salle de bains et jeta ses affaires de toilette dans son vanity-case, qu'elle déposa devant la porte. Elle s'apprêtait à mettre ses bagages dans le coffre de la voiture quand un bruit de moteur lui parvint.

Figée sur place, une main sur la poignée de la valise, elle regarda un pick-up se garer dans l'allée. L'espace d'une seconde, elle eut peur. Baxter avait-il envoyé un homme de main l'éliminer ?

Le moteur se tut, et Dex descendit. Il était si séduisant, si grand, si viril qu'elle dut réprimer l'envie de se jeter dans ses bras.

Il vit sa valise et son visage se durcit.

— Tu vas quelque part ?

— J'ai pensé qu'il était temps de partir, murmura-t-elle, l'estomac noué.

— Pourquoi ?

Ses mains moites glissèrent sur la poignée. La valise lui échappa et tomba sur le trottoir avec un bruit sourd.

— Pourquoi pars-tu ? répéta-t-il.

Elle haussa les épaules.

— C'est ce que je fais toujours. Je vais d'un centre à l'autre, là où on a besoin de moi.

Il la fixa, le regard assombri par l'émotion.

— Et si on a besoin de toi ici ?

— April peut se débrouiller sans moi, lâcha-t-elle dans un souffle.

Il fit un pas en avant. Il était si près d'elle qu'elle sentait l'odeur masculine qui émanait de lui. Une bouffée de désir l'envahit.

— Je ne parle pas du centre.

Elle déglutit.

— Tu t'enfuis, ajouta-t-il. Et je veux savoir pourquoi.

Ce fut comme si un coup de couteau lui avait transpercé la poitrine.

— Je ne peux pas rester là où je n'ai pas ma place, marmonna-t-elle. Les gens vont de l'avant.

— Pas quand ils sont entourés d'êtres qu'ils aiment. Pas quand ils ont une famille.

— Les résidents des centres sont ma famille.

— Tu n'es pas obligée de vivre ainsi, Melissa. La famille Hawk t'aime. Mon père te considère comme sa fille. Et tous les autres débordent de reconnaissance envers toi. Ils veulent que tu restes.

Elle redressa le menton, le cœur prêt à exploser.

— Je ne veux pas de ta gratitude, Dex. J'ai fait ce que j'ai pu parce que je suis comme ça. J'ai cru en Jim, je veux dire en Steven, et je m'en réjouis. Personne ne doit se sentir redevable envers moi pour autant.

— Je sais. Tu l'as aidé parce que tu es incroyablement généreuse.

Il s'approcha encore. Sa respiration était incertaine, et sa main tremblait légèrement lorsqu'elle captura celle de Melissa.

— Et il ne s'agit pas de gratitude.

L'espoir naquit dans la poitrine de Melissa. Elle le réprima. L'espoir était dangereux.

— De quoi s'agit-il, Dex ?

Il pressa un baiser sur sa main, un baiser si tendre qu'elle en chancela.

— Je crois que tu pars parce que tu as peur. Je comprends mieux que tu ne peux l'imaginer, ajouta-t-il d'un seul trait. Je sais ce que c'est que de se sentir abandonné. De se replier sur soi, de s'éloigner des autres parce qu'on a peur de souffrir.

Elle refoula ses larmes et sentit son pouls s'accélérer dans ses veines.

— Mais je te promets de ne jamais t'abandonner.

Le regard soudé au sien, il se mit à genoux devant elle et tira une petite boîte de sa poche.

— Je t'aime, Melissa. Je veux vivre avec toi.

Sa voix se fêla alors qu'il ouvrait l'écrin, révélant un diamant ovale étincelant sur un mince anneau en argent.

— Je voudrais que tu sois ma femme.

— Dex…

— C'était la bague de fiançailles de ma mère, dit-il en sortant le bijou de son nid de velours. Elle veut que tu l'aies.

Il déglutit.

— Moi aussi, je veux que tu l'aies. Et je te promets de t'aimer jusqu'à la fin de mes jours.

Sa voix vacilla.

— Plus tard, je t'offrirai une bague plus grosse si tu veux. Tu pourras la choisir…

— Je ne veux pas d'une grosse bague, chuchota-t-elle d'une voix rauque. Je n'ai pas besoin de choses extraordinaires, Dex. Mon plus cher désir a toujours été d'avoir une famille. Et… quelqu'un à aimer.

— Nous pouvons fonder une famille ensemble, dit-il avec émotion.

Il tendit de nouveau la main vers elle et glissa la bague à son doigt.

— Dis-moi oui. Dis-moi que tu seras ma femme.

Le cœur gonflé d'amour, les joues striées de larmes, Melissa murmura le oui qu'il attendait.

Aussitôt, Dex l'attira contre lui et l'embrassa avec fougue. Elle lui rendit son baiser avec toute la passion qu'elle portait dans son cœur, songeant qu'elle avait enfin trouvé sa place, son refuge.

Dans les bras de Dex.

JULIE MILLER

Protection privée

Traduction française de
CAROLE PAUWELS

BLACK ROSE

HARLEQUIN

Titre original :
ONE GOOD MAN

Ce roman a déjà été publié en 2009.

1

Arrivé devant la grille, Mitch appuya sur la sonnette de l'Interphone et attendit.

Quelle fichue journée…

Il détestait se faire mener par le bout du nez, mais quand l'homme dont dépendait votre promotion appelait pour vous demander une faveur, mieux valait ne pas refuser.

Inspecter les maisons ne faisait absolument pas partie de ses attributions et, en temps normal, il aurait envoyé une patrouille sur place.

Ou plutôt non, il aurait demandé au sergent d'envoyer une patrouille.

Il avait eu beau tenter de se défiler, proposant même de dépêcher deux de ses meilleurs lieutenants sur place, le chef Reed n'avait rien voulu savoir.

Les sourcils froncés, il sortit de sa poche la télécommande que son supérieur lui avait confiée, en se demandant pour la énième fois quelle étrange mission il avait acceptée là. Reed s'était montré si énigmatique qu'il savait à peine ce qu'il devait vérifier.

« Ce sont des amis de longue date, avait-il dit. Voyez s'il n'y a pas de problème. »

Un problème ? Quel genre de problème ? Effraction ? Vandalisme ? Un parent un peu fou courant nu autour de la propriété, au grand embarras de la famille ?

Pourquoi un tel souci de confidentialité ?

Il ouvrit la grille avec la télécommande et pénétra dans

le jardin. La nuit était déjà tombée, bien que la soirée ne fît que commencer.

Pour être tout à fait honnête, il était assez content d'être là. Son boulot consistait essentiellement à gérer la presse et les aspects administratifs du Quatrième District de Kansas City, et le contact avec ses concitoyens lui manquait. Il brûlait d'être de nouveau envoyé sur le terrain afin de venir en aide aux gens qui en avaient vraiment besoin.

Il longea l'allée qui menait à la porte d'entrée tout en fouillant le parc du regard. Des arbres centenaires s'élevaient çà et là et formaient des ombres fantomatiques sur la pelouse.

Ses yeux revinrent sur la maison. Quand son chef lui avait donné l'adresse, il était loin d'imaginer que l'endroit ressemblerait à cette forteresse gothique, entourée de hauts murs et assombrie par l'obscurité. De la vigne vierge partait à l'assaut de la façade, la rendant plus sombre encore.

Vraiment lugubre. Du genre film d'horreur.

Parvenu à la porte d'entrée à peine éclairée par deux lanternes, il appuya sur la sonnette et attendit. Pas de réaction. Etonné, il baissa son gant en cuir et vérifia l'heure à sa montre.

19 heures.

Plus personne ne se couchait aussi tôt de nos jours. A moins que le temps maussade de novembre n'ait repoussé les habitants vers l'autre aile de la maison.

Tout en les imaginant confortablement installés devant une cheminée imposante, un verre de cognac à la main, il sonna de nouveau. Et laissa son doigt sur la sonnette plus longtemps que la politesse ne le recommandait.

Quand même, ils pourraient envoyer un de leurs domestiques ouvrir la porte…

Le vent glacé du Missouri commençait à lui picoter le bout des oreilles, et il sentait l'agacement le gagner.

— Encore une fausse alerte, marmonna-t-il.

Il était à deux doigts de retourner à sa Jeep et d'appeler Reed pour lui dire qu'il n'y avait personne. A tous les coups, cette petite mise en scène était destinée à tester sa loyauté avant que le chef choisisse le meilleur candidat au poste de chef adjoint en janvier.

Eh bien, lui ne mangeait pas de ce pain-là !

S'il obtenait le poste parce qu'il était le plus qualifié, très bien. Mais si tout ce que l'on attendait de lui, c'était qu'il lèche les bottes de son supérieur, pas question !

« Jouez le jeu ou passez votre tour », lui avait dit Reed une fois. Si tel était le cas, Mitch préférait se retirer de la compétition.

Des grésillements dans l'Interphone le ramenèrent à la réalité.

— Oui ? fit une voix féminine un peu rauque.

Il leva les yeux vers la caméra à demi dissimulée par la vigne et décrocha son insigne de sa veste.

— Capitaine Mitch Taylor, du département de police de Kansas City, déclara-t-il en levant son insigne devant la caméra. Nous avons reçu un appel anonyme signalant un problème. J'aimerais vous poser quelques questions et vérifier les lieux.

Le chef lui avait ordonné de ne pas le mentionner et de faire comme s'il s'agissait d'une vérification de routine.

Sûr d'avoir remporté la partie, il remit son insigne dans sa poche et attendit qu'on lui ouvre la porte. Il en fut pour ses frais.

— Il n'y a aucun problème, répliqua la femme.

Mais sa voix était trop rapide et essoufflée pour l'en persuader.

Bon sang, si Reed m'a envoyé sans renforts sur un cas de violence conjugale…

Il passa la main sous sa veste et défit le rabat de son holster. Maîtrisant sa nervosité, il reprit la parole posément.

— Madame, si vous vouliez bien venir m'ouvrir, j'aimerais vous parler.

Il y eut un bourdonnement d'activités qui ne fit que renforcer ses soupçons. Puis l'Interphone s'éteignit.

Après quelques secondes de silence, Mitch perçut à

travers l'épaisse porte la chute d'un objet sur le sol, suivie d'un cri étouffé.

— Madame ? Ça va ?

Seul le silence lui répondit. Les signaux d'alerte qui l'avaient aidé à rester en vie quand il travaillait sur le terrain, tel le petit chatouillement sur sa nuque, se remirent en marche, à peine rouillés.

Il sortit son Glock 9 mm de son holster. A cet instant précis, sa nuque le picotait furieusement.

— Madame ?

Toujours pas de réponse.

Quelle poisse ! C'était supposé être une vérification de routine. Une procédure on ne peut plus simple. Présentation polie, désolé de vous avoir dérangée, et bonsoir. Eh bien, pour la routine, il pouvait repasser !

Dès qu'il en aurait terminé ici, il appellerait le chef et lui demanderait dans quel guet-apens il l'avait envoyé.

Mais, d'abord, il devait porter secours à cette femme.

— Je vais entrer, annonça-t-il d'une voix forte.

Il fit trois pas en arrière, puis, ôtant la sécurité de son arme, visa la serrure et tira dessus à deux reprises.

Le bois vola en éclats. Mitch donna un grand coup de pied dans le battant et se précipita à l'intérieur.

Aussitôt, une alarme se mit à hurler tandis que des flashes perçaient l'obscurité dans un effet stroboscopique. Un cri lui parvint depuis les profondeurs de la maison. A ce qu'il comprit, la femme lui interdisait d'approcher.

— Tu parles d'une routine, marmonna-t-il entre ses dents.

S'adossant aux panneaux en chêne qui montaient jusqu'au plafond, il commença à longer le mur. Les flashes qu'il avait déclenchés en forçant la porte l'aveuglaient plus que l'obscurité du dehors.

Se fiant à son toucher, il suivit le mur jusqu'à ce que ses mains tombent sur une double porte vitrée. Fermée à clé.

Il colla le visage à un carreau et aperçut, entre deux flashes, des meubles recouverts de housses blanches. Apparemment, cette partie de la maison ne servait pas.

Quelques pas plus loin, son pied heurta une marche. Un escalier imposant partait de là vers l'étage et desservait une vaste coursive.

Mitch n'y monta pas. Passant de l'autre côté du couloir, il reprit sa progression le long des panneaux de bois. La femme se trouvait dans cette direction, il en était sûr.

Soudain, ses doigts se perdirent dans un renfoncement et touchèrent quelque chose de froid et dur. Quand la lumière zébra le couloir, il sursauta : un visage l'observait, à quelques centimètres à peine.

Il bondit en arrière et, saisissant son arme à deux mains, visa son adversaire.

Au flash suivant, il laissa échapper un juron. Une statue !

Fermant un instant les yeux, il se concentra pour tenter de discerner un quelconque mouvement dans la maison. En dehors de l'alarme qui continuait à mugir, l'endroit était calme. Beaucoup trop calme.

Il passa son revolver dans sa main gauche et reprit sa progression. Il tomba bientôt sur un autre renfoncement. Ou plutôt une porte ouverte.

Reprenant son souffle – et priant pour ne pas avoir de nouvelles frayeurs –, il se pencha avec précaution et regarda dans la pièce.

La lumière revint, et il entrevit un objet volant dans sa direction. L'obscurité retomba une demi-seconde avant qu'il soit heurté en plein visage.

Il lâcha une bordée de jurons, brève mais bien sentie. Le coup n'avait pas été assez fort pour le blesser vraiment, mais son nez et son front l'élançaient douloureusement.

— Police ! Posez votre arme !

Tandis qu'il parlait, une brusque décharge d'adrénaline le traversa. Au même moment, il reçut un coup au poignet qui lui fit lâcher son arme.

— Merde ! Qu'est-ce que…

Sa détermination s'était multipliée. Au flash suivant, il était prêt.

Apercevant la silhouette de son assaillant, il plongea tel

un rugbyman et le plaqua au sol. Celui qu'il prenait pour un cambrioleur se mit alors à l'implorer d'une voix tremblante.

— Je… je vous en prie… Ne me faites pas de mal…

Il se redressa, surpris.

A la lueur d'un flash, il comprit qu'il tenait non pas un cambrioleur, mais la femme qui avait répondu à l'Interphone. Sans doute la propriétaire des lieux.

— Lâchez-moi, par pitié…

Son visage était livide, et ses grands yeux gris, écarquillés d'effroi.

Mitch la lâcha et s'assit sur ses talons en se traitant de tous les noms.

— Je suis désolé.

Roulant sur le côté, elle se replia en position fœtale. Elle haletait comme un animal blessé. Embarrassé, il tendit la main vers elle, mais elle se déroba et se recroquevilla un peu plus.

— Je ne faisais que me défendre, se justifia-t-il.

Il y eut un silence, puis elle murmura :

— Je n'ai pas appelé la police. Que faites-vous ici ?

Son souffle était court, haletant. Entre deux éclairs de lumière, il la vit s'asseoir puis glisser sur ses fesses jusqu'à un bureau imposant. Elle tenta de se relever en y prenant appui, mais n'y parvint pas. Appuyée contre le meuble, elle se massa lentement la cuisse droite à travers son jean. Une profonde douleur marquait son visage.

Les poings serrés, Mitch s'obligea à ne pas bouger. C'était à cause de lui qu'elle souffrait, et il doutait qu'elle accepte son contact, aussi altruistes que fussent ses intentions.

Il fit donc appel à ses années d'expérience. Cette femme était une victime. Et la brutalité qu'il avait manifestée à son égard n'avait rien arrangé. Elle devait être effrayée. Perdue.

Il recula de quelques pas afin d'établir une distance entre eux et de lui montrer qu'il respectait son intimité.

— Vous êtes Cassandra Maynard ?

— Je n'ai pas retenu votre nom, remarqua-t-elle sèchement.

Son ton sonnait comme une accusation.

— Capitaine Mitch Taylor.

Mû par l'habitude, il porta la main à la poche de sa veste et tapota l'emplacement où se trouvait d'ordinaire son insigne. Rien. Il jeta un rapide coup d'œil par terre, mais les flashes rendaient les recherches difficiles.

— J'ai perdu mon insigne dans la bagarre, s'excusa-t-il.

— De toute façon, ça ne prouve rien. Votre badge pourrait être un faux.

Elle prit une profonde inspiration, avant de s'affaisser contre le bureau en chêne massif, vaincue par la douleur.

— Je suis Casey Maynard.

Elle posa une main à plat sur le tapis et tenta de trouver une position plus confortable.

— Voulez-vous que j'appelle une ambulance ? demanda-t-il.

— Non, ça va passer.

— Pourquoi m'avez-vous attaqué ? Pour qui m'avez-vous pris ?

Elle secoua la tête.

— C'est plutôt à moi de poser les questions. Comment êtes-vous entré dans la maison ? Et que voulez-vous ?

Décidément, la situation devenait de plus en plus surréaliste ! Les flashes continuaient leur mouvement incessant, l'alarme mugissait toujours, et c'était la victime qui interrogeait le flic.

Il fallait qu'il se débrouille pour reprendre le contrôle. Et vite !

Se levant, il remit de l'ordre dans sa tenue et réfléchit à sa réponse.

— C'est le chef Reed qui m'a demandé de vérifier que tout allait bien. Il m'a confié sa télécommande pour ouvrir la grille.

— Oncle Jimmy s'inquiète toujours pour rien.

Oncle Jimmy ? Ça, c'est la meilleure !

Attrapant le rebord du bureau, elle se hissa sur ses pieds, prit appui sur le meuble et en fit le tour laborieusement.

S'était-elle démis quelque chose ? Tordu le genou ?

Il la rejoignit en deux enjambées et passa un bras autour de sa taille afin de la soutenir.

Il la sentit se raidir.

— Ne faites pas ça, ordonna-t-elle entre ses dents.

Ses mots eurent l'effet inverse sur lui. Au lieu de la lâcher, il resserra son étreinte et répondit aimablement :

— Je ne vous lâcherai pas, que vous soyez d'accord ou non. Alors, taisez-vous.

Elle se détendit un peu tout en restant sur ses gardes. D'un signe de tête, elle indiqua le fauteuil pivotant installé derrière le bureau.

— Je voudrais m'asseoir.

Il tint le dossier du fauteuil pour qu'elle puisse s'installer. Dans son mouvement, elle lui effleura la mâchoire de ses cheveux, et il sentit une discrète odeur de vanille lui monter aux narines.

Elle avait beau jouer les dures à cuire, elle n'en restait pas moins féminine.

— Et voilà, fit-il. Ce n'était pas si compliqué, n'est-ce pas ?

S'il s'attendait à un remerciement de sa part, il fut déçu. Tournant son fauteuil vers le bureau, elle tira le clavier de l'ordinateur à elle et tapa sur une touche afin d'animer l'écran. Puis elle cliqua sur une icône avant de saisir une série de codes.

Aussitôt, une vive lumière inonda la pièce, et l'alarme s'interrompit brutalement.

La jeune femme releva la tête, un sourire forcé sur les lèvres.

— Navrée que vous ayez perdu votre temps, capitaine. De toute évidence, il n'y a aucun problème ici. Jimmy a dû faire une erreur. Mais dites-lui que j'apprécie sa sollicitude.

Mitch comprit qu'il était temps de prendre congé. De toute façon, avec le mal de tête qui lui vrillait le crâne, il n'avait aucune envie de s'attarder. Cette soirée avait été un véritable enfer. Il avait malmené une victime peu coopérative, et ingrate de surcroît, et s'il ne recevait pas de plaintes dans les prochains jours, il pourrait s'estimer heureux.

Toutefois, il ne put s'empêcher de se montrer sarcastique.

— Ce fut un réel plaisir de vous connaître, mademoiselle Maynard. Je ne manquerai pas de transmettre vos salutations à « oncle Jimmy ».

Baissant les yeux, il localisa aisément son insigne sur le tapis et le ramassa. Après l'avoir fixé à sa poche, il récupéra son arme, qui avait glissé sous une table basse, et la remit dans son holster.

Dans son mouvement, quelque chose attira son attention.

Un bâton gisait sous le canapé en cuir noir. Etait-ce avec cela que Casey l'avait frappé ?

Lui tournant le dos, il se servit de son pied pour faire glisser l'objet vers lui.

Une canne !

L'image de la petite fille riche, dont le cercle d'amis triés sur le volet incluait le chef de la police, vacilla un peu. En se rendant dans ce quartier huppé, Mitch s'attendait à tomber sur une fille à papa, prétentieuse et trop gâtée, toisant du haut de son piédestal les simples mortels tels que lui obligés de travailler pour gagner leur vie.

Mais cette femme blessée, en jean et sweat-shirt gris, semblait différente. Et le dédain contenu dans sa voix n'allait pas avec la terreur pure qu'il lisait dans son regard.

Décidément, sa liste de questions auxquelles personne ne voulait répondre grossissait à vue d'œil.

Il détailla la canne en ébène surmontée d'un pommeau en laiton. Une canne, même luxueuse, restait une canne, un symbole de blessure ou de handicap d'autant plus perturbant quand son propriétaire était quelqu'un de jeune et d'athlétique. Avait-elle subi une opération ? A moins qu'elle ne se soit blessée durant un entraînement…

— Au fait, pourquoi le chef pensait-il qu'il se passait quelque chose de bizarre ici ?

Soucieux de ménager sa susceptibilité, il repoussa sa trouvaille sous le canapé du bout de sa chaussure, puis se tourna vers Casey. Il intercepta son expression embarrassée avant qu'elle se ressaisisse.

— Je ne sais pas. Je suis surprise qu'il ne m'ait pas appelée lui-même.

— Il s'est peut-être douté que vous lui mentiriez en prétendant que tout allait bien.

Elle haussa les épaules.

— Mais tout va bien. Si ce n'est que vous êtes entré chez moi en cassant la porte.

Il s'approcha d'un pas.

— Quelque chose vous a fait peur.

— Oui, vous.

— Non. Ça n'allait pas avant mon arrivée.

Avançant d'un pas, il eut la satisfaction de voir son masque se fissurer.

Les propriétés de ce vieux quartier patricien gardaient un aspect riant, même en plein hiver. Les pelouses et les parterres étaient bien entretenus, les maisons décorées pour Thanksgiving, et les lampes des porches semblaient souhaiter la bienvenue aux passants.

Pas chez les Maynard.

Non seulement l'imposante bâtisse était retranchée derrière un haut mur de granit et une grille en fer forgé noir, mais si la pelouse avait été tondue récemment, nul parterre de fleurs n'égayait le parc. Quant aux deux lanternes qui flanquaient la porte d'entrée, c'était à peine si elles éclairaient la serrure. Ce n'était guère mieux à l'intérieur de la maison, dont l'une des ailes était fermée, et l'autre, plongée dans l'obscurité malgré son occupante.

Qui gardait la princesse prisonnière dans la tour ?

Mitch n'était pas un grand fan de contes de fées, mais il n'avait pas trouvé de meilleure analogie.

Où était passée la famille à qui le chef lui avait demandé de rendre visite ? Il aurait parié son prochain salaire que Casey vivait seule dans cette baraque monstrueuse.

— Vous êtes mariée ? s'enquit-il. Vous vivez avec un petit ami ? un fiancé ?

Elle laissa échapper un bref ricanement. Qu'il interpréta comme une réponse négative.

— Et vos parents ?

— J'ai vingt-huit ans, capitaine. Je ne vis plus avec papa et maman depuis longtemps.

Bien vu.

— Où sont-ils ?

— Depuis qu'ils sont à la retraite, ils passent l'hiver sous des climats plus chauds.

La réponse ne lui apprenait pas grand-chose, et il changea de tactique.

— Pourquoi m'avez-vous attaqué ?

— Je vous ai pris pour un cambrioleur, expliqua-t-elle en se redressant. D'habitude, les visiteurs sonnent à la grille et se présentent.

Il posa les mains à plat sur le bureau et se pencha vers elle.

— J'ai dit que j'étais de la police.

Elle releva le menton.

— Je m'en fiche.

Des voix provenant du hall interrompirent leur échange. Le temps que Mitch se retourne, deux policiers en uniforme étaient entrés dans la pièce et pointaient leur arme sur lui.

— Restez où vous êtes ! ordonna l'un d'eux.

Tout en levant calmement les mains, Mitch entendit un hoquet étranglé derrière lui, une sorte de gémissement de désespoir à peine audible.

Pourquoi Casey se mettait-elle dans un état pareil ? Qu'est-ce qui lui faisait peur à ce point ? Les armes, les flics ou les hommes en général ?

Quelque chose en lui la terrifiait. Pas parce qu'il s'était introduit dans sa maison, ni parce qu'elle chérissait par-dessous tout sa solitude.

Cela venait de lui.

Ce constat le heurta de plein fouet, avec la même force que la canne qu'il avait reçue en plein visage. Elle avait une peur bleue de lui.

Et elle lui tenait tête afin de prouver le contraire.

Il ressentit une brusque envie de la protéger. En dépit de son attitude bravache, elle semblait trop fragile pour affronter ces nouveaux visiteurs. Et il avait toujours mis un point d'honneur à défendre les plus faibles.

Il prit donc la situation en main et s'identifia.

Après avoir vérifié son insigne, les policiers s'excusèrent, l'air très embarrassé. Mitch ne jugea pas utile de commenter leur erreur qu'il trouvait compréhensible. Ces hommes n'avaient fait que leur travail, répondant à une situation de crise avec rapidité et efficacité.

— Je contrôle la situation, déclara-t-il. Apparemment, il s'agit d'une fausse alerte.

Puis, sachant que la meilleure façon de préserver leur fierté était de leur donner une mission, il ajouta :

— Mais ce serait bien d'inspecter quand même les environs. Vérifiez si l'on n'aurait pas vu quelqu'un rôder dans le coin. Et trouvez quelque chose pour barricader la porte d'entrée.

— Bien, capitaine.

Les policiers lui adressèrent un signe de tête respectueux, puis s'en allèrent.

Mitch se tourna vers Casey. Elle avait fermé les paupières et respirait lentement, de façon mesurée. Dans cette vaste pièce aux meubles imposants, elle semblait frêle et déplacée.

Il jeta un coup d'œil autour de lui. Des bibliothèques de bois massif couvraient presque tous les murs, remplies de livres, et derrière la jeune femme se succédaient plusieurs portes-fenêtres donnant sur un jardin sans vie. Le bureau, lui, occupait le centre de la pièce, comme une île. Parfaitement rangé, il comprenait un ordinateur, un fax, un téléphone, ainsi qu'une pile de documents.

Mitch se demanda si elle vivait dans ce sanctuaire solitaire par choix ou si quelqu'un l'avait abandonnée là.

— Que regardez-vous comme ça ?

La question lancée d'une voix acerbe l'arracha à ses pensées. La princesse casse-pieds était de retour, et il ne put s'empêcher de sourire.

— Ce qui ressemble à la plus belle perte de temps que j'aie jamais vue, répondit-il.

Elle leva un sourcil, et la température de la pièce parut chuter de plusieurs degrés.

— C'est censé être un compliment ?

— Je ne sais pas. Est-ce que vous acceptez les compliments ?

— Vous êtes trop aimable de faire la conversation avec moi, capitaine, mais je ne voudrais pas vous empêcher de vous consacrer à un vrai travail de police.

— Votre oncle m'en voudrait de bâcler la mission qu'il m'a confiée.

— Oh, il n'est pas vraiment mon oncle. Simplement un vieil ami de la famille.

Prenant appui sur les accoudoirs, elle se leva lentement et resta sur place le temps de trouver son équilibre. Ensuite, elle se dirigea en boitant vers le canapé. Elle faisait porter tout le poids de son corps sur sa jambe gauche et pliait à peine le genou droit qui semblait se dérober à chaque pas. Pourtant, rien dans son visage ne laissait transparaître autre chose qu'une féroce détermination.

Peut-être était-elle une fille à papa, songea-t-il, mais cela ne l'empêchait pas d'avoir mal. Et, pour autant qu'il le sache, d'être en danger. Dire que, au lieu d'accomplir son devoir sans se poser de questions, il avait pris un malin plaisir à entretenir le conflit…

Honteux, il se précipita vers le canapé, ramassa la canne et la lui tendit des deux mains, telle une offrande.

— Je suis désolé, mais le chef va me demander un rapport demain matin. Que voulez-vous que je lui dise ?

Il se demanda à quoi était dû le soudain agacement qu'il lisait dans ses yeux. Etait-ce parce qu'elle avait besoin d'une canne pour se déplacer, ou parce qu'il l'avait ramassée à sa place ?

— Dites-lui de m'appeler lui-même la prochaine fois.

Elle posa ses longs doigts élégants sur le bois poli. Mitch raffermit sa prise. Elle voulut lutter, mais vacilla. Elle serait tombée si leurs mains n'avaient pas été entrelacées autour de la canne.

— Que dois-je faire pour vous prouver que je suis un type bien ?

Elle releva le menton d'un air arrogant et le toisa.

— Vous ne pouvez pas.

Une bataille de volonté silencieuse électrisa l'atmosphère, n'offrant à Mitch aucune réponse, si ce n'est l'envie brutale et totalement déplacée d'effacer de ses lèvres ce sourire ironique.

Son pouls s'accéléra à l'idée de libérer le feu qui ne devait pas manquer de couver sous son apparence austère.

Embarrassé par le tour que prenaient ses pensées, il lâcha la canne et fit un pas en arrière. Il se passa la main dans les cheveux, à la fois agacé que la jeune femme lui fasse éprouver ce genre de sentiments et ennuyé de la voir prendre appui sur la canne pour conserver son équilibre.

Jackie, son ex-femme, avait ce pouvoir sur lui. Elle clamait qu'elle aimait ses manières un peu brusques, sa dévotion de chien de garde. Mais, en fin de compte, elle avait préféré l'argent et la respectabilité. L'amour qu'il ressentait à son égard n'avait pas fait le poids. Il lui avait fallu des années pour voir clair dans son jeu et pour renoncer à elle.

Il était plus malin, maintenant. Et c'était pourquoi l'idée que cette froide et altière petite fille riche puisse provoquer en lui les même désirs, après seulement une rencontre, l'irritait au plus haut point.

— Je suppose que vous êtes capable de retrouver votre chemin tout seul, capitaine.

Résistant à l'envie de la gifler, il tourna les talons et alla rejoindre les deux policiers à la porte.

Quelle fichue journée…

Ne lui restait plus qu'à trouver un moyen de dire au chef ce qu'il pensait de cette stupide équipée chez les Maynard, sans risquer de se voir refuser sa promotion.

Ce n'était pas gagné d'avance.

2

— Cassandra, ma chérie, tu sais que je ne pense qu'à ton bien.

Casey fit passer le combiné de l'oreille droite à l'oreille gauche et retint un soupir de frustration. Bizarrement, les déclarations d'oncle Jimmy ne la rassuraient pas.

— Pourquoi m'as-tu envoyé un policier hier soir ? Tu sais quel est mon sentiment à propos…

Elle chercha un mot suffisamment fort pour lui faire prendre conscience de la peur qu'elle avait eue.

— … des étrangers.

En entendant son claquement de langue agacé à l'autre bout du fil, elle l'imagina en train de regarder sa montre.

— Mitch n'est pas un simple policier. Il fait partie des trois finalistes parmi lesquels je m'apprête à choisir mon adjoint. C'est un homme exceptionnel.

Elle posa son front dans sa main et se massa le crâne.

Elle avait très mal dormi, et pas seulement à cause de la douleur qui irradiait dans toute sa jambe après sa courte lutte avec le capitaine Taylor. Ses larges épaules et son torse solide sous sa veste en lainage, ainsi que son attitude butée, lui faisaient penser à un gladiateur des temps modernes.

Un opposant redoutable.

Ou un formidable allié.

Mais, la nuit dernière, elle n'avait pas été capable de décider dans quel camp il se plaçait.

— Je me moque qu'il soit la réincarnation d'Eliot Ness. Pourquoi lui as-tu demandé de venir ?

Une double dose d'aspirine et une bouillotte avaient réduit la douleur à un niveau supportable. Mais son esprit n'avait pu trouver le repos, essayant de comprendre pourquoi la visite inattendue de Taylor l'avait à ce point rendue nerveuse.

C'était peut-être à cause de sa voix. Ce son grave et masculin qui recelait trop de défis, trop de tentations. Ou à cause de ses yeux d'une étrange et chaude couleur ambrée, semblable au bourbon que son père aimait siroter le soir devant la cheminée.

Mais il n'y avait aucune gentillesse dans la façon dont il l'avait regardée. Comme si elle était coupable de quelque chose de plus impardonnable encore que de l'avoir attaqué.

— As-tu vu le journal de ce matin ? demanda Jimmy.

Brutalement ramenée à la réalité, elle resserra sa robe de chambre en velours sur son pyjama. Ce n'était pas tant l'air hivernal qui la faisait frissonner que le ton glacial de son parrain.

— Non. Judith n'est pas encore arrivée, et je n'ai pas le courage de m'aventurer toute seule jusqu'à la grille.

— Je ne voudrais pas t'inquiéter. Ce n'est peut-être rien…

Elle sentit son pouls s'accélérer.

— Tu ne trouves pas que m'envoyer un policier sans prévenir, alors que tu sais que je suis seule dans la maison, est une drôle de façon de ne pas vouloir m'inquiéter ?

— Je voulais seulement m'assurer que tu allais bien.

— Cesse de me traiter comme une petite fille, et dis-moi plutôt…

— Tu es ma filleule, et j'ai promis à Jack et à Margaret de toujours veiller sur toi.

— Mes parents m'auraient déjà répondu à ta place ! D'ailleurs, j'ai bien envie de les appeler et de leur demander de rentrer.

Le silence à l'autre bout de la ligne lui fit regretter son brusque éclat de voix.

— Excuse-moi, oncle Jimmy. Je sais que tu te soucies de moi…

— Tu ne peux pas les appeler, la coupa-t-il.

Elle fit une nouvelle tentative.

— Je sais qu'ils ne doivent pas rentrer d'Europe avant trois mois, mais je peux les localiser.

— Non, tu ne peux pas.

Lorsqu'elle était petite, elle avait souvent été réprimandée sur le même ton. Mais elle n'était plus une enfant.

— Bon sang, Jimmy, tu ne peux pas me dicter…

— Emmett Raines.

Ce nom maudit…

S'il avait voulu la punir de son insolence, il n'aurait pas pu le faire plus cruellement.

Elle pensa à la médaille d'argent olympique accrochée en bonne place dans son bureau et à la médaille d'or qui aurait dû la rejoindre quatre ans plus tard. A ses parents, qui avaient mis en scène leur mort et s'étaient cachés pendant des mois dans un endroit qu'elle-même ne connaissait pas, afin de pouvoir rester en vie. Aux prochaines fêtes de Thanksgiving qu'elle devrait passer seule.

Une fois de plus.

Tout cela, elle le devait à Emmett Raines.

— Qu'as-tu à me dire à son sujet ?

Au même moment, la porte de service claqua, et elle sursauta.

— Casey ? Casey ? hurla une voix de femme, visiblement alarmée.

Il y eut des pas précipités dans le couloir, puis Judith McDonald, une dame d'un certain âge, fit irruption dans le bureau, hors d'haleine.

— Un instant, fit Casey dans le téléphone. Judith vient d'arriver. Elle a dû avoir peur en voyant les planches clouées sur la porte d'entrée. Laisse-moi une minute pour lui expliquer ce qui s'est passé.

Posant le combiné, elle prit appui sur le bureau et se leva. Judith travaillait depuis longtemps pour sa famille et la considérait comme sa propre fille, mais ce n'était pas une raison pour se laisser aller devant elle.

— Seigneur, Casey, vous allez bien ?

Puis, sans attendre la réponse, elle traversa la pièce, brandissant le *Kansas City Star* d'une main, et comprimant son ample poitrine de l'autre.

— Il s'est évadé de prison.

La phrase, dépourvue de toute fioriture, frappa Casey de plein fouet. Pas besoin d'autre explication pour comprendre ce qui se passait. Maintenant, la visite du capitaine Taylor prenait tout son sens.

Elle se laissa retomber dans son fauteuil et se prit le visage dans les mains. Finalement, la vérité ne lui apportait en rien le réconfort qu'elle avait espéré.

Judith déplia le journal sur le bureau et montra du doigt un court article en deuxième page. Casey lut les quelques lignes, le cœur battant. Une fois qu'elle eut fini, telle une petite écolière bien élevée, elle reprit le téléphone.

— Pourquoi ne m'as-tu pas dit qu'il était dehors ?

Jimmy laissa échapper un soupir.

— Toutes les forces de police se démènent pour le retrouver. Il n'a plus de famille par ici. Selon les statistiques, il va essayer de s'éloigner le plus possible du Missouri. Je n'ai pas voulu t'inquiéter inutilement.

Les statistiques ?

Son cher parrain avait parié sa sécurité en misant sur les statistiques ? Et il lui avait envoyé en renfort l'homme le plus exaspérant de la Terre ?

Un brusque élan de colère vint balayer la peur qui se frayait un chemin en elle.

— Bon sang, Jimmy, je te rappelle que j'ai témoigné contre lui au tribunal ! D'après le journal, il s'est évadé en tuant le chauffeur du camion de blanchisserie qui livre la prison de Jefferson. Si tu ne trouves pas ça inquiétant…

Judith lui pressa gentiment la main, un sourire compatissant sur son visage potelé. Rassurée par sa présence, Casey se tourna vers elle.

— Surtout, ne fais rien, Cassandra, la pressa Jimmy à l'autre bout du fil. Reste dans la maison et verrouille bien toutes les issues. Je vais demander à Iris de déplacer mes rendez-vous, et je me rends chez toi le plus vite possible. Je prendrai soin de toi, ma chérie. Je l'ai promis.

Appréciant pour la première fois depuis le début de leur conversation sa calme autorité, elle raccrocha et relaya l'information à Judith. Puis, tandis que cette dernière faisait le tour de la maison, histoire de s'assurer que tout était normal, elle alluma son ordinateur et vérifia le fonctionnement du système de sécurité.

Que son parrain tienne suffisamment à elle pour modifier son emploi du temps lui faisait chaud au cœur, mais elle n'en éprouvait aucun soulagement.

Pas encore.

Peut-être jamais.

Personne ne connaissait Emmett Raines aussi bien qu'elle. Il fallait avoir été sa victime pour comprendre comment ce monstre fonctionnait.

Elle avait renoncé depuis longtemps à expliquer pourquoi elle avait choisi de vivre recluse dans la maison de son enfance. Après le procès de Raines, elle avait laissé la presse échafauder des théories : peur d'autres répercussions criminelles, honte d'avoir dû renoncer à sa carrière sportive, deuil de ses parents…

Elle ne pouvait pas leur parler de sa phobie.

Et elle ne pouvait pas prendre le risque que d'autres visiteurs indésirables profanent son sanctuaire.

Elle se connecta à Internet et trouva le site qu'elle cherchait.

A partir de maintenant, plus personne n'entrerait chez elle.

Elle allait prendre les mesures nécessaires.

*
* *

— Salut, l'ancêtre ! lança une voix enjouée.

Mitch marmonna un vague bonjour en guise de réponse et se dirigea comme un bulldozer vers son bureau en aboyant ses ordres.

— Ginny, retrouve-moi un dossier. Cassandra Maynard. Une fille de la haute. Vingt-huit ans.

La jeune femme releva la tête.

— La fille du juge Maynard ?

— Tu la connais ?

— J'ai entendu parler d'elle. Il y a quelques années, elle était dans tous les journaux. J'étais encore étudiante à l'époque, et son histoire m'avait fascinée. Son père, Jack Maynard, a siégé aux affaires criminelles pendant presque vingt ans.

Mitch se traita mentalement de tous les noms pour ne pas avoir fait le rapprochement plus tôt. En tout cas, il pouvait compter sur Ginny. Ce qui lui manquait en taille et en capacité d'intimidation, le jeune lieutenant le compensait avec son intelligence et sa mémoire sans faille.

— Le Juge de fer…

— Oui. Et ce n'était pas le pire de ses surnoms, vous pouvez me croire ! Sa fille a été agressée, puis le juge et sa femme ont trouvé la mort dans un accident de voiture.

Il se jucha sur un coin du bureau.

— Qu'entends-tu par « agresser » ?

— Ça remonte à un moment, mais si je me souviens bien, elle a été séquestrée et torturée.

— J'ai entendu parler d'elle, intervint Merle Banning.

Le jeune homme, promu lieutenant depuis à peine un an, se joignit à la discussion, un gobelet de café à la main.

— Je me souviens que ma mère s'est beaucoup lamentée de cette tragédie. Casey s'entraînait pour ses seconds jeux Olympiques. Je crois que c'était une nageuse.

Mitch hocha la tête, embarrassé au souvenir de la rudesse qu'il avait manifestée envers la jeune femme.

Sa méfiance et sa peur s'expliquaient aisément après ce qu'elle avait vécu.

Mettant ces pensées de côté, il fouilla dans sa mémoire. Il n'avait jamais témoigné devant le juge Maynard, mais certains de ses collègues lui en avaient parlé. Le juge était connu pour sa sévérité. Il s'était montré impitoyable avec les récidivistes avant même l'instauration de la loi dite « des trois condamnations ».

— Je veux voir son dossier, déclara-t-il, reniflant tel un chien de chasse la piste d'une affaire à rouvrir d'urgence.

Il se leva et posa la main sur l'épaule de Merle.

— Je veux absolument tout savoir sur Jack Maynard.

Le jeune homme grimaça devant l'ampleur de la tâche.

— Tout ?

— Il me faut tous les détails des affaires qu'il a jugées. Les noms, les dates…

— Mais ça va me prendre des jours !

— Dans ce cas, tu ferais bien de t'y mettre tout de suite, rétorqua Mitch.

— Bien, capitaine.

Avec un soupir, Merle alla s'asseoir devant son ordinateur, oubliant même de terminer son café. Mitch avait vu des criminels se faire coffrer avec plus d'enthousiasme, et son instinct paternel se rappela à lui.

Un tout petit peu.

— Ginny pourra t'aider quand elle aura terminé.

Les deux lieutenants échangèrent un regard de soutien par-dessus leurs bureaux disposés face à face.

— Je vous apporte ça le plus vite possible, dit Merle.

— Je compte sur toi.

Son manteau replié sur son avant-bras, Mitch se dirigea vers le bureau de son chef d'équipe, en sachant que le travail qu'il avait demandé serait accompli en un temps record.

— Joe, j'attends un appel du chef. Passe-le-moi en priorité.

— OK.

Joe Hendricks le suivit dans son bureau et attendit

pendant qu'il se débarrassait de son manteau, défaisait sa veste et desserrait sa cravate.

Mitch fouilla dans ses messages avant de s'asseoir. L'instant d'après, il se relevait, incapable de rester en place.

— Voilà ton café, déclara Joe en lui tendant une tasse fumante.

Mitch laissa échapper un profond soupir et prit la tasse aux couleurs d'une équipe de base-ball.

— Ça se voit tant que ça que j'en ai besoin ?

Joe s'installa en face de lui. C'était à la fois un collègue et un ami de longue date. Son teint cuivré, aux pommettes ciselées, trahissaient ses origines amérindiennes.

— Bois.

Mitch inspira l'arôme corsé du café et avala prudemment une gorgée avant de se décider à se rasseoir.

— Alors, fit Joe, qu'est-ce que tu as, ce matin ?

Prenant sa tasse à deux mains, Mitch se perdit dans la contemplation du café dont la sombre couleur lui rappelait la nuit qu'il venait de passer. Ce n'était pas tant le stress de son travail quotidien que le souvenir de la princesse enfermée dans sa tour qui le mettait de si méchante humeur.

Si elle voulait le poursuivre en justice, qu'elle le fasse ! Il s'en moquait complètement. D'autant qu'il était sûr à quatre-vingt-dix-neuf pour cent qu'elle ne le ferait pas. De toute évidence, elle ne tenait pas à avoir de nouveau affaire à lui.

Ou à quiconque de l'extérieur.

Pourquoi pensait-il à elle comme à une prisonnière ?

A cause de sa jambe, sans doute. A en croire Ginny et Merle, elle souffrait d'un handicap permanent. Pourtant, ce n'était pas cette impression qu'il avait conservée d'elle. Ce qui l'obsédait, c'étaient ses yeux. Des yeux gris orage, sombres et profonds.

Dans lesquels il avait lu de la peur.

Une peur provoquée par sa présence.

Il avala rapidement une gorgée de café et faillit se brûler la langue.

Bon sang, personne n'aurait dû avoir peur de lui ! A part les criminels, bien sûr.

Qu'avait-elle contre les flics ? Il avait travaillé comme un forçat pour atteindre ce grade, et il n'aurait pas dû être vexé par le mépris latent d'une demoiselle en détresse qui refusait d'être sauvée.

Il n'aurait même pas dû s'inquiéter du tout à son égard.

— Le chef Reed m'a impliqué dans un drôle de jeu du chat et de la souris, répondit-il, restant volontairement dans le vague. Et je ne suis pas sûr de vouloir en faire partie.

— Quel est le rapport avec le juge Maynard ?

— Reed m'a appelé hier pour me demander d'aller jeter un coup d'œil chez les Maynard. Personnellement. Il voulait savoir s'il y avait un problème.

— Et il y en avait un ?

— Pas que je sache. C'est pour ça que j'essaie de trouver un lien avec d'anciennes affaires. Reed n'a rien voulu me dire.

Mitch se pencha, les coudes posés sur son bureau, et ajouta :

— La seule personne qui se trouvait sur place était la fille du juge. Et elle n'a pas paru ravie de me voir.

Joe éclata de rire et se tapota le nez, en référence à l'hématome qui ornait celui de son ami.

— Encore une conquête que tu as lâchement abandonnée après l'avoir séduite ?

Mitch grimaça un sourire.

— Tu sais très bien que je n'ai rien d'un séducteur, malgré tous mes efforts.

— Ne joue pas les modestes. Je viens juste de parier cinq dollars avec les collègues que tu viendrais accompagné à la remise des médailles.

Il secoua la tête, de meilleure humeur. Les plaisanteries de son ami lui faisaient du bien.

— Tu ferais mieux d'économiser ton argent, mon vieux. Je te rappelle que tu vas être père dans quelques semaines.

— Justement, ça me rend encore plus romantique. Je suis sûr que tu caches une jolie dame quelque part.

— Retourne plutôt travailler, au lieu de dire des bêtises.

Ils se levèrent, et Joe, en vieil ami habitué aux changements d'humeur de son supérieur, redevint professionnel.

— Et notre compte rendu matinal ?

D'un geste impatient de la main, Mitch lui fit signe de le laisser.

— On verra ça plus tard. Laisse-moi d'abord répondre à mes messages. Et… au fait, Joe ?

Ce dernier se tourna vers lui et attendit.

— Envoie une patrouille dans le quartier de Mlle Maynard. Mais que personne n'entre dans la maison sans mon autorisation.

Joe porta la main à son front en un salut militaire.

— Bien, chef.

Pauvre Joe, il pouvait dire adieu à l'argent qu'il avait parié, songea Mitch, amusé, en le regardant s'éloigner. Il n'allait pas gâcher la soirée en venant avec une femme qui ne comprenait pas ce que représentaient pour lui cette remise de médaille et cette promotion. D'ailleurs, aucune femme ne le pouvait.

Les femmes réclamaient de l'attention. Elles voulaient que les projecteurs soient braqués sur elles. Qu'on les gâte. Et si ce n'était pas le cas, elles allaient voir ailleurs comme l'avait fait Jackie.

Il refoula son amertume. C'était son travail qui l'avait sauvé de l'enfer. Il lui avait offert une chance d'être quelqu'un. Il lui avait donné une identité. Un pouvoir et une autorité durement acquis.

Malheureusement, son travail ne lui tenait pas compagnie quand il se retrouvait dans son lit le soir. Il ne le soutenait pas quand sa détermination vacillait. Il ne vieillirait pas avec lui.

S'obligeant à penser à autre chose, Mitch déboutonna les poignets de sa chemise, remonta ses manches, et se mit au travail. La messagerie de son ordinateur était pleine, et il se mit à lire ses mails.

Après avoir survolé les contacts professionnels, il s'arrêta sur un nom un peu trop familier.

Capitaine Taylor,

Emmett Raines s'est échappé de la prison de Jefferson. Si vous voulez vous faire pardonner votre comportement d'hier soir, vous pouvez me dire ce que vos services savent à propos de cet homme.

Casey Maynard

— Comment ça, me faire pardonner ? marmonna-t-il. Elle ne croit quand même pas que je me sens coupable ?

Il refusait d'admettre que les remords le rongeaient depuis qu'il avait compris qu'il avait utilisé la force contre une personne handicapée.

En revanche, impossible de ne pas reconnaître que ses pensées étaient littéralement obsédées par son regard gris et ses lèvres sensuelles.

Et cela l'agaçait souverainement.

— Non, mais pour qui se prend-elle ? grommela-t-il entre ses dents tandis qu'il tapait sa réponse.

Ecoutez, princesse, ce genre d'informations est confidentiel. Si vous cherchez des sensations fortes, lisez un bon polar.
Au fait, la quantité de paperasse que j'ai dû remplir hier soir, a largement racheté la culpabilité que j'aurais pu éprouver.
Votre fonctionnaire dévoué,

Mitch Taylor

Et voilà ! Il cliqua d'un geste rageur sur le bouton « Envoi » et savoura le plaisir d'avoir remis à sa place son altesse arrogantissime.

Quelques instants plus tard, un message lui annonçait l'arrivée d'un nouveau mail.

Mitch,

De quel genre de paperasse parlez-vous ? Un rapport de police ? Je pense qu'il vaudrait mieux ne pas attirer l'attention sur moi. Soyez gentil de ne pas mentionner mon nom dans vos dossiers.

Casey

Tiens, elle avait daigné passer aux prénoms.

Ses doigts volèrent sur le clavier pour taper sa réponse.

Princesse,

Evidemment, un rapport de police. J'ai sorti mon arme et je suis intervenu dans des conditions qui me semblaient dangereuses. C'est la procédure standard.

Mitch

Il envoya le message et attendit la réponse avec impatience.

Il ne fut pas déçu.

Je ne vous ai pas demandé de venir, hier soir.

Quelques secondes s'écoulèrent, puis il y eut un autre message.

Et si je parlais pour vous à Jimmy ? Peut-être pourrions-nous oublier toute cette histoire ?

Elle ne manquait pas de culot ! Quel genre d'influence pensait-elle avoir ? Tout policier, quel que soit son grade, devait remplir un rapport quand il utilisait son arme, que ce soit contre un criminel ou contre une porte.

Le règlement est le règlement. Parlez-en à « oncle Jimmy » si ça vous chante. Je suis sûr qu'il me soutiendra dans cette histoire.

Mitch

La réponse fut immédiate.

— Non ! N'utilisez pas mon nom. Ou bien, il me trouvera.

Il te trouvera ?

Il écrivit :

Qui ?

Raines.

Que représente Raines pour vous ? Est-ce que vous m'avez pris pour lui ?

S'il vous plaît !

Il fit appel à ses souvenirs, mais ce nom ne lui disait rien. Il s'agissait peut-être d'un ex-petit ami. Ou, alors, elle s'imaginait avoir des ennemis partout.

Mais le chatouillement familier sur sa nuque l'incitait à ne pas traiter sa demande à la légère. Qu'elle soit motivée ou non, sa peur était réelle, et cela suffit à dissiper sa colère.

Se rappelant que ce n'était pas de son aide *à lui* qu'elle avait besoin, il tapa sa réponse :

Je vais demander à un de mes hommes de se renseigner sur lui.

Non ! Surtout pas ! Laissez tomber. N'envoyez personne chez moi. Ne revenez pas ici. Et ne m'appelez pas princesse !

La communication fut brutalement interrompue, et il comprit qu'elle s'était déconnectée. Il resta un moment à contempler l'écran muet, en regrettant que sa frustration ne puisse parvenir jusqu'à elle par le biais du modem.

Il ne savait pas ce qui l'irritait le plus, qu'elle s'imagine pouvoir lui dicter ses faits et gestes et passer au-dessus de lui pour s'adresser à son supérieur, ou qu'elle puisse être vaguement humaine comme le reste du monde.

En tout cas, leur petit intermède en ligne l'avait autant troublé que leur face-à-face de la veille.

Rien de plus facile que d'imaginer ses yeux assombris par les émotions et son petit menton hautain fièrement levé alors qu'elle pestait contre lui.

Tout comme de voir la peur dans son attitude raide, bien qu'elle s'efforce de n'en rien laisser paraître.

— Joe ! cria-t-il en direction du couloir.

— Patron ?

Levant la tête, il découvrit Joe sur le seuil, un sourire serviable aux lèvres et l'air attentif, comme toujours.

— Désolé, s'excusa-t-il pour sa brusquerie. Emmett Raines. Il vient de s'évader de Jeff City. Trouve-moi tout ce que tu peux sur lui.

— Je dois chercher quelque chose en particulier ? demanda Joe en notant le nom sur son carnet.

Mitch reporta les yeux sur son écran.

— Un lien avec Jack ou Casey Maynard. Il y a quelque chose qui cloche. Et je veux savoir quoi.

— Je m'en occupe tout de suite. Au fait, tu as le chef sur la deux.

Avec un hochement de tête, il pressa le bouton clignotant et souleva le combiné.

— Bonjour, chef.

Une voix posée, aux inflexions élégantes, lui répondit.

— Trêve de politesses, Mitch. Nous avons à parler.

— Je ne vous le fais pas dire !

— Mais pour qui se prend-il, celui-là ? marmonna Casey.

Deux heures s'étaient écoulées depuis sa conversation avec Mitch Taylor, et elle ne décolérait pas.

Les mots sur son écran devinrent flous, et elle retira ses lunettes pour se frotter les yeux.

En temps normal, elle trouvait intéressant le contenu des articles médicaux qu'elle corrigeait, mais aujourd'hui, ce n'était ni plus ni moins qu'un jargon technique incompréhensible. Sachant qu'elle était en avance sur son planning, elle sauvegarda le texte sur lequel elle travaillait et éteignit l'ordinateur. Il n'y avait aucune raison que ses clients soient pénalisés parce qu'elle était incapable de se concentrer.

Après avoir enfilé ses chaussures, elle les laça, puis fixa son attelle sur sa jambe en serrant les bandes Velcro plus qu'à l'ordinaire. A la suite de l'épreuve physique qu'elle avait subie, elle avait besoin de ce soutien pour se déplacer sans trop souffrir.

Elle se dirigea vers la baie vitrée qui ouvrait sur le jardin situé à l'arrière de la maison. Ben, le mari de Judith, continuait à entretenir la piscine couverte ainsi qu'il le faisait à l'époque où elle s'entraînait. Mais ce qui avait été autrefois le symbole de la réussite de sa famille et de son triomphe personnel apparaissait aujourd'hui comme le témoin de tout ce qu'elle avait perdu.

Ses rêves. Sa famille. Sa foi.

Elle avait travaillé avec acharnement après son agression pour recouvrer son autonomie, pour réapprendre à marcher. Des mois de rééducation dans un gymnase privé et dans cette piscine, emblème de ses rêves de gloire passés.

Elle inspira longuement, puis relâcha son souffle qui dessina un rond de buée sur la vitre. Aussitôt, elle le frotta fébrilement.

Son agitation n'était pas uniquement due à Mitch Taylor, elle le savait.

L'animation qui remplissait autrefois sa vie lui manquait. L'activité lui manquait. Et aussi cette exigence qu'elle avait vis-à-vis d'elle-même. L'excitation de la compétition, la fierté d'avoir atteint son objectif…

Seulement, rien ne serait plus jamais comme avant. Surtout maintenant.

Elle devait rester le plus discrète possible ou *il* la trouverait. Même si son intérêt était de s'enfuir le plus loin possible, Raines reviendrait la chercher. Elle savait comment ce monstre raisonnait.

Au grésillement de l'Interphone, elle sursauta et sentit tous ses muscles se tétaniser.

Elle s'obligea à tourner les yeux vers la pendule posée sur le manteau de la cheminée. 12 h 10. Les McDonald étaient encore là. Tout allait bien. Elle relâcha son souffle lentement.

Quelques instants plus tard, Judith la rejoignait afin de lui annoncer que James Reed voulait la voir.

— Bien, faites-le entrer.

— Je rajoute un couvert ?

Sachant que la visite de son parrain donnerait lieu à une éprouvante discussion au sujet de Raines, Casey n'était pas sûre d'avoir envie de le voir s'éterniser.

— Je le lui demanderai.

Jimmy ne tarda pas à faire son entrée, un large sourire aux lèvres. C'était un bel homme au visage hâlé sous des cheveux grisonnants, à la silhouette athlétique, toujours élégamment vêtu.

— Cassandra !

Il la serra dans ses bras en lui tapotant gentiment le dos.

— Je suis contente de te voir, dit-elle.

Il s'écarta d'elle et la tint par les coudes le temps de la détailler du regard.

— Comment vas-tu, ma petite chérie ? Je n'ai pas beaucoup de temps, mais je ne voulais pas te décevoir.

Il la traitait toujours comme si elle avait dix ans, et elle dut se forcer pour lui rendre son sourire.

— Je t'attendais plus tôt.

A l'autre bout de la pièce, une voix de baryton lui répondit.

— Estimez-vous déjà heureuse que nous soyons venus.

Par-dessus l'épaule de Jimmy, elle regarda l'homme dont la puissante carrure emplissait l'embrasure de la porte. Mitch Taylor était encore plus grand que dans son souvenir. Quand il s'avança vers elle, elle eut la sensation que la pièce rapetissait. Il dépassait d'une bonne tête le mètre quatre-vingts de son parrain, et une impression de force virile émanait de lui.

Un petit pincement au creux du ventre, elle releva le menton pour atténuer l'impact de son charme.

Jimmy s'écarta, donnant à Mitch l'occasion de la détailler de la tête aux pieds, et le brusque embrasement qu'elle ressentit sous la caresse de ses yeux ambrés la fit soudain se sentir complètement adulte. Elle n'avait pas l'habitude qu'un homme autre que son médecin la scrute ainsi.

Troublée, elle lui adressa un hochement de tête poli.

— J'espère que je ne vous ai pas fait trop mal, hier, déclara Mitch.

— Je suis un peu…

Courbaturée, aurait-elle voulu dire, mais la patience ne comptait pas au nombre des vertus de Jimmy.

— Pensez-vous, la coupa-t-il. De toute façon, elle a besoin d'une canne ou d'une attelle pour marcher.

Son explication crue balaya l'illusion de compassion qu'il lui avait offerte un instant plus tôt, et la ramena à la réalité.

Relevant le menton, elle vit Mitch poser un regard perplexe sur son supérieur puis revenir à elle.

— Vous devriez habiter dans une résidence protégée, ou au minimum bénéficier d'une protection policière permanente, remarqua-t-il.

Son attitude strictement professionnelle lui permit de se ressaisir.

— Je vous avais demandé de ne pas revenir.

— Non, vous m'en aviez donné l'ordre, princesse, corrigea-t-il avant de jeter un bref coup d'œil à son chef. Mais une autorité supérieure est intervenue.

Jimmy hocha la tête et la prit par le bras de façon à la guider vers le canapé.

— Nous voulons te parler, Cassandra.

Quand elle fut installée, il s'assit à côté d'elle et prit sa main entre les siennes, ce qu'elle interpréta comme un mauvais signe.

— Je ne voulais pas que tu apprennes aussi vite l'évasion de Raines, mais maintenant que c'est fait, je tiens à ce que tu saches que je m'occupe de tout. J'ai réussi à l'éloigner une fois, et je recommencerai. Je ne permettrai pas qu'il s'en prenne à ma famille de cœur.

Cette déclaration faite d'un ton solennel, il se radoucit.

— J'ai promis à ton père que je m'occuperai de toi, et je sais que Mitch est l'homme de la situation.

Elle tourna les yeux vers Mitch, qui tentait d'ajuster son imposante silhouette dans un fragile cabriolet recouvert de soie, l'air morose, comme s'il doutait de la sagesse de ce plan.

— Quoi ? railla-t-elle. Tu vas me l'envoyer tous les soirs pour me faire peur ?

Les mains de Jimmy se resserrèrent sur les siennes.

— Non, ma chérie. Je lui ai demandé d'être ton garde du corps.

3

Les doigts touchèrent le mur, et Casey arrêta le chronomètre.

Une fillette aux cheveux noirs jaillit hors de l'eau et lui arrosa ses chaussures tandis qu'elle s'asseyait sur le rebord de la piscine.

— Alors, c'était comment ? demanda-t-elle, le souffle court.

Casey lui jeta une serviette. Frankie Reilly, douze ans, était la petite-fille de Ben et Judith.

— Pas mal, mais à ton âge, je faisais une longueur de plus dans le même temps.

Cet après-midi, elle avait un mal fou à entrer dans son rôle d'entraîneur. Mais il fallait reconnaître qu'elle n'avait pas l'habitude d'avoir sur le dos un policier odieux qui mettait son nez partout.

Posté devant la baie vitrée, sa silhouette se détachant dans le jour tombant telle une sombre sentinelle, Mitch surveillait le jardin. Sa présence était supposée tenir à distance les cambrioleurs, les meurtriers et les déments en maraude, et, pourtant, elle ne se sentait pas rassurée.

Malgré la chaleur qui régnait dans le pool-house, elle serra les bras sur sa poitrine pour retenir un frisson.

Sept ans auparavant, elle s'était crue à l'abri de tout danger avec son garde du corps. Au point qu'elle n'avait pas pris conscience de l'incroyable capacité de déguisement qu'avait Raines.

Jusqu'à ce qu'il soit trop tard.

Jusqu'à ce qu'elle s'aperçoive qu'il avait pris l'apparence de son garde du corps.

— Casey ?

Frankie tira sur sa manche, la faisant sursauter.

— Tu veux que je recommence ?

— Non, c'est assez pour aujourd'hui. Tu as raison de vouloir travailler ton endurance, mais le dîner ne va pas tarder à être servi.

Tout en prenant son survêtement, Frankie se tourna vers elle et lui lança à voix basse :

— Il est mignon, hein ?

La remarque faite sur un ton de conspirateur laissa Casey bouche bée.

— Pour un vieux, je veux dire, ajouta la fillette.

Casey réfléchit à sa réponse, le front plissé.

— « Mignon » n'est pas le mot que j'aurais utilisé pour le décrire.

« Intimidant », peut-être. Ou « époustouflant ».

— Oh, arrête ! J'ai vu comment tu le regardais. D'ailleurs, lui aussi, il te regarde.

— Quoi ?

Frankie haussa les épaules, comme si elle la prenait pour la dernière des idiotes.

— A part papy, il n'y a jamais d'hommes ici. C'est la première fois que tu as un invité. Je suis sûre que tu as envie de sortir avec lui.

Casey ouvrit des yeux effarés. Difficile de se défendre contre la philosophie d'une presque adolescente de douze ans.

— Mais pas du tout ! Et pour commencer, ce n'est pas un invité.

— Elle a raison, intervint Mitch, saisissant au vol leur conversation. Je ne suis qu'un employé.

Elle entendit le défi dans sa voix et se demanda quelle en était la cause. Il avait tout fait pour échapper à cette mission, mais Jimmy ne lui avait pas laissé le choix, écartant ses arguments un à un. Quant à ses propres protestations d'indépendance, aucun des deux hommes n'avait voulu les écouter.

Dans ce cas, pourquoi revenait-il sur le sujet ?

— N'est-ce pas, princesse ? insista-t-il.

Elle prit une profonde inspiration et se mordit la langue afin de rester polie en présence d'une ado fascinée par le tour que prenait la conversation.

— Ne me dites pas que vous me voyez comme une héroïne de conte de fées ?

Il écarta les bras.

— Non, mais je peux vous dire que ce musée des horreurs gothique est impossible à surveiller avec ses couloirs labyrinthiques et son parc qui regorge de cachettes. Vous ne voulez vraiment pas que je vous emmène dans une résidence sécurisée ?

Avant qu'elle ait eu le temps de répondre, Frankie décida d'ajouter son grain de sel.

— Vous savez qu'il y a un escalier secret qui va de la tourelle à la cuisine ?

Mitch eut une grimace qui la fit éclater de rire.

— Pourquoi est-ce que ça ne me surprend pas ?

— Dans le temps, il y avait aussi un tunnel entre la maison et le pool-house.

Décidément intarissable, la fillette expliqua :

— Avant, c'était une vraie maison, et c'était pratique de passer par le tunnel au lieu de traverser le parc. Mais vu que personne n'y habite aujourd'hui, grand-père a décidé de murer l'entrée.

— De mieux en mieux, marmonna Mitch.

Il tourna la tête vers Casey.

— Et vous vous sentez en sécurité, ici ?

— C'était le cas *avant*, répliqua-t-elle, son intonation lui faisant comprendre à quel point sa présence la dérangeait.

— Mais qu'est-ce que vous avez contre les flics, à la fin ? Le chef m'a donné l'ordre de vous protéger, et c'est ce que j'essaie de faire, même si vous faites tout pour me compliquer la tâche.

Elle releva le menton devant son expression sévère.

— Je n'ai aucun reproche à faire aux policiers. J'en ai côtoyé toute ma vie, et je n'ai pas peur d'eux. Et contrairement à ce que vous semblez croire, je ne vous méprise pas parce que je suis la fille d'un juge.

— Dans ce cas, pourquoi ma présence ici vous dérange-t-elle autant ?

— Parce que j'ai peur…

Elle s'interrompit et serra les lèvres.

Mitch la considéra avec attention, un mélange de curiosité et de compassion sur son visage.

— De quoi avez-vous peur, princesse ?

Elle tenta d'analyser les émotions qui la traversaient. A cette distance, elle pouvait sentir l'odeur légèrement épicée de son eau de toilette, et rien que cela l'empêchait de réfléchir sereinement.

Ses yeux se posèrent sur les lèvres d'où venait de s'échapper l'une des questions les plus embarrassantes qui soient pour elle. Des lèvres incroyablement séduisantes, fermes et charnues. Aussi irrésistiblement masculines que son port de tête ou le timbre de sa voix.

Une pensée d'une audace folle la traversa.

Il adorait polémiquer et la faisait sortir de ses gonds avec une facilité déconcertante. Quand ils se disputaient ainsi, elle se sentait plus forte. Plus vivante.

Et si elle le faisait taire d'un baiser ?

Il y avait si longtemps qu'on ne l'avait pas embrassée.

— Vous ne voulez pas me répondre ?

Revenant à la réalité, elle soupira.

Elle était ridicule. Comment un homme aussi débordant d'énergie et d'assurance pourrait-il s'intéresser à une recluse timorée comme elle ?

Rougissant d'embarras, elle tourna la tête et tomba sur le sourire entendu de Frankie.

— Euh, excusez-moi, fit la fillette en montrant le vestiaire. Téléphone.

Casey lui lança un regard sévère avant de se diriger vers

l'appareil, soulagée par cette interruption. Mais Mitch la prit de vitesse, et lorsqu'elle entra dans la pièce, il avait déjà la main sur le combiné.

— Mitch, ce n'est…

Il leva la main pour interrompre ses protestations.

— En attendant que la ligne soit mise sur écoute, personne ne répond au téléphone, à part moi.

D'un geste autoritaire, il décrocha et lui tourna le dos.

— Taylor.

Casey esquissa un sourire moqueur, tandis que Frankie la poussait du coude en gloussant.

— Je vois, dit-il d'un ton bourru. Je vais leur dire.

Quand il eut raccroché, Frankie avait une explication toute prête.

— C'est la ligne privée de mamie. Il n'y a pas de connexion avec l'extérieur, ici.

L'air vaguement vexé, il transmit le message.

— Judith téléphonait pour dire que le dîner est servi. Elle a fait un gâteau au chocolat pour le dessert.

— Génial ! s'écria Frankie en enfilant à la hâte son blouson. Allons-y tout de suite.

Elle ouvrit la porte qui donnait sur l'extérieur et courut vers la maison.

Casey et Mitch prirent, quant à eux, le temps de boutonner leurs manteaux et de fermer la porte à clé, avant de la suivre à leur rythme.

— Vous savez, si vous êtes vraiment en danger, ce serait bien de modifier votre emploi du temps, déclara-t-il.

Elle remonta son col et haussa les épaules.

— J'apprécie cette routine.

— Ça vous rend trop prévisible, objecta-t-il en secouant la tête. De cette façon, il est plus facile pour quelqu'un qui observe vos faits et gestes de vous surprendre.

— Mais vous êtes là pour me protéger, non ?

A son ton railleur, il se tourna vers elle, l'air sévère.

— Vous n'êtes pas obligée de m'aimer, princesse. Ni même de me respecter. Mais je veux que vous sachiez quelque chose : j'aime mon travail, je le fais bien, et j'irai jusqu'au bout de cette mission avec ou sans votre aide. Avec, ce serait plus facile pour tous les deux, mais c'est vous qui voyez.

— Quel genre d'aide attendez-vous de moi ? Je ne partirai pas d'ici. Je connais chaque arbre et chaque recoin comme ma poche, et je m'y sens bien.

— Vous pourriez répondre à quelques questions.

Elle s'arrêta, le temps de reprendre son souffle, et lui adressa un regard circonspect.

— Quel genre de questions ?

— Vous pourriez m'expliquer, par exemple, ce qui différencie Raines des autres criminels pour que le chef n'emploie pas la procédure standard. Vous n'étiez pas le seul témoin à témoigner contre lui. En quoi représente-t-il une telle menace pour vous ?

Avec un frisson, elle resserra son manteau autour d'elle et reprit sa marche sans un mot.

Quand ils eurent atteint la maison, Mitch lui ouvrit la porte et la suivit à l'intérieur. Il l'aida même à ôter son manteau. Mais sa galanterie ne la berna pas une seconde. Il voulait des réponses qu'elle n'avait jamais partagées avec personne.

A l'exception de son parrain.

Il se montra gentil avec elle pendant le dîner et fit la conquête de Frankie et de ses grands-parents. Pourtant, il lui sembla que ce repas était celui du condamné.

Car, une fois que les McDonald partiraient en congé à l'occasion de Thanksgiving, elle serait seule dans la maison avec Mitch.

Et qui pouvait dire ce qui se passerait alors…

— Vous êtes sûre que vous ne voulez pas nous accompagner ?

Ben libéra Casey de son étreinte maladroite et se redressa, son visage buriné creusé par une inquiétude toute paternelle.

Elle lui tapota le bras avec un sourire rassurant.

— J'en suis sûre. Votre maison sera pleine à craquer de parents et d'amis, et vous n'avez pas besoin que je vienne gâcher votre fête avec mes problèmes.

— Allons, allons, nous vous avons pour ainsi dire élevée, et vous savez que vous êtes la bienvenue.

— Je sais.

C'étaient les McDonald qui s'étaient occupés d'elle sept ans auparavant, après l'agression, quand ses parents, éloignés pour leur propre sécurité, ne pouvaient rester auprès d'elle.

A l'époque, elle souffrait trop, elle était trop perdue pour protester lorsqu'ils lui avaient proposé de reprendre du service, alors qu'ils venaient à peine de partir en retraite. Elle leur en serait reconnaissante toute sa vie. Mais, à présent, elle était capable de se débrouiller seule, et elle ne voulait pas leur causer davantage de soucis.

— Tout ira bien, assura-t-elle.

Ben hocha la tête. Il ne la croyait peut-être pas tout à fait, mais il acceptait sa décision. Remontant la fermeture de son blouson, il se tourna vers Mitch, qui attendait sur le seuil de la bibliothèque.

— J'ai installé la nouvelle porte d'entrée, comme vous l'aviez demandé.

— Merci.

— Je vais vous montrer ce que j'ai fait pour la grille. La télécommande seule ne permet plus de l'ouvrir. Il faut maintenant composer un code, qu'il faudra changer tous les jours.

— Vous savez quoi ? Je vais vous accompagner jusqu'à la rue. Comme ça, je m'assurerai que la grille se referme bien derrière vous.

De toute évidence, Mitch préférait être celui qui donnait les ordres. Pourtant, en accompagnant Ben vers le hall, il écouta ses instructions avec attention et discuta avec lui comme il l'aurait fait avec un coéquipier.

Casey lui était reconnaissante de ses efforts pour rassurer Ben et Judith. Mais pourquoi, avec elle, se montrait-il si dur ?

En voulait-il à Jimmy d'avoir insisté pour qu'il se charge de cette mission ? La jugeait-il indigne de lui ?

Ou bien y avait-il dans leur antagonisme une raison plus personnelle ?

En posant la main sur son épaule, Judith l'interrompit dans ses réflexions.

— Vous êtes sûre que vous ne voulez pas que je vienne demain vous préparer quelque chose à manger ?

— Je pourrais venir nager vendredi, si tu veux de la compagnie, proposa Frankie à son tour.

Casey laissa échapper un petit rire. Elle refusa leurs offres d'un signe de tête et les embrassa l'une après l'autre.

— Bonnes fêtes à toutes les deux. Je m'en sortirai très bien toute seule. Rentrez chez vous et profitez de votre famille.

— Prévenez-moi si vous avez besoin de quelque chose, insista Judith.

— C'est promis.

Alors que Casey les poussait vers la porte, Frankie ajouta sur le ton de la confidence :

— Mitch est cool. Il va bien s'occuper de toi.

— Je n'en doute pas.

Sa réponse manquait singulièrement d'enthousiasme. Elle savait que Mitch ferait son travail, mais à quel prix pour elle ?

Judith et Frankie s'en allèrent, non sans l'avoir embrassée une dernière fois, et la laissèrent seule dans le silence oppressant de la maison.

Elle s'était habituée à la solitude. Avec des parents absents et un parrain qui consacrait tout son temps à sa carrière politique, elle n'avait pas eu le choix. Ces quatre jours ne seraient sans doute pas différents des autres.

Si ce n'était la présence d'un garde du corps à la carrure impressionnante…

Il fallait qu'elle trouve un moyen d'éviter ses questions. Et qu'elle s'occupe suffisamment pour ne pas penser à lui.

S'efforçant de songer à autre chose, elle alla s'asseoir à son bureau et consulta son courrier.

Sur le dessus se trouvait une pile d'invitations et de cartes de vœux provenant de vieux amis de la famille. Certains l'invitaient même à les rejoindre à l'occasion des vacances. Bien qu'elle apprécie leurs propositions, elle savait déjà qu'elle les déclinerait toutes.

S'ennuyer chez les autres était pire que de s'ennuyer seule, surtout lors d'une fête familiale.

De plus, en ne bougeant pas de chez elle, elle ne faisait courir de risques à personne. Emmett Raines avait le don de se rendre méconnaissable, et elle avait échoué une fois à le démasquer. Elle était bien décidée à ce que personne n'en paie le prix, si par malheur elle échouait une seconde fois.

Elle attrapa la dernière enveloppe et la décacheta. Elle l'avait gardée pour la fin, supposant qu'il s'agissait d'une invitation à un gala de charité. Sa famille en recevait beaucoup, et Casey avait appris à reconnaître cette façon d'imprimer les adresses sur les enveloppes. Bien sûr, elle n'irait pas au gala, mais enverrait sûrement un chèque.

Elle sortit de l'enveloppe une carte d'invitation à un gala portant le logo de la Banque agricole de Kansas City et l'ouvrit. Un papier blanc plié en deux en tomba.

Il ne s'agissait pas de sa banque, comprit-elle aussitôt. Qui avait pris le temps de lui écrire personnellement ?

Intriguée, elle posa la carte et déplia le papier.

Une seule phrase, tapée à l'ordinateur.

De la maison que Jack a construite, il ne restera bientôt plus rien.

Horrifiée, elle jeta le papier sur son bureau, attrapa le téléphone et appuya sur une touche mémoire.

— Bureau du chef Reed, répondit une voix féminine après deux sonneries.

— Iris ?

Iris Webster était l'assistante personnelle de Jimmy depuis des années. Dieu merci, il s'agissait de quelqu'un qu'elle connaissait.

— Cassandra ? C'est bien vous ? Comment allez-vous ?

— Est-ce que Jimmy est là ? demanda-t-elle, passant

outre aux règles de politesse élémentaires. Il faut que je lui parle immédiatement.

— Il est à un dîner. Je ne dois le déranger qu'en cas d'urgence.

— C'en est une. Je viens de recevoir un message de…

Elle s'interrompit et déglutit dans l'espoir de chasser la panique de sa voix.

— Le message dit : *De la maison que Jack a…*

Un bruit retentit dans la cuisine, puis elle entendit Mitch l'appeler.

— Casey ? Je suis de retour !

Elle serra les doigts sur le combiné et acheva dans un souffle.

— *De la maison que Jack a construite, il ne restera bientôt plus rien.*

— Il me semble que c'est tiré d'une comptine pour enfants, remarqua Iris à l'autre bout du fil.

Casey entendit une porte claquer puis les pas de Mitch dans le couloir.

Ou, du moins, les pas de *quelqu'un*.

Une vague de panique la submergea, plus forte que la précédente, réveillant ses souvenirs, mélangeant le passé et le présent.

— Oui, répondit-elle mécaniquement.

Coupant court à la conversation, elle raccrocha et se concentra sur les bruits de la maison.

Sur les pas qui se rapprochaient.

Elle passa la bibliothèque en revue à la recherche d'une arme de défense. Mais il n'y avait rien à portée de main, et elle n'était pas en position de bouger rapidement. Elle se contenta donc de se lever et de prendre appui sur le rebord du bureau.

Elle n'avait pas d'autre solution que d'attendre et de faire face.

Mais, cette fois, elle serait plus maligne.

Il le fallait.

— Tout va bien ?

Le sosie de Mitch, cheveux noirs et musculature impressionnante, apparut sur le seuil et l'observa avec inquiétude, comme s'il devinait qu'il y avait un problème.

Elle retint son souffle, le cœur battant à coups sourds dans sa poitrine. La tension était à son comble.

Il s'avança, lui bloquant la seule issue possible.

— Casey ?

Son nom claqua comme un coup de fouet dans le silence.

Elle scruta ses yeux, à la recherche d'une lueur familière, luttant contre le brouillard de panique qui annihilait toute pensée raisonnable.

Elle haletait, une coulée de sueur froide se fraya un chemin entre ses omoplates.

Une étincelle traversa le regard de l'homme. La réaction d'un prédateur percevant un danger.

Restait à savoir si elle était la proie ou la victime à protéger…

Faute de connaître la réponse, elle chercha à faire diversion.

— Pouvez-vous me donner ma canne, s'il vous plaît ? Elle est dans le coin, près de la porte.

Après une légère hésitation, il se retourna lentement, les gestes contrôlés comme s'il s'attendait à ce qu'elle bondisse sur lui.

Il lui tendit la canne en prenant soin de garder le plus de distance possible entre eux, mais quand elle s'empara du pommeau, il garda l'autre extrémité en main. Un courant électrique passa entre eux.

— Vous voulez bien me dire ce qui se passe ?

Sa voix, grave et autoritaire, la fit frissonner.

Le scrutant, elle lut de la sympathie dans ses yeux, et une autre émotion qui la réconforta plus que tout.

De la suspicion.

En proie à un début de soulagement, elle s'enhardit et, s'approchant de lui, posa la main sur sa joue. Il sursauta à son contact, mais la laissa poursuivre son investigation.

Picotement de la barbe sous ses doigts. Structure puissante de sa mâchoire… Elle laissa courir sa main sur sa peau dénuée de maquillage, puis la porta à son nez afin de respirer son odeur familière.

Sa peur s'envola comme par miracle.

— C'est vous. C'est vraiment vous…

Sans réfléchir, elle passa les bras autour de sa taille sous sa veste et se blottit contre lui. Aussitôt, il referma les bras autour d'elle. Elle préféra ne pas se demander s'il agissait par sens du devoir ou par réelle amitié à son égard. Seuls comptaient son soulagement et l'impression d'avoir enfin trouvé le refuge qu'elle recherchait depuis si longtemps.

— Vous pouvez m'expliquer ce qui se passe ? répéta-t-il.

Elle secoua la tête et enfouit le nez dans son cou.

— Il faut tout me dire, princesse, insista-t-il en lui caressant doucement le dos.

— Pas maintenant. Serrez-moi dans vos bras, pour que je sache que c'est vous.

— Je ne vous lâche pas.

— Plus fort, murmura-t-elle, telle une prière.

Ses bras puissants se resserrèrent imperceptiblement autour d'elle, et elle sentit son menton se poser sur sa tête. Le battement régulier de son cœur résonnait sous sa joue.

Jamais elle n'avait douté de la force et de la détermination de Mitch, mais à présent qu'elle était blottie dans sa chaleur, elle comprenait mieux ce que cela signifiait d'être sous sa protection.

Pour la première fois depuis des jours, depuis des années peut-être, elle se sentait complètement en sécurité.

Mais, alors que les minutes s'égrenaient dans un silence de plus en plus embarrassant, elle prit conscience d'autres sensations.

L'air humide de la nuit s'accrochait aux vêtements de Mitch, et son odeur mêlée à celle de son eau de toilette lui chatouillait agréablement les narines. Le tissu un peu rêche de sa veste irritait délicieusement sa joue. Et elle préférait ne pas penser à la force de ses cuisses contre les siennes.

Petit à petit, sa peau se mit à picoter partout où ils se touchaient. Son pouls s'accéléra. Et, soudain, elle ne vit plus Mitch comme un ami qui la réconfortait. Comme son garde du corps ou un policier faisant son devoir.

Mais comme un homme dans les bras d'une femme.

Elle était…

… pas du tout prête pour cela.

Elle s'écarta et retourna s'asseoir.

— Vous m'avez pris pour lui ?

La vitesse à laquelle il avait basculé en mode professionnel lui donna un étrange sentiment de normalité. Il était plus facile de penser à lui dans le rôle du policier que dans celui d'un homme qu'elle pourrait désirer.

S'il était capable d'ignorer le feu qui venait de brûler entre eux, alors elle le pouvait aussi. S'il voulait jouer les flics, alors elle serait sa princesse froide et distante.

— J'ai voulu appeler Jimmy, expliqua-t-elle. Mais je n'ai eu que son assistante.

Du bout de sa canne, elle désigna le message qu'elle avait reçu.

— C'était dans le courrier d'aujourd'hui.

Il se pencha afin d'étudier sans le toucher le papier blanc dactylographié.

— Ça vient de Raines ?

— Je suppose. Le papier était glissé dans la carte d'invitation d'une banque locale.

Il lut la phrase dans sa tête, puis sortit un sachet en plastique de sa poche et y glissa la lettre.

— La phrase n'est pas tout à fait la même que dans la comptine, je me trompe ?

— Non, mais mon père s'appelle Jack. Est-ce que ça pourrait être une menace contre lui ?

— Tout est possible. Je vais la faire analyser. Il y aura peut-être des empreintes. Vous avez encore l'enveloppe ?

— Oui.

Quand il eut fini, il lui adressa un sourire rassurant.

Et, dans ce bref instant de complicité, elle sentit une petite graine de confiance se planter dans son cœur.

Oh, bien sûr, cette graine ne germerait pas tout de suite. Il faudrait du temps avant que de minuscules pousses percent la surface et survivent en pleine lumière.

Pourtant, elle savait que, grâce à Mitch, cette graine avait toute les chances de s'enraciner et de grandir.

Ramassant les lunettes à montures métalliques tombées par terre après une lutte aussi courte que vaine, il les posa sur son nez, puis défit du cou de l'homme la cravate aux couleurs de l'université de Wharton et la passa autour du col de sa chemise.

Tout en vérifiant son image dans le miroir de la salle de bains, il prit conscience à quel point il appréciait de revenir sous le feu des projecteurs.

Le succès le rendait fébrile, mais comme toujours, il s'exhorta à la patience.

Il ne servait à rien de précipiter un chef-d'œuvre.

Il ouvrit sa trousse à maquillage et choisit soigneusement deux fonds de teint. Un mélange de blanc et de jaune. L'homme dont il s'apprêtait à endosser l'identité avait travaillé dans des bureaux toute sa vie, et son teint blafard n'était pas facile à reproduire. Mais il n'allait pas se laisser décourager par cette difficulté.

Il mélangea les couleurs sur sa main et étala le fond de teint sur son visage par petites touches, remontant sur ses pommettes d'un geste lent, presque sensuel.

Réconforté par cette caresse, il s'essaya à diverses expressions, jusqu'à ce qu'il trouve le sourire faussement accueillant et vaguement supérieur qu'il avait vu sur le visage du jeune employé de banque, quand il avait demandé à ouvrir un compte d'épargne deux jours plus tôt.

L'homme était trop occupé à glisser dans des enveloppes des cartes d'invitation à un gala de charité pour lui accorder l'attention qu'il méritait.

Quel imbécile !

Cela avait été un jeu d'enfant de glisser à son insu son propre message dans une enveloppe.

Et puis ce petit prétentieux avait fait l'erreur de le prendre de haut.

Personne ne le traitait de cette façon.

Il ferait un excellent employé de banque. Probablement meilleur que ce pauvre idiot étendu par terre.

Lorsqu'il eut terminé, il constata avec plaisir qu'il lui ressemblait comme deux gouttes d'eau.

Une fois encore, il fit ce qui allait être pendant quelques jours son nouveau sourire, puis se dirigea vers la cuisine. Il trouva immédiatement ce qu'il cherchait.

Ce type était tellement prévisible ! A tous les coups, il se prenait pour un fin cuisinier, comme en témoignait cet ensemble de couteaux professionnels alignés sur une tringle magnétique. Il était sûrement incapable d'en utiliser la moitié.

Contrairement à lui.

Il en choisit deux qui faisaient partie de ses préférés et retourna dans le salon.

4

Mitch tapota l'oreiller qu'il avait trouvé dans la lingerie et le jeta sur la couverture qui recouvrait le canapé.

S'il avait déjà dormi dans des conditions moins confortables – au volant de sa Jeep lors d'une filature, ou dans un lit double avec deux de ses cousins dans le petit appartement de son oncle, au-dessus de la boutique –, jamais auparavant, il ne s'était senti aussi peu à sa place.

Ce n'était pas la magnificence des lieux qui le mettait mal à l'aise, mais plutôt une certaine rousse dont les yeux gris exprimaient tant de douleur et de crainte qu'il n'avait pu s'empêcher de la prendre dans ses bras.

Ce geste lui avait semblé si naturel.

Et, pourtant, il ne l'était pas.

Casey était faite du même moule que sa femme. Privilégiée. Gâtée. Arrogante.

Rien à voir avec lui, le fils d'un flic, ex-voyou dans un quartier mal famé de Kansas City.

Néanmoins, cela ne l'empêchait pas de la désirer, même si le moment était mal choisi, et la situation, complexe.

Il dégrafa son holster et le posa sur le manteau de la cheminée. Quelques braises rougeoyaient encore dans l'âtre, mais la température commençait à chuter. Pourtant, il brûlait d'une étrange fièvre dans cette pièce où Casey passait la plus grande partie de son temps.

Otant sa chemise, il s'assit pour retirer ses chaussures.

Avant même de la rencontrer, il avait décidé qu'il ne

l'aimerait pas, tant il était persuadé qu'elle serait aussi coincée et condescendante que le chef Reed.

A première vue, elle l'était. Mais, à plusieurs reprises, son masque avait glissé, révélant un caractère bien trempé ainsi qu'une grande gentillesse – quand elle s'adressait à Frankie, par exemple.

Et lorsqu'elle s'était réfugiée dans ses bras, s'accrochant à lui comme à une bouée de sauvetage, il avait totalement oublié la raison de sa présence.

Il était là en tant que flic.

Correction : en tant qu'homme à tout faire du chef.

— Mitch ?

Il se tourna lentement, en essayant de contrôler ses émotions.

Casey se tenait sur le seuil, appuyée à sa canne, presque timide, débarrassée de l'air arrogant qui était le sien. Ses cheveux lâchés tombaient sur ses épaules, et ses yeux fixaient…

… son torse nu.

Avec une profonde inspiration, il lutta contre la brusque explosion de chaleur qui se propageait dans ses veines sous ce regard curieux.

— J'espère que je ne vous dérange pas, reprit-elle d'une voix légèrement tremblante.

— Tout va bien ?

Sa voix, plus rauque que d'habitude, n'était pas plus sûre que la sienne.

Bon sang, une femme ne devrait pas regarder un homme de cette façon ! A moins qu'elle ne veuille…

— Je voulais seulement m'assurer que vous étiez bien installé. Vous êtes sûr que vous ne voulez pas prendre une des chambres d'amis à l'étage ?

Il secoua la tête. Il se doutait que sa venue avait un autre but qu'un simple bonsoir, mais il ne la bouscula pas.

— Ce n'est pas la peine d'ouvrir une chambre pour moi. Je suis très bien ici.

— Je voulais vous expliquer ce qui s'est passé tout à l'heure.

Elle s'éclaircit la gorge et détourna les yeux. De toute évidence, sa nudité partielle l'embarrassait.

Brusquement refroidi, il attrapa sa chemise, l'enfila et attacha quelques boutons. Quel idiot il était de penser qu'elle trouvait attirant son corps déglingué de quasi-quadragénaire ! On voyait bien qu'il avait perdu l'habitude de flirter, pour interpréter sa rougeur comme un signe d'intérêt. Manifestement, le désir qu'il éprouvait à son égard n'était pas réciproque. Elle était venue parler au policier, pas à l'homme.

— Je m'apprêtais à lire quelques dossiers, mais ça peut attendre. Asseyez-vous.

Elle sourit timidement, presque avec reconnaissance, et alla s'asseoir dans un fauteuil. Mitch prit place sur le canapé, face à elle, en proie à une légitime curiosité.

— Je suis désolée, commença-t-elle en se triturant les mains. Je ne vous ai pas vraiment pris pour lui, vous savez ?

Il se demanda de quoi elle s'excusait exactement. Puis il comprit.

— Vous pensiez que j'étais Emmett Raines ?

Elle planta ses yeux dans les siens. Avec sa voix tremblante et son regard obstiné, elle semblait à la fois vulnérable et pleine d'assurance.

— Comme vous l'avez sans doute compris, j'ai parfois des flash-back. Je ne sais plus où je suis, ni avec qui.

Il hocha la tête.

— Ce n'est pas inhabituel chez les victimes de violences. Surtout quand elles savent que leur agresseur est en liberté.

— C'est plus que ça, en ce qui me concerne.

Il attendit tandis qu'elle cherchait les mots justes.

— Raines est un maître du déguisement. Il peut changer son apparence et sa voix au point qu'il est impossible de faire la différence entre son modèle et lui.

— Vous n'avez pas pu l'identifier au procès ?

— Non. J'étais mal à l'aise de le voir assis là à me regarder. Il avait l'air tellement différent. Je…

Elle prit une profonde inspiration, avant de poursuivre d'une voix étrangement détachée :

— Dans les vingt-quatre heures précédant mon agression, il a tué mon garde du corps – un policier du nom de Steven Craighead. Il a pris sa place. Je ne me suis rendu compte de rien jusqu'à ce qu'il brandisse un couteau et…

Elle ferma les yeux, sans doute pour chasser ce souvenir. Mitch s'obligea à rester immobile. Il avait peur de l'effrayer, s'il tendait la main vers elle afin de la réconforter.

Quand elle rouvrit les paupières, il lut de la panique dans ses yeux. Un frisson la secoua, et elle se frotta vigoureusement les bras.

— Je lui ai fait la bise pour lui souhaiter une bonne nuit. Mais je ne sais pas si c'est Steve que j'ai embrassé. Ou Raines…

Il ressentit une profonde compassion à son égard ainsi que de la colère envers Raines. Pourtant, quand il reprit la parole, il veilla à n'en rien laisser paraître.

— Je suppose que l'avocat de la défense s'est engouffré dans cette brèche.

Elle ne répondit pas vraiment à la question, poursuivant le fil de sa pensée.

— Quand mon père instruisait des procès délicats, on nous assignait des gardes du corps. Au fil du temps, Steve était devenu un ami. Il connaissait mon programme d'entraînement, et les horaires décalés ne le dérangeaient pas.

Ses jointures blanchirent autour du pommeau de sa canne.

— J'avais spécialement demandé à ce qu'il me soit assigné, car je l'aimais beaucoup. Mais, ce matin-là, je n'ai pas remarqué qu'il n'était pas tout à fait comme d'habitude. Raines était un peu plus grand que lui, et il se tenait légèrement courbé. Ses cheveux étaient plus foncés, et on distinguait des racines claires. Aujourd'hui, je crois que je le reconnaîtrais, mais…

— Mais vous n'avez pas confiance en votre propre

jugement, acheva Mitch à sa place. Je comprends votre sentiment. Cela dit, il ne faut pas que vous ayez peur de moi. Si vous m'évitez ou si vous doutez de mes capacités à assurer votre sécurité, je ne pourrai pas vous protéger.

Il lut de la détermination dans son regard gris.

— Je sais. Et c'est pour ça que je veux que vous portiez un signe distinctif. Comme ça, je saurai que j'ai bien affaire à vous, même si mon esprit me joue des tours.

— Ça me paraît une bonne idée.

Elle plongea la main dans la poche de sa robe de chambre et en sortit un petit écrin recouvert de velours noir.

Il leva les sourcils, intrigué.

— Qu'est-ce que c'est ?

Lorsqu'elle ouvrit l'écrin, il découvrit à l'intérieur une broche ronde en argent.

— C'est une copie en miniature de ma médaille olympique, expliqua-t-elle en lui présentant le bijou sur sa paume. Mon père l'avait fait faire pour son cinquantième anniversaire.

Sans doute était-ce plutôt du platine, songea-t-il en l'examinant. Un vrai travail d'artiste. Et, plus important encore, un souvenir de son père.

— Je ne peux pas accepter.

— Je vous en prie. J'ai besoin d'avoir confiance en vous, et je sais que ça m'y aidera. Mon père serait d'accord.

Prenant le bijou, il se leva et alla s'appuyer au manteau de la cheminée.

C'était à peine si, dans cette maison silencieuse, ils entendaient le vent se déchaîner au-dehors. Sous la lumière déclinante du feu, la bibliothèque ressemblait à un monde à part qui n'appartenait qu'à eux.

Casey avait l'air parfaitement chaste dans sa chemise de nuit à col montant et sa robe de chambre, mais cette tenue la faisait paraître moins guindée. Plus abordable. Et brusquement, toutes ces années où il avait été un laissé-pour-compte, un second choix, s'évanouirent. Son cadeau, qui représentait à ses yeux une immense preuve de confiance, lui allait droit au cœur.

Le regard fixé sur ses lèvres dénuées de fard, il se rapprocha d'elle.

Un baiser. Un simple baiser.

— Mitch ?

Il chassa cette folle pensée d'un clignement de paupières et, serrant les poings le long de son corps, se mit à arpenter la pièce.

— Merci, fit-il d'une voix neutre. La prochaine fois que vous me verrez, je la porterai.

— D'accord. Eh bien… je crois que je ferais mieux de vous laisser…

Il la regarda s'éloigner en boitant, les épaules et la tête droites.

Arrivée sur le seuil, elle lui jeta un regard par-dessus son épaule.

— Merci de m'avoir écoutée. Et de m'avoir prise au sérieux.

— Pourquoi ? Je n'aurais pas dû ?

— Je ne sais pas. Bonsoir, Mitch.

— Bonsoir, princesse.

Ce ne fut qu'après avoir entendu la porte se refermer derrière elle, qu'il prit conscience d'avoir une fois de plus utilisé le surnom qu'elle détestait.

Sauf qu'il ne l'avait pas employé pour les mêmes raisons. Casey Maynard possédait toutes les qualités que ce titre impliquait, à commencer par une classe folle. Et cela n'avait rien à voir avec sa fortune, contrairement à ce qu'avait toujours pensé son ex-femme, que l'argent faisait rêver. C'était perceptible dans sa façon de se tenir malgré la douleur. Et dans sa façon de traiter les personnes qui l'entouraient.

Même lui.

Elle l'avait remercié avec une sincérité dont il ne pouvait douter. Combien de fois s'était-on donné la peine de le remercier ?

Et il n'avait encore rien fait.

Il posa la broche sur le manteau de la cheminée, à côté

de son holster. Puis il prit le dossier de Raines et s'assit pour le lire.

En dehors du témoignage de Casey, qu'il s'obligea à considérer objectivement, il ne trouva rien qui confirme qu'Emmett Raines était bien ce monstre supérieurement intelligent qu'elle décrivait.

Le dossier de la sœur jumelle de Raines, Darlene, qui devait à la même époque passer en jugement pour meurtre, était tout aussi vague et succinct.

Il allait devoir combler les vides lui-même.

Casey essaya de bouger, mais le battement dans sa tempe droite était insoutenable. Un haut-le-cœur lui monta à la gorge.

Elle resta longtemps immobile à écouter sa respiration entrecoupée de gémissements de douleur.

Si seulement elle avait pu bouger les mains, prendre appui sur le sol pour s'asseoir…

Mais quelque chose l'en empêchait.

Une nouvelle fois, elle tenta de ramener les bras de chaque côté de son corps. En vain. Ses muscles ne répondaient pas. Une douleur atroce lui cisaillait les poignets.

Soudain, elle se souvint. Il l'avait menottée.

Et cette douleur à la tête…

Il l'avait frappée, et elle avait perdu connaissance.

Un uniforme bleu apparut dans son champ de vision, et elle cilla afin de dissiper l'impression de flou qui gênait sa vision.

— Steve ? murmura-t-elle. Que s'est-il passé ?

— C'est bien, championne. Tu es revenue parmi nous.

Elle revint progressivement à la réalité et se concentra sur l'homme penché au-dessus d'elle.

Ses yeux furent ce qu'elle vit en premier. Deux éclats de glace d'un bleu très pâle, presque transparent. Mis à part cela, son visage était relativement séduisant.

Quel étrange regard ! Steve était pourtant si gentil.

Mais ce n'était pas Steve.

Luttant pour sortir du brouillard qui l'enveloppait, elle eut une vision sinistre. Un long couteau scintillait dans la lumière déclinante de l'après-midi, renvoyant un éclair lumineux directement dans ses yeux.

Une onde de douleur lui transperça la tête. Elle ferma instinctivement les paupières, mais la douleur persista. Ses tempes continuaient à battre avec une régularité mécanique.

— Non, non, la réprimanda-t-il. Reste avec moi, championne. Nous devons parler de papa.

Elle essaya de se concentrer, mais la panique l'en empêchait. A chaque battement dans ses tempes, il lui semblait que sa boîte crânienne se contractait et lui broyait le cerveau.

Qui était-ce ? Qu'était-il arrivé à Steve ?

Est-ce que cet homme lui avait déjà dit ce qu'il voulait d'elle ?

Elle avait un mal fou à se souvenir.

Quelque chose de froid toucha la base de son cou. Un cri d'effroi s'échappa de sa gorge en même temps qu'elle sortait de sa torpeur.

— Je ne sais pas ce que vous voulez, murmura-t-elle d'une voix sans timbre.

Il sourit.

Elle frissonna violemment. Jamais elle n'avait vu de sourire aussi cruel.

Elle était étendue sur le sol, en maillot de bain, et l'homme pesait de tout son poids sur elle pour l'empêcher de bouger.

Il fit glisser la pointe de la lame jusque entre ses seins. Puis, lentement, il la promena sur son ventre, entre ses cuisses…

Dans un moment de lucidité, elle sut qu'il n'allait pas la violer. Il n'y avait rien de sexuel dans cet acte.

En fait, cela n'avait rien à voir avec elle.

Soudain, il la retourna brutalement sur le ventre et lui saisit la cheville.

— Ecoute-moi bien, championne. Voilà ce que je veux que tu dises de ma part à ton papa…

Le couteau s'enfonça dans sa chair et lui sectionna le tendon d'Achille.

Casey se réveilla en criant.

Le cœur battant à se rompre, elle ouvrit les yeux d'un coup. Une totale obscurité régnait dans la chambre. Terrifiée, elle se débattit pour se redresser, mais les couvertures étaient enroulées autour de ses jambes, lui donnant l'impression d'être prise au piège comme dans son cauchemar.

Soudain, une voix grave déchira les ténèbres.

— Casey ?

Elle lutta afin de se libérer de ses entraves.

— Aidez-moi !

La porte de sa chambre s'ouvrit, et une silhouette massive apparut sur le seuil.

Instinctivement, elle se recroquevilla contre la tête de lit.

Le lustre s'alluma et, tétanisée d'effroi, elle regarda un homme s'approcher.

Un homme vêtu de son seul jean, les cheveux noirs ébouriffés comme s'il venait de se réveiller. Il tenait un revolver dans une main et, de l'autre, la broche qu'elle lui avait donnée.

Le soulagement la submergea, et elle relâcha son souffle.

— Mitch…

— Bon sang, Casey ! Que se passe-t-il ?

Il glissa son arme dans sa ceinture et enfouit le bijou dans sa poche avant de s'asseoir sur le lit à côté d'elle.

Aussitôt, elle vint se blottir contre lui et se mit à sangloter en répétant son nom.

— Mitch, Mitch…

— Chut… Tout va bien maintenant, la rassura-t-il en la serrant dans ses bras. Vous avez fait un cauchemar. Ce n'était pas réel.

Mais lui était bien réel, et elle resta longtemps dans ses bras, puisant le réconfort dans sa chaleur.

Petit à petit, Mitch relâcha son étreinte, et elle sentit sa paume aller et venir dans son dos. Le son apaisant de sa voix, les mots qu'il répétait tel un leitmotiv pour la rassurer finirent par l'apaiser.

Quand les larmes se furent taries, elle s'écarta de lui.

— Je suis désolée. Je n'avais pas l'intention de vous effrayer. Mais j'ai eu tellement peur.

— Moi aussi. Je commençais juste à m'habituer au canapé quand vous avez hurlé.

Elle laissa échapper un soupir d'aise. Avec lui, elle était en sécurité, cela ne faisait aucun doute.

— Vous êtes doué, murmura-t-elle.

— Pour faire fuir les méchants ?

Elle rejeta la tête en arrière.

— Non. Pour réconforter les demoiselles en détresse. J'ai bien peur que vous ne manquiez pas de travail avec moi.

Leurs regards se croisèrent dans un silence gêné.

— Je suis désolée de vous causer autant de souci, s'excusa-t-elle.

— Ce n'est rien.

Le feu contenu qu'elle perçut dans sa voix la fit frissonner jusque dans ses terminaisons nerveuses, ranimant en elle une flamme depuis longtemps éteinte.

Elle tendit la main et lui caressa la joue. Du bout des doigts, elle redessina sa pommette, puis laissa errer son pouce à la commissure de ses lèvres. Le sentant frémir, elle rapprocha son visage du sien et attendit son baiser.

Elle sentit Mitch se raidir. Mais, au lieu de l'embrasser, il posa les lèvres sur son front, dans un geste de réconfort platonique.

La flamme qui luisait un instant plus tôt dans ses yeux avait disparu, et son visage n'affichait plus qu'un intérêt poli.

D'un geste nerveux, elle remit ses cheveux en place. Le froid l'avait envahie d'un coup, et elle se sentait démunie, comme privée de quelque chose qu'elle n'avait pas eu conscience de souhaiter.

Quant à son amour-propre, il était plutôt mal en point.

Certes, ils venaient de partager un moment fort en émotion,

mais cela n'était dû qu'à la peur qu'ils avaient eue. Mitch était là pour la protéger. Il ne faisait que son devoir en la réconfortant. Et s'il lui avait donné la chaleur et la force dont elle avait besoin, elle avait été stupide de penser qu'il pouvait vouloir approfondir leur relation.

Elle remonta un oreiller derrière elle et s'adossa à la tête de lit.

— Je suis désolée de vous avoir réveillé. J'imagine que vous avez besoin de sommeil.

— Ne vous inquiétez pas, ça fait partie de mon travail, assura-t-il en se levant. Parlez-moi plutôt de votre cauchemar.

Surprise, elle leva les yeux vers lui, mais il traversait déjà la chambre pour s'assurer que la fenêtre était bien fermée.

— J'ai revécu le moment où Raines m'a attaquée, quand je le prenais pour Steve. Je me sentais tellement trahie… Et puis j'ai su que ce n'était pas lui.

Elle ferma les yeux afin de chasser le souvenir du couteau étincelant.

— Je crois que de vous en parler m'a replongée dans le passé.

Rouvrant les paupières, elle regarda Mitch, qui continuait son inspection dans la pièce. Seulement vêtu de son jean – si toutefois on pouvait appeler cela « être vêtu » –, il n'avait plus rien du policier en costume dont elle avait fait la connaissance quelques jours plus tôt.

Pourtant, c'était le vrai Mitch qu'elle avait devant elle.

Rude, solitaire, époustouflant de beauté sauvage.

Il n'avait rien du candidat rêvé au poste de chef adjoint, mais il était assurément le champion sur lequel elle aurait misé dans un combat.

Et l'amant qu'elle aurait choisi pour une nuit passionnée.

A cette idée, elle tiqua intérieurement et tira sur sa chemise de nuit jusqu'à ce qu'on ne voie plus rien d'autre que ses orteils.

Seigneur, à quoi pensait-elle ? Elle connaissait cet homme depuis moins d'une semaine, elle ne l'avait même pas embrassé, et elle rêvait déjà de faire l'amour avec lui !

Il ne se passerait jamais rien entre eux, elle le savait. Les cauchemars et la paranoïa n'avaient rien d'attirant pour un homme. Qu'est-ce qu'il aurait bien pu trouver d'intéressant chez elle, en dehors du défi qu'il y avait à briser ses barrières émotionnelles ?

Pourtant, elle ne pouvait s'empêcher de se poser la question : ne faisait-il vraiment que son devoir quand il l'avait prise si tendrement dans ses bras ?

Oui, sûrement. Il était protecteur dans l'âme, il avait l'habitude de tout prendre en charge. C'était d'ailleurs ce qui faisait de lui un bon policier.

Et aussi ce qui l'attirait chez lui.

Peut-être avait-elle tellement besoin qu'on prenne soin d'elle qu'elle était incapable de faire la différence.

— Je suis désolé.

La voix de Mitch depuis le seuil la tira de ses pensées. Dans la lumière, il semblait moins menaçant mais tout aussi puissant.

— A propos de quoi ?

— C'est moi qui vous ai obligée à revenir sur ce qui s'était passé avant votre agression. Je ne voulais pas réveiller ces souvenirs.

— Mais…

— La maison est sûre, la coupa-t-il. Essayez de dormir.

Elle resta assise sans bouger en essayant de comprendre pourquoi il éprouvait le besoin de s'excuser.

Un silence pesant s'installa. Chacun semblait attendre quelque chose, comme suspendu dans le temps et dans l'espace.

Soudain, Mitch laissa échapper un juron.

— Qu'y a-t-il ? demanda-t-elle, surprise.

— Vous n'allez pas dormir, n'est-ce pas ?

— Je vais essayer.

— Bien sûr que non. Vous avez trop peur que votre cauchemar revienne.

Il traversa la pièce jusqu'au lit.

— Remarquez, je ne vous en blâme pas. Poussez-vous.

Les yeux écarquillés, elle le vit déposer son arme sur la table de chevet et soulever les couvertures.

— Que faites-vous ?

— Vous le voyez bien. Je dors avec vous.

— Vous ne pouvez pas faire ça !

Il ignora ses protestations et entra dans le lit. Voyant qu'il ne plaisantait pas, elle s'empressa de lui faire de la place, de peur qu'il l'écrase.

Une fois installé, il se tourna vers elle et remonta les couvertures sous son menton. Elle se tortilla pour libérer ses mains.

— Arrêtez, Mitch ! s'écria-t-elle en le repoussant. Ce n'est pas la peine de faire ça !

— Quand je suis là, vous vous sentez en sécurité, non ?

Comme elle ne répondait pas, il haussa les épaules.

— De toute façon, ça m'arrange aussi. Si je retourne dans la bibliothèque, je serai trop occupé à guetter votre prochain cri pour dormir.

Il lui prit le menton et chercha son regard.

— Promis, je me tiendrai bien, si c'est ce qui vous inquiète.

Ravalant la déception qu'elle sentait poindre en elle, elle s'apprêta à protester, mais il la prit de vitesse.

— Si ça me dérangeait, je ne le ferais pas.

Il passa les bras autour d'elle et l'attira gentiment vers son épaule. Son bonheur aurait été complet s'il l'avait embrassée, mais elle connaissait trop la valeur du cadeau qu'il lui faisait pour risquer de tout perdre en demandant davantage.

Elle finit par se détendre et se laissa aller entre ses bras.

— Ne vous inquiétez pas, Casey. Aucun monstre ne viendra hanter vos rêves cette nuit.

A sa grande surprise, elle bâilla, gagnée par une douce torpeur.

— Mitch ?

— Mmm ?

— Qui vous serre dans ses bras quand vous avez peur ?

Le rire qui le secoua lui parut manquer de naturel.

— Dormez, princesse. C'est moi le héros, ici.

Ce n'était pas une réponse. Et, malgré sa fatigue, elle insista.

— Je suis sérieuse. Je ne sais même pas si vous avez une femme ou une petite amie. Y a-t-il quelqu'un qui veille sur vous pendant que vous veillez sur les autres ?

Il resta longtemps silencieux, et elle crut qu'il ne répondrait pas.

— Ma femme est morte il y a cinq ans, et il n'y a personne de spécial dans ma vie.

Son intonation était tellement dénuée d'émotion qu'elle se demanda si elle devait exprimer des regrets.

— Votre femme avait beaucoup de chance de vous avoir pour prendre soin d'elle.

— Elle allait chercher son réconfort ailleurs.

Casey le sentit se raidir.

— Mais j'avais promis d'être avec elle pour le meilleur et pour le pire. Et je ferai la même chose pour vous. Aussi longtemps que vous aurez besoin de moi.

Sa réponse bourrue révélait tout de lui.

C'était un homme de parole. Un protecteur farouche. Loyal à une cause ou à une personne parce qu'il s'y était engagé.

Et c'était aussi quelqu'un de profondément seul.

Aussi seul, sans doute, qu'elle l'était elle-même.

5

Bien au chaud dans son lit, Casey bâilla et s'étira d'un geste paresseux.

C'était délicieusement décadent, songea-t-elle, l'esprit encore embrumé de sommeil. Ni son entraîneur, le tyrannique Mills, ni ses parents ne l'autorisaient jamais à dormir aussi tard, sauf pendant les vacances.

Le soleil pénétrait à flots dans sa chambre. Gênée par tant de luminosité, elle plissa les yeux et repoussa les cheveux qui tombaient sur son visage.

C'étaient les vacances. Thanksgiving.

Mills n'était pas là. Ses parents étaient en voyage.

Pas d'entraînement.

Elle se blottit plus profondément sous les couvertures. Judith avait dû entrer sans bruit dans la chambre et rajouter un duvet sur elle. Elle avait délicieusement chaud.

Sauf que Judith ne travaillait pas pendant les vacances.

Lentement, son esprit perça les brumes du sommeil.

Elle avait la maison tout à elle, ce week-end. Il y avait longtemps qu'elle avait abandonné l'entraînement. Ses parents ne devaient pas rentrer avant…

— Vous n'êtes pas du matin, on dirait.

Cette voix grave et profonde lui fit dresser les cheveux sur la tête. Le cœur battant la chamade, elle entra de plein pied dans la réalité.

A côté d'elle, un homme aux yeux ambrés, appuyé sur un coude, l'observait avec amusement.

— Que faites-vous dans mon lit ? demanda-t-elle en se redressant d'un coup.

Le sourire de Mitch s'effaça, laissant place à un masque impénétrable. Elle l'avait blessé ? Tant pis, c'était le cadet de ses soucis !

Elle s'écarta et remonta les couvertures jusque sous son menton.

— Fichez le camp de là !

— Comme vous voudrez, princesse, fit-il, sarcastique.

Il se leva et récupéra son arme sans se presser, en totale contradiction avec l'agitation qu'elle manifestait. Puis il prit la broche entre le pouce et l'index et fit mine de l'étudier, avant de la glisser dans sa poche.

Elle n'eut aucun mal à décrypter le sous-entendu.

Elle lui avait donné ce bijou en signe de confiance. Et son attitude de ce matin disait exactement le contraire.

Elle avait accepté son réconfort – elle l'avait même réclamé, alléchée par la sensation de sécurité qu'il pouvait lui procurer. Et sa réaction atteignait le comble de l'ingratitude.

Seulement, elle ne pouvait pas supporter qu'il voie les cicatrices qui meurtrissaient sa chair.

Ne comprenait-il pas que les choses étaient différentes à la lumière du jour ? Devait-elle encore une fois s'expliquer, s'humilier ? Tout cela pour devoir finalement affronter son dégoût ?

— Merci pour votre aide, mais je voudrais que vous me laissiez, maintenant.

— Bien, mademoiselle.

Quand la porte se fut refermée derrière lui, elle attrapa un oreiller et le lança dans sa direction. Puis elle s'effondra sur le lit en maudissant sa jambe, sa malchance et, par-dessus tout, Emmett Raines. Sans son influence sur sa vie, elle aurait été une femme à part entière et non cette infirme qui n'inspirait que pitié ou dégoût.

Elle pouvait bien cacher ses imperfections au reste du monde, mais combien de temps pourrait-elle se cacher de Mitch ?

*
* *

Mitch changea de chaîne et revint sur le match de football des Chiefs contre les Lions.

Assise à son bureau, Casey travaillait sur son ordinateur. Tel un adolescent rougissant à son premier bal de fin d'année, il l'observait à la dérobée et détournait les yeux chaque fois qu'elle regardait dans sa direction. L'ambiance aurait pu être plus chaleureuse.

Judith McDonald avait préparé le meilleur repas de Thanksgiving qu'il ait jamais goûté, même réchauffé au micro-ondes. Pourtant, la dinde aux airelles lui pesait sur l'estomac comme une pierre, et il n'avait pas eu le courage de s'attaquer à la tarte au potiron conservée au réfrigérateur.

Il regarda les joueurs évoluer sur le terrain sans les voir. Ces vacances de Thanksgiving ressemblaient à toutes les autres, puisqu'il s'arrangeait toujours pour travailler, afin de libérer ses collègues. Le fait qu'il regarde un match de football, vêtu d'un jean et d'un sweat-shirt, ne changeait rien au fait qu'il était de service.

Casey s'était montrée très claire à ce sujet : il travaillait pour elle, et il avait dépassé les limites d'une relation strictement professionnelle en s'attardant au lit avec elle.

La prendre dans ses bras quand elle était effrayée, cela allait.

Apprécier la situation et se laisser aller à fantasmer, c'était interdit.

Combien de fois faudrait-il lui rappeler que les garçons des bas-fonds et les jeunes femmes de bonne famille ne se mélangeaient pas ? Il avait déjà essayé. Dans son enfance, à l'université, avec Jackie… Et on ne pouvait pas dire que le résultat avait été probant.

Seulement, il s'était senti si bien avec Casey qu'il avait oublié les règles tacites.

Ils pouvaient partager un repas, assis à la même table, sans être obligés de s'adresser la parole. Ils pouvaient se réchauffer au même feu par une froide journée d'hiver, et ne pas avoir les mêmes centres d'intérêt. Et, surtout, ils pouvaient se réveiller dans le même lit, et devoir à tout prix nier l'attirance qui existait entre eux.

Quand il s'était réveillé ce matin, il avait sincèrement cru qu'ils passeraient la journée ensemble. La veille, elle s'était blottie contre lui comme une femme amoureuse, elle lui avait raconté son histoire. Mais, dans la lumière froide du matin, elle l'avait relégué au rang de domestique.

Du coin de l'œil, il la vit quitter la bibliothèque avec sa tasse vide.

Bon sang, il ne pouvait même pas l'interroger au sujet de Raines !

Par où commencer ? Il savait tout ce qu'il y avait à savoir sur la gravité de ses blessures. Si le dossier de Raines était réduit à son strict minimum, le compte rendu médical de Casey regorgeait de détails atroces. Strangulation. Contusions et lacérations sur le visage et la gorge. Coups de couteau tout le long de la jambe droite, tendon sectionné, nerfs endommagés.

Rien que de penser à ce qu'elle avait subi, il en avait la nausée. Et ils n'avaient pas su garder un tel monstre derrière les barreaux ?

Les coudes posés sur les genoux, il enfouit son visage dans ses mains. C'était exactement le genre de choses qui lui donnait par moments envie de quitter la police. S'il avait voulu être flic, c'était dans le but de mettre les ordures telles que Raines hors d'état de nuire, mais la tâche se révélait titanesque. Quant à ses chances de le coincer pour le meurtre de Steve Craighead et l'agression de Casey, il devait bien reconnaître qu'elles étaient quasi nulles.

— On fait la paix ?

Une part de tarte au potiron passa sous son nez, et l'odeur sucrée combinée à la douce voix de Casey lui donna envie d'autre chose que de nourriture.

Relevant les yeux, il découvrit un regard morose. Le silence auquel ils s'étaient astreints toute la journée avait-il agi sur son humeur comme sur la sienne ?

— Pour un dessert, j'accepterais n'importe quoi.

Sa plaisanterie puérile amena un sourire timide sur les lèvres de Casey, et il sentit sa rancœur s'atténuer.

Elle lui tendit une assiette et s'assit dans le coin opposé du canapé. Il dévora sa part en quelques bouchées, tandis qu'elle dégustait lentement la sienne. Elle l'interrogea sur le match, et ils parlèrent de choses et d'autres. Exactement le genre de journée qu'il aurait aimé avoir avec elle.

Sans doute avait-elle une idée derrière la tête, et il crut deviner de quoi il s'agissait avec la question suivante.

— Il n'y a pas un endroit où vous préféreriez passer Thanksgiving ? s'enquit-elle.

— Vous ne vous débarrasserez pas de moi comme ça.

— Je ne pensais pas à ça.

Son regard balaya la pièce et revint se poser sur lui, clair et direct.

— Je suis désolée pour ce matin, reprit-elle, changeant soudain de sujet. J'ai été surprise, vous l'avez compris. Mais je reconnais que ce n'était pas une raison pour me montrer grossière et ingrate. Excusez-moi encore.

— N'en parlons plus. Dites-moi plutôt à quoi vous pensiez.

— Je me demandais si vous aviez de la famille à qui vous alliez manquer aujourd'hui.

Où était donc passé le cher oncle Jimmy ? Mitch prit conscience que le chef Reed n'avait même pas téléphoné à sa filleule. Ni même à lui pour s'enquérir du moral de sa protégée. Cela lui confirma que les puissants de ce monde, à force de tout miser sur les apparences, négligeaient les sentiments.

— J'étais invité à regarder le match chez mon adjoint, Joe Hendricks. Mais sa femme et lui attendent un bébé pour très bientôt, et leur maison est pleine à craquer de grands-parents, d'oncles et tantes, et d'enfants surexcités. Au moins, ici, je suis sûr qu'il restera assez de tarte pour moi.

Le rire léger de Casey lui mit du baume au cœur, lui faisant oublier l'incompréhension qui avait régné entre eux toute la journée.

Il consulta sa montre, pris d'une idée subite. L'illumination du Plaza aurait lieu dans moins d'une demi-heure.

— Vous avez déjà vu le Plaza s'éclairer ? demanda-t-il soudain.

— Vous plaisantez ? J'ai grandi ici, et ce n'est qu'à deux pâtés de maisons !

— Je pensais que les riches du quartier se calfeutraient au moment des fêtes pour éviter de croiser sur leur territoire les touristes, les banlieusards et les garçons des quartiers mal famés comme moi.

— Quel territoire ?

— Il y a une grande différence entre ici et l'endroit où j'ai grandi.

S'il avait connu la honte et l'envie d'appartenir à un autre monde, ces sentiments appartenaient désormais au passé. Du moins le croyait-il, car, à sa grande surprise, il vit Casey se rembrunir comme si l'injustice se percevait encore dans sa voix.

— Je venais aussi souvent que je le pouvais, expliqua-t-il. Pour moi, c'était ce qui se rapprochait le plus des illuminations de Noël.

— Vous ne fêtiez pas Noël chez vous ?

Il rit de sa question innocente en même temps que la nostalgie l'envahissait.

— Quand j'étais tout petit, si.

— Et après ?

— Lorsque je suis allé vivre chez mon oncle et ma tante, c'est devenu compliqué. Souvent, on ne pouvait même pas s'offrir un sapin. Mais j'avais toujours un petit cadeau. Des cartes de base-ball à collectionner ou des chocolats. Oncle Sid y tenait beaucoup.

— Vous n'avez pas manqué d'amour.

— Il faisait ce qu'il pouvait, mais il avait déjà six enfants. Je passais forcément en dernier.

— Qu'est-il arrivé à vos parents ?

— Ils sont allés au cinéma un soir, et sur le chemin du retour, ils se sont arrêtés dans un bar pour prendre un verre.

Il y a eu un hold-up. Mon père, policier lui aussi, a voulu intervenir, mais…

Laissant sa phrase en suspens, il se leva et emporta leurs assiettes dans la cuisine.

Avec le temps, il avait appris à accepter la mort de ses parents. Mais, dans des moments comme celui-ci, il ne pouvait empêcher le regret de le submerger.

Toutes ces fêtes passées sans eux, ces anniversaires, sa réussite professionnelle que personne n'avait remarquée, ces amis que ses parents ne connaîtraient jamais…

Debout devant l'évier, Mitch regardait par la fenêtre. Un immense mur en granit entourait le jardin autour du dôme vitré de la piscine.

Une prison.

Casey, cette femme intelligente et au tempérament flamboyant, n'aurait pas dû rester cloîtrée dans une telle forteresse, sans amis ni famille.

Une idée lui vint, et il quitta la cuisine pour retourner dans la bibliothèque. Casey avançait en boitillant dans le couloir, les tasses à la main.

— Pouvez-vous voir le Plaza depuis la maison ? lui demanda-t-il à brûle-pourpoint.

— Oui, à l'étage. Pourquoi ?

Un sourire mystérieux aux lèvres, il lui prit les tasses des mains, les posa sur une console, puis il se dirigea vers l'escalier. Comme il l'espérait, Casey ne tarda pas à lui emboîter le pas.

— Qu'est-ce que vous manigancez ?

— Vous pouvez aller à l'étage ?

— Les chambres ne sont pas utilisées, mais rien n'est verrouillé.

Il la considéra avec embarras.

— Non, je voulais dire…

Elle tourna vers lui un regard interrogateur, et il lui prit le bras gentiment.

— Je ne sais pas comment vous le demander… Etes-vous capable de monter les marches ?

Une ombre passa dans son regard gris, et il vit son visage se fermer. Pourtant, il insista. Il n'avait pas fait carrière dans la police en renonçant au moindre obstacle.

— Je sais que nous sommes coincés ici, mais nous devrions faire quelque chose aujourd'hui pour marquer l'événement. Vous aimiez regarder le Plaza s'illuminer quand vous étiez petite ?

— Evidemment ! Qu'est-ce que vous croyez ? Il n'y a pas que les garçons des quartiers mal famés que ça intéresse.

Il ne releva pas la pique.

— Regardez-le avec moi.

— Il va me falloir jusqu'à Noël pour monter là-haut.

Elle avait peur, comprit-il soudain, désarmé. Son agressivité n'était rien d'autre que de la peur déguisée.

— Quelle coïncidence ! Je n'ai rien de prévu avant Noël, plaisanta-t-il.

Elle fixait les marches recouvertes d'un tapis, et tout ce qu'il distinguait d'elle, c'était le haut de son crâne. Aussi ne vit-il pas si elle souriait.

— Je ne veux pas que vous ratiez les illuminations à cause de moi.

— Ça n'arrivera pas, assura-t-il en lui pressant la main.

Elle redressa les épaules et leva légèrement le menton. Puis, alors qu'il la sentait prendre appui sur son bras, elle souleva le pied au-dessus de la première marche.

Pour la première fois depuis qu'il avait accepté cette mission, il eut l'impression d'être vraiment utile.

Elle prit une profonde inspiration avant de s'attaquer à la marche suivante. Sa progression était lente mais déterminée, et Mitch ne put empêcher l'émotion de le gagner. Si, pour lui, monter un escalier était une chose banale, qu'il accomplissait sans y penser, Casey, elle, devait réfléchir à tout : comment lever la jambe en limitant la douleur, où placer son pied, comment compenser son manque d'équilibre…

Il s'efforçait de calquer son rythme sur le sien. Un

moment, il avait envisagé d'effectuer le reste du trajet en la portant, mais il s'était vite ravisé. L'air buté de Casey avait suffi à lui faire comprendre que son geste n'aurait pas été le bienvenu. Tant pis s'il manquait là une occasion de se rapprocher d'elle.

Il ralentit en la voyant montrer des signes de fatigue à l'approche du palier, et la laissa s'appuyer plus lourdement sur lui.

Quand ils eurent enfin atteint la dernière marche, il la souleva dans ses bras avec un cri de triomphe.

— Oui ! Je savais que vous y arriveriez !

Lorsqu'il la reposa à terre, il était aussi essoufflé qu'elle. Elle s'abattit sur lui, les mains accrochées à sa chemise pour retrouver son équilibre, et ils restèrent un long moment ainsi, le souffle haletant, les yeux dans les yeux.

L'embrasser.

S'il ne le faisait pas maintenant pour se libérer de son obsession, il allait devenir fou.

Mais elle se ressaisit la première et recula d'un pas.

Ne ressentait-elle pas la même attirance à son égard ?

Faisant taire son désir et son amour-propre, il s'écarta. Dissimuler ses sentiments était devenu chez lui une seconde nature. Il est vrai qu'il avait été à bonne école avec Jackie. Elle le rendait fou de désir, douloureusement avide d'un contact féminin, puis elle le repoussait. Elle avait toujours un bon prétexte pour cela. Il était sale et en sueur après de longues heures de filature. Il était parti trop longtemps en mission d'infiltration et elle avait besoin de se réhabituer à lui. Ou, tout simplement, elle avait la migraine.

Il connaissait toutes les excuses. Et il savait comment prétendre qu'il n'en souffrait pas. Casey ne jouait peut-être pas avec ses sentiments comme l'avait fait Jackie, mais il était évident, même pour un vieux cheval comme lui, qu'elle ne le désirait pas. Pas pour le moment.

Et peut-être jamais.

Elle désigna le bout du couloir.

— Il y a un salon avec une baie vitrée qui surplombe le

Plaza. Quand j'étais petite, maman préparait du chocolat chaud, et nous venions nous asseoir là pour regarder les illuminations. Venez, il ne faut pas manquer ça !

Manquer quoi ?

Il resta où il était, à ruminer sa frustration, tandis qu'elle se dirigeait vers une vaste baie vitrée.

Elle enleva le drap qui recouvrait un fauteuil club confortable et se retourna pour faire de même avec son vis-à-vis. Dans son mouvement, elle trébucha et se rattrapa de justesse au fauteuil en gémissant.

Oubliant ses griefs, Mitch se précipita vers elle.

— Casey !

Il lui passa un bras autour de la taille de façon à la soutenir.

— Vous vous êtes fait mal ?

— Ce n'est rien, répondit-elle en secouant la tête. Quand je suis fatiguée, mes muscles fonctionnent mal et je suis obligée de compenser, ce qui me provoque des douleurs dans la hanche et dans le dos.

Il se sentit affreusement coupable. S'il ne l'avait pas mise au défi. S'il n'avait pas tant exigé d'elle…

— Mitch, regardez !

Elle respirait vite, mais, cette fois, son souffle court n'était pas dû à la douleur. Tournant la tête, il vit des milliers de lumières multicolores recouvrir la façade du Plaza, depuis le toit jusqu'au trottoir. La baie vitrée offrait une vue panoramique saisissante, et il resta silencieux un moment, absorbé par ce spectacle féerique.

— C'est comme un conte de fées, murmura-t-elle. Merci.

— C'est un conte de fées, corrigea-t-il, troublé. Et vous en êtes la princesse.

Incapable de résister, il se pencha pour l'embrasser sur la joue. Elle laissa échapper un gémissement de plaisir.

— J'ai envie de vous embrasser, chuchota-t-il, grisé par la douceur de sa peau.

Relevant la tête, il posa sur ses lèvres un baiser impatient et l'attira contre ses hanches.

— Mitch…

Sa protestation révélait autant de peur que de frustration.

— Pardon. Je ne voulais pas vous faire mal.

— Ce n'est pas ça... Seulement, j'ai un peu perdu l'habitude.

Ses joues s'étaient empourprées, et ses yeux gris brillaient du même éclat que les illuminations du Plaza.

Il lui sourit.

— Pas du tout, princesse.

Elle se blottit contre lui et nicha sa tête sous son menton.

— Joyeux Thanksgiving, Mitch. Je suis heureuse que vous soyez là avec moi.

Emu par ses paroles, il la serra dans ses bras et, oubliant le feu du désir dans ses veines, ne retint que la sensation de plénitude qui lui gonflait le cœur.

— Vous êtes parfaite, murmura-t-il. Absolument parfaite.

A sa grande surprise, elle se raidit et posa les mains à plat sur son torse pour le repousser.

— Qu'y a-t-il ?

Elle se détourna, les bras croisés sur sa poitrine.

— Il vaut mieux redescendre.

Il se passa la main dans les cheveux avec un soupir de frustration.

— Vous soufflez le chaud et le froid plus vite que toutes les femmes de ma connaissance.

— Je suis fatiguée, c'est tout, répliqua-t-elle de l'air qu'elle aurait employé pour donner congé à son domestique.

— Très bien. Je crois que je vais rester encore un moment à regarder les lumières, mais allez-y. A moins que vous n'ayez besoin de mon aide.

— Si j'ai su monter, je saurai redescendre.

— Bonne nuit, alors.

— Bonne nuit.

Quelle étrange sensation...

Mitch surplombait la ville comme du haut d'un donjon inaccessible, sans que personne ne se doute de sa présence.

La main posée sur la vitre, il regardait la foule se presser autour des vitrines multicolores pour célébrer ensemble le début des fêtes.

Ensemble.

Ce mot avait perdu toute signification pour lui. La plupart du temps, il appréciait la solitude, mais quand venaient les fêtes, il ne pouvait s'empêcher d'éprouver un pincement au cœur. Il aurait bien aimé avoir une famille, des enfants, et partager ces moments de joie avec eux.

Au début de leur mariage, Jackie lui avait dit qu'elle n'était pas prête à fonder une famille. Elle voulait profiter de la vie. Et, ensuite, leur couple s'était mis à battre de l'aile.

Brûlant encore du baiser de Casey, il appuya le front sur la vitre glacée.

Il n'était qu'un pauvre fou. Un homme seul, bientôt quadragénaire, qui s'imaginait être encore séduisant.

— Mitch !

Le cri de Casey lui glaça le sang.

— Mitch !

Il dévala l'escalier en se maudissant de ne pas avoir pensé à prendre son arme et tomba sur Casey dans le couloir.

Surprise par son arrivée, elle vacilla. Il la prit par les épaules pour la soutenir, puis la plaqua contre le mur et se pencha afin de se mettre à la hauteur de ses yeux.

— Qu'y a-t-il ? Que s'est-il passé ?

Malgré sa pâleur, elle avait le regard clair.

Il ne s'agissait pas d'un de ses cauchemars éveillés. Elle était bien dans le présent.

Il posa la main sur sa joue et l'obligea à se concentrer sur lui.

— Parlez-moi, Casey.

— Là-bas, bredouilla-t-elle en montrant sa chambre. Dans ma commode…

Elle n'eut pas le temps de finir qu'il s'était déjà rué vers la porte.

Les fenêtres étaient fermées, aussi bien dans la chambre que dans la salle de bains adjacente. Lorsqu'il revint dans la chambre, Casey l'attendait au pied du lit. Le second tiroir de la commode était ouvert. Une chemise de nuit pendait sur le devant, et il avisa par terre une enveloppe brune dont le contenu s'était répandu.

Il s'accroupit et observa la coupure de presse collée sur une feuille blanche.

— Bon sang, comment est-il entré ici ?

La série de jurons qui suivit était tout autant adressée à lui-même, pour sa négligence, qu'à cet homme qui avait réussi à placer son message dans la lingerie de Casey.

A en juger par la couleur jaunie du papier, il supposa que la coupure de presse datait de dix ans environ. Sur la photo, l'on pouvait voir Casey en maillot de bain, sur un podium. Elle saluait le public d'une main et, de l'autre, soulevait la médaille passée autour de son cou.

Cela représentait sûrement l'un des plus beaux moments de sa vie. Et sans doute souriait-elle.

Mais son visage avait été lacéré.

Sous la photo, quelqu'un avait imprimé une phrase détournée de la comptine pour enfants.

Voici la jeune fille abandonnée, qui est morte dans la maison que Jack a construite.

6

— Oui, je sais que c'est dimanche, dit Joe Hendricks dans le téléphone. Mais si j'en crois ce que tu m'as dit à propos de la cuisine de ta femme, ça ne devrait pas te déranger d'aller vérifier cette info pour moi.

Incapable de contrôler le battement de son pied sur l'épais tapis de laine, Casey se retint de lever les yeux au ciel.

Joe rit de quelque chose.

— Ouais. Tu peux t'estimer heureux de ne pas être à la morgue !

La morgue ? Franchement, quelle délicatesse ! songea-t-elle, à bout de patience.

Jusqu'à présent, elle avait fait sans broncher tout ce qu'on lui avait demandé.

On lui avait donné l'ordre de rester à l'intérieur, et elle s'y était pliée. *A l'intérieur !* Dans la maison où Raines s'était introduit.

Elle avait été promenée d'une pièce à l'autre, afin de reconstituer ses allées et venues au cours de la journée, et de déterminer quand et comment Raines était entré.

Puis elle avait été priée de rester sagement dans la bibliothèque et de ne pas gêner le travail des policiers.

Soudain, la porte d'entrée claqua, lui arrachant un petit cri de surprise.

— Eh, du calme ! fit Joe en couvrant de sa main le combiné.

— Désolée. Je ne voulais pas interrompre votre conversation.

— Ce n'est rien.

Voyant qu'il hésitait, elle balaya son inquiétude d'un sourire.

— La presse, je suppose ?

— Un vieil ami. C'est quelqu'un en qui j'ai confiance. Je lui ai livré quelques scoops au fil des années, en échange de sa discrétion pendant les enquêtes.

— Si vous le dites…

Elle ne se souvenait pas d'avoir connu de journalistes discrets et dignes de confiance. Si elle en jugeait par son expérience, ils n'avaient qu'un seul but : trouver un élément nouveau à propos d'une vieille histoire dont il n'y avait plus rien à tirer. Et, pour cela, ils n'hésitaient pas à la harceler, volant jusqu'aux dernières miettes de ce qui restait de sa vie privée.

Cela dit, Joe savait sûrement ce qu'il faisait, en parlant avec ce journaliste. Mitch l'avait chargé de retrouver l'origine de la coupure de presse que Raines avait utilisée, et Joe utilisait ses connexions au *Kansas City Star* pour trouver des réponses rapides. Casey avait bien essayé de l'aider, mais, à part lui donner la date de l'événement, elle n'avait pas été d'une grande utilité. Il aurait été trop long et fastidieux d'éplucher ses archives, remisées dans l'aile inutilisée de la maison.

— Vous voulez que j'appelle Mitch ? s'enquit Joe, parfait dans son rôle d'ange gardien.

— Non !

Elle se retint d'ajouter : « Surtout pas ! »

De toutes les choses qui avaient bouleversé sa routine cette nuit, la présence de Mitch figurait en tête de liste.

Il avait franchi une à une les barrières qu'elle avait érigées autour d'elle, en lui offrant une soirée enchanteresse. Son baiser passionné avait court-circuité ses doutes et son obsession du contrôle. L'avait fait se sentir de nouveau vivante.

Deux heures s'étaient écoulées depuis qu'elle avait ouvert

cette enveloppe, et elle avait perdu tout espoir que sa vie revienne à la normale. La rage impuissante et la vulnérabilité qu'elle avait éprouvées à ce moment-là avaient diminué jusqu'à atteindre un niveau supportable. Mais le souvenir des paroles de Mitch, sa chaleur, la force de son étreinte, la faisaient encore vibrer.

— Non, je n'ai pas besoin de lui, ajouta-t-elle.

En revanche, elle avait besoin d'agir.

L'attente était intolérable. L'équipe de Mitch avait pris possession de la maison, la fouillant dans ses moindres recoins, et elle avait la désagréable impression d'être une intruse chez elle.

Elle repoussa sa chaise et se leva.

— J'ai l'impression que la nuit va être plus longue que prévu. Est-ce qu'une tasse de café vous ferait plaisir ?

Ce n'était pas grand-chose, mais au moins cela l'occuperait-il.

Joe sourit.

— Puisque vous le proposez, je ne dis pas non.

— Je vous préviens, je le fais assez fort.

— On est des flics, commenta-t-il en riant. Ce ne sera jamais assez fort pour nous.

Son humour bon enfant lui plut. Bien qu'elle soit embarrassée de l'avoir arraché à sa famille le jour de Thanksgiving, elle était heureuse qu'il soit là. C'était comme d'avoir un ami à ses côtés.

Il faudrait qu'elle ait plus d'amis dans son genre.

Et moins de distractions troublantes du type de celles que lui offrait Mitch.

— Je vous apporte tout de suite un café aussi boueux que le Mississippi.

— Et ne lésinez pas sur le sucre. Quitte à ce que ça me ronge l'estomac, autant que je me fasse plaisir.

— D'accord.

Elle se dirigea vers la porte, laissant Joe à sa conversation téléphonique.

*
* *

La cuisine n'était pas son territoire habituel, mais la solitude lui permit d'abandonner pour quelques minutes le masque de civilité qu'elle arborait depuis l'arrivée de la police. A la découverte du message de Raines, Mitch avait aussitôt appelé du renfort, et une escouade de policiers avait fondu sur sa maison à peine une demi-heure plus tard.

Elle entendit la porte de communication avec le garage s'ouvrir et se refermer. Puis il y eut des bruits de pas et un murmure de voix passant en revue une liste d'instructions.

— Dès que Merle aura fini d'inspecter le tunnel, placez un garde devant.

— Bien, capitaine.

Mitch et plusieurs de ses hommes pénétrèrent dans la cuisine. En la voyant, ils stoppèrent net leur conversation.

Sans se retourner, elle referma le robinet et tendit la main pour prendre un torchon.

— Où est Joe ?

La voix de Mitch sonna comme un reproche dans son dos.

Et si ce n'était pas lui qui venait d'entrer ? Certes, la voix ressemblait à la sienne, mais pouvait-elle vraiment s'y fier ?

Presque inconsciemment, elle attrapa un couteau posé sur l'évier.

— Au téléphone, dans la bibliothèque.

— Il ne doit pas vous laisser seule.

Les doigts crispés sur le manche du couteau, elle se retourna lentement.

— Quelle différence cela fait-il ? répliqua-t-elle, la voix plus aiguë qu'à l'ordinaire. Vous avez été avec moi toute la journée, et il est quand même entré dans la maison.

— Casey…

Elle s'enflamma, incapable de se contrôler.

— Vous êtes là pour me protéger, mais vous n'avez pas su le faire ! Steven non plus…

— Vous ne savez pas à quel point j'en suis désolé.

— Désolé ?!

Pressentant une dispute, les autres policiers quittèrent discrètement la cuisine.

— J'ai commis une erreur, reconnut Mitch doucement. Mais je fais de mon mieux pour la réparer.

Elle avait levé le couteau. Devant elle, les yeux ambrés de Mitch s'obscurcirent.

— Réparer quoi ? Il est allé dans ma chambre alors que nous étions là ! s'exclama-t-elle d'une voix hystérique, même à ses propres oreilles.

Elle n'eut pas le temps d'analyser davantage la situation. Brusquement, la distance entre eux fut réduite à son minimum, et elle sentit une douleur au poignet. Puis on lui tordit le bras dans le dos.

Ses doigts se desserrèrent, et le couteau tomba à terre.

La douleur persista dans son poignet longtemps après que Mitch l'eut libérée. Elle mit autant de temps à reprendre ses esprits et à comprendre qu'elle l'avait menacé d'un couteau.

La méthode favorite de Raines.

A cette idée, elle sentit la nausée l'envahir.

— Je ne voulais pas vous menacer, Mitch, bredouilla-t-elle.

Son excuse, prononcée d'une voix atone, resta un instant suspendue dans l'air.

— Je sais.

Il ramassa le couteau et le rangea à côté des autres dans le bloc prévu à cet effet.

— Si vous voulez mon avis, reprit-il avec un sourire, c'est une réaction plus saine que l'attitude compassée que vous avez arborée toute la soirée. Je méritais un bon savon, mais vous vous êtes montrée si douce et si polie que ça m'a inquiété. Maintenant que votre tempérament a repris le dessus, je me sens beaucoup mieux.

Il s'efforçait de dédramatiser la situation, mais elle n'avait pas le cœur à plaisanter. La réaction qu'elle avait eue, excessive, l'avait profondément choquée, et elle lui tourna le dos.

— Je suis désolée…

— Ne vous excusez pas pour ce salaud. Vous avez

parfaitement le droit d'avoir peur. Et aussi de me faire des reproches.

Elle le sentit s'approcher. Puis les larges épaules vers lesquelles elle s'était instinctivement réfugiée quelques heures plus tôt entrèrent dans son champ de vision. Elle aurait voulu s'y réfugier de nouveau, mais les émotions qui l'agitaient étaient trop fortes, trop complexes.

Il ne s'était pas montré à la hauteur. Même si elle se sentait en sécurité avec lui, même s'il lui donnait l'impression de revenir à la vie, elle ne devait pas se voiler la face.

Il avait tout bonnement manqué à sa mission.

— Il était dans ma maison. Dans ma chambre. Dans mes affaires…

— Je sais.

Il y eut un silence avant que Mitch lui prenne la main.

— Nous avons découvert comment il s'y était pris. Les planches que Ben avaient clouées sur la porte du tunnel ont été arrachées. De là, il a pu accéder au couloir qui passe derrière la cuisine et qui débouche directement dans votre penderie.

Libérant sa main, elle serra les bras sur sa poitrine.

— Je veux partir d'ici. Je ne resterai pas une minute de plus dans cette souricière.

— Je vous ferai sortir ce soir, c'est promis. Dès que la zone sera sécurisée, nous partirons.

— Pourquoi pas maintenant ? Il suffit de prendre une voiture, de rouler loin d'ici et de trouver un hôtel.

— Nous ne pouvons pas partir tant que nous n'avons pas trouvé d'endroit sûr où vous emmener. On s'en occupe.

— Et qu'est-ce que je vais faire pendant ce temps ? Attendre ? Bon sang, il m'a fallu sept ans pour commencer à me sentir en sécurité !

— Princesse…

Sa voix légèrement rauque la fit taire, et elle reporta son attention sur ses lèvres.

Fermes. Masculines…

Une distraction diabolique, presque plus séduisante que la promesse d'être bientôt loin de cette maison.

— Je vais m'occuper de vous. Mais je veux que vous me fassiez confiance.

A ces mots, il se pencha vers elle. Lorsqu'elle comprit son intention, elle ne bougea pas. Le bon sens et le souci de se préserver auraient dû l'inciter à s'écarter ou à le repousser, mais, au lieu de cela, ses doigts s'enroulèrent sur les revers de son manteau.

Leurs visages se rapprochaient quand une voix pleine de colère contenue s'éleva derrière eux.

— Taylor ! Que diable êtes-vous en train de faire avec la petite ?

Casey s'écarta brusquement tandis que Mitch se tournait vers l'intrus.

— Bonsoir, chef, le salua-t-il posément. Il ne fallait pas vous déranger. Je vous aurais fait mon rapport demain.

— Oncle Jimmy ?

Elle contourna Mitch et la barrière de défense que constituaient ses épaules pour aller embrasser son parrain.

— Tu ne peux pas savoir comme je suis contente de te voir…

Passant les bras autour de lui, elle pressa la joue contre le revers soyeux de son costume et inspira avec soulagement son odeur familière, mélange de cognac et de cigare de prix.

Il lui tapota le dos. Elle aurait voulu profiter un peu plus de son étreinte paternelle, mais il s'écarta avec impatience.

— J'ai cru comprendre qu'il y avait eu un problème ?

— Raines est venu ici. Il a trouvé le tunnel et s'est rendu dans ma chambre pendant que nous étions à l'étage.

Jimmy se tourna vers Mitch, visiblement furieux.

— C'est comme ça que vous la protégez ?

Elle reporta son attention sur Mitch, silhouette massive et rassurante. Les mains sur les hanches, son holster et son insigne visibles à sa ceinture, il dégageait une impression de force tranquille.

Jimmy changea de posture comme pour le défier.

Elle fronça les sourcils. Que se passait-il ? Ne travaillaient-ils pas dans le même service ? N'étaient-ils pas tous les deux du même côté ?

De *son* côté ?

— Je crois que tout est rentré dans l'ordre, avança-t-elle timidement.

Son parrain ignora son intervention.

— Je vous ai confié une mission, Taylor, et je ne m'attendais pas à ce que vous la sabotiez. Vous n'ignorez pas que ça comptera dans votre évaluation pour la prochaine promotion.

— Savez-vous quel jour nous sommes, chef ? s'enquit Mitch, ignorant le chantage sous-jacent.

— Le jour où vous allez recevoir un avertissement pour insubordination !

— Oncle Jimmy ! protesta Casey.

Elle s'apprêtait à plaider la cause de Mitch quand elle découvrit plusieurs personnes sur le seuil.

Il y avait Joe Hendricks, Ginny Rafferty, Merle Banning et…

— Iris ?

Avec son manteau en vison, Iris Webster avait davantage l'air de la petite amie du chef de la police que de son assistante. Une expression soucieuse marquait son visage parfait de blonde quinquagénaire.

— Nous étions à la réception du gouverneur, expliqua-t-elle de sa voix suave et légèrement voilée. James s'est excusé dès qu'il a eu le message. J'espère que vous allez bien.

Casey haussa les épaules.

— Ce n'était qu'un mot. Raines joue avec moi, il n'est pas encore prêt à se montrer.

La tension qui régnait dans la pièce l'empêchait de réfléchir, et elle n'aurait su dire d'où lui venait cette soudaine clairvoyance. Pourtant, elle était sûre d'avoir vu juste.

Mitch reprit la parole et apostropha Jimmy, le ton menaçant.

— Alors, vous étiez à la réception du gouverneur, chef, au lieu de passer les fêtes en famille. Ou même d'appeler pour voir si votre filleule allait bien. Mais Casey ne fait peut-être pas partie de vos priorités.

— Je travaillais, rétorqua Jimmy d'un ton sec. Je faisais du lobbying, pour être plus précis.

La main gantée d'Iris se posa sur son bras.

— James, intervint-elle de sa voix sucrée, le gouverneur vous attend.

Casey ne quittait pas Mitch du regard. De toute évidence, il avait des comptes à régler avec Jimmy.

— Lieutenant Banning, est-ce vous qui leur avez ouvert la grille ? demanda-t-il sans quitter son supérieur des yeux.

— Non, capitaine.

Il s'avança lentement.

— Dans ce cas, comment êtes-vous entré, chef ?

— J'ai une télécommande, bien sûr. Sinon, comment pourrais-je veiller sur Cassandra ?

Mitch s'arrêta à quelques pas de lui. La tension était à son comble.

Casey toussota, mal à l'aise.

— Mitch…

Ni lui ni son parrain ne firent attention à elle.

— Combien de télécommandes possédez-vous exactement ? Je croyais que vous m'aviez donné la vôtre mardi.

— Que voulez-vous insinuer, Taylor ?

— Nous avons un double au bureau, en cas d'urgences comme celle-ci, expliqua Iris, toujours aussi suave.

Mitch toisa son supérieur.

— Vous vous attendiez à quelque chose de ce genre, et vous n'avez pas jugé utile de m'avertir ?

— Taisez-vous, Taylor ! Je vous ai donné une chance de faire vos preuves avec cette mission, et vous avez lamentablement échoué.

— Ça suffit ! s'écria soudain Casey.

Se plaçant entre les deux hommes, elle s'adressa à son parrain.

— Ta sollicitude me va droit au cœur, mais tu peux

retourner à ta réception, déclara-t-elle, sarcastique. Je n'ai pas besoin d'une personne de plus dans les jambes.

Il ouvrit la bouche, mais resta coi. Pour une fois, le futur politicien qu'il était ne trouvait pas ses mots.

Mitch désigna le couloir d'un signe de tête.

— Vous l'avez entendue. Elle ne veut pas de vous ici.

Elle se retourna, furieuse, et lui donna une pichenette sur le torse. Il recula d'un pas, l'air abasourdi.

— Et vous, ne parlez plus jamais à ma place. Je suis capable de penser par moi-même et de livrer mes propres batailles.

Elle relâcha son souffle, redynamisée par ce coup d'éclat.

Devant elle, les deux hommes semblaient penauds.

— Je ne voulais pas…

— Cassandra…

Les ignorant, elle se dirigea vers la porte et se fraya un passage parmi l'assistance médusée.

Une fois dans le couloir, elle ralentit le pas et s'obligea à reprendre son calme.

Elle imagina sa mère lui reprochant d'avoir perdu son sang-froid. Puis elle sourit en imaginant le clin d'œil complice de son père.

Ragaillardie par cette pensée, elle se dirigea d'un pas plus léger vers la bibliothèque.

— Je peux entrer ?

Tout en s'exhortant à ne pas succomber au charme de Mitch, Casey marmonna un vague assentiment.

Elle leva les yeux vers lui et s'aperçut que son attitude belliqueuse avait laissé place à une grande lassitude. Elle dut faire un effort pour réprimer un élan de compassion.

— Iris et Jimmy sont partis ?

— Oui. J'ai envoyé Merle fermer derrière eux.

Joe passa la tête par la porte entrouverte.

— Tout est prêt, annonça-t-il. On y va quand tu veux.

— Merci, Joe.

Quand il eut disparu, Mitch s'avança vers elle.

— J'ai demandé à Ginny de vous préparer un sac avec quelques affaires.

— Donc je m'en vais. Où, exactement ?

— Dans un endroit sûr. J'aurais dû insister dès le début pour vous mettre à l'abri.

— Si on ne peut pas faire autrement…

— Croyez-moi, c'est la meilleure solution. Et à partir de maintenant, on va faire les choses à ma manière. J'en ai assez de jouer le jeu du chef.

— Ma vie n'est pas un jeu, remarqua-t-elle froidement.

— Exactement.

— Vous ne m'avez toujours pas dit où nous allions.

— Chez moi. Vous allez devoir renoncer au standing de ce mausolée pour vous installer dans ma modeste demeure.

Elle se redressa.

— Pas question ! Vous allez mettre votre famille en danger !

— Ne vous inquiétez pas pour eux. Ils sont plus durs et plus malins que vous ne le serez jamais, assura-t-il. Oncle Sid sent peut-être la viande quand il rentre de sa boucherie, mais il pense toujours à m'appeler pour les fêtes, et il n'envoie pas quelqu'un d'autre s'occuper des siens quand il y a un problème.

Ses paroles la blessèrent, comme tous ses commentaires ironiques sur les « riches ». Il sous-entendait qu'elle se pincerait le nez devant les racines prolétaires de sa famille adoptive. Etait-ce ainsi qu'il la voyait ? La prenait-il vraiment pour quelqu'un d'aussi insensible et snob ?

Bien que vexée, elle ne répondit pas à son attaque à peine masquée. Tant mieux s'il la prenait pour une enfant gâtée. Peut-être cela le dissuaderait-il de lui offrir une protection rapprochée.

Mais, quand même, aller chez lui…

— Je ne sais pas, répondit-elle, hésitante. Je ne veux pas rester ici, mais…

— Je ne vous laisse pas le choix.

Son ton autoritaire la hérissa, et elle faillit le remettre à sa place. Puis elle se rappela les recommandations qu'elle s'était faites à elle-même.

Sa vie était entre ses mains. Mais s'il pouvait s'imposer et tout chambouler dans son existence, il ne contrôlerait pas son cœur.

Pas si elle l'en empêchait.

Mitch ajusta sa cravate et se cala contre son dossier pour observer les lieux.

La Banque agricole de Kansas City n'avait rien de la misérable agence de campagne que son nom semblait indiquer. Bien au contraire. Les fauteuils en cuir, les murs recouverts de panneaux en chêne et les plaques en laiton sur les portes des bureaux parlaient de vieille fortune et de tradition. L'immeuble lui-même était impressionnant, bien plus vaste et plus haut que celui de sa propre banque de quartier.

Il devinait que l'on n'y accueillait pas n'importe quel client. Ce n'était pas le genre d'établissement où les jeunes ouvriers arrivant à peine à joindre les deux bouts allaient demander un emprunt.

S'il s'était présenté comme client et non comme capitaine de la police, on se serait sans doute débarrassé de lui avec un sourire poli. C'était son insigne qui lui avait ouvert la porte, et son grade qui lui avait permis d'être reçu sans rendez-vous.

Cette banque était exactement le genre d'endroit où le chef Reed aurait pu avoir un compte.

De même que Casey.

Il était sûr qu'elle se serait sentie comme chez elle, ici. Elle possédait plus de classe que tous ces prétentieux en costume rayé, et il aurait parié son prochain salaire que les chargés de clientèle se seraient battus pour la servir.

Voyant que personne ne semblait pressé de venir s'occuper de lui, il s'autorisa à penser à elle. Quand il avait quitté son appartement ce matin, bien avant le lever du soleil, elle dormait profondément.

Dans son lit.

Merle Banning et le plus âgé de ses cousins, Brett Taylor, veillaient sur elle, et il avait jugé plus utile d'aller travailler plutôt que de prétendre qu'il pouvait dormir sur le canapé du salon.

Le problème, cette fois, ce n'était pas l'inconfort de sa couchette improvisée. Dans l'ancien entrepôt qu'il avait converti en loft avec l'aide de sa famille, tout était à sa mesure. Mais le léger ronflement de Casey, dû à une fatigue excessive, l'avait tenu éveillé une partie de la nuit.

De toute façon, il n'aurait pas pu fermer l'œil après l'avoir vue parader dans l'une de ses chemises en flanelle, Ginny ayant oublié de lui prendre un vêtement de nuit. Bien qu'elle ait boutonné la chemise jusqu'au cou et que ses formes disparaissent sous le tissu ample, jamais elle ne lui avait semblé aussi désirable.

Soudain, il l'avait vue rougir. Au début, il avait pris cela pour de la pudeur. Puis en la voyant se détourner, il avait compris qu'elle cherchait à lui cacher sa jambe enserrée dans une attelle.

Sa colère contre les normes implicites de ce monde, qui lui faisaient croire qu'elle devait lui dissimuler son handicap, avait laissé place à une profonde tristesse. Parce qu'elle ne lui faisait pas confiance. Qu'il s'agisse de sa vie, de son corps, ou du feu qui brûlait entre eux.

Il aimait l'idée qu'elle se trouve chez lui. Endormie dans sa chemise.

Il appréciait moins de savoir qu'il s'agissait d'une illusion temporaire. Jamais elle ne se sentirait à l'aise dans son monde.

Ni lui dans le sien.

« Le prolétariat et la haute bourgeoisie ne se mélangent pas », lui avait cruellement assené Jackie quand il avait découvert sa liaison. Le soir même, elle avait quitté la maison qu'il avait achetée pour elle dans une banlieue résidentielle, afin d'aller s'installer dans le manoir victorien de son amant.

Malgré cela, il continuait à désirer Casey.

Et pas juste pour un soir.

— Monsieur Taylor ?

A cette voix compassée, il délaissa aussitôt ses préoccupations d'ordre personnel et endossa le rôle qu'il maîtrisait à la perfection.

Celui que Casey détestait plus que tout.

Celui de flic.

7

Se gardant de remarquer qu'il n'avait pas apprécié qu'on le fasse attendre ainsi, Mitch se leva pour saluer le nouveau venu.

— Capitaine Taylor, corrigea-t-il en serrant sa main calleuse mais manucurée.

Etrange. Ou ce type était nouveau dans l'univers policé de la banque, ou il avait des loisirs auxquels on ne s'attendait pas chez un employé de banque.

— Veuillez m'excuser. David Zimmer, je m'occupe des prêts. Ma secrétaire m'a dit que vous vouliez me poser quelques questions.

Il l'invita à entrer dans son bureau, et tous les deux prirent place dans le coin salon de la pièce.

Tout en sortant son carnet de sa poche, Mitch observa son vis-à-vis.

Zimmer était un homme d'âge indéterminé. Avec ses lunettes à verres jaunes, il pouvait avoir tout aussi bien trente ans que cinquante. Ses cheveux blonds coupés rejetés en arrière et sa silhouette mince ne révélaient rien de particulier.

Mitch laissa ses premières impressions faire leur chemin dans son esprit, sans chercher à les évaluer tout de suite.

— D'après ce que j'ai compris, c'est vous qui vous êtes chargé cette année du mailing concernant les événements caritatifs de la banque.

— C'est exact. J'ai établi la liste des destinataires, approuvé la circulaire, coordonné le personnel. J'ai même préparé quelques enveloppes moi-même. La grippe a fait des ravages ce mois-ci, et nous étions un peu à court de volontaires.

— Vous avez eu la grippe, vous aussi ?

— J'ai dû prendre quelques jours de repos. Le mailing a continué sans moi.

— Quand vous faisiez les enveloppes, avez-vous eu des contacts avec quelqu'un d'autre ? Un client, peut-être ?

Zimmer prit son agenda et étudia les dates.

Croisant les jambes, Mitch en profita pour l'étudier. Ce type était peut-être nouveau à ce poste, mais il avait une certaine habitude de la dissimulation. Souriant et prêt à rendre service en apparence, mais gardant certaines choses par-devers lui.

Tel un politicien chevronné, Zimmer savait comment dire à un flic ce qu'il voulait entendre, sans trop en révéler.

— Voyons… Lundi, j'ai eu un type assez bizarre. Il venait pour un prêt, mais j'ai dû refuser. Il ne nous offrait pas assez de garanties.

— Cela a-t-il un rapport avec le mailing ?

— Eh bien, j'y travaillais quand il est entré. Il était relativement poli mais sarcastique. Je vous avouerais que j'ai pensé à appeler la sécurité, mais il n'était pas vraiment menaçant. J'ai dû quitter mon bureau quelques instants pour m'entretenir avec Ron.

Mitch jeta un coup d'œil à ses notes.

— Ron Cambridge, votre supérieur ?

— C'est exact.

— Auriez-vous le nom de ce client ?

— John Darling.

Mitch se remémora le mode opératoire de Raines. John Darling n'était peut-être qu'un personnage incarné par l'as du déguisement.

Il demanderait à Ginny de vérifier.

— Je peux voir votre dossier sur ce Darling ?

— Je crains qu'il ne vous faille faire votre demande par la voie officielle.

Il craignait surtout pour la réputation de la banque, songea Mitch.

— Pensez-vous qu'il aurait pu glisser quelque chose dans l'une des enveloppes durant votre absence ?

Zimmer eut une moue songeuse.

— Eh bien, tout est possible. Mais je ne peux rien affirmer.

Mitch hocha la tête.

— Bien. Si vous pensez à autre chose, n'hésitez pas à m'appeler. Entre-temps, je vais vous envoyer un dessinateur afin d'établir le portrait-robot de ce M. Darling.

Zimmer se leva en même temps que lui.

— Veuillez transmettre mes respects à Mlle Maynard. Je me sens en partie responsable du désagrément qu'elle a subi.

Un désagrément ? On était loin du compte. Casey avait été terrifiée au-delà de toute raison, même si elle était bien trop fière pour le reconnaître.

— Mlle Maynard va très bien, dit Mitch.

Zimmer esquissa un sourire poli et tendit la main par-dessus le bureau.

— Vous m'en voyez ravi. Je ferai ce que je peux pour vous aider.

Mitch se garda bien de faire le moindre commentaire quant à ce qu'il pensait de sa serviabilité. Il lui serra la main et se dirigea vers l'ascenseur.

Dans la solitude de la cabine qui descendait, il se laissa aller à l'ironie.

Règle numéro six de son code privé : ne pas faire confiance à quelqu'un d'aussi mielleux que Zimmer.

Et, bon sang, il ne lui faisait pas du tout confiance !

Ce type avait sûrement un truc à se reprocher.

Le picotement qu'il ressentait dans la nuque lui soufflait que quelque chose ne tournait pas rond à la Banque agricole de Kansas City.

Il était simplement trop tôt pour savoir de quoi il s'agissait.

Mais Mitch était un homme patient. Il attendrait que les réponses viennent à lui.

Il espérait seulement qu'il restait assez de temps à Casey.

*
* *

Les gratte-ciel de Kansas City avaient cédé la place à des terrains vagues ressemblant à de vastes dépotoirs et à des entrepôts à l'abandon, couverts de graffitis et vandalisés.

Au volant de sa Jeep, Mitch tourna deux blocs plus loin et prit la direction du nord.

Cette partie la plus ancienne de la ville connaissait un nouvel essor grâce aux subventions locales, et les commerces rouvraient çà et là. Les vieilles bâtisses chargées d'histoire étaient en voie de classement, les trottoirs défoncés avaient été refaits, et la criminalité reculait de façon significative. Longtemps classé parmi les plus pauvres et les plus dangereux de la ville, le quartier était presque redevenu tel que ses parents l'avaient connu.

Tandis qu'il accédait à la rampe du parking souterrain, il ralentit pour échanger un regard avec l'agent en uniforme qui surveillait la zone.

Le plus jeune de ses cousins, Joshua Taylor, lui adressa un signe de tête et reprit sa ronde. Il avait fallu tirer quelques ficelles afin qu'il soit réaffecté dans son ancien quartier, mais c'était la seule façon pour Mitch d'être sûr de ses alliés.

Il se gara sur son emplacement, coupa le moteur et se passa la main sur le visage.

Il avait besoin de se raser, de prendre une bonne douche et de dormir. Avec la tête qu'il avait, il n'était sûrement pas assez bien pour la *lady* qui l'attendait à l'étage.

Il se rappela l'un de ses plus jolis souvenirs d'enfant : sa mère accueillant son père avec un baiser chaque fois qu'il revenait à la maison, puis le serrant longuement dans ses bras. Elle était toujours heureuse de le voir rentrer sain et sauf, et ne se souciait ni de la sueur, ni de la poussière, ni même parfois du sang qu'il y avait sur ses vêtements.

Pendant les premiers mois de leur mariage, Jackie l'avait accueilli de cette façon. Et puis, un soir, il avait passé la porte, tendu les bras vers elle, et s'était vu brusquement repousser, avec l'ordre de prendre une douche avant de la toucher. Quand il avait troqué l'uniforme contre un costume, la règle était restée la même.

Il n'était pas assez bien pour être le bienvenu sous son propre toit.

A la fin de la deuxième année, elle n'était même plus là quand il rentrait.

Avec un soupir, il prit la mallette posée sur le siège passager. Cela faisait cinq ans qu'il s'était résigné à ne trouver personne en rentrant du travail. Et ce n'était pas parce que Casey avait accepté d'habiter chez lui qu'il devait attendre quoi que ce soit de sa part. Ce n'était pas le genre de femme à ouvrir les bras à un homme comme lui.

Dans l'ascenseur qui l'emmenait au second étage, il se composa son masque de capitaine.

Il avait trop de travail pour perdre son temps à ressasser ses soucis personnels. A commencer par le fait qu'il avait passé toute la journée à travailler sur le cas Raines, au détriment des autres dossiers du Quatrième District.

Il regarda l'heure à sa montre. 21 h 30. La journée avait été sacrément longue, et il n'était arrivé à rien de concluant.

Il tourna la clé dans la serrure et baissa la poignée. Au même moment retentit un rire profond, enjoué, naturel, qui le prit complètement au dépourvu.

Puis la porte lui fut arrachée des mains.

— Il était temps que tu rentres, cousin.

Brett Taylor, aussi grand et musclé que lui, le tira à l'intérieur et verrouilla la porte derrière lui.

Son cousin n'était pas dans la police, mais il faisait passer les besoins des siens en priorité. Un coup de fil, et il avait répondu présent pour assurer la sécurité de Casey.

— Elle est en train de nous lessiver, lui apprit-il en lui tapant sur l'épaule. Je suis sûr qu'il y a quelque chose d'illégal dans sa façon de jouer.

— Tu parles de Casey ?

— Tu vois une autre femme, ici ?

Brett eut un sourire devant son air consterné.

— Accroche-toi à ton portefeuille, et ne te fie pas à son air angélique.

Après avoir posé ses affaires dans le placard de l'entrée, Mitch suivit son cousin dans le salon. A son entrée, le silence se fit, comme chaque fois qu'il pénétrait dans la salle de repos du personnel sans s'être annoncé.

Il jeta un coup d'œil à Casey. Il n'y avait rien d'innocent dans le gris tumultueux de ses yeux. Ses joues étaient rouges d'excitation, et son expression trahissait une joie désinhibée qu'il ne lui avait jamais vue.

Mais, dès qu'elle l'aperçut, elle redevint distante et froide.

Ravalant son irritation, il posa les yeux sur la pile de petite monnaie déposée au milieu de la table.

— Je ne savais pas que tu avais le démon du jeu, lança-t-il à Joe, assis à côté de Casey.

Son ami déposa ses cartes face contre table et recula sa chaise.

— J'arrête. Elle prétend qu'elle n'a pas joué au poker depuis l'université, mais ne la crois pas. C'est une championne.

Il adressa un clin d'œil à Casey, qui le gratifia d'un sourire lumineux. Mitch songea qu'il n'avait jamais eu la chance d'en obtenir un semblable.

— On ne joue que des petites pièces. Tu te sentirais mieux si je donnais mes gains à une bonne œuvre ?

— Seulement si c'est moi, ta bonne œuvre, répliqua Brett.

Les rires éclatèrent de nouveau, et l'impression d'être exclu de leur jeu eut raison du peu de patience de Mitch. Pourquoi Casey se montrait-elle aussi familière avec Joe, qu'elle ne connaissait que depuis très peu de temps, alors qu'elle continuait à s'adresser à lui telle une reine envers son laquais ?

— Est-ce que je suis le seul à me rappeler que la vie de Casey est en jeu, là ?

Son intervention jeta un froid, et une éternité parut s'écouler avant que Brett rompe le silence.

— Détends-toi un peu, Mitch. Personne n'a rien oublié. La

surveillance extérieure est en alerte maximale, et nous nous relayons pour qu'il y ait quelqu'un avec elle en permanence.

— C'est vrai, il n'y a pas de quoi monter sur tes grands chevaux, enchaîna Joe en se levant. Par contre, je te ferais remarquer que tu es en retard pour la relève.

Cette remarque eut le don d'accroître d'un cran l'irritation de Mitch.

— Il m'a fallu du temps pour lire les dossiers. Je suis tombé sur trois descriptions différentes de Raines. J'ai découvert que l'employé de la teinturerie qu'il a tué à la prison de Jefferson a deux enfants. La grille de la propriété de Casey ne montre aucun signe d'effraction ; or, Raines n'est pas un expert en électronique. Il devait donc avoir une télécommande et les codes. J'aimerais bien creuser du côté du chef, mais on peut toujours courir pour trouver un juge qui accepte de signer un mandat de perquisition. Quant à toi, si tu voulais passer ton temps à te prélasser, il ne fallait pas choisir ce métier.

Il avait débité sa tirade sur un ton vindicatif, digne d'un vrai tyran. Heureusement, Joe le connaissait assez pour ne pas s'en offusquer.

— Pas de problème. Mes beaux-parents sont encore en ville, et ça ne me gêne pas de faire des heures sup. Tu as l'air crevé.

Il fit un signe du pouce par-dessus son épaule et ajouta plus doucement :

— Pour le moment, elle tient le coup. Mais toi, tu devrais faire une pause. Tu as mangé, aujourd'hui ?

Une chaise racla le plancher, et Mitch reporta son attention sur Casey.

Elle était livide. Comprenant que son coup d'éclat en était la cause, il se calma aussitôt.

— Vous croyez que mon parrain est complice de Raines ? demanda-t-elle dans un souffle.

Il en avait déjà trop dit, et ce n'était pas en lui faisant part de ses doutes qu'il arrangerait l'opinion qu'elle avait de lui.

— Cette affaire sent mauvais. Dès le début, le chef m'a

mené en bateau. Bon sang, Casey, vous n'êtes même pas dans ma juridiction. Et c'est *moi* qu'il appelle pour jeter un œil sur votre maison ?

— Il vous faisait peut-être confiance.

Il haussa les épaules, montrant par ce geste ce qu'il pensait de cette suggestion.

— J'ignore ce qu'il manigance, mais je sais qu'il y a un truc qui cloche. Ce n'est même pas logique que Raines recommence à s'en prendre à vous.

— Pourtant, il l'a fait.

Mitch avait perdu ses parents à l'âge de huit ans, il avait survécu à un voisinage difficile, à un mariage brisé et à la mort d'une femme qu'il avait autrefois aimée. Mais jamais il ne s'était senti aussi désemparé qu'en cet instant.

— Je sais. Et nous allons découvrir pourquoi et le mettre hors d'état de nuire.

— Vous l'avez déjà dit.

Elle prit sa canne.

— Si ça ne vous dérange pas, j'aimerais être seule un moment, déclara-t-elle avant de se diriger vers la chambre.

Quand la porte se fut refermée derrière elle, Joe tira une chaise devant Mitch.

— Assieds-toi.

— Ça y est, je sens que vous allez me faire la morale, grommela Mitch en desserrant sa cravate.

— Tu l'as mauvaise, hein ?

Avec ses cheveux bouclés et son collier de barbe, son cousin ressemblait à un gros ours débonnaire. Ses yeux bleus lui rappelaient ceux de son père, ils avaient la même franchise et la même intensité. D'ordinaire, Mitch appréciait sa capacité à rire de tout. Mais il aurait quand même pu faire un effort pour être un peu moins direct !

— Et je comprends pourquoi, poursuivit Brett. En plus d'être jolie, elle a du caractère. Heureusement pour elle, d'ailleurs, car il en faut pour te supporter !

Mitch résista à l'envie de plonger au-dessus de la table et

de l'étrangler pour sa perspicacité. S'adossant à sa chaise, il adopta une attitude nonchalante.

— Je ne fais que mon travail.

— Conneries !

— Brett !

Joe le fit taire d'un coup d'œil sévère, puis se tourna vers Mitch sans se départir de son sérieux.

— On a seulement peur que tu laisses tes émotions perturber ton jugement. Tu n'as pas l'habitude de mobiliser la moitié de la police et toute ta famille pour surveiller ton appartement.

Il avait raison. Mitch renonça à donner le change sur les sentiments qu'il avait à l'égard de Casey, mais il s'obligea à se montrer réaliste quant à l'avenir de cette relation.

— Elle ressemble beaucoup à Jackie. Aucun de nous n'est assez bien pour elle.

— Elle n'a rien à voir avec Jackie ! protesta Brett. C'est ça, l'opinion que tu as d'elle ?

— Qu'est-ce que ça peut faire ?

Les trois hommes restèrent silencieux un moment, et la tension qui régnait entre eux disparut progressivement.

— Plus vite nous remettrons Raines en prison, plus vite Casey retrouvera sa vie d'avant, et moi la mienne.

Mitch défit sa veste et la fit passer derrière lui. Dans son mouvement, le col s'accrocha au dossier, faisant tomber la broche de Casey. Il se pencha pour la ramasser tandis que Joe et Brett débarrassaient la table, rendant à la pièce un aspect plus sérieux.

— Au moins, nous savons pourquoi il s'est échappé.

Il posa la broche sur la table, et quand Joe et Brett se furent assis, il leur répéta ce que lui avait raconté le directeur de la prison.

— La sœur jumelle de Raines, Darlene, était incarcérée à Potosi pour le meurtre d'une prostituée. Elle devait bénéficier d'une libération conditionnelle la semaine prochaine, mais des gardiens l'ont trouvée morte sous la douche, une fourchette plantée dans les côtes.

— Un assassinat ? demanda Joe.

— Oui. Ils ne savent pas qui l'a commandité, mais apparemment, c'est ça qui a incité Raines à s'évader.

— Quel rapport avec Casey ?

— Œil pour œil. S'il considère le juge Maynard responsable de la mort de Darlene, il lui rend la monnaie de sa pièce en s'en prenant à Casey.

— La sœur de Raines est morte ?

Se retournant, les trois hommes découvrirent Casey sur le seuil et se turent, embarrassés.

Elle vint s'asseoir autour de la table avec eux.

— C'est mon père qui l'avait condamnée, et Raines a utilisé ce prétexte pour m'agresser. A plusieurs reprises, il avait essayé d'intimider mon père, de faire pression sur lui, mais papa n'a jamais cédé. Le lendemain de mon agression, il a fait condamner Darlene Raines à douze ans de prison. Immédiatement après, il a annoncé sa démission à la presse sur les marches du tribunal.

— Et en rentrant chez eux, vos parents sont morts dans un accident de voiture, conclut Mitch avec compassion.

L'envie de la prendre dans ses bras et de la réconforter ne fit que le traverser, car, étrangement, elle ne semblait guère affectée.

Elle laissa échapper un profond soupir.

— Mes parents ne sont pas morts.

Il y eut un silence médusé, que Brett ne tarda pas à rompre.

— Je ne comprends pas... C'était dans tous les journaux ! Le maire a déclaré une journée de deuil, et mon père a dû fermer sa boutique.

Elle parut gênée.

— C'était une mise en scène afin qu'ils puissent être relocalisés sous une nouvelle identité. Avant son arrestation, Raines avait fait des menaces très claires concernant ma famille. Mon parrain s'est arrangé pour leur donner une protection.

— Pourquoi ne vous ont-ils pas cachée aussi ? s'enquit Brett, devançant la question de Mitch.

— J'étais dans le coma. J'ai subi trente-deux opérations et des mois de rééducation.

Mitch hocha la tête. Il comprenait, du moins sur le plan intellectuel. Car, jamais, il n'accepterait d'abandonner quelqu'un qu'il aimait.

— Il aurait été impossible de maintenir le secret avec ce genre d'antécédents médicaux, remarqua-t-il.

— Mais si tout le monde pense que le juge est mort, pourquoi Raines s'en prend-il de nouveau à Casey ? intervint Joe.

Brett se tourna vers elle.

— Vous pourriez l'identifier ?

— Ça n'a pas été le cas au procès, objecta-t-elle avec une moue dubitative. S'il est déguisé en ce moment, je ne le reconnaîtrais probablement pas.

Mitch la vit poser les yeux sur la broche qu'il arborait à présent au col de sa chemise.

Une idée déplaisante s'insinua dans son esprit sans qu'il parvienne à la formuler.

— Combien de personnes sont au courant, pour vos parents ?

Elle compta sur ses doigts.

— Jimmy, Iris. L'homme qui a arrangé l'accident et s'est occupé des identités, bien sûr. Ben et Judith. Ils travaillent pour la famille depuis des années et se sont occupés de moi au départ de mes parents. Ça fait longtemps que je ne les ai pas vus. Je crois qu'ils se sentent trahis par le système judiciaire, et je sais que papa se sent coupable de ce qui m'est arrivé.

Elle se redressa.

— C'est peut-être plus facile pour eux de rester éloignés.

Mitch leva les sourcils. Son idée commençait à prendre forme.

— Je ne vois qu'une raison pour laquelle Raines aurait choisi de jouer avec vous au lieu de vous tuer tout de suite : il cherche à vous utiliser pour faire sortir votre père de sa cachette.

— Ce qui veut dire qu'il sait qu'il est toujours en vie, enchaîna Joe.

— Reste à découvrir comment il l'a su.

Le lendemain matin, Casey s'interrogeait encore sur ce qui avait été dit la veille.

Elle devait être forte. Peut-être plus aujourd'hui que jamais auparavant.

Elle devait survivre.

Elle devait aider à arrêter Emmett Raines.

Et elle ne devait pas tomber amoureuse de Mitch.

Il lui serait facile de s'habituer à cet appartement, avec ses grands volumes et sa décoration chaleureuse faite de meubles et d'objets de récupération.

Il lui serait facile de s'habituer à l'animation que générait la famille Taylor.

Facile de s'habituer à Mitch

Mais baisser la garde signifiait perdre le contrôle. Et perdre le contrôle, c'était perdre son cœur.

Et à quoi servirait d'aimer un homme qui ne s'intéresserait jamais à elle ?

Tout en buvant son café, elle feuilleta le journal sans vraiment prêter attention à ce qu'elle lisait.

Jusqu'à ce qu'elle tombe sur une photo de Mitch en uniforme.

Sous le titre *Notre prochain chef adjoint ?*, un court article vantait ses états de service et faisait la liste des distinctions qu'il avait reçues.

Le devoir.

Ce mot seul suffisait à le résumer. Mitch la protégeait parce qu'il était un homme d'honneur et de devoir. Comme son père. Comme l'ensemble de la famille Taylor. Comme Joe Hendricks.

Mais pouvait-elle en dire autant de Jimmy ?

— Bonjour, marmonna Mitch en passant devant elle pour attraper la cafetière.

Surprise par sa soudaine apparition, elle n'eut pas le temps de se blinder contre les émotions. Elle remarqua qu'il semblait fatigué, tendu, et la culpabilité l'envahit. Il n'y avait pas à chercher loin pour savoir qu'elle était la cause de son état.

— Bonjour.

Il ignora sa réponse et se massa le cou.

Seulement vêtu d'un jean usé qui épousait ses cuisses musclées comme une seconde peau, il avait l'air immense et imposant, même dans ce grand espace.

Il se versa du café brûlant dans une tasse et en but une gorgée.

— Dieu merci, il est fort…

Serrant sa tasse dans ses mains, il prit appui contre l'évier et poussa un profond soupir.

— Quelque chose ne va pas ? s'enquit-elle. C'est à cause du coup de téléphone de tout à l'heure ?

Il parut hésiter. Son regard erra sur elle, étrangement tendre. Puis il se redressa, posa sa tasse et redevint professionnel.

— L'employé de la Banque agricole que je suis allé interroger a été retrouvé mort la nuit dernière.

— Seigneur, il a recommencé…

Elle crispa les doigts sur le rebord de la table, cherchant un soutien.

— C'est pire que ça. Les premiers examens montrent que le corps est là depuis plusieurs jours.

Elle sentit la tête lui tourner tandis que le sens de ses paroles lui apparaissait de plein fouet.

— Alors l'homme que vous avez rencontré était…

— Raines.

8

Merle referma son carnet et leva les yeux vers Mitch.

— Vous voulez rédiger l'avis de recherche, ou je m'en occupe ?

— Fais-le. Je ne sais pas vraiment quelle description en donner, mais arrange-toi pour que tout le monde soit au courant de sa présence dans les parages. Je vais refaire le tour de la maison pour voir si aucun détail ne nous a échappé.

Se relevant, il pressa gentiment l'épaule de son jeune lieutenant.

— Ça va aller ?

Merle hocha la tête, mais son regard reflétait un malaise évident.

— Je n'avais jamais vu un corps mutilé de cette façon.

L'employé de banque avait été étranglé puis lacéré avec brutalité, et Mitch ne pouvait s'empêcher de faire le rapprochement avec les photos qu'il avait vues dans le dossier de Casey.

Le mode opératoire était quasiment le même. Raines avait d'abord étranglé sa victime, puis l'avait découpée avec une précision chirurgicale.

Seule différence : s'il avait tué David Zimmer, il avait laissé la vie sauve à Casey. Elle n'était même pas inconsciente quand il avait commencé son atroce besogne. Chaque tendon, chaque ligament, chaque muscle qu'il avait sectionné ou entaillé, il l'avait fait alors qu'elle était en pleine possession de ses esprits.

Seigneur, comme elle avait dû souffrir !

Sans compter les blessures sur son cou et ses bras quand elle avait lutté avec lui…

— Capitaine ?

Mitch s'arracha à sa colère et reporta son attention sur Merle, qu'il tenait encore par l'épaule.

— Désolé.

Il ôta la main de son épaule, conscient d'avoir failli la lui broyer. Son travail consistait aussi à rassurer ses hommes et à se maîtriser en toutes circonstances. Pourtant, il n'était pas loin de craquer sur cette affaire.

— Ne te fais pas de reproches, déclara-t-il. Ta réaction est normale. Et ne crois pas que tu vas t'endurcir avec le temps. Il y a certaines choses auxquelles on ne s'habitue jamais.

— Je suppose.

Merle s'éloigna d'un pas hésitant dans le couloir, puis s'arrêta et se retourna, visiblement préoccupé.

— Vous n'avez besoin de rien d'autre, capitaine ?

Mitch secoua la tête avec un sourire las.

— Veille seulement à ce que le rapport du coroner me soit faxé le plus vite possible.

— Bien, capitaine.

Seul dans le modeste pavillon de Zimmer, Mitch prit une profonde inspiration.

C'était la maison d'un célibataire, mais tout y était propre et rangé. Presque trop, malgré quelques détails qui donnaient une impression de vie.

Il passa de nouveau les pièces en revue.

Quelques assiettes séchaient dans l'égouttoir. Une pile de serviettes attendant d'être pliées avait été posée sur le lit fait au cordeau. La salle de bains, avec son tube de dentifrice non rebouché et le gant abandonné sur le lavabo, semblait avoir été utilisée le matin même.

Mais il n'y avait aucune odeur.

Pas d'arôme de café dans la cuisine, ni de parfum de savon dans la salle de bains.

A première vue, on aurait pu croire que Raines était encore là ce matin, à jouer le rôle de Zimmer.

Sauf que ce n'était pas vrai.

La maison ressemblait à une vitrine supposée représenter un intérieur. Chaque objet avait été disposé avec précision – un peu sale, un peu utilisé – pour donner l'impression que quelqu'un vivait là.

Ce n'était qu'après avoir vu le cadavre de Zimmer que Mitch avait compris que Raines était capable de toutes les mystifications.

Massacré au point d'être méconnaissable, le corps de Zimmer n'avait pu être identifié que grâce à son dossier dentaire. Or, l'employé de banque que Mitch avait interrogé arborait la même couronne en métal sur le devant de la bouche.

Lui qui ne croyait pas vraiment Casey lorsqu'elle affirmait que Raines pouvait prendre la place de n'importe qui sans être reconnu, était bien obligé d'y croire, maintenant.

Et puisque le corps avait été découvert, cela signifiait que Raines avait déjà endossé une nouvelle personnalité.

Evidemment, rien ne prouvait qu'il avait bien assassiné Zimmer, mais tout le supposait : le message dans la carte de la banque, le mobile, le mode opératoire…

Revenant au centre du salon, Mitch pivota lentement sur lui-même pour se donner une dernière vue d'ensemble.

Il éprouvait un curieux picotement dans la nuque, comme chaque fois qu'il percevait un danger ou une anomalie.

Casey avait raison d'avoir peur.

La perfection glacée et parfaitement calculée de cette maison témoignait de l'intelligence monstrueuse de cet homme.

Si seulement il pouvait trouver un indice prouvant que Raines avait assassiné Zimmer.

Si seulement il pouvait deviner où il frapperait la prochaine fois…

Mais comment entrer dans la tête d'un monstre qui tuait aussi facilement qu'il respirait ?

Comment prédire le prochain geste d'un homme qui devenait ses victimes, masquant ainsi le crime qu'il avait commis ?

Et pourquoi la vie de Casey avait-elle été épargnée ?

Il essaya d'assembler le peu d'éléments dont il disposait pour le moment.

Raines était intelligent. Il ne faisait rien au hasard, ne commettait jamais d'erreur. Il devait observer longuement ses victimes avant de passer à l'acte. Il rendait Jack Maynard, le père de Casey, responsable de la mort de sa sœur jumelle. Et il voulait se servir de Casey pour faire sortir le juge de sa cachette.

Tout en réfléchissant, Mitch referma la porte de la maison derrière lui et se dirigea vers sa Jeep.

Le flic qui l'avait arrêté ne serait-il pas, lui aussi, une cible séduisante ? Et le procureur ? Les autres témoins ?

Il tourna la clé dans le contact et attendit quelques minutes que l'habitacle se réchauffe avant de démarrer.

Pourquoi Darlene Raines avait-elle tué une prostituée ? Son frère était-il, lui aussi, mêlé à cette histoire ?

Il jeta un coup d'œil dans le rétroviseur et s'inséra dans la circulation.

Peut-être cherchait-il au mauvais endroit…

Si cette affaire lui résistait, peut-être ferait-il mieux de vérifier celle qui avait déjà été résolue.

Il appuya sur une touche mémoire de son portable et écouta les sonneries défiler. Enfin, une voix féminine lui répondit.

— Quatrième District. Lieutenant Rafferty.

— Ginny, c'est Mitch.

— J'allais partir chez vous pour relever Joe.

— Très bien. Mais avant, rends-moi un service. Va chercher le dossier de Darlene Raines. Je veux savoir tout ce que nous avons sur elle.

*
* *

En rentrant chez lui, il trouva Casey assise devant la fenêtre à regarder la neige tomber. Qu'elle soit ainsi prostrée, immobile, ne lui plaisait pas, mais il eut beau faire, elle refusa de bouger.

— C'est le chef Reed qui a arrêté Darlene Raines. Vous le saviez ? s'enquit-il.

— Il n'était pas chef, à l'époque, marmonna-t-elle du bout des lèvres.

Elle avait les bras serrés sur sa poitrine, dans une attitude défensive qui l'irritait au plus haut point. Jamais elle ne s'était montrée aussi distante que ce soir. Il croyait pourtant avoir creusé une brèche dans le mur de défense qu'elle avait érigé autour d'elle.

Certes, il comprenait qu'elle n'apprécie pas sa suspicion à l'égard de son parrain – lui-même aurait pris la défense de Sid ou Martha Taylor, ou de n'importe lequel de ses cousins, s'ils avaient été mis en cause. Mais le nom du chef apparaissait un peu trop souvent, et son comportement avait de quoi surprendre.

— C'est exact, acquiesça Ginny en feuilletant le rapport. Il était pressenti pour cette promotion. Apparemment, il s'est attiré beaucoup de publicité en allant sur le terrain, alors que son travail le retenait plutôt derrière un bureau. Les médias s'en sont entichés et en ont fait un héros. Après ça, le poste ne pouvait que lui revenir.

Si son jeune lieutenant ne s'était pas trouvé dans la pièce avec eux, son vernis de patience aurait craqué de toutes parts.

Il avait envie de prendre Casey par les épaules et de la secouer pour la faire sortir de cette froideur royale.

Ou de l'embrasser.

Tout était bon pour briser la glace et ramener à la surface la femme de chair et de sang qui perçait parfois sous sa carapace.

— Je ne me souviens pas des implications politiques, commença-t-elle en ne s'adressant qu'à Ginny. Mais mon père avait trouvé un peu curieux qu'il se charge en personne de l'enquête. Les questions de prostitution relèvent d'habitude de la brigade des mœurs.

— Mais pas le meurtre de Cynthia Debecque ? demanda Ginny.

— Non. Oncle Jimmy a tiré quelques ficelles pour que l'affaire soit jugée par mon père. Ils formaient une équipe populaire : le juge et le flic. Et tous les deux étaient connus pour leur intransigeance.

— Et c'est pour ça que Raines vous a attaquée ? Pour persuader votre père de rendre un jugement favorable ?

Ginny posait les bonnes questions sur l'affaire, nota Mitch. Mais le fait que Casey se sente plus à l'aise avec elle qu'avec lui le blessait.

Il avait cru qu'ils commençaient à devenir amis.

Bah, quelle importance…

La seule chose qui devait le préoccuper, c'était sa sécurité. Et, pour y veiller, il avait besoin de réponses. Si Ginny était la seule personne à qui Casey avait envie de se confier, il devait l'accepter.

Du moment qu'elle restait en vie, il pouvait tout accepter.

Y compris des sentiments exacerbés, un ego en miettes et un cœur blessé.

Laissant les deux femmes discuter, Mitch se glissa hors de la pièce afin d'ajouter des boutons de manchettes et un nœud papillon au costume de pingouin qu'il avait loué pour la soirée.

Jackie, qui adorait les événements mondains, l'avait toujours poussé à acheter son propre smoking. Au début, cela lui avait été impossible, avec son salaire de jeune policier. Puis, quand il avait pu se le permettre, il avait refusé de le faire, en guise de rébellion contre la haute bourgeoisie qui méprisait son métier, sauf en cas de besoin.

Il batailla avec le ruban du nœud papillon, maudissant dans un même élan le tissu glissant, ses doigts maladroits et les remises de médailles. Ces événements étaient davantage destinés à faire la publicité de la police qu'à récompenser ses hommes dévoués à leur travail.

Finalement, il abandonna la lutte, enfila sa veste et regagna le salon.

Indifférentes à sa réapparition, les deux femmes poursuivaient leur discussion, la tête penchée l'une vers l'autre comme deux amies se faisant des confidences.

— Comment une prostituée a-t-elle pu s'offrir un duplex aussi dans un quartier aussi luxueux ? demanda Ginny.

— Quelqu'un devait l'entretenir, suggéra Casey.

— D'après le rapport de police, Cynthia Debecque rentrait chez elle ce soir-là, quand elle s'est retrouvée face à Darlene Raines, qui cambriolait son appartement. Les deux femmes se sont battues. Cynthia est morte des suites d'un coup porté à la tête.

— Si tu m'avais parlé de coups de couteau, j'aurais pu croire que Raines était impliqué dans cette mort. Le découpage, c'est son truc.

Mitch ne put s'empêcher de penser que Casey avait un ton bien léger pour quelqu'un qui avait été sa victime. Elle s'offrit même le luxe de s'esclaffer, avant de conclure :

— Mais là, je suis presque sûre que Darlene a agi seule.

Ginny et elle discutaient comme si elles se connaissaient depuis une éternité. Et elles étaient passées au tutoiement, ce que Casey s'était toujours gardée de faire avec lui.

Voir la jeune femme à l'aise avec tout le monde à part lui le rendait triste. Et peut-être même un peu jaloux.

— Quelque chose a été volé ? intervint-il en refoulant ses émotions.

Casey se raidit aussitôt, comme si même le son de sa voix l'irritait.

Le regard étonné de Ginny passa de l'un à l'autre, mais si elle prit la mesure de la tension qui régnait entre eux, elle ne fit aucun commentaire. Feuilletant le rapport, elle en sortit une page qu'elle tendit à Mitch par-dessus le dossier du canapé.

— Un manteau de fourrure et quelques bijoux, lut-il à haute voix.

Darlene avait laissé des articles de valeur derrière elle. Un téléviseur, une chaîne stéréo dernier cri, un bracelet incrusté d'émeraudes et de diamants.

Curieux.

Et, pourtant, tous les tiroirs avaient été fouillés, sortis de leur rail, retournés.

— Bon, Ginny, fit-il en espérant que l'esprit brillant de sa jeune subalterne parviendrait aux mêmes conclusions que lui. Que cherches-tu quand tu retournes les huit petits tiroirs d'un coffret et laisses derrière toi pour dix mille dollars de bijoux ?

— Des papiers… Des disquettes informatiques…

— Plus petit que ça.

— Des négatifs ! lança soudain Casey.

Elle se tourna vers lui.

— Des négatifs de photos. Il s'agissait sûrement d'un chantage !

Ginny remit la liste des objets volés dans le dossier.

— Mais qui aurait fait chanter une prostituée ? Sa réputation était déjà fichue.

— C'était peut-être le contraire, suggéra Casey. Peut-être Cynthia faisait-elle chanter Darlene Raines.

— Pour quelle raison ?

Mitch fit le tour du canapé et s'assit sur la vieille malle qui lui servait de table basse.

— Peut-être que Darlene se prostituait aussi.

Casey s'emballa, les joues soudain rosies, les yeux brillants d'excitation.

— Ou alors, Cynthia faisait chanter quelqu'un d'autre, et cette personne, quelle qu'elle soit, a engagé Darlene pour récupérer les négatifs.

— C'est un peu tiré par les cheveux…

Mitch était d'accord avec Ginny, mais il avait pour habitude de ne négliger aucune piste.

— Il faut quand même vérifier. Appelle Merle au

bureau. Il devait compléter des dossiers, et j'imagine qu'il n'a pas fini. Demande-lui de sortir le rapport d'arrestation rempli par James Reed. S'il est question de chantage, cela pourrait expliquer pourquoi il a fait des pieds et des mains pour récupérer l'affaire. Il se peut qu'il ait eu un service à rendre à un ami.

— D'accord.

Il profita de la sortie de Ginny pour mettre un peu de distance entre Casey et lui, et alla se poster devant la fenêtre. Le reflet lui renvoya son image. Avisant son nœud papillon de travers, il le dénoua et tenta de le refaire.

Il savait que Casey n'appréciait pas ses soupçons envers son parrain et qu'elle était prête à le défendre envers et contre tout. Pourtant, quelque chose lui disait que l'intérêt que le chef lui portait dépendait bien plus de cette affaire criminelle que de prétendus liens d'amitié entre leurs deux familles.

Et s'il la tenait enfermée pour la surveiller ? S'il cachait quelque chose ?

Mais quoi ?

— Donnez. Laissez-moi faire.

Une pression légère comme une plume lui caressa le bras. A ce contact, un flot de sensations hors de proportions le submergèrent, et il s'exhorta au calme.

Se retournant vers Casey, il la laissa attacher son nœud papillon.

Tandis qu'elle tournait et resserrait le ruban satiné entre ses doigts agiles, il se concentra sur les flocons de neige accumulés sur l'appui de fenêtre. Même cette intimité factice avait le don d'enflammer ses sens. Combien de cravates et de nœuds papillons avait-elle noués, et pour qui ? Son père ? Son parrain ? Un amant ?

Un instant, il ferma les paupières afin de savourer cet instant. Il lui serait facile de s'habituer à ces habits aussi formels, si cela impliquait qu'elle pose les mains sur lui.

— Vous croyez que mon parrain couvre quelqu'un ?

Un vent glacé traversa la pièce, comme si l'on avait ouvert une fenêtre, et Mitch redescendit sur terre.

Rouvrant les yeux, il mentionna l'hypothèse la moins choquante qui figurait sur sa liste.

— Il se peut qu'il protège un ami.

Ses mains fines se crispèrent sur le revers de son smoking.

— Il est tout ce que j'ai, Mitch.

Il posa les mains sur les siennes et les garda prisonnières.

— Non, vous vous trompez. Vous n'avez pas besoin de lui pour être aimée. Que faites-vous des McDonald et de Frankie ? Ils vous aiment comme si vous étiez un membre de leur famille.

Et que faites-vous de moi ?

Elle haussa les épaules.

— Ils ont leur vie. Et il ne reste plus grand-chose de la mienne, de toute façon.

Elle voulut libérer ses mains, mais il les serra un peu plus entre les siennes. Il ne voulait pas la laisser s'échapper sans lui avouer d'une façon ou d'une autre ses sentiments grandissants et son respect à son égard.

— Ce n'est pas une fatalité.

Elle avait fait le premier pas vers lui ce soir, brisant la coquille qui séparait la princesse recluse du reste du monde, et il ne voulait pas qu'elle s'y enferme de nouveau.

En tant que garde du corps, c'était inacceptable, car il avait besoin d'une relation de confiance pour assurer sa sécurité.

Et en tant qu'homme dont le cœur renaissait à son contact, il ne le supporterait pas non plus.

Lâchant ses mains, il la prit par les épaules et l'attira près de lui.

— La seule chose qui empêche les gens de vous aimer, c'est votre orgueil. J'ai vu combien vous pouviez être chaleureuse et généreuse. Votre parrain ne le voit pas, mais moi, oui. Frankie aussi. Et Judith. Et Ben…

Il se pencha pour l'embrasser, mais elle tourna la tête. Il posa les lèvres sur sa joue.

— J'essaie de me préserver contre les désillusions, Mitch. J'ai peut-être choisi la voie de la facilité, mais je ne suis pas aussi forte que vous.

— Sottises !

Ses lèvres glissèrent vers son oreille, puis il s'écarta pour observer ses yeux d'un doux gris tourterelle où dansaient des ombres de peur et de doute.

— C'est vraiment ce que vous croyez ? Regardez tout ce que vous avez surmonté. Regardez ce que vous affrontez chaque jour de votre vie. Et vous l'avez fait presque toute seule. Je connais peu de gens qui auraient résisté à tant de pression.

Du bout des doigts, elle effleura la broche qu'elle lui avait donnée en signe d'identification.

— Mais vous, vous mettez votre vie en danger chaque jour. Vous forcez l'admiration de tant de gens. Vous ne vous autorisez pas à avoir peur. A la place, vous vous mettez en colère. Ou vous faites comme si de rien n'était.

Il secoua la tête.

— Je ne suis pas différent de vous, Casey. Je m'efforce seulement d'avancer.

Il l'attira de nouveau contre lui. Cette fois, il sentit qu'elle s'abandonnait entre ses bras, et ce geste de confiance éveilla en lui un sentiment qu'il n'osa pas définir.

— Donc la seule différence entre nous, c'est que quand ça va trop loin, vous perdez votre flegme, et moi, je deviens cette horrible princesse hautaine et glaciale.

Il sourit, le nez plongé dans ses cheveux au parfum vanillé.

— Elle n'est pas si mal, murmura-t-il.

Elle eut un sourire gentiment moqueur.

— Vous ne pouvez pas la supporter, avouez-le.

— Disons que j'aime les défis, admit-il, gagné par sa légèreté.

— Vous êtes plus galant que vous ne le pensez, capitaine. Ils vont vous adorer à la réception, ce soir.

Il lui pinça gentiment le bras en grommelant.

— Il fallait que vous me rappeliez cette corvée…

Le rire de Casey, le premier qu'elle lui accordait, ôta un poids de ses épaules, au point que l'idée de la soirée à venir lui parut soudain moins éprouvante.

Il aurait tellement aimé partager cet événement avec quelqu'un qui comptait.

Avec elle.

Soulagé de constater qu'ils étaient enfin parvenus à se comprendre, il pencha la tête pour l'embrasser. Pour la remercier. Pour y puiser le regain de confiance dont il avait besoin.

Il posa les lèvres sur les siennes.

Et ils partagèrent un baiser tendre et profond à la fois.

Si réel.

Si semblable à la vie qu'il voulait partager avec elle.

Si bon.

Trop bon pour durer.

— Ça y est, capitaine. J'ai…

Ginny s'interrompit net, l'air embarrassé, tandis qu'ils se séparaient à regret.

— Excusez-moi, bredouilla-t-elle, les yeux baissés.

Casey s'écarta de quelques pas, les bras serrés autour d'elle. Tout en rajustant sa veste, Mitch y perçut encore la chaleur qu'elle lui avait transmise. Il répugnait à la quitter, mais il n'avait pas le choix. Sid et Martha avaient prévu d'assister à la réception avec lui – sa tante était d'ailleurs chargée de le rendre présentable –, et il ne pouvait pas les faire attendre plus longtemps.

— Laisse tomber, Ginny, fit-il, retrouvant son autorité naturelle. Tu as pu mettre la main sur Merle ?

Elle hocha la tête.

— Oui. Il va nous faxer le rapport d'arrestation. Je lui ai donné votre numéro.

Au même moment, la sonnerie de l'ascenseur retentit, et le visage de Ginny exprima un vif soulagement.

— J'y vais, déclara-t-elle en tournant aussitôt les talons.

Resté seul avec Casey, Mitch s'aperçut qu'un gouffre s'était de nouveau creusé entre eux, mais avec une différence subtile, cette fois.

Si elle tentait toujours de se protéger, l'angle de son menton était un peu moins fier, et son regard, moins froid.

— Ça va aller ? demanda-t-il gentiment.

Elle esquissa un sourire.

— Je vais essayer, capitaine. Je vais essayer.

Avant qu'il ait pu la rassurer ou faire une plaisanterie, Ginny revint précipitamment, suivie de Brett, qui s'avançait d'une démarche nonchalante.

— L'homme des cavernes est arrivé, annonça la jeune femme d'un air écœuré.

— Ecoute, beauté, si tu as peur de craquer pour moi, je peux appeler la maison et demander qu'on t'envoie un de mes jeunes frères. Tu verras, ils sont beaucoup moins sexy.

— Brett ! fit Mitch en guise d'avertissement.

Il avait toute confiance en son cousin pour prendre soin de Casey, mais il devinait que celui-ci allait prendre un malin plaisir à taquiner Ginny. Brett passait rarement à côté d'une occasion de flirter. Or, la jeune femme, quand elle était de service, ne pensait à rien d'autre qu'à son travail. Leur association promettait de belles étincelles.

Casey s'esclaffa, et il reporta son regard sur elle.

— Allez-y, dit-elle. Et profitez bien de votre soirée. J'ai le sentiment que ça va être assez animé ici.

— Accompagnez-moi jusqu'à la porte.

Comme si c'était la chose la plus naturelle du monde, il lui prit la main, et elle entrelaça ses doigts aux siens. Elle le suivit, sa claudication se remarquant à peine tant elle avait de grâce.

A la porte, il enfila son manteau, guère pressé de la quitter. Le silence était retombé entre eux.

— Qu'y a-t-il ? demanda-t-elle après quelques instants.

— J'aurais aimé que vous veniez avec moi.

— Si Raines ne rôdait pas dans le coin, j'aurais pu essayer…

Si Raines ne rôdait pas dans le coin, ils ne se seraient jamais rencontrés, songea-t-il. Et cette pensée l'attrista plus qu'il ne l'aurait imaginé.

Grâce à Casey, cette femme magnifique et hors du commun, il avait connu plus d'émotions en une semaine qu'en dix ans. Et cela lui faisait du bien de se sentir de nouveau vivant. De se préoccuper de quelqu'un.

Seulement, jamais il n'aurait fait sa connaissance, si un dangereux criminel ne l'avait pas menacée.

Et, quand tout serait terminé, leurs chemins se sépareraient. Il la perdrait à jamais.

— Soyez prudente, murmura-t-il avant de déposer un rapide baiser sur ses lèvres.

— C'est promis.

Il attendit qu'elle tourne le verrou derrière lui, puis se dirigea vers le monte-charge qui l'emmena jusqu'au parking souterrain.

L'abandonner était une mauvaise idée, se répétait-il sans pouvoir s'en empêcher.

Mais il ne savait pas si cette impression lui venait du chatouillis qui lui picotait la nuque ou de l'étrange sensation de vide dans son cœur.

9

Casey se laissa aller contre son dossier et retint un sourire devant la concentration exagérée que Brett mettait à étudier ses lettres. Ils faisaient une partie de Scrabble endiablée, et Brett était un compétiteur tenace.

Mais gagner le jeu n'était pas ce qui le motivait.

De toute évidence, il n'était pas insensible au joli minois et aux boucles blondes de Ginny, et il semblait prêt à faire n'importe quoi pour attirer son attention. Malheureusement, la jeune femme avait esquivé toute tentative de flirt, toute manifestation de sympathie, et elle changeait de sujet chaque fois que la conversation s'engageait sur un terrain trop personnel.

A présent, la tension entre ses deux anges gardiens s'était muée en une féroce bataille intellectuelle, à laquelle Casey assistait avec amusement.

Toujours en alerte, Ginny balayait régulièrement la pièce du regard, avec la même acuité que Mitch. Mais son irritation transparaissait dans le martèlement silencieux de ses doigts sur sa cuisse.

Casey se demanda si Mitch la voyait de la même façon que Brett voyait le jeune lieutenant. Une conquête à mener ? Un défi à relever ?

Brett se désintéresserait-il de Ginny, si elle se mettait soudain à rire à ses blagues stupides ? Aimerait-il la vraie femme tout autant que l'officier de police qui refusait de baisser sa garde ?

La vraie Casey décevrait-elle Mitch ?

Une infirme solitaire n'était pas la compagne idéale pour un homme de sa valeur et de son talent.

Quand sa femme était tombée malade, il s'était occupé d'elle, alors qu'elle le trompait, parce qu'il pensait que c'était son devoir.

Se montrerait-il une fois de plus chevaleresque en poursuivant une relation avec elle, alors qu'il ne l'aimait pas ?

Cette considération gâcha son amusement à regarder la bagarre qui faisait rage sous ses yeux.

— Onirique, annonça Brett.

— Quoi ? fit Ginny.

Avec le panache d'un magicien sortant un lapin de son chapeau, il déposa sur le plateau les lettres O-N-I-R-I-K.

— Ça ne s'écrit pas comme ça !

— Avoue que tu es surprise que je connaisse ce mot.

Une sonnerie se fit entendre du côté du bureau de Mitch, installé à l'autre bout de la pièce.

Ginny bondit sur ses pieds.

— Sauvé par le gong, Brett ! C'est sûrement le fax de Merle.

Casey la retint par le poignet.

— Laisse, je vais le chercher. J'ai besoin de marcher.

Une lueur inquiète passa aussitôt dans les yeux du jeune lieutenant.

— Ça ne va pas ? Tu as mal quelque part ?

Casey s'autorisa un petit mensonge. Elle ressentait toujours une douleur plus ou moins forte à sa jambe mutilée, mais, après trop d'efforts ou, au contraire, trop peu d'exercice, ses muscles se tétanisaient, et cela devenait vite insupportable.

— Non, répondit-elle. Tout va bien. Il faut seulement que je me dégourdisse les jambes.

— D'accord. Je vais préparer du café. Le petit génie n'aura qu'à ranger le jeu. Laisse le rapport sur le bureau de Mitch.

Du coin de l'œil, elle vit Brett suivre Ginny du regard.

Il paraissait sous le charme, et force était de reconnaître que la jeune femme était ravissante. Cela la conforta dans l'idée qu'il était ridicule de sa part d'aimer un homme tel que Mitch.

Car elle l'aimait, admit-elle intérieurement.

Arrivée près du bureau de Mitch, elle serra les doigts sur le dossier du fauteuil et pensa à la force qu'il manifestait. A son courage que rien n'affaiblissait. Et elle se demanda comment elle pourrait jamais devenir la femme qu'il méritait.

La page de couverture du fax fut éjectée par la machine. Tout en réfléchissant, Casey attendit que les pages suivantes s'impriment.

Se pouvait-il vraiment que Jimmy soit impliqué dans une affaire de chantage ? Elle savait que Mitch en était persuadé, même s'il se retenait de le dire ouvertement.

A la vérité, elle n'aimait pas son parrain plus que cela. Petite, elle en avait même un peu peur. Et, à présent, certains de ses agissements la laissaient perplexe. Par exemple, le fait de demander tout spécialement à Mitch de veiller sur elle, puis de l'accuser d'incompétence. La politique était un drôle de jeu qu'elle avait souvent observé mais dont elle ne comprenait pas tous les paramètres.

Quelques secondes s'écoulèrent avant qu'elle s'aperçoive que le fax s'était tu. Elle rassembla les pages et jeta un coup d'œil machinal sur la première.

Deux lignes dactylographiées et une image familière attirèrent son attention, avant de lui arracher un cri.

Les feuilles lui tombèrent des mains, comme sous le coup d'une décharge électrique.

Brett bondit à ses côtés et l'entraîna aussitôt à l'écart du bureau. Le temps de traverser la pièce, et Ginny les rejoignit, son arme à la main.

— Que se passe-t-il ?

— C'est à cause du fax, expliqua Brett.

Dans un état second, Casey entendit à peine leur conversation.

Brett répéta les mots inscrits au fer rouge dans son esprit.

Voici l'homme qui a embrassé la jeune fille qui est morte dans la maison que Jack a construite.

Elle le sentit plus qu'elle ne le vit montrer la feuille à Ginny.

La photo de Mitch qui avait paru dans le journal du matin avait été grossièrement scannée ou photocopiée, mais les détails ajoutés – gorge tranchée et cœur sanguinolent – étaient bien visibles.

— Comment sait-il que Mitch m'a embrassée ? murmura-t-elle, en proie à la culpabilité.

Elle avait baissé sa garde et s'était autorisée à éprouver des sentiments. Et, à présent, sa pire crainte était en train de se réaliser.

A cause d'elle, quelqu'un d'autre allait souffrir.

A cause d'elle, Mitch risquait de mourir.

Soudain, la réalité la frappa de plein fouet.

— Mon Dieu, il nous a observés depuis le début. Il sait que je suis ici !

Brett était déjà à la porte. Il avait enfilé son manteau et composait un numéro sur son portable.

— J'appelle Josh. Nous allons vérifier à l'extérieur. Personne n'a pu s'approcher sans avoir été repéré. Il connaît tout le monde de vue.

— Raines est impossible à reconnaître, objecta Casey en émergeant de sa transe. Il peut être n'importe qui. Même un ami proche.

— Je ne laisserai pas ce salaud menacer ma famille. Ou mes amis. Et il n'est pas question qu'il fasse comme chez lui dans mon quartier. On va le trouver.

Quand la porte se fut refermée dans un claquement, Ginny la guida vers le salon.

— Il essaie peut-être seulement de te faire peur. Rien ne prouve qu'il t'ait vue avec Mitch. Par contre, ce qui me chiffonne, c'est comment il sait que tu es là. Le fax a été envoyé d'une boutique de photocopies à l'autre bout de la ville. Soit il a un complice, soit il a un sens de l'à-propos hors du commun. En tout cas, je suis sûre que les Taylor *boys* ne vont rien trouver ce soir.

Casey acquiesça.

— Il est assez intelligent pour deviner que je suis là, sans avoir besoin de surveiller l'appartement.

Elle se passa les mains sur les bras pour tenter de chasser la chair de poule qui hérissait ses poils.

— Tout le monde dans mon entourage sait que Mitch a été affecté à ma protection. Raines a pu surveiller l'un d'entre eux, écouter leur ligne téléphonique ou…

Elle laissa passer un silence. Puis elle grimaça.

— Je ne peux pas croire que quelqu'un m'ait trahie délibérément.

Consciente que sa voix montait dans les aiguës, elle prit une profonde inspiration.

— Nous ne sommes plus en sécurité nulle part, lâcha-t-elle.

Ginny haussa les sourcils tout en replaçant son arme dans le holster fixé à sa ceinture.

— Nous ?

— Mitch. Moi. Tu sais bien… tous ceux qui essaient de m'aider.

Le jeune lieutenant balaya vigoureusement cette affirmation de la tête.

— Ce n'est pas vrai. Le capitaine est comme un pit-bull sur cette affaire. Il préférerait mourir plutôt que de te voir en danger.

— Ce n'est pas très rassurant. Je ne veux pas que quelqu'un soit blessé à cause de moi.

— Ça fait partie de notre travail. Et je crois qu'il y a quelque chose de plus personnel en ce qui concerne Mitch.

Ginny alla prendre une pochette en plastique dans son sac et y rangea la feuille. Sans prêter attention à ce qu'elle disait, Casey prit le sachet en plastique afin de relire le message.

— La phrase est différente. Cette fois, c'est en rapport avec Mitch, pas avec moi.

Jetant la pochette sur la table, elle se précipita vers le placard de l'entrée pour prendre son manteau.

Ginny lui barra la route.

— Tu ne peux pas t'en aller comme ça. Mitch serait furieux.

Casey tourna les yeux vers elle et lui fit part de sa découverte.

— Réfléchis, Ginny. Ce n'est pas moi que Raines menace, cette fois. Il en veut à Mitch. C'est lui qui est en danger !

— Dans ce cas, je vais l'appeler et le prévenir.

— Si tu ne me conduis pas à la réception, je trouverai un autre moyen de m'y rendre.

Voyant que le jeune lieutenant ne flanchait pas, elle se fit suppliante. La peur lui glaçait le cœur.

— J'ai vu ce que Raines était capable de faire. Je dois trouver Mitch avant qu'il le trouve.

— Non.

Casey s'obligea à réfléchir calmement afin de trouver un argument imparable.

— Ecoute, Ginny, Raines sait que je suis ici. Votre dispositif de sécurité est déjà compromis. Où serais-je plus en sécurité qu'à une réception pleine de policiers ?

Ginny parut hésiter.

— On sait que le truc de Raines, c'est de tuer quelqu'un et de prendre sa place. Qui te dit qu'il ne sera pas là-bas déguisé en flic ?

— Même si c'est le cas, que pourra-t-il me faire ? C'est notre seule chance de le démasquer.

Ginny lui bloqua la porte.

— Il y aura au moins cinq cents personnes dans la salle. Comment feras-tu pour le trouver dans cette foule ?

— Nous n'aurons pas à le chercher. Si j'y vais, c'est lui qui me trouvera.

— Mitch Taylor.

Une salve d'applaudissements s'éleva dans la salle, mais il n'en éprouva aucune satisfaction.

Une médaille de plus pour services rendus. La belle affaire !

Aucune des personnes présentes n'avait la moindre idée de ce que cela représentait à ses yeux. D'ailleurs, tous ces officiels, tous ces politiques s'en moquaient éperdument. L'important pour eux, c'était de se faire voir, d'avoir leur photo dans le journal.

Mais il savait comment donner le change. Il savait comment s'adapter à toutes les situations. Ces gens-là ne se souciaient que des apparences. Et peut-être était-il un peu comme eux.

A cette pensée ironique, un sourire naquit sur son visage tandis qu'il ajustait les revers satinés de sa veste de smoking. Ce geste fit tomber la broche que Casey lui avait offerte.

Aussitôt, un picotement courut le long de sa nuque. Par chance, il n'était pas superstitieux. Il avait déjà constaté que l'attache tenait mal, et il avait négligé de s'en occuper.

Se reprochant de ne pas assez prendre soin du cadeau de Casey – et peut-être aussi de ne pas assez prendre soin d'elle –, il se promit de faire réparer le bijou avant de le lui rendre.

Il le ramassa et le fourra en hâte dans la poche de sa veste. Le maire s'avançait pour lui remettre sa récompense. Avec un sourire de circonstance, Mitch accepta la plaque en laiton sur laquelle était gravée une inscription le remerciant d'avoir fait son travail.

Les applaudissements reprirent de plus belle. Balayant l'assemblée du regard, il croisa celui du chef Reed assis à la table d'honneur.

Curieux.

Le chef avait beau applaudir poliment, il n'y avait aucune trace de fierté dans son expression, aucun soutien dans ses yeux, alors qu'il était son candidat.

Au contraire, son regard semblait receler une sorte d'avertissement.

Qu'essayait-il de lui dire ?

Qu'il devait lui faire honneur ? Ou cesser les sous-entendus à son égard ?

La foule se tut en attendant la suite, et Mitch se mordit la langue pour ne pas dire ce qu'il pensait vraiment de cette mascarade.

— Monsieur le Maire, monsieur le Chef, chers amis, commença-t-il. C'est un honneur pour moi d'accepter cette récompense, mais ce fut un honneur encore plus grand de servir les citoyens de Kansas City…

Il passa en mode automatique et poursuivit son discours en pensant à autre chose. Cela aurait été formidable que ses parents soient encore là pour voir ça. Surtout son père. Il aurait été fier de le voir suivre ses traces.

Son regard dériva vers le fond de la salle, où des invités s'étaient réfugiés, lassés des discours. Certains discutaient entre eux, d'autres passaient des appels sur leur portable.

Les serveurs allaient et venaient par la porte de service qui menait dans la cuisine. Ils se déplaçaient de table en table, servant le café et ôtant les assiettes à dessert.

Machinalement, Mitch en suivit un des yeux qui franchissait les portes battantes de la cuisine. Dans le rapide va-et-vient de l'ouverture, il aperçut une petite blonde guère habillée pour la circonstance avec son jean et son blouson.

Il en bégaya de surprise. Que diable Ginny venait-elle faire là ?

La porte se rouvrit et, cette fois, il vit un géant barbu vêtu d'un long manteau en cuir noir.

Brett.

Une vague de peur le submergea.

Qui surveillait Casey ? Que s'était-il passé ?

Il interrompit son discours.

Raines avait-il de nouveau frappé ?

L'idée que cet homme ait pu envoyer un autre message à Casey ou, pis, qu'il ait réussi à l'approcher, était impensable. Insupportable.

Supprimant la fin de son discours, il bafouilla quelques remerciements et descendit précipitamment de l'estrade.

Il devait aller aux nouvelles.

Mais le maire s'interposa afin de lui serrer la main. Puis le chef de la police. Ce furent ensuite trois conseillers municipaux qui lui bloquèrent le passage.

Mitch les contourna, en proie à une panique grandissante.

Lui qui était quelqu'un de raisonnable, aurait tout donné pour bénéficier de pouvoirs télépathiques et pouvoir ainsi entrer en communication avec Brett et Ginny.

Il se hissa sur la pointe des pieds, se démancha le cou, anxieux d'avoir un contact visuel. Désespérant de connaître la vérité.

Et, soudain, il eut l'impression que son cœur s'arrêtait de battre.

Une cascade de cheveux roux sur un manteau sombre. Une peau laiteuse rougie par le froid de l'hiver.

Casey.

Courageuse et plus belle que jamais, souriante malgré la peur qui obscurcissait son regard.

Les compliments qui fusaient autour de lui, les tapes qu'on lui donnait sur l'épaule pour le féliciter, les visages qui l'entouraient, tout cela passa au second plan tandis qu'il traversait la foule dans sa direction. Il ne voyait que son sourire et son maintien royal.

Puis la joie de la retrouver céda la place à la colère.

— Non, mais vous avez perdu la tête ! s'exclama-t-il en arrivant à la hauteur de Brett et Ginny. Qu'est-ce que …

— Mitch !

Casey se précipita vers lui, les bras tendus, et perdit l'équilibre. Aussitôt, il passa un bras autour de sa taille afin de la retenir.

— Vous allez bien ? demanda-t-elle en levant les yeux vers lui.

Il voulut sourire, mais ne réussit qu'à faire la grimace.

— Mais oui. Sauf que j'ai failli avoir une crise cardiaque en vous voyant !

Gentiment, il repoussa une mèche de cheveux derrière son oreille.

— Que se passe-t-il ?

Elle cilla, et la panique qu'il avait lue dans ses yeux gris laissa place à un début de sourire.

— Je devais venir. Félicitations.

L'espace d'un instant, il succomba à sa beauté classique

et se prit à rêver qu'il avait fallu un peu plus que de l'amitié pour l'inciter à sortir de l'ombre.

— Oh, c'est Cassandra Maynard !

— Que se passe-t-il ?

— Vous avez vu ?

Les murmures curieux qui fusaient autour d'eux le ramenèrent à la réalité plus rapidement qu'il ne l'aurait voulu.

Fermement, il repoussa Casey dans la cuisine et, d'un signe de tête, ordonna à Ginny de se poster devant la porte.

Puis, voyant que le personnel leur lançait des regards curieux, il ajouta :

— Police. Tout le monde dehors.

Certains s'exécutèrent à la hâte, d'autres en rechignant. La pièce fut bientôt vidée de ses occupants, à l'exception de Brett, qui en prit pour son grade.

— Tu as perdu la tête ou quoi ? Qu'est-ce qu'elle fait là ?

— Tu n'as qu'à lui poser la question, répondit son cousin sans se démonter.

Mitch sentit qu'on tirait sur sa manche, le détournant d'une dispute qu'il n'avait pas vraiment envie d'avoir.

— Ne leur en voulez pas, Mitch. C'est moi qui ai insisté pour venir. J'ai reçu un autre message de Raines.

— Quoi ?

— Il est ici. J'en suis sûre.

— Alors, il faut partir tout de suite.

Il lui prit le coude et la fit pivoter vers la porte de service. Mais elle se libéra et glissa vers Brett.

— Je ne bougerai pas d'ici.

— Et moi, je vous dis que si !

Les bras croisés et le menton levé, elle refusait qu'il lui dicte sa conduite.

Avec un signe de tête vers la porte, Brett s'excusa.

— Je vais aller prêter main-forte à Ginny.

Quand son cousin eut disparu, Mitch comprit qu'il ne ferait pas le poids contre Casey. Les techniques de survie qu'il avait apprises dans la rue ne lui étaient d'aucun secours face à une rouquine plus têtue qu'une mule.

— Qu'est-ce qui vous fait croire que Raines est ici ?

Sans ciller, elle plongea la main dans la poche de son manteau et en sortit la pochette contenant le fax.

Après l'avoir lu, Mitch jura entre ses dents, puis il releva la tête, incrédule.

— Vous étiez inquiète pour moi ?

— Je m'inquiète pour nous.

Son attitude bravache se fissura, révélant sa vulnérabilité.

— Je m'inquiète pour toutes les personnes innocentes que Raines pourrait blesser. Je veux l'empêcher de continuer à nuire, Mitch. Je veux qu'il se montre pour que vous puissiez l'arrêter.

Il secoua la tête et l'entraîna vers la porte de derrière.

— Il n'est pas question que je prenne ce risque. Il y a trop de facteurs que je ne peux pas contrôler, ici. J'ai une cousine qui possède un chalet au bord du lac Truman. Je vais l'appeler et récupérer la clé.

— J'accepte, à condition que vous veniez avec moi. Il veut votre mort. Vous ne pouvez pas rester ici.

— Casey…

— Je n'irai pas sans vous.

Soudain, un flash les aveugla.

— Mademoiselle Maynard, avez-vous décidé de sortir pour de bon de votre enfermement ?

— Est-ce que vous avez une liaison avec le capitaine Taylor ?

— Y a-t-il du vrai dans la rumeur…

Une foule impressionnante déferla soudain autour d'eux, remplissant tous les espaces vides entre les étagères, les comptoirs, l'îlot central de la vaste cuisine.

Et bloquant tous les accès.

D'un mouvement fluide, Mitch glissa la main sous sa veste, là où son arme aurait dû se trouver. Ce n'est qu'en tâtant le vide qu'il se rappela l'avoir laissée dans la boîte à gants de sa voiture.

Les doigts de Casey se crispèrent sur le dos de sa veste, tandis qu'elle se dissimulait derrière lui.

— Tout le monde dehors ! cria-t-il. C'est un ordre !

Le brouhaha cessa, mais le cliquetis des appareils photo continua à résonner avec la cadence d'armes à feu.

Finalement, la cuisine se vida, et Ginny les rejoignit, l'air penaud.

— Je suis désolée, capitaine. Je n'ai rien pu faire.

Balayant ses excuses d'un geste de la main, il aboya un ordre.

— Joe est dans la salle. Trouve-le et rassemble tous les hommes disponibles. Il faut faire sortir Casey d'ici.

— Oui, chef.

Elle se retira, anxieuse de regagner son estime. Alors qu'elle passait la porte, le maire, un homme rougeaud et corpulent, en profita pour entrer.

— Mon cher capitaine ! J'ignorais que vous nous réserviez une telle surprise.

Mitch s'empressa de s'interposer entre Casey et lui.

— Nous allions partir, monsieur le Maire.

Ignorant son excuse, l'homme le contourna et tendit la main à Casey.

— Ma chère Cassandra, cela me fait très plaisir de vous revoir.

— Bonjour, Benjamin. Comment allez-vous ?

— Bien, et vous ? répondit-il par réflexe. Vous devez absolument vous joindre à nous. Sylvie sera ravie.

— C'est-à-dire que…

Mitch ne put poursuivre. Une fois de plus, le maire ignora totalement son intervention.

— C'est formidable que vous ayez enfin décidé de sortir, Cassandra, déclara-t-il en la prenant d'autorité par le bras. Nous avons beaucoup de choses à rattraper. Si j'avais su que vous veniez, je vous aurais envoyé une invitation…

Et tout en la noyant sous un flot de paroles, il la guida hors de la cuisine, puis jusqu'à sa table, où il prit complaisamment la pose devant les journalistes.

*
* *

— Dansons.

Casey sentit le souffle de Mitch lui effleurer l'oreille, détournant son attention du babillage incessant de la femme du maire. Elle plaqua un sourire poli sur ses lèvres et tourna discrètement la tête vers lui.

— Je ne peux pas, murmura-t-elle sans bouger les lèvres. Ce ne serait pas poli.

— Mais si, vous allez voir.

Il se leva et, de sa voix la plus charmeuse, s'adressa à leur hôtesse.

— Chère amie, m'autoriseriez-vous à vous enlever Casey quelques minutes ? Je meurs d'envie de danser.

Conquise, la femme du maire les chassa avec un sourire indulgent.

— Mais bien sûr, mes enfants, allez-y. Je parle, je parle, et j'en oublie que vous avez envie de profiter de la soirée.

— Merci.

Attrapant fermement Casey par la main pour empêcher toute esquive de sa part, il la guida à travers les tables en direction de l'orchestre installé dans un coin de la salle.

Elle se laissa faire en souriant. Mais, quand ils arrivèrent sur la piste de danse, elle s'arrêta brusquement, comme effrayée. Elle perdit l'équilibre et heurta de l'épaule un serveur qui passait, un plateau couvert de verres. L'homme chancela dangereusement, mais parvint à éviter la catastrophe.

— Je suis désolée, s'excusa-t-elle avec sincérité.

Le serveur lui sourit poliment.

— C'est à moi de m'excuser, mademoiselle Maynard. J'aurais dû regarder où j'allais.

L'homme s'éloigna tandis que Mitch la rejoignait.

— Que s'est-il passé ? Pourquoi vous êtes-vous arrêtée ?

— Je n'ai pas dansé depuis…

Elle se tut et se mordilla la lèvre, espérant qu'il comprendrait. Mais une lueur de défi apparut dans ses yeux ambrés.

— Vous pensiez aussi que vous ne seriez pas capable de monter l'escalier, le soir de Thanksgiving, lui rappela-t-il avec le même sourire charmeur que celui qu'il avait adressé à la femme du maire. Allez, accordez-moi cinq minutes. Cinq minutes rien que pour nous. Je vous promets d'aller doucement.

Avant de comprendre ce qui lui arrivait, elle se retrouva dans ses bras. Elle se raidit machinalement et prit soin de maintenir le plus de distance possible entre eux.

L'orchestre entamait un nouvel air. En reconnaissant le thème d'un film romantique qu'elle avait adoré, elle ne put s'empêcher de frissonner. Cette merveilleuse histoire d'amour l'avait fait rêver toute son adolescence. Elle devait même encore avoir une cassette vidéo quelque part.

Les bras de Mitch se resserrèrent autour d'elle, et ils commencèrent à se mouvoir au rythme lent de la musique. A son grand étonnement, elle découvrit qu'elle pouvait suivre ses mouvements sans éprouver aucune douleur.

Comment aurait-elle pu tomber quand Mitch la serrait contre lui ? Comment aurait-elle pu avoir peur dans le cocon protecteur de ses bras ?

— Ça suffit, Taylor !

La voix de son parrain, plus tranchante qu'à l'ordinaire, fit voler en éclats cet instant magique.

— Je vous retire officiellement de la liste !

Elle sentit des doigts s'enfoncer brutalement dans son bras et l'arracher à l'étreinte de Mitch.

— Jimmy ! protesta-t-elle.

Elle faillit perdre l'équilibre, mais la poigne féroce de son parrain la remit droite. Son odeur, mélange de cognac et de cigare, lui gifla le visage tandis qu'il déversait sa hargne sur son subalterne.

— Comment osez-vous infliger ça à ma famille ? Je comptais sur vous pour la tenir à l'écart !

— Casey n'est pas un secret honteux à garder enfermé

dans une tour, rétorqua Mitch. Si quelqu'un mérite de briller en pleine lumière, c'est bien elle.

D'un geste sec, il tordit le poignet de son supérieur, qui ne put qu'ouvrir les doigts. Casey s'écarta aussitôt.

Les joues écarlates, son parrain se massa le poignet et darda sur Mitch un regard haineux.

— Je vais vous faire arrêter pour agression, siffla-t-il.

Ignorant la douleur qui irradiait dans son bras, elle essaya de le raisonner.

— Je crois que tu as trop bu, oncle Jimmy. Je suis venue ici de mon plein gré. Mitch n'y est pour rien.

Les invités, ameutés par les cris, s'étaient levés et commençaient à se masser autour d'eux. Jimmy se plaça au milieu.

— Cassandra fera ce que je lui dirai ! D'abord, vous avez laissé ce monstre entrer chez elle. Ensuite, vous l'avez installée dans votre propre appartement. Et maintenant, vous paradez avec elle devant la moitié de la ville ! On dirait que vous faites tout pour que Raines finisse ce qu'il a commencé il y a sept ans !

Casey baissa les yeux, mal à l'aise.

A quoi jouait-il ? Lui qui prétendait aimer la discrétion, voilà qu'il se donnait en spectacle. Et, à en juger par les regards outrés des invités, pour une fois il ne semblait pas faire l'unanimité.

Loin de se laisser intimider, Mitch passa un bras autour de sa taille et l'attira contre lui.

— Ça fait deux heures que nous sommes là. Et c'est maintenant que vous vous inquiétez pour elle ?

La foule s'écarta soudain afin de laisser passer Iris Webster, magnifique dans son fourreau de satin noir qui lui donnait un air de star des années cinquante.

— Chéri, je vous en prie, déclara-t-elle en posant la main sur le bras de son patron. Je sais que vous êtes inquiet, mais ne faites pas d'esclandre.

Elle se pencha à son oreille et ajouta à voix basse :

— Il y a des journalistes.

— Nous ne voudrions pas donner une mauvaise impression, n'est-ce pas ? ironisa Mitch.

Voyant que Jimmy s'avançait d'un air menaçant, Iris glissa son bras sous le sien et le tira en arrière. Ses yeux mauves se plantèrent dans ceux de Mitch, mais il ne cilla pas.

— Il s'inquiète pour Cassandra, et je le comprends. Peut-être devriez-vous mieux faire votre travail, au lieu d'accuser James à tort et à travers. Vous ne savez pas quel homme merveilleux il est. Tout ce qu'il le fait, il le fait pour sa famille.

Sa voix prit des accents fervents qui allaient bien au-delà d'une quelconque loyauté envers un employeur.

— James a presque tout perdu, il y a sept ans. Son meilleur ami. Sa réputation...

Elle se tourna vers Casey.

— Vous savez, Cassandra, il a veillé toutes ces années à votre sécurité par estime et par amitié envers votre père. Nous lui devons le respect. L'année prochaine, il pourrait devenir notre nouveau sénateur.

— Et vous le suivriez en tant qu'assistante, je suppose, suggéra Mitch, sardonique.

Casey porta soudain les yeux sur la main d'Iris encore posée sur la manche de son parrain. La dernière fois qu'elle l'avait vue, Iris portait des gants. Mais, ce soir, impossible d'ignorer l'énorme diamant qui étincelait à son annulaire gauche.

— Je ne m'abaisserai pas à vous répondre.

Pas un cheveu ne s'échappa de son chignon blond platine quand elle fit demi-tour, entraînant Jimmy derrière elle.

Quelques secondes s'écoulèrent avant que des murmures commencent à s'élever dans la foule.

— Chéri ? répéta Casey, étonnée. Ce n'est pas l'assistante du sénateur qu'elle veut devenir, mais sa femme. Je me demande où il a trouvé l'argent pour lui offrir cette bague.

Mitch grimaça.

— Ce n'est sûrement pas avec son salaire de chef qu'il l'a achetée. Tout ça ne me dit rien qui vaille.

— Je crois qu'elle est amoureuse de lui. Ça pourrait expliquer pourquoi elle le protège.

— Il a sûrement bien besoin de son aide pour assurer ses arrières.

Sur ces mots, il posa la main dans le bas de son dos et la guida vers leur table.

Encore choquée par la scène qu'elle venait de subir, Casey se laissa tomber sur sa chaise.

— On dirait que vous avez un admirateur, remarqua Mitch en désignant le plateau en argent posé devant elle.

Elle observa la rose rouge accompagnée d'une enveloppe.

— Ce n'est pas ma couleur préférée.

D'un geste absent, elle prit l'enveloppe et en sortit la carte. Là, son cœur s'arrêta de battre. En proie à une terrible impression de déjà-vu, elle lut les mots qui y étaient dactylographiés.

Quand elle ouvrit la bouche pour crier, aucun son n'en sortit.

Mitch s'affola.

— Que se passe-t-il ?

Toujours muette, elle fit glisser le contenu de l'enveloppe dans sa main et la tendit vers lui. Au creux de sa paume brillait la broche qu'elle lui avait offerte.

Mitch plongea la main dans sa poche et jura.

— Le salaud ! Il m'a fait les poches !

Il prit Casey dans ses bras et la souleva de terre. Puis il se mit à tourner la tête dans tous les sens.

— Joe ! cria-t-il.

En quelques secondes, une escouade de policiers les rejoignit. Des ordres furent donnés afin d'écarter la foule.

Casey chercha autour d'elle un visage connu.

Le serveur !

Elle repéra une veste blanche, puis une autre, sans reconnaître l'homme qu'elle avait bousculé.

Sur la table, le talisman qui lui avait un temps procuré un sentiment de sécurité semblait se moquer d'elle.

Quelque part dans la salle, Raines devait rire, lui aussi, en sachant que ses mots avaient frappé juste.

Voici la rose de sang qu'on déposera sur la tombe des amoureux qui sont morts dans la maison que Jack a construite.

10

— Là, tu ne peux pas te cacher, hein, ma jolie ?

Caché dans un recoin du vestiaire, l'homme observait avec une joie mauvaise le chaos qui régnait autour de la table du maire.

C'était encore plus réussi que ce qu'il avait imaginé. L'intensité dramatique avait atteint son comble.

Il ricana, admirant son propre génie.

— Je suppose que tu ne peux pas courir non plus.

Tous les vieux amis du juge Maynard étaient regroupés autour de sa fille. Curieux. Concernés. Craignant pour leur vie.

Ils pensaient pouvoir le piéger. Mais ils se trompaient.

Bientôt, très bientôt, sa mission serait terminée, et sa sœur connaîtrait enfin la paix. Par-delà la mort, il sentait sa douleur comme si elle était la sienne.

Ils paieraient pour lui avoir enlevé Darlene. Ils paieraient pour lui avoir retiré cette partie de son âme.

Ensuite, il pourrait trouver le repos. Darlene trouverait le repos.

Il ôta ses lentilles de contact et les mit dans la poche de son pantalon. Il allait avoir besoin de nouveaux accessoires pour sa prochaine prestation. Des talonnettes pour ses chaussures. Une teinture pour ses cheveux…

Il ôta la veste blanche qu'il avait empruntée et la fourra dans son sac à dos.

L'argent que l'employé de banque gardait chez lui dans une cachette avait fondu comme neige au soleil. Quant aux pourboires qu'il avait gagnés en tant que serveur ce soir, ils suffiraient tout juste à payer le taxi.

Pourtant, il ne s'affola pas.

Il ne s'affolait jamais.

C'était ce qui lui donnait l'avantage sur tous ces imbéciles qui avaient tant de secrets à cacher.

Il fouilla dans le vestiaire et choisit un manteau en tweed brun. Ce faisant, il remarqua non loin un manteau de vison qui lui parut étrangement familier. Aussitôt, il vérifia la doublure, cherchant l'étiquette d'identification cousue à la main.

Furieux, il froissa l'étoffe dans son poing.

Alors, c'était elle qui le portait, à présent.

Elle pensait sûrement que personne ne se souviendrait qu'il avait appartenu à Cynthia Debecque, et que c'était sa sœur, Darlene, qui aurait dû l'avoir en juste paiement d'un travail bien fait.

Sauf que lui s'en souvenait.

Il se souvenait aussi de la lettre qu'il avait reçue en prison quelques semaines plus tôt. Darlene était inquiète. Pourtant, elle allait bénéficier d'une libération conditionnelle le 1er janvier. Elle aurait dû être folle de joie.

Seulement, elle avait peur.

Il prit une profonde inspiration et savoura la poussée d'adrénaline qui courait dans ses veines.

Darlene avait les idées. Et lui les mettait en œuvre. Ils avaient formé une sacrée équipe, tous les deux, jusqu'à ce que Jack Maynard les sépare. Le juge de fer avait mis sa jumelle sous les verrous pendant que sa sale gamine paradait sous les projecteurs.

Il s'était occupé de ça. Elle aussi s'était retrouvée emprisonnée. Mais voilà qu'elle se permettait de sortir, alors que sa sœur adorée ne le pouvait plus. Mlle Maynard ne méritait pas de vivre alors que Darlene était couchée dans la terre froide et humide.

Il serra les dents et inspira bruyamment par le nez dans

l'espoir de contrôler sa rage. Il ne pouvait pas se déconcentrer maintenant. Pas quand il était aussi près du but.

Très bientôt, il en aurait fini avec eux.

Le juge qui avait condamné Darlene. Son associé qui avait cru qu'il pouvait se servir de lui. Et la fille de Jack Maynard.

Parce que la blesser, elle, était la façon la plus satisfaisante de leur faire payer leur dette à tous.

Le manteau de fourrure sous son bras, il souleva un panneau du plafond et se hissa dans le conduit d'aération.

Darlene lui serait reconnaissante d'avoir récupéré son manteau.

Et il doutait fort que quiconque signale le vol.

Son cher ami n'oserait pas.

Un rire le secoua tandis qu'il replaçait le panneau et rampait vers l'air libre.

Casey frappa les semelles de ses bottes contre les marches pour enlever la neige et pénétra à l'intérieur du chalet.

Muni d'une grosse torche qu'il avait prise dans la boîte à gants de la Jeep, Mitch chercha des allumettes dans la cuisine. Quand il eut mis la main dessus, il alluma une lanterne au kérosène et la posa sur le comptoir qui servait à la fois de séparation et de table. Puis il mit en marche le chauffe-eau.

— Il n'y a pas d'électricité, par ici ? demanda-t-elle en le regardant faire.

— Non, mais je vous assure qu'on se débrouille très bien sans.

Il s'agenouilla devant le feu préparé dans la cheminée et gratta une allumette.

Une odeur de soufre envahit les narines de Casey, bientôt remplacée par celle, plus accueillante, du cèdre et de la fumée.

C'était à cause de Raines qu'elle devait se cacher dans ce chalet isolé, au bord du lac Truman.

Mitch posa la boîte d'allumettes sur le manteau de la cheminée et se tourna vers elle.

— Vous savez, ça me fait peur quand vous êtes aussi calme. Quelles que soient vos idées, n'y pensez plus.

Elle cilla, brusquement ramenée à la réalité.

— Comment pouvez-vous être aussi fort ? Comment faites-vous pour continuer ?

— Je n'ai pas le choix.

Elle eut un frisson malgré la chaleur des flammes. S'approchant de la cheminée, elle resserra ses bras sur sa poitrine.

— J'ai peut-être tort de lutter contre lui.

— Vous ne le pensez pas vraiment, n'est-ce pas ? Si nous renonçons, il gagne.

— Est-ce qu'il n'a pas déjà gagné ?

Il y eut un silence, qu'elle finit par rompre tristement.

— Je me demande si le serveur dont il a pris l'apparence avait de la famille.

Pas un instant, elle n'avait imaginé que Raines ait pu prendre la place de cet homme sans le tuer. Mitch non plus, apparemment.

— La police passe l'hôtel au peigne fin. Nous en saurons plus quand j'appellerai demain pour faire le point.

Pendant sept ans, elle avait vécu avec la douleur. Elle avait enduré la séparation d'avec ses parents. Elle était même parvenue à apprivoiser la solitude.

Mais cette culpabilité…

Comment vivre avec le sang de personnes innocentes sur la conscience ?

— Si seulement je n'avais pas autant hésité quand j'ai témoigné contre lui…

— Il se serait évadé quand même pour venger la mort de sa sœur.

Ces mots résonnèrent comme une menace de mort, et elle ne put s'empêcher de sursauter en entendant un bruit à l'extérieur.

— Je vais aller récupérer ma veste dans la voiture, annonça Mitch. J'en profiterai pour m'assurer qu'il n'y a personne dehors.

Elle ne bougea pas quand le vent glacé s'engouffra dans le chalet et tourbillonna autour d'elle. Elle était déjà frigorifiée par la culpabilité, la peur et la mélancolie.

Après quelques minutes pourtant, elle se secoua et se rendit dans la cuisine. Elle sortit d'un placard deux tasses et un bocal de chocolat en poudre, puis remplit la bouilloire. Une fois ces tâches accomplies, elle ôta son attelle et s'assit en étendant sa jambe sur une chaise. Mais si elle espérait se détendre, elle fut déçue.

Les derniers événements l'avaient rendue à la fois fébrile et hésitante. Elle ne savait pas ce qu'il convenait de faire, ni quelles décisions prendre au sujet de Raines. Mais, surtout, elle ressentait un besoin vital de racheter ses erreurs.

Au retour de Mitch, l'eau bouillait sur le gaz. Il se dirigea vers la cheminée en jetant au passage sur une chaise sa parka marquée du sigle KCPD – Kansas City Police Department –, avant d'enlever son manteau et sa veste de smoking.

Le cuir noir de son holster offrait un contraste frappant avec son élégante chemise blanche. Depuis la cuisine, Casey admira la force qui émanait de lui. Elle regarda jouer les muscles dans son dos alors qu'il se frottait les mains à la chaleur des flammes.

Sans cette force physique, comment aurait-il pu supporter sans s'effondrer le poids des responsabilités qui lui incombaient ?

Ajoutés à cela une volonté de fer, l'intelligence et l'intuition nécessaire pour tirer profit de ces qualités, il semblait infaillible.

Elle avait si peu à lui apporter. La seule fois où elle aurait pu lui être utile en aidant à la capture de Raines, elle avait échoué.

Chassant cette pensée déprimante de son esprit, elle se leva et alla éteindre la bouilloire. Elle prépara deux tasses de chocolat chaud, puis rejoignit Mitch devant l'âtre.

— Tenez, fit-elle en lui tendant une tasse. Ça devrait vous réchauffer.

— Il ne fallait pas…

Malgré ses protestations, il prit la tasse à deux mains et huma avec délice l'odeur du chocolat.

— Ce n'est rien.

Bien qu'elle n'ait aucun appétit, elle s'obligea à boire, elle aussi, son chocolat chaud, assise à côté de Mitch. Elle comptait sur la chaleur du feu et du chocolat, et sur sa présence rassurante à ses côtés pour chasser la sensation de froid qu'elle éprouvait.

— Allez-y, dites que vous m'aviez prévenue, lâcha-t-elle soudain.

Il laissa passer un silence.

— Vous voulez que je le fasse ?

A aucun instant depuis qu'ils avaient quitté la réception, il ne s'était montré frustré ou déçu ni même en colère. Comment faisait-il pour dissimuler ses sentiments ?

Et pourquoi les gardait-il en lui ?

— J'ai regardé cet homme dans les yeux. Je lui ai souri, et je ne l'ai pas reconnu.

— Vous étiez inquiète pour moi et pour toutes les personnes présentes dans la salle. Ce n'est pas évident de se concentrer dans ces conditions. Moi-même, je ne l'ai pas reconnu à la banque.

Il baissa les yeux vers elle, et la flamme qu'elle découvrit dans ses prunelles ambrées la bouleversa.

— Ce que vous avez fait ce soir était très courageux.

— Mais j'ai échoué.

Posant sa tasse sur le manteau de la cheminée, il détacha son nœud papillon et ouvrit les deux premiers boutons de sa chemise.

— Je ne suis pas d'accord. Raines veut que vous jouiez la partie selon ses propres règles ; or, ce soir, vous les avez enfreintes. Vous avez quitté votre tour d'ivoire. Peu importe que ce soit pour me sauver ou pour l'affronter. Ce qui compte, c'est que vous n'êtes plus aussi facile à intimider qu'avant. A présent, il doit changer de plan, si toutefois il a prévu une solution de rechange, et cela l'amènera sûrement à commettre une erreur.

— Je suis terrifiée, Mitch.

Il tendit les bras et l'attira contre lui.

— Moi aussi, princesse.

Surprise par son aveu, elle releva la tête.

Il ajouta, tout en lui caressant tendrement la joue :

— Mais nous ne pouvons pas laisser la peur nous gouverner, ou bien Raines gagnera la partie.

— Alors, que devons-nous faire ?

Il lui prit sa tasse des mains et la posa à côté de la sienne sur la cheminée. Puis il se tourna vers elle, la main tendue.

— Nous n'avons pas eu le temps de terminer notre danse, ce soir. Me ferez-vous l'honneur ?

— Il n'y a pas de musique.

— En avons-nous vraiment besoin ?

A sa voix caressante, elle sentit un frisson courir le long de sa colonne vertébrale.

Lentement, comme si elle relevait un défi, elle mit une main dans la sienne et posa l'autre sur son épaule, s'accordant déjà au subtil balancement de son corps.

Il l'attira contre lui, assez près pour qu'elle perçoive la pression de ses cuisses contre les siennes. Posant la joue dans le creux de son épaule, elle glissa les doigts à la naissance de ses cheveux. Il frémit sous sa caresse et resserra le bras autour de sa taille.

Se laissant porter par l'émotion qui les étreignait, ils commencèrent à se mouvoir au rythme lent de la musique imaginaire qui vibrait entre eux.

Une tension presque palpable flottait dans l'air. Traversée de picotements semblables à un courant électrique, Casey sentait son cœur cogner à coups sourds contre sa poitrine. Elle ferma les yeux et se laissa emporter par une grisante sensation de légèreté.

— Casey ?

Rouvrant les yeux, elle rencontra son regard enflammé. Ses forces lui manquèrent brusquement, au point que le sol se déroba sous ses pieds. Les épaules de Mitch lui offraient un secours providentiel, et elle s'y agrippa de toutes ses forces.

— Ce soir, princesse, il n'y a que nous, murmura-t-il. Rien que nous.

Elle pouvait lire dans ses yeux la tendresse, la chaleur, la complicité.

Et un autre sentiment plus troublant encore.

Ils se regardèrent un long moment en silence, chacun cherchant à déchiffrer les attentes et les désirs de l'autre.

Tous les sentiments que Casey niait farouchement depuis leur premier baiser resurgirent avec force. Elle savait qu'il allait l'embrasser. Hypnotisée, elle attendit qu'il se penche vers elle.

Quand, enfin, il posa ses lèvres sur les siennes, ce fut avec une ardeur, une brutalité qui n'avaient rien à voir avec leurs précédentes étreintes. Il fouilla sa bouche fiévreusement, comme s'il cherchait à éveiller en elle une réaction physique. Comme s'il voulait casser les barrières qui la protégeaient encore de lui.

Jamais on ne l'avait embrassée de cette façon. Jamais un homme ne lui avait communiqué son désir aussi violemment.

Et, tout à coup, les années passées s'évanouirent, sa souffrance, ses complexes. Elle s'abandonna dans ses bras, répondant à son baiser avec une ardeur qu'elle ne se connaissait pas.

— Dites-moi de m'arrêter maintenant, murmura-t-il à son oreille.

— Surtout pas.

— Vos désirs sont des ordres.

Sans cesser de l'embrasser, il la souleva dans ses bras aussi aisément qu'une plume et la déposa sur le canapé devant le feu.

Elle laissa échapper un gémissement de bonheur quand il s'allongea contre elle. La crainte de ne pas être à la hauteur avait disparu, de même que ses doutes. Il n'y avait plus que Mitch, le besoin d'être embrassée.

Et, pour cette nuit au moins, d'être aimée.

*
* *

Ce n'était pas normal.

Casey n'avait aucune envie de renoncer à la délicieuse chaleur dans laquelle elle baignait. Couchée sur le côté, à même le sol, elle faisait face aux flammes qui dansaient dans la cheminée. Mitch avait dû ajouter des bûches pendant qu'elle dormait. Et elle avait appris que lui-même était une vraie bouillotte humaine.

Il était étendu derrière elle, comme il l'avait fait après l'amour, mais il ne la serrait plus contre lui.

Tout en sortant progressivement du sommeil, elle prit conscience de son détachement. Certes, il la protégeait toujours de sa chaleur – il était trop attentif pour agir autrement –, mais la connexion entre eux était rompue. Ses muscles étaient tendus, et elle percevait sa retenue.

L'avait-elle déçu ?

Elle l'avait désiré si fort la nuit dernière. Elle avait eu tellement besoin de lui… Mais il y avait si longtemps qu'elle n'avait pas fait l'amour qu'elle ne s'était peut-être pas montrée à la hauteur.

Sans compter que Mitch était un homme exceptionnel. Sur le moment, il l'avait peut-être trouvée désirable, mais, dans la froide lumière de l'aube, ses cicatrices devaient lui inspirer de la répulsion.

Seigneur… Et s'il marmonnait une vague excuse et s'éclipsait pour vérifier les lieux ou appeler ses hommes ?

Elle en était là de ses pensées quand elle sentit les doigts de Mitch courir sur sa jambe, redessinant tous les reliefs de sa chair meurtrie.

Elle se raidit alors qu'un geste identique, à un autre endroit et à un autre moment, lui revenait à la mémoire.

La main de son bourreau qui la caressait avant d'accomplir sa monstrueuse besogne.

— Arrête.

Certes, l'homme était différent. La façon de la toucher aussi. Mais l'envie de prendre la fuite était la même.

Se dégageant de son étreinte, elle s'assit et s'enroula dans la couverture pour dissimuler sa nudité.

— Je suis désolé de t'avoir effrayée, princesse.

Il voulut poser la main sur son épaule, mais elle s'esquiva.

— Tu ne m'as pas fait peur, mentit-elle en se levant.

Il l'imita et se tint devant elle, fort et glorieux dans sa nudité.

Elle rougit, non de pudeur, mais parce qu'il l'avait vue. Il l'avait touchée.

Il savait la vérité, et elle la voyait se refléter dans son expression glaciale.

Son corps le dégoûtait.

En voulant reculer pour échapper à son regard méprisant, elle se prit les pieds dans la couverture. Il l'attrapa par les coudes afin de l'empêcher de tomber.

La façon dont il la touchait était distante, impersonnelle. D'ailleurs, il la relâcha dès qu'elle eut retrouvé son équilibre.

— Tu vas me dire ce qui ne va pas, ou je dois deviner ? lança-t-il en enfilant son caleçon.

Il voulait savoir ce qui n'allait pas. Mais n'était-ce pas évident ?

— A toi de me le dire.

Les larmes lui montaient aux yeux. Elle se détourna, humiliée.

— Finalement, non. Ne me dis rien.

Elle savait dès le début que la fièvre ne durerait pas, qu'il serait choqué en la voyant dans la lumière crue du matin. Elle était la seule à blâmer, pour avoir cru qu'il ne remarquerait pas ses difformités.

D'une démarche mal assurée, elle se dirigea vers la salle de bains, le seul endroit où elle puisse être seule.

Une poigne de fer se referma autour de son bras, l'empêchant d'aller plus loin.

— Oh, non, princesse ! Tu ne peux pas te cacher, ici. Tu es coincée avec moi.

Elle lui fit face, les yeux étincelants de colère.

— Il n'y a jamais un moment où tu n'es pas de service ?

— Je ne parle pas d'assurer ta protection. Je te parle de nous. Je veux que tu sois honnête avec moi. Et avec toi-même.

Elle redressa le menton d'un air de défi.

— Honnête à propos de quoi ? Tu veux que je te dise ce que je ressens à l'idée que tu me voies ainsi ? Je suis embarrassée. Humiliée. Furieuse de ne pas être à la hauteur. Furieuse que ma jambe ressemble à ça, malgré toutes les greffes et tous les remodelages que j'ai subis !

— Tu as fini ?

Sa voix glaciale lui fit comprendre qu'elle était allée trop loin.

Ils s'affrontèrent du regard dans un silence chargé d'électricité.

Serrant les dents, Casey attendit la suite, en vain. Au lieu de poursuivre, Mitch se détourna pour ramasser son pantalon de smoking. Sa réaction la prit de court, et elle tenta de s'excuser. Tout était sa faute, après tout. Lui n'avait rien à se reprocher.

— Mitch, je suis désolée… La nuit dernière était une erreur. Ça n'aurait pas dû arriver. Je ne veux pas que tu croies que j'attends quelque chose de toi.

Il enfila sa chemise avec un rire désabusé.

— Non, bien sûr. Qu'est-ce que tu ferais avec un type comme moi ?

— Ce n'est pas ce que j'ai voulu dire. Essaie de me comprendre. C'est difficile de conserver un peu de fierté et un minimum d'espoir quand tu as presque tout perdu, et qu'un fou tente de t'enlever le peu qu'il te reste.

Il lui lança un coup d'œil par-dessus son épaule.

— Et maintenant, tu vas te retirer dans ta tour d'ivoire pour panser tes blessures et te lamenter sur ton sort, c'est ça ?

— Je ne vis pas dans une tour d'ivoire !

— Vraiment ?

Il se tourna vers elle. Devant son visage déformé par la colère, elle ne put s'empêcher de reculer d'un pas.

— Chaque fois que tu montres un peu d'émotion, tu te refermes sur toi-même comme un prisonnier dans son cachot. Tu relèves le menton, et tu nous toises, nous, pauvres mortels, qui essayons de prendre le monde réel à bras-le-corps. On affronte les problèmes. On ne s'en cache pas.

Elle heurta la porte dans son dos. Elle était coincée. Prise au piège.

— Tu ne sais pas ce que c'est que de tout perdre.

— Ne me dis pas ça !

La colère de Mitch se mua en un murmure douloureux qui lui glaça le sang.

— J'ai enterré ma femme, et avant ça, mon mariage. J'ai perdu mes parents à cause d'un voyou trop ivre pour se rendre compte qu'il leur avait tiré dessus. Toi, tu sais que tu pourras un jour revoir les tiens. Moi, c'est au cimetière que je vais quand je veux leur rendre visite.

Elle retint son souffle, honteuse de s'être montrée aussi mesquine.

Soudain, comme s'il ne supportait plus de la voir, il lui tourna le dos et alla s'asseoir sur le canapé pour enfiler ses chaussettes.

— Mais toi, tu es assez fort pour l'affronter. Pour passer à autre chose…

— Toi aussi, répliqua-t-il tout en laçant ses chaussures. Tu es la femme la plus têtue que j'aie jamais rencontrée. Toi aussi, tu peux affronter tes problèmes.

Elle voulut protester, mais il la fit taire d'un geste. Se levant, il récupéra son arme et son holster, et se harnacha tel un soldat prêt à retourner sur le champ de bataille.

— Quand je te regarde, je ne vois pas ta jambe. Je vois ton courage. Et je vois ma colère contre le salaud qui t'a infligé ça. Et il me vient des idées qui n'ont rien de professionnel. Des choses qui pourraient me faire radier de la police.

Il enfila sa veste, rajoutant une couche supplémentaire à l'armure symbolique qu'elle ne possédait pas.

— Je suis désolé que Raines t'ait blessée. Désolé qu'il ait brisé ta carrière. Mais, surtout, je lui en veux d'avoir détruit ta capacité à faire confiance.

Avec un soupir, il prit sa parka et conclut :

— Et je suis désolé de t'aimer, parce que je sais que tu ne me croiras jamais.

Sur ces mots, il se dirigea vers la porte d'une démarche déterminée, en contradiction avec le regret qu'il venait de manifester. Après avoir remonté sa capuche, il sortit dans le froid hivernal.

Casey sentit son cœur se déchirer en entendant le verrou se refermer derrière lui.

Restée seule dans le silence oppressant du chalet, elle resserra les pans de la couverture autour d'elle et laissa couler les larmes sur ses joues.

11

Casey fit courir ses doigts sur les romans policiers rangés dans la bibliothèque de Jessie, la cousine de Mitch. Autrefois, elle aussi adorait ce genre d'histoires. Ses étagères étaient remplies des aventures de vieilles dames excentriques, de brillants détectives et de moines médiévaux qui résolvaient des vols, des kidnappings ou des assassinats.

Mais, depuis sept ans, elle évitait tout ce qui pouvait évoquer la violence. Et puis elle n'aimait pas qu'on lui rappelle à quel point elle manquait de courage, contrairement à tous ces personnages de roman.

Du courage.

C'était ce qu'il voyait quand il la regardait, lui avait dit Mitch.

Du courage physique, peut-être. Ça, elle n'en manquait pas. Elle avait survécu à la douleur et avait réappris à marcher.

Mais le courage émotionnel ?

Il lui avait dit qu'il l'aimait, mais elle ne le croyait pas.

Elle en était incapable.

Il se souciait d'elle. Il la protégeait. Il lui avait fait l'amour avec beaucoup de douceur. Seulement, elle n'avait pas le courage de croire qu'il avait engagé son cœur.

Pas avec elle. Il ne pouvait pas être sérieux.

Laissant échapper un soupir, elle abandonna les livres sur les étagères et fit une fois de plus le tour du chalet. Si cela continuait, elle allait devenir folle à force de ressasser.

Pour s'occuper, elle avait tout nettoyé de fond en comble.

Elle avait préparé le déjeuner pour Merle Banning, venu en renfort, et avait bu un nombre incalculable de chocolats chauds.

Quand Mitch était revenu de sa promenade matinale, elle avait déjà retapé les coussins du canapé, pris son petit déjeuner et s'était habillée. Il lui avait annoncé qu'il devait retourner en ville – ses seuls mots –, et dès que la relève était arrivée, il avait sauté dans sa voiture.

Merle était un jeune homme sympathique, mais il manquait cruellement de conversation. Elle, qui avait appris à apprécier la solitude de sa maison, avait du mal à supporter d'être seule dans ce chalet. Le temps morose et le silence lui portaient sur les nerfs.

Elle se sentait différente.

Avant que Mitch Taylor fasse irruption dans son existence, elle était comme morte. Elle n'était plus que la coquille vide de la femme qu'elle avait été.

Il l'avait rendue à la vie, et, maintenant, elle débordait d'émotions qu'elle ne pouvait plus dissimuler.

Elle était tendue. Coupable. Effrayée.

Effrayée d'aimer.

Effrayée d'être aimée.

Et, plus que tout, elle avait peur que Raines lui enlève cette chance de bonheur avant qu'elle ait eu le temps d'en profiter.

Mitch avait raison. Peut-être ne se cachait-elle pas réellement dans sa tour, mais elle était prisonnière de ses peurs. Elle s'était volontairement mise en retrait de la vie, paralysée à l'idée de se mettre en danger émotionnellement.

Et ce démon, elle devait le combattre seule.

Mais comment remporter la bataille ?

Tourmentée par ces pensées qui tournaient à l'obsession, elle se rendit dans la cuisine et fouilla dans les placards, histoire de s'occuper.

La voix polie de Merle la fit sursauter.

— Vous avez faim ?

— Il n'y a pas de café ici, et j'ai l'impression d'être en manque.

Elle avait vainement cherché de quoi se procurer sa dose de caféine, et l'utilisait comme excuse pour expliquer son silence boudeur.

Le jeune policier sourit. Son visage n'avait pas encore été façonné par les années et l'expérience, contrairement à celui de Mitch, et il semblait tout juste sorti de l'adolescence. Mais son sourire conquérant était contagieux.

— Je pensais exactement la même chose.

Il ferma le roman qu'il avait commencé, et le posa sur la table à côté de lui.

— Il y a une station-service juste après le croisement. Ils ont sûrement un distributeur de boissons. Ça vous dirait d'aller y faire un tour ?

— Vous croyez qu'on peut ?

— Avec la neige qui est tombée ces dernières heures, il y a de grandes chances que l'endroit soit désert. De toute façon, je vais appeler le capitaine pour signaler notre position.

— Parfait.

Accoudée à une table haute en Formica, Casey serra dans ses mains sa tasse de cappuccino aromatisé à la vanille.

Si cette excursion lui avait permis de changer d'environnement, elle ne lui offrait pas de vraie diversion. Merle et elle étaient les seuls clients, et la serveuse, qui avait à peine levé les yeux à leur arrivée, faisait ses mots croisés sans s'occuper d'elle. Quant à Merle, il s'était plongé dans le journal du jour en attendant qu'on le rappelle sur son portable.

Intriguée par les gros titres d'un magazine à scandales, elle s'apprêtait à l'acheter quand le jeune policier releva les yeux vers elle.

— Hé, vous êtes dans le journal, lui lança-t-il en souriant.

— Vous plaisantez ?

Elle ne put s'empêcher d'être gênée à l'idée que son visage

s'étale dans les colonnes d'un journal. Il ne s'agissait pourtant pas d'un tabloïd mais du quotidien respecté de Kansas City.

Faisant contre mauvaise fortune bon cœur, elle sourit et prit la page que Merle lui tendait.

Elle grommela en découvrant le titre choisi par la rédaction.

La star olympique fait son grand retour.

Si seulement le journaliste avait su pourquoi elle s'était aventurée à l'extérieur…

Sur la photo, le maire lui broyait la main tandis que Mitch, placé derrière eux, semblait la surveiller.

Elle avait souvent eu affaire à la presse par le passé, soit en raison de la notoriété de ses parents, soit à la suite de ses propres prouesses. Mais cela faisait bien longtemps que cela ne lui était plus arrivé.

En observant la photo, elle s'aperçut qu'elle avait perdu l'assurance vaguement insolente de la jeunesse et constata que, malgré sa pâleur, elle affichait un sourire serein. Son regard même vibrait de détermination.

Avec sa jambe dissimulée sous sa robe longue, elle ressemblait à toutes les autres femmes.

Complète. Forte.

Comme si elle était à sa place.

Elle ne semblait pas fragile. Ni blessée.

Elle n'avait rien d'une délicate fleur de serre dorlotée par un parrain vigilant et un personnel dévoué.

Etait-ce ce que Mitch avait vu ? Une femme posée et sûre d'elle ?

Le reste du monde voyait-il en elle quelque chose dont elle n'avait pas conscience ? Une force intérieure que Mitch avait fait grandir, mise au défi et admirée. Une persévérance qu'elle avait laissée s'étioler au fil des années en se barricadant contre toute émotion.

Elle eut un brusque sursaut de révolte. Cela faisait trop longtemps qu'elle avait peur. Bien sûr, après les mauvais traitements dont elle avait été la victime, il était compréhensible que sa confiance envers autrui ait été sapée. En revanche, qu'elle ait continué à se voir comme une infirme bien après sa guérison n'avait rien de normal.

La femme qui la regardait sur la photo possédait la volonté de tourner la page et le courage d'affronter n'importe qui.

Raines, oncle Jimmy ou Mitch.

— Oh, mon Dieu…

— Oui ? fit Merle en levant le nez du journal.

Elle lui sourit.

— Non, rien. J'étais en train de réfléchir.

Il n'insista pas et montra la page qu'il était en train de lire.

— On parle aussi de la soirée dans la rubrique « Informations ».

Reposant le journal, il se leva et plongea la main dans la poche de son jean. Il en sortit ses clés de voiture qu'il posa sur la table puis une poignée de petites pièces.

— Vous voulez quelque chose ? Je vais prendre une barre de céréales.

— Non, merci.

Tandis qu'il se dirigeait vers un distributeur, elle prit le journal qu'il avait abandonné sur la table et tourna les pages à la recherche de l'article.

Il faudrait qu'elle lui demande si quelqu'un avait pensé à mettre les McDonald au courant des derniers événements. A leur retour de vacances, ils allaient trouver une escouade de policiers autour de la propriété et une maison vide. Elle était déjà embêtée de les avoir alarmés avec l'annonce de l'évasion de Raines, et voulait leur éviter une panique inutile. Les McDonald faisaient partie de sa famille depuis si longtemps.

A la troisième page, elle trouva l'article que Merle avait mentionné.

Elle passa d'abord en revue la liste des médailles attribuées, jeta un coup d'œil distrait aux photos de Jimmy et du maire, puis s'intéressa au compte rendu de la réception.

Après avoir parcouru en diagonale les commentaires sur son entrée spectaculaire suivie d'une sortie digne d'un film d'espionnage, elle lut attentivement l'interview accordée par son parrain.

Dans une pièce remplie de distingués officiers de police, comment un prisonnier en cavale a-t-il pu s'approcher de la fille du regretté juge Maynard et la menacer ?

Voilà ce que le chef Reed nous a répondu : « Jack Maynard était comme un frère pour moi. Nous avons travaillé ensemble à endiguer la criminalité dans cette ville. La maison que Jack a construite était notre slogan pour réaffirmer son intransigeance face aux attaques violentes et répétées de ses adversaires. »

En proie à un sombre pressentiment, elle sentit un frisson courir le long de son dos, sans qu'elle parvienne à déterminer de quoi il s'agissait.

Elle poursuivit sa lecture.

« Il faut à tout prix empêcher Emmett Raines de terroriser des personnes innocentes. Soyez sûrs que nous faisons tout ce qui est en notre pouvoir pour retrouver cet homme et le mettre hors d'état de nuire. Ma filleule se cachait dans une résidence sécurisée, mais il semblerait qu'il y ait eu des fuites. Si cela vient de mes services, je saurai prendre les sanctions qui s'imposent. Une unité de protection parfaitement entraînée veille à présent sur elle, au cas où Raines serait assez fou pour essayer de l'approcher de nouveau. Nous l'aurons. »

L'article se poursuivait avec une courte interview du maire, mais elle ne s'y attarda pas. Les mots qu'avaient utilisés son parrain dansaient dans sa tête.

« Une résidence sécurisée » ? Savait-il qu'elle était chez Mitch ? Ou bien quelqu'un l'avait-il mis au courant pendant la réception ?

La maison que Jack a construite…

Elle songea aux menaces grandissantes que renfermaient les mystérieux messages de Raines.

De la maison que Jack a construite il ne restera bientôt plus rien.

Son parrain avait construit cette maison symbolique avec son père. Leur duo de justiciers s'était chargé de faire respecter la loi, et, grâce à lui, la criminalité avait diminué de façon significative dans la zone métropolitaine.

Jimmy faisait partie de ce duo. Ce qui signifiait que…

— Il sait quelque chose, murmura-t-elle.

Son comportement étrange et imprévisible. L'attitude exagérément protectrice d'Iris…

Comment avait-elle pu ignorer ces signes ?

Si elle avait reçu des menaces, alors il était évident que son parrain avait subi le même sort.

Elle devait lui parler. Face à face afin qu'Iris ne puisse pas filtrer l'appel ou prendre un message qu'elle ne transmettrait jamais.

Il lui fallait retourner en ville. Elle serra le journal entre ses doigts tout en réfléchissant aux excuses qu'elle pourrait donner à Merle. Si elle lui faisait part de ses soupçons, il se contenterait d'appeler quelqu'un, et on dépêcherait un agent chez Jimmy. Elle se doutait qu'il refuserait de l'accompagner en ville. Les ordres étaient les ordres.

— Merle ?

Il revint s'asseoir tout en défaisant l'emballage de sa barre de céréales.

— Je me demandais si ma maison était encore sous surveillance policière.

— Non. Pourquoi ?

— Vous pensez qu'on pourrait y faire un saut ? J'ai besoin de vêtements de rechange et de maquillage.

— Le capitaine me ferait passer un sale quart d'heure, objecta-t-il en secouant la tête.

Puis son visage s'illumina.

— Je peux appeler Ginny et lui demander de prendre quelques affaires.

— Oh, oui, ce serait formidable !

Il sortit son téléphone portable de la poche de son blouson.

— Pourriez-vous également appeler Ben et Judith McDonald ? Je ne voudrais pas qu'ils s'inquiètent pour rien. Et puis Judith pourrait choisir mes affaires. Elle sait ce dont j'ai besoin.

— McDonald, répéta-t-il en composant un numéro. Ginny me dira où les joindre.

— Merci.

Elle se leva en ramassant le journal.

— Si vous voulez bien m'excuser, je vais me rafraîchir.

Le journal serré contre elle, elle se dirigea vers les toilettes situées à l'arrière du bâtiment. Là, elle récupéra les clés de Merle, dissimulées entre les pages du quotidien, et prit une profonde inspiration afin de calmer les battements précipités de son cœur.

Elle n'avait pas fait le mur depuis l'époque où elle s'entraînait pour les jeux Olympiques. Echapper à la surveillance de Merle demandait de la vitesse et de l'audace, deux caractéristiques que Raines lui avait volées.

Mais elle voulait des réponses à ses questions.

Elle entrouvrit la porte juste assez pour voir Merle en train d'arpenter le magasin tout en discutant au téléphone. Sans doute défendait-il sa cause. A cette pensée, elle ne put s'empêcher d'éprouver un pincement de culpabilité.

Allons, ce n'était pas le moment de s'attendrir. Priant pour que son plan marche, elle se glissa dehors par la porte de service et contourna le bâtiment afin de rejoindre la voiture banalisée du jeune policier.

Elle batailla un moment avec le volant et la clé jusqu'à ce qu'elle parvienne à débloquer la direction.

Elle s'inquiéterait plus tard des conséquences de ses actes et de la façon dont elle expliquerait à la police – et à Mitch, en particulier – pourquoi elle avait volé une voiture et décidé de s'immiscer dans l'enquête en cours.

Un secret entourait toute cette histoire depuis le début. Et la seule personne qui pouvait l'éclairer était Jimmy, le seul membre de sa famille qui restât. Elle avait perdu sept années de sa vie à croire qu'elle représentait une sorte de sacrifice pour les siens. Et cette sentence, elle l'avait acceptée, parce qu'elle était persuadée d'avoir une dette envers eux.

Peut-être avait-elle eu tort.

Enfin, le moteur démarra. Elle enclencha la marche arrière et recula brutalement. Malmenant la boîte automatique, elle bascula le levier sur la position *Drive* et enfonça la pédale d'accélérateur au maximum. Elle faillit emboutir une pompe à essence.

Alors qu'elle passait sans ralentir sur une bordure en ciment, elle vit Merle sortir en courant de la station-service. Il la poursuivit en faisant de grands gestes, puis il s'arrêta et porta son téléphone à son oreille.

Elle avait honte de lui jouer un tour pareil, mais elle ne pouvait pas s'arrêter maintenant. Elle était sur le point de découvrir la vérité.

Peu à peu, les pièces du puzzle s'assemblaient, et il ne lui manquait plus que quelques éléments pour confirmer ses doutes.

— Qui essayez-vous de couvrir ?

Casey suivait Iris pas à pas dans le bureau, tout en la regardant ouvrir des dossiers, détruire des documents et en glisser d'autres dans une mallette en cuir noir.

D'ordinaire, les bureaux de Jimmy grouillaient d'activité, même à 18 heures, quand les autres services étaient fermés. Mais, ce soir, l'endroit semblait avoir été déserté depuis au moins une heure.

— Rentrez chez vous, Cassandra. Nous contrôlons la situation.

— Ah, bon ? Les cadavres s'amoncèlent et vous trouvez que tout va bien ?

Elle désigna la mallette ouverte sur le bureau.

— J'ai plutôt l'impression que les rats quittent le navire. Est-ce que Jimmy est au courant ?

L'élégante quinquagénaire daigna enfin s'arrêter. Elle poussa un profond soupir.

— Si seulement vous étiez restée chez vous…

Casey redressa les épaules devant son ton accusateur.

— Mitch pensait que ce n'était pas sûr.

— Mitch ! répéta Iris avec un rire ironique. Dire qu'il se croit déjà chef adjoint… Pas tant que je serai là !

— Vous travaillez dans ce service. Vous ne le dirigez pas.

Ses paupières s'étrécirent sur ses prunelles mauves, puis elle se remit à la tâche avec une énergie parfaitement contrôlée.

Casey récupéra une feuille dans la déchiqueteuse, avant qu'elle soit totalement détruite.

— C'est la photo de Mitch qui a paru dans le journal. Celle que Raines a faxé à son appartement. Pourquoi en avez-vous une copie ?

— Simple coïncidence.

— Et comment savez-vous que j'étais chez Mitch ?

— Je ne le savais pas.

— Comment Raines savait-il que j'y étais ?

Elle entendit dans son dos le bruit d'une porte qui se referme, puis une voix familière s'éleva.

— Iris n'était au courant de rien, déclara calmement Jimmy.

L'air froid de novembre s'accrochait à son manteau et chatouilla le nez de Casey tandis qu'il foulait la moquette bordeaux pour venir se placer devant elle.

— Où est ton chien de garde ?

— Mitch travaille, répondit-elle sans chercher à prétendre qu'elle n'avait pas compris de qui il parlait.

Il se rembrunit.

— Je lui avais pourtant donné l'ordre de ne pas te quitter avant que Raines soit arrêté.

— Je bénéficie d'une protection permanente. Il fait très bien son travail.

Elle ne prenait pas sa défense parce qu'elle était amoureuse de lui ou parce qu'il l'avait ramenée – à son corps défendant – dans le monde réel, mais simplement parce que c'était un homme bien. Un homme qui ignorait jusqu'à la signification du verbe fuir. Un homme fort, déterminé et intègre, capable d'affronter la vie sans jamais reculer devant l'adversité.

Refusant de penser davantage à lui, elle ajouta :

— Il en a fait beaucoup plus que ne l'exigeait son devoir.

Jimmy balaya la pièce du regard d'un air ironique, soulignant ainsi l'absence de gardes du corps à ses côtés.

— Oui, je constate combien il prend son travail à cœur.

Elle s'exhorta au calme. Elle n'était pas là pour défendre Mitch, mais pour avoir une discussion avec son parrain. Pourtant, comme elle aurait aimé effacer cette expression arrogante de son visage… Au moins Mitch se consacrait-il corps et âme à son enquête, ce qui ne semblait pas être le cas de Jimmy. De toute évidence, Iris et lui s'apprêtaient à quitter la ville.

— Je dois te parler, dit-elle.

Ignorant sa demande, il s'adressa à son assistante.

— Tout est prêt ? Je ne veux pas être en retard.

Puis il se tourna vers Casey avec un sourire étrange, moins chaleureux et indulgent qu'autrefois.

— Je te donne cinq minutes.

Elle le suivit dans son bureau à la décoration très moderne. Il posa son attaché-case et décrocha son téléphone pour composer un numéro.

— Où vas-tu ? demanda-t-elle.

Il la considéra avec froideur.

— A une conférence à Mexico. C'est prévu depuis des semaines.

— Comme c'est pratique ! Et ça ne t'ennuie pas de m'abandonner alors que Raines me poursuit ?

Il leva la main comme s'il n'avait pas le temps d'écouter ses jérémiades et parla à son interlocuteur.

— Oui, lieutenant Banning. Elle est ici et elle va bien. Je m'en occupe. Ne vous inquiétez pas.

— Merle ? Mais… il fait partie de l'équipe de Mitch !

Il raccrocha et ouvrit son attaché-case.

— Banning a le sens de la hiérarchie. Il sait où prendre

ses ordres. On ne peut malheureusement pas en dire autant de tous mes lieutenants.

Dépitée, elle s'avança vers un fauteuil mais ne s'y assit pas. Si elle découvrait d'autres vérités qu'elle n'avait pas envie d'entendre, peut-être ne serait-elle pas capable de se relever. Au propre comme au figuré. Et si elle redevenait cette biche effarouchée qu'elle était avant que Mitch entre dans sa vie, plus jamais elle n'oserait le regarder en face.

Soudain, elle éprouva une envie désespérée de le voir et de lui avouer ses sentiments.

Alors qu'elle inspirait profondément, elle remarqua du coin de l'œil les liasses de billets verts alignées dans l'attaché-case de son parrain.

— Combien d'argent y a-t-il là-dedans ?

— Suffisamment.

Il referma le couvercle de la mallette, découvrant un revolver.

Pointé sur elle.

Elle sentit son cœur s'arrêter.

— Alors, c'était toi ? Merle te disait où je me trouvais, et tu passais l'information à Raines ?

La maison que Jack a construite… C'était notre slogan.

Une connexion se fit dans son esprit, et elle se maudit de ne pas y avoir pensé avant.

— C'était toi qui écrivais ces horribles messages !

— Uniquement celui envoyé chez Taylor.

Un vertige la saisit. Elle ne s'attendait pas à ce qu'il avoue aussi facilement, et avec un tel détachement.

— Mais pourquoi ? demanda-t-elle en s'efforçant de dissimuler sa panique. Qu'est-ce que je t'ai fait ?

— James, intervint Iris de sa voix savamment modulée. Le temps presse, vous le savez.

— Je sais.

— La voiture nous attend en bas.

De son revolver, il montra la porte à Casey.

Tout en suivant Iris dans le couloir, elle s'efforça de réfléchir. Il fallait qu'elle trouve un moyen de s'échapper.

D'obtenir de l'aide… Mais, pour le moment, elle n'avait pas d'autre possibilité que d'obéir aux ordres de son parrain.

Ils se dirigèrent vers l'ascenseur en silence. Ce n'est que lorsqu'ils furent dans la cabine que Jimmy reprit la parole.

— Pourquoi es-tu venue, Cassandra ?

Elle sourit de sa propre stupidité.

— Parce que je m'inquiétais pour toi. Je pensais qu'Iris… Je pensais que, toi aussi, tu étais en danger. J'espérais que tu n'avais aucun lien avec Raines, et je voulais me prouver que j'avais tort de te soupçonner.

— J'aurais fait n'importe quoi pour ton père.

— Ce qui veut dire qu'il ne t'a pas rendu la pareille ?

— Taisez-vous, tous les deux, les coupa Iris. James, j'ai couvert vos erreurs pendant plus de dix ans. N'abusez pas de ma bonté.

Tandis qu'elle le toisait durement, Casey découvrit un autre visage de cet homme séduisant, alerte et sympathique, qu'elle admirait autrefois et en qui elle avait eu confiance. C'était à présent un vieil homme au teint grisâtre. Et s'il n'avait eu ce revolver à la main, elle aurait presque eu pitié de lui.

Trois étages défilèrent dans un silence pesant.

— C'est vraiment vous qui dirigez le service, n'est-ce pas ? lança-t-elle soudain à Iris. Jimmy n'est qu'un pantin.

— C'est un grand homme.

La réponse d'Iris contenait toute la chaleur et la sympathie du Dr Frankenstein décrivant son monstre.

— Où est votre diamant, Iris ? Ne me dites pas que les fiançailles sont annulées, s'étonna Casey avec une sympathie tout aussi factice.

L'élégante quinquagénaire décocha un regard sévère à Jimmy, qui baissa la tête tel un petit garçon pris en faute. L'espace d'un instant, Casey eut l'impression que sa présence avait été oubliée.

— Je le récupérai dès que possible, promit-il.

— Si seulement vous m'aviez écoutée quand j'ai dit…

Iris ne termina pas sa phrase, et ils s'affrontèrent du regard en silence.

Casey perdit tout espoir de leur échapper quand les portes de l'ascenseur s'ouvrirent. Iris lui avait pris le bras, et elles offraient l'image de deux amies en train de se faire des confidences, tandis que Jimmy lui enfonçait le canon du revolver dans le dos, dissimulant l'arme dans les plis de son ample manteau.

Ils traversèrent le hall de l'immeuble et prirent place dans la luxueuse berline de Jimmy sans avoir croisé personne.

Après s'être mise au volant, Iris s'inséra adroitement dans la circulation.

— Où allons-nous ? s'enquit Casey.

— A la maison, ma chérie, répondit Jimmy. Nous te ramenons chez toi.

Dans sa bouche, les murs de granit de sa maison n'évoquaient plus un refuge mais un tombeau.

Elle joignit les mains en une prière silencieuse, non dans l'espoir d'être secourue, mais pour que Mitch puisse un jour lui pardonner ses erreurs et le mal qu'elle lui avait fait.

Une fois sa prière achevée, elle rassembla ce qui lui restait de forces. Le temps lui était compté, et elle voulait connaître toute la vérité.

— J'ai deux questions, commença-t-elle en plantant les yeux dans ceux de son parrain. Depuis combien de temps Raines te fait-il chanter ? Et pourquoi as-tu mêlé ma famille à ça ?

12

Avec une profonde inspiration, Mitch ouvrit sa veste et posa les mains sur ses hanches. L'enquête piétinait, et il se sentait fatigué et frustré.

Il suivit des yeux l'équipe chargée d'analyser les lieux du crime. Ernie Hutchins, le serveur manquant à l'appel, avait été étranglé avec une serviette de table, et l'on avait dissimulé son cadavre dans le local destiné au linge sale. Mort depuis presque vingt-quatre heures, le pauvre Ernie était la nouvelle victime d'une vengeance machiavélique qui durait depuis sept ans.

— Il vivait avec une femme du nom d'Elisa Alvorado à Raytown, déclara Joe en feuilletant son carnet.

Se rapprochant de Mitch, il referma son carnet et le mit dans sa poche.

— Je vais demander qu'un agent local aille la prévenir. A moins que tu ne veuilles l'interroger.

Mitch suivit des yeux la civière qui emportait le corps du serveur, dissimulé dans une housse en plastique noire.

— Tout ce que nous avons besoin de savoir se trouve ici.

Ils restèrent côte à côte, tels deux vieux amis unis par le silence.

Malgré sa fatigue et la présence de Joe, Mitch avait du mal à tenir en place. Un picotement familier lui chatouillait la nuque, et il y passa machinalement la main.

— Ça ne va pas ? s'enquit Joe, les sourcils froncés.

— Pourquoi Raines n'a-t-il pas découpé le corps ?

— Il a peut-être choisi le serveur au dernier moment, sur un coup de tête.

Mitch eut une moue sceptique.

— Il ne fait jamais rien sur des coups de tête.

— Il a pu être interrompu, suggéra Joe. Ou quelque chose l'a obligé à changer ses plans.

— Casey.

Mitch hocha la tête.

— Il avait prévu de prendre l'apparence d'une autre personne, poursuivit-il. Mais Casey est apparue, et il s'est jeté sur l'occasion.

— D'après toi, quel était son plan de départ ? Qui était sa cible ?

Il n'avait pas encore la réponse.

— Le chef. Ou bien le maire.

— C'est peut-être le roi du déguisement, mais il n'aurait pas pu se faire passer pour quelqu'un d'aussi connu.

— Ou moi. J'ai oublié mon manteau ici, hier soir, et il n'y est plus.

Ce ne serait pas la première fois que Raines utiliserait l'un des gardes du corps de Casey pour l'atteindre. Avant la réception, il ignorait l'existence de la broche, mais depuis qu'il l'avait eue en main, il pouvait très facilement la faire copier.

— On l'a peut-être emballé comme pièce à conviction, avança Joe.

— Vérifie. Je me fais sans doute des idées, mais je ne veux rien laisser au hasard.

Mitch sortit son carnet de sa poche et relut les observations qu'il y avait notées.

— Trouve-moi la liste des invités.

— Il y en avait plus de cinq cents.

— Il pourrait bien y en avoir cinq mille, je m'en moque. Je veux savoir qui Raines avait l'intention de tuer.

Ginny, qui s'était rapprochée, se mêla à la conversation.

— Je crois que je peux réduire votre liste.

Mitch se tourna vers elle. La jeune femme voyait souvent les choses sous un angle différent, et il appréciait son avis.

— A quoi penses-tu ?

Elle lui tendit un dossier jaune pâle.

— Voici le rapport préliminaire concernant le meurtre de Darlene Raines. Elle a été poignardée par une codétenue du nom de Rochelle Jackson.

Il ouvrit le dossier et le parcourut rapidement.

— Le directeur ne sait pas qui a commandité le meurtre ?

— Il n'a pas encore établi de lien. Mais je pense que vous serez intéressé par l'une des visites qu'elle a reçues une semaine avant l'agression.

— Darlene ?

— Non, Rochelle.

Elle désigna une ligne sur un document.

— Lisez le nom sur la feuille d'entrée.

— Iris Webster, siffla-t-il entre ses dents.

Son esprit se mit à fonctionner à toute allure, assemblant les pièces du puzzle, trouvant des réponses concrètes aux soupçons qu'il avait eus dès sa première rencontre avec Casey.

Il replaça en hâte le dossier dans les mains de Ginny et attrapa son téléphone.

— Je veux des informations sur les objets volés lors du cambriolage chez Cynthia Debecque, ordonna-t-il en attendant que son interlocuteur décroche. Et un mandat de perquisition pour l'appartement d'Iris Webster.

— Qui appelles-tu ? demanda Joe.

— Casey.

Quand, après plusieurs appels infructueux, Merle Banning décrocha enfin, ce dernier se trouvait sur le siège passager de la voiture du shérif du comté et se dirigeait à vive allure vers le centre-ville de Kansas City.

— Comment ça, elle n'est pas avec toi ? s'exclama Mitch dans le combiné.

Les explications embarrassées de son jeune lieutenant

le rendirent fou de rage. Pourquoi diable cet idiot avait-il emmené Casey boire un café ?

Il s'obligea à se calmer. Merle était encore jeune et impressionnable, et il savait à quel point Casey pouvait être têtue. Il lui passerait un savon plus tard.

— Tu sais où elle est, au moins ?

— Je crois qu'elle est allée voir le chef.

La réponse tranquille de Merle lui glaça le sang plus sûrement que le blizzard qui soufflait dehors. Coupant la communication, il composa un autre numéro. Au bout de quatre sonneries, il raccrocha et fit un grand signe vers Joe, qui le rejoignit en courant.

— Envoie quelqu'un chez Reed, et trouve-le-moi, ainsi que sa fichue assistante.

— Que se passe-t-il ?

— Casey a échappé à la surveillance de Merle. Il pense qu'elle est allée voir son parrain.

— Et en quoi ça pose un problème ?

— Je pense que c'est Iris Webster que Raines est venu voir, la nuit dernière, expliqua-t-il tout en se dirigeant vers sa Jeep.

Il prit place au volant et fixa une sirène mobile sur le toit.

— Le chef aussi est en danger ?

— Non. Je suis prêt à parier mon insigne qu'il est de mèche avec Raines.

Il arma son revolver et enclencha la sirène.

La femme qu'il aimait s'était jetée la tête la première dans la gueule du loup. Et il risquait de ne pas arriver à temps pour la sauver.

Moitié boitant, moitié trébuchant, Casey suivait avec peine le rythme que lui imposait son parrain en l'entraînant vers le pool-house. Il gardait l'arme enfoncée dans ses côtes, mais son regard allait en tous sens, comme s'il s'attendait à être découvert d'un moment à l'autre.

Pour la première fois, elle voyait sa maison à travers les

yeux de Mitch. Une prison entourée de hauts murs, avec des barreaux aux fenêtres. Si Jimmy craignait de se faire prendre, elle aurait pu le rassurer facilement. Personne ne pouvait voir ce qui se passait dans la propriété des Maynard.

Arrivé devant le pool-house, il sortit la clé de sa poche et l'inséra dans la serrure.

Elle se raidit en même temps que lui.

La porte était déjà déverrouillée.

— Tu attendais de la compagnie ? demanda-t-elle, inquiète de le voir se mordiller la lèvre.

Sa nervosité le rendait imprévisible. Une nouvelle surprise pouvait très bien lui faire perdre la tête et lui donner le courage d'appuyer sur la gâchette avant qu'elle ait eu le temps de s'enfuir.

— Tais-toi.

Il ne paniquait pas encore. Peut-être arriverait-elle à le raisonner.

— Nous devrions faire demi-tour et retourner dans la voiture avec Iris. Tu as beaucoup d'argent. Tu peux quitter le pays maintenant. Et c'est Raines qui portera le chapeau pour tout.

— Je t'ai dit de te taire !

Il lui secoua le bras si fort qu'elle vacilla et vint s'affaisser contre lui.

— J'ai une campagne à mener, siffla-t-il à son oreille. J'aurais dû régler le problème depuis longtemps.

La porte s'ouvrit soudain, et il s'immobilisa.

— Ce n'est pas comme ça qu'on traite les dames.

— Mitch ! s'écria-t-elle.

Sa silhouette impressionnante emplissait tout l'espace, et son regard vibrait de colère.

Jimmy parut aussi surpris qu'elle.

— C'est vous ? Mais comment… ?

— Lâchez-la.

Ses doigts s'ouvrirent, comme mus par une volonté propre, et Casey en profita pour avancer d'un pas. Puis, tandis que le regard de Mitch clouait son parrain sur place, elle fit un autre pas.

Jimmy ne bougea pas. Ne dit rien.

Elle franchit rapidement la courte distance qui la séparait de Mitch et se jeta dans ses bras. Elle se serra contre lui, son visage enfoui dans son manteau en tweed.

Un bras puissant s'enroula autour de ses épaules, lui offrant le réconfort dont elle avait tant besoin. Puis il posa un baiser sur sa tempe.

— Maintenant, tu es en sécurité avec moi.

A ces mots, Casey se raidit. Une sensation étrange l'envahit.

La voix de Mitch était plus rauque qu'à l'ordinaire, son menton ne lui arrivait pas à la même hauteur que d'habitude, et il ne portait pas d'arme sur lui.

Se redressant, elle écarta fébrilement les pans de son manteau de façon à vérifier le col de son costume.

Il ne portait pas la broche qu'elle lui avait donnée.

Raines !

En proie à une pure panique, elle voulut reculer, mais il l'en empêcha en resserrant son emprise.

— Non !

Elle plaqua la main sur son torse pour le repousser, puis de sa jambe valide, elle lui donna un coup de pied dans le tibia. Il jura et la souleva de terre. Elle eut beau se débattre, toutes griffes dehors, rien n'y fit.

— Bon sang, Jimmy *boy*, tu as mis le temps ! s'exclama-t-il en reportant son attention sur lui.

Quelle idiote elle avait été…

Cette histoire ne pouvait pas se terminer de cette façon. Elle ferait tout pour l'en empêcher.

Tandis que son parrain tournait le verrou de la porte, Raines la porta jusqu'au bord de la piscine et la laissa tomber sur une chaise longue.

Elle essaya de se relever, en vain. Un genou appuyé sur son ventre, il lui lia les mains.

— Bouge-toi, Jimmy *boy*. Enlève ce fichu engin de sa jambe.

— Non, je vous en prie…

Elle détestait avoir à le supplier, mais ce fut pourtant ce qu'elle fit.

Sans son attelle, elle n'avait aucune chance de s'en sortir. Si toutefois elle en avait une…

Raines lui bloquait la vue, aussi n'entendit-elle que le bruit caractéristique du Velcro. Une décharge électrique lui vrilla les muscles quand son parrain ôta son attelle, puis elle ressentit une douleur atroce lorsque Raines se releva brusquement et que son pied, par un effet de contrepoids, alla heurter le sol dallé.

Ravalant un hoquet, elle soutint le regard de Raines tandis qu'il reculait d'un pas. Il ramassa l'attelle et l'agita devant elle d'un air tentateur, telle une carotte sous le nez d'un âne récalcitrant. Au dernier moment, elle succomba et plongea afin de l'attraper. Ses mains liées ne lui furent d'aucun secours. Raines rejeta le bras en arrière pour mettre l'attelle hors de portée, puis la lança dans la piscine.

Avec un ricanement, il s'agenouilla près d'elle et sortit un couteau de sa poche.

Elle le regarda le déplier soigneusement, presque respectueusement. Refoulant sa panique, elle s'exhorta au calme. Il fallait qu'elle réfléchisse, qu'elle trouve un plan, si elle voulait s'en sortir.

— C'est un bon choix, non ? lui lança Raines, visiblement satisfait. La scène de tous tes succès sera aussi celle de ta défaite finale.

De la pointe acérée de sa lame, il dessina la ligne de sa mâchoire et creusa une petite entaille sur son menton.

Elle ne bougea pas, ne gémit pas. Une sorte de détachement l'avait envahie, l'aidant à affronter son pire cauchemar. Au lieu d'être terrorisée, elle se sentait au contraire très calme, comme si Raines avait perdu tout pouvoir sur elle.

Par-dessus son épaule, elle observa Jimmy, qui faisait les cent pas sur le bord de la piscine à grand bruit de talons. Il ne l'impressionnait pas. Elle ne ressentait plus que de la colère envers cet homme qui s'était servi de son père, de Mitch et de quantité d'autres personnes sans le moindre remords.

Soudain, il s'arrêta et s'adressa à Raines tout en prenant soin de se poster derrière elle, comme derrière un bouclier.

— Arrête ton cirque, mon vieux. Quand Banning m'a appelé pour me prévenir qu'elle avait mis les voiles, je me suis douté qu'elle viendrait vers moi. Je te l'ai donnée avant la date convenue. Maintenant, je veux les négatifs.

— Chaque chose en son temps, Jimmy *boy*.

Raines sourit avec indulgence en passant sa lame à plat sur les lèvres de Casey.

— Ça me fait plaisir de voir que je n'ai pas perdu la main. Je vous ai complètement mystifiés, tous les deux.

— Quelques secondes seulement. Vous n'avez pas la même voix que Mitch. Et vous n'êtes pas aussi grand.

A l'aide de son couteau, il repoussa une mèche de cheveux qui avait glissé sur sa joue.

— Je mettrai des talonnettes plus hautes dans mes chaussures.

Elle grimaça sous la morsure de la corde qui lui serrait les poignets, mais s'obligea à rester immobile. En ne pliant pas devant ses provocations, elle avait l'impression de marquer des points.

Il était assez près pour qu'elle distingue le fond de teint halé qu'il avait appliqué sur son visage et ses mains, ainsi que la nuance un peu trop claire de ses cheveux. Quant à sa silhouette massive, il avait sûrement utilisé des rembourrages.

Mais, de loin, il ressemblait incroyablement à Mitch…

Soudain, une idée affreuse s'imposa à elle, et elle s'affaissa sur elle-même.

Raines avait pris l'apparence de Mitch. Ce qui voulait dire qu'il avait l'intention de le remplacer.

Si ce n'était déjà fait.

— Oh, mon Dieu…

Mitch était sans doute déjà mort. Et tandis que cette idée se frayait un chemin dans son esprit, toute velléité de lutte la quitta, la laissant sans forces sur la chaise longue.

— Bon, il est temps de parler affaires, reprit Raines en reportant son attention sur Jimmy. Je crois que tu me dois de l'argent.

— Ce n'était pas le marché.

Elle perçut la chaleur de son parrain dans son dos alors qu'il se penchait en avant.

— L'argent restera dans la voiture avec Iris jusqu'à ce que j'aie vu les négatifs.

Raines se leva et, bombant le torse, écarta les pans de son manteau pour mettre les mains sur ses hanches. Elle faillit fondre en sanglots. Ce monstre reproduisait les attitudes de Mitch à la perfection. Il ne lui manquait plus que la broche pour que l'illusion soit complète…

Pas de broche.

Ce constat qui l'avait paniquée un moment plus tôt lui rendit brusquement espoir.

Si Raines n'avait pas la broche, alors Mitch était encore vivant.

Elle avait le temps de s'enfuir.

Le temps de le prévenir.

Devant elle, ses deux tortionnaires continuaient à régler leurs comptes, et elle se redressa, en proie à un regain de courage.

— Voilà bien l'homme dont je me souvenais, ironisait Raines. Un homme d'action, au caractère bien trempé, mais pas très doué pour tenir parole.

— J'ai les vingt-cinq mille dollars que tu m'as demandés, et Cassandra. A toi de respecter ta part du marché.

— Je l'ai fait, il y a sept ans, quand j'ai tué cette fille pour toi.

— Tu devais aussi m'apporter les photos.

Des photos ? se répéta-t-elle, intriguée. Mitch et Ginny avaient-ils vu juste en soupçonnant un chantage ?

Elle ignora les questions qui se bousculaient dans sa tête et essaya d'évaluer ses chances de s'enfuir. La porte qui donnait sur l'extérieur se trouvait à près de cinq mètres de l'endroit où elle était assise. Jamais elle n'arriverait jusque-là sans qu'ils la remarquent.

— Mais Darlene s'est fait prendre, et toi, tu n'as pas tenu ta promesse. Tu étais censé la sortir de tôle, rappelle-toi.

Il fallait qu'elle trouve une solution. Mais, à moins d'un miracle, elle ne voyait pas comment se débrouiller pour s'échapper.

— J'ai fait tout mon possible pour influencer Maynard, rétorquait Jimmy. Je t'ai même dit comment t'en prendre à Cassandra.

A ces mots, elle eut l'impression que son cœur s'arrêtait de battre.

Abandonnant ses plans de fuite, elle se leva et se tourna vers l'homme qu'elle considérait encore quelques heures avant comme un membre de sa famille.

— C'est toi qui lui as dit de me faire ça ?

Elle avait toujours su que ce jour viendrait. Pendant sept ans, elle avait attendu que la vérité éclate. Et même si cela l'horrifiait, il fallait qu'elle l'entende. Parce que, ensuite, toutes ses souffrances s'arrêteraient. C'en serait fini de la peur, de la honte et de la solitude.

— James ? insista-t-elle, renonçant au diminutif qui avait toujours été à ses yeux une marque d'affection.

Il évita son regard sans répondre.

Raines semblait trouver la situation très amusante.

— C'est pour ça que tu es encore en vie, championne. Ce bon vieux Jimmy *boy* ne pouvait pas se permettre d'avoir une mort de plus sur la conscience. Alors, je me suis contenté de me servir de toi pour lancer un avertissement à ton cher papa.

Profitant de la tension qui régnait entre les deux hommes, elle fit discrètement un pas en arrière.

— Mon père n'aurait jamais plié devant quelqu'un comme vous. Il a eu raison d'envoyer votre sœur en prison pour le meurtre de Cynthia Debecque. Elle ne méritait pas de mourir de cette façon.

— Cette fille m'a soutiré des milliers de dollars, grommela Jimmy. Elle menaçait d'envoyer des photos de nous à la presse. J'étais en plein dans ma première campagne électorale. Il fallait la faire taire.

— Oui, et nous avons réparé ton erreur, Jimmy *boy*. Mais, au lieu de payer ce que tu me devais, tu m'as arrêté pour meurtre et extorsion. Tu croyais vraiment pouvoir me faire taire ? Ma Darlene est morte.

L'espace d'un instant, Raines abandonna son rôle, et ses traits dépourvus de toute humanité prirent le pas sur ceux de Mitch.

— Ta sœur savait où se trouvaient les négatifs. Une fois sortie de prison, elle m'aurait fait chanter à son tour. Elle devait mourir.

Tout à leur discussion, les deux hommes ne prêtaient aucune attention à Casey. Prudente, elle arrondit les épaules et baissa le menton afin qu'ils l'oublient.

Malheureusement, James la prit à partie, le regard haineux.

— Je l'ai servi à la justice sur un plateau d'argent. Tout ce que tu avais à faire, c'était l'identifier et le faire condamner à perpétuité dans un quartier de haute sécurité. Mais tu as tout fait rater. Mademoiselle avait des doutes. Mademoiselle ne reconnaissait pas son agresseur !

Elle ne tenta pas de se justifier. A quoi bon lui expliquer que le déguisement de Raines était parfait et qu'elle était terrorisée à l'idée de se retrouver devant son tortionnaire ? Il ne l'écouterait pas.

Il ne l'avait jamais fait.

— Si tu tenais si peu à moi, pourquoi as-tu demandé à Mitch d'assurer ma protection ?

— Je peux répondre, intervint Raines.

Les doigts serrés sur le manche de son couteau, il tourna lentement autour d'elle, obligeant Jimmy à faire de même pour ne pas se retrouver dos à lui.

— Ce bon vieux Jimmy déteste faire le sale boulot lui-même. Il a donc mis son meilleur flic sur l'affaire, et m'a conduit jusqu'à toi en espérant…

— Mitch vous tuera !

— Oh, on dirait qu'elle est plus intelligente que toi, Jimmy *boy*.

Elle eut l'impression que son rire cruel pénétrait par tous les pores de sa peau. Puis il se tourna vers Jimmy, le regard soudain glacial.

— Darlene était ma sœur, mon âme jumelle. Jack Maynard l'a mise en prison, et tu l'as tuée.

— Bon sang, ça suffit, Raines !

Elle vit son parrain plonger la main dans sa poche et en sortir l'arme qu'il avait utilisée pour la contraindre à le suivre. L'instinct lui souffla de se baisser, mais un bras vint se refermer autour de son cou, l'empêchant de se mettre à l'abri.

Raines appuya la pointe de sa lame à la base de son cou. La masse musculeuse de son avant-bras gênait sa respiration, transformant son cri en un couinement inaudible.

— Oh, non, Jimmy *boy*, tu ne feras rien du tout. C'est moi qui décide, ici, et je te dirai quand ce sera terminé. Maintenant, jette ton arme dans la piscine et appelle ton assistante pour lui demander d'apporter l'argent.

Elle fixa avec horreur le canon de l'arme qui vacillait. Puis Jimmy resserra son emprise sur la crosse.

— Non. L'argent restera où il est, tant que tu ne m'auras pas donné les négatifs.

Elle sentit se resserrer la pression autour de son cou. De toute évidence, Raines n'avait aucune envie de négocier.

— Passe ce coup de fil, ou je la découpe devant toi.

Quiconque le connaissait un tant soit peu savait qu'il n'hésiterait pas à mettre sa menace à exécution. Casey se mit à trembler des pieds à la tête. Pour l'un de ces hommes, elle était une monnaie d'échange ; pour l'autre, un bouclier humain.

Courage.

Le mot résonna dans sa tête comme un souvenir ancien, une douce caresse.

Quand Mitch la regardait, il voyait du courage.

Sa foi en elle que rien ne semblait pouvoir vaincre la ranima, telle une brassée d'air vivifiant.

Ses tremblements cessèrent, et son envie de gagner reprit le dessus. Elle releva le menton afin d'échapper à la lame de Raines.

Il était temps de se battre.

Tout en guettant la pression du doigt de Jimmy sur la détente, elle pivota légèrement et donna un coup de pied dans la jambe de Raines avant de s'accroupir.

Les secondes qui suivirent se déroulèrent avec la lenteur insupportable d'un film au ralenti.

La balle toucha Raines. Il laissa tomber son couteau tandis que du sang jaillissait de son bras. La main sur son poignet blessé, il vacilla et trébucha contre la chaise longue.

Casey en profita pour rouler sur le côté.

Raines se releva et se jeta sur Jimmy. Ignorant les coups, les grognements et les menaces, elle rampa jusqu'au couteau, puis s'assit et cisailla rapidement la corde qui lui nouait les poignets.

Une fois libérée de ses entraves, elle se remit debout au prix d'un immense effort et se dirigea vers la porte en traînant la jambe. Pas question de courir et risquer de perdre l'équilibre. Tomber la mettrait à la merci de ses adversaires.

Elle avait la main sur la poignée de la porte quand un coup de feu la stoppa net. Mue par une curiosité morbide, elle regarda par-dessus son épaule.

— Merde ! Quelle saleté, j'en ai partout !

Raines se relevait au-dessus de la silhouette prostrée de Jimmy. Son regard dégoûté fixait son manteau taché de sang. Il le défit d'un mouvement d'épaules et le jeta au loin.

— James, murmura-t-elle, regrettant malgré elle cet homme envers qui elle avait eu autrefois de l'affection.

Puis elle intercepta le regard haineux de Raines. Son pouls s'accéléra, et elle se tourna aussitôt vers la porte. Mais la panique ralentissait ses gestes.

Elle sentit la présence de Raines derrière elle quelques

secondes avant qu'il la saisisse par les épaules et la fasse pivoter brutalement.

Le couteau à la main, elle lui balafra le visage. Le sang jaillit, et elle ne put retenir un haut-le-cœur. Mais, quand Raines la lâcha pour tâter sa blessure, elle faillit pousser un cri de victoire.

Elle le repoussa de toutes ses forces, et perdant l'équilibre, il recula de quelques pas.

Cela lui laissait assez d'espace pour tenter de nouveau d'ouvrir la porte.

Ses doigts trouvèrent le verrou, le firent tourner.

— Garce !

Il la saisit par les cheveux et la tira en arrière. Avec l'impression qu'on lui plantait des milliers d'épingles dans le cuir chevelu, elle tenta de se contorsionner, mais sa jambe flancha, et elle tomba.

Ce mouvement brusque la libéra. Elle n'eut pas le temps de rouler sur le côté. D'un geste vif, Raines s'abattit sur elle et la maintint au sol de tout son poids.

— Je préfère ma bonne vieille méthode, déclara-t-il en jetant le revolver au loin.

Il respirait fort. Son souffle chaud courait sur sa peau, provoquant en elle plus de dégoût que de peur. Ses doigts moites se refermèrent autour de son poignet, l'obligeant à lâcher le couteau.

Comme elle se débattait pour se libérer, il fit porter tout son poids sur sa jambe blessée. Elle poussa un hurlement.

Il ricana cruellement. Elle essaya de griffer son visage blessé et vit une lueur meurtrière naître dans son regard.

Le couteau descendait vers elle.

Soudain, il s'immobilisa.

— Lâche-la, Raines, où je te colle une balle dans le crâne !

Le miracle s'était produit. Cette voix, elle l'aurait reconnue entre toutes. Grave, puissante et si menaçante qu'elle-même en frissonna.

— Pose gentiment ton couteau, et couche-toi à plat ventre !

— Mitch ?

Seigneur, il était vivant…

Sous la menace, Raines fit ce qu'on lui demandait, et elle vit enfin le visage de Mitch se pencher sur elle.

— Ça va ? Tu n'as rien ?

Son revolver dans la main gauche, il lui tendit la droite afin de l'aider à se relever.

Ce moment d'inattention suffit à Raines. Se redressant brusquement, il envoya un coup de pied dans les jambes de Mitch et le déstabilisa. Mitch lâcha son arme. Raines se jeta sur lui, et tous les deux roulèrent vers la piscine.

— Non ! hurla Casey.

Mitch lui avait sauvé la vie. Et, à présent, il allait mourir.

A cause d'elle.

Mobilisant toute son énergie, elle rampa vers eux. Tout espoir n'était pas perdu. Raines était affaibli par sa précédente bagarre, blessé. Mitch était plus grand, plus fort.

Elle s'empara du revolver et visa Raines.

Ou était-ce Mitch ?

Ils continuèrent à rouler, ne faisant plus qu'un, et soudain, ce fut le dos de l'autre Mitch qu'elle eut dans sa ligne de mire.

Indécise, elle baissa son arme. Un poing heurta violemment une mâchoire. L'homme accusa le coup.

Elle leva son arme. Lequel des deux était Mitch ?

Tout à coup, un coup de feu partit.

Elle tressaillit. Dans le silence qui suivit, ses mains se mirent à trembler sur la crosse.

Elle n'avait pas tiré.

Le temps semblait s'être arrêté. Le dernier souffle de l'homme résonna dans le pool-house.

Bien plus terrifiée qu'elle ne l'avait été à l'idée de sa propre mort, elle osait à peine respirer.

Et puis quelque chose bougea. Une épaule massive se souleva. Suivie d'un large dos. Une main hésitante s'éleva et massa ce cou puissant qui paraissait porter à lui seul tout le poids du monde.

— Mitch ?

Elle retint son souffle, n'osant croire ce que son cœur espérait.

Tout en se relevant, il plongea la main dans sa poche.

Elle leva son arme et le regarda ressortir sa main avec une lenteur désespérante. Entre le pouce et l'index, il tenait un petit cercle de platine où se reflétait la lumière de la neige à l'extérieur.

— Mitch ! s'exclama-t-elle en se précipitant vers lui.

Il s'avança en titubant. Quand elle s'abattit contre lui, il gémit sourdement et la repoussa. Alors, seulement, elle vit le couteau planté entre ses côtes.

Passant un bras autour de sa taille, elle l'aida à rejoindre la chaise longue. Il prit lourdement appui sur elle, et elle s'obligea à ignorer la douleur qui fusait dans sa jambe.

Une fois qu'il fut assis, elle sortit un mouchoir de sa poche et appuya sur la blessure, sans oser toucher au couteau.

— Qu'est-ce que je dois faire ? Je peux le retirer, tu crois ?

Il lui saisit le poignet pour l'empêcher de continuer.

— Ce n'est pas si grave.

De son autre main, il repoussa une mèche de cheveux derrière son oreille et lui caressa la joue.

— Toi aussi, tu es blessée. Il faut que tu voies un médecin.

Refoulant les larmes qui lui brûlaient les yeux, elle releva le menton.

— Ne dis pas de bêtises !

Une lueur indéchiffrable apparut dans son regard ambré. Elle n'aurait su dire s'il était furieux, exaspéré ou terriblement content de la revoir, en dépit de la façon dont elle l'avait traité au chalet.

— En parlant de bêtises, c'était de la folie de fausser compagnie à Merle. Je veux que tu me racontes tout ce que tu as découvert au sujet de Reed. Mais, avant, princesse…

— Quoi ?

Il la saisit par les épaules et l'embrassa avec une ardeur multipliée.

Le cœur battant à tout rompre, elle lui rendit son baiser avec tout l'amour qu'elle ressentait pour lui.

Soudain, il la repoussa. Il était livide.
— Mitch, qu'est-ce qu'il y a ?
— Prends la radio dans ma poche et fais venir Joe. Je crois que… que je vais m'évanouir.

13

— Monsieur Taylor, si vous ne restez pas tranquille, vous allez faire sauter vos points de suture. Vous vouliez changer de vêtements, alors laissez-moi faire.

Mitch jeta un coup d'œil à la pendule avec une grimace.

Bon sang, cela faisait plus de vingt-quatre heures qu'il n'avait pas vu Casey.

Comment allait-elle ? Il avait bien tué Emmett Raines, n'est-ce pas ? Il ne s'était quand même pas évanoui en la laissant seule avec un meurtrier ?

Si ?

L'infirmière, qui avait la douceur d'un sergent-chef, lui avait seulement dit que Casey avait été admise à l'hôpital. Peut-être que, en ne lui donnant pas plus de détails, on tentait de lui éviter une douleur émotionnelle à laquelle il ne pourrait pas résister tant qu'il n'aurait pas récupéré sur le plan physique. Certes, il avait perdu beaucoup de sang, mais aucun organe vital n'avait été touché.

Casey avait-elle eu autant de chance ?

L'infirmière tira sur son bras et lui ordonna de se lever. Il succomba plus qu'il n'obéit à son ordre. Elle le maintint en équilibre pendant qu'il enfilait son pantalon de pyjama, puis repoussa ses mains quand il essaya de nouer la cordelière autour de sa taille.

Elle l'aida ensuite à se recoucher, sans brusquerie, mais sans précaution excessive non plus. Il gémit de douleur et de frustration mêlées. Cette quinquagénaire revêche, proche parente d'Attila, aurait été parfaite pour faire tourner les services du Quatrième District.

— Et voilà.

Elle remonta le drap et rapprocha la table roulante de son lit.

— Vous avez de la chance. Le médecin a déclaré que vous pouviez prendre de la nourriture solide.

Elle souleva la cloche posée sur le plateau.

— Profitez-en.

Il jeta un coup d'œil morose aux céréales et aux œufs brouillés qu'elle lui montrait. Ce n'était pas exactement l'idée qu'il se faisait de la nourriture solide. Mais, de toute façon, la douleur qu'il ressentait au creux de l'estomac n'était pas liée à la faim.

Il adressa son sourire le plus charmeur à l'infirmière, espérant la radoucir et enfin obtenir des réponses.

— Vous êtes sûre que personne ne m'a demandé ?

Elle croisa les bras sur son ample poitrine et secoua la tête.

— Personne. A part les journalistes qui campent dans la salle d'attente.

Il serra les dents devant cette réponse obtuse.

— Et la jeune femme qui est arrivée avec moi ?

— Monsieur Taylor, vous étiez seul dans l'ambulance. Après votre arrivée aux urgences, vous avez été emmené immédiatement en chirurgie.

Il serra les poings.

— Mais si, il y avait une jolie rousse avec moi. Grande, mince... Elle s'appelle Cassandra Maynard. Elle était là quand j'ai été blessé. Je dois la voir.

— On peut entrer ? lança une voix féminine à la porte.

Le battant s'entrebâilla, et Mitch sentit ses espoirs s'évanouir en voyant apparaître Ginny, suivie de Joe.

Son adjoint semblait n'avoir vécu qu'à grand renfort de café durant les dernières vingt-quatre heures, et Ginny n'avait guère meilleure mine.

Mitch ravala sa déception et leur sourit.

— Comment ça va, les gars ?

Joe esquissa un sourire.

— Je me débrouille comme un chef pour faire tourner le service. J'ai cru comprendre que tu allais être sur le carreau pendant un moment.

Derrière cette plaisanterie bourrue se cachait mal son émotion. Mitch lui tendit la main gauche, l'autre étant entravée par une perfusion. Joe la lui serra d'une poigne ferme, rassurante.

— Comment ça va avec Merle ?

— Je lui ai passé un bon savon, et je l'ai mis à pied pour trois jours.

Malgré les risques que le jeune lieutenant leur avait fait prendre, Mitch ne put s'empêcher d'éprouver de la tendresse paternelle à son égard.

— Erreur de débutant. J'imagine très bien le genre de pression que le chef lui a fait subir pour obtenir des informations.

Il marqua une pause. Puis demanda :

— Et Casey ? Quelqu'un sait où elle est passée ?

Ginny échangea un regard avec Joe avant de revenir à lui.

— Vous ne l'avez pas encore vue ?

— Je n'arrive même pas à savoir comment elle va.

Il envisageait sérieusement d'arracher sa perfusion et de fouiller l'hôpital chambre après chambre.

Il les regarda tour à tour.

— Vous l'avez bien amenée ici, n'est-ce pas ? Elle était blessée. Des contusions et des entailles au visage…

— Je l'ai fait monter moi-même dans l'ambulance, répondit Ginny. Juste après avoir passé les menottes à Iris Webster. Elle risque une condamnation pour complicité. Ça faisait des années qu'elle couvrait les agissements du chef.

Il hocha la tête.

— C'était ce que soupçonnait Casey. Et Reed ?

— Mort sur les lieux. Ainsi que Raines.

— Et les McDonald ? Leur petite-fille ? Personne d'autre n'a été blessé ?

— Tout le monde va bien, le rassura Joe, l'air amusé.

Tu trouveras tout ça dans mon rapport, vieux. D'ailleurs, j'attends de lire le tien.

— Je n'écrirai rien tant que je ne saurai pas ce qu'il en est pour Casey. C'est si grave que ça ? C'est pour ça que personne ne veut rien me dire ?

— Je ne l'ai pas encore vue. Je faisais de la paperasse, et j'essayais de calmer la presse.

— Bon sang, Joe !

L'infirmière lui toucha le bras.

— Calmez-vous, monsieur Taylor. Je vous ai déjà dit que ce n'était pas bon de vous agiter comme ça.

Sa douleur au côté n'était rien, comparée à celle qui lui vrillait le cœur.

— Oh, vous, ça suffit ! Arrêtez de me traiter comme un gamin désobéissant et répondez-moi !

— Les menaces ne vous mèneront nulle part.

Il se redressa dans son lit, avec des envies d'étrangler la pauvre femme.

— Toujours aussi aimable avec les dames, à ce que je vois, cousin !

Découragé, il se laissa retomber sur son oreiller en découvrant Brett à la porte. Ce dernier entra tout guilleret dans la chambre, suivi de son oncle et de sa tante.

Martha se précipita aussitôt à son chevet pour l'embrasser, puis elle posa la main sur son front, comme à l'époque, quand il était malade.

— Tu te sens mieux, mon pauvre chéri ?

— Tu nous as fait une sacrée peur, remarqua l'oncle Sid d'un ton bourru.

Mitch sentit l'émotion le submerger d'un coup. Il avait toujours su qu'il avait une famille, des amis qui tenaient à lui. Mais, pour la première fois aujourd'hui, il prenait conscience qu'il était aimé, en dépit de l'absence de ses parents et de la trahison de Jackie.

Il ne manquait plus que Casey pour que son bonheur soit complet.

— On peut se joindre à la fête, ou est-ce privé ?

Comme sous l'effet d'une baguette magique, le silence se fit dans la pièce, et tous les autres disparurent de son champ de vision.

Il ne vit plus que Casey, qui avançait vers lui.

Appuyée sur une béquille métallique, elle se déplaçait avec sa grâce habituelle. Ses cheveux cuivrés cascadaient sur ses épaules, et ses yeux évoquaient le gris du ciel avant le lever du jour. Elle avait quelques marques bleuâtres sur la joue et un pansement sur le menton.

Tandis que son cœur se gonflait d'une joie immense, il comprit brusquement qu'il l'aimait.

De toutes ses forces.

Pour toujours.

Il avait besoin d'elle. Peut-être ne voudrait-elle plus de lui dans sa vie, à présent que toute menace était écartée, mais…

Elle s'approcha du lit et le détailla de la tête aux pieds. Il se sentit responsable du pli soucieux qui apparaissait sur son front. C'était sans doute dû à son œil au beurre noir et au bandage autour de ses côtes…

Tout ce qu'il trouva à dire fut :

— Tu vas bien ?

Elle sourit.

— Oui.

Du coin de l'œil, il vit Ginny donner un coup de coude à Joe. Brett riait doucement en voyant sa mère fouiller nerveusement dans son sac et Sid lui tendre un mouchoir.

Attila secoua la tête et lança d'une voix de stentor :

— Allez, allez, tout le monde dehors ! M. Taylor doit se reposer.

Un à un, les visiteurs se dirigèrent vers la porte après avoir fait leur adieux à Mitch.

Attila posa la main sur l'épaule de Casey, qui s'apprêtait à sortir également.

— Pas vous. Je crois que vous êtes le médicament dont il a besoin.

Et, sur ces mots étonnamment compréhensifs de sa part, elle s'éclipsa.

Mitch regarda la porte se refermer, puis reporta son attention sur Casey.

— J'ai l'impression que ce n'est plus moi qui dirige, à présent.

Il froissa puis lissa le drap de sa main gauche. Il ne s'était pas senti aussi nerveux depuis…

Bon sang, il ne s'était jamais senti aussi nerveux.

Casey posa les mains sur la ridelle métallique du lit.

— J'ai l'impression que tu en fais voir de toutes les couleurs aux infirmières. Tu devrais travailler ton sens de la diplomatie.

— Cette espèce de tortionnaire refusait de me donner de tes nouvelles. J'avais envie de l'étrangler avec le tuyau de ma perfusion.

— Je vais bien, Mitch. Vraiment, le rassura-t-elle en souriant. Et si je suis en vie, c'est grâce à toi.

— Je n'ai jamais eu aussi peur que quand j'ai vu Raines approcher la lame de ta gorge.

Ce souvenir lui faisait encore mal, tellement il avait eu peur de la perdre.

Déposant sa béquille au pied du lit, elle vint se placer à sa gauche. Elle poussa la table roulante et s'assit avec précaution sur le rebord du matelas. Son visage évoquait celui d'une madone. Mitch y lisait une force nouvelle et, surtout, la sérénité.

— Laisse-moi te prendre dans mes bras et te réconforter.

Bouleversé, tremblant d'humilité, il passa son bras gauche autour de sa taille et l'attira contre lui.

Bien qu'il n'ose pas interpréter ce geste de compassion comme une marque d'amour, il aurait pu la tenir ainsi toute sa vie et garder le visage enfoui dans la masse soyeuse de ses cheveux.

Les rôles étaient inversés, et il se nourrit de sa force tranquille jusqu'à ce qu'il soit capable de parler de nouveau.

— Je croyais t'avoir perdu, princesse.

— Je suis une survivante, souviens-toi. Un jour, tu m'as dit qu'il fallait ramasser les morceaux et continuer à avancer.

Entendre ses propres mots dans sa bouche lui apporta soudain un peu d'espoir. Mais il n'osait pas encore se réjouir.

Casey accepterait-elle son amour un jour ? Arriverait-elle à croire en sa sincérité ?

Elle se blottit plus étroitement contre lui, et il voulut se persuader qu'il s'agissait d'un peu plus que de la gratitude ou du soulagement.

Elle frissonna malgré la chaleur rassurante qui émanait de Mitch. Elle avait été si près de le perdre. Et même s'il semblait fort et solide, elle ne pouvait oublier les ombres hagardes qu'elle avait lues sur son visage quand elle était entrée.

Elle se serra contre lui aussi fort qu'elle le pouvait, sans toucher le bandage du côté droit de son torse.

— Raines voulait que tu remontes ma trace jusqu'à la maison, murmura-t-elle. Il voulait te tuer et prendre ta place. Je n'ose même pas imaginer ce qu'il aurait fait à ton corps pour le cacher.

— Oui, c'était étrange quand je luttais avec lui. J'avais l'impression de me regarder dans un miroir.

Elle eut un autre frisson.

— Ensuite, il aurait pu arrêter Jimmy, lui voler sa carrière et l'argent qui comptait tellement pour lui.

— Une fois en prison, le chef n'aurait pas fait long feu. Il aurait probablement fini assassiné comme Darlene.

Mitch soupira contre sa joue.

— Depuis le début, j'avais un mauvais pressentiment à propos de Reed.

— Je sais. Si seulement je t'avais écouté…

Elle s'écarta et lui confessa d'une voix chargée d'émotion les péchés de son parrain.

— Il s'est servi de toi pour couvrir son aventure avec Cynthia Debecque. Au départ, il avait engagé Raines et sa sœur pour la tuer et récupérer les photos compromettantes. Avant le procès de Darlene, il a expliqué à Raines…

Elle s'interrompit, le temps d'évacuer la boule de chagrin qui lui obstruait la gorge.

— Il a expliqué à Raines comment contourner la sécurité qui avait été mise en place autour de moi. Il a utilisé le pauvre Steven comme il l'a fait avec toi. Je suis désolée… tellement désolée.

Elle se tut, incapable de continuer.

Elle était venue le voir pour s'assurer qu'il allait bien. Pour s'excuser. Et pour lui expliquer ce qu'elle avait découvert à propos d'elle-même sous la menace de Raines.

Mais son courage l'avait abandonnée.

— Casey ?

Sa voix chaude la fit sursauter.

Il lui caressa le visage et lui souleva le menton de façon à croiser son regard. Quand elle releva la tête, il lui sembla déceler dans ses prunelles ambrées de la fierté, de l'espoir et cette lueur vibrante qu'elle avait déjà vue quand il lui avait parlé d'amour.

— Tu n'es pas responsable des agissements de ton parrain, ni de qui que ce soit. Seulement des tiens. Et je pense que tu es la femme la plus courageuse, la plus intelligente et la plus sexy que j'aie jamais connue. Le passé est définitivement enterré. Le présent est ce qu'il est. Et l'avenir…

— Tu crois que nous avons un avenir ?

— A toi de me le dire.

Elle n'osait croire à son bonheur.

Comment un homme aussi exceptionnel pouvait-il l'aimer ? Et, pourtant, il était là, lui offrant la chance de connaître enfin le bonheur. Et le défi qu'il venait de lui lancer était comme le premier barreau de l'échelle qu'il lui faudrait escalader pour arriver au sommet.

N'était-il pas temps de manifester un peu de courage ?

Elle tendit la main et lui caressa tendrement la joue.

— Mon handicap n'a jamais été un obstacle pour toi, n'est-ce pas ?

La main de Mitch glissa jusqu'à sa taille et y resta, sans qu'il cherche à l'attirer vers lui.

— Pas plus que mes origines ne sont un obstacle pour toi.

La sonnerie du téléphone vint soudain les interrompre.

Il se pencha et attrapa le combiné.

— Taylor.

Il se redressa soudain dans son lit, toute son attention mobilisée.

— Oui, monsieur.

Il jeta un coup d'œil à Casey, qui l'interrogeait du regard.

— Je comprends.

Son visage s'adoucit, et il esquissa un sourire.

— Je lui dirai.

— Qui était-ce ? s'enquit Casey dès qu'il eut raccroché.

— Un agent du système de protection des témoins. Tes parents sont dans un avion à destination des Etats-Unis. Ils doivent atterrir à l'aéroport de Kansas City à 17 heures. Je vais envoyer Joe les chercher.

— Ils rentrent à la maison ?

Elle se jeta dans les bras de Mitch, les larmes aux yeux. C'était comme si un poids énorme s'envolait de ses épaules...

Ils s'étreignirent longuement, savourant enfin le bonheur d'être ensemble et en sécurité.

C'est maintenant ou jamais.

Si elle ne lui ouvrait pas son cœur maintenant, elle allait perdre la bataille la plus précieuse de sa vie.

— Mitch, ce que tu as dit au chalet. A propos du courage...

— Je suis allé trop loin.

— Non, tu avais raison. J'étais lâche. J'ai pris tout ce que tu m'offrais parce que j'en avais besoin : ta chaleur, ta force, ta protection... Même ton amour. Et je t'ai traité comme si tu ne faisais que ton travail, que tout cela m'était dû.

Elle se mordit la lèvre, honteuse de son attitude passée.

— Tu es un homme bon, Mitch. Et je t'aime.

Les épaules de Mitch s'affaissèrent, et, pendant quelques instants, elle se demanda s'il n'avait pas changé d'avis. Si elle n'avait pas attendu trop longtemps pour accepter son cadeau.

Puis ses bras se refermèrent autour d'elle, et ses lèvres s'écrasèrent sur les siennes.

Ils s'embrassèrent longuement, passionnément. Quand elle l'entendit gémir, elle voulut s'écarter, mais il la retint.

— Oh, non, princesse. Tu n'iras nulle part. Cette fois, je ne te laisserai pas partir.

Elle se réjouit en silence de la soudaine altération de sa voix. Son vaillant gladiateur avait une faiblesse.

Elle.

— Mitch ?

— Oui ?

— Ça te dirait de rencontrer mes parents ?

Il éclata de rire.

— Qu'est-ce qui te fait penser à eux ? Pour ma part, je suis en train de me demander si je risque réellement de faire sauter mes points de suture en te faisant l'amour ici, dans ce lit.

Elle rougit malgré elle.

— Tu ne crois pas qu'ils auront envie de connaître l'homme que je veux épouser ?

Soudain dégrisé, il se redressa et cala son bras dans le dos pour l'empêcher de glisser.

— Tu penses que le juge de fer acceptera un ancien voyou comme gendre ?

Elle lui passa la main dans ses cheveux avec un sourire.

— Je ne t'ai jamais dit que mon père était lui-même un ancien voyou ?

— Tu plaisantes ?

— Pas du tout.

Elle passa les bras autour de son cou et frotta tendrement son nez contre le sien.

— Il va t'aimer, Mitch. Presque autant que moi.

Le message qui passa alors dans le regard de Mitch contenait tout ce qu'elle avait tant attendu : l'amour, la confiance et la compréhension.

— Dans ce cas, princesse, j'accepte votre proposition.

Retrouvez en octobre 2019,
dans votre collection

BLACK ROSE

Le moment de vérité, de Nicole Helm - N°555

SÉRIE LES CLANS DE LA DISCORDE 3/3

Solitaire, farouche, ombrageux… Depuis l'accident de voiture qui a coûté la vie à s femme, Paula, Will Cooper s'est coupé du monde et vit dans une cabane au fond de bois. Un isolement qui attriste au plus haut point Gracie Delaney, la coroner du comt qui n'a qu'un souhait : le voir sourire à nouveau. Par compassion, bien sûr, mais aus parce que Will est loin de la laisser indifférente. Pour cela, elle va l'entraîner dans un enquête à haut risque sur la mort suspecte de Paula. Car cette dernière avait un aman et son *accident* a toutes les apparences d'un assassinat…

Pour sauver celle qu'il aime, de Barb Han

Dalton Butler a l'impression de vivre un cauchemar… Quatorze ans après l mort de sa fiancée, une autre jeune fille est retrouvée morte dans les même circonstances. Même lieu, même mode opératoire ; et, cette fois encore, la po lice locale conclut à un suicide. Fou de rage, impuissant à enquêter seul, Dalto trouve une alliée précieuse en la personne de Leanne West, détective à la polic de Dallas. Rapprochés par le danger, tous deux se lancent alors à la recherch du tueur. Sans se douter que celui-ci les observe et que Leanne est sa prochain cible…

Un petit garçon en danger, de Robin Perini - N°556

Si vous ne payez pas la rançon, j'enlève votre fils. Si vous prévenez la police, je tue… Pétrifiée par l'angoisse, Courtney relit le message et serre Dylan contre elle Comment lever la terrible menace qui pèse sur son bébé ? Comment trouver l'arge que le criminel demande ? Et soudain elle comprend qu'elle va devoir se résoudre l'impossible : se rendre au Texas, là où demeure le père de Dylan, cet homme sublim avec qui elle a partagé une folle nuit d'amour, dix-huit mois plus tôt. Ce riche ranche qui vit à l'autre bout du pays et ne sait même pas qu'il est le père d'un petit garço dont la vie est en danger…

La menace de l'ombre, de Rachel Lee

Bruissements, souffles, murmures. Des bruits insolites semblent monter des bo environnants. Comme si la montagne elle-même les observait… Mais Cope n'e pas dupe. Contrairement à Renee, la jolie paléontologue à qui il est venu appo ter son aide sur le site archéologique où elle fait ses recherches, il ne croit pa aux fantômes. Et son esprit cartésien lui souffle que les phénomènes étrange dont ils sont les victimes sont l'œuvre d'ennemis en chair et en os. Des inconnu qui, pour de mystérieuses raisons, voudraient les voir quitter les lieux au plu vite…

HARLEQUIN BLACK ROSE

Retrouvez en octobre 2019,
dans votre collection

BLACK ROSE

a visiteuse du passé, de Marie Ferrarella - N°557

Je veux que tu sois le père de mon enfant… » Abasourdi, Wyatt fixe Bailey, son ex-pouse, et sent monter en lui une colère sourde. Comment celle qui lui a brisé le cœur x ans plus tôt ose-t-elle aujourd'hui se présenter chez lui pour lui faire cette étrange quête ? Pourtant ce qu'il lit dans le regard suppliant de Bailey le force à garder son lme. Car, pour avoir ainsi bravé sa rancune, elle doit avoir un motif sérieux. Et, ontre toute raison, Wyatt se prend à espérer : et si elle l'aimait encore…

angereux sauvetage, de Beth Cornelison

errée par les bras puissants de Josh McCall, Kate tente de calmer les battements e son cœur et s'interroge : quelle mouche l'a donc piquée de tester les équipe-ents du ranch des frères McCall ? Non seulement elle vient de risquer sa vie r une tyrolienne sectionnée par un mystérieux saboteur, mais c'est son cœur présent qui est en danger. En effet, elle connaît la réputation de séducteur de sh et en aucun cas elle ne veut inscrire son nom au bas de la longue liste de s conquêtes…

---

es pas dans la neige, de Joanna Wayne - N°558

ÉRIE LES HÉRITIERS D'OAK GROVE 1/3

mma Smith est-elle en danger ? C'est la question qui obsède Damien depuis qu'il a écouvert la jeune femme transie de froid, errant sur son domaine avec un bébé emmi-uflé au creux de ses bras… Elle prétend avoir eu un accident de voiture et ne demande être hébergée que pour la nuit, le temps de trouver une solution pour repartir. Mais elle e dit pas toute la vérité. Damien le lit dans ses grands yeux apeurés. De toute évidence, mma fuit quelque chose… ou quelqu'un. Qui ? Envahi par un inexplicable instinct pro-cteur, et attendri plus qu'il ne le devrait par cette femme et son enfant dans la détresse, amien se fait la promesse de le découvrir…

ne mission à haut risque, de Jan Hambright

arder un œil sur Grace Marshall et ne pas poser de questions. Nick Ca-anaugh a reçu cette mission de Lila Lockhart, gouverneur du Texas, et il compte ien s'en acquitter. Même s'il doit pour cela séduire Grace pour mieux s'en pprocher… Pourtant, au fil des jours, il ne peut s'empêcher de s'interroger : race est une jeune femme douce, sensible, qui fait de son mieux pour élever ule Caleb, son fils de cinq ans… et elle l'émeut de plus en plus. Alors quel dan-er représente-t-elle pour Lila Lockhart ? La réponse, glaçante, s'impose bientôt à i. Se pourrait-il que Lila soit la mère biologique que Grace cherche à tout prix retrouver ? La femme qui l'a abandonnée à la naissance ? La seule à pouvoir oigner Caleb, atteint d'une maladie génétique rare…

Composé et édité par HarperCollins France.

Achevé d'imprimer en août 2019.

CPI
BLACK PRINT

Barcelone

Dépôt légal : septembre 2019.

FSC
www.fsc.org
MIXTE
Papier issu de sources responsables
FSC® C108412

Pour limiter l'empreinte environnementale de ses livres, HarperCollins France s'engage à n'utiliser que du papier fabriqué à partir de bois provenant de forêts gérées durablement et de manière responsable.

Imprimé en Espagne.